내 아버지의
아들을 찾아서

내 아버지의
아들을 찾아서 2

안경원숭이 장편소설

초판 1쇄 찍은 날 | 2019년 11월 22일
초판 1쇄 펴낸 날 | 2019년 11월 29일

지은이 | 안경원숭이
펴낸이 | 권태완 우천제

편집책임 | 박은정
편집 | 박가연 유안진 손혜진

펴낸곳 | (주)케이더블유북스
등록번호 | 제25100-2015-43호
등록일자 | 2015. 5. 4
WFN | 제3-054호

주소 | 서울특별시 구로구 디지털로31길 38-9 에이스테크노타워 1차 401호
전화 | 02-867-4626 팩스 | 02-866-4627
E-mail | cl_production@kwbooks.co.kr

ⓒ안경원숭이, 2019

ISBN 979-11-293-4126-6 04810
      979-11-293-4124-2 (set)

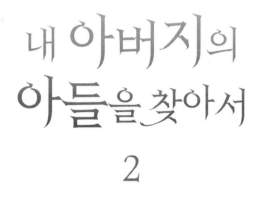

내 아버지의
아들을 찾아서

2

◆ 안경원숭이 장편소설 ◆

위츠북

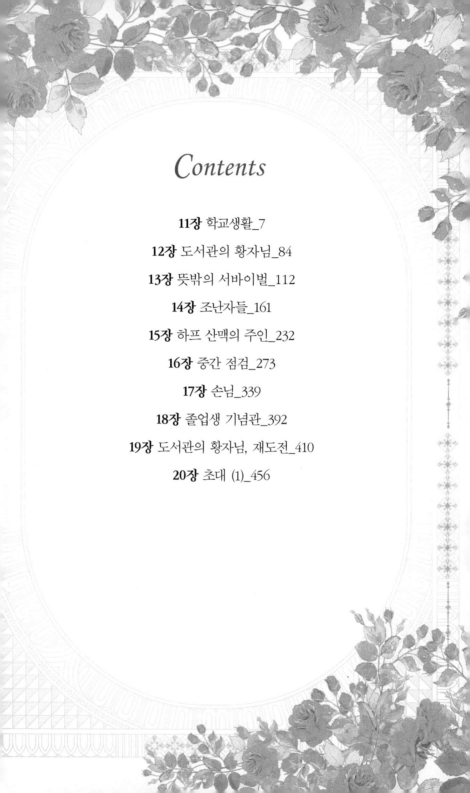

Contents

11장
학교생활

본격적인 아카데미 생활이 시작되었다. 학기 중 아카데미 학생들의 일상은 대부분 비슷하다. 신입생의 경우 필수적으로 이수해야 하는 교양 수업과 전공 수업을 듣고, 남는 시간엔 자신이 수강하고 싶은 수업을 신청해 수강하거나 휴식, 사교, 취미에 몰두한다. 동아리에 가입하거나 일찌감치 기숙사장에 뜻을 두고 기숙사장의 일을 돕는 학생도 있다.

주머니가 빈곤한 학생일 경우 아카데미에 근로 신청을 넣어 남는 시간에 아카데미 내의 잡다한 업무를 돕기도 한다. 루나 아카데미는 주변에 숲밖에 없기 때문에 아카데미 내의 근로와 매점 아르바이트가 학생들이 선택할 수 있는 몇 안 되는 돈벌이 수단이었다.

대신 경쟁률은 세지 않았다. 본래 아카데미라는 기관 자체가 고등교육기관이고 그 정도의 학업을 유지하려면 집안 경제력이 받쳐주거나 본인이 학업에 확고한 의지가 있어야 한다. 주머니가 가난하더라도 후원자를 구해 아카데미에 재학하는 학생도 있었다.

제리코는 영웅의 딸이라는 지위를 이용해 특례 입학, 자율 전공자가 되었다. 아리보 소공작이나 아카데미나 그녀의 입학 목적이 '학업'이 아님을 분명히 알고 있었기 때문에 제리코의 수강 신청은 전적으로 제리코의 의지를 존중했다. 그리하여 루나 아카데미 역사상 열 손가락 안에 꼽히는 여유로운 시간표가 완성되었다. 전공이 없으니 전공 필수를 듣지 않는다. 그러니 제리코의 시간표엔 신입생 필수 교양과 제리코가 취미 삼아 집어넣은 수업 몇 개가 전부였다.

드래곤 슬레이어 소드는 이에 대해 간략하게 평했다.

-학비 아깝다.

"그렇지만, 내가 샌시나 로젠, 황자님과 같은 수업을 듣는 건 무리잖아."

로젠이나 샌시는 졸업하지 않으려고 일부러 시답잖은 교양 강의 몇 개를 넣어 수강하고 있고 마그노 황자는 조기 졸업 신청자답게 전공 강의로만 시간표를 빽빽하게 채웠다.

제리코가 그런 수업을 신청한다 한들 수업 내용을 따라가지 못할 것이며, 신입생이 고학년 수업을 수강하는 것에 많은 사람이 의문을 표할 것이다.

"다들 날 이러고 보겠지. 황실에 시집가고 싶은가 봐? 이런 눈."

-굳이 따지면 마그노 황자가 너에게 장가오는 거겠지만.

"다들 날 좋게 봐주긴 하지만 내가 갑자기 신분 상승한 평민 출신 시골뜨기인 건 사실이야. 그냥 수업 없는 시간에 자연스럽게 만나도록 노력하려고."

-그럼 샌시네 동아리에 들어갈 거야?

"아니."

그건 그거, 이건 이거. 제리코는 정색하며 대꾸했다. 세상에 동아리가 〈이만보〉 하나만 남아도 그런 이상한 동아리엔 가입하지 않을 것이다.

시간표가 비어 있어 남들보다 이틀 차이 나는 첫 수업의 날이 밝았다. 제리코는 하녀들이 준비해 준 아침 식사를 하면서 신문을 읽었다. 하녀들은 아카데미에 입학한 후 갑자기 신문을 읽는 제리코를 보고 좋아했으나 사실 제리코가 읽는 기사는 몇 없었다.

'다 읽었어?'

-너도 같이 읽으면 안 되겠니?

'나도 읽어. 여기 학교 얘기가 나왔어.'

-루나 아카데미와 솔라 아카데미의 비교 사설 말이지.

'응. 정확하겐 모르겠지만 황자님에 이어 내가 입학한 걸로 싫어하는 사람이 있나 봐.'

-아카데미도 복잡해서 말이야. 루나를 아예 귀족이 입학할 수 없게 바꿔달라는 요청도 있으니까.

'사실 분리해 주는 게 편해.'

본격적인 학사 일정이 시작되면서 신입생들은 평민, 귀족이 함께 수업을 듣기 시작했다. 귀족에 익숙한 평민이 있는가 하면 귀족에 익숙하지 않은 평민이 있고, 평민에 익숙한 귀족이 있는가 하면 고용인 외 평민이 낯선 귀족도 있다. 재학생들은 다들 처음엔 낯설지만 금방 익숙해질 것이란 태도였다.

제리코 자신만 해도 익숙해지긴 했으나 꽤 시간이 걸렸고 완벽하게 익숙해진 것도 아니다. 마음 편하기로는 눈에서 안 보이는 게 최고였다. 그러자 드래곤 슬레이어 소드가 말했다.

-인구수는 평민이 귀족보다 많아. 오히려 평민을 위한 고등교육기관이 부족하니 솔라도 평민 입학을 받아들여야 한다고 봐.

'휴, 역시 무생물이라 나 같은 촌뜨기의 마음을 모르는구나.'

제리코는 기어이 아침부터 드래곤 슬레이어 소드의 화를 돋우고 식사를 마쳤다. 엄연히 학생 식당이 존재하니 제리코로선 하녀들의 일이 늘지 않도록 학생 식당을 이용하고 싶었다. 그러나 하녀들이 어차피 자신들의 식사를 준비해야 하니 제리코의 식사 준비는 큰 부담이 되지 않는다고 말렸다. 동시에 말하기를.

"만약 학생 식당을 이용하시게 되어도 저희에게 미리 알려주지 않으셔도 됩니다. 식사 시간이 늦을 경우 저희가 먹으면 되니까요."

부담되어서 식사 시간을 딱딱 맞추게 하는 발언이었다. 어쨌든 제리코는 이틀 동안 아침과 저녁은 백합관에서 먹고 점심은 학생 식당이나 매점에서 사 먹는 걸로 잠정적인 합의를 보았다.

이틀 동안 제리코가 한 일은 별거 없다. 등에 보란 듯이 드래곤 슬레이어 소드를 업고 아카데미를 어슬렁어슬렁 돌아다녔다. 제리코 딴엔 학생들이 자신을 자주 보면서 익숙해지게 한다는 의도였으나 막상 제리코를 목격한 학생들은 영역을 바꾼 맹수가 바뀐 영역을 순찰하는 것으로 인식했다. 마을 아이들을 휘어잡던 소녀 장사의 아우라 때문이었다.

입학식 만찬 때의 일도 있고 해서, 제리코는 금방 새 친구를 사귈 줄 알았다. 그런데 학생들은 그날의 패기를 버리고 제리코 근처로 오지 않았다. 멀리서 구경만 하는데 아주 죽을 맛이었다. 왜 그런가 살펴봤더니 제리코에게 가장 먼저 접근했던 검술학부 학생들이 아카데미 내에 없었다. 다들 어디 갔는가 찾아보니 검술학부의 수업은 넓은 공간이 필요한 터라 건물들이 옹기종기 모여 있는 곳과 거리가 먼 곳에서 진행되었다.

'왜 이렇게 멀지?'

─원래 아카데미 내엔 검술학부가 없었어. 별개로 존재하던 검술원과 병합한 거거든. 검술학부 수업은 모두 검술원 쪽에서 이뤄지니까 거리가 먼 거야.

'아하. 복잡하네.'

─역사가 깊으니까.

이런 이유로 이틀 동안 허탕 쳤다. 제리코는 첫 수업이 있는 오늘을 노렸다. 이번 수업은 전공과 관계없는 교양 과목이기 때문에 다양한 전공의 학생들이 수강한다. 닫힌 공간에서 제리코가 먼저 접근하면 학생들도 곧 경계를 풀 것이다.

"친구 많이 사귀어야지!"

—본목적은요? 제리 양?

"룰루랄라."

사람보다 가축의 수가 더 많았던 시골에서만 살다가 가축의 수보다 많은 또래 소년, 소녀, 청년들을 보니 제리코의 가슴이 울부짖었다. 친구! 친구를 만들자! 대화 상대가 무생물밖에 없는 현실은 이제 그만 안녕을 외칠 차례다.

제리코의 기념비적인 아카데미 첫 수업은 〈고급 예의범절〉이었다. 아리보 소공작이 친히 훌륭한 선생님이 있다고 말한 바로 그 수업이다. 앞에 붙은 말이 기초가 아니라 제리코는 살짝 걱정했지만 금방 기운을 되찾았다.

"기초는 그거지! 인사 잘하고 사과 잘하고 고맙다는 말 잘하는 거. 이건 고급이니까 좀 더 고급스럽게 인사 잘하는 거려나?"

—들어보면 알겠지.

본래는 평민들만 수강할 수 있는 수업이지만 제리코가 누군가. 특례로 시험을 보지 않고 입학한 학생 아닌가. 제리코의 수강 신청은 입학식 전 아리보 소공작이 아카데미에 은밀히 의사를 전하는 걸로 대신했다.

드래곤 슬레이어 소드는 귀족이 있으면 평민들이 불편하다고 외친 주제에 직접 평민 동기들을 불편하게 해주러 가는 제리코를 보고 없는 혀를 찼다.

제리코는 일찌감치 강의실에 도착했다. 제리코보다 먼저 도착한 학생 몇이 곳곳에 흩어져 있었다. 제리코는 큰 소리로 그들에게 인사했다.

"안녕하세요! 좋은 아침이죠?"

"네네, 안녕 히익!"

선명한 붉은 머리에 등에는 누가 봐도 화려한 검을 짊어진 소녀. 미베어 소공작의 등장에 강의실 내 학생들이 기겁했다. 귀족의 작위를 구분하는 오등작의 최상위 공작인 제리코가 어째서 평민들이 수강하는 예절 교육을 받으러 왔는지 의아해하는 학생이 몇 있었다. 그런 학생들에게 사정을 아는 학생이 다급히 귓속말을 했다.

"아리보 소공작께서 아주 훌륭한 선생님이 계시니 잘 배우라고 하셨어요! 우리 같이 잘 배워봐요!"

제리코는 사람들 사이에 섞이기 위해 검대를 풀었다. 드래곤 슬레이어 소드를 사람들이 가지 않는 구석진 자리에 잘 보이도록 매달았다. 이렇게 하면 겁대가리를 상실했거나 자살 충동을 지닌 사람이 아니면 검을 건드리지 않겠지. 또한 제리코는 연쇄 방화 살인마가 될 걱정 없이 또래 집단 틈에 낄 수 있다.

제리코가 가장 먼저 타깃으로 찍은 건 한군데 모여 있는 세 명의 소녀였다. 숫자가 홀수라 제리코가 끼면 짝수가 되니 딱 좋았다. 목표를 정한 제리코는 망설이는 기색 없이 세 명에게 직진했다. 의자에 앉아 있던 세 소녀는 고양이와 눈이 마주친 쥐처럼 도망가지 못하고 그대로 얼어붙었다.

"안녕하세요! 난 제리코 미베어예요! 옆에 앉아도 될까요?"

말은 그렇게 하면서 제리코의 엉덩이는 이미 의자에 붙었다. 제리코 자신이 귀족들에게 벌벌 떨었던 걸 생각하면 적극적으로 굴 필요가 있었다.

얌전했던 세 명의 소녀는 어색하게 제리코와 대화를 나누었다. 대화의 물꼬가 트이고 세 소녀의 얼굴에 미소가 떠오른 건 셋 중 한 명의 아버지가 드래곤 슬레이어 소드를 제작한 대장장이의 도제였다는 이야기가 나온 뒤였다.

셋을 시작으로 제리코는 다른 학생들과 웃으면서 얘기할 수 있었다. 이 수업을 듣는 학생은 대부분 중산층 이하의 가정에서 자란 평민 출신이기 때문에 제리코를 버거워했지만 제리코는 얼굴에 철판을 깔고 웃었다.

수업 시간이 가까워지자 학생들이 거의 다 출석했다. 제리코는 학생들 면면을 살피다가 익숙한 얼굴이 없는 것에 놀랐다. 검술학부 학생들이 없었던 것이다.

"검술학부는 없네?"

"검술학부는 자체적으로 예절 수업이 따로 있어서 모두 그걸 수강한대요."

"병기를 다루는 자에겐 그에 따른 예의가 있다, 라나."

제리코가 자신이 반말을 쓸 테니 너희도 반말을 쓰라고 했으나 그걸 지키는 사람 반, 존대를 유지하는 사람 반이었다. 개인 차니 어쩔 수 없는 일이라 제리코는 크게 아쉬워하지 않았다.

-주인이 그랬는데 선배들이 멋있게 칼 뽑는 방법, 멋있게 기승하는 방법, 멋지게 바람에 망토 휘날리는 법 이런 거 가르친대.

'엄청 유용하네!'

제리코는 당장 검술학부 쪽 수업을 들으러 가고 싶어졌다. 동시에 모두의 영웅 에라프와 잘생긴 로젠이 그런 걸 배웠을 걸 생각하고 혼자 배를 잡고 웃었다.

〈고급 예의범절〉 수업의 교수는 나이가 지긋한 노부인이었다. 그녀가 강의실에 들어서자 학생들이 전원 기립했다. 제리코도 따라서 일어났다. 기초 학교 선생님에겐 보인 적 없는 예의였다.

'아카데미는 원래 이래?'

-황족이니까.

'응?'

-현황제의 고모? 그 정도 되는 위치랬어. 원래 황족들의 예절 교육을 담당했는데 릴리에 공주가 루나 아카데미에 입학할 때 귀족들이 공주에게 수준 낮은 교육을 받게 할 수 없다고 반대했대. 그런데 저 사람이 루나 아카데미 교수가 되겠다고 자원해서 반론을 잠재웠댔어.

일평생 황족들을 가르친 황족이 교수로 있는 아카데미인데 공주의 입학을 반대할 수 있을 리가.

그녀는 본래 릴리에 공주 재학 중에만 교수직을 유지할 계획이었으나 어떤 이유에서인지 공주가 졸업한 후에도 계속 교수직을 맡고 있었다.

"다들 만나서 반갑습니다. 나는 여러분에게 예의범절을 알려줄 코리달 메렐입니다."

메렐 교수가 찬찬히 학생들을 살폈다. 그녀의 눈이 제리코에게 잠시 닿았지만 오래 머무르지 않고 금방 다른 학생에게 이동했다.

난롯가의 안락의자를 기꺼워할 노부인은 은퇴할 나이가 되었는데도 할 수 있는 한 계속하고 싶다는 이유로 교직을 이어가고 있었다. 그녀의 노회한 푸른 눈동자에는 원숙한 현명함이 깃들어 있었으며 허리는 나이를 잊을 만큼 꼿꼿했다. 동시에 고귀한 혈통을 증명하는 기품이 흘러넘쳤다.

"예의범절은 인간관계의 시작이며 나와 타인을 존중하는 것의 시작이기도 합니다. 예의를 지키는 건 그리 어렵지 않아요. 난 여러분에게 그걸 알려주고 싶습니다."

한 명, 한 명, 찬찬히 학생들의 얼굴을 살핀 메렐 교수가 출석부를 집어 들었다. 그녀가 온화하게 웃었다.

"수업에 참석하는 건 학생의 기본자세이며 교수와 수업, 학교, 학비를 내주시는 분에 대한 예의이기도 하죠. 자, 출석을 불러볼까요?"

지루할 줄 알았던 수업은 순식간에 끝났다. 메렐 교수는 나가는 학생 한 명, 한 명에게 상냥하게 인사를 건넸다.

제리코는 벽에 매달아둔 드래곤 슬레이어 소드를 내리고 검대를 다시 묶느라 조금 늦게 강의실을 나갔다.

-용케 안 졸았네?

'재밌었어!'

올바른 자세로 인사하는 법을 배웁시다. 뭐 이런 말을 하면서 허리의 각도를 맞출 때까지 인사하는 연습 같은 걸 시킬 것이라 상상했는데 그렇지 않았다.

메렐 교수는 예의범절은 어디까지나 상대적이며 국가와 문화에 따라 갈린다는 이야기를 상세한 일화와 함께 설명했다. 꼭 마을의 할머니에게 옛날이야기를 듣는 기분이라 제리코는 졸지 않고 수업 시간 내내 깨어 있었다. 한 가지 이상한 점이 있다면.

'근데 왜 다른 애들은 전부 교수님 얘기를 받아 적고 있을까?'

──……시험에 나오기 때문이지.

메렐 교수의 이야기를 흥미진진하게 듣는 사람은 제리코 혼자고 나머지 학생들은 전부 열심히 강의를 들으면서 손은 펜을 잡고 공책 위를 종횡무진 돌아다녔다. 드래곤 슬레이어 소드는 은근히 걱정을 담아 말했다.

─제리, 주인 체면이 있으니까 낙제만 면하자.

"교수님 안녕히 계세요!"

"아아, 미베어 소공작."

"편하게 제리코라고 불러주세요!"

메렐 교수는 웃으면서 제리코를 보았다. 아리보 노공작의 시선과 비슷한 것이 그녀 또한 제리코를 통해 과거를 훑고 있는 듯했다.

"어쩜. 이리도 에라프를 닮았을까."

"감사합니다."

"제리코 양의 아버지는 훌륭한 학생이었어요. 수업을 자주 빼먹는 것만 빼면요. 여자들에게 어찌나 인기가 좋은지 어떤 여학생은 에라프가 좋아서 어쩔 줄 모르겠다며 내 품에 안겨서 엉엉 울었죠."

"우와."

"제리코 양도 어떤 남학생이 내게 안길 수 있도록 힘내봐요. 응원할게요."

"오호호, 실은 제가 고향에서 좀 인기가 좋았거든요. 열심히 하겠습니다."

제리코는 메렐 교수님에게 새파랗게 젊은 청년이 안겨서 엉엉 울 수 있도록 노력하겠다고 호언장담했다. 메렐 교수는 기분이 좋은지 호호호 웃었다. 제리코는 다시 꾸벅 인사하고 뒤돌아서 걸으며 고개를 저었다.

"하…… 에라프 님, 죄 많은 남자."

얼마나 좋으면 교수에게 그 얘길 하다가 엉엉 울었단 말인가. 그 마성, 직접 보지 못한 것이 아까울 지경이었다. 그대로 내버려 두면 제리코가 에라프의 엉뚱한 활약을 파헤칠 것 같아서 드래곤 슬레이어 소드가 말을 돌렸다.

-너는? 죄 많은 여자가 될 거야?

"내가 좋아서 우는 남자가 있긴 할까?"

-너랑 결혼하고 싶어서 우는 남자는 있을 거야.

그런 남자들을 피해서 온 아카데미가 아닌가.

오늘 수업은 이걸로 끝이었다. 제리코는 백합관으로 돌아가는 대신 지난 이틀과 마찬가지로 아카데미 안을 방황하기로 했다.

샌시를 볼 수 있는 장소는 고정되어 있으나 로젠과 마그노 황자는 아직 마주치지 못했다. 둘의 출몰 빈도가 높은 장소를 찾아야 했다. 그래야 우연을 가장하고 마주치지.

"자! 그럼 또 다른 죄 많은 남자를 찾으러 가자."

제리코는 분명 그렇게 외쳤다.

하지만 그날 이후 제리코는 죄 많은 남자의 아들 후보들의 머리카락 그림자도 보지 못했다. 이유는 분명했다. 제리코가 그들을 찾지 않았다.

제리코는 몇 안 되는 교양 수업을 착실하게 들었다. 수업이 없는 날도 백합관을 나와 아카데미를 구석구석 돌아다녔다. 드래곤 슬레이어 소드는 얘가 정말 열심히 찾는다고 감동했다. 그 감동, 오래가지 못했다. 제리코가 언제부터인가 하라는 수색은 안 하고 친구 사귀기에 열중했기 때문이다.

제리코는 드래곤 슬레이어 소드가 기함할 정도로 빠르게 동기들 사이에 융화되었다. 처음엔 에라프의 외동딸에 미베어 소공작이라는 신분 때문에 제리코를 부담스럽게 여겼던 신입생들은 먼저 친해지자고 접근하는 제리코를 거절하지 못했다. 여자들은 당연히 반겼고 남자들은 여러 의미에서 반겼다. 개중 몇은 제리코와 결혼하고 싶다는 야망을 품었을지도 모른다.

뿐만 아니다. 제리코는 기어이 동기와 선배 모두에게서 반말을 이끌어내는 데 성공했다. 여기엔 에라프가 과거 아카데미에서 비슷한 짓을 했다는 사실이 중요하게 작용했다. 에라프가 아카데미 원칙에 따라 평민들과도 진지한 우애를 다졌다는 얘길 주위들은 제리코가 사방에 그 얘길 뿌리고 다녔다. 에라프를 기억하는 몇 노교수가 제리코의 증언을 뒷받침해 줬다.

하하하, 호호호, 깔깔깔. 제리코가 지나친 장소마다 웃음꽃이 피었다.

제리코 본인이 만인에게 사랑받겠다는 욕심 없이 성격이 안 맞는 사람에겐 실례하지 않고 성격이 잘 맞는 사람에겐 친해지자고 들이대니 금방 친구를 사귄 것이다.

아카데미 밖에선 제리코 쪽에서 사양할 귀족들도 아카데미 안이라고 한결 가볍게 대하니 친구의 수는 나날이 불어났다.

제리코는 시골 출신답게 해가 뜨면 일어나 일찌감치 아침 식사를 마치고 외출했다. 그러고는 도로 매점이나 학생 식당으로 이동해 아침 식사를 하는 학생들 사이에 끼어 수다를 떨었다.

수업이 있으면 수업을 들으러 가고 수업이 없으면 공강인 학생들과 어울렸다. 전공 필수 때문에 신입생들이 사라지면 안면을 익힌 선배와 어울렸다.

드래곤 슬레이어 소드는 치를 떨었다.

-어떻게 지나가는 사람마다 붙잡고 말을 걸 수가 있어?

"응? 거기 지나가고 있으니까."

-혀 안 아파?

"동물 근육 중에서 가장 회복력 좋은 게 혀래. 그래서 소 혀가 맛있나 봐."

-하라는 수색과 정보 수집은 안 하고 친구만 사귀고!

"로젠은 검술원 쪽에서만 출몰한다잖아. 거기까지 가는 건 나라도 귀찮은걸. 샌시는 언제든 만날 수 있고."

-마그노 황자는?

"대놓고 찾으면 찾아다닌 거 들킬 것 같아서 우연을 가장해 마주치려고 하는데 하루 종일 수업만 듣고, 수업이 없을 땐 어디서 뭐 하는지 모르겠어. 기숙사에서 안 나오면 내가 어떻게 찾아."

-그런 핑계로 매일 쏘다니면서 친구만 사귀고 있잖아!

드래곤 슬레이어 소드를 가장 분통 터지게 만드는 일은 제리코의 오지랖이 아니었다. 제리코가 부리는 오지랖을 보고 옛날 생각이 난다고 웃는 노교수들이었다.

-주인은 이렇지 않았어! 좀 더 진중하고!

"포기해. 나 하고 다니는 거 에라프 님도 똑같이 하고 다녔대."

-주인은 안 그래!

"나 갈수록 에라프 님이 친근하게 느껴지는 거 있지."

루나 아카데미는 에라프가 다닌 학교였고 그래서 에라프를 기억하고 있는 사람이 제법 있었다. 아리보 공작가에도 에라프를 기억하는 사람이 많지만 이곳 사람들과는 차이가 있었다. 그곳의 사람들이 기억하는 에라프가 영웅 에라프, 용사 에라프, 고통스럽게 죽어간 에라프라면 아카데미 사람들이 기억하는 에라프는 선대 아리보 공작과 자주 싸우고 아카데미를 활개 치고 다닌 소년 에라프였다.

"에라프 님 선대 공작님이랑 자주 싸웠대."

-슬레이가 대놓고 말했잖아. 주인이 별종이었다고.

얌전하고 내향적인 학자 집안에서 어쩌다 에라프같이 건강하고 외향적인 아이가 태어났는지 풀리지 않는 미스터리다. 그 덕분에 선대 아리보 공작은 비법을 공유하자는 편지를 어마어마하게 받았다.

늦둥이라 마냥 귀여워 보일 아들과 매일매일 싸웠다니. 제리코는 잘 상상이 가지 않았다.

"에라프 님도 사람이었구나."

―사람이 아니면 뭔데?

"용사, 영웅, 죄 많은 남자."

―다 사람이잖아!

"까르륵."

제리코의 웃음소리는 불순물이 섞이지 않은 금속제 종소리와 비슷했다. 다른 감정은 일절 섞이지 않고 오로지 즐거운 기분만을 표현하는 웃음소리에 지나가던 사람들이 따라서 피식 웃었다.

제리코는 활기찬 발걸음으로 교수 연구동이 모여 있는 건물로 이동해 메렐 교수의 연구실을 찾았다.

아카데미의 학생은 모두 지도 교수가 붙는다. 보통은 전공 교수가 적당히 학생들을 분담하는데 제리코는 자율 전공이라 그러는 게 불가능했다. 제리코의 신분이 높다 보니, 그걸 목적으로 지도 교수가 제리코에게 접근하는 것도 꺼림칙하다는 이유로 메렐 교수가 제리코의 담당 지도 교수가 되었다. 제리코는 메렐 교수가 마음에 들었기 때문에 면담 일정을 받고 쌍수를 들어 환영했다.

"교수님에게 에라프 님 얘기해 달라고 해야지…… 응? 메렐 교수님 과목은 평민 전용인데 왜 에라프 님이 수강했던 거지?"

―평민 전용이라지만 원하는 사람은 누구나 들을 수 있잖아. 릴리에 공주도 수강했고.

"그렇구나. 그때 같이 수업 들은 사람들 정말 불쌍하다."

에라프야 공작 영식이라는 신분이 있긴 해도 사람 자체가 소탈하니 붙임성이 좋아서 큰 부담은 되지 않았겠지. 문제는 릴리에 공주 아니었을까. 제리코는 단 한 번 보았던 릴리에 공주의 미모를 떠올렸다.

"내 나이 또래였을 땐 어떠셨을까."

–아름다웠겠지.

'응, 딱 저만치.'

메렐 교수의 연구실 문을 두드리려던 제리코의 손이 허공을 갈랐다. 제리코는 무안하여 손을 내렸다. 제리코가 문을 두드리기에 앞서 문을 연 사람, 마그노 황자가 싸늘한 눈초리로 제리코를 노려봤다. 저 얼굴에서 선이 조금 더 가늘고 여성적인 면을 강조하면 릴리에 공주의 저 연령대 얼굴이 될 것이다.

제리코는 활짝 웃으며 인사했다.

"안녕하세요, 마그노 황자 저하!"

입학식 이후, 어디 박혀 있는지 코빼기도 보이지 않던 마그노 황자를 여기서 마주치다니. 이대로 마그노 황자를 졸졸 따라가면 좋겠지만 제리코는 메렐 교수와 면담이 있었다.

제리코가 먼저 비켜나려 하는데 마그노 황자도 동시에 뒤로 물러났다.

"먼저 나가세요."

"먼저 들어가십시오."

잠시 둘은 상대가 먼저 움직이길 기다렸다. 침묵의 대치를 끝낸 건 메렐 교수였다. 메렐 교수가 상황을 정리했다.

"숙녀를 문밖에 세워둬선 안 되겠죠, 마그노."

마그노 황자가 작게 고개를 까딱이고 문을 잡고 비켜섰다. 제리코는 살짝 고개를 숙여 묵례를 하고 연구실 안으로 들어갔다.

"고맙습니다."

"실례하겠습니다."

제리코가 연구실에 완전히 들어가자 마그노 황자는 문을 닫고 나가 버렸다. 메렐 교수가 반갑게 제리코를 맞이했다.

"일찍 왔네요, 제리코 양."

"안녕하세요, 메렐 교수님."

제리코의 정신은 아직 밖으로 나간 마그노 황자에게 쏠려 있었다. 메렐 교수가 그걸 눈치채고 웃었다.

"마그노는 입학한 후로 가끔 방문해요. 조기 졸업을 준비 중이라 바쁠 텐데 고마운 일이죠."

"실은 제가 황족 계보도를 다 못 외워서 그런데……."

"내가 마그노 황자 저하의 고모할머니가 됩니다. 선황제 폐하께서 내 오라버니시죠."

메렐 교수는 좋지만 황족은 무섭다. 솔직히 제리코는 황제 폐하를 오빠나 아빠, 조카라고 부를 수 있는 사람과 면담하고 싶지 않았다. 제리코의 위장이 긴장해 요동쳤다. 메렐 교수는 사소한 일로 고민하는 젊은 이가 재밌어서 웃었다.

"배움 앞에서 만인은 평등하다. 배움의 기회는 불평등할지언정 학문을 배울 땐 모두가 같은 길을 걸어요. 아카데미 안에선 너무 부담 갖지 말아요."

"네, 알겠습니다."

제리코가 밝게 응답하자 메렐 교수가 흐뭇해했다.

"요즘 젊은이답게 긍정적이어서 좋네요. 마그노도 나처럼 편히 대해 주면 좋겠어요."

"황자 저하야, 워낙 훌륭하신 분이라 벗도 많으시고 평판도 굉장히 좋으시죠."

딱히 사탕발림하려는 게 아니라 실제로 마그노 황자에 대한 평판이 저러했다. 친구가 많다는 부분은 과장이 들어가긴 했으나 친한 친구가 있고 평범하게 교류하는 친구가 존재하니까. 많다는 부분에 과장이 있지 친구가 없지는 않았다.

제리코의 얘기를 들은 메렐 교수가 호호 웃었다. 제리코는 노부인의 속내를 헤아릴 길 없어 그냥 따라 웃었다.

선객이 머물고 간 흔적이 연구실 테이블 위에 고스란히 남아 있었다. 제리코가 치우려고 하자 메렐 교수가 제리코가 손님임을 강조하고 손수 치운 후 새 찻잔을 가져왔다.

"물이 끓으려면 조금 기다려야겠네요. 이참에 말해두자면 약속 장소에 너무 일찍 가는 것도 실례예요. 손님에게 준비되지 못한 모습을 보이게 되잖아요?"

"죄송합니다."

─그러게 너무 일찍 나왔다니까.

제리코 본인이 잡힌 일정이 없다고 타인의 일정을 무시하고 일찍 다니는 걸로 검이 누차 잔소리를 해왔던 터다.

강의실을 일찍 찾아가 밖에서 기다리기 일쑤였다. 앞선 손님과 마주치는 건 괜찮지만 뒷정리하는 모습을 손님이 보게 하는 건 주인이나 손님 둘 모두에게 불쾌한 일이었다. 제리코는 앞으로 다른 사람과 약속이 있을 땐 너무 일찍 나가지 않겠다고 다짐했다.

주전자에서 물이 끓고 김이 올라왔다. 메렐 교수가 찻잎을 덜어 망에 집어넣었다. 차가 우러나는 동안 차에 곁들일 과자를 준비했다. 메렐 교수는 작은 접시에 과자를 양껏 쌓았다.

"이렇게 말라선. 많이 들어요."

제리코는 잠자코 자신의 팔뚝을 보았다. 제도에 온 이후 먹성은 그대론데 운동량이 줄어서 살이 붙었다. 누가 봐도 평범하고 마르진 않았다. 하지만 어르신이 주시는 음식은 사양하지 않는 법. 제리코는 열심히 과자를 집어 먹었다. 공주님이 주시는 과자니 맛은 보장되어 있었다.

"저보다 마그노 황자 저하가 더 마르지 않으셨는지."

"마그노 이야기는 나중으로 미루죠. 오늘은 제리코 양의 이야기를 하기 위한 시간이니까요."

"네, 알겠습니다."

제리코가 다니던 기초 학교에선 학생이 선생님과 이렇게 대화하는 일은 거의 없었다. 학교에서 사고를 치면 선생보단 학부모들이 쥐어박으며 구박했고 학습 태도가 불량해도 혼내지 않았다. 선생이 학생이나 학부모를 부를 만한 일은 딱 하나였다. 진학이다. 가물에 콩 나듯 벌어지는 일이라 제리코 주위엔 면담한 마을 친구가 한 명도 없었다. 그래서 제리코는 교수와의 면담에서 무슨 얘기를 하는지 몰랐다. 일단 메렐 교수가 입을 열길 기다렸다.

"기숙사 생활은 어때요?"

"좋아요. 아직 낯설긴 하지만요. 음…… 백합관이 아니라 일반 기숙사였으면 더 좋았을 것 같은데 조금 아쉬워요."

안녕, 기숙사와 룸메이트에 대한 낭만이여. 그 부분이 조금 아쉬웠지만 그 외엔 불만이 없었다. 잡다한 일은 하녀들이 모두 처리해 주니 제리코가 스스로 하는 일은 침대 정리, 환기하기가 전부였다.

"크게 불편하지 않다니 다행이군요. 이대로 아무 일이 없으면 기숙사를 바꿀 수 있도록 요청해 봐요."

"그래도 될까요?"

"사실 드래곤 슬레이어 소드가 다른 학생들에게 위험하긴 한데……."

메렐 교수가 제리코의 옆에 놓인 드래곤 슬레이어 소드를 보았다. 제리코의 안전을 위해선 가능한 장비하고 다니는 게 좋다. 그런데 주위 학생들의 안전엔 빵점이었다. 제리코는 타인이 드래곤 슬레이어 소드를 집으려는 의도가 없으면 제리코가 들고 있을 땐 닿아도 안전하다는 얘기를 꺼낼까 했지만 입을 다물었다. 확실하지 않은 일로 타인의 생명을 위협할 수 없었다.

−웅, 확실해지기 전엔 어쩔 수 없지.

'나중에 마탑에 가서 마탑주님에게 물어보자.'

−마녀 싫어.

'마탑주가 고의로 그런 게 아닐 수도 있는데, 꽁해 있긴.'

드래곤 슬레이어 소드는 변함없이 마탑주를 향해 적의를 불태웠다. 제리코는 무생물답게 속이 좁다고 핀잔을 주고 다시 메렐 교수와의 대화에 집중했다.

"강의는 어떤가요? 따라가기 괜찮나요?"

"솔직히 말씀드리자면…… 어려운 것도 있고 쉬운 것도 있어요."

"제리코 양의 학습 태도가 불량하다는 얘기가 몇몇 교수 입에서 나오고 있어요."

"히익."

모든 수업이 재밌을 수는 없는 법. 신입생이 수강해야 하는 필수 교양 중엔 제리코의 눈꺼풀을 무겁게 만드는 수업이 몇 개 있었다.

제리코는 그런 수업은 맨 뒷자리에 앉아 교과서를 방패 삼아 잠을 청했다. 교수가 갑자기 질문하거나 지적하기 전에 드래곤 슬레이어 소드가 그녀를 깨우고 질문의 답안을 알려줬다.

"제리코 양이 어째서 루나 아카데미에 입학했는지 그 사정은 우리도 알고 있습니다."

"네."

"그래도 학생의 예의는 지켜야겠죠?"

"네."

"다들 사정을 짐작하고 있으니 제리코 양을 지적하는 교수는 없을 거예요. 하지만 다른 학생들이 제리코 양의 불량한 태도를 보고 어떤 생각을 할지 생각해 보세요."

─와, 수업 시간에 자는 애 처음 봐. 이러겠지.

전교생이 학업에 뜻을 두고 열심히 공부한 모범생이었다. 대부분의 학생은 수업 시간에 꾸벅꾸벅 졸고 필기하지 않는 제리코를 낯선 생물 보듯 보았다.

경악의 눈초리는 조금씩 사라졌고 요즘은 다들 그러려니 하는 분위기였다. 학생들도 제리코가 입학한 이유를 대충 눈치챈 것이다. 직접 보는 게 있고 주위에서 들려오는 이야기가 있으니까 머리 좋은 학생들은 제리코가 로젠이나 샌시와 같은 이유로 입학했음을 알았다. 차이가 있다면 로젠은 졸업 학점을 채우기 전까지 수석을 놓치지 않았고 샌시는 수강하는 수업만큼은 만점을 받는다는 것 정도?

돈 많고 시간 많은 이가 아카데미를 도피처로 사용하는 일은 솔라 아카데미에선 흔한 일이었다. 대다수 학생은 솔라 아카데미에선 흔하다는 얘기를 듣고 그러려니 하고 넘겼다. 그걸 모르는 제리코는 위기의식을 느꼈다. 일생 공부와 담을 쌓은 그녀는 공부 잘하는 애들이 무슨 생각을 하는지, 공부 안 하는 애를 보고 어떤 생각을 하는지 추측할 수 없었다.

"모르겠어요……."

"보기에 안 좋다는 건 알겠죠?"

"네. 앞으로 수업 성실히 듣겠습니다."

"좋아요, 그러면……."

메렐 교수가 제리코의 불량한 수업 태도에 대한 주제를 넘기고 새로운 화두를 꺼냈다.

제리코는 신나서 집어 먹던 과자가 얹힌 듯 불편해졌다. 면담이라고 하기에 좋아하는 교수님을 찾아가 둘이서 즐겁게 대화를 하리라 생각했는데 잔소리를 듣는 것이었다니. 신나서 일찍 찾아온 자신이 후회되었다.

"앞으로의 인생에 대해 계획이 있나요?"

"음……."

"제리코 양의 인생이 작년에 갑자기 바뀌었다는 건 알고 있어요. 이제는 이룰 수 없는 계획이어도 좋으니 말해주세요."

이런 얘기가 나오면 제리코가 항상 꺼내는 꿈이 있었다.

"제가요, 원래는 상인이 꿈이었거든요."

"무엇을 판매하는 상인인가요?"

제도에 온 후 제리코가 상인이 꿈이었다고 말하면 다들 왜 상인이 되고 싶었냐 물었지 무엇을 팔 것이냐 구체적으로 묻지 않았다. 드래곤 슬레이어 소드는 제리코가 답하지 못할 것이라 생각했다.

"약이요."

그런데 제리코는 대답했다. 더욱 놀랍게도 취급 품목은 전문 지식을 요하는 의약품이었다.

"약인가요?"

"진짜 의사나 약제사들이 쓰는 약이 아니라, 시중에 나온 구급약 상자요. 그걸 돌아다니면서 팔고 싶었어요."

-꽤 구체적이잖아?

'꿈이었다니까.'

제도는 어떨지 몰라도 시골에선 대충 열 두서넛 정도가 되면 잡일을 돕거나 농사, 가축 기르는 일 등을 도와 자기 밥값은 한다.

제리코는 집안일과 동생들을 돌보느라 부업할 시간이 적은 대신 힘이 좋고 마을에서 인기가 좋아 품삯을 많이 받았다. 그렇게 열심히 돈을 모아 종잣돈을 만들어 행상인이 되기 위한 밑천으로 쓰려 했다.

"제가 엄청 외진 시골 마을에서 살았거든요. 의사 선생님이나 약사 선생님을 모셔 오려면 나귀나 말을 타고 멀리 나가야 했어요. 진짜 상황이 급할 때 집에 있는 상비약으로 어떻게든 해야 하는데 다들 약을 구비해 두지 않고 약초 같은 걸 필요할 때 캐서 쓰거든요. 그런데 약초는 캘 수 없는 계절이 있잖아요. 그리고 제가 보니까 약초는 효과가 좀 느리더라고요."

약초 달인 물을 마셔도 떨어지지 않던 메이의 열이 이웃 마을에서 빌려 온 해열제 한 알에 뚝 떨어지더라 이거다. 약초를 정제해 약효를 배가하고 흡수하기 좋게 만든 것이 약이니 당연한 결과였다.

시골 마을은 의사나 약사가 없고 약초를 구하기 쉬운 환경이다 보니 대부분 비상약을 구비해 두지 않았다. 그래서 제리코는 약장사가 어떤가 하고 꿈을 키웠다.

약을 전문으로 팔려면 약제사 길드에 가입하고 약과 약초에 대한 전문 지식을 길러야 한다. 돈 없고 공부할 머리도 없는 제리코가 판매하고자 한 건 이미 완성된 약을 종류별로 담아 가정에 비치할 수 있는 구급약 상자였다. 남는 건 젊음과 체력과 힘! 제리코가 구매층으로 삼은 계층은 고향처럼 외진 시골 마을이었다.

"우리 마을도 외지인이 왔을 때 남는 약이 있으면 팔아달라고 부탁했으니까요."

"도시에 나왔을 때 약을 사 가지 않나요?"

"그게…… 또…… 다치는 게 아니면 크게 아플 일이 별로 없고 소소하게 아픈 건 약초로 때우면 된다고 생각하는 사람이 많아서요. 그리고 대부분은 아프면 그냥 참거든요."

그게 다 약 사러 번화가까지 나가기 귀찮아서다. 제리코는 그런 붙박이들이라도 외지인들을 발견하면 약을 팔라고 요청하는 걸 보고 약 행상인을 하면 꽤 수요가 있지 않을까 생각했다.

─구체적이네.

'꿈이었다고 몇 번을 말해.'

생계가 걸린 일인데 어렴히 알아서 열심히 구상했을까. 제리코는 드래곤 슬레이어 소드를 노려보았다. 드래곤 슬레이어 소드가 겸연쩍어하는 감정이 전해졌다.

─미안. 그냥 금만 썹어보고 싶어 하는 줄.

'물론 그게 제일 크지.'

"여자 혼자 행상은 위험하지 않을까요? 그에 대해선 대비책이 있었나요?"

"일단 초기엔 고향 근처만 돌아다니면서 장사와 날품을 병행할 생각이었어요."

"날······ 품······."

용사의 딸 입에서 나온 충격적인 이야기에 메렐 교수가 신음을 삼켰다. 날품팔이가 나쁜 건 아니지만 미베어 공작이 될 인물이 과거 꿈이 날품팔이였다고 하니 충격이 쉽게 가라앉지 않았다.

"네, 날품. 원래 그런 외진 동네가 힘 들어가는 일 생기면 방치했다가 일꾼 써서 단번에 해치우거든요. 먹고사는 건 돌아다니면서 풀이라도 뜯어 먹으면 되고, 원래 농사짓는 동네가 초봄이 아니면 먹을 거 인심은 좋아요. 시골 거지는 얼어 죽지, 굶어 죽지는 않는다는 말이 있잖아요."

집안일과 병행한 부업으로 용돈 벌이를 제법 괜찮게 했던 제리코였기에 생계에 대한 걱정은 없었다.

"조금씩 이동 범위를 넓혀가면서 다른 행상인과 같이 다니는 거죠. 저처럼 장사를 막 시작한 행상인과 연합해서 몰려다니고 그런 거창한 꿈을······ 꾸었다고 합니다. 넵. 꾸었네요."

그렇게 제리코의 (구)인생 계획 얘기가 끝났다. 메렐 교수는 날품팔이의 충격이 가시지 않은 듯 이마를 싸매다가 차를 마셨다.

"말해줘서 고마워요. 행상인이 되고 난 이후의 안전 계획이 약간 부족하긴 하지만 제리코 양이 진지하게 미래를 계획하고 있었다는 걸 알게 되었어요."

─나도 다시 봤어.

'아, 진짜. 날 뭐로 본 거야. 먹고사는 일인데 내가 생각 없이 헤헤 웃으면서 그냥 장사하겠다고 뛰어들었을까 봐?'

─응.

제리코는 손톱으로 열심히 검집을 두드렸다. 메렐 교수 앞이라 똥이나 호수로 협박하지 못하는 게 안타까웠다.

"지금은 어때요. 그렇게 구체적인 계획이 있나요?"

"계획이······ 말이죠······."

실은 옆자리의 검과 나름의 계획을 세웠다. 남들에게 말할 수 없고 밝힐 수 없는 계획이었다. 또한 실패할 가능성도 높았다. 하지만 제리코에 겐 그 외의 계획이 전무했다. 무계획이 계획인 나날이었다.

"환경이 바뀐 지 얼마 되지 않았고 아직 적응하는 기간일 테니 계획이 없어도 괜찮죠. 먼 미래가 아닌 가까운 미래의 계획을 세우는 건 어떨까요. 일단 입학할 때 아카데미에서 하고 싶은 일이라든가."

아카데미에서 하고 싶은 일이 그 계획에 포함된다. 제리코는 메렐 교수에게 말할 수 있을 만한 단기 계획으로 뭐가 좋을지 끙끙거리다가 드래곤 슬레이어 소드를 가리켰다.

"제가 〈교양 검술〉을 수강하거든요. 검을 좀 더 잘 다루고 싶어요."

여기에서 말하는 '다룬다'는 검술 실력을 키운다는 게 아니라 막대기처럼 들고 다니는 검에 익숙해져서 다른 사람들에게 폐를 끼치지 않겠다는 의미이다. 메렐 교수는 제리코의 부족한 설명에도 용케 알아듣고 고개를 끄덕였다.

"좋은 목표예요."

"고맙습니다."

"그 외의 계획은 없나요?"

"친구를 많이 사귀려고요."

메렐 교수의 얼굴에 미소가 감돌았다. 그녀가 흐뭇한 시선으로 제리코를 보았다.

"그건 잘되어가고 있는 듯하군요."

"네. 저도 그렇게 생각해요."

"남자 친구는 사귈 생각이 없나요?"

"아하하하."

사실 관심 가는 사람이 있지만 그걸 밝힐 수는 없지. 제리코는 그냥 웃었다. 답하기 어려운 질문엔 웃는 게 최고였다.

"교수님이 보시기에 괜찮은 분, 참고하게 알려주시면……."

"우리 마그노는 어때요?"

제리코의 미소가 굳었다. 마그노 황자 얘기는 하지 말자고 하고선 본인이 그 얘길 다시 꺼내다니, 반칙이었다.

–황가에선 마그노 황자를 적극 지지하고 있네. 힘내, 제리.

황제, 황후에 이어 코리달 공주의 지지 선언이다. 제리코로선 미베어 공작가가 그렇게 탐나나 싶었다.

"황자 저하는 저기 그러니까."

"내가 말실수를 했네. 애인이 아니라 친구로 말이에요."

"그냥 친구요?"

"네. 우정과 신뢰, 때로는 경쟁과 다툼, 슬픔을 함께하는 친구요."

그냥 해보는 소리 같지 않았다. 메렐 교수가 말을 이었다.

"속정이 깊고 또 많이 외로운 아이랍니다. 제리코 양이 마그노와 친구가 되어주면 좋겠어요."

"마그노 황자 저하는 벗이 많으시고 교우 관계도 나쁘지 않으신데."

외로워 보이지도 않았다. 외롭기는커녕 주위에 다른 사람이 다가오는 걸 반기지 않는 눈치였다. 메렐 교수가 물었다.

"그렇게 보이나요?"

"네? 네에……."

"두 분 폐하께서도 마그노 황자가 겉으로는 냉정해 보여도 교우 관계가 원만하다며 좋아하시고 자랑스레 말씀하시죠."

"와아."

"그래도 제리코 양이 그 애의 친구가 되어줬으면 하네요. 분명 좋은 친구가 될 수 있을 거예요."

'이건 그거다.'

제리코는 이게 뭔지 알았다. 메렐 교수가 제리코를 보고 말랐다고 했던 것과 비슷한 그거. 모든 아이가 우리 애와 친하게 지내주길 바라는 할머니의 마음이었다. 손자가 얼마나 무서운 사람인지 모르고 마냥 순하고 착해 보이는 기적의 할머니 콩깍지!

'고모할머니란 이런 건가?'

고모할머니로서 제리코가 에밀리에게 해준 거라곤 개시 안 한 옷 뺏어 입기, 즐거운 나 홀로 쇼핑 방해하기 등이 있다.

"노력해 보겠습니다."

어쨌든 제리코는 노력해 보기로 결심했다. 어차피 마그노 황자에겐 접근해야 한다. 그 와중에 친구가 되면 좋지. 오히려 마그노 황자가 왜 달라붙느냐 짜증 낼 때 메렐 교수 얘기로 변명할 수 있으니 이득이었다.

"어릴 때부터 조숙하고 속내를 밝히지 않는 아이였죠. 감정을 숨기는 법부터 배운 아이가 제리코 양처럼 웃을 수 있다면 더는 바랄 게 없겠네요."

—마그노가 너처럼 웃으려면 기억상실증에 걸리거나 유아 퇴행을 해야 해.

메렐 교수가 무서운 말을 하고 드래곤 슬레이어 소드는 더 무서운 얘길 했다. 제리코는 공포에 떨었고 면담이 끝났다.

"안녕히 계세요."

"다음 수업 때 보아요."

제리코는 문을 닫고 한숨을 쉬었다. 드래곤 슬레이어 소드가 웅웅 진동을 전했다.

—너 이제 큰일 났다.

'왜?'

—그거잖아. 친구에서 연인으로. 황가가 작정하고 밀어주려나 본데?

'진짜 그건가? 그냥 친구 하라는 소리 같았는데.'

—네가 눈치가 없어서 그래.

'무생물인 너보단 낫거든요.'

제리코는 무생물과 눈치가 있네 없네로 티격태격 싸웠다. 오늘은 또 어디서 무얼 하며 사람들에게 말을 걸까. 고민하는 제리코에게 드래곤 슬레이어 소드가 한 가지 제안했다.

-거기 가보지 않을래?

'어디?'

-네가 한 번도 가지 않은 장소.

'응? 그런 데가 있었어?'

검술원 쪽이 너무 멀어서 가지 않는 걸 제외하면 제리코는 루나 아카데미의 구석구석을 누비고 돌아다녔다. 체력엔 자신이 있었기 때문에 쉬지 않고 열심히 싸돌아다녀서 금지 구역과 전공 학생만 드나들 수 있는 곳, 다른 기숙사가 아니면 거의 돌아보았다. 그런데 아직 돌아보지 않은 장소가 있다니. 제리코가 반색해서 물었다.

"어딘데?"

-도서관.

제리코의 얼굴이 순식간에 구겨졌다. 드래곤 슬레이어 소드가 기막혀했다.

-그런 표정 지을 것까진 없잖아. 도서관이 잡아먹어?

"왜 굳이 책밖에 없는 건물을."

-너무하네! 루나 아카데미의 도서관은 명성이 높아! 어떻게 입학하고서 그쪽으론 발길도 안 주냐!

드래곤 슬레이어 소드가 한차례 잔소리를 퍼부을 기세로 외쳤다. 제리코는 성의 없이 응대하고 미적미적 발길을 옮겼다. 어차피 텅 비어 있는 일정이니 어딜 가든 자유였다.

제리코는 머릿속 지도를 펼쳐놓고 드래곤 슬레이어 소드에게 질문했다.

"어느 도서관을 갈까?"

-일단 대도서관으로 가자.

루나 아카데미는 역사가 깊은 학교답게 도서관의 장서가 방대하다.

그래서 누구나 열람할 수 있는 장서와 고서나 마법서와 같은 열람 제한 도서를 취급하는 건물이 달랐다.

학생들이 가장 많이 이용하는 곳은 역시 대도서관이다. 거의 모든 도서가 아카데미의 학생, 직원, 교수라면 자유롭게 열람, 대출, 이용이 가능하고 조용히 학습하고 싶어 하는 학생을 위한 1인 열람실도 있었다. 학생 식당, 매점과 더불어 아카데미 재학 중 학생들이 가장 많이 방문하는 건물이었다. 남들은 도서관 현관 포석이 닳도록 드나드는 건물을 제리코는 입학 후 처음으로 발을 디뎠다. 드래곤 슬레이어 소드가 거듭 한숨을 쉬었다.

대도서관의 공식 명칭은 대나무관이지만 다들 대도서관이라 불렀다. 제리코는 1층 현관을 지나 눈으로 슬쩍 내부를 훑었다. 제리코가 어딜 가든 사람들의 시선이 그녀에게 따라붙었는데 도서관에선 시선이 거둬지는 속도가 빨랐다.

'와, 다들 책 읽고 있네.'

–도서관이잖아.

'책 냄새 좋다.'

책을 보관하기 위해 실내 공기는 건조하고 서늘했으며 책장 넘어가는 소리와 펜이 종이 위를 스치고 지나가는 소리가 조용하게 울려 퍼졌다. 거기에 사람 마음을 편안하게 하는 책 냄새까지 나니 잠들기 딱 좋은 환경이었다.

'어딜 가볼까?'

도서관에 왔지만 제리코는 딱히 읽고 싶은 책이 없었다. 그래서 도서관에 오자고 주장한 검의 의향을 물었다. 드래곤 슬레이어 소드는 일단 한 바퀴 둘러보자고 말했다.

열람실과 자습실은 빈 책상이 없었다. 다들 한 칸이나 두 칸 정도를 비워놓고 조용히 공부하거나 책을 읽었다. 제리코는 서가와 열람실을 번갈아서 돌아다니다 공부하는 사람들이 부산스럽게 느낄 거란 생각에 가능한 조용히 걸었다.

'읽고 싶은 책 있어?'

-다 둘러본 다음에 정할게.

'너무 두꺼운 건 나 귀찮으니까 안 돼.'

자동으로 책장 넘겨주는 도구가 절실했다. 제리코는 나중에 샌시를 만나면 그런 도구가 없는지 물어보기로 결심했다. 까먹지 않도록 수첩을 꺼내 적었다. 수첩을 품에 집어넣던 제리코의 눈에 알록달록 화려한 책등이 들어왔다.

'그림책도 있네?'

펼쳐 보기 힘들고 부담 가는 배우신 양반들을 위한 책만 있나 했더니 아동용 그림책이 버젓이 서가 한편을 차지하고 있었다. 제리코의 흥미가 그쪽으로 쏠렸다. 제리코는 아무 책이나 뽑아 내용물을 살폈다. 아이들의 시선을 잡는 화려한 채색, 큼직한 글씨, 어린 시절 부모님이 읽어줬던 친숙한 내용까지. 진짜 동화였다.

'이런 도서관에도 동화를 갖다 놓는구나.'

-어린아이들에게 읽어주는 동화와 전설, 민담은 실화를 바탕으로 하거나 당시 시대상을 알 수 있어서 사료적 가치가 높거든.

드래곤 슬레이어 소드가 그렇게 말했지만 서가엔 최근 출판된 새 그림책도 많았다.

그중 하나가 제리코의 시선을 사로잡았다. 다른 책들이 두세 권씩 복본으로 꽂혀 있었다면 그 책은 권수가 남달랐다. 혼자서 열 권 넘게 꽂혀 있었다.

'이거 설마……'

-빨리 꺼내봐!

책등에 적힌 제목부터 남달랐다. 〈용사 에라프〉. 제리코의 눈에 이

책이 들어온 건 반드시 읽으라는 대자연의 계시였다. 어차피 그림책이라 몇 장 되지도 않는다.

제리코는 서가에서 책을 뽑아 표지를 확인했다. 표지엔 검을 든 붉은 머리의 기사가 무시무시하게 그려진 괴물과 대치하고 있었다.

'으악, 진짜네.'

-빨리 넘겨봐, 빨리, 빨리.

제리코는 드래곤 슬레이어 소드의 재촉을 들으며 표지를 넘기고 첫 장을 읽었다. 첫 장, 첫 문장을 보고 제리코는 터져 나오는 웃음을 간신히 참았다. 붉은색 머리의 꼬마 아이가 꽤 야무진 표정을 짓고 목검을 들고 있었던 것이다.

'에라프는 용감한 소년이었대.'

-웃지 마! 이게 웃겨?

'그, 그치만.'

웃긴 걸 어쩌란 말이냐. 제리코가 숨을 가라앉히는 데 한참의 시간이 필요했다.

제리코는 숨을 고르고 묵묵히 책장을 넘겼다. 다시 생각하니 웃긴 일이 아닌데 왜 웃었는지 모르겠다. 에라프는 영웅이었고 이런 그림책 주인공이 되기에 충분한 업적을 이룩했다. 이렇게 그림책으로 만들어 아이들이 어릴 때부터 에라프의 업적을 알 수 있도록 했으니 좋은 일이었다.

그림책 속 황제가 청년 에라프에게 드래곤 슬레이어 소드를 하사했다. 제리코는 하얀색으로 빛나는 검을 지목했다.

'너 색깔 잘못됐다.'

-아냐, 저게 맞아.

'어?'

제리코는 그림 속 드래곤 슬레이어 소드와 현실의 드래곤 슬레이어 소드를 비교했다. 생긴 건 비슷한데 색은 영 딴판이었다. 그림 속 드래곤 슬레이어 소드는 흰색으로 눈부신 검신을 지녔고 현실의 드래곤 슬레이어 소드는 날이 서서 눈부신 건 맞는데 전체적인 색조가 어두웠다.

–난 기억하지 못하지만 원래는 저렇게 밝은색이었대.

광룡의 피를 머금으면서 드래곤 슬레이어 소드의 색은 지금처럼 어둡게 변했다. 색이 어떻든 인류의 보물다운 조형미를 자랑했지만 솔직히 밝은색 쪽이 좀 더 용사의 검다워 보이긴 했다.

'용의 피는 굉장하구나. 다 만들어놓은 검의 색도 바꾸고.'

책장이 계속 넘어갔다. 다음 장에서 용사 에라프는 광룡과 대치하고 있었다. 광룡은 양면에 걸쳐 묘사되었다. 한여름 밤 갑자기 닥친 태풍처럼 파괴적이었고 무서웠다. 그림책을 보는 연령대의 아이들이 자다가 악몽을 꾸거나 자지러질 묘사에 제리코가 인상을 찌푸렸다.

'진짜 이랬어?'

–그땐 내가 생기기 전이라 몰라.

그림 속 광룡이 두 면에 걸쳐 묘사되었어도 전체가 드러나지 않은 것에 비해 에라프는 제리코의 새끼손톱보다 작게 그려졌다. 그러나 그는 용감하게 물러서지 않고 드래곤 슬레이어 소드를 뽑아 용과 대치했다. 제리코는 정말 이러했냐고 묻지 않았다. 말하지 않아도 알았다.

에라프는 그랬을 것이다.

다음 장에서 에라프는 광룡의 몸에 검을 박아 넣고 있었다. 광룡이 쓰러지고 세상이 평화로워졌다는 묘사를 하기 위해서인지 어두웠던 전 쪽과 다르게 페이지 전체가 화사했다. 다만 드래곤 슬레이어 소드는 광룡의 피를 흡수해 어두워졌다.

–고증을 잘했네.

'그러게.'

아이들 보는 책이라 대충 그랬을 거라고 생각하면 오산이었다. 제리코는 책장을 넘겼다. 마지막 페이지였다.

그림책의 마지막 장에서 용사 에라프는 활짝 웃고 있고 사람들은 그의 주위를 둘러싸고 감사의 마음을 전하고 있었다. 광룡이 쓰러지고 모두가 행복하게 살았습니다. 전형적인 동화의 끝맺음이었다. 이후는 없었다. 서지 사항이 적힌 인쇄 면에 루나 아카데미 도서관의 장서임을 표시하는 도장이 찍혀 있고, 그게 전부였다.

광룡의 독, 저주에 관한 이야기는 없었다. 그림책이 발행된 날짜는 작년이었지만 용사의 죽음에 관한 내용도 없었다.

용사가 이후 어째서 공식적인 자리에 모습을 비추지 않았는지, 자유 기사의 모험이 어째서 뚝 끊겼는지 사람들에겐 알려지지 않았다.

'……일부러 비밀로 한 거야?'

-응.

'왜?'

-주인도 숨기길 원했고, 높으신 분들 사정도 얽혔고.

광룡과 싸우던 도중 입은 부상이 악화된 끝에 사망. 이것이 공식적으로 발표된 에라프의 사망 원인이었다. 어떤 부상이었는지, 얼마나 고통스러워했는지는 일언반구 언급되지 않았다. 사실 제리코도 에라프를 찾아가지 않았다면 알고 있는 사실은 그림책 속 내용이 전부였을 것이다.

광룡은 쓰러졌고 용사는 모습을 감췄다. 사람들은 광룡이 쓰러진 사실에 기뻐하지 사라진 용사의 행방에 대해선 궁금해하지 않는다.

아이들만 해도 그렇다. 용사가 광룡을 쓰러뜨리기 직전에 뜸을 들이면 화를 내고 뒤 내용을 궁금해한다. 하지만 광룡을 쓰러뜨린 이후 용사가 어떻게 되었는지 궁금해하는 아이는 없었다. 제리코도 그런 아이 중 하나였다.

'용의 독은 아무도 몰랐던 거지?'

-누가 알았겠어. 인류 기록상 용살자는 주인이 처음인데.

감히 인간이 해낼 수 없으리라 여겼던 위대한 업적. 영웅과 용사의 칭

호는 에라프에게 붙이기엔 너무 가벼운 단어였다.

제리코는 코를 훌쩍이며 책을 있던 자리에 되돌려 놓았다. 에라프의 최후를 생각하면 그녀는 언제나 목이 꽉 메었다.

'진실을 아는 사람은 어느 정도야?'

-너도 봤잖아. 주인의 관에 헌화한 사람들.

'그 외엔 아무도 모르는 거야?'

-완벽하게 덮어버리진 않고 쉬쉬하는 비밀 정도였으니까 관심을 두고 열심히 알아낸 사람 중엔 아는 사람이 있을 거야.

제리코가 입을 불퉁하게 내밀고 서가에 기댔다. 그녀는 자기 일이 아닌데 자기 일처럼 투덜거렸다.

'세상 참 불공평하지. 인류를 구한 영웅이면 산더미 같은 금은보화랑 눈이 돌아가는 미녀랑 이것저것 포상받아서 행복하게 살아야 하는 거 아니야?'

그것이 세상의 올바른 이치다. 적어도 제리코는 그렇게 생각했다. 그런 걸 받아도 하나도 누리지 못하고 고통스럽다 죽은 용사라니. 생각만 하면 눈물이 나오고 콧물이 나와서 제리코는 결국 손수건을 빼 들었다.

-그래서 다들 너에게 주려고 하잖아.

'응?'

-산더미 같은 금은보화와 공작이라는 지위, 미녀를 갖다 댈 수 없으니 대신하는 좋은 혈통의 미남까지.

에라프는 그 모든 걸 누리지 못했다. 대신 다행스럽게도 제리코라는 분신이 등장했다. 그녀는 아직 어리고 선량하며 에라프의 딸로서 누릴 수 있는 특혜를 누리지 못한 사생아이기에 더더욱 포상을 대신 주기에 적절했다.

제리코는 볼을 긁적였다. 그녀 또한 내심 다른 방면으로 알아채고 있던 사실이었다.

제리코는 아카데미에서 많은 사람과 친해졌다. 그게 꼭 제리코가 매력 만점이어서, 활발해서, 다들 제리코를 좋아해서는 아니다.

조금 냉정하게 생각할 수 있는 사람이라면, 용사의 여생이 그리 좋지 않았음을 알게 된다. 광룡을 쓰러뜨린 직후 한 번도 공식 석상에 모습을 드러낸 적 없는 용사, 소식이 딱 끊긴 용사, 결혼하지 않아 자식도 없다가 죽기 직전 찾은 사생아가 장례식에서 상주를 하다니.

에라프의 자식임을 자처한 사기꾼들의 최후는 제도에서 꽤 유명한 이야기였다.

행복한 삶이라면 그런 소문이 나지 않아야 한다. 그런 와중 죽기 직전 나타난 사생아를 미담으로 실컷 포장하여 기사로 내보냈으니 주어진 정보는 충분했다. 남은 건 정보를 조합하여 추리해 낼 머리다.

'딱히 내가 잘나서 친해진 게 아니야. 다들 내게 필요 이상으로 친절한 거지. 고향에서도 다들 내게 친절했지만 이 정도는 아니었는걸.'

꼭 제리코에게 빚진 사람들처럼.

―그들이 갚아야 하는 사람은 주인인데.

'응, 나도 알아. 에라프 님이 안 계시니까 꿩 대신 닭으로 다들 나에게 빚을 갚고 있지.'

제리코가 받기엔 과분한 친절이었다. 이 친절, 나눠 받기 위해서라도 제리코는 에라프의 또 다른 자식을 찾고 싶었다.

―그러면서 매일 놀러 다니고!

'에이, 봐줘. 사람의 정보를 얻으려면 직접 찾아가서 물어보는 것보다 주위 사람들이 흘리는 얘기를 듣는 게 더 나을 때도 있…….'

계단을 밟고 올라온 3층은 2층이나 1층보다 더욱 조용했다. 본래 도서관이란 건물이 조용한 곳이긴 하지만 3층의 고요는 각별했다. 사람이 숨 쉬는 소리, 종이 책장이 넘어가는 소리까지 모두 들을 수 있을 정도로 조용했다. 게다가 1층이나 2층에 비해 사람 수가 적었다.

'이 층은 왜 이렇게 조용하고 사람이 없지?'

건물 전체에 푹신한 카펫이 깔려 있어서 걸음 소리가 나지 않지만 제리코는 3층의 고요에 짓눌렸다. 그녀는 까치발을 하고 조심스럽게 걸었다. 궁금한 게 있으면 물어보면 된다. 제리코는 3층의 담당 사서에게 다가가 작은 목소리로 질문했다.

"사서 선생님, 이 층은 왜 이렇게 조용해요? 그게 규칙인가요?"

"그런 규칙은 없는데 어쩌다 보니."

사서가 눈짓으로 어느 방향을 가리켰다. 제리코는 사서가 가리킨 방향으로 고개를 돌렸다. 그곳엔 광룡의 피를 흡수하기 전의 드래곤 슬레이어 소드처럼 희게 빛나는 사람이 있었다.

"수업이 없을 땐 늘 저 자리에서 독서를 하시거든요. 그러다 보니 자연스럽게 조용해졌어요."

마그노 황자는 루나 아카데미에 입학한 이후 비는 시간이 생기면 대도서관 3층 열람실 고정석에 앉아 독서를 한다는 것이다. 입학 초기엔 황자와 친분을 쌓고 싶어 하는 학생들로 3층이 북적였으나 황자가 상대해 주지 않아서 이제는 다들 그를 방해하지 않으려고 다른 층보다 조용하게 이용하게 되었다고 사서가 설명했다.

제리코가 그렇게 찾아도 없더니, 여기에 있었다. 매일.

─이렇게 찾기 쉬운걸!

분노한 드래곤 슬레이어 소드가 몸을 부르르 떨었다. 제리코는 격렬해지는 진동에 사서가 놀라지 않도록 검을 달랬다.

'아잉.'

─뭐가 아잉이야, 뭐가! 도서관 왔으면 쉽게 찾았잖아!

'아이잉.'

마을의 어른들이나 또래 남성, 가족들, 심지어는 동생들에게도 통하는 무적 애교를 선보였으나 상대는 무생물이었다. 무생물은 제리코의 애교 따윈 관심 없다는 듯 거칠게 분노했다. 가뜩이나 조용한 3층인데 드래곤 슬레이어 소드가 격한 진동을 선보이니 웅웅거리는 소리가 널리 퍼졌다. 비범한 검 울림에 사서가 놀랐다.

"그, 그거 괜찮은 건가요?"

"네, 괜찮아요!"

제리코는 생물의 예의를 모르는 무생물을 책망했다. 도서관에선 정숙이라는 기본 사항을 모르다니, 용사의 검 실격이었다. 워낙 조용한 3층이라 드래곤 슬레이어 소드가 벌인 소란이 마그노 황자에게도 전해졌을 텐데, 마그노 황자는 책에 박은 고개를 들지 않았다.

'어쩌지?'

─발견했으면 접근해야지.

'오늘은 그냥 도서관 구경만 하면 안 돼?'

─아까 메렐 교수 연구실에서 마주치고 오늘 또 마주쳤잖아. 아카데미라 장소가 협소하긴 해도 우연치곤 대단해. 밀어붙여.

'그런가. 알겠어, 메렐 교수님 얘기도 있었고.'

제리코는 서가 사이로 숨어 마그노 황자를 훔쳐보았다. 그는 타인의 접근을 허락하지 않고 있었다. 1층과 2층 열람실 책상은 사람이 꽤 있는데 3층 열람실이 텅 비어 있는 게 그 증거였다. 마그노 황자가 다가오는 사람을 적당히 받아줬다면 3층 열람실은 학생들로 빽빽했을 테니까.

'으으, 다가가기 싫어. 무서워.'

─메렐 교수의 시점에 빙의해 봐.

아무리 노력해도 제리코는 마그노 황자를 '속정이 많고 외로움을 타는 우리 애'로 생각할 수 없었다. 세상엔 노력으로 할 수 있는 일이 있고할 수 없는 일이 있다. 제리코가 마흔 살 정도 더 먹지 않는 이상 마그노 황자는 여전히 무서울 것이다.

'마흔 넘겨도 무서울 거야. 아, 살은 좀 붙는 게 나을 듯.'

-빨리 가봐.

'좀 기다려. 그냥 가서 앉기 그렇잖아.'

책 없이 열람실 책상에 앉는 건 참 속 보이는 짓이었다. 제리코는 적당히 읽을 만한 책을 서가에서 골랐다. 보는 눈이 있으니 그림책은 안 되고, 읽다가 졸아선 안 되니 너무 어려워 보이는 책도 안 된다. 기왕이면 자신이 흥미를 갖거나 하다못해 드래곤 슬레이어 소드라도 재밌게 읽을 만한 책이 좋았다.

-마그노 황자가 읽는 책이랑 같은 건 어때?

'좋은 얘긴데 지금 내 각도에선 안 보여.'

-난 볼 수 있거든. 마그노 황자는 지금 〈7년 주기의 메뚜기 대이동〉을 읽고 있어.

'농사 얘기네?'

제리코네 지방은 메뚜기가 심하지 않지만 서쪽의 어느 지역은 메뚜기로 인한 피해가 극심하다고 들은 기억이 있다. 읽으면 심심하지 않을 것 같아 제리코는 책을 찾아 뽑았다. 혹시 모르니 근처의 다른 책도 몇 권 뽑아 당당하게 마그노 황자가 앉은 책상 쪽으로 움직였다.

"안녕하세요."

도서관이니 작은 목소리로 인사를 건넸다. 마그노 황자는 대답하지 않았다. 대답은커녕 제리코가 있는 방향으로 시선 한 번 주지 않았다.

"와, 읽고 계시는 책이 제가 가져온 책이랑 같은 책이네요. 이런 우연이 있나, 하하하."

-너 연기엔 소질이 없다.

마그노 황자는 반응하지 않았다. 하기야, 이 정도 접근은 아카데미에 입학한 초기 숱하게 받아봤을 터. 지금 마그노 황자의 주위가 텅 비어 있다는 것은 누구도 그의 방벽을 뚫지 못했다는 증거였다.

"아까 메렐 교수님 연구실에서 뵙고 여기서 또 뵈었는데 책까지 같다니.

우연이 세 번이나 겹치네요. 우연이 세 번 겹치면 필연이라던데. 하하하."

"······."

마그노 황자가 말없이 책장을 넘겼다. 눈썹 한 번 꿈틀거리지 않는 완벽한 무시에 제리코는 입을 다물고 싶어졌다.

─좀 더 뻔뻔해져.

'너도 몸이 살과 가죽으로 되어 있었으면 부끄럽다는 게 뭔지 알았을 거야.'

몸 전체를 금속으로 두른 드래곤 슬레이어 소드가 좀 더 뻔뻔해질 것을 주장했다. 제리코는 이를 악물고서 계속 입을 열었다.

"사실 저 오늘 도서관에 처음 와봐요. 여기저기 돌아다녔는데 웬일로 도서관은 가기가 싫었거든요. 그런데 오늘은 이상하게 도서관에 가고 싶더라니 아마 황자 저하를 마주치려고 그랬던 게 아닐까, 싶은."

─자랑이다.

'네가 뻔뻔해지라며!'

도서관에 처음 방문한 건 창피하지 않았다. 사람마다 관심 분야가 다르고 접근하기 싫은 분야가 있는 법이다! 하지만 그걸 대화 주제로 삼았는데 핀잔주는 드래곤 슬레이어 소드는 얄미웠다.

"여기 정말 좋네요. 다른 층보다 조용하고 공부하기랑 책 읽기에 딱 좋아요. 빛이 직사광선으로 들어오는 게 아니라 옆에 있는 나뭇가지에 가려서 조금만 들어와 책 읽기에 적절하면서 피부가 따갑지 않고요. 아, 그러고 보니 황자 저하께선 볕에 예민하시죠. 그래서 이런 좋은 장소를 찾아내셨구나."

"······."

"식사는 하셨어요? 이미 하셨을까? 실은 메렐 교수님이 제 담당 교수님이신데, 오늘 면담 일이라 찾아뵈었던 거였어요. 너무 일찍 가는 바람에 조금 혼났어요. 하하."

"······."

쉬지 않고 수다를 떠는 제리코와 굴하지 않고 무시하는 마그노 황자. 조용한 도서관에서 제리코 혼자 일방적으로 떠들고 있으니 사서나 다른 이용자가 주의를 시킬 만도 하다. 드래곤 슬레이어 소드가 사서의 접근을 경고했다. 제리코는 어깨를 움츠렸다.

'말을 안 걸 수는 없잖아.'

두근두근, 제리코가 사서에게 한 소리 들을 각오를 굳히고 기다렸다. 사서는 제리코에게 오지 않고 중간에서 서가 쪽으로 사라졌다. 책을 꽂아놓고 오려나 싶어 기다렸지만, 서가에서 나온 사서는 제자리로 돌아갔다. 제리코가 허탈해서 고개를 숙였다.

'나한테 한 소리 하려고 한 게 아니었나?'

−황자와 소공작이 앉아 있는 곳에 접근하기 싫었던 걸지도 몰라.

'소공작이랑 황자면 황자가 이기잖아. 내가 이렇게 황자를 귀찮게 하는 걸 두고 봐도 되는 거야?'

−사서가 말려줬으면 하는 눈치다?

'응. 그래야 내가 이만 물러나지.'

더는 용기 내어 할 말도 없었다. 더군다나 책은 재미가 없었다. 지루해 죽으려고 하는 제리코를 보다 못한 드래곤 슬레이어 소드가 작전상 후퇴를 외쳤다. 제리코는 냉큼 책을 덮고 마그노 황자에게 인사했다.

"저는 약속이 있어서 이만 가봐야 해요."

"……."

"안녕히 계세요, 저하. 또 뵈어요."

마그노 황자는 끝까지 제리코에게 눈길 한 번 주지 않았다. 그 눈빛 참 비쌌다. 주변에서 파리가 시끄럽게 앵앵거리면 수행하는 사람이라도 흘깃 쳐다보게 마련이거늘. 귀찮게 구는 파리만도 못한 취급을 받았지만 그걸로 마음 상하진 않았다. 마그노 황자가 오랫동안 꽁해 있는다고 투덜거리긴 했으나 먼저 잘못한 건 제리코 자신이었으니까.

'용서하는 건 황자님 마음이지. 내가 재촉하면 진짜 나쁜 거고.'

–솔직히 속이 좁아 보이는데. 암만 생각해도 쟤는 주인 아들 안 같아.

'그냥 네 희망 사항이잖아.'

마그노 황자가 생긴 과정에 과장과 허세가 조금 섞이긴 했으나 인류의 영웅이 그런 걸로 거짓말을 할까. 드래곤 슬레이어 소드도 그냥 해본 소리였기 때문에 더는 투덜거리지 않았다.

–기왕 이렇게 된 거 로젠 보러 가자.

'넌 로젠 진짜 좋아하네.'

–너도 좋아하잖아.

생물과 무생물의 마음을 확 사로잡은 로젠을 만나려면 과거 검술원이었던 곳까지 걸어가야 한다. 제리코는 길 한복판에 서서 배를 어루만졌다. 평생 안 하던 독서를 했더니 속이 쓰렸다.

'간단하게 뭐 좀 먹고 가자.'

–메렐 교수 연구실에서 과자 먹었잖아.

'스트레스 받아서 그런가. 먹은 것 같지가 않단 말이야.'

드래곤 슬레이어 소드가 예상하기로, 제리코가 이대로 매점으로 향하면 로젠을 찾으러 다시 나갈 확률은 한없이 0에 수렴했다. 매점은 학생들이 빈번하게 드나드는 장소이며 학생들 또한 도서관과 다르게 심적 여유를 갖고 있다. 공부하다 한숨 돌리러 나온 학생들은 제리코와 어울리는 걸 반길 것이다.

과연. 매점에서 샌드위치를 산 제리코는 금방 아는 사람을 발견했다. 제리코는 한 치의 망설임도 없이 의자를 끌어 이미 앉아 있던 무리에 합류했다.

"제리코, 안녕!"

"안녕, 안녕, 다들 안녕."

"곧 있으면 저녁시간인데 간식 먹는 거야?"

"속이 조금 쓰려서."

그리고 이어지는 시답잖은 대화들. 똑같은 기숙사에서 똑같은 수업을 듣고 매일 얼굴을 마주치는데 뭐 그리 할 얘기가 많은지 제리코와 친구들의 입이 쉴 새 없이 움직였다.

드래곤 슬레이어 소드는 아예 제리코에게서 신경을 끄고 다른 테이블의 수다에 집중했다. 시답잖은 수다 속 정보라도 알아두면 도움이 되리란 판단을 내렸기 때문이다.

"오딜론 선배는 대단하지. 무려 황자 저하와 같은 방을 썼잖아. 2년이나."

"나 같으면 위산으로 위장이 녹아내렸을걸."

"지금은 같이 안 써?"

"두 분 모두 기숙사장을 맡게 되어서 기숙사 옮겼대."

황족에 관한 이야기라 얘기를 꺼낸 학생들이 목소리를 낮췄기 때문에 드래곤 슬레이어 소드는 앞 대화 내용을 놓쳤다. 검이 딴 테이블에 신경 쓰는 동안 제리코는 마그노 황자를 대화 주제로 끌어내는 데 성공한 것이다.

-뭐야! 어떻게 했어?

제리코는 드래곤 슬레이어 소드의 질문에 대답해 주지 못했다. 실은 말하다 보니까 우연히 얘기가 그쪽으로 흘러간 거지 제리코가 뭔가를 한 게 아니다. 하지만 무능하면서도 유능한 검이 깜짝 놀라는 모습을 보니 기분이 좋았기 때문에 제리코는 능청을 떨었다.

'원래 사람의 정보를 얻으려면 직접 물어보는 것보다 주위에서 정보를 얻는 게 나을 때도 있다고.'

-그러니까 사람들이 대화 주제로 꺼리는 마그노 황자 얘기를 어떻게 끄집어냈냐고!

'잘.'

나는 마음만 먹으면 잘할 수 있는 사람이다. 제리코가 호언장담했다. 주인바라기인 드래곤 슬레이어 소드는 애가 주인 자식치고 좀 모자라긴 했어도 역시 주인의 피를 물려받았구나 싶어 감동했다.

"황자 저하 훌륭하시지."

"아름다우시고."

"형에게 들었는데 학생들에게도 친절하시다지."

"오늘 도서관 사서 선생님에게 들은 얘긴데."

일반 학생들의 입에서 마그노 황자에 대한 이야기가 나오는 것과 소공작이고 장차 공작이 될 제리코의 입에서 황자 얘기가 나오는 건 무게가 다르다. 제리코가 입을 열자 모두 입을 다물었다. 제리코는 가능한 사심이 섞여 보이지 않게끔 노력했다.

"저하는 대도서관 3층에 고정석이 있으시대."

진지하게 듣고 있었는데 다들 아는 이야기였다. 조금 무거워졌던 분위기가 풀렸다. 학생들은 웃으면서 진짜라고 고개를 끄덕였다. 이 정도는 아카데미에 재학 중이거나 대도서관에 가본 사람이라면 누구나 아는 이야기였다. 황족에 관한 이야기라고 하여 쉬쉬할 만한 사항이 아니었다.

마그노 황자를 화제로 이끌어내긴 했지만 열린 장소에서 여럿이 이야기를 하니 나오는 소재는 결국 한정적이었다. 그래도 제도 소문에 어두운 제리코와 신문에서 얻은 지식 외엔 아는 게 없는 드래곤 슬레이어 소드에겐 적잖이 도움되는 정보들이었다.

마그노 황자의 친구로 보였던 오딜론이 황자의 룸메이트였다는 것, 마그노 황자의 고정석은 모두가 아는 사실이며 황자가 그 시간을 공유한 사람은 아무도 없었다는 것 등등.

그 외엔 평소와 같은 이야기였다. 마그노 황자의 아름다운 미모에 대한 감탄, 그의 성실한 태도와 친절하면서도 적당히 선을 긋는 사교성 이야기. 평범한 사람이 하면 싸가지 밥 말아 먹은 사교성도 황족이 하면 우리를 배려하셔서 적절하게 선을 그어주시는 은혜로 받아들여진다. 마그노 황자에 대한 평판은 아들 후보 셋 중에서 제일 좋았다. 로젠은 그 놈의 연애 부분에서 평판을 열심히 깎아먹었고 샌시는 평판이랄 게 없이 최악이었다.

매점 모임은 금방 해산되었다. 다음 수업 시간이 가까워졌기 때문이다. 모든 학생이 제리코처럼 한가하다면 아카데미는 교육기관으로서의 의의를 상실할 것이다.

시간은 로젠을 찾아가기엔 어정쩡하게 남았다. 저녁 식사 시간에 맞춰 백합관으로 돌아가려면 로젠을 찾기 곤란했다.

'어쩔까.'

배를 채웠으니 다시 도서관을 찾아가 배짱으로 버텨 버려? 배불러서 간덩이가 부은 생각을 하고 있던 제리코의 눈에 매점 벽에 있는 게시판과 게시판에 다닥다닥 붙은 벽보가 들어왔다. 대부분이 신입생을 겨냥한 동아리 가입 권유 벽보였다. 물론 샌시가 만든 이상한 동아리 벽보도 붙어 있었다.

'골렘이 전단지를 뿌려서 깜짝 놀랐었는데.'

학생들이 많이 다니는 길목에 선 골렘이 동아리 가입 권유 전단지를 배부하고 있어서 제리코는 깜짝 놀랐었다. 깜짝 놀란 건 제리코만이 아니어서 〈이만보〉의 진면목을 모르는 신입생 상당수가 동아리방을 찾아가 실체를 보고 실망해서 돌아 나왔다나 어쨌다나.

제리코가 〈이만보〉 벽보에서 눈을 떼지 않자 현명한 검이 의도를 알아차렸다.

-샌시에게 가보려고?

'그럴까나.'

제리코는 샌드위치 두 개와 곁들여 마실 음료, 오래 보관하기 좋은 음식을 몇 개 구입했다. 학생 식당이 운영을 재개해 전처럼 굶지는 않겠지만 보관용으로 두면 좋기 때문이다.

일단 샌시를 위해 음식을 사긴 했으나 제리코는 여전히 샌시를 이해할 수 없었다.

"어떻게 굶을 수가 있지?"

-식사하는 것보다 더 중요한 일이 있을 땐 굶는 거지 뭐.

"세상에 밥 먹는 것보다 중요한 게 어딨어?"

-광룡과 싸우는 거라든지.

에라프와 광룡의 전투는 만으로 이틀이 걸렸다. 이틀 동안 에라프는 잠 한숨 자지 못하고, 물 한 모금 마시지 못했다. 이상형을 만들겠다는 샌시의 연구에 비교하면 천지 차이지만 드래곤 슬레이어 소드는 일단 그런 예시를 들었다.

"엄청 비장하네. 오줌은 어떻게 하셨대? 참았대?"

-그냥 쌌대.

그냥 해본 농담에 비참한 현실이 돌아오니 제리코는 가던 길을 멈추고 흐르는 눈물을 닦았다.

루나 아카데미엔 샌시가 실험실로 사용하는 곳이 두 곳이나 있다. 개중 샌시가 가장 많이 죽치고 있는 장소가 수국관 지하다. 본래는 학생들의 동아리실이 모여 있는 건물인데 지하를 동아리 〈이만보〉가 아예 점거해 버렸다. 타인의 손을 타선 안 되는 실험 재료와 연구 보고서 등이 있기 때문에 외부인의 출입은 엄격하게 통제하고 있다. 평범한 학생이라면 불가능한 일이나 샌시는 가능했다. 본래 샌시의 실력이라면 학생이 아니라 교수가 더 걸맞았기 때문이다.

로젠이나 제리코와 마찬가지로 샌시는 아카데미를 도피처로 삼은 도망자 동지였다. 둘과의 차이점은 샌시는 학생 신분임에도 불구하고 꽤 활발한 연구 활동을 하고 있다는 부분이다.

-가끔 연구 결과를 발표해서 상을 받거나 신문 기사에 이름을 올렸지.

"어째 아들 후보들이 하나같이 잘났네."

-주인의 아들이니까.

드래곤 슬레이어 소드가 자기 일처럼 으스댔다. 제리코는 팔짱을 꼈다.

"흠, 조금 의심스러워. 사실 자식 후보가 더 있는데 잘난 놈들만 골라서 너에게 얘기한 거 아니야?"

ㅡ주인은 그런 사람이 아니야!

"농담이야."

제리코는 수국관 지하로 내려갔다. 본래는 다른 층과 마찬가지로 긴 복도가 있고 양옆으로 소소한 동아리실이 있어야 하지만 샌시가 벽을 부수고 개조해 계단 바로 앞에 문이 있었다. 이 문을 통과하면 바로 연구실인데 샌시가 멋대로 지하를 넓혀 지하 10층까지 존재한다는 괴소문이 떠돌았다. 제리코도 들어가 본 적 없기 때문에 진위 여부는 몰랐다.

제리코는 문 옆에 붙은 초인종을 눌렀다. 초인종 옆에 서 있는 골렘이 허튼짓하면 재미없다는 듯 제리코를 내내 주시했다.

"누구세요."

열라는 문은 안 열리고 경계 가득한 질문만 돌아왔다. 제리코는 일단 먹을 걸 들어 보였다.

"제리콘데요, 샌시 없어요?"

"이런 미친. 미소녀가 회장을 찾아왔어."

"뭐? 배, 배신이다!"

"마탑주님에게 사주받고 찾아온 건 아니야?"

"또? 불쌍한 회장!"

문 안쪽에서 여러 사람이 우왕좌왕하는 소리가 들렸다. 제리코는 한숨을 꽉꽉 쉬었다. 이상형을 만들어보자는 사람 중에 멀쩡한 사람은 없었단 말인가!

"안 덮쳐요, 안 반해요, 샌시가 나에 대해 말 안 했어요? 아는 동생 오빠 하기로 했거든요."

제리코는 문고리를 돌렸다. 다행히 잠겨 있지 않았다. 경비를 서는 골렘이 슬쩍 움직이긴 했지만 이상한 소리를 내어 안쪽에 경고하는 데에서 그쳤다. 동아리실 안에 사람이 있을 땐 직접 나서지 않게 만들어진 듯했다.

제리코가 문을 밀자 누구냐 물었던 사람이 문을 막았다. 그는 소형 돼지를 번쩍 드는 소녀 장사를 우습게 보았다. 굶기를 밥 먹듯 하는 마법사는 발버둥 치는 수퇘지를 번쩍 드는 소녀 장사를 당해낼 수 없었다. 밖에서 전해지는 압력에 안에서 문을 밀고 있던 학생이 눈을 질끈 감고 젖 먹던 힘까지 내며 버텼다. 제리코는 기합 한 번과 함께 문을 미는 데 성공했다.

"마탑주님이 안 보냈어요! 샌시한테 이성적 관심 없어요! 샌시! 샌시?"

제리코는 샌시를 찾아 안쪽을 둘러보았다. 용도를 알 수 없는 물체들부터 건드리면 깨질 것 같은 유리로 만들어진 실험 도구들까지. 제리코가 본 적 없고 접한 적 없는 신문물의 향연이었다. 〈이만보〉 회원들에겐 다행스럽게도 제리코는 신문물에 관심이 없었다.

'먹을 거 많이 가져오길 잘했다.'

제리코는 매점에서 구입한 과자를 나눠 주며 인사했다.

"안녕하세요, 제리코 미베어예요! 샌시 없어요?"

"여자 사람이 먹을 걸 나눠 줬어!"

"히익."

"이건 꿈이야, 꿈일 거야."

과격한 반응을 보고 제리코가 중얼거렸다.

"마법사들은 다 이래?"

─아닌 거 알잖아.

마법학부생으로 멀쩡하게 기숙사장을 하는 스텔라, 그 외에 멀쩡했던 마법학부생들. 하지만 샌시와 마탑주, 지금 여기에서 중구난방으로 떠드는 마법학부생들을 보면 마법사란 직종에 편견이 생길 지경이다.

다행히 〈이만보〉에도 멀쩡한 사람이 있었다. 샌시 또래의 청년이 제리코에게 인사했다.

"안녕하세요, 전 후안이고 이 망할 동아리의 부회장입니다."

"전 제리코 미베어예요."

"역시 부회장이야. 모르는 여자랑 인사를 하다니. 대단하다."

"약혼녀 있는 사람은 달라도 뭔가 달라."

"나는 꿈속에서도 여자한테 말 못 거는데."

"너희 나한텐 말 걸잖아."

"넌 여자가 아니잖아."

"이 새끼들이!"

놀랍게도 〈이만보〉엔 여성 회원이 있었다. 제리코는 여학생이 골렘용으로 만든 손 모형으로 남학생들을 후려 패다가 반격당하는 모습을 구경했다. 분쟁은 부회장 후안의 간섭으로 순식간에 끝났다. 후안이 제리코에게 사과했다.

"귀빈 앞에서 무슨 짓이야!"

"누군데요?"

"미베어 소공작이시잖아!"

색이 선명한 붉은 머리, 등에 맨 멋진 검. 누가 봐도 알아보기 쉬운 제리코의 정체였으나 〈이만보〉 회원들은 소문에 어두웠다. 저들끼리 미베어 소공작이 누구냐고 속닥거리는 학생들을 뒤로하고 후안이 제리코를 그나마 깨끗한 테이블 쪽으로 안내했다.

"실례가 많았습니다. 저희 〈이만보〉는 이름은 '이상형을 만들어보자' 이지만 실제로 하는 연구는 골렘의 개량과 보급화입니다. 인공 영혼인 호문쿨루스의 연구도 동시에 진행 중입니다."

제리코가 의자에 앉자 후안이 차를 가져왔다. 제리코는 기시감을 느꼈다. 어디서 느껴봤나 했더니 스타즈 백화점에 방문했을 때 직원들이 그녀를 대한 태도와 비슷했다.

"여기 이 올해의 연구 계획서를 보시면."

"안 사요."

"투자하러 오신 것 아닌가요?"

"아닌데요."

"혹시 동아리 가입?"

"안 사요, 안 해요. 그냥 놀러 왔어요."

"쳇."

후안의 얼굴에서 미소가 사라졌다. 미베어 소공작이란 대형 후원자를 얻을 생각에 들떠 있던 만큼 실망도 컸다. 제리코는 실망하는 후안에게 과자를 나눠 줬다. 후안이 머리를 긁었다.

"난 또 투자하시러 온 줄 알고……. 회장은 지하 4층에 있습니다. 안내해 드리죠."

"학생인데 투자를 받나요?"

"이 연구실을 유지하려면 회장이 버는 걸로는 부족해요. 게다가 회장이 개인 연구도 허락하는 바람에…… 야! 내가 논문 통과하기 전까진 그 병 건드리지 말랬지!"

-제리, 얘가 실세다.

'나도 알아.'

샌시가 동아리 회장직을 맡고 있다는 얘길 들었을 땐 그 동아리가 멀쩡히 굴러갈까 의심이 들었는데 여기 회장 대신 일하는 부회장이 있었다. 계단을 내려가면서 제리코는 연구실을 구경했다. 지하 4층이라니, 규모가 상당했다.

"꽤 크네요. 회원 수도 생각보다 많은가 봐요."

"다들 졸업을 안 하거든요."

-……이 동아리 학생들 이대로 괜찮아?

"괜찮은 건가요……?"

"가끔 현실에 적응한 회원이 동아리를 탈퇴하고 졸업할 때도 있어요."

후안은 〈이만보〉에 가입한 학생 모두 이상형을 만들러 찾아온 건 아님을 밝혔다.

"절반 정도는 골렘과 호문쿨루스 연구가 목적입니다. 현재 가장 세밀한 동작을 할 수 있는 골렘 제작자가 회장이거든요. 호문쿨루스를 플라스크 밖에서 1년 넘게 살려둔 것도 회장이 최초예요."

후안은 자신도 골렘 연구가 목적이라고 말했다. 골렘은 인간이 들어갈 수 없는 위험한 지역에 들어가거나 인간이 하기엔 불가능한 일을 할 수 있다. 골렘의 쓸모는 무궁무진하며 골렘이 좀 더 똑똑해지고 세밀한 움직임이 가능케 되면 떼돈을 벌 수 있다는 것이다.

"그러니까 혹시 투자처를 찾고 계신다면 저희를 기억해 주세요. 저희는 스타즈 상회의 투자도 받고 있고 매해 성실한 결과물을 내놓고 있습니다."

그렇게 말하는 후안의 눈은 금전에 대한 욕망으로 활활 불타고 있었다. 솔직히 샌시가 하는 연구는 금전과 거리가 멀었기 때문에 제리코는 동아리를 나가 투자를 받는 게 어떠냐고 질문했다.

후안이 고개를 저었다.

"회장은 동아리 회원에 한해서 골렘과 호문쿨루스 조합법을 무료 공개하고 있거든요."

"아하."

개인의 취미로 모이는 동아리이니만큼 모인 학생들은 사사로운 욕심에 충실했다. 혹자는 이상형을 만들기 위해 애쓰고 혹자는 마학의 발전이나 일확천금을 위해 노력했다.

"일단 안내는 해드리는데 저희 회장이 여자 공포증이 있어서 문전 박대할 수는 있습니다."

"괜찮아요, 저 샌시랑 아는 사이거든요."

"그럴 리가."

후안의 눈이 불신으로 가득 찼다. 제리코는 샌시와 자신의 복잡하고 비밀스러운 관계를 어찌 설명해야 하나 한참을 망설이다가 그냥 간단하게 말했다.

"제가 여자로 안 보인대요."

"……회장이 드디어 미쳤군요. 미베어 소공작은 아주 매력적인 분이십니다."

"제가 좀 한 매력 하죠."

후원자 유치를 위해서인지 후안의 입과 혀는 기름을 바른 듯 매끄러웠다. 제리코는 겸손하게 부정하지 않고 선뜻 칭찬을 받아들였다.

두 사람과 검 한 자루는 목적지인 4층으로 이동했다.

"각 층마다 보안을 위해 문을 달았습니다."

문은 후안이 가볍게 뭔가를 조작하자 열렸다. 그렇게 2층과 3층의 문을 열고 계단을 내려가 목적지인 4층에 도착했다.

"회장, 손님 오셨습니다. 미베어 소공작이세요."

"…….."

"응답이 없네요. 들어가죠."

"대답이 없는데 들어가도 돼요?"

"대답하면 더 이상했을걸요."

2층과 3층의 문보다 4층의 잠금장치가 더 복잡했다. 후안이 문에 손가락을 갖다 대고 뭐라 중얼거렸다. 그러자 문이 자동으로 열렸다. 후안이 안쪽을 향해 크게 외쳤다.

"회장님!"

"있어."

안쪽에서 기어들어 가는 목소리가 대꾸했다. 샌시였다.

"손님 오셨습니다. 미베어 소공작이세요."

"샌시! 나야, 제리코!"

"들어와."

제리코는 후안과 함께 4층에 들어섰다. 4층에도 제리코가 처음 보는 신문물이 가득했다. 샌시가 그런 신문물을 다루는 모습을 보게 될 줄 알았는데 아니었다. 샌시는 제리코가 잘 아는 연필을 손에 들고 열심히 종이에 끼적이는 중이었다.

"안녕, 샌시!"

"안녕, 제리코. 무슨 볼일이라도 있어?"

"그냥 놀러 왔는데."

종이 위를 움직이던 샌시의 손놀림이 멎었다. 제리코 옆에 있던 후안이 숨을 집어삼켰다.

"특정한 목적 없이 놀러 왔다고?"

"응! 과자랑 샌드위치 사 왔는데 먹을래?"

자라처럼 몸을 말고 있던 샌시가 목만 쭈욱 빼내 제리코를 응시했다. 학생 식당이 영업을 시작하면서 밥은 챙겨 먹었는지 안색이 예전보다 나았다. 제리코가 샌드위치를 꺼내서 보여주자 샌시가 느릿느릿 다가왔다.

"목적 없이…… 놀러 와?"

"뭐야, 그럼 안 돼?"

샌시의 반응이 이상해서 제리코는 인상을 찌푸렸다. 후안이 제리코에게 작은 목소리로 물었다.

"진짜 마탑주님과 거래한 거 없으신 거죠?"

"네, 없어요."

"정말 회장이랑 알고 지내기로 하신 거고요?"

"네."

"남녀 간에 이성적 관계 없이."

"네, 없이."

"잘 부탁드립니다. 회장은 여성 공포증만 없으면 더 크게 될 수 있는 사람이에요."

틀린 말은 아니었다. 샌시의 트라우마가 치유되면 그는 이상형 제작에 집착하지 않을 테고 아카데미에 눌러앉아 있지도 않을 테니까.

샌시는 제리코가 준 샌드위치를 두 손으로 들고 야금야금 베어 물었다.

"아는 동생은 좋은 거구나."

"좋은 아는 동생이라 그래. 샌시도 좋은 아는 오빠가 되도록 노력해 봐."

"좋은 아는 오빠는 어떻게 되는 건데?"

"잘해주면 돼."

"회장이 여자와 평화롭게 대화하고 있어!"

후안이 두 번째로 숨을 들이마셨다. 아주 배를 공기로 빵빵 채울 기세였다. 제리코는 샌시가 하던 일에 관심을 가졌다. 샌시가 앉아 있던 자리 주변에 종이가 아무렇게나 널려 있었기 때문이다. 제리코는 바닥에 떨어진 종이를 주워서 내용물을 확인하려고 했다.

―연구 자료면 어쩌려고 막 봐.

'난 봐도 이해 못 할 텐데 뭐 어때.'

드래곤 슬레이어 소드의 기우였다. 종이 위에 있는 건 연구 보고서나 연구 자료가 아닌 그림이었다. 사람의 두개골이 명암까지 살려 그려져 있었다.

"오, 해골이다."

다른 종이 위에 그려진 그림은 어떤 의미에선 해골보다 끔찍했다. 해골 위에 근육이 붙은 걸 그려놨기 때문이다. 제리코는 뼈만 있는 쪽과 근육이 붙은 쪽 중 뼈만 남은 쪽이 좋았다.

"으, 징그러. 샌시 취미가 그림이야?"

그림을 그리는 사람들은 인간의 신체를 이해하기 위해서 뼈나 근육을 그려서 연습한다는 얘기를 들은 것 같다. 제리코가 묻자 샌시가 고개를 저었다.

"골렘 제작용 시안이야."

"근데 왜 뼈랑 근육을 그려?"

"뼈랑 근육부터 제작해야 하거든."

"골렘은 흙이나 돌, 나무로 만드는 거잖아."

"일단 목표는 생체 골렘인데."

나무나 돌로 이상형을 만들면 너무 슬프지 않은가. 샌시는 인공적으로 뼈와 근육, 피부를 만들어 그걸로 골렘을 제작할 것이라고 설명했다. 제리코가 진저리를 쳤지만 이미 연구 얘기에 몰두한 샌시는 그녀의 반응을 알아채지 못하고 계속 징그러운 얘기를 쏟아냈다. 결국 후안이 샌시의 입을 틀어막았다.

"회장님, 아는 동생에게 그렇게 재미없는 얘길 하면 좋은 아는 오빠가 못 됩니다."

"이 얘기가 재미없어? 왜?"

샌시가 정말 이해되지 않는다는 표정을 지었다. 제리코는 딱 잘라 말했다.

"재미없어."

"그럴 수가. 이렇게 재밌는데."

샌시가 좌절하든 말든 제리코 입장에선 샌시가 그린 그림을 구경하는 게 백배는 더 재밌었다. 종이를 몇 장 더 들춰보니 뼈나 근육이 붙은 모습만이 아니라 세밀하게 그려진 인물화가 대거 등장했다. 제리코가 반색했다.

"전부 샌시가 그린 거야?"

"응."

"진짜 잘 그린다. 그림에 재능이 있네!"

"마법사니까."

"마법사랑 그림이랑 무슨 관계야?"

"마법사는 마법진을 그려야 하니까 어릴 때부터 선 긋기 연습을 합니다."

마법의 기초는 마법진이며 마법진을 대신하는 것이 마법사들이 허공에 맺는 수인이다. 샌시와 후안이 수인의 예시라면서 손가락을 꼼지락거렸다. 따라 하다간 손가락에 쥐가 날 것 같아서 제리코가 질색했다. 예시로 보여준 마법진은 들여다보고 있으니 눈이 빠질 것 같았다. 저런 걸 그리라니. 제리코에겐 불가능했다. 어릴 때부터 배웠어도 불가능할 것 같다.

제리코는 마법사에게 손가락이 중요하다는 말의 의미를 깨달았다.

'앞으로도 샌시가 뭐 들고 있으면 들어줘야겠다. 그지?'

-그러게. 마법은 잘 모르는데 엄청 복잡하다.

복잡하고 어려운 마법진과 수인에 대한 흥미는 금방 떨어졌다. 제리코는 다시 샌시가 그려둔 인물화로 관심을 돌렸다. 남녀노소를 불문한 다양한 인물의 두상이 그려져 있었고 가장 많은 건 샌시 또래의 여성이었다. 제리코는 개중 종이 한 장을 들고 웃었다.

'이거 어째……'

-로젠 닮았다.

'묘하게 로젠이랑 플라티나 님을 닮았는데 다른 사람이네.'

혹시 마그노 황자를 닮은 인물화가 있을까 해서 찾아보니 정말로 있었다. 닮긴 닮았는데 완벽하게 베끼진 않았다.

제리코가 샌시를 놀렸다.

"허락 안 받고 참고해도 되는 거야?"

"구상 단계니까 괜찮아."

모순적이게도 타인과 교류는 하지 않으면서 샌시의 그림 속엔 주위 인물들이 가득했다. 심미안은 일반인과 같은지 객관적으로 미인이거나 상당한 매력의 소유자들뿐이었다.

제리코는 스텔라의 초상화를 보고 피식 웃었다. 스텔라는 샌시 얘기만 나오면 이를 가는데 샌시는 몰래 그녀의 초상화를 그리고 있었다.

"이렇게 미인들을 모아서 좋은 점만 본뜨는 거야?"

"그런 건 아니야. 전체 조화가 중요하거든."

미인들을 모아 전체적인 조화를 생각하지 않고 예쁜 부분만 따다간 괴물이 완성된단다. 완성시켜 본 적 있는 것 같은 말투였다. 제리코는 최근 그린 듯한 초상화 중에서 그녀가 본 사람 중 최고의 미인을 찾아냈다.

"마자리스다!"

"와! 이런 인물이 있었어요, 회장?"

후안이 마자리스의 초상화를 보고 감탄했다. 샌시가 그리는 인물화는 골렘 제작에 이용될 참고용이기 때문에 과장이 없는데 그림 속 마자리스는 정말 그림처럼 아름다운 인물이었다. 후안이 마자리스의 성별에 깊은 유감을 표했다.

"마자리스예요. 유학생 겸 직원이래요."

고작 그림일 뿐이지만 마자리스의 얼굴을 보니 제리코의 심장이 다시 두근거렸다.

"샌시, 이거 나 주면 안 돼?"

샌시의 고생을 날로 먹으려는 건 아니고, 처음 그리는 사람이라서 그런지 마자리스의 초상화가 제법 많았다. 제리코는 개중 연습용으로 그려진 초상화를 콕 집었다.

"다른 사람에게 안 보여주고 마자리스에게도 안 이를게! 나만 갖고 있을게!"

"그 사람 또 만난 적 있어?"

"아니. 찾아가 볼까 했는데 바로 찾아가면 너무 쉽게 느껴질까 싶어서. 그렇지만 미인은 쟁취하는 거니까 조만간 찾아가 볼 거야!"

"쟁취? 그 사람을?"

샌시가 진심으로 의아한 듯 물었다. 제리코는 고개를 크게 끄덕였다. 짧다면 짧은 생, 로젠과의 첫 만남과 마그노 황자의 키스 미수 사건도 마자리스만큼 아찔하진 않았다. 제리코는 자신의 가슴 위에 손을 올렸다.

"마자리스를 보면 머리가 멍해지고 가슴이 거칠게 뛰어. 이런 기분 처음이야."

"소공작께서 단단히 빠지셨네요."

하긴 이만한 인물이면. 후안이 이해한다는 어조로 혼잣말했다. 샌시의 이질적인 노란색 눈이 깊게 침잠했다.

"나도 두근거렸는데."

"헉."

"회장?"

샌시의 충격적인 고백에 후안이 경악했다. 제리코가 뭐라 반응할 겨를도 없이 후안이 샌시의 어깨를 잡고 앞뒤로 흔들었다.

"회장! 여성 공포증에서 그치지 않고 결국엔 그쪽으로 영영 가버린 거예요? 이상형은? 이상형은 여자라고 했잖아요!"

"여, 여자가 좋, 좋아."

후안이 너무 빠르고 격렬하게 흔들어서 샌시는 제대로 대답하지 못했다.

"남자가 좋으면 이상형 제작은 포기하고 골렘 연구나 계속합시다!"

"여자가 좋아!"

샌시가 혀 깨물 걸 각오하고 야무지게 외쳤다. 후안은 그제야 샌시를 흔들던 걸 멈췄다.

"그럼 두근거린 건 뭡니까?"

"피 냄새가 났어."

"샌시랑 마자리스가 마주쳤을 때 샌시가 코피를 흘렸거든요."

제리코가 간략하게 그때의 상황을 설명했다.

"운동 부족이네요. 실험실에 처박혀 있다가 밖으로 나가서 고생했으니 심장이 뛰었겠죠. 코피는 보나 마나 과로해서고."

"세상에. 샌시 그렇게 안 움직여? 그러다 죽어."

이번엔 제리코가 경악했다. 샌시는 손가락 움직일 힘만 있으면 된다고 말했다가 제리코의 오지랖을 자극했다.

"사람이 방에 처박혀 있기만 하면 몸에 곰팡이랑 버섯 생겨!"

"버섯 식용 가능해?"

-글렀다. 실험해 볼 기센데?

'만약에 샌시가 에라프 님 아들이면 네 몸에 곰팡이랑 버섯이 필 거야. 내 손가락을 걸고 장담해.'

후보 중에서 최악의 주인은 마그노 황자가 아니라 샌시였다. 마그노 황자는 용사의 검에 대한 예우로 먼지라도 털어줄 사람인데 샌시는 연구 목적이 아니라면 드래곤 슬레이어 소드를 거들떠도 안 볼 기세다.

"제리코."

"응?"

"다음에 그 사람을 만나러 갈 때 나도 같이 가도 돼?"

"나야 상관없는데 왜? 이상형에 참조해도 되냐고 물어보려고?"

"확인할 게 있어서."

대단한 부탁은 아니었기에 제리코가 그러마 했다. 둘의 모습을 지켜보던 후안의 눈이 가늘게 휘었다.

제리코는 식사 시간과 수면 시간을 줄여가며 연구에 몰두하는 마법사의 시간을 너무 뺏는 건 나쁜 일이다 싶었다. 제리코가 이만 가겠다고 말하자 샌시는 1층까지 배웅 나왔다. 계단을 올라가는 샌시의 호흡이 거칠어져 제리코는 진심으로 그의 체력이 걱정되었다.

샌시는 1층까지 나왔고 후안은 아예 수국관 밖까지 따라 나와 제리코를 배웅했다. 그가 처음 제리코를 봤을 때처럼 싱글벙글 웃었다.

"잘 부탁드립니다."

"후원 안 할 건데요."

"투자 건 말고요. 아, 물론 투자나 후원은 해주신다면 대환영입니다."

"그럼 어떤 걸 부탁하시려고요?"

"회장님이요. 회장이 소공작님과 대화 이어가는 걸 보고 얼마나 놀랐는지 모릅니다. 피해 의식이 있고 착각이 심하며 자기중심적에 상식이 약간 부족하긴 하지만 나쁜 사람은 아닙니다. 잘 봐주십시오."

"얘기만 들으면 피하고 싶은데요."

"반짝이는 재능은 무수한 단점을 잊게 만들죠."

후안은 샌시의 천재성에 눈이 멀어 무수한 단점이 중요하지 않다 여기는 모양이지만 제리코는 마법에 문외한이라 샌시의 천재성을 알아볼 안목이 없었다. 하지만 샌시가 나쁜 사람이 아니고, 조금 이상해도 좋은 사람이라는 점엔 동의했다.

–후안은 샌시가 네게 반했다고 오해하는 것 같아.

'딱히 나서서 엮어주진 않을 기세던데.'

–응. 네게 반한 일 자체가 샌시에게 긍정적이라고 생각하는 것 같더라.

제리코는 좋게좋게 생각하기로 했다. 샌시가 제리코에게 반했다는 건 후안의 오해다. 그랬거나 어쨌거나 제리코 본인이 여성 공포증 환자가 반할 만큼 매력적으로 보인다는 의미였다.

–역시 셋 다 꼬셔 버리자!

"저 멀리 가면 퇴비 썩히는 곳 있다더라~"

–다시는 없는 주둥이를 함부로 놀리지 않겠습니다.

새로운 날의 아침이 밝았다.

오늘의 수업은 검술원에서 하는 〈교양 검술〉 하나가 전부였다. 제리코는 오늘 하루를 모조리 로젠에게 투자하기로 마음먹었다. 앞선 두 차례의 수업에선 함께 수업을 듣는 사람들과 어울리느라 검술원을 돌아다니지 않았다. 사실 제리코는 로젠을 얕봤다. 로젠은 찾아가면 언제든 만날 수 있는 상대로 생각한 것이다.

또한 아카데미의 유명인이니 제리코가 찾고자 마음먹으면 언제든 발견할 수 있다고 여겼다. 입학식 때 뒤풀이 장소에서 발견한 것도 제리코의 로젠 얕보기에 한몫했다. 검술원에 가면 고개를 휘휘 돌리다가 로젠의 선명한 붉은 머리를 발견할 수 있을 줄 알았는데 현실은 그렇지 않았다. 단순히 〈교양 검술〉 수업이 이루어지는 훈련장과 아카데미를 왕복하는 것만으론 로젠을 발견할 수 없었다. 길이 엇갈린 것인지 로젠이 다른 데서 뭔가를 하고 있는지 몰라도 제리코가 직접 발로 뛰어야 했다.

〈교양 검술〉 수업의 초반부는 전부 이론 수업이었다. 검술에 이론이 어딨어, 검 들고 휘두르면 되지! 라는 사람이 있으면 한 대 때려주라는 게 교수인 젠의 주장이었다.

〈교양 검술〉이다. 검을 만져본 적 없거나 검을 업으로 삼지 않을 사람들이 듣는 수업이다. 전문가보다 어설프게 아는 사람이 더 위험하기 때문에 정신 무장을 철저히 해야 한다며 젠 교수는 처음 3회는 모두 이론이라고 설명했다. 그리고 세 번째 수업인 오늘, 젠 교수가 처음으로 학생들에게 목검을 허락했다.

"이 목검은 안에 철심을 넣어 실제 검과 무게와 무게중심이 똑같습니다. 어때요? 들고 휘두를 수 있을 것 같아요?"

휘두를 수 있겠다는 학생이 절반, 어렵다는 학생이 나머지 절반, 들었다가 팔을 부들거리는 학생이 나머지의 절반의 절반. 두 손으로 낑낑거리는 극소수의 학생이 놀랍게도 존재했다.

젠 교수는 그런 학생들의 존재를 예감했는지 놀라지 않았다.

"본래 허약하거나 근육이 잘 안 붙는데 운동 안 하는 사람들이 있죠. 그런 학생들은 이쪽으로 오세요. 여러분은 수업 시간에 기초 체력 단련을 할 겁니다."

젠 교수는 팔을 부들부들 떠는 학생과 아예 들지 못하는 학생들을 모아 조교에게 맡겼다. 젠 교수가 나머지 학생들을 데리고 목검을 잡는 법을 설명했다. 다들 누군가가 검 다루는 모습을 보았던지라 잡는 모습은 말쑥했다. 젠 교수는 목검을 들고 선 학생들 사이를 돌아다니며 중심을 잡아줬다.

제리코 근처로 젠 교수가 다가왔다. 젠 교수는 제리코를 보고 만족했다.

"자세가 아주 좋아요, 제리코 양. 그런데 표정이 왜 그렇죠? 들고 있기 힘든가요?"

"그게 아니라요."

들고 있는 검이 무거워서 학생들이 신음하는 소릴 빼면 조용한 오전의 운동장. 오직 제리코에게만 들려오는 괴성이 있었으니.

-어떻게 나를 두고 그딴 가짜 검을 들 수가 있어!

바람난 부인, 혹은 남편을 바가지 긁듯 분노하는 드래곤 슬레이어 소드의 사자후였다. 제리코의 귀에만 들리는 데다가 본래 소리가 아니고 제리코의 정신에 직접 닿는 정신파 비슷한 것이기 때문에 전해지는 충격이 어마어마했다. 두통에 이명, 현기증이 나려고 한다. 제리코는 다른 의미로 부들부들 몸을 떨었다.

"젠 교수님, 그러면 안 되는 건 알지만 제 검을 들고 있으면 안 될까요?"

"네? 진검은 제가 허락할 때만 들 수 있습니다."

"네. 저도 당연하다고 생각하는데, 윽."

-어떻게 네가 나를 두고 그딴 나무 몽둥이를!

'너무하네! 그럼 연습을 목검으로 하지 진검으로 하리?'

-나는 너밖에 없는데! 어떻게 나를 이런 땅바닥에 처박아놓고서 그딴 허접한 나무 쪼가리를 검이랍시고 두 손으로 공손하게 받들 수가 있어!

이론 수업할 땐 가만히 있더니 제리코가 목검을 들자마자 쉬지 않고 떠드는데 아주 미쳐 버릴 지경이었다.

'난 네 주인도 아니잖아!'

-주인 후보잖아! 주인 후보! 후보가 하나밖에 없으니까 주인이나 마찬가지지!

제리코의 마음을 읽고 차단 불가능한 정신 공격을 하면서 주인이나 마찬가지라고 주장하다니! 이런 불공정한 관계는 싫다! 제리코가 분노를 참지 못하고 항의했다.

"시끄러워, 좀 닥쳐!"

"제리코 양?"

제리코가 말하길 기다리던 젠 교수의 눈이 휘둥그레졌다. 몇 학생은 놀라서 목검을 떨어뜨렸다. 제리코는 쥐구멍을 찾고 싶어졌다.

"하하, 교수님, 제가 교수님께 한 말이 아니라요."

"음, 제리코 양. 내게 한 말은 잊어줄 테니 저것부터 어떻게 해주지 않겠어요?"

"네?"

젠 교수가 운동장 구석을 가리켰다. 제리코가 드래곤 슬레이어 소드를 둔 방향이었다.

"검님이 엄청난 기세로 항의하고 계셔."

젠 교수의 말대로였다. 드래곤 슬레이어 소드가 전신을 격렬하게 떨어서 검집이 바닥에서 통통 튀었다. 모래가 사방으로 튀어 흙먼지를 만드는 건 덤이고 드래곤 슬레이어 소드에서 풍기는 기세가 흉흉했다. 가까이 있던 학생들이 뒤쪽으로 도망갈 정도였다.

'하이고.'

─빼애애액! 배신이야! 바람이야! 동네 사람들!

"에라프 님의 검 드래곤 슬레이어 소드 님 맞죠? 어떻게든 해주지 않을래요?"

"그, 어째서 검에 존칭을……?"

"그래야 할 것 같아서요."

드래곤 슬레이어 소드가 이 정도로 항의하니 제리코도 어쩔 수 없었다. 제리코는 결국 젠 교수에게 사정을 설명했다.

"교수님, 사실은 제가 드래곤 슬레이어 소드의 감정이나 의향을 좀 알 수 있거든요."

"역시 에고 소드!"

"그런데 드래곤 슬레이어 소드가 자존심이 강한 검이라서요. 제가 자기가 아닌 목검을 들어서 항의하고 있어요. 진검이 위험한 건 아니까 드래곤 슬레이어 소드를 등에 매고 수업 들으면 안 될까요?"

제리코가 움직여 드래곤 슬레이어 소드를 집어 들자 사람을 위협하던 격렬한 기세가 사그라들었다. 하지만 진동은 여전했다. 목검을 든 왼손은 멀쩡한데 오른손은 검과 함께 부들부들 떨렸다. 제리코가 아기 달래듯 드래곤 슬레이어 소드를 등에 업자 진동도 사라졌다.

'자자, 진정하시고.'

—날! 날 손에 들란 말이야!

'우쭈쭈, 내가 업어줄게, 나 초보잔데 어떻게 너를 들고 연습해. 착하지?'

—검집에서 안 뽑으면 되잖아!

동생 넷을 업어 키운 장녀의 인내심이 한계에 도달했다.

"시끄러!"

제리코가 드래곤 슬레이어 소드를 향해 고함을 질렀다. 제리코에게 다가오던 젠 교수가 흠칫 놀랐다. 제리코는 황급히 변명했다.

"교수님한테 그런 게 아니고요! 아까도 지금도 모두 검한테!"

"네, 알겠습니다."

"진짜거든요."

"하하, 드래곤 슬레이어 소드 님께 한 말인 걸 알고 있으니 괜찮아요, 제리코 양."

젠 교수는 무생물에게 님 자를 붙이는 게 괜찮은 모양이었다. 제리코는 무생물님에게 쏘아붙였다.

'나만 수업받는 거 아니니까 조용히 좀 하자?'

—너한테만 들리잖아.

'퇴비, 연못, 호수, 개울, 우물, 바다.'

−목검을 등에 매고 날 들어.

'안 된다니까.'

참다못한 제리코가 최후의 수단으로 협박을 들먹여도 드래곤 슬레이어 소드는 굴하지 않았다. 결국 제리코가 드래곤 슬레이어 소드를 검집에서 뽑지 않고 연습하면 안 되냐고 젠 교수에게 건의하려는데 누군가 젠 교수를 찾아왔다.

"젠 교수님!"

"수업 중에 무슨 일입니까?"

"사모님이! 사모님이 쓰러지셔서 병원에 실려 가셨답니다!"

"네?"

젠 교수만이 아니라 학생들이 전부 놀랐다. 첫 번째 수업 때 젠 교수가 자신의 부인이 임신 8개월이라고 말한 걸 다들 기억하고 있었기 때문이다. 젠 교수가 다급히 병원으로 갈 채비를 하다가 학생들에게 보강 계획에 관해 이야기했다.

"일단 오늘 수업은 조교와 아는 사람에게 맡기고, 보강, 보강 말인데요."

"교수님 얼른 가세요!"

"나중에 전달해 주셔도 괜찮아요!"

"빨리 가보셔야죠!"

남학생 몇은 자기 부인이 쓰러진 양 발까지 동동 굴렀다. 여학생들도 크게 다르지 않았다. 젠 교수가 후다닥 달려갔다. 남은 조교가 머리를 긁었다.

"연강인데 이대로 끝내기는 그렇고……. 혹시 조교나 검술학부 학생이 수업 이어서 하면 싫으신 분?"

조교의 말대로 연강이다. 기껏 외떨어진 검술원 건물까지 왔는데 이대로 돌아가기 민망했다. 이제 막 준비운동을 마친 참이니까. 이대로 끝내주길 희망하는 학생이 있긴 했는데 조교가 그들 눈치를 보더니 자신만만하게 말했다.

"제가 아주 끝내주는 선배를 데려오겠습니다."

그렇게 데려온 학생은 끝내주는 미남이었다. 로젠이 난처한 듯 미소를 보냈다. 아카데미를 대표하는 미남이자 맏형님의 등장에 여학생들은 자지러졌고 남학생들은 환호했다. 조교가 옆에서 흥을 띄웠다.

"황금의 사랑을 받는 자! 검의 천재! 검술원의 호구! 루나 아카데미를 대표하는 미남! 루나 아카데미의 붉은 장미 로젠 스타즈!"

"호구라니, 조교님 입이 험하네. 좀 맞아라."

로젠이 졸업해서 조교가 된 후배의 등을 손바닥으로 쳤다. 그런 뒤 학생들에게 인사했다.

"안녕하세요, 1학년 여러분. 저는 조교나 부교수가 아닌 일개 학생에 불과한데 어쩌다 보니 젠 교수님을 대신하라고 끌려왔네요. 마지막까지 반항하지 못한 제 책임이 있으니 오늘은 최선을 다하겠습니다."

"졸업만 하면 바로 교수가 될 수 있는 실력자이니 다들 안심하세요!"

"그래…… 졸업만 하면 말이지."

로젠이 긴 한숨을 뱉었다. 애수에 찬 미남을 보고 여학생들이 재차 자지러졌다.

제리코는 등에 업은 드래곤 슬레이어 소드를 달랬다.

"저기 봐, 우쭈쭈. 우리 무능 검이 좋아하는 로젠이에요."

-로젠이다!

"그래, 그래, 로젠이에요. 로젠이 저기 있네. 로젠이 이제 나에게 검잡는 법을 가르쳐 줄 거예요."

붉은 머리는 흔하지만, 색조가 조금씩 다르다. 로젠이 선명한 색으로 튀는 제리코를 발견하고 작게 손을 흔들었다. 제리코는 두 손을 흔들어 화답했다. 로젠 스타즈. 어려운 남자가 되는 듯싶었지만 역시 쉬운 남자였다.

'만나기 쉬운 남자.'

로젠은 졸업하지 않아 공식 신분은 학생이나 본실력은 교수를 뛰어

넘는 실력자에 경험자다. 조교가 자신만만할 이유가 충분했다. 로젠은 교수나 조교가 자리를 비웠을 때 불려 오는 일에 익숙한 듯 능숙하게 수업을 재개했다. 드래곤 슬레이어 소드가 벌인 소동과 젠 교수의 급작스러운 자리 비움으로 공백이 있었기 때문에 그 시간을 쉬는 시간으로 대체해 기존의 수업 시간과 조율했다.

"이것으로 오늘 수업을 마칩니다. 다들 수고하셨습니다."

"선배, 감사합니다."

"조교님은 나중에 봅시다."

"선배, 하나도 안 무서워요."

자기가 머물렀던 자리 정리는 자신이 해야 무기를 만질 자격이 있다던 젠 교수의 방침에 따라 학생들은 목검 및 자리를 정리했다. 그렇게 수업을 완벽히 마친 학생들이 아카데미의 유명인 로젠 스타즈를 찾았을 때, 그는 이미 자리에 없었다.

"이런! 어디 갔지?"

－저쪽으로 도망갔어.

"아니, 왜 도망가고 난리람."

설마설마했는데 진짜 몸을 숨기고 있었다니. 제리코는 혀를 차며 드래곤 슬레이어 소드가 알려준 방향으로 이동했다.

다른 학생들은 몸을 씻는다, 다음 수업 준비를 한다, 여러 가지 일로 바빴지만 제리코는 한가했다. 물론 제리코는 한가하고 심심해서 로젠을 쫓는 게 아니다. 로젠을 쫓아가는 게 제리코의 일이었다.

"로젠! 로젠!"

왕년에 도망치는 동생들 붙잡으러 다닌 보람이 있었다. 로젠은 꽤 진지하게 도망쳤다. 하마터면 놓칠 뻔했지만 드래곤 슬레이어 소드가 계속 방향을 알려준 덕분에 제리코는 간신히 로젠을 따라잡는 데 성공했다.

"허억허억, 왜, 왜 도망가……."

"하하, 난 또 누군가 했더니 제리코였구나. 많이 힘들지? 괜찮아?"

"왜 도망가……."

"요즘 사람을 멀리하고 있어서."

"검술원 수업 오면 볼 줄 알았는데 안 보인다 했더니 진짜 숨어 사는 거였어? 왜? 플라티나 님이 잡으러 오신대?"

-자격지심 때문일지도?

졸업하지 못하는 현 상황에 대한 로젠의 자격지심과 그로 인한 우울이 심해 보였으니까. 로젠은 둘 다 아니라고 말한 뒤에 제리코를 앉아서 쉴 수 있는 벤치로 안내했다.

"원래 학기 초엔 사람을 좀 피해 다녀."

"왜?"

"인간 사회엔 여러 가지 문제가 있지만 말이지."

"응."

"생명의 위협 같은 위험하지 않은 문제가 모두 사라진 상황에서 사람을 가장 괴롭히는 문제는 뭘까?"

"진로? 애정?"

식상한 대답을 한 다음 제리코가 곧바로 정답을 외쳤다.

"돈!"

인류가 화폐를 발명해 사용하기로 약속한 이후 돈은 언제나 인류 최대의 관심사였다. 가난하면 가난한 대로 걱정, 부유하면 부유한 대로 걱정. 제리코만 하더라도 작년에 돈 문제로 얼마나 속앓이했던가. 그런 제리코의 앞에 있는 로젠은 황금이 화폐로 사용되는 한 절대 돈 걱정을 할 일이 없는 인물이었다. 그리고 유명했다.

"돈 빌려달라고 무턱대고 요청하는 사람이나, 투자를 권하는 사람이 있고……."

"신입생이?"

"1학년들은 보통 자기 진로에서 어느 쪽이 돈이 더 벌릴까 물어보러 오거나 장학금이나 후원을 요청하지……. 가끔 스타즈 상회에 취직하고 싶다고 찾아오는 애들도 있네."

로젠이 쓴웃음을 지었다. 스타즈 상회의 첫째 도련님에 검의 천재, 황금의 요정이 내린 축복까지. 이름이 유명한 만큼 신기한 일도 자주 벌어졌다.

"이상하게 학기 초엔 그런 일이 잦아. 그래서 일부러 사람을 피해 다니고 있어. 혹시 내게 볼일이 있었어?"

"그건 아닌데. 그냥 자주 볼 줄 알았는데 안 보이니까 이상하다고 생각했거든."

"하하하, 조금 지나면 자주 보게 될 거야. 일단 우리는 서로 눈에 띄니까."

제리코가 벤치에 앉아 한숨 돌리고 나자 로젠이 이후의 계획을 물었다. 제리코의 오늘 일정은 로젠으로 시작해 로젠으로 끝날 예정이었다.

"딱히 하는 일 없는데…… 로젠은 예정이 어때?"

"나도 정해진 일정은 없어. 보통은 혼자서 수련을 해."

"그렇구나. 수련하는 거 옆에서 구경해도 돼?"

"별 재미는 없을걸."

"괜찮아. 방해하지 않을게!"

로젠은 잠시 고민하더니 제리코를 자신의 개인 수련장으로 안내했다. 어째 안내하는 길이 검술원과 멀어지고 숲속으로 이어졌다. 제리코가 의아해 물었다.

"검술원 쪽으로 안 가?"

"원래는 검술원에 있는 개인용 수련장을 대여했었는데, 거긴 인기가 좋거든. 쓰려는 학생도 많고."

"응응."

"그런데 내가 쓰면 진짜 필요한 애가 못 쓴다는 생각이 들어서 학교 허락을 받고 숲 쪽에 개인 연습장을 만들었어."

역시나 스타즈 상회의 첫째 도련님. 생각과 생각을 실천할 수 있는 행동력의 규모가 남달랐다. 로젠이 목적지를 알려준 후 신신당부했다.

"지금 알려주는 장소는 다른 사람에겐 비밀이야."

"알겠어!"

제리코는 로젠의 주요 출몰 지역 정보를 얻었다. 귀한 정보이니 공유하지 않고 혼자만 알고 있기로 결심했다.

로젠을 따라 숲에 난 작은 오솔길을 걷자 개인이 수련하기 적당한 크기의 공터가 나타났다. 나무를 베어 그루터기를 뽑고, 땅을 고르게 정비한 수준이 다였다.

'스타즈 상회의 첫째 도련님이 수련하기엔 영 부실한데?'

-로젠 수준의 실력자에게 장소는 중요하지 않아.

'그런 거야?'

-그런 거야.

제리코는 적당히 방해되지 않는 거리에 앉고 로젠은 수련을 시작했다. 막 뛰어다니거나 검을 휘두르고 다니고 그럴 줄 알았는데 로젠은 바닥에 앉아 미동도 하지 않았다.

'왜 안 움직이지?'

-로젠 수준의 실력자에겐 정신 수련이 중요한 거야.

'그런 거야?'

-그런 거야.

드래곤 슬레이어 소드가 조금 고자세를 취했기 때문에 제리코는 마음이 조금 상했다. 팔다리가 없으면서 검술에 대해 아는 척하는 게 좀 괘씸했다. 제리코의 속마음을 읽은 드래곤 슬레이어 소드가 즉시 항의했다.

-난 주인의 검술을 봤거든!

중독 초기엔 에라프가 드래곤 슬레이어 소드를 잡고 몸을 풀 때도 있었다. 초기 몇 번에 불과했으나 평생 잊을 수 없는 행복한 추억이었다.

드래곤 슬레이어 소드가 주인과의 나날을 회상하자 제리코에게도 그 행복이 전해졌다. 제리코는 코를 풀었다.

'이런 충검 같으니라고.'

계속 코를 훌쩍이는데 로젠이 눈을 떴다. 정신 수련을 끝내고 몸을 풀려나 보다 예상했는데 그가 자리에서 일어나더니 제리코를 보고 웃었다.

'헉, 내가 코 훌쩍이는 소리로 방해했나?'

"미안. 미인이 지켜보고 있으니까 영 집중이 안 되네."

'방해했구나!'

제리코가 자신 때문이라 자책하고 드래곤 슬레이어 소드가 너 때문이라고 질책했다. 로젠만 제리코 때문이 아니라고 변명하며 다가왔다.

"방해됐구나! 나 그냥 갈게!"

"아냐아냐. 새벽에 일어나서 명상했으니까 괜찮아. 오늘은 그냥 같이 어울려 줄래? 요즘 어떻게 지내는지 궁금하네."

로젠이 구석에 있는 나무 상자를 열자 거기서 간단히 먹기 좋은 음식들과 물이 나왔다. 수업 들으랴, 드래곤 슬레이어 소드 비위 맞춰주랴, 체력을 소비했던 제리코가 바로 간식거리를 받아 들었다.

"손은 이걸로 닦……."

"웁!"

로젠이 뒤늦게 물수건을 전해 주는데 제리코는 이미 포장을 뜯고 간식을 먹은 뒤였다. 로젠이 웃으며 물수건을 뒤로 감췄다. 제리코는 민망해서 변명했다.

"시골은 원래 이래."

-너만 그래.

"내가 너무 늦게 줬구나. 먼저 물수건부터 줘야 했는데."

"아냐. 내가 배가 너무 고파서 그냥 먹어버렸어."

-내숭 좀 떨어라. 이래서 어떻게 로젠을 꼬시겠어.

'그 농담 재미없다.'

뇌가 없어서 그런가, 드래곤 슬레이어 소드는 재치가 부족했다. 어쨌든 제리코는 물수건으로 손을 깨끗하게 닦은 뒤 다시 간식을 먹었다. 로젠의 근황을 물으니 그가 아주 슬픈 표정을 지었기에 주로 자신의 근황을 이야기했다.

"메렐 교수님이 담당 지도 교수님이 되었거든."

"아, 그 메렐 교수님. 좋은 분이시지."

"응. 근데 내가 좀 일찍 찾아가는 바람에 마그노 황자님이랑 마주쳤어. 근데 그날 도서관에서 황자님이랑 또 마주쳤잖아!"

제리코가 대단한 우연이 아니냐며 흥분하는데 로젠이 고개를 끄덕였다.

"그날 도서관 처음 갔구나."

"⋯⋯까르륵."

-정신 차려. 로젠은 1등 하던 애야. 문무 겸비!

제리코의 근황을 웃으면서 듣던 로젠은 제리코가 입을 다물자 잔잔한 미소를 띠었다. 그가 화제를 이어받았다.

"황자 저하도 학기 초라 힘드셨을 거야."

"로젠은 말 건 적 있어?"

로젠이 불가능했다면 솔직히 제리코에게도 승산이 없었다. 로젠은 어깨를 으쓱였다.

"나도 초기 몇 번만 대화하고 도서관에선 저하께 말을 건 적 없어. 일단 저하께서 싫어하시니까."

"윽."

"혹시 말 걸 생각이었다면 포기하는 게 좋아. 저하의 심기를 거스를 필요는 없으니까."

"하지만~"

제리코는 하고 싶은 말을 정리하기 위해 '만'을 길게 늘여 질질 끌었다.

"마그노 황자 저하가 늘 그 자리에 계신다고 들었는데."

"응. 입학 이후 항상."

"진짜 다른 사람들이 말 거는 게 싫다면 개인용 열람실 가면 되잖아."

조용히 독서를 하고 싶다면 개인용 열람실에 가면 된다. 개인용 열람실은 대도서관 내에 있으니 멀리 가지 않아도 되고 마그노 황자처럼 성실히 도서관에 출퇴근한다면 예약이 꽉 찰 걸 걱정할 필요도 없다. 꼭 그렇게 3층 전체를 개인용 열람실화할 건 없지 않나. 제리코가 3층에 앉은 마그노 황자를 보고 가장 처음 품은 의문이었다. 그래서 제리코는 내심 괘씸한 생각을 품었다.

"혹시 저하께서 타인의 접근을 기다리시는 건 아닐까 하고……."

-그럼 사람들을 무시하면 안 되잖아.

'시험해 보는 거지. 얼마나 끈질긴가. 아니면 자기 마음에 드는 사람이 오기를 기다리거나?'

-탑에 갇힌 공주냐. 사람 기다리게.

드래곤 슬레이어 소드는 회의적이었으나 로젠은 제리코의 해석이 마음에 든 눈치였다. 그가 꽤 솔깃한 표정을 지었다.

"그 생각을 못 했네……."

"그치? 그치?"

"다음에 도서관 가면 저하께 인사를 드려야겠어."

"와아!"

로젠은 성실하다. 그가 마그노 황자에게 아는 척하길 그만둔 건 마그노 황자가 원하지 않는 것 같아서였지 지쳐서가 아니었다. 이걸로 제리코는 함께 마그노 황자에게 아는 척할 아군을 얻었다.

-그게 진짜 속셈이었냐? 너 잔머리는 좋다?

'에헴. 이런 게 인간관계라는 거야. 무생물은 얌전히 이 몸의 계략을 지켜보도록.'

점심시간이 가까워졌기 때문에 둘은 같이 식사를 하기로 했다. 갑자기 쓰러진 젠 교수의 부인에 대해 걱정하는 대화를 나누는데 하늘에서 푸드덕 소리와 함께 작고 단단한 무언가가 떨어졌다. 로젠이 솜씨 좋게 공중에서 낚아챘다.

"우박인가?"

"아니."

로젠이 한숨을 쉬면서 손바닥을 펼쳤다. 로젠의 손 위엔 반짝이는 보석이 달린 반지가 놓여 있었다.

"저기 나무 위 보여?"

로젠이 손가락으로 가리킨 곳을 보니 새의 둥지가 있었다.

"저게 까마귀 둥지거든. 가끔 이런 게 떨어져서 수련을 방해해."

"세상에."

명불허전 숨만 쉬어도 재산이 불어나는 남자. 바닥을 내려다보고 걸으면 돈을 줍고 하늘에선 보석 반지가 떨어졌다. 제리코의 심장이 쿵쿵 뛰었다. 이런 광경을 목격할 때마다 로젠을 향한 호감이 콩나물처럼 쑥쑥 자랐다.

로젠이 반지를 이리저리 돌려가며 살폈다.

"각인 같은 건 없네. 생활과에 갖다줘야겠다."

"여기서 멀지 않아? 내가 맡겨줄까?"

"그래 줄래?"

제리코는 반지를 받아 주머니에 넣고 잃어버리지 않도록 단추를 잠갔다. 로젠과의 즐거운 식사 시간이 끝난 후, 제리코는 수련을 방해하지 않기 위해서 그와 헤어졌다. 로젠이 조금 아쉬워하긴 했지만 소드 마스터가 되기 위해 절차탁마하는 천재를 방해할 순 없었다.

─지루해서는 아니고?

드래곤 슬레이어 소드가 정곡을 찔렀다. 제리코는 무생물의 발언을 불허했다. 일단은 본관에 들러 학생 생활과에 까마귀가 떨어뜨리고 간

반지를 맡겼다. 아직 반지를 잃어버렸다고 찾아온 사람은 없었다.

"주인이 안 찾아오면 어떻게 해요?"

"일단은 모두가 볼 수 있도록 게시판에 공고합니다. 이런 반지 같은 고 가품은 사기를 막기 위해 간략한 설명만 적어놓죠. 1년이 지나도 주인이 오지 않으면 주운 사람에게 돌려주는데."

"근데 이건 까마귀가 물고 왔거든요. 아카데미 관계자가 주인이 아닐 수도 있는데 어떡하죠?"

"흠…… 일단 아카데미 소식지에도 적어두겠습니다."

그렇게 해봐야 아카데미 소식지를 받아보는 사람에 한정된다. 까마귀가 어딜 어떻게 날아다니다 보석 반지를 얻었는지 모르니까 소용없었다. 결국 제리코는 신문이나 잡지에 광고한다는 방법을 생각해 냈다. 보통은 찾는 사람이 광고하지 찾아주려고 광고하진 않지만.

―그냥 둬. 평범한 보석 반지잖아.

"평범하다니! 보석 반지야! 보석 반지가 어떻게 평범해!"

―네 보석함에 널린 게 보석 반지야.

"그렇지만 그 반지는 금으로 만들어졌고 보석이 달렸는걸!"

―응. 네 보석함 속 반지들도 금이나 은으로 만들었고 보석이 달렸어. 개중 하나가 없어져도 넌 눈치 못 채겠지?

"아닐 수도 있잖아. 주인에게 소중한 반지일 수 있다고."

―손가락에 끼우면 되는 반지를 까마귀가 채가게 내버려 둔 시점에서 소중한 반지가 아니야.

"그러니까 무생물은 이래서 문제야! 손을 씻거나 장갑 끼고 그러느라 빼뒀는데 까마귀가 채갔을 수도 있잖아!"

제리코는 드래곤 슬레이어 소드와 티격태격 싸우면서도 착실하게 걸음을 옮긴 끝에 대도서관에 도달했다. 앞으로 매일매일, 도서관에 출석 도장을 찍으리라.

"후우."

조급해지려는 마음을 안정시키기 위해 크게 심호흡을 하고 제리코는 대도서관으로 들어갔다. 계단을 오르고 올라 3층에 도달하자 적막이 그녀의 몸을 감쌌다.

'3층은 유독 서늘해.'

이용객이 유난히 적은 층이라 한층 더 썰렁하게 느껴졌다. 제리코는 3층의 담당 사서에게 목례한 후 슬렁슬렁 서가를 거닐었다. 무작정 가서 앉으면 눈치 보이니까 적당히 책을 뽑을 생각이었다.

'뭐 읽지. 재밌는 거 보고 싶다.'

─소설은 2층이야.

'다른 층에 있는 책 가져오면 더 눈치 보이잖아.'

그런 제리코의 눈에 들어온 책이 있었으니, 까마귀 생태학 책이었다. 옳다구나. 제리코는 그 책을 뽑았다. 마그노 황자는 고정석에 앉아 미동도 하지 않고 독서에 열중했다. 제리코는 황자의 앞자리에 앉았다.

"안녕하세요."

"……"

제리코는 조금 큰 목소리로 인사했다. 3층의 사서와 근로 학생은 조금 시끄럽게 떠들어도 주의를 주지 않으니 일부러 마그노 황자가 무시하지 못할 정도로 목소리를 키웠다. 하지만 마그노 황자는 제리코를 무시했다. 보는 눈이 있어서 인사를 받아줄 줄 알았더니 아니었다.

─도서관에서 무례하게 구는 사람의 인사는 무시해도 괜찮다는 거겠지.

"호호호."

제리코는 책상 위에 책을 올렸다. 까마귀에 관해 쓸 게 뭐 그리 많은지 모르겠는데 책이 좀 두껍고 글씨는 작았다. 그나마 다행인 건 그림이 좀 있었다.

"학기 초엔 이유는 모르겠지만 유명인들에게 사람이 들러붙고 그런

다나 봐요. 그런데 저하 주변은 조용하네요. 참 신기해라. 다들 저하를 방해하기 싫어서 그런가 봐요."

"……."

마그노 황자는 말없이 책장을 넘겼다. 안경 너머에서 미세하게 움직이는 붉은 눈동자는 제리코 쪽으론 절대 움직이지 않았다.

제리코는 마그노 황자가 읽는 책을 보고 깜짝 놀랐다. 공교롭게도 그가 읽는 책이 방금 제리코가 책장에서 뽑아 온 책과 같은 책이었다.

"우와, 저랑 같은 책을 읽고 계시네요! 이런 우연이 있나! 이번엔 진짜로 제가 고른 책, 크흠! 제가 오늘 까마귀를 봤거든요!"

-이상하다. 저번엔 일부러 그랬고 이번엔 진짜 우연인데 왜 지금이 더 부끄럽지.

가죽도 없는 무생물이 부끄럽다고 난리 쳤다. 쯧. 제리코는 경고의 의미로 혀를 찼다.

"아니, 정말로요. 제가 오늘 로젠 스타즈 선배를 만났거든요. 저하도 아시죠? 로젠은 황금 요정의 축복을 받았잖아요. 오늘 로젠이 수련하는 걸."

'아, 맞다. 숲속 수련장 얘긴 비밀이랬지.'

"검술원의 개인 수련장에서 구경하고 있는데 하늘에서 뭐가 떨어진 거예요. 로젠이 그걸 잡았는데, 세상에. 하늘에서 뭐가 떨어졌는지 아세요?"

제리코의 얘기에 귀를 기울이는 건 마그노 황자가 아닌 3층의 사서와 근로 학생이었다. 제리코는 긴장감을 유발하기 위해 일부러 뜸을 들였다. 사서와 근로 학생이 귀를 쫑긋 세웠다.

"반지였던 거 있죠! 금으로 만들고 보석이 달린 보석 반지! 정말 깜짝 놀랐다니까요. 로젠 말로는 근처에 까마귀 둥지가 있는데 가끔 그렇게 물건이 떨어진대요. 황금의 축복 참 대단하죠? 어쨌든 그래서 제가 까마귀에 관심이 생겨 이 책을 골랐어요. 절대 저하가 뭘 읽으시는지 보고 가져온 게 아니고요."

솔직히 이번 얘기는 좀 재밌었다. 제리코 자신의 일방적인 생각이 아니라 까마귀가 보석을 훔쳐 날다가 황금 요정의 축복을 받은 사람 위에 떨어뜨렸지 않은가. 동물이 나오고(까마귀) 장미를 닮은 미인이 나오고(로젠) 보석이 나오는(반지) 자극적이다 못해 짜릿한 얘기였다. 그런데도 마그노 황자의 태도는 요지부동이었다.

'독하다.'

―도서관 외에 다른 장소에서 접근하는 건 어때?

'다른 장소 어디. 저하 수업 가시는 걸 따라다닐 순 없잖아.'

조금만 더 힘내자. 제리코는 마른침을 삼키고 말을 이었다.

"까마귀가 반짝이는 물건을 좋아한다는 얘긴 들었는데 진짜로 본 건 처음이었어요."

까마귀 얘기가 끝나 버렸다. 이젠 무슨 얘기를 해야 할까. 제리코가 오늘 하루 있었던 일 중에서 시답잖게 떠들 만한 화제를 찾았다.

―젠 교수 부인 얘기는 어때?

'해피 엔딩으로 끝나면 괜찮지만 아직 어떤 엔딩인지 모르니까 안 돼.'

그때 마그노 황자가 처음으로 움직였다.

읽고 있던 책을 덮어버린 것이다. 원체 움직이지 않던 사람이라 책장을 넘기는 것 이외의 모든 행동이 과격하게 느껴졌다. 책장을 덮은 마그노 황자가 소리가 나지 않게 의자를 민 뒤 자리에서 일어났다. 그는 책과 양산을 챙기고는 사서에게 목례한 뒤 떠났다. 제리코는 제자리에 얼음이 되어 굳어 있다가 시간이 지나면서 조금씩 풀렸다.

"설마 나 때문에?"

―그렇지.

"내가 시끄러워서?"

―정답.

드래곤 슬레이어 소드와 대화하는 제리코를 자문자답한다고 여겼는지 사서가 다가왔다.

"아이, 아닐 겁니다. 소공작보다 더 부산스럽고 귀찮게 하는 사람이 있어도 그냥 무시하셨는걸요. 아마 다른 볼일이 생기신 걸 거예요."

"제가 너무 시끄러웠죠? 죄송해요."

"아니에요, 괜찮아요. 저희는 사실 소공작께서 성공하시길 비는 쪽이라. 응원하겠습니다."

2년 동안 도서관에서 마그노 황자를 지켜본 사서는 누구든 좋으니 마그노 황자와 같은 책상을 쓰는 사람이 더 생기길 바라는 쪽이었다. 내년이면 마그노 황자가 졸업할 예정이고 이번 신입생들도 금방 나가떨어져서 포기했는데 혜성과 같이 건강하고 활기찬 미베어 소공작이 등장했다. 이제껏 황자에게 접근한 사람 중 가장 신분이 높고 처지도 비슷했기에 사서는 제리코에게 큰 기대를 걸고 있었다.

"안녕히 계세요……."

"소공작님! 내일도 꼭 와주세요! 내일 황자 저하는 3교시 공강이에요!"

사서가 마그노 황자의 시간표까지 알려주며 응원했다. 실의에 젖은 제리코는 듣는 둥 마는 둥 고개를 끄덕였다. 응원은 뭔 놈의 응원. 제리코는 마그노 황자의 야멸찬 무시로 기가 팍 죽었다. 더는 열심히 할 엄두가 나지 않았다. 원래 그랬으면 모르겠는데 원래 안 그랬던 사람이 자신 때문에 아예 도서관을 떠나 버렸지 않은가. 기가 죽어서 터덜터덜 도서관을 떠나 기숙사로 돌아가는 그녀를 드래곤 슬레이어 소드가 위로했다.

-제리, 너무 슬퍼하지 마. 마그노 황자가 나쁜 거야. 사람 무시에도 정도가 있지. 더는 걔랑 어울리지 마. 시간 낭비야.

'그렇지만. 정보를 얻어야 하는데.'

-대신 샌시와 로젠은 너랑 친하잖아.

'응.'

-소거법이야. 로젠이랑 샌시가 아니면 자동적으로 마그노 황자가 주

인의 아들인 거지.

'어라?'

그 말이 정답이었다. 제리코의 눈이 반짝였다.

"그러네?"

―그렇지.

"힘들게 접근할 필요가 없네?"

―그렇지!

"하지만 메렐 교수님이 친하게 지내달라고 하셨는데."

―황자가 너 싫다잖아. 넌 자존심도 없어?

"황자 저하의 자존심에 비하면 내 자존심은 쇠똥구리가 굴리는 쇠똥처럼 보잘것없지."

―야.

지나친 자기 비하에 드래곤 슬레이어 소드가 한 소리 하려는 찰나, 제리코가 말을 이었다.

"하지만 쇠똥구리 입장에선 새끼에게 밥이 되고 집이 되어줄 소중한 쇠똥! 소중한 내 자존심!"

―바로 그 자세야, 제리!

"까르륵!"

작은 종처럼 명랑한 웃음소리가 돌아왔다. 제리코는 두 팔을 번쩍 들었다.

"포기한다! 하하하!"

뭘 포기한다는 건지 모르지만 웃음소리는 밝고 활기찼다. 제리코의 웃음소릴 들은 사람들은 따라 웃으며 미베어 소공작에게 인사했다. 부디 포기한다는 것이 성적이 아니길 바라면서.

12장
도서관의 황자님

　말로는 포기한다 했지만 그렇게 쉽게 포기할 순 없었다. 제리코는 이후로도 매일매일 대도서관에 출석 도장을 찍었다. 마그노 황자가 중간에 도서관을 박차고 나간 건 그날이 처음이자 마지막이었다. 이후엔 언제 그랬냐는 듯 싸늘한 시선으로 제리코를 무시하기만 했다.

　제리코는 3층 사서의 도움으로 마그노 황자의 수업 일정 정보를 획득했다. 늘 들고 다니는 수첩엔 두 사람의 시간표가 그려졌다. 하나는 제리코 자신의 것이고 다른 하나는 마그노 황자의 시간표였다. 제리코의 시간표가 여유의 정점을 찍는다면 마그노 황자의 시간표는 인간의 한계를 시험했다. 제리코가 대도서관에 갈 때마다 황자와 마주친 게 신기할 정도였다.

　"운이 좋았네."

　-그러게. 처음 찾아간 날 마그노 황자의 수업 시간과 겹치지 않은 게 다행인데. 네가 도서관을 또 갔을 린 없으니까.

　오늘은 반드시 마그노 황자의 목소리를 듣겠다는 결심을 하지만 매일매일 좌절한다.

마그노 황자 쪽 진척이 지지부진 제자리걸음을 반복했다면 로젠과 샌시 쪽은 꽤 수월했다. 특히나 로젠 쪽에 상당한 진척이 있었다. 로젠이 제리코가 수강하는 〈교양 검술〉의 강사 대리를 맡게 된 것이다.

사정은 이렇다. 임신 8개월이었던 젠 교수의 부인은 조산했다. 다행히 산모와 아이 모두 무사했다. 하지만 부인이 건강을 많이 해쳤고 부인과 교수의 일정이 뒤틀리면서 보모와 유모를 구하는 데 차질이 생겼다. 결국 젠 교수는 2학기에 사용하려 했던 안식년을 앞당겼다. 이렇게 교수가 사라지면 대체 교수를 구하게 마련이다. 젠 교수는 동료 교수가 아닌 로젠에게 수업을 부탁했다.

수업 대부분을 교수 재량에 맡기는 루나 아카데미라 하여도 본래는 불가능한 일이다. 로젠은 학생이지 교수가 아니기 때문이다. 아카데미에서 학생들을 가르치려면 아카데미와 같은 상급 교육기관의 졸업장이 필요했다. 그리고 로젠은 모두가 알다시피 졸업장이 없었다. 하지만 로젠은 모르는 사람이 없는 실력파. 학생들은 로젠이 자신들을 가르칠 것이란 얘기에 불평하거나 반발하지 않았다.

또한 로젠은 그간 짬짬이 검술원 수업을 도와왔다. 수업 자체도 전공 강의가 아닌 교양 수업이기 때문에 아카데미 측에선 결국 젠 교수가 지정한 대리 강사 요청을 수락했다.

남은 건 하나, 로젠을 설득하는 일이었다.

멋대로 자신을 대신할 사람으로 로젠을 찍어놓고 로젠의 의사를 묻지 않은 젠 교수는 태연한 얼굴로 한마디를 남겼다.

"로젠 군은 에라프 님을 존경하니까 수업을 맡을 겁니다."

당사자인 로젠 입장에선 실로 황당무계한 일이었다. 반대하기엔 이미 늦어 일의 대부분이 진척된 상황. 아카데미와 젠 교수, 수강생에게 모두 공지가 전해진 상태에서 로젠이 발을 빼면? 로젠은 행복해지고 나머지는 모두 불행해지거나 귀찮아진다. 젠 교수는 새 대리 강사를 찾느라 육아와 간병에 힘쓰지 못할 테고 학생들은 대리 강사가 구해질 때까지 수업하지 못하다가 어느 날 갑자기 날아온 보강 공지로 일정을 망치게 되겠지.

공식적인 신분은 학생이지만 실상은 백수인 로젠은 최근 들어 자존감을 많이 잃은 상태. 그는 자기 때문에 다른 사람들이 고생하는 것을 참지 못했다. 거기에 교수님과 후배인 조교의 부탁 또한 거절하기 곤란했다.

"그런 이유로."

학생들 앞에 선 로젠의 안색은 별로 좋지 않았다. 상당히 피곤해 보였다. 육체적 피로보단 정신적 스트레스가 상당한 듯했다.

"웬일이니. 피곤해서 인상 쓰니까 더 멋있어."

"잘생긴 남자는 뭘 해도 멋있지. 저번이랑 다른 매력이 있다."

로젠을 대표하는 매력 중엔 건강미가 있다. 하지만 가끔은 저런 약한 모습을 보이는 것도 평소와 다른 반전 매력이 느껴진다고 몇몇 여학생이 쑥덕였다.

"젠 교수님 대신 여러분의 수업을 맡게 된 로젠 스타즈입니다. 선생님이라고 불러주시면 됩니다. 수업은 젠 교수님이 짜신 일정을 가능한 따를 예정이고 수업하기 전에 당부 말씀을 드리자면."

그는 피곤한 와중에도 친절한 태도를 유지하고 있었는데 그런 로젠의 태도가 갑자기 사무적으로 변했다. 제리코는 순간 플라티나가 로젠에게 빙의한 줄 알았다.

"금전 관련 상담은 받지 않습니다. 투자는 전문가에게, 후원은 학교 장학지도부에 상담하세요. 스타즈 가문의 가훈대로 돈도 빌려 드리지 않습니다. 대출은 은행에, 학생 소액 대출은 각종 기금을 알아보시기 바랍니다."

로젠은 입술에 기름칠을 한 듯 준비된 문장을 줄줄 읊었다. 드래곤 슬레이어 소드가 안쓰러운 듯 말했다.

-어지간히 시달렸나 보구먼.

'어쩔 수 없지. 나도 좀 혹하는걸.'

재산을 금으로 환산하면 용이 가진 금의 양에 필적한다는 소문의 스타즈 가문. 그런 가문의 장남이자 황금의 요정에게 축복을 받았으니 금전 관련 문제가 안 생길 수가 없다.

투자 조언을 해주지 않는다는 대목에서 학생 몇이 아쉬워했다. 로젠은 그런 학생들을 지목하더니 이렇게 말했다.

"뭔가 착각하는 분이 많은데 제게 투자 조언을 받는다고 무조건 성공하는 게 아닙니다. 축복은 제게 집중되어 있어요. 여러분의 투자가 실패로 이어지고 제 배를 불릴 수도 있는 거죠."

"네, 알겠습니다!"

"복권도 사달라고 부탁 안 할게요!"

"이상의 사항을 지켜주시면 여러분과 부담 없이 소통하는 임시 교사가 되겠다고 장담합니다. 언제 어디서나 여러분의 생활 속 편의를 지켜드리는 스타…… 죄송합니다. 입에 익어서."

로젠의 말실수에 듣고 있던 학생들이 크게 웃었다. 제리코도 배를 잡고 웃었다. 정기적으로 로젠을 볼 수 있게 되었으니 제리코 입장에선 예기치 않은 행운이었다.

수업이 시작되었다. 전 수업에 이어 모두 목검을 들고 기본자세를 취했다. 로젠이 천천히 학생들의 자세를 봐주며 제리코에게 다가왔다.

수업 중인데 서로 반말을 할 수 없는 노릇이다.

"안녕하세요, 제리코 양."

"안녕하세요, 선생님."

"제리코 양은 왜 등에 검을 매고 있습니까?"

"음……."

말보단 직접 보여주는 게 빠르다. 제리코는 드래곤 슬레이어 소드를 바닥에 내려놓았다. 그러자 드래곤 슬레이어 소드는 자신이 할 수 있는 유일한 방법으로 거칠게 항의했다.

우-우-우-우-웅.

로젠의 눈이 휘둥그레졌다.

"제가 내려두면 항의해요."

"과연 에고 소드! 드래곤 슬레이어 소드 님은 대단하군요."

"……왜 존대를?"

"왠지 그래야 할 것 같아서……."

젠 교수가 그러더니 로젠도 무생물에 존칭을 썼다. 제리코는 혀를 끌 끌 찼다. 용사의 검이지만 팔다리 없는 무능한 검인 것을 몸 좀 떨 줄 안 다고 존대하다니.

'검사들이 저렇게 소심해서야.'

—나의 위대함을 알아보는 거지.

어쨌든 존칭이 붙는 위대하신 검님이 항의하는데 무시할 수 없는 노 릇. 계속 무시했다간 마력과 흉흉한 기세를 내뿜어 다른 학생들의 수업 까지 방해하니 제리코는 로젠의 허가를 받아 드래곤 슬레이어 소드를 등에 매고 수업을 받았다.

로젠은 간간이 제리코에게 힘들지 않냐 걱정하는 기색을 내비쳤다. 제리코는 괜찮았다. 뇌에 직격으로 꽂히는 잔소리와 괴성보단 몸이 조 금 힘든 쪽이 낫다.

수업이 끝난 후 제리코는 다른 사람들에게 들키지 않도록 조심하면 서 로젠의 개인 수련장으로 이동했다. 사실 수업이 없을 때에도 와봤는 데 그땐 로젠이 없었다. 아무도 없는 빈 공터에서 시간을 죽이며 드래 곤 슬레이어 소드와 잡담을 하다가 돌아갔던 것이다.

다행히 오늘은 수련장에 주인이 있었다. 소드 마스터의 경지를 목전에 둔 검사가 수련장 중앙에 앉아 명상 중이었다. 활기차게 인사하려던 제리코가 인사를 꿀꺽 삼켰다.

'방해인가. 내가 말을 걸면 방해하는 건가.'

로젠 본인이야 할 일 없는 백수 신세라고 자격지심을 갖는 모양이지만 사실 그는 소드 마스터가 될 것이라 점쳐지는 천재 검사다. 매일매일 성실하게 수련하고 자신을 몰아붙이는 검사의 시간을 뺏어도 되는 것일까? 제리코는 덜컥 겁이 났다.

먼저 아는 척을 한 쪽은 로젠이었다. 그가 바로 제리코를 응시하더니 생긋 웃었다.

"제리코 왔어?"

"헉, 어떻게 알았어?"

딴에는 조심스럽게 기척을 줄여 걸어왔다. 꽤 멀리서부터 제리코의 존재를 감지했던 로젠은 자세를 풀고 수련장에서 일어났다. 그가 엉덩이를 털고 일어나자 제리코는 제자리에 주저앉아 머리를 싸맸다.

"설마 내가 방해한 거야?"

"아니야, 괜찮아."

"방해했구나!"

"괜찮아. 수련한 게 아니라 수업 계획을 생각 중이었거든."

젠 교수가 갑자기 수업을 떠맡겨 한동안 바빴다고 로젠이 투덜거렸다. 제리코는 며칠 전 자신이 수련장에 방문했던 사실을 알렸다.

"실은 며칠 전에 와봤었는데 아무도 없더라고."

"응, 젠 교수님 덕분에 한동안 수련을 못 했어. 이젠 거의 다 끝났는데 수업 준비 같은 게 아직 남아서 필요한 서류랑 일정 같은 걸 생각하는 중이야."

"그…… 고생이 많네. 거절할 수 없었던 거야?"

"그게."

로젠이 웃었다. 보는 사람을 따라 웃게 만드는 힘이 넘치던 평소의 미소가 아니었다.

"벽에 막혔으니 이것저것 해보는 김에 아예 초보자를 가르치면서 기초를 다시 보는 건 어떤가 싶어서 말이야."

"그렇구나. 도움이 됐어?"

"땅에 박힌 돌에서도 무언가를 배울 수 있잖아? 도움이 돼."

땅에 박힌 돌에서 뭔가를 배울 수 있다고 생각하는 사람은 로젠밖에 없을 것이다. 제리코가 그렇게 생각하는데 로젠이 다시 웃었다.

"도움이 안 되어도 제리코 네가 있으니까. 네 검술의 기초를 닦아줄 수 있다니, 영광이야."

마자리스에게 전념하기로 한 심장이 멋대로 뛰었다. 이번 미소는 보는 이로 하여금 얼굴을 붉히게 만드는 힘이 넘쳤다. 제리코는 재차 머리를 싸매고 고개를 숙였다. 차마 얼굴을 들 수 없었다.

─연애 안 한다더니.

'끄아아아악! 에라프 님! 저에게 힘을!'

제리코는 광룡을 쓰러뜨린 전설의 용사에게 힘을 달라 요청했다. 제리코의 간절함에 대자연이 감동했을까. 생각하면 눈물 나는 에라프의 최후를 떠올리자 달아오르던 볼과 들끓던 피가 삽시간에 식었다.

"휴."

한창 이성에 관심 많은 나이, 좋은 남자를 두고 평정심을 유지하기 참 힘들었다.

"로젠은 너무 사람이 좋아. 그러니까 사람들이 투자 조언 같은 걸 구하러 오는 거야."

"나도 아니다 싶을 땐 거절해. 어머니랑 싸우고 가출했잖아. 가출 청소년이었다고."

"아카데미 기숙사에서 사는 걸 가출이라곤 안 하지."

바른 생활 청년의 탈선은 기준이 참 소소했다. 드래곤 슬레이어 소드는 제리코가 착각한다고 지적했다.

ㅡ아냐, 너 백화점 일 생각 안 나? 쟤가 막 쳐들어왔잖아.

'어? 그러네?'

ㅡ내가 봤을 때 쟨 자기가 정한 일은 주변 안 보고 밀고 나갈 거야. 그것도 주인 닮았어. 마음에 들어.

'으이고.'

마냥 당하고 사는 호구가 아니니 다행이긴 하지. 제리코는 드래곤 슬레이어 소드의 로젠 편애에 어쩔 수 없다는 듯 웃었고 그걸 자기에게 보내는 웃음이라 생각한 로젠이 어깨를 으쓱였다.

"바빠서 대도서관에도 못 가봤네. 제리코 넌 또 가봤어?"

"응."

"이번에도 저하께 말을 건넸어?"

"음······."

제리코의 감이 외쳤다. 바로 지금이 하소연할 때였다. 제리코는 마그노 황자가 보인 냉정한 태도와 그날의 무시에 대해 침 튀기며 서러움과 억울함을 토로했다. 로젠은 잠자코 이야기를 듣다가 제리코가 포기하지 않을 것임을 직감하고 그 부분에 의문을 표했다.

"이런 말 하면 과한 참견 같지만, 마그노 황자 저하께 너무 집착하는 것 아닐까? 그렇게 저하와 친구가 되고 싶어?"

"사실은."

사람을 속이려면 진실과 거짓을 적절히 섞어야 하는 법. 제리코는 자신의 오지랖이 마그노 황자의 심기를 거슬렀음을 밝혔다.

"전에 저하를 불쾌하게 만든 적이 있어. 사과했지만 용서하지 않으신 눈치라 용서받고 싶어."

"용서는 저하의 몫이잖아. 재촉하면 안 돼."

과연. 본인 입으로 마냥 호구는 아니라고 말하더니 로젠이 엄격한 말을 했다. 제리코 자신도 동의하기 때문에 고개를 끄덕였다. 동시에 억울했다.

"나도 아는데! 그렇지만 메렐 교수님이 저하의 친구가 되어달라고 말씀하셨고! 나도 저하와 친해지고 싶으니까!"

로젠이 진심으로 의아해했다. 마그노 황자는 정해진 사람 외엔 곁을 허락하지 않고 냉정하고 사무적인 기세라 사람들이 겁먹고 다가가지 않긴 하지만 실제로는 꽤 관대하다. 타인을 신뢰하지 않기 때문에 동시에 기대하지 않고, 그래서 더욱 다른 황족들보다 관대했다. 마그노 황자와 친해지고 싶지 않은 사람들에겐 참 좋은 황자 저하였다.

심지어 제리코는 인류의 영웅 에라프의 무남독녀이자 후계자인 미베어 소공작이다. 장차 미베어 공작이 될 몸이고 에라프의 죽음이 결국 황가의 명 때문에 벌어진 일인 만큼 황가에선 제리코를 괄시할 수 없다. 마그노 황자는 계획적으로 처신하는 몸이니 제리코를 지나치게 냉대하진 않을 터.

"도대체 무슨 실수를 한 거야? 저하는 관대한 분인데."

윽. 제리코는 혀를 깨물 뻔했다. 황궁 시종도 그렇고 아카데미 학생들도 그렇고 모두가 마그노 황자를 관대하신 분이라 말했다. 그 관대함, 어째서 유독 자신에겐 발휘되지 않는 것인지 의문이었다.

"황자 저하께서 너무 가족들을 위해 희생하시려는 것 같아서, 그걸 알면 다들 서운해할 거라고 말했더니……."

진실을 알고 싶었기에 제리코는 슬쩍 진실을 흘렸다. 로젠의 얼굴이 굳었다. 괜히 또 죄를 짓는 기분이라 제리코가 다급하게 변명했다.

"그렇지만! 황자 저하가 너무 본인을 아끼지 않으시니까! 그리고 황자 저하께서 먼저 비슷한 처지라고 말씀하셨고! 그, 그래서 생각한 대로 얘기한 건데! 가족 얘기 하지 말란 얘기는 들었지만 그래도!"

제리코가 실컷 구차한 변명을 늘어놓는 동안 로젠은 상념에 잠긴 표정을 지었다.

잠시 후, 그가 입을 열었다.

"넌 잘못하지 않았어."

"정말?"

설마 이런 반응이 돌아올 줄 몰랐다. 제리코는 반색했다가 다시 시무룩해졌다. 로젠이 동생 달래듯 무조건 자기편을 들어줬다고 착각했기 때문이다. 다행히 로젠이 추가적으로 하는 말에 제리코의 오해가 풀렸다.

"그렇지만 사람은 잘못한 일이 아닌데도 마음 상할 때가 있지. 그러니까 마그노 황자 저하의 기분을 풀어드리는 건 계속하자. 나도 도와줄게."

"로젠도?"

"네 말대로 저하는 너무 본인을 챙기지 않으셔. 그나마 신분이 비슷하고 또래인 네가 저하의 기분을 풀어드리고 친구가 된다면 저하께 참이로운 일이 될 거야."

-크으. 제리, 난 로젠이 제일 좋아. 알아둬라.

'몇 번을 얘기해.'

타고났는지 후천적인 노력의 영향인지, 사람 좋은 청년은 전설의 검의 마음을 확 사로잡았다.

로젠이 이렇게까지 말하니 제리코는 앞으로도 노력하겠단 대답 외에 할 말이 없었다. 그러나 대답은 그렇게 했어도 대도서관의 냉기가 풀풀 날리는 3층은 참 가기 싫었다. 마그노 황자의 시간표상 바로 가지 않으면 오늘은 도서관에서 만날 수 없다. 제리코는 땀 냄새 나는 몸으로 황자 앞에 앉을 수 없다는 핑계를 대고 만남을 내일로 미뤘다.

"오늘의 할 일은 내일로! 내일 할 일은 모레로!"

-그러다 죽으면?

"신나지. 할 일 안 하고 즐기다 가는 거잖아."

-아직 애구나.

"동갑 주제에 괘씸한 얘길 하네."

로젠을 만났고 마그노 황자와의 만남은 내일로 미뤘다. 결국 남은 한 명은 샌시였다. 제리코는 샌시를 찾아가기 앞서 매점에서 간식거리를 잔뜩 구매했다. 〈이만보〉엔 샌시 외에도 밥 굶기를 밥 먹듯 하는 이들 천지였다.

제리코는 샌시를 보러 〈이만보〉에 드나들면서 회원들과도 안면을 트고 통성명을 마쳤다. 쉽지는 않았다. 꽤 난이도가 높았다. 여학생은 그나마 괜찮았다. 남학생이 문제였다. 이상형을 만들어보자는 이상한 동아리에 가입한 것부터 답이 나오지 않는가. 대부분의 남학생은 이성과 교류해 본 경험이 적었다. 절반은 제리코를 보고 도망갔다. 도망가지 않거나 도주하다 잡힌 자는 꿀 먹은 벙어리가 되었다.

벙어리가 아니라고 안심해선 안 된다. 알 수 없는 이유로 소풍 가기 전날의 아이처럼 잔뜩 흥분해선 제리코가 맞장구치기 어려운 전공 관련 얘기만 주야장천 늘어놓기 때문이다. 다행히 꿀 먹은 벙어리들은 제리코가 자주 찾아가 먹을 것을 나눠 주자 조금씩 경계를 풀었다. 제리코는 야생동물과 친해지는 마음으로 천천히 회원들과 친해졌다. 역시 먹을 게 최고였다.

〈이만보〉의 모든 회원이 사교성이 부족하지는 않았다. 후안처럼 나름의 목표를 갖고 〈이만보〉에 가입한 회원도 있었기 때문이다. 연구는 다 같이, 외부 활동은 부회장인 후안과 이런 회원이 주도했다. 그렇다고 이런 콩고물 회원과의 대화가 즐거웠냐면 그건 또 아니었다. 목적이 확실한 만큼 계산이 빨라 은근슬쩍 제리코에게 투자나 후원을 권유했다.

극과 극이 모인 동아리지만 의외로 회원끼리는 사이가 좋았다. 같은 동아리 회원이라는 동지 의식이 있기 때문일까. 여자에게 인기 좋은 남자를 질투하는 몇몇 남자 회원은 로젠 욕을 바가지로 늘어놓다가도 러브레터를 받은 회원에겐 부럽다고 웃으며 인사했다.

외부에서 보면 한없이 수상하나 정작 내부인들은 한없이 만족하는, 그런 이상한 동아리였다. 덤으로 동아리 평균 성적이 가장 높은 학구적인 분위기의 동아리기도 하고.

회장인 샌시를 중심으로 뛰어난 연구 실적을 보유해 마탑에서도 주목하는 연구실이라고 한다. 마법에 문외한인 제리코야 그런 말을 들어도 별다른 감상이 들지 않지만 어쨌든 대단했다. 제리코는 화기애애한 동아리 분위기를 고평가했다. 이것이 내가 가장 높이 평가!

"나도 동아리나 들까?"

―이제 와서?

"좀 늦긴 했지."

〈이만보〉가 있는 수국관 지하로 이동하자면 자연스럽게 수국관 1층도 보게 된다. 동아리에 가입해 취미와 사교 활동을 즐기는 학생들을 보니 제리코도 덩달아 동아리에 관심이 생겼다.

어딘가에 소속되지 않고 자유로운 아카데미 생활을 누리려고 가입하지 않았는데 뒤늦게 후회하는 중이었다. 제리코도 한때는 청춘을 구가하는 성실한 이 시대의 새 청년이었다. 일 잘하고 성실하고 끈기까지 좋은 이 시대의 바람직한 청년이 어쩌다가 낯선 곳에 표류하여 다른 사람들을 보며 부러워하고 손가락 쭉쭉 빨게 된 것일까.

"나도 뭔가 해야 하나."

―하고 있잖아. 가족 찾기. 이산가족의 행방을 찾는 일은 아주 중요하지!

"그치?"

오냐오냐 동조해 주는 친구가 있으니 기가 죽은 건 잠시뿐이었다. 제리코는 봄철 물 빨아들이는 삼나무처럼 활기차게 〈이만보〉의 초인종을 눌렀다. 동아리실 앞에서 경비를 서는 골렘은 특유의 험상궂은 얼굴로 제리코를 곁눈질했다.

"왜 아무도 대답을 안 하지?"

제리코는 끈질기게 초인종을 눌렀다. 어째 대답하는 사람이 없었다.

"아무도 없나?"

―그럴 리가.

골렘 및 호문쿨루스 연구 동아리 <이만보>는 항시 회원이 상주하는 대표적인 폐인 동아리다. 회장인 샌시가 상시 거주 중이고 다른 회원들도 수업 시간이 아니라면 늘 동아리실에 머물렀다.

제리코는 귀빈이라는 이유로 동아리 회원이 아님에도 동아리실에 드나들 자격을 얻었다. 늘 안에 사람이 있어서 써먹어본 적 없었기에 이번이 첫 사용이었다.

"그러니까, 이렇게 하고."

루나 아카데미 소속임을 증명하는 학생증을 문고리 근처에 갖다 대자 잠금장치 풀리는 소리가 들렸다. 제리코는 감지하지 못했지만 마법 몇 개도 해제되었음을 마법 검이 알렸다. 제리코는 조심스럽게 문을 열고 내부를 살폈다.

"사람이 없네?"

사람이 없는 동아리실에 들어가자니 외부인으로서 상당히 민망했다. 제리코는 망설이다가 문을 제대로 닫고 계단으로 내려갔다. 어차피 목적은 샌시였다. 그는 높은 확률로 4층에 죽치고 있을 터다. 이미 들어온 것, 4층은 찍고 가야지. 제리코에게 허가된 구역은 3층까지기 때문에 4층에 샌시가 없으면 도로 돌아 나와야 한다. 다행히 3층에서 인기척이 느껴졌다. 계단을 내려가는 제리코의 속도가 빨라졌다.

"다들 뭐 해! ……요?"

3층 문을 활짝 열고 시원하게 외친 목소리가 급속도로 쪼그라들었다.

3층 인테리어를 싹 바꿨는지, 널려 있던 쓰레기를 치웠는지, 3층 중앙에 처음 보는 수조가 놓여 있었다. 푸른색 빛이 감도는 물이 가득 찬 수조는 아름다웠다. 하지만 수조 안에선 어떠한 생명체도 보이지 않았다.

그저 물이 일렁이는 거대한 수조였다. 제리코는 알 수 없는 마력에 홀린 양 수조에게서 시선을 떼지 못했다. 아니, 마력이 영향을 준 것이 분명했다.

-제리, 수조 쪽으로 어마어마한 양의 마력이 집결되어 있어. 네가 홀

린 건 그것 때문이야.

'계속 눈길이 가는 게?'

―그래.

낯설고 아름다운 수조가 제리코의 시선을 첫 번째로 사로잡았다면 두 번째로 사로잡은 건 바닥에 엎드려 뭔가에 열중하는 마법사들이었다. 그들은 눈에 불을 켜고 엎드려서 입으론 알아들을 수 없는 언어를 중얼거리고 한 손은 기괴한 형태를 유지한 채 바닥에 뭔가를 그렸다.

한 명이 그래도 수상할 판국에 열 명 가까운 사람이 그러고 있으니 수상하단 생각이 들지 않고 엄숙한 분위기가 느껴졌다.

제일 압권은 샌시였다. 샌시는 수조에 달라붙어 뭔가를 그리고 있었다. 수조 안의 푸른 액체가 생성한 물결 그림자가 샌시의 얼굴 위에 드리워졌다.

제리코는 저도 모르게 얼굴을 붉혔다. 나무 아래에서 웃는 모습만 잘 어울리나 했더니 마법사다운 신비로운 모습도 상당히 매력적이었다.

'입만 다물고 있으면 인기 좋았을 텐데.'

―설마 반했어? 그럴까 봐 샌시가 맨날 반하지 말라고 말하고 다니잖아.

'아니거든.'

제리코는 오리처럼 입술을 삐죽였다. 수조에 눈길이 끌렸던 것과 마찬가지로 샌시에게도 마력이 집중되어 있어 시선이 절로 꽂혔던 것이겠지. 제리코는 마법 검이면서 그런 것도 모르냐고 검을 구박했다.

동아리 회원이 모두 모여 대규모 실험을 하는 듯했다. 방해하면 큰일 나기 때문에 제리코는 쪼그려 앉아 가장 근처에 있는 여학생을 불렀다.

"키리케, 뭐 하는 거야?"

"소공작! 거기서 더 오지 마세요!"

"네? 넵!"

마법진 그리는 것에 열중해 뒤늦게 제리코의 방문을 알아챈 부회장 후안이 평정심을 잃고 외쳤다. 부회장이 외치자마자 바닥에 고개를 고정하고 있던 회원들이 모두 불쑥 고개를 들어 제리코를 보았다. 퀭한 눈가, 실핏줄이 터진 흰자, 뭔가에 홀린 듯 멍한 동공에 창백한 안색까지. 꼭 좀비 같아서 제리코는 질색하여 뒷걸음질 쳤다.

"안 가요!"

"오지 마세요!"

"오지 마!"

"오면 저주할 거야!"

"저주할 거야! 자자손손 대대로 저주할 거야!"

"아이는 죄가 없어!"

"그럼 제리코만 저주할 거야!"

다들 광기에 휩싸여 외치는 말들이 이상했다. 느닷없이 마주친 광기에 놀란 제리코는 눈만 껌뻑였다. 회원들이 죄다 제정신이 아니었다. 가장 이성적인 후안이 외쳤다.

"오늘은 이만 가주세요!"

명백한 축객령에 제리코는 힘없이 일어났다. 기분은 여전히 얼떨떨했다. 여러 사람이 모여 중요한 일을 하는데 자신이 방해된다니 어쩔 수 없었다. 샌시는 사람들이 그 난리를 치는데도 미동조차 하지 않고 맡은 바 일에 충실했다. 대단한 집중력이었다.

'이상하다. 왜 더 서운하지.'

샌시는 제리코가 등장하면 하던 일을 그만두고 제리코를 반겼다. 가끔 자신을 반기는 것인지 자신이 들고 가는 음식을 반기는 건지 헷갈릴 때가 있긴 해도 샌시가 제리코를 무시한 적은 한 번도 없었다. 그런데 오늘 이렇게 평상시와 태도가 다르니 괜히 더 서운했다.

마그노 황자가 보여주는 개무시에 비하면 아무것도 아닌데 왜 이렇게 서러울까.

-생물은 복잡하네.

"복잡해."

생물 중에서도 가장 복잡한 게 사춘기에 접어든 청춘의 마음 아닐까. 제리코는 묘한 공허함을 느끼며 〈이만보〉를 나왔다. 마그노 황자에게 무시당하기 싫어 샌시를 찾아왔더니 샌시에게 무시당할 줄이야. 인생사 한 치 앞도 모른다더니.

'이럴 줄 알았으면 그냥 황자님 찾아가는 건데.'

-아직 안 늦었어. 뛰어가면 짐 챙기는 마그노 황자 얼굴은 볼 수 있어. 가자.

"에이, 싫은데."

-얼굴도장을 자주 찍어야 근성이라도 인정받지!

제리코에게 무슨 힘이 있겠는가. 시끄러운 무생물의 노예인 것을. 마그노 황자의 얼굴을 보려면 시간이 꽤 촉박했다.

있는 힘껏 달려서 도착한 대도서관에 다행히 마그노 황자가 남아 있었다. 숨을 헐떡이는 제리코에게 사서가 물을 건넸다. 제리코는 물 한 잔의 소중함을 뼈저리게 실감했다.

"안녕하세요, 마그노 황자 저하. 오늘은 날이 진짜 좋죠?"

〈교양 검술〉 수업을 받으면서 쭉 뺀 땀은 옛적에 다 말랐는데 대도서관까지 뛰어오느라 새로 난 땀이 찔끔찔끔 흘렀다. 제리코는 손수건으로 열심히 땀을 닦았다. 황자에게 땀 냄새 풍기기 싫어서 도서관 안 간다던 핑계가 무색했다.

"……."

오늘이라고 어제와 다를까. 해는 여전히 동쪽에서 뜨고 마그노 황자는 성실하게 제리코를 무시했다. 제리코는 마그노 황자가 예정된 시각보다 조금 일찍 짐 정리하는 걸 보고 한숨을 쉬었다.

'설마 또 나 때문에 일찍 가는 거?'

제리코가 한 일은 고작해야 땀 뻘뻘 흘리면서 인사한 것밖에 없는데 말이다. 아무리 그래도 보자마자 짐을 챙기다니 이건 좀 심했다. 그런데 짐 정리를 마친 마그노 황자가 제리코에게 다가왔다.

"저하? 하실 말씀이 있으시면 그냥."

"도서관에선 정숙이 기본 예의입니다."

바로 옆에 앉은 제리코에게만 들릴 정도의 낮고 작은 목소리. 제리코는 저절로 마그노 황자의 목소리 크기에 자신의 목소리를 맞췄다.

"넵. 알겠습니다."

—너 목소리 너무 크다고 경고하러 왔나 보다.

'좀, 시끄러.'

이놈의 무능 검은 꼭 제리코가 바싹 긴장하면 쓸데없는 소리를 해서 머리를 텅 비게 만들었다.

마그노 황자가 제리코를 직시했다. 완벽하게 무시하던 나날이 무색할 정도로 노골적이었다. 눈길이 머무는 시간이 길어질수록 제리코의 체온이 올라갔다. 대도서관까지 달려오고 3층 계단을 쉬지 않고 올라 쿵쿵 뛰었던 심장과 달아올랐던 피가 조금씩 가라앉다가 다시 들끓기 시작했다.

그늘진 곳에 앉아 얌전히 책을 읽던 황자의 호흡은 골랐다. 점점 거칠어지는 제리코의 호흡과 정반대였다.

"호흡이 거치시군요."

"뛰어왔거든요."

"조금 뜨겁고."

"계단도 단숨에."

"확실히 더워 보입니다."

마그노 황자가 제리코의 손등 위에 그의 손을 겹쳤다. 포개진 손은 따뜻하기보다 시원했다.

제리코의 손등에 땀이 배어나 끈적거렸는데 마그노 황자의 손은 건

조해 땀이 식었다. 남자의 체온이 다른 모든 감각을 제치고 가장 생생하게 다가왔다. 마그노 황자가 제리코 쪽으로 상체를 기울였다. 마그노 황자에게선 여전히 좋은 냄새가 났다. 제리코는 이 서늘한 체온과 달콤한 향기에 몸을 맡기려다 이를 악물고 버텼다.

얼음처럼 차가운 황자님과 도서관에서 입맞춤. 실로 낭만 그 자체인 상황이었으나 그 황자님이 오빠 후보라면 장르가 호러로 바뀐다.

제리코는 마그노 황자의 손아귀에서 자신의 손을 빼냈다. 그리고 열심히 손부채질을 했다.

"참 덥네요. 아하하."

"……."

"아하하, 땀 냄새가 날까 봐 걱정되는데 좀 떨어져 주시겠어요? 아, 아니다. 제가 좀 물러나겠습니다."

급하게 의자를 뒤로 빼느라 의자 다리가 카펫에 걸려 뻑뻑했다. 제리코는 힘으로 밀어붙여서 공간 확보에 성공했다.

마그노 황자의 표정이 조금 불퉁해졌다. 황자의 심기를 또다시 거스른 건 슬픈 일이지만 표정 변화를 알아챌 정도로 그를 자극하는 데 성공했으니 잘되었다고 봐야 할지.

"내 제안을 고려해 본 게 아니었습니까?"

"아닌데요."

마그노 황자의 눈가에 짜증이 서렸다. 제안을 받아들일 생각이 없으면서 매일 찾아와 귀찮게 구니 짜증이 날 만도 하다. 자신의 죄를 알고 있는 제리코가 납죽 엎드렸다.

"저하와 친해지고 싶습니다!"

"소공작의 저의를 모르겠습니다."

"친해지고 싶습니다!"

친해져서 정보를 빼내고 싶었다. 순수한 호의에서 기인한 접근이 아닌지라 제리코는 양심의 가책을 느꼈다. 차라리 아름다운 황자 저하에 대한 동경이었다면 지금보다 더 당당해질 수 있었을 텐데 말이다.

"내 제안을 거절해 놓고 친해지고 싶다? 소공작이 허락한다면 우린 누구보다 친밀한 사이가 될 수 있습니다."

마그노 황자의 곧은 손가락이 제리코에게 향했다. 제리코는 다시 손을 잡히지 않도록 두 손을 더욱 빠르게 움직여 부채질했다. 손끼리 부딪치면 큰 소리가 날 정도로 빠르게 흔드니 마그노 황자는 손을 뻗다가 중간에서 거둬들였다.

"저하께서 말씀하시는 그런 친밀이 아니라 순수하게 우정을 나누는 그런 사이가 되고 싶다고 해야 하나……."

"혹시 애정 없는 결혼이 싫고 애정이 있어야만 결혼이 가능하다고 생각하신다면 그에 맞춰 드릴 용의가 있습니다."

"그러니까, 저는 그런 게 아니고 저하와 친구가 되고 싶은 건데요."

"나는 싫습니다."

마그노 황자가 딱 잘라 말하니 제리코는 괜히 상처받았다. 사람이 맺고 끊는 게 확실한 건 좋지만 이렇게까지 확실할 필요가 있을까. 하지만 제리코는 목수와 용사의 딸. 이런 상처에 굴하지 않는 용맹한 근성의 소유자였다.

"저번엔 제가 잘못했습니다! 사과드릴게요! 가정사에 함부로 참견하면 안 되는데 너무 제 입장에서만 생각했어요! 그러니까 그 건은 없던 일로 하고 다시 생각해 주시면 안 될까요? 정말 제가 괘씸해서 싫으세요?"

말 한마디 없이 무시할지언정 제리코를 번쩍 들어 마차에 올려주고 제리코의 말실수를 관대히 용서하던 당시의 마그노 황자는 친구가 되어 줄 것 같았다!

나중에 생각해 보니까 그랬다. 마그노 황자의 상냥함이란 너무 그의 기준에 맞춰져 있어 받을 당시엔 모른다. 그의 심기를 거슬려 개무시당할 때 그게 상냥이었다고 피눈물 흘리게 되었다. 이 얼마나 무시무시한 일인가.

"친애의 대상이 꼭 친구라는 법은 없습니다. 남녀라면 더욱 그렇습니다만."

마그노 황자가 재차 제리코에게 작업을 걸었다. 제리코가 잠시 손부채질하는 걸 잊은 사이 황자의 손이 제리코의 볼에 닿았다. 손등이 닿았을 때보다 약간 체온이 상승했을까, 아니면 제리코의 손 위에 손을 포개며 체온이 옮았을까. 마그노 황자의 손은 서늘하지 않고 미지근했다.

"꿀이 떨어지는 애교를 부릴 수는 없어도 주변에 숨기지 않는 사랑을 표현할 순 있습니다. 앞서 내가 했던 말을 잊어준다면 그 사랑이 진심이라 믿게 되겠죠."

마그노 황자의 태도는 한결같았다. 딱히 남녀 사이에 친구 사이가 불가능하다고 생각해서는 아니었다.

타인 또는 연인.

제리코와 둘 외의 어떤 관계도 되고 싶지 않다는 거부 의사가 전해졌다. 제리코가 했던 말에 단단히 심기가 틀어진 모양이다.

─포기하자, 제리. 소거법, 소거법.

'기다려 봐. 이상하잖아.'

마그노 황자는 제리코가 내뱉은 가족 관련 얘기로 마음이 많이 상했다. 그래서 제리코가 싫어졌다. 친구도 하기 싫어졌다. 이건 이해가 된다.

제리코가 이상하다고 생각하는 건 친구는 싫지만 결혼은 하고 싶다는 황자의 태도였다. 결혼하고 싶다는 이유가 뻔했다. 둘의 결합이 황가에 이득이 되고 두 폐하께서 원하시기 때문이다.

친구도 하기 싫을 정도로 미운 사람과 결혼해서 평생 비위를 맞춰주며 사는 인생 어디에 본인의 행복이 있을까? 눈 씻고 찾아볼 경우 찾은 사람이 있으면 시력을 의심해 봐야 하는 인생이었다.

"드렸던 사과는 못 들은 걸로 해주세요. 제가 전에 했던 말은 주제넘기는 하나 잘못된 말은 아니었네요."

진심이었다. 이젠 이런 말을 해도 사형 엔딩이나 감옥 엔딩이 나지 않는다는 사실을 안다. 하지만 몰랐어도, 여전히 무지한 시골 촌뜨기 제리코였어도 결국 말해 버렸을 것이다.

제리코는 당당하게 마그노 황자를 쏘아보았다. 마그노 황자의 붉은 눈동자는 정열적인 색이라는 인식과 다르게 시리도록 차갑게 굳어갔다.

"주제넘은 걸 알고 있으니 다행일까."

"연인은 되는데 친구는 안 되는 건 이상하니까요. 친구가 되기 싫은 사람과 결혼해 평생 거짓을 진심처럼 속삭이겠다는 건 더 이상하니까요. 결혼하면 가족이 되는 건데, 가족으로 받아들일 생각이 없다는 얘기시니까요."

퉁명스럽고 짜증을 드러내던 마그노 황자의 눈과 얼굴이 서서히 얼음 조각이 되어갔다. 아무 감정도 느끼지 않고 표현할 생각 없다는 듯 굳어가던 빙벽은 의외로 중간에서 허물어져 내렸다. 맑고 선명한 붉은색 홍채가 가감 없이 감정을 표출했다. 마그노 황자가 아주 많이 화가 났던 모양이다.

"소공작에 대해선 묻지 않아도 들려오는 이야기가 많습니다. 계층을 막론하고 친구를 두루 사귀고 사교성이 좋다 하더군요. 소공작이 사교성이 좋든 말든 거기에 날 끌어들이지 않았으면 합니다. 모든 사람이 소공작과 친구가 되고 싶어 하는 건 아닙니다. 모를 나이는 더더욱 아니죠."

"네, 저도 알아요. 제가 잘나서 봐주시는 게 아니라는 것도."

"알고 있다면 실천하십시오. 본인의 진짜 신분을 잊지 않았으면 좋겠군요."

마그노 황자가 그렇게 들먹여 주지 않아도 제리코는 자신의 진짜 신분을 한 번도 잊은 적이 없었다. 잊었다면 루나 아카데미에 입학하지 않았을 테니까. 잊었다면 마그노 황자의 분노를 사면서까지 이렇게 접근하지도 않았을 테니까. 그러니까 아주 잘 알고 있는 사실을 구태여 상기시켜 주시는 고마운 마음씨에 보답하고자, 제리코가 말했다.

"말씀하시지 않아도 잘 알고 있습니다. 황자 저하를 본받아 늘 생각하고 살아요."

너 사생아. 응, 너도 사생아.

고귀한 두 사생아의 격돌에 드래곤 슬레이어 소드가 비명을 질렀다. 다른 사람도 아닌 제리코가 이렇게 대들 줄은 상상도 못 했다.

제리코는 눈을 부릅떴다. 내심 멱살 잡힐 걸 각오했다. 하지만 마그노 황자가 빙벽 쌓기에 성공한 바람에 무의미한 각오가 되었다.

'어떻게 참지?'

밥을 굶는 샌시, 자책이 심한 로젠에 이어 무한정 인내하는 마그노 황자까지. 절대 이해하지 못할 타인의 사고방식이 하나 더 늘었다.

"다신 이런 식으로 보지 않았으면 합니다."

'또 대도서관에 와서 깔짝거리면 가만두지 않겠다'를 마그노 황자가 고급스럽게 돌려 말했다. 그는 짐을 챙겨 계단으로 내려갔다. 제리코가 해낸 두 번째 업적이라고 보긴 어려웠다. 그의 수업 시간이 촉박했으니까.

손발이 없어도 이건 할 수 있다. 드래곤 슬레이어 소드가 부르르 검신을 떨었다.

—텄다. 진짜 텄다. 이제 대도서관 3층엔 발도 못 붙이겠네.

'올 건데?'

—진짜?

드래곤 슬레이어 소드가 진심으로 경악했다. 검의 감정은 솔직하게 제리코에게 흘러 들어왔다.

제리코는 입술을 삐죽 내밀었다.

'대도서관은 아무나 올 수 있잖아. 나 보기 싫으면 저하께서 개인용 열람실로 가시면 되지.'

─우리 제리, 간이 많이 부었구나.

'세 배는 부었지.'

어깨를 으쓱이는 제리코의 두 다리는 좌우로 달달 떨리고 있었다. 의자에 앉아 있길 망정이지 서 있었다면 갓 태어난 송아지처럼 바닥에 여러 번 쓰러졌을 것이다.

"으아, 죽겠다."

제리코는 책상에 이마를 가져다 대었다. 이대로 확 기절해 버리고 싶은데 쓸데없이 질긴 신경 줄 탓에 기절도 못 하고 눈은 갈수록 말똥말똥해졌다.

─맨날 놀고먹으니 졸릴 리가 있나.

'어허.'

황자를 상대하느라 있는 기운 없는 기운 끌어다 쓴 건 사실이다. 제리코는 책상에 머리를 박은 상태에서 움직이지 않았다. 이대로 책상과 합체하려는 기세인 그녀를 드래곤 슬레이어 소드가 불렀다.

─일어나, 제리.

'누가 온다고? 알아.'

카펫 덕분에 발소리가 작지만 누군가가 자신을 향해 다가오고 있다는 것은 알아챘다. 인적 드문 3층에서 제리코에게 다가올 사람은 몇 없었다. 3층 담당 사서나 근로 학생, 아니면 계단으로 다른 층을 향하다가 제리코를 발견한 학생이나 분을 참지 못하고 돌아온 마그노 황자 정도?

맨 마지막 후보는 가능성이 너무 낮기 때문에 제리코는 후보에서 제외했다.

'황자님이 수업을 빼먹는다니. 내가 공부하는 것보다 놀라운 일이잖아.'

─주인 위신이 있으니까 공부는 적당히 해주지 않을래? 그리고 제리, 일어나.

'날 좀 더 내버려 둬! 간덩이가 원래 크기로 줄어서 후회하고 있단 말이야!'

지금 생각해도 논리적인 쪽은 자신이니 성질대로 질러 버린 것에 후회는 없다. 하지만 좀 더 말을 예쁘게 하거나 돌려 하는 게 낫지 않았을까. 그런 후회가 깊게 남았다. 마그노 황자가 양자라는 처지를 예민하게 받아들이고 있다는 걸 알면서 왜 그랬을까.

'자기한테 예민하니까 남에게도 예민하게 구는 건데. 으으, 좀만 더 참을걸.'

–제리~

검이 그렇게 부르지 않아도 인기척으로 사람이 아주 가까워졌다는 건 대충 알고 있었다. 제리코는 표정 관리를 위해 이를 딱딱 소리가 나도록 두세 번 다물었다. 책상에 박고 있던 이마가 조금 빨갛고 머리카락이 부스스하긴 하겠지만 뭐 어쩌랴 싶었다.

"저 안 자요."

그렇게 말하고 고개를 들었는데 이게 웬걸. 있어선 안 되는 사람이 제리코 옆에 서 있었다.

"안녕하세요, 제리코 씨."

금빛 찬란한 남자의 이름은 마자리스. 제리코가 근래 가장 가슴 설레는 당신 되시겠다. 제리코는 예상치 못한 인물의 등장에 입을 쩍 벌렸다.

–속 보인다.

턱관절에 힘을 줘 입을 다물고 허둥지둥 이마를 문질렀다. 분명 빨갛게 자국이 남았을 텐데 그 꼴을 고스란히 보여줬으니. 창피해서 죽고 싶었다.

"마, 마자리스 씨. 여긴 어떻게……."

"책을 반납하러 왔는데 황자 저하 고정석에 제리코 씨가 보여서요."

반가운 마음에 인사하러 왔다니 가슴이 벅차오르는 이야기였다. 언제 기가 죽었냐는 듯 제리코의 눈동자에 똘똘한 빛이 돌아왔다.

"실은 3층에 들를 때 멀찍이서 제리코 씨를 봤어요. 그런데 황자 저하가 계셔서."

마자리스가 문장을 제대로 마치는 대신 애매모호한 미소를 지었다. 그걸로 충분히 의미가 전달되었다.

타국민에 후원을 받아 아카데미에 다니는 신분으로 황자가 앉은 책상에 앉은 사람에게 인사하기 힘들었을 것이다. 오늘은 마침 마그노 황자가 없으니 인사하러 온 것이고.

제리코는 이참에 자신의 정체를 밝혔다.

"마자리스 씨, 사실 저는 미베어 소공작이에요."

"알아요."

"어떻게 아셨어요?"

"처음 뵈었을 땐 몰랐는데 입학한 후에 알게 되었죠. 용을 벨 수 있는 검과 붉은 머리 소녀의 조합으로 단서는 충분하니까요. 말씀하시기 꺼리시는 것 같아 얘길 안 꺼냈는데 제가 잘못한 걸까요?"

"아니에요! 그냥 앞으로도 편하게 대해주셨으면 해서."

제리코의 얼굴근육이 흐물흐물 풀렸다. 드래곤 슬레이어 소드가 없는 혀를 쯧쯧 찼다. 그래도 책상에 이마를 박고 기운 없어 하는 것보단 보기 좋았다.

제리코는 마자리스에게 자주 놀러 갈 것처럼 얘기해 놓고 찾아가지 않은 것을 사과했다. 마자리스는 웃으며 고개를 저었다.

"사실 제가 소속이 확실하지 않아서 일터도 계속 변경되고 있거든요. 아마 그 후에 찾아오셨으면 허탕 치셨을 거예요. 지금은 졸업생 기념관 쪽에서 근무하고 있어요."

"아, 일터가 계속 바뀌나 봐요?"

"덩달아 지도 교수님도 계속 바뀌고 있죠."

마자리스가 상냥한 미소를 지우고 애잔한 목소리로 말했다. 제리코가 그를 위로하자 그는 박물학을 선택한 스스로의 업보임을 밝혔다.

"그래도 한동안 계속 기념관에서 근무할 것 같아요."

"이번엔 진짜 찾아갈게요! 빠른 시일 내에!"

"하하, 너무 신경 써주지 않으셔도 돼요."

제리코는 신경 쓰고 싶었다. 많이 쓰고 싶었다. 앞으로도 계속 신경 쓰는 사이가 되고 싶었다.

제리코의 마음을 아는지 모르는지 마자리스는 만나서 반가웠다 말하고는 책을 반납하고 대도서관을 나갔다. 제리코는 자기도 나갈 참이었다 말하고선 따라갔다.

─제리, 내 생각인데.

'응.'

─네가 이 정도로 눈을 빛내면서 들이대는데 마음을 모르기 힘들거든. 마자리스는 네 마음 옛날에 눈치채고 친구만 되고 싶어 하는 것 같아.

'친구에서 애인 되는 거야! 그리고 마자리스는 나에게 관심이 아주 없지는 않거든!'

─이런 걸…… 어장? 어장 관리라고 하지 않아?

'어장 아니거든! 신경 써주는 거거든! 그리고 어장이면 어때! 얼굴값 하는 거지!'

제리코는 마자리스와 함께 걸으며 이것저것 수다를 떨었다. 그런데 소재가 마땅치 않았다. 남 얘기를 하자니 마자리스가 모르는 사람 얘기면 듣기에 재미없을 것 같고, 소재가 된 사람에게도 미안하다. 수업 얘기를 하자니 대부분의 수업은 드래곤 슬레이어 소드에게 일임하고 있었다. 결국 제리코가 직접 하는 수업, 〈교양 검술〉 얘기가 주가 되었다.

"곧 수업에서 진검을 다루게 될 것 같아요."

"저런. 조심하세요."

"아, 그러게요."

마자리스는 일전에 인부가 진검을 다루다 크게 다쳤던 일이 아직도 생생한지 제리코를 걱정했다. 제리코는 걱정 붙들어 매라고 말했다.

"수업에 쓰는 건 날 없는 무딘 검이래요."

"그때 정비하던 검도 수업용 검이었어요."

"어쩌다가 날 선 검이 섞였을까요."

"그게…… 듣기로는…….."

입학식 날 벌어진 사고에 다친 사람이 학생이 아니다 보니 학생들 사이에선 아무 얘기 없었지만 직원들 사이에선 꽤 추측이 무성했던 모양이다. 마자리스는 조금 씁쓸한 표정으로 말을 이었다.

"종종 벌어지는 일이라네요."

"그런 일이요?"

"루나 아카데미 학생이나 직원을 노린 범죄가 종종 벌어진다고…… 저희가 탔던 마차 사고도 그런 게 아닐까 경비대에서 얘기하는 걸 들었습니다."

어째서 공부하는 학생과 교육기관의 직원을 향한 테러가 자행되는 것인지. 마자리스가 알 수 없는 속내라며 연거푸 고개를 가로저었다.

제리코는 마자리스가 안쓰러웠다. 타국에 와서 남의 돈으로 공부하는 것도 힘들 텐데 남들은 평생 안 엮이는 질 나쁜 사건에 두 번이나 연루되다니.

−첫 번째는 네가 목표였을 수도 있어. 안심하지 마.

'나도 알아.'

마자리스는 말이 많은 성품이 아니기 때문에 제리코를 걱정한 일을 제외하면 대부분 제리코가 일방적으로 떠들었다. 침이 마르고 혀와 입술이 닳아도 좋으니 이 순간이 영원하길 기원했으나 둘은 곧 길이 갈렸다. 기념관까지 그를 따라갈 염치는 없었기에 제리코는 아쉬운 마음으로 작별을 고했다.

"잘 가요, 마자리스 씨! 내일 꼭 기념관 들를게요!"

"하하하, 들어가세요."

마자리스가 시야에서 사라질 때까지 제리코는 손을 내리지 않았다. 그가 완벽히 시야에서 사라지자 제리코는 뿌듯한 마음에 숨을 들이마셨다.

샌시와 마그노 황자의 연이은 무시로 상처받았던 마음에 마자리스가 약을 발라준 기분이 들었다.

"새살이 솔솔 돋는 기분이야."

─살이 없어서 무슨 기분인지 모르겠다. 뼈를 깎고 살을 도려내는 기분은 알 것 같은데.

"남 기분 좋은데 그런 끔찍한 소리 하기는."

제리코는 기지개를 켰다. 미안하고 허탕 치고 후회하는 하루였지만 마지막이 좋으니 오늘은 참 좋은 날이었다. 내일도 딱 오늘만큼 좋길 바라며 제리코는 의지를 다졌다.

"좋아! 내일도 도서관 가야지!"

─오, 진짜 포기 안 해?

"그리고 기념관 갈 거야!"

황자에게 무시당하고 마자리스에게 치유받기 작전. 이 작전의 가장 좋은 점은 마자리스가 제리코를 치유하기 위해 뭔가 할 필요가 없다는 부분이다. 마자리스는 그냥 존재 자체로 충분했다.

그것 참 기똥찬 일과라며 제리코는 흥얼흥얼 콧노래를 불렀으나 다음 날 제리코는 기념관에 가지 못했다. 대도서관에도 들르지 못했다. 샌시를 찾아가지도, 로젠의 개인 수련장에 발 들이지도 못했다.

봄의 녹음이 우거진 산속, 인간의 발자취가 전혀 보이지 않는 잡목림 속에서 제리코는 비명을 질렀다.

"여기가 도대체 어디야!"

13장
뜻밖의 서바이벌

무성한 수풀, 우거진 산림, 빽빽하게 자라난 나뭇가지와 잎들 사이로 보이는 화창한 푸른 하늘, 곳곳에서 들려오는 기이한 새, 벌레, 짐승 소리. 주위를 둘러보지만 어디에도 보이지 않는 인간의 흔적.

제리코는 황당하여 중얼거렸다.

"여기가 어드메?"

기에에엑. 앞서 제리코가 질렀던 비명에 놀란 새 한 마리가 기괴한 소리를 내며 날아갔다. 소리 참 희한했다. 제리코는 자그마한 기대를 품고 볼을 꼬집었다. 아팠다. 방금 전까지만 해도 제리코는 사람이 만든 운동장에서 사람들과 함께 있었다. 꿈이 아닌데 왜 갑자기 산속에 홀로 떨어졌단 말인가.

"이게 도대체……."

-제리, 괜찮아?

제리코와 마찬가지로 당황한 드래곤 슬레이어 소드의 감정이 물 밀리듯 쓸려서 제리코 안에 들어왔다.

제리코는 안도의 한숨을 내쉬었다. 검의 감정이 느껴지는 게 이렇게 반가운 적은 처음이었다.

"으아아아."

음성이 아닌 머릿속에 바로 다가오는 에고 소드의 의사. 혼자가 아니라는 사실에 제리코는 심히 안도했다. 안도한 나머지 다리에 힘이 풀려 제자리에 털썩 주저앉았다. 앉고 보니 나무는 더욱 크고 산세는 더욱 험하게 느껴졌다. 적어도 사람들이 자주 다니는 야트막한 동네 산은 아니었다.

"그러니까……."

도대체 어떻게 돌아가는 상황인가. 왜 운동장에서 열심히 훈련을 하려던 선량한 학생이 갑자기 이런 산속에 떨어졌는가.

제리코는 상황을 파악하기 위해 직전에 벌어진 일들을 떠올렸다.

오늘 아침, 제리코는 전날 마자리스와 만난 것 때문에 상당히 기분이 들뜬 상태였다. 신이 나서 콧노래를 부르며 아침 산책을 하던 제리코는 본관 근처에서 평소 보기 힘든 사람과 마주쳤다. 로젠이었다. 로젠 본인은 쉬운 남자이나 검술원 아닌 장소에선 보기가 힘들다. 이 뜻밖의 만남이 반가워 제리코는 신이 나서 인사했다.

"안녕, 로젠!"

"좋은 아침이야."

"이쪽엔 웬일이야?"

"수업 때문에 허가받을 서류가 있어서."

젠 교수가 짜놓은 수업 일정대로 따라가자면 조만간 수업 중 진검을 다뤄야 했다. 자기 검이 있는 학생도 있지만 없는 학생이 대다수이고, 설령 자기 검을 가진 학생이 있더라도 수업 중엔 아카데미에서 제공하는 수업용 검을 사용해야 한다. 로젠은 진검 반출을 위해 서류를 작성하러 본관까지 발걸음한 것이다.

"고생하네. 보통 이런 건 조교 일 아니야?"

"그게……."

로젠이 바로 설명하지 못하고 말끝을 흐렸다. 제리코는 말하기 어려운 일이라면 안 알려줘도 괜찮다고 했다. 로젠은 그런 건 아니라고 말한 뒤 사실을 밝혔다.

"검술원 쪽 후배들이 왜 자기들 검은 안 봐주면서 교양 검술 듣는 애들은 봐주냐고 난리라. 조교들이 나 대신 후배들 지도해 주고 있어."

소드 마스터가 될 것이라 점쳐지는 천재 선배에게 검술 지도를 받을 수 있는 기회가 검을 업으로 삼은 이들이 아니라 교양으로 학점 채우고 체력이나 단련하려는 타 과생들에게 주어진다니. 뒤늦게 사실을 알게 된 검술학부 학생들이 로젠을 쫓아다니며 거세게 항의했다.

로젠은 후배 차별을 할 생각이 없었다. 다만 후배들은 차별이라고 확신하여 로젠을 쫓아다니고 귀찮게 했다.

결국 로젠은 자신을 대타로 내세운 후배 조교에게 이 사태의 책임을 떠넘겼다. 조교 일로 바쁜 와중에 후배들 수련까지 도와줘야 하니 하루가 48시간이라도 부족하지 않을까.

"단순한 서류 업무니까 이 정도는 내가 대신해 줘야지."

"그런 일이 있었구나. 전혀 몰랐어."

"혈기 왕성한 후배들이 교양 수업 들으러 오는 타 전공생에게 시비 걸지 않도록 신경 쓰고 있거든."

서류는 본관에 제출하지만 연습용 무딘 검은 검술원 창고에 있다. 로젠이 창고를 구경시켜 주겠다고 하기에 제리코는 흔쾌히 응했다. 마자리스를 찾아 기념관을 방문하기엔 시간이 너무 일렀기 때문이다. 검술원까지 오가는 데 걸리는 시간과 창고 구경하는 시간을 더하면 얼추 기념관에 도착해 마자리스와 점심 식사를 할 수 있으리란 생각이 들었다.

검술원의 무기 창고는 관계자 외 출입 금지였다. 다행히 로젠이 허가

받아 둔 서류가 있었기 때문에 제리코의 입장이 허락되었다.

-관리가 엄격한데?

'진짜 날 선 무기도 있어서 그런 거 아닐까?'

-그래 봐야 나와 비교하면 모두 쇠몽둥이에 불과한 것을.

드래곤 슬레이어 소드가 자화자찬을 하더니 신나게 으스댔다. 제리코는 그런 검을 구박하지 않고 날이 바짝 섰다면서 부추겼다.

'관리가 꽤 잘되는 것 같은데…….'

들어와서 보니 떠오르는 일화가 있었다. 제리코는 조교가 아니지만 조교보다 이쪽 사정을 더 잘 알고 있을 로젠에게 질문했다.

"연습용 검 사이에 날 세운 검이 섞이는 게 가능할까?"

검들은 번호표까지 붙어서 관리되고 있었다. 번호표를 잘못 붙이지 않는 이상 연습용 무딘 검과 날 세운 검을 구별하는 건 쉬웠다.

"글쎄…… 누군가 일부러 그런 장난을 치려 한다면 불가능하진 않을 거야. 꽤 쉬울걸."

"정말? 이렇게 관리가 철저한데?"

창고에 들어오려면 허가가 필요하고 모든 무기는 번호표가 붙어 있다. 담당하는 직원도 있는데 쉽다니. 로젠이 멋쩍은 듯 볼을 긁었다.

"검술학부에선 해마다 하는 장난이니까."

"뭐라고?"

사람이 다치는 그런 몹쓸 장난을 해마다 한다는 말에 제리코가 경악했다. 동시에 로젠에게 실망했다.

"사람이 다칠 수도 있는데 그런 장난을 해마다 쳐?"

"사람이 다쳐? 그럴 리가."

제리코가 뭔가 오해하고 있다 생각한 로젠이 다급하게 변명했다.

"무딘 검 속에 날 선 검을 하나 섞어놓고서 검집에서 검을 뽑지 않은 상태로 어떤 게 날 선 검인지 맞추게 하는 거야. 맞추는 애한텐 간식을 주고 못 맞춘 애들은 수련장을 돌게 만들어. 그렇게 하나씩 무딘 검의 수를 줄이다가 맨 마지막까지 남는 신입생에게 반 대표를 시켜서 조교 잡일을 돕게 하거든."

창고 밖에서 섞어놓으면 신입생들이나 다른 학생에게 들킬 수 있으니 아예 창고 안에서 꺼낼 때 숨겨놓는다는 것이다.

무기 창고의 관리는 검술원 소속 조교와 직원, 앞선 뽑기로 뽑힌 학생들 몫이었기 때문에 검술학부 소속이라면 장난치기가 쉬웠다.

"그렇구나……."

―무딘 검과 날 선 검은 보는 걸로도 쉽게 구분이 가능하니까. 누가 미리 섞어둔 걸 인부가 안 보고 다루는 바람에 사고가 난 걸지도 모르겠다.

'그러게. 악질적인 장난이 아니면 좋겠어.'

교직원들 사이에선 루나 아카데미 학생을 향한 악질적인 테러, 또는 질 나쁜 장난 얘기가 나오고 있었다. 테러나 질 나쁜 장난보단 이른 뽑기 준비에 인부의 실수가 더해진 사고 쪽이 백배는 나았다. 적어도 누군가의 악의로 사람이 다치진 않았으니까.

'마자리스 만나면 얘기해 줘야지.'

성품이 온화한 그는 제리코와 마찬가지로 테러가 아닐 가능성에 안도하고 기뻐할 것이다.

"온 김에 미리 갖다 놔야겠네."

로젠은 그렇게 말하면서 연습용 검을 손수레에 실었다. 다음 수업까진 일주일이나 남은 터라 제리코가 의아해했다. 로젠이 씁쓸한 미소를 지었다.

"젠 교수님이 맡은 교양 검술은 반이 두 개거든. 내일 다른 반 수업인데 그쪽이 너희보다 진도가 빨라."

"내일 수업인데 미리 갖다 놔도 돼? 거긴 검을 둘 데도 없잖아."

운동장은 운동하기 좋게끔 휑해서 검을 보관할 만한 장소가 없었다. 로젠이 어깨를 으쓱였다.

"어차피 무딘 검이고 무거운 쇠붙이에 불과한데 뭐. 누가 훔쳐 가겠어? 거기 드나드는 사람이라고 해봐야 검술학부 애들밖에 없어."

번호표를 붙여놓고 서류로 일일이 허가받으면 뭐 하나. 쓰는 사람들과 관리하는 사람들이 허술한 것을. 이래서야 누구든 들키지 않고 연습용 검에 장난치는 게 가능했다. 제리코는 부디 성급한 뽑기 준비였길 바라면서 손수레에 검 싣는 걸 도왔다.

그렇게 창고에서 나온 둘을 조교와 검술학부 학생들이 반겼다.

"선배!"

"로젠 선배!"

"형, 저희도 봐주세요!"

"오빠 오늘 시간 남는 거 다 알아요."

"로젠 선배 남는 게 시간밖에 없다면서요?"

"타 과생 봐주시는 건 너무 치사하잖아요."

"하하하, 요 녀석들."

로젠이 온화하게 웃으며 도망가려는 조교를 붙잡아 탈탈 털었다. 그래 봐야 붙잡힌 것. 결국 로젠은 오늘 하루를 후배들에게 할애하기로 결심했다.

제리코는 어영부영 선배 및 동기들에게 휩쓸려 검술학부 전용 수련장에 같이 갔다.

'아직 시간은 많으니까.'

건물 사이 거리가 멀어 자주 어울릴 기회가 없는 검술학부 학생들과 이참에 어울리면 좋잖아? 새로운 사람을 만나는 건 가슴이 두근거리는 일이었다.

막상 따라갔더니 다들 제리코는 뒷전이고 로젠이 인기를 독식했다.

'죽은 에라프 님보단 살아 있는 로젠이구나. 난 검을 못 봐주니까.'

제리코는 운동장 구석에 앉아 남들이 보지 않도록 몰래 하품이나 했다.

–심심하면 수업 시간에 배운 거 연습이라도 해.

"마자리스 만나러 갈 건데 땀 냄새 나면 어떡해."

말은 그렇게 하면서 제리코의 손은 수레 쪽에 있는 연습용 검을 헤집고 있었다. 드래곤 슬레이어 소드가 숫돌로 막 날을 세운 검날처럼 예리하게 지적했다.

–지금 뭐 하시는 거죠?

"연습하려고."

–내가 있는데 왜 그런 고철덩어리를 뒤지는 거죠?

"여기서 너 뽑아봐. 난리 난다."

제리코가 로젠을 제치고 새로운 인기인이 될 것이다. 아니면 학생들이 죽음의 불길을 피하기 위해 전원 비명을 지르고 도망가든지.

개인의 주문품이 아닌 대량생산된 학교 비품이다 보니 생김새와 조건이 모두 동일했다. 제리코는 대충 잡히는 검을 집어서 두 손으로 들었다. 아직 진검을 들기엔 일렀지만 날이 무딘 검이니까 괜찮았다.

–어떻게 나를 두고 저런 쇠몽둥이를 집어 들 수가 있어! 이건 배신이야아아악!

"진짜 시끄럽네."

그래도 검이라 검집에서 뽑을 생각은 없었지만 드래곤 슬레이어 소드의 항의가 거세서 제리코는 생각을 바꿨다.

제리코는 검집에서 연습용 검을 뽑았다. 확 뽑다가 손 다치는 사람이 있다는 얘기를 들어서 조심스럽게 뽑았다. 후배들의 자세를 봐주던 로젠이 그런 제리코를 발견하고 외쳤다.

"이쪽 다 봐주고 너도 봐줄게!"

"응!"

검술의 기본은 바른 자세라고 배웠다. 제리코는 적정 너비로 두 발을 벌리고 서서 기본자세를 취했다.

기분 탓인지 눈앞에 붉은 기운이 어리는 것 같았다. 아니, 기분 탓이 아니었다.

-제리! 날 챙겨!

붉은빛이 연습용 검의 무딘 날에서 뿜어져 나왔다. 제리코는 머릿속이 진탕되는 기분과 함께 극심한 이명을 느끼고 몸의 중심을 잃었다.

뭔가 이상하다는 사실을 알아채고 연습용 검을 던졌지만 빛은 제리코 주위를 떠나지 않고 맴돌았다. 네모, 세모, 원, 별, 인간이 그릴 수 있고 상상할 수 있는 모든 도형이 빛 속에서 모습을 바꾸며 등장했다 사라졌다.

-제리코!

"제리코!"

이변을 눈치챈 로젠이 제리코에게 달려왔다. 그가 손을 뻗어 제리코를 잡으려 했으나 제리코는 드래곤 슬레이어 소드를 잡기 위해 몸을 비틀었다. 빛이 더욱 강해지고 두통과 이명이 갈수록 심해졌다.

눈앞이 아찔했다. 갑자기 시력을 상실한 듯 아무것도 보이지 않았다. 제리코는 열심히 손바닥을 벌려 손가락 끝에 닿는 단단한 물체를 꽉 쥐었다.

제리코가 간신히 드래곤 슬레이어 소드를 붙잡은 순간 로젠의 손이 그녀의 옷자락을 잡았다가 놓쳤다.

맑은 하늘을 자랑하는 봄. 오전의 밝은 햇살을 무색하게 만드는 강한 빛이 그녀의 몸을 감쌌다.

그리고 눈을 뜨니 이곳이다.

"하하하."

어이가 없으니 웃음이 절로 튀어나왔다. 웃음을 멈추지 않던 제리코는 발치에 떨어진 무언가를 발견했다. 이 모든 일의 원흉인 연습용 검이었다.

제리코는 그걸 집으려다 멈칫했다.

'또 비슷한 일이 일어나면 어떡하지?'

분명 붉은빛은 저 연습용 검에서 시작되었다. 또 같은 일이 일어나지 않으리란 법이 없었다.

제리코는 발로 슬쩍 연습용 검을 건드렸다. 아무 일도 벌어지지 않았다. 제리코는 드래곤 슬레이어 소드로 연습용 검을 건드렸다. 마찬가지였다.

마지막으로 주변에 있는 나뭇가지를 주워 연습용 검을 쿡쿡 쑤셨다. 연습용 검은 조용했다. 빛이 새어 나오지도, 진동을 보이지도, 이상한 모형이 등장하지도 않았다. 이명이나 현기증도 없었다.

제리코는 슬쩍 연습용 검을 집어 들었다. 아무 일도 벌어지지 않았다.

검집 없이 검만 달랑 있었는데 검엔 별다른 특징이 없었다. 날을 일부러 무디게 해둔 걸 제외하면 너무나도 평범한 보통의 연습용 검이었다.

"도대체……."

–마법이야.

"마법인 건 나도 알아."

자랑은 아니지만 마법과 관계없는 삶을 살아온 제리코가 두 번이나 겪어본 마법이 있었으니, 마법의 꽃 이동 마법이었다.

"어떤 마법사가 나에게 마법을 쓴 거야?"

–연습용 검에서 마력과 빛이 나왔잖아. 그 검에 마법이 부여되었던 거겠지.

그 말에 제리코는 연습용 검을 다시 살폈다. 이곳저곳 살펴봤지만 특이한 점은 없었다.

"지금은 안 그런걸."

–일회용이었을 거야.

루나 아카데미에서 갑자기 산속에 떨어진 원인이 마법이라 치자. 원인이 밝혀졌지만 여전히 문제는 산더미처럼 쌓여 있었다.

제리코는 드래곤 슬레이어 소드를 지팡이 삼아 일어났다. 인적이 드물고 산세가 험한 산속. 이제 어째야 할지 막막했다.

"이제 어떡하지?"

-구조대가 오길 기다려야지. 일단 나에게 위치 추적 마법이 걸려 있으니까 날 두고 다니지 마.

위급한 상황에서 드래곤 슬레이어 소드를 잡으려 움직인 건 현명한 선택이었다. 사실 드래곤 슬레이어 소드가 하도 악을 쓰는 바람에 머릿속이 곤죽이 된 기분이라 따르게 된 거지만 말이다.

제리코는 드래곤 슬레이어 소드를 옆구리에 찼다. 지금 상황에서 이 검보다 믿음직스러운 건 없었다. 동시에 연습용 검도 집어서 반대쪽 옆구리에 찼다. 이 사태를 파악할 중요한 증거물이기 때문에 드래곤 슬레이어 소드도 질투하지 않았다.

"여긴 어느 산일까?"

-글쎄다.

방구석에 모셔져 있던 검이 알 리가 있나. 제리코는 방구석에 박혀 있던 검보다 다닌 장소가 많지만 갑자기 뚝 떨어진 상황에선 여기가 어디에 박혀 있는 산인지 알 길이 없었다.

제리코는 혹시 이름 있는 명산이나 제도 근처의 산이 아닐까란 희망에 열심히 주위를 관찰했다.

"구조대가 빨리 와줬……."

-왜 그래?

제리코가 말을 하다 말고 주위를 다시 살폈다. 드래곤 슬레이어 소드는 그녀가 하려다 만 말이 무엇인지 알기 위해 생각을 읽으려고 했지만 당황하고 있다는 감정만 전해지고 생각이 시시때때로 바뀌어 읽어내지 못했다.

평소 제리코의 사고는 단순하다. 그래서 더 읽기 쉬웠다. 그런데 지금 제리코는 나무, 잎사귀, 가지, 뿌리 같은 걸 생각하고 있는데 그게 뭐가 문젠지 드래곤 슬레이어 소드로선 알 길이 없었다.

"이걸 어쩌냐."

-왜? 혹시 어디 다쳤어? 아파?

"저기 봐봐. 나무가 좀 구불텅하지?"

드래곤 슬레이어 소드는 제리코가 가리키는 나무를 보았다. 그녀의 말대로 굵은 가지부터 잔가지까지 시원스럽게 뻗어 있지 않고 조금씩 뒤틀려 있었다. 병이라도 걸렸나 싶지만 나무 자체는 건강해 보이니 병은 아니었다. 그냥 주위 환경에 따라 조금 모양이 바뀐 정도다.

-응. 저게 왜?

"우리 마을은 하프 산맥 근처잖아."

-응.

근처라기엔 산맥과 거리가 꽤 떨어진 곳에 위치했으나 어쨌든 다른 마을보단 산맥과 가까웠다.

"어지간해선 산으로 안 들어가지만 그래도 약초 같은 거 캐러 부득불 들어가는 사람들이 있었단 말이지. 사람이 드나들지 않아서 귀한 약초 같은 게 많거든."

-그런데?

제리코는 그렇게 위험을 무릅쓰는 사람들이 자신에게 해줬던 조언을 떠올렸다.

"제리코, 너는 힘이 좀 세지만 말이야. 함부로 아무 데나 다니면 안 된다. 특히 산은 누가 꼬셔서 가자고 해도 가지 마."

"네!"

"만약에 산에 가게 되거든 이런 나무가 있는 곳은 가면 안 돼. 거기서부턴 용의 영역이란다."

그 말을 하며 마을 어른이 보여준 나뭇가지가 딱 검과 소녀를 둘러싸고 있는 산림의 모양과 일치했다. 곧게 자라는 것이 특징인 미루나무가 구불텅한 것이 신기해서 제리코는 똑똑히 기억하고 있었다.

–그 말인즉······.

"여기가 하프 산맥이라는 거지."

용들이 거주하며 인간의 침입을 금하고 대륙을 양분하는 거대한 산줄기.

자신이 그 한복판에 섰음을 깨달은 소녀는 바닥에 주저앉아 떠는 대신 어금니를 악물고 하늘을 올려다보았다. 날씨는 얄밉도록 화창했다. 잠시 하늘을 올려다보며 인생무상을 음미하던 제리코가 움직였다. 드래곤 슬레이어 소드가 그녀를 말렸다.

–어디 가려고? 꼼짝 말고 구조대를 기다리자.

"여기서 죽치고 있을 순 없잖아. 구조대를 기다려도 기다릴 만한 장소를 찾아야지."

제리코의 말은 거기서 끝나지 않았다.

"그리고 여기는 하프 산맥이야. 구조대도 함부로 못 올라올걸. 장기전을 각오해야지."

제리코가 하늘을 올려다본 건 암울한 현 상황과 상반되는 맑은 하늘을 보며 인생무상을 음미하기 위해서가 아니다. 해의 위치를 파악해 대략적인 방향을 알아내기 위해서였다. 인간이 거주하는 지역은 서대륙이고 하프 산맥은 서대륙의 동쪽에 있다. 그러니 무조건 서쪽을 향하면 하프 산맥에서 점점 멀어진다는 간단한 논리였다.

"이쪽이 서쪽이야."

앞으로 자꾸 걸어 나가면 하프 산맥을 벗어날 수 있겠지만 산이란 장소가 그렇게 만만하지는 않다. 산이 그렇게 만만하면 평생 산에서 살아온 사람들이 왜 산을 무섭다고 말하며 왜 외지인들이 산을 오를 때 길잡이를 찾겠는가. 산은 평지와 달랐다. 방향만 믿고 무작정 발을 옮기면 계곡, 절벽, 기타 예상치 못한 무수한 장애물을 만날 수 있었다. 괜히 움직였다가 더 깊은 곳에서 빙빙 돌거나 구조대와 엇갈리게 된다.

그러니까 본래는 제자리에서 움직이지 않고 불을 피워 구조대를 기다리는 게 최상의 선택이다. 하프 산맥이 아닐 경우에.

하지만 이곳은 하프 산맥이었다. 마물과 용이 몇 개일지 모르는 눈을 시퍼렇게 뜨고 살아가는 곳. 불을 피웠다가 위치가 들통나면 참 신나는 일이 벌어질 것이다. 특히나 용이 제리코를 발견하게 된다면.

"······."

제리코는 생각하기를 그만두었다. 갑자기 장소가 바뀌어서 놀라고, 바뀐 장소가 하프 산맥이란 것에 놀라서 안 하던 생각을 하려니 머릿속이 복잡했다. 제리코는 일단 방향을 알아낸 서쪽으로 한 발 내디뎠다.

-함부로 움직이면 위험하잖아!

"여긴 하프 산맥인걸. 어디든 안 위험하겠어? 가만히 있는 것보단 나아. 숨을 곳을 찾아야지."

장기전을 각오했으니 식수와 식량도 찾아야 한다. 제리코는 일단 계곡을 찾을까 하다가 포기했다. 산짐승은 괜찮은데 마물과 마주치면 답이 없었다.

-의외로 침착하네.

"너무 놀라서 머릿속이 얼어버린 기분이야."

머릿속뿐일까. 몸도 함께 얼어붙을 일이다. 제리코가 이렇게 움직일 수 있는 건 드래곤 슬레이어 소드의 공이 컸다. 평생 발 디딜 일 없다고 생각한 하프 산맥에 혼자 뚝 떨어졌으면 몸도 같이 얼어붙어서 제자리에서 꼼짝도 못 했을 것이다. 제리코는 드래곤 슬레이어 소드의 검집을 일부러 소리가 나도록 두드렸다. 팔다리가 없어 도움은 안 되지만 정신 건강엔 이로운 검이었다.

혹시 모르니까 검집에서 자길 빼두라는 검의 요청에 따라 제리코는 드래곤 슬레이어 소드로 풀을 헤쳤다.

스윽.

일반 수풀은 검날이 닿는 것만으로도 부드럽게 베였다. 절단면은 검날 못지않게 날카로워 감탄과 함께 손가락을 갖다 댄 제리코에게 작은 상처를 남겼다.

"오오, 역시 최고의 보검!"

가느다란 가지가 얽힌 무성한 수풀도 약간의 힘만 들이면 슥슥 베어져서 길을 만들었다. 제리코의 몸에 소름이 돋았다. 낫 모양이 아니라 약간 걱정했는데 괜한 걱정이었다. 용을 벨 수 있는 지상 유일의 검은 무엇이든 종이처럼 베어나갔다.

"너 진짜 잘 든다. 계속 써도 돼?"

―이미 제초용으로 쓰고 있으면서 나중에 허락받는 건 무슨 경우냐.

"용을 벨 수 있는 검을 이런 데 쓰기 미안해서."

―써. 팍팍 써. 나물 캐는 데 써도 뭐라고 안 할 테니까 네 마음대로 써!

"하긴. 다른 검 들면 질투했으니."

부여된 마법의 힘으로 녹이 슬지 않고 용에게 밟혀도 멀쩡하다. 질투심 많은 검은 베는 것이 무엇이든 주인(또는 주인 후보)이 자길 손에 들었다는 걸 가장 중요시했다.

"가자! 드래곤 슬레이어 소드! 내 앞길을 가로막는 풀을 베라!"

―예이, 예이.

입에서 나오는 말은 명령이었지만 결국 진짜로 풀을 베는 주체는 제리코였다. 검은 혼자서 움직일 수 없는 도구에 불과하기 때문이다.

제리코는 연습용 검을 지팡이 삼아 땅을 짚고 드래곤 슬레이어 소드는 붕붕 휘둘러 앞을 막는 수풀을 베어 길을 만들었다. 함부로 이동하는 건 금물이었다. 바닥이 훅 꺼지거나 경사가 이상해서 비탈길로 떨어질 수 있기 때문이다.

꽤 걸었다. 제리코는 숨을 돌릴 겸 땀을 훔치고 왔던 길을 돌아보았다. 많이 걸었다고 생각했는데 시작 지점이 눈에 들어왔다.

"별로 못 왔네."

-어쩔 수 없지.

힘든 것에 비해 진도가 영 지지부진했다. 이래서야 숨을 장소와 식수, 식량을 찾기 전에 마물이나 산짐승에게 발각될 것이다. 제리코는 혀를 찼다. 긴 교복 치마가 다리에 휘감겨서 걷기 불편했다.

숨 좀 돌리려고 걸음을 멈췄더니 그새를 못 참고 멀리서 산짐승 소리가 들렸다. 딱히 어느 방향이라 꼬집어 말하기 어려웠다. 사방에서 들려왔으니까. 제리코의 얼굴에서 핏기가 가셨다. 대부분의 동물이 야행성이라 안심하고 있었는데 이놈들이 잠은 안 자고 울고 자빠지고 있었다.

'들켰을까?'

-아닐 거야. 그럼 소리가 가까워지겠지. 일단 다가오는 기척은 없어.

드래곤 슬레이어 소드가 일정 범위를 인식할 수 있는 게 다행이었다. 사람의 눈엔 나무 사이에 몸을 숨긴 짐승이 보이지 않지만 드래곤 슬레이어 소드는 그런 것에 속지 않고 다가오는 짐승을 인식할 수 있으니까. 제리코는 약간 안도한 뒤 이를 악물었다.

'말이 장기전이지 구조대가 와도 내가 못 버티면······.'

제리코의 실종으로 구조대가 꾸려지고 이동 마법진을 통해 하프 산맥 인근까지 오는 건 반나절이어도 충분하다. 문제는 역시 산이었다. 평범한 산에 조난당해도 구조대가 찾는 데 상당한 시간이 걸린다. 제리코가 있는 하프 산맥은 대륙에서 가장 험준하고 거대한 산맥이었다.

"너는 위치 추적이 되잖아. 혹시 그걸 이용해서 바로 이동 마법을 쓸 수는 없을까?"

-제라······ 하프 산맥은 이동 마법의 목적지로 설정할 수 없어. 용들이 마법으로 막아놨거든. 그래서 주인도 걸어서 광룡이 있는 데까지 이동했어.

드래곤 슬레이어 소드의 말은 현 상황과 모순되었다. 제리코는 연습용 검에 부여되어 있던 이동 마법 때문에 하프 산맥에 떨어졌다. 그런데 하프 산맥으로는 이동 마법을 쓸 수 없다니?

"없는 입이라고 막말하면 재미없거든."

-그러니까 제리, 나는 마법을 잘 모르지만 이동 마법이 마법 중에서 마력을 제일 많이 소비하는 마법인 건 알아.

"응, 나도 그렇게 들었어."

-소비되는 마력의 태반이 정해진 목적지까지 안전하게 이동하기 위해 필요하다고 해.

"그래서?"

-내 추측일 뿐이지만…… 연습용 검에 있던 마법은 안전한 이동과 정해진 목적지를 배제한 게 아닐까?

"그게 무슨 말이야?"

-네가 사지와 장기가 멀쩡하게 여기까지 이동한 건 위대한 대자연의 은총이 베푼 기적이고 목적지가 하프 산맥인 건 마법을 건 사람도 예상치 못한 일이라는 거지.

마법의 꽃이라 할 수 있는 이동 마법은 마력이 많이 소비된다. 이렇게 소비되는 마력의 대부분은 목적지까지 안전하게 이동되는 부분에 할애된다. 제리코는 정해진 목적지가 없는 이동 마법이 뭔지 생각하다가 이내 깨달았다.

"바다 한가운데 떨어졌을 수도 있다는 거네?"

-그렇지.

"덤으로 구조대가 내 옆에 뿅 하고 이동할 수 없다는 거고?"

-그렇지.

"결국엔 장기전이구나."

제리코의 눈가에 눈물이 맺혔다. 꽤 오랜만에 보이는 눈물이었다. 동시에 그녀가 느끼는 막막함이 드래곤 슬레이어 소드에게 고스란히 전해졌다.

드래곤 슬레이어 소드는 자신이 느끼는 좌절감을 전하지 않기 위해 애썼다. 지상 최강의 무기를 자처해 봐야 이런 상황에선 무능했다. 세계에서 제일 잘났다고 으스대 봐야 도움이 절실한 제리코에겐 아무것도 해줄 수 없었다.

-제리…….

드래곤 슬레이어 소드가 위로와 응원의 말을 고심하는 사이에 제리코는 손등으로 눈물을 훔쳤다.

연습용 검이 굴러가지 않도록 바닥에 곱게 내려놓은 뒤 제리코가 교복 치마를 벗었다.

-뭐 하는 거야!

"속바지 입었으니까 괜찮아."

아무리 생각해도 산에서 긴 교복 치마를 나풀거리고 돌아다니는 건 자살행위였다. 속바지가 무릎 위에서 끝나 종아리와 발목이 풀에 베이고 상처 입을 게 분명하지만 치마가 거치적거리는 것보단 나았다.

"볼 사람도 없고."

벗은 치마는 밑단을 묶고 허리 부분을 검대와 연결했다. 급조한 것치고 괜찮은 가방이 완성되었다.

"지금부터 서쪽으로 계속 이동할 거야. 숨을 곳, 식수, 식량 발견이 최우선이야."

아직 팔팔해서 힘이 나는 지금이 제리코가 가장 많이 움직일 수 있는 시기였다. 식수와 식량은 못 얻어도 좋으니 가능하다면 은신처를 얼른 찾아야 했다. 산은 해가 빨리 진다. 어두워질 때까지 머물 곳을 못 찾으면 사흘이 뭐냐. 하루 만에 골병들어 골골거릴 것이다.

-식수는 찾지 마. 내가 해결할 수 있어.

"정말?"

듣던 중 반가운 소리였다. 당초 드래곤 슬레이어 소드는 용사에게 하사된 마법 검이다. 부여된 마법은 공격과 방어 마법이 대표적이고 물 만들기, 빛 제공 등의 소소한 마법도 포함되어 있었다. 제리코는 마법 검 제작자들을 찬양했다.

"우리 무능 검. 방화 살인만 할 줄 안다고 생각했는데 물도 만들 줄 알았구나!"

─마력을 아껴야 하긴 하지만 소소한 마법이니까 괜찮겠지.

"그럼 식량과 은신처만 찾으면 되겠네. 우리 검이 최고야."

치마를 벗어 의지를 다졌던 소녀는 뜻밖의 희소식에 뛸 듯이 기뻐했다. 절로 발걸음이 빨라지고 주위를 둘러보는 관찰력이 예민해졌다. 먹이를 찾는 포식자의 눈으로 주변을 살피던 제리코의 시야에 식용 가능한 넝쿨 뿌리가 잡혔다. 제리코는 땅에 드래곤 슬레이어 소드를 꽂았다. 날이 바짝 선 검은 땅에 꽂으면 푹푹 들어가는 것이 어지간한 쟁기보다 땅 파기에 좋았다.

"낫보다 풀을 잘 베고 쟁기보다 땅을 잘 파는 유능한 검~"

힘주는 대로 땅이 푹푹 파지니 제리코의 입에선 절로 노래가 흘러나왔다. 제리코는 흙 속에서 모습을 드러낸 뿌리를 뽑아 가방에 넣었다.

"이것만 씹어 먹으면 피똥 싸는데."

인간이 가꾸지 않는 산이라 그런지 열매가 달린 나무는 보이지 않았다. 계절도 봄이라는 어정쩡한 시기인지라 기대할 만한 열매도 별로 없었다. 제리코는 아쉬운 대로 식용 가능한 풀과 나무 속살, 뿌리 등을 채집하며 가방을 채웠다. 거침없는 채집에 드래곤 슬레이어 소드가 감동했다.

─네가 시골에서 자란 게 다행이라고 생각한 건 오늘이 처음이야.

"그래? 난 좀 아쉬운데. 산촌 출신이었으면 먹을 만한 걸 더 많이 찾지 않았을까?"

가방을 채우니 곳간을 채운 것처럼 마음이 뿌듯했다. 풍요는 여유를, 여유는 안심을 불러온다. 제리코는 주위를 경계하면서 말하는 검과 대화할 정도의 여유를 되찾았다.

"산촌 하니까 떠오른 건데."

-뭔데?

"우리 마을에 살던 할아버지 할머니 중에서 몇은 하프 산맥 출신이었어."

-여기서 어떻게 사람이 살아?

드래곤 슬레이어 소드가 경악했다. 제리코는 자신에게 귀족 공포증을 심어준 마을의 몇몇 어르신을 회상했다.

먼 옛날, 용들이 하프 산맥에 인간을 금지하기 전엔 하프 산맥에도 사람이 살았다. 대부분은 세금이나 빚, 과거를 피해 도망 온 사람들과 그 후손이었다. 하프 산맥까지 세리를 보낼 영주는 없기 때문이다.

사람은 단체 생활을 하는 동물이다. 더군다나 하프 산맥 같은 오지에선 절대 혼자 살 수 없었다. 그렇게 작은 규모의 산촌이 생기고 소수의 사람이 간간이 마을에 방문하는 도망자나 여행자, 모험가를 식구로 맞아들이며 맥을 유지해 왔다. 주된 수입원은 산에서 나는 부산물과 약초 채집이었다.

그러던 중 용이 인간의 하프 산맥 통행을 금지했다. 하프 산맥은 곧 금지의 땅이 되었고 대다수의 산촌민은 고향을 떠나 새 땅에 정착했다. 하지만 몇몇 사람은 고향을 버리기 싫었고.

-싫었고?

"세금도 내기 싫었대."

-고작 그런 이유로 하프 산맥에서 살려고 버텼단 말이야?

"뭐라더라. 세금을 한 번도 안 낸 자는 세금 내는 걸 당연시하는 자를 이해할 수 없다나 뭐라나. 안 내다가 갑자기 세금 내면 도둑질당하는 기분이라나 뭐라나."

태어날 때부터 세금을 내온 제리코는 이해하기 힘든 사고방식이었다. 어쨌든 마을 어르신들의 조상님들은 세금이 내기 싫었고 고향 땅도 버리기 싫었단다. 그래서 그들은 마을에 남았다.

-다 죽었겠네. 도망친 사람들이 네가 살던 마을의 어르신들 조상인 거야?

"아니지. 그러면 시간대가 안 맞잖아. 살 만했대."

–하프 산맥에서?

용이 인간을 출입 금지시킨 이후 하프 산맥에 들어가 살아 나온 사람의 수는 극히 드물었다.

책만 읽은 방구석 검 주제에 자신의 말을 믿지 않는 게 꽤 괘씸하지만 주제가 주제니 제리코는 이해했다. 제리코도 어릴 때 들어서 믿었지 지금 나이에 그 얘길 들었으면 안 믿었을 것이다.

"넘으려 하면 돌아오지 못하고, 돌아올 생각만 하면 나올 수 있다."

–뭐야, 그게.

"할머니, 할아버지들이 해준 얘기야. 마을은 저런 구불텅한 나무가 자라는 경계로 옮기고 약초는 계속 안쪽으로 들어가서 캤다나 봐. 그때 마을로 돌아오기 위해선 저런 마음가짐이 필요했대."

제리코가 두 주먹을 불끈 쥐었다.

"그래서 나도 돌아갈 생각, 산 빠져나갈 생각만 하고 있어. 너도 같이하자."

–······.

현 상황에 걸맞은 추억이라 드래곤 슬레이어 소드에게도 말했는데 어째 검의 반응이 미묘했다. 제리코는 드래곤 슬레이어 소드를 툭툭 쳤다.

"왜 그래?"

–실은 동대륙으로 모험을 떠나고 싶다는 생각을 조금 품고 있었어.

"음····· 넌 인간이 아니니까 괜찮지 않을까? 이종족들은 괜찮잖아."

–그런가?

어쨌든 제리코가 들은 얘기가 사실일 경우 드래곤 슬레이어 소드도 짚이는 것이 있었다.

–이제 조금 알 것 같아.

"뭐를?"

–용이 지상 최강의 생물이고 마물들이 하프 산맥에 쫙 깔리긴 했지

만 소규모로 산에 오르는 사람들을 어떻게 전부 잡을 수 있겠어.

"그렇지."

-내가 대자연에 맹세를 해서 주인의 자손을 알 수 있게 된 것처럼 용들도 그런 비슷한 일을 해서 산맥을 넘으려는 의지를 가진 인간을 추적할 수 있는 게 아닐까?

마탑주는 드래곤 슬레이어 소드가 한 맹세를 보고 용의 맹약과 비슷하다고 말했다. 드래곤 슬레이어 소드가 모르는 인간의 혈통을 위대한 대자연은 알고 있다. 용이 모르는 인간의 내면을 위대한 대자연은 알고 있다. 대자연은 검의 맹세와 용의 맹약을 받아들여 진위를 밝혀준다. 대신 드래곤 슬레이어 소드는 상대를 죽을 때까지 태우는 불을 조절할 수 없으니 용도 뭔가 페널티가 있을 것이다.

제리코는 드래곤 슬레이어 소드의 설명을 모두 이해하지 못했다. 대신 마을의 어른들이 했던 얘기를 떠올렸다.

"넘으려고 하면 돌아올 수 없어. 돌아갈 생각만 하면 돼. 들어가려 하면 헤매게 되니까 오직 집을 떠올렸대. 그럼 산맥을 벗어날 수 있다고 했어."

-미신이라고 해도 반가운 얘기긴 한데. 그럼 마물도 마주치지 않을 수 있는 거야?

"아니. 마물은 알아서 잘 피해야 한다고 들었는데."

마을의 어르신들이 해준 얘기를 종합해 보자면 이렇다. 하프 산맥에 들어갔다고 해서 반드시 죽는 건 아니다. 산맥을 넘어 동대륙으로 갈 생각을 하지 않고 마물과 산짐승을 조심하면 빠져나갈 수 있다. 단, 산맥을 넘으려는 생각을 가질 경우 길을 잃게 된다.

-길을 잃고 헤매다 도달한 최종 목적지는 용의 입속…….

"히익."

-제리 네 얘길 듣고 나니까 주인이 하프 산맥을 헤맸던 게 이해가 된다.

호랑이를 잡으려면 호랑이 굴로 들어가야 한다. 광룡도 마찬가지였다. 광룡을 무찌르기 위해선 일단 광룡을 만나야 했다. 용을 만나기 위해선 하프 산맥으로 가야 한다.

에라프는 하프 산맥에서 엄청나게 헤맸다고 말했다. 준비를 철저히 하지 않았더라면 광룡을 만나기 전에 아사했을 것이라고 웃으며 얘기했다. 들을 땐 농담인 줄 알았는데 제리코의 얘기를 듣고 나니 진실이었다.

―주인은 동대륙도 가보고 싶어 했거든. 남쪽 바다를 통해 여행해도 되지만 하프 산맥을 넘어보고 싶다고 말했었어.

"엄청 헤매셨겠네."

―헤맨 끝에 광룡과 마주쳤다고 하니까…… 산맥을 넘으려는 자는 길을 잃고 헤매다가 결과적으로 용이나 마물과 마주치게 되는 형식일지도 몰라.

제리코는 동대륙이 어떤지 궁금하지 않고 드래곤 슬레이어 소드는 인간이 아니다. 이미 길을 잃은 상태에서 헤매봐야 그게 헤매는 건지 아닌지 알 길은 없다. 제리코로선 마물이나 산짐승과 마주치지 않는 것만으로도 감지덕지였다.

―그런데 마을 어른들은 왜 산을 내려온 거야?

"아, 그거."

하프 산맥을 넘으려 하면 용이 처벌한다. 이후 몇백 년 동안 하프 산맥을 넘으려는 자가 없었으나 용에겐 얼마 안 되는 기간일지라도 인간에겐 강산이 수십 번 바뀐 오래전의 일. 부득불 산맥을 넘어 동대륙으로 가겠다는 얼간이들이 있었다. 그런 얼간이에겐 공통적인 특징이 있다. 혼자 죽으면 좋을 텐데 꼭 주위 사람을 끌어들였다. 정당한 대가를 지불해서 끌어들인다면야 돈에 속은 사람들 또한 자업자득이라고 내버려 둘 것이다. 그런데 귀족 중에도 그런 얼간이가 있었다.

"산맥을 넘으려는 귀족들이 마을을 찾아와 약초꾼이나 사냥꾼을 길잡이로 쓰겠다고 강제로 데려가는 거야. 세금을 안 내니까 지역 영주님이나 경비병의 도움도 받을 수 없고, 장정들이 사라지면 마을을 유지할 수 없잖아. 비슷한 산촌민들끼리 의논 끝에 아예 산을 내려온 거지."

말하자면 하프 산맥 출신의 노인들이 제리코에게 귀족 공포증을 심어준 주범이었다. 하프 산맥의 무시무시함 또한 충실히 주입시켰으니 이걸 고마워해야 할지 말아야 할지. 광룡이 날뛰기 전인 50년쯤 이전에 산촌을 내려왔다고 하니 절호의 타이밍이었다. 드래곤 슬레이어 소드는 기가 막혀 중얼거렸다.

–어디의 막장 귀족이 말 안 듣는다고 평민 목숨을 송사리 취급하나 했더니 50년 전의 무허가 산촌 얘기였냐……

세금 내기 싫어 마물이 들끓는 산맥에 눌러앉았어도 목숨은 소중한 법. 세금을 내는 건 진짜 싫지만 대신 영주의 보호를 받아 이전처럼 귀족에게 마을 사람이 끌려가지 않게 되었으니 남는 장사라고 마을의 노인들이 가끔씩 중얼거리곤 했다.

"언제더라. 산에서 내려온 후에도 웬 귀족 나리가 동대륙으로 가겠다고 마을 사람을 끌고 갔대."

"영주는 어떻게 했대? 도와줬대?"

"도와주려고 경비대 보냈는데 얼마 안 되어서 광룡이 미쳐 날뛰는 바람에 흐지부지 끝났대."

–다 죽었겠구만. 끌려간 마을 주민만 불쌍하게 되었네.

"그치."

어쨌든 제리코는 귀족의 무서움과 동시에 하프 산맥의 공포를 옛이야기처럼 듣고 자랐다. 마물은 아주 무시무시한 생물이니 마주치지 않는 게 상책이었다.

가아아아악!

어딘가에서 갑자기 새들이 날아올랐다. 제리코는 새들의 날갯짓 소리와 간간이 들려오는 괴성에 흠칫 놀랐다. 들려오는 소리의 크기나 방향으로 보건대 거리가 상당히 떨어져 있었기에 망정이지 가까웠다면 혼비백산해서 도망쳤을 것이다.

"하프 산맥은 원래 이런가?"

-마물이나 산짐승끼리 싸우는 거 아냐?

"산이란 곳이 원래 이렇게 시끄러운 거야?"

-나야 모르지.

제리코의 몸에서 비지땀이 흘렀다. 조금 쉬는 게 낫다는 생각이 들었지만 계속해서 들려오는 알 수 없는 소리에 쉴 수 없었다.

드래곤 슬레이어 소드의 마력을 아끼기 위해서 물을 만드는 대신 나무 속살을 씹었다. 달큰한 즙을 빨아 먹은 뒤엔 바로 뱉었다. 식사는 걸으면서 했다. 캐냈던 넝쿨 뿌리의 흙을 대충 털어 입으로 가져갔다. 솔직히 맛없고 질겼다. 제리코는 악착같이 뿌리를 씹어 삼켰다. 배곯는 것보단 나았다.

구두는 도시에서 신던 놈이라 앞코가 너덜너덜해진 지 오래다. 제리코는 신발과 분리되려는 밑창을 소매를 찢어 보완했다. 그러는 김에 조금 쉬었다. 오전부터 이어진 강행군에 가방은 묵직해졌지만 은신처를 찾지 못해 소득이 없었다. 게다가 좀 쉴 만하면 멀리서 들려오는 괴성까지.

구에에에엑!

"이상한 소리 점점 가까워지는 것 같지 않아?"

-소리의 주체가 전부 다른 동물 같다는 게 난 더 신경 쓰여.

하프 산맥에 떨어진 처음엔 안 그러더니 소리가 나는 주기가 점점 짧아졌다. 도무지 불안해서 쉴 수가 없었다. 이러다가 체력이 동나 진짜 체력이 필요할 때 움직일 수 없게 되면 큰일이다. 제리코는 불안을 억누르며 억지로나마 휴식을 결정했다.

드래곤 슬레이어 소드가 물을 만들었다. 물통으로 쓸 만한 그릇이 없기 때문에 제리코는 검 손잡이를 타고 졸졸 흐르는 물을 받아 마셨다.

시원한 물이 마른 입안으로 들어오니 감로수가 따로 없었다.

"살 것 같다."

지금 마신 물을 걸고 맹세하는데 평생 마셔본 물 중에서 제일 맛있었다.

"물 만드는 거 마력 많이 들어?"

─식수가 부족하진 않을 거야. 그보단 남는 물이 아깝네.

"어쩔 수 없잖아. 물통을 만들 수 있는 것도 아니고."

제리코는 남는 물로 세수하고 손발을 닦았다. 길이 없는 산에 길을 만들며 걸은 대가로 종아리와 발목이 상처투성이였다.

"아따따."

하나만 놓고 보면 아프지 않을 작은 상처지만 모이고 모이다 보니 진물이 배어날 정도로 심해졌다. 남는 물과 닿은 상처가 심히 따가워서 제리코가 인상을 썼다.

─……네가 고생이 많다.

"그러게, 난데없이 극한 생존을 하고 있으니."

제리코는 상처가 난 종아리를 문댔다. 상처가 따갑긴 하지만 물이 닿으니 시원해서 기분이 좋았다.

"다들 걱정하고 있겠지……. 아빠 기절하면 어떡하지? 메이랑 오리온 울면 안 되는데."

─미안.

"왜 네가 사과해."

드래곤 슬레이어 소드의 뜬금없는 사과가 웃겨서 제리코가 이를 드러내고 웃었다. 제리코는 뇌도 없는 주제에 잡생각은 뇌 있는 사람보다 많은 검을 흔들었다.

"네가 없었으면 난 지금보다 더 막막했을걸. 네 말대로 저 쇠몽둥이."

제리코가 연습용 검을 가리켰다.

"저 쇠몽둥이로 풀 헤치랴, 땅 파랴, 힘이 지금보다 백배는 더 들었을 거야. 그런데 네가 있잖아. 풀도 한 방, 나뭇가지도 한 방! 나 대신 주위 경계도 해주잖아. 최고지."

제리코는 엉덩이를 털고 일어났다. 몸을 움직이지 않을 때 잡생각은 자신이 해야 하는데 엉뚱한 검이 하고 있었다. 검의 없는 머릿속을 텅 비우기 위해서라도 움직이는 게 최고였다.

"얼른 적당한 나무든, 바위든, 동굴이든 찾자. 그래야 굴을 파서라도 숨지."

—제리, 잠깐만.

"응?"

—오른쪽으로, 아니, 나무에 등을 붙여!

아우우우우우!

멀지 않은 곳에서 늑대 울음소리 비슷한 것이 들렸다. 처음 소리가 들린 곳보다 더 멀찍이서 화답하는 울음소리가 연달아 이어졌다. 소리는 점점 멀어졌지만 제리코는 처음 들려온 소리가 무엇을 의미하는지 잘 알았다.

나, 찾았다, 식량.

—늑대형 마물이야! 날 놓지 마!

"아니, 아니, 아니."

머릿속이 새하얗게 표백되었다. 제리코는 이것이 유일한 생명 줄인 걸 알기에 드래곤 슬레이어 소드를 있는 힘껏 쥐었다. 뒤에서 습격당하면 안 되니 검의 말대로 나무에 등을 붙였다가 지레 깜짝 놀랐다. 파들파들 떠는 소녀를 드래곤 슬레이어 소드가 격려했다.

—내가 있잖아! 괜찮아! 스치면 사망!

"그, 그, 그게 맘대로."

풀이 스치는 소리와 함께 제리코의 코에 짐승 누린내가 훅 치고 들어왔다. 썩은 피 냄새도 덩달아 몰려와 그녀를 괴롭혔다.

"도망, 도망가며언."

—넌 발이 두 개고 저것들은 네 개잖아! 못 따돌려, 싸워야 해. 제리!

정신 차려!

"말이 쉽지, 이 나쁜 검아."

온실 속 화초처럼 곱게 자라진 않았지만 평화로운 시골 마을에서 싸울 일 없이 살아온 제리코다. 교양 과목으로 검술을 선택했다 한들 이론 수업만 실컷 듣고 이제 막 자세 잡는 법을 배웠다.

피는 못 속인다고 검술에 재능이 있어 보인다는 얘기를 누차 들었으나 그 재능, 피워보지도 못하고 꺾이게 생겼다.

"으아앙! 왜 나에게 이런 일이!"

크아앙!

제리코의 절규에 합을 맞춰 늑대처럼 생긴 마물이 나무 뒤에서 제리코를 스쳐 앞으로 이동했다. 어디 숨지도 않고 당당하게 눈을 마주하는 것이 제리코를 만만한 상대로 찍은 모양이었다. 크기는 과장 조금 보태 송아지보다 컸고 평범한 늑대가 아닌 걸 자랑하듯 눈빛과 털 색이 이상했다. 제리코가 아는 한 세상에 저렇게 시커먼 털과 붉은 눈을 가진 늑대는 없었다. 그러니까 저건 마물이다!

"차라리 늑대였으면!"

늑대였어도 당해내지 못했겠지만 마물보단 늑대가 만만했다.

늑대 마물은 제리코에게 선뜻 덤벼들지 않고 앞을 어슬렁거렸다. 제리코는 틈을 봐 도망가려 했다. 하지만 두 다리가 땅에 달라붙어 떨어지지 않았다. 그리고 이런 근거리에서 뒤돌아 도망치는 건 나 잡아 잡수라는 의미인 걸 알고 있었다. 머리론 아는데 심장은 콩닥거리고 입안은 바싹 마르며 눈에선 눈물이 줄줄 흐르니 나오는 콧물 삼키기에 바빴다.

"흐윽."

-제리, 정신 차려! 싸워야 해!

"으으."

벌벌 떨면서 드래곤 슬레이어 소드를 놓지 않은 게 장한 상황.

마물의 입에서 피 섞인 침이 줄줄 흘러나와 바닥으로 떨어졌다. 이어 컹컹 소리가 들리더니 비슷하게 생긴 마물 네 마리가 추가로 등장했다. 마물들은 저들끼리 대화를 주고받으면서도 제리코에게서 눈을 돌리지 않았다. 다섯 쌍의 마물 눈동자에게 감시당하는 기분은 말로 표현하기 어려웠다.

-다친 놈이 있어.

"흐으, 흐윽."

-제리, 잘 봐. 다친 놈이 있어. 자기들 피 때문에 더 흥분했나?

마물 중에 한 마리는 옆구리에 큰 부상을 입었다. 그래 봐야 눈빛이 흉흉하고 살기등등했다. 상처를 입었어도 만만한 먹잇감 사냥엔 참가하겠다는 의지가 느껴졌다. 입맛을 다시며 제리코와 나무 주위를 빙빙 돌던 마물 중 하나가 펄쩍 뛰어 제리코를 급습했다.

"꺄아악!"

제리코는 눈을 감고 반사적으로 검을 휘둘렀다. 베이는 감촉이 전해졌지만 얕았다. 드래곤 슬레이어 소드는 천하제일의 명검으로 용보다 약한 생물은 무조건 벨 수 있다. 용의 명령을 거스르지 못하는 마물의 가죽과 근육은 물론이고 뼈까지 모두 벨 수 있었다. 하지만 얕게 벤 데다 검은 지나치게 예리했다.

절단면이 예리하면 역으로 상처가 작아진다. 마물이 입은 부상은 대단치 않았다. 다만 따끔한 맛을 보고 제리코가 만만한 먹잇감이 아니라 반항할 수 있는 먹잇감임을 깨달았다. 마물이 더욱 주의하고 제리코를 경계하기 시작했다.

제리코가 울분에 차 외쳤다.

"왜 안 타?"

스치면 사망이라더니 스쳐도 피만 좀 나고 멀쩡(?)했다. 상대방이 검을 가져갈 의지가 없을 경우 불이 붙지 않으리란 추측을 하기는 했었다. 하지만 이런 식으로 증명하고 싶진 않았다. 제리코가 원한 건 드래곤 슬레이어 소드가 스치자 불이 붙어 쓰러지는 마물A와 그걸 보고 도망치는 마물BCDE였지, 자신이 반격할 수 있음을 알고 자세 낮춰 의견을 교환하는 지능형 마물이 아니었다.

얕보던 사냥감에게 다친 게 화나는지 마물들의 기세가 더욱 흉흉해졌다. 그리고 연달아 공격이 들어왔다. 분노의 앞발질을 몇 번 막은 건 요행이었다. 악물었던 턱이 위아래로 벌어지고 어금니가 딱딱 부딪쳤다.

눈을 뜨면 보이는 건 자신을 죽이기 위해 엄니를 드러낸 무서운 마물, 눈을 감으면 보이는 것은 어둠.

죽음의 위기를 앞두고 해선 안 되는 선택을 하고 싶다는 욕망이 그녀를 유혹했다. 마음이 흔들릴 때마다 머릿속에서 검이 그녀를 불렀다. 제리코는 눈물을 머금고 드래곤 슬레이어 소드를 들었다.

크아앙!

마물 하나가 대놓고 그녀에게 덤벼들었다.

"꺄아아악!"

제리코는 방어할 타이밍을 놓쳤다. 대신 드래곤 슬레이어 소드가 반짝이며 그녀와 마물 사이에 무형의 막을 만들어 마물의 공격을 막았다. 검에 부여된 방어 마법이었지만 마력이 부족해 계속 쓸 순 없었다.

-제리! 방금 게 처음이자 마지막이야!

"아, 알았어."

마물이 다시 덤벼들었다. 이번엔 검으로 간신히 막는 데 성공했다. 그러나 곧 밀려났다. 마물은 돼지보다 무겁고 제리코보다 힘이 강했다. 나무를 등졌기에 도망가려면 옆으로 빠져나가야 했지만 양옆은 다른 마물에게 막혔다.

"더 이상은…… 무리……."

마물의 침이 제리코의 얼굴 위로 떨어졌다. 독이 섞였는지 침이 흘러가는 피부 위가 따끔거렸다. 안간힘을 써 버텼지만 이 이상은 무리였다.

마물이 입을 벌렸다. 주둥이가 제리코의 머리를 한입에 삼킬 만큼 크게 벌어졌다. 이번엔 진짜 죽음이 코앞이다. 제리코는 차마 죽음을 직면할 용기가 없어 눈을 감았다.

'안녕, 아빠, 캐리, 에릭, 메이, 오리온. 엄마, 이렇게 빨리 다시 만날 줄 몰랐죠? 저도 몰랐어요. 에라프 님도 반가워요. 우리 무능 검, 꼭 나 말고 다른 자손을 만날 수 있길 빌게.'

—누구 마음대로—!

"유언을 해!"

제리코와 마물을 갈라놓고 있던 드래곤 슬레이어 소드에서 어두운 빛이 새어 나왔다. 제리코를 죽음으로 끌고 가던 숨 막히던 무게와 악취가 사라지고 마물이 비명을 질렀다.

깨애앵!

갑자기 사라진 압박감에 제리코는 죽어서 편해졌나 생각했다. 그대로 눈을 감은 채 모든 걸 잊으려는 그녀를 누군가 흔들어 깨웠다.

"눈 떠! 저것들과 싸워! 넌 할 수 있어! 넌 용사의 딸이고 네 손엔 용을 벤 검이 있어! 고작 저런 마물에게 당할 거야?"

자욱한 검은 안개가 걷히고 낯선 남자가 모습을 드러냈다. 처음 보는 남자였지만 얼굴이 낯익었다. 검은 머리에 검은 눈, 창백한 피부의 남자는 제리코와 이목구비가 비슷했다. 쌍둥이처럼 닮진 않았으나 피가 섞인 건 부정할 수 없게끔 닮은 모양새였다. 제리코보다 조금 더 아름다웠고 제리코보다 조금 더 멋졌다. 남자는 제리코보다 연상으로 보였지만 차이는 그리 심하지 않았다. 많아봐야 이십 대 중반을 넘지 않을 검은 머리 남자가 명령했다.

"검을 쥐어. 일어서."

제리코는 남자가 시키는 대로 했다. 그의 말투는 아주 친숙했다. 동시에 제리코는 꽤 여러 번 저 남자의 말대로 움직였던 것 같다는 기시감을 느꼈다.

캐캥!

갑자기 등장한 남자에 놀라 온 정신이 그에게 집중되어 있었는데 마물이 낑낑거려서 집중이 깨졌다.

제리코는 덜덜 떨리는 사지를 진정시키며 남자의 말대로 드래곤 슬레이어 소드를 잡고 나무에 기대 일어났다. 제리코를 죽일 뻔했던 마물의 주둥이엔 연습용 검이 박혀 있었다. 날이 없는 무딘 검을 어떻게 박아 넣었는지 의문이었다. 믿기 힘든 괴력이었다.

제리코는 자신이 싸우는 것보다 남자가 싸우는 게 낫다는 생각이 들어 드래곤 슬레이어 소드를 건넸지만 남자는 받지 않았다.

"난 내버려 두고 네 몸이나 챙겨. 눈을 감지 마. 시선을 떼지 마. 넌 무엇이든 벨 수 있는 검을 갖고 있어. 피하고 공격하면 네가 이겨."

말이 쉽지. 위기에서 구해준 건 고마우나 절로 불만이 튀어나오려고 했다. 제리코의 말은 남자의 이어지는 말에 막혔다.

"피하기 싫으면 그냥 가만히 있어. 넌 내가 지킬 테니까."

남자가 돌아섰다. 사람이 눈앞에서 돌아서는데 분하거나 서럽지 않았던 건 이번이 처음이었다.

남자의 등은 제리코가 사랑하는 존과 닮았고 뼈조차 썩어가던 누군가의 등과도 닮아 있었다.

주둥이에 검이 박힌 마물과 옆구리에 상처를 입은 마물을 뺀 세 마리의 마물이 동시에 덤벼들었다. 남자가 처음 달려든 한 마리를 발로 차고 다른 두 마리는 양손으로 막았다. 막았다기보단 두 팔을 내줬다. 제리코를 지키겠다던 말을 살신성인으로 지킨 것이다.

"대가리를 베어버려!"

제리코는 남자의 팔이 걱정되었지만 남자는 단호하게 외쳤다. 그 말에 제리코의 몸이 저절로 움직였다. 힘을 실어 위에서 아래로 검을 내려치는 것. 그 단순한 동작으로 마물을 베려면 숙련된 검사여야 한다.

하지만 남자의 말대로 제리코의 손에 들린 검은 천하제일의 검, 용을 벨 수 있는 유일무이한 검이다.

눈을 감지 말라던 조언대로 제리코의 시선이 마물에 꽂혔다. 머리와 몸통을 잇는 두꺼운 목에 검이 닿았다. 그리고 종잇장 베듯 드래곤 슬레이어 소드가 마물을 갈랐다.

"하나 더!"

남자가 자유로워진 팔로 다른 마물의 어금니를 붙잡았다. 동료의 죽음에 남자를 놓고 도망가려던 마물이 그대로 붙잡혔다.

제리코는 몸무게를 실어 마물의 옆구리에 드래곤 슬레이어 소드를 찔러 넣었다. 역시나 큰 힘이 들지 않았다. 그 상태에서 위로 마물을 베어 마물의 등뼈를 갈랐다. 마물은 남자의 손을 문 채 절명했다.

"잘했어, 제리."

세 마리 남은 마물 중 다치지 않은 한 마리는 도망간 지 오래고 옆구리에 부상을 입은 놈은 눈치를 보다가 후다닥 도망갔다. 남은 건 주둥이에 연습용 검이 박혀 캑캑거리며 피를 토하는 한 녀석이었다.

남자가 마물의 주둥이에서 갈기갈기 찢긴 팔을 빼냈다. 치명상이 아프지도 않은 듯 그가 하나 남은 마물을 가리켰다.

"저거 회수하고 여길 뜨자."

죽음의 공포와 마물을 죽인 고양감이 제리코를 붙잡고 쉽게 놔주지 않았다. 연습용 검은 하프 산맥에 처박힌 제리코에게 있어 꽤 귀한 지팡이 겸 도구다. 마물이 기운을 차려 도망가기 전에 처리해야 했다. 제리코의 어깨가 숨을 헐떡일 때마다 거칠게 오르내렸다. 제리코는 마물의 목덜미에 검을 박아 넣어 숨통을 끊었다.

손이 피에 젖어 연습용 검을 잡았더니 손잡이가 미끄러져 빼내는 데 애를 먹었다. 남자가 얼마나 강한 힘으로 깊숙이 박아 넣었는지, 결국 마물의 사체를 옆으로 가르고서야 뺄 수 있었다.

"하아, 하아."

거친 숨을 몰아쉬는 제리코의 손목을 남자가 붙잡았다. 갈기갈기 찢긴 손은 손가락 하나 까딱하기 힘들 텐데 전혀 고통스러워하는 기색이 없었다.

"얼른 여기서 벗어나자. 피 냄새가 나니 다른 놈들이 몰려올 거야."

해가 서산 너머로 저물고 있었다. 붉은 노을이 둘의 머리 위에 드리워지고 남자의 흑발에 붉은 기운이 감돌았다. 제리코는 현실감이 사라져서 멍한 눈으로 남자를 보았다.

제리코가 늘 거울에서 보는 얼굴보다 조금 더 잘생긴, 친숙한 그 얼굴.

제리코는 이 남자가, 이렇게 생긴 남성이 누군지 알고 있었다. 그림으로, 동상으로 몇 번이나 보았지 않은가. 저 반반한 거죽 뒤의 뼈와 근육과 혈관과 신경다발을 보지 않았나. 유일하게 썩지 않았던 하얗던 안구가 아직도 서글프지 않은가.

"……에라프 님?"

남자가 석양을 등지고 웃었다. 틀렸지만 기회를 한 번 더 주겠다는 듯 미소엔 장난기가 서려 있었다.

"최고의 칭찬인데?"

제리코는 코를 훌쩍였다. 에라프는 붉은 머리에 푸른 눈동자의 소유자였다. 그러니 흑발에 흑안인 이 남자는 에라프가 아니다. 대신 적절한 정답이 따로 있었다.

"드래곤 슬레이어 소드니?"

"확실히 이름이 좀 길긴 하다. 줄여 말하든가 애칭을 짓든가 해야겠어."

남자, 드래곤 슬레이어 소드가 히죽 웃었다. 제리코는 눈물을 펑펑 쏟으며 남자의 본체인 검을 끌어안았다.

"팔다리 없던 우리 검에게 팔다리가 달렸네!"

"농담은 다른 데 가서 하자. 따라와."

"머리도 달리고 뇌도 생기고 입이랑 혀에 귀도 생겼네!"

"너 처음 만날 때부터 만들 수 있었거든!"

생명의 위기를 넘기고 간신히 살아남은 기쁨에 농담이 계속 튀어나왔다. 하지만 계속 농담이나 할 처지가 아니었다. 드래곤 슬레이어 소드가 제리코의 손을 잡고 앞장섰다. 곧 해가 완전히 저물면 산은 급속도로 어두워질 것이다. 불이나 빛을 보고 몰려올 마물이나 짐승 때문에 마법을 쓸 수 없으니 시력에 의존하는 제리코 대신 검이 길을 제시해야 했다.

"얼른 따라와."

"이렇게 변할 수 있었으면 좀 더 일찍 도와줬어야지!"

제리코는 끝까지 말이 많았지만 곧 입을 다물고 검을 따라가는 데 집중했다. 드래곤 슬레이어 소드는 묵묵히 앞만 보고 걸으며 제리코를 계곡으로 안내했다.

"일단 피를 씻자. 그리고 계곡을 통해 좀 내려가서 건너가자."

피 냄새는 불만큼이나 짐승과 마물을 자극한다. 제리코가 지나간 길엔 그녀와 마물이 흘린 피가 점점이 떨어졌다.

드래곤 슬레이어 소드는 추적을 막기 위해 계곡을 통해 냄새를 흘려버리자고 제안했다.

제리코는 신발을 신은 채 계곡에 발을 담갔다. 봄이지만 하프 산맥의 계곡물은 얼음이 녹은 것처럼 시렸다. 제리코의 발에 묻은 피는 그새 말라붙어 잘 떨어지지 않았다. 좀 춥긴 하지만 제리코는 불만 없이 열심히 몸을 문대 피를 지웠다. 자잘한 상처는 찬 계곡물이 닿자 얼은 것처럼 감각이 둔해져 통증이 느껴지지 않았다. 마물에게 당한 조금 큰 상처는 아파도 어쩔 수 없었다. 참아야지.

계곡은 완전히 어둠에 잠겼다. 제리코는 달빛과 별빛, 검의 조언을 들어가며 몸을 씻어 피를 지웠다. 몸에 묻은 피는 대충 지웠는데 옷에 물든 피가 문제였다. 상체를 닦느라 이미 전신이 물에 빠진 생쥐 꼴이지만 옷 벗고 빨래할 수도 없었다.

"옷에 묻은 피는 어떡하지."

"별수 없지."

제리코는 검의 손을 꽉 잡고 천천히 계곡을 따라 아래로 내려갔다. 차가운 계곡물의 온도에 익숙해진 손은 드래곤 슬레이어 소드의 손에 닿으니 온기를 인식했다. 하지만 손을 잡고 걸어가면서 그것이 온기가 아닌, 익숙한 검의 온도임을 깨달았다.

첨벙첨벙, 제리코와 드래곤 슬레이어 소드가 걸을 때마다 물소리가 요란했다.

"온 동네 물고기랑 동물 다 깨우는 거 아니야? 소리 듣고 몰려오겠는데."

"어쩔 수 없잖아."

사실 드래곤 슬레이어 소드도 생존 전문가가 아니다. 둘은 대충 이 정도 내려왔으면 되겠다 싶은 위치에서 계곡을 건넜다. 제리코는 추위에 몸을 부르르 떨었다.

"으으, 추워."

"불을 피워야 할 텐데."

제리코는 피부에 달라붙는 옷을 벗었다. 젖은 옷을 입고 있어봐야 체온을 뺏기니까. 잠깐이라도 불을 피워 몸과 옷을 말리느냐, 아니면 스스로의 건강을 믿고 개기느냐. 양자택일의 상황에서 제리코는 혹시나 하는 마음에 드래곤 슬레이어 소드를 껴안았다.

"뭐, 뭐야!"

"혹시나 해서……. 왜 안 따뜻한 거야."

별로 기대하지 않았는데 실망이 크다. 제리코가 은근슬쩍 비난하자 드래곤 슬레이어 소드가 펄쩍 뛰었다.

"이 모습 유지하는 데 마력이 얼마나 드는지 알아?"

"아니, 인간 모습에 다치기까지 하면서 왜 안 따뜻한 건데?"

"난 인간이 아니니까! 추우면 불을 피워!"

"에잉, 팔다리 생겨도 무능한 검 같으니라고."

이대로 밤을 보내면 골병들어서 죽는다. 제리코는 젊음과 체력, 건강을 과신하는 대신 불을 피우기로 했다. 성공적으로 마물을 쫓은 일 덕분에 자신감이 생긴 것도 불을 피우는 데 중요한 이유가 되었다.

'또 위험해지면 쟤가 몸빵해 주겠지.'

사방이 어두워졌기에 제리코는 드래곤 슬레이어 소드의 조언을 들어가며 잔가지와 낙엽을 그러모았다. 드래곤 슬레이어 소드가 불을 피워 주려고 했지만 제리코가 말렸다.

"마력 없다며. 아껴."

제리코가 살던 시골에선 어느 정도 대가리 굵었다 싶은 아이는 모두 불을 피울 줄 알았다. 부싯돌이 있으면 좋고 없어도 뭐. 적당한 금속이나 나무, 돌 정도와 부싯깃이 있으면 충분했다. 제리코가 능숙하게 불을 피워 모닥불을 완성했다.

어둠 속에서 빛과 온기가 생겼다. 제리코는 장작을 모으면서 함께 주웠던 나뭇가지로 젖은 옷을 말리고 불을 피운 김에 익혀 먹는 게 더 맛있는 식재료도 함께 구웠다. 드래곤 슬레이어 소드는 그런 제리코를 지키며 주위를 경계했다.

"꼭 그렇게 서서 경계해야 해? 너 앉으나 서나 똑같잖아. 그리고 본체는 이 검이면서."

제리코는 손에 꼭 쥐고 놓지 않은 드래곤 슬레이어 소드의 본체를 휘둘렀다. 드래곤 슬레이어 소드가 인상을 찌푸렸다.

"그리고 마력 많이 잡아먹는다면서 계속 그 모습 유지해도 돼?"

"처음 생성할 때 가장 마력이 많이 소모되거든."

"그렇구나."

앞으로 무슨 일이 생길지 모르니 새로이 닥쳐오는 위기 때 변하는 것보단 이 모습을 유지하는 게 마력이 적게 든단다.

제리코는 고개를 끄덕이다가 머리를 긁적였다. 모닥불이 작아 작은 바람에도 일렁이는 빛이 남자의 얼굴을 비췄다. 그녀의 친숙한 벗이 참 낯설었다.

"……에라프 님이지?"

제리코는 모닥불에서 시선을 떼지 않고 물었다. 드래곤 슬레이어 소드가 건성으로 대답했다.

"응, 주인."

"머리랑 눈은 왜 안 따라 했어?"

"그런 것까지 따라 하려면 마력이 더 들거든."

"뭐든 마력 타령이야."

"중요하니까."

"그 모습이 되면 다치고 그러는 거야?"

제리코는 자기를 지켜주느라 부상당한 드래곤 슬레이어 소드의 두 팔로 흘깃 시선을 돌렸다. 피는 나지 않으나 마물의 송곳니에 당한 상처가 그대로 남아 있었다. 드래곤 슬레이어 소드는 공연히 두 팔을 휘저었다.

"안 다칠 수도 있는데 그러려면 마력이 더 들어."

"고칠 순 없고?"

"마력이 들잖아."

"아까부터 순 마력 타령!"

"사실이니까."

중요하지 않은 문답이 오가고 나서야 제리코는 간신히 가장 궁금한 것을 물었다.

"그렇게 사람 모습이 될 수 있으면 혼자 여행 가면 되잖아."

"……."

내내 서 있던 드래곤 슬레이어 소드가 말없이 제리코의 건너편에 앉았다.

제리코는 활활 타오르는 불길 너머 보이는 남자를 홀린 듯 응시했다. 친부를 베긴 친우는 불길이 뜨겁지 않은지 제리코에게 상처투성이 손을 내밀었다.

"나 줘봐."

"너?"

"내 본체."

제리코는 꾹 쥐고 있던 드래곤 슬레이어 소드의 본체를 건넸다. 분명 남자의 손에 검 손잡이를 쥐여 줬으나 검은 손에 잡히는 대신 바닥으로 곤두박질쳤다. 제리코는 발로 차서 검을 모닥불에서 빼냈다. 세계 최강의 검 드래곤 슬레이어 소드는 모닥불에 떨어져도 그을음 하나 없이 멀쩡했다.

"난 검이야."

"……."

"무기고 도구야. 자아를 가져도, 감정이 있어도, 이렇게 팔다리를 만들어 인간 흉내를 내도 결국 본질은 검이야. 나 혼자 잘났다는 듯 굴어도 잡고 움직여 줄 주인이 없으면 혼자선 꼼짝도 못 해."

"본체를 두고 그 모습으로 여행 다니면 안 돼?"

"본체에서 일정 거리 이상 못 떨어져."

검이 꿈꾸는 자유로운 모험이란 처음부터 불가능한 꿈이었다. 그래서 검은 마음이 맞는 주인과의 모험을 꿈꿨다.

그러나 이전 주인의 인품이 워낙 훌륭했고 에고 소드란 자존심이 있어 기준에 맞지 않는 인간을 주인으로 두느니, 평생 방구석에 먼지가 쌓인 채 방치되길 바랐다.

어느 날, 주인을 닮은 소녀가 꽃을 헤치고 나타나 자신을 잡기 이전까지 그것이 불변의 미래라고 생각했다.

"제리코…… 널 어쩌면 좋을까……."

제리코의 의견을 묻는 듯하지만 사실은 스스로에게 던지는 질문이었다. 제리코는 조금 불쾌해져 멋대로 대답했다.

"날 어쩌긴 뭘 어째. 아무것도 안 해도 돼. 난 내가 알아서 하니까. 나야말로 널 어째야 좋으냐."

"네 말이 정답이네."

"자기 몸뚱이도 간수 못 하는 무능한 검 양반이 분위기 잡고 그래 봐야…… 아이고, 부질없다."

나오는 말마다 마력 타령이더니 이젠 제리코 걱정 때문에 밤엔 잠을 못 자겠단 표정을 지으니 제리코 입장에선 속이 답답했다.

제리코는 하늘을 올려다보았다. 낮에 청명했던 하늘은 밤에는 별이 쏟아져 내릴 듯 아름다웠다. 별빛이 소나기가 되어 지상으로 쏟아진다. 제리코는 눈을 감았다가 다시 떴다.

"너 지금 주인이 없어서 마력 소비가 더 큰 거지?"

"응. 난 도구니까 주인 없이 혼자서 마법을 쓰면 어쩔 수 없이 페널티가 붙어."

"만약에 내가 잠깐 네 주인이 되면 어떨까? 내가 능력이 부족해서 그래도 페널티가 붙으려나?"

"제리……."

드래곤 슬레이어 소드의 표정이 굳었다. 제리코는 주제도 모르고 인류 최강의 검을 넘보는 걸로 오해하나 싶어서 빠르게 해명했다.

드래곤 슬레이어 소드는 자존심이 아주 강한 검이었다. 검 자체가 잘났고 자아가 있으며 심지어 전 주인은 용사. 주인의 후손이어도 주인 '후보'를 시켜주지 바로 주인 삼지는 않는 콧대 높고 날이 바짝 선 그런 검이었다.

"널 갖고 싶다는 게 아니라, 여길 벗어날 때까지만 네 주인이 되어서 너는 마력을 아끼고 나는 위험에서 벗어나 보자는 거지. 하프 산맥 벗어나면 주종 관계를 해제하면 되잖아."

드래곤 슬레이어 소드는 미치기 싫다고 말했다. 지금 이러고 있는 것도 마력이 막대하게 소모된다는데 계속 검이 마력을 쓰게 내버려 둘 순 없었다.

"에라프 님 피 좀 섞였다고 널 욕심 내고 그러는 게 아니라. 마력 모두 쓰면 광룡의 마력도 쓰게 된다며. 지금의 위기를 벗어나기 위한 잠깐의! 스쳐 지나가는 주인! 주인도 아닌 임시 주인! 뭐 그런 게 되자는 거지."

"알아. 나도 알아."

"내가 괜히 말을 꺼냈나?"

"그런 게 아니야, 제리. 내가 하려던 말을 네가 먼저 해서 놀랐을 뿐이야."

자격이 없는 자를 주인으로 삼으니 몸에 먼지가 쌓이고 이끼와 버섯이 자라는 고독을 택하겠다는 검이지만 이대로 제리코를 위험에 노출할 순 없었다. 드래곤 슬레이어 소드가 얘길 꺼내지 못한 건 자신 때문에 인생이 엄청나게 꼬여 버린 이 소녀가 거절할 것이 두려웠기 때문이다.

"제리 네가 주인과 나 때문에 인생이 엄청나게 꼬여 버렸으니까…… 받아들이지 않을 거라고 생각했어."

"이 상황에서 그런 사치를 부릴 리가 없잖아! 이제부터 내가 주인! 이럼 되나?"

제리코가 마법 검을 번쩍 들고 쩌렁쩌렁한 목소리로 외쳤다. 드래곤 슬레이어 소드는 이마를 짚었다.

"아니, 그렇게 하면 안 돼."

"네 허락만 받으면 주인이 된 거 아니야?"

"아니, 나는 에고 소드라 내 주인이 되기 위해선 나와 계약해야 해."

자아가 있는 검은 주인이 되는 방법도 특별했다. 제리코는 의아해서 물었다.

"그냥 네가 인정하면 주인 되는 게 아니고 주인 되는 방식이 정해져 있어?"

"잘은 모르겠지만 그런 느낌이 들어."

과연 세상에서 유일하게 용을 벨 수 있는 검이자 자아를 가진 에고 소드. 주인이 되는 방법이 계약이라니 참으로 비범했다.

계약 의식은 간단했다. 주인이 될 자와 드래곤 슬레이어 소드의 동의, 그리고 검 면에 떨어뜨릴 약간의 피.

제리코는 드래곤 슬레이어 소드의 날카로운 검날에 손가락을 슬쩍 그어 피를 흘렸다. 검은 검날 위로 제리코의 핏방울이 흐르다 흡수되어 사라졌다.

"검이 피를 먹었다!"

"용의 피 먹었다고 했잖아."

"그냥 말로만 그렇게 말하는 건 줄 알았지! 이 자식 무능한 줄만 알았더니 사실은 피를 마실 줄 아는 흡혈 검이었구나! 괜히 피를 좋아하는 게 아니었어!"

오늘 하루, 제리코는 드래곤 슬레이어 소드의 몰랐던 모습을 많이 알게 되었다.

어쨌든 소녀와 검은 정식 주종 관계가 되었다. 그 기념으로 제리코는 검을 휘둘러 세리머니를 펼쳤다. 드래곤 슬레이어 소드는 자리에서 일어나지 않고 그 모습을 구경했다.

그가 심드렁한 목소리로 말했다.

"달밤에 춤추지 마라. 꼴사납다. 그리고 산맥 벗어나면 끝날 계약인 거 알지?"

"당연하지. 우리 관계는 어디까지나 일시적이고 비공식적인 거야."

제리코는 드래곤 슬레이어 소드의 주인 후보이자, 후보 자격을 가질 수 있는 유일한 인물이라는 이유로 지금의 고생을 하고 있다.

그런데 드래곤 슬레이어 소드의 정식 주인이 되었다는 사실을 주위에서 알게 된다면? 상상하기 싫지만 지금보다 더 많은 고생을 해야 할지도?

제리코는 불이 꺼지지 않도록 간간이 장작을 추가하는 드래곤 슬레이어 소드를 보았다. 모닥불 앞에 선 남자는 참으로 아름다웠다.

'나랑 닮았으면서 왜 저쪽이 더 아름다워 보이지?'

"그야 주인은 완벽하기 때문이지."

제리코의 얼굴이 구겨졌다. 그녀는 즉각 항의했다.

"잠깐만. 나 이제 네 주인인데 왜 내 생각을 읽을 수 있는 거야?"

"왜냐면 우리 권력의 무게 추는 여전히 내게 있기 때문이다. 너 너무 약해. 내게 생각을 읽히는 게 싫으면 정신력을 단련해."

생각을 읽히는 게 싫으면 노력과 근성을 보이라는 답변이 돌아왔다. 으아니! 제리코가 이젠 살다 살다 별걸 다 시킨다며 꿍얼거리다 느닷없이 외쳤다.

"아!"

"왜?"

"그래, 너!"

제리코가 드래곤 슬레이어 소드를 향해 삿대질했다. 뭔지 몰라도 건수 하나 잡았다는 신나는 표정이라 검은 임시 주인의 비위를 맞춰줬다.

"응, 나 뭐."

"이 자식 남자 주제에 계속 나랑 한 침대를 썼네? 돌아가신 에라프 님이 아시면 응? 아주 괘씸해하셨겠어?"

도대체 무슨 건수를 잡았기에 저리 신났나 했더니 상대할 가치가 없는 내용이었다.

"그런 말을 하려면 몸이나 좀 가리면서 해."

젖은 옷을 말리느라 지금 미베어 소공작이 걸친 것이라곤 속옷이 전부였다.

"꺄악."

제리코는 성의 없이 작은 비명을 지르고 팔로 가슴을 가렸다.

"저질, 변태!"

드래곤 슬레이어 소드는 마력 걱정을 덜하게 된 기념으로 외형을 바꿨다. 바꿔봐야 검이 근처에서 지켜본 인물은 에라프와 제리코 둘이 전부다. 잘생긴 청년이 사라지고 제리코와 똑같이 생긴 소녀가 모닥불 앞에 나타났다. 제리코는 검은 머리, 검은 눈동자 버전의 자신을 보고 상체를 가렸던 팔을 풀었다.

"이럼 됐지?"

"응."

제리코는 시무룩해하며 대답했다. 드래곤 슬레이어 소드가 기막혀했다.

"무생물에 성별이 어딨냐? 그냥 주인이 가장 익숙한 인간이라 주인 모습을 따라 했던 거야. 그리고 그쪽이 신체 조건도 더 좋고. 산맥 벗어날 때까진 계속 주인 모습으로 있을게. 넌 주인보다 팔다리가 짧아서 방어에 안 좋아."

"넵."

제리코와 쌍둥이처럼 닮은 소녀가 다시 잘생긴 청년의 모습으로 변했다. 제리코는 미약한 현기증을 느꼈다.

"나 방금 머리가 어지러웠어."

"내가 네 마력을 써서 그래."

드래곤 슬레이어 소드가 당당하게 대꾸했다. 마력을 아끼기 위해 주종 계약을 맺었으니 꿇릴 게 없었다.

제리코는 대충 마른 옷을 챙겨 입었다. 그리고 생각이 읽히기 싫다를 중얼거리며 생각했다.

'이거 어째 여전히 불공평한 관계 같은데.'

바뀐 것 없이 드래곤 슬레이어 소드가 전보다 편하게 살 수 있게 해준 건 아닌지. 제리코는 하프 산맥을 벗어나자마자 이 불공평한 주종 관계를 벗어나야겠다고 다짐하며 질문했다.

"주종 계약 해지는 어떻게 해? 그것도 피가 필요해?"

"할 필요 없어."

"그럼 우리끼리 동의하고 끝인 거야?"

"제리."

"응?"

"나는 검이야. 도구잖아. 내가 좀 잘난 몸이라 주인이 되는 법이 까다롭긴 해도 주종 관계를 끝내는 건 간단해. 네가 날 버리면 돼."

이전처럼 일방적이고 불공평한 관계는 아니었던 모양이다. 검은 주인을 버릴 수 없지만 주인은 검을 버리는 일방적인 계약 해지가 가능했다.

드래곤 슬레이어 소드는 말을 잇기 뭐한지 공연히 잘 타고 있는 모닥불만 들쑤셨다.

"우린 임시잖아."

"그렇지."

"그리고 우린 친구지."

"응."

"친구는 서로가 절교에 동의하기 전까지 계속 친구야. 내가 꼭 널 바람직한 주인 후보에게 넘겨줄게. 만약에 샌사나 마그노 황자님이 후보면……."

"후보면?"

"그땐 이 한 몸 희생해서 주인 후보를 늘려야지. 많이 낳으면 한 명 정도는 외할아버지를 닮은 아이가 태어나지 않을까?"

동생이 많아 행복했기 때문에 제리코는 아이를 많이 낳을 생각이었다.

드래곤 슬레이어 소드가 예상치 못한 얘기에 놀라더니 이내 웃었다. 약간의 쓸쓸함이 감도는 미소는 에라프가 살아 있었으면 꼭 저렇게 웃지 않았을까, 그런 생각이 들게 했다.

"그때까지 네 옆에 붙어 있어야 하는 건가."

"좀만 참아. 대신 내가 늘 데리고 다녀줄게."

"이 얼마나 자비로운 임시 주인이란 말인가! 잘 부탁드립니다, 임시 주인님!"

"하하하! 이 몸만 믿거라, 무능하지만 유능한 검이여!"

제리코는 수다쟁이에 은근히 성미가 불과 같고 고독이 무엇인지 알고 있으며 미치는 것을 두려워하는 검을 품에 안았다. 내내 모닥불 옆에 세워놔서 그런가 제법 따뜻했다.

자칭, 타칭 세계에서 제일 잘난 검 드래곤 슬레이어 소드는 그래 봐야 결국 검이다. 검이기 때문에 근본적인 한계가 있었다. 자아를 얻은 이후에 그를 가장 괴롭힌 한계는 바로 본체를 움직일 수 없다는 위대한 대자연의 법칙이었다.

주위 경계는 수면 활동이 필요 없는 드래곤 슬레이어 소드가 맡고 제리코는 잠든 현 상황. 수면 시간이 아까우니 드래곤 슬레이어 소드가 잠든 제리코를 업거나 안고 계속 이동하면 참 좋을 것이다. 하지만 그렇게 할 수가 없었다. 법칙 때문이다.

사실상 자아를 깨우친 최초의 무생물이기에 드래곤 슬레이어 소드는 이것이 다른 모든 에고 소드에도 적용되는 법칙인지 알 수 없었다. 어쨌든 드래곤 슬레이어 소드가 생각하는 한 가장 치명적인 금제였다. 본체를 직접 움직일 수 없어 검이라는 한계에 봉착하고 결국 주인을 필요로 한다.

주인이 없으면 움직일 수 없다.

그 사실을 원망한 적도 있다. 하지만 지금 당장 가장 원망스러운 것은.

"에취."

불가에 있지만 계곡 근처라 밤바람이 차가웠다. 드래곤 슬레이어 소드의 본체인 검을 끌어안은 제리코가 잠든 와중 재채기했다. 잠꼬대로 춥다를 연발하는데 보고 있기 안타까웠다.

드래곤 슬레이어 소드는 상처 난 부위를 복구한 손을 내려다보았다. 이것은 어디까지나 형태를 따라 한 것에 불과했다. 그의 본질은 여전히 검이다. 그러니 온기도 피도 없었다. 용의 피를 한껏 머금었던 주제에 체내엔 한 방울의 피도 흐르지 않았다.

"에췩."

재채기하는 소녀의 위로 침대에 누워 있던 에라프의 모습이 겹쳤다. 그때나 지금이나 드래곤 슬레이어 소드는 주인을 위해 해줄 수 있는 게 없었다.

"내가 인간이었다면."

하다못해 개였다면 주인을 위해 체온과 털가죽을 나눌 수 있었겠지. 그런 생각에 자괴감으로 괴로운 한편 지금은 소녀를 위해 불을 지키고 있으니 이전보다 상황이 낫다고 자위했다.

게에에엑.

드래곤 슬레이어 소드가 인상을 찌푸렸다. 또다. 처음 하프 산맥에 도달했을 때부터 비정기적으로 들려온 마물과 짐승의 괴성이 밤에도 쉬지 않고 들렸다. 점점 가까워지는가 하면 다시 멀어져서 도저히 거리를 종잡기 어려웠다. 어쨌든 저 괴성 때문에 안심할 수가 없었다. 아직 만 하루가 되지 않았으니 구조대를 기대하지 못하고 계속 둘이서 버텨야 한다.

드래곤 슬레이어 소드는 낮 동안 구한 식량을 야무지게 해치우고 일부는 불에 구워 먹기 편하게 만든 소녀를 다시 응시했다.

"에췩."

"무능한 검을 만나서 고생이 많네."

잠시 망설이던 검은 결국 말했다.

"주인."

아침이 밝았다. 제리코는 새벽이슬을 쫄딱 맞아 젖어버린 몸과 옷을 다시 불에 말리며 아침 식사를 했다. 다행히 간밤엔 마물이나 짐승의 습격이 없었다. 하지만 밤 내내 불을 피워 위치가 발각되었을 테니 밝을 때 얼른 멀어져야 했다.

"내가 자면서 생각을 해봤는데."

"뭔데?"

"네 이름은 잘 어울리지만 너무 길어."

"응."

"에라프 님은 널 어떻게 불렀어?"

"너도 그렇지만 우리는 생각으로 의사소통이 되잖아. 그래서 이름 부를 일이 없었어."

"딱히 애칭이나 별명이 없었다는 거구나."

"응. 주인은 오히려 내 이름을 좋아하는 눈치였지."

용살검. 에라프가 세운 업적을 촌스러울 정도로 드러내는 이름이었다. 하지만 제리코는 그런 긴 이름이 싫었다.

"네 멋진 이름이 싫은 건 아니야. 경제적으로 줄여 부르자. 드슬이 어때?"

"주인 취소. 넌 그냥 제리다."

"응, 난 그냥 제리야. 그러고 보니 너 처음 만날 때부터 멋대로 내 이름을 줄여 불렀지!"

제리코가 드래곤 슬레이어 소드의 본체를 땅에 콩콩 내려쳐 응징했다. 검은 멀쩡하고 땅만 푹푹 패었다.

에고 소드와 임시 주인은 서쪽을 이동 방향으로 잡고 계속 이동했다. 마물의 습격은 드래곤 슬레이어 소드의 빠른 감지와 적극적인 방어로 도망치거나 무찔렀다.

제리코는 드슬이에게 연습용 검을 들고 앞에 나서는 건 어떻겠냐 제안했다. 드슬이는 그녀의 의견을 기각했다. 충분히 피해 갈 수 있는데 괜한 위험을 무릅쓸 필요가 없었다.

제리코는 연습용 검을 들고 있는 드슬이를 신기하단 눈으로 쳐다보았다. 드래곤 슬레이어 소드가 선 모습, 검을 잡은 형식, 모든 것이 에라프를 베껴서일까. 죽은 친부가 뒤늦게 제리코 앞에서 살아 움직이는 듯한 기분이 들었다.

'나이가 어려서 아빠라는 느낌은 없네.'

드래곤 슬레이어 소드가 참조한 것은 에라프가 멀쩡했던 시기. 그러니 지금의 제리코와 나이 차가 심하지 않았다. 아빠라기보단 오빠에 가까웠다.

'오빠보단 동생이지. 쟤가 나보다 어리니까.'

드래곤 슬레이어 소드의 제작 시기는 제리코의 탄생보다 이르지만 자아가 싹튼 시기는 제리코의 탄생 이후다.

제리코는 이상한 감각을 떨치기 위해 농담을 던졌다.

"검이 검을 드니까 이상하다."

"이게 또 복잡해."

"왜?"

"날이 선 검은 못 들어."

이 또한 뭔가의 법칙이 작용한다는 듯하다. 제리코는 검보다 쉽게 납득했다.

"검이 검을 들면 이상하잖아. 네 말대로 이건 날이 없어서 몽둥이 취급받나 본데."

확실히 그건 좀 이상하다. 드래곤 슬레이어 소드도 자기 본체를 들지 못한다는 사실을 알았을 때처럼 실망하진 않았다.

이러한 이유로 제리코와 드래곤 슬레이어 소드는 가능한 마물을 피해 다녔다. 회피 불가능한 상황에선 드슬이가 마물의 공격을 막은 후 제리코가 숨통을 끊었다. 그녀는 마물의 살을 베는 일에 조금씩 익숙해졌다. 산에서 먹을 만한 재료를 채집하는 데엔 더 익숙해졌다.

그렇게 검과 소녀가 하프 산맥에서 이틀 밤을 더 보낸 날의 오후.

둘은 상황이 나아지지 않고 악화되고 있음을 인정했다.

그에에에엑!

사람의 신경을 긁는 낮은 저음. 둘은 저 소리를 내는 마물이 무엇인지 알고 있었다. 도저히 상대할 수 없을 만큼 강해 보이는 마물이라 들키지 않도록 멀찍이 돌아가게 한 그놈이었다. 그런 강력한 마물이 땅이 울릴 정도로 신음하며 쓰러졌다. 소리는 꽤 가까웠다.

"점점 가까워지고 있어."

"응."

하프 산맥에 떨어졌을 때 시작되었던 정체불명의 괴음은 멀어지는가 싶으면 가까워지고 가까워지나 싶으면 일정 거리 이상 다가오지 않았지만 그치진 않고 제리코를 괴롭혔다. 하지만 이제 슬슬 그것도 끝인 듯싶었다. 소리와 진동이 꽤 가까웠다.

제리코는 드래곤 슬레이어 소드의 본체를 꾹 잡고 침을 꿀꺽 삼켰다. 긴장으로 자꾸 입이 말랐다.

"이쪽으로 온다."

드래곤 슬레이어 소드가 제리코의 앞을 가로막았다. 여차하면 자신이 상대하고 제리코는 도망치게 둔 다음 본체로 돌아가면 된다.

"어라?"

"왜 그래?"

제리코보다 먼저 상대를 감지한 드슬이가 갑자기 사라졌다. 졸지에 무시무시한 마물을 홀로 상대하게 된 제리코가 절규했다.

"뭐야! 뭔데?"

14장
조난자들

　동아리 〈이만보〉의 동아리실은 어제의 흥분이 가라앉지 않아 여전히 들뜬 상태였다.

　이틀 밤을 홀딱 새우고 마법진을 그렸던 회원들은 눈이 움푹 들어가 퀭해진 얼굴을 하고 히죽히죽 웃었다.

　"으하하하! 성공, 성공입니다!"

　"우리는 드디어 꿈에 한 발짝 다가선 겁니다!"

　"이상형 만들 날이 머지않았습니다!"

　그들이 눈에 핏발을 세워가며 그린 마법진의 결과물이 대형 수조 안에서 헤엄치고 있었다. 고작해야 곤충 수준을 벗어나지 못하던 호문쿨루스 연구. 하지만 보라. 수조 안에서 헤엄치고 있는 저 빛나고 아름다운 호문쿨루스의 자태를!

　"아름다워!"

　"저 헤엄치는 모습을 봐!"

　"저 날렵한 등 선!"

"방금 날 보고 웃었어!"

"아냐! 날 보고 웃은 거야!"

〈이만보〉 회원들은 자신들이 힘을 합쳐 이뤄낸 업적이 믿기지 않아 몇 번이고 눈을 비볐다. 개중엔 눈물을 닦는 자도 있었다.

다들 감격에 겨워 눈시울을 적시고 있는데 실험을 주도한 샌시는 기뻐할 겨를이 없었다. 형태를 갖췄다고 하여 실험이 성공한 것은 아니다.

샌시는 수조 앞으로 다가가 호문쿨루스에게 인사했다.

"안녕?"

"아아안."

수조 안의 호문쿨루스가 샌시를 흉내 내어 작은 입을 뻐끔거렸다. 호문쿨루스가 낸 소리는 모두의 귀에 뚜렷하게 들렸다. 회원들은 눈물을 펑펑 쏟았다.

"말했다! 말했어!"

"엉엉! 내 평생의 소원이 이루어졌어!"

"내 이상형은 지금부터 쟤다!"

모두가 기뻐하고 부회장인 후안이 이걸 미끼로 투자를 더 받을 수 있지 않을까 머리를 굴리는 가운데 샌시는 그제야 수조나 마법진이 아닌 사람에게 시선을 돌렸다. 〈이만보〉 회원이 마법진을 그리느라 이틀 밤을 꼬박 새웠다면 샌시는 호문쿨루스 조합의 시작부터 모두 직접 나섰다. 제일 중요한 마력 주입까지 그의 몫이었기에 쌓인 피로가 상당했다.

'제리코가 왔다 갔었지.'

가장 중요한 작업을 맡아 인사도 하지 못했다. 샌시가 알기로 대부분의 여자는, 아니, 대부분의 사람은 인사를 씹으면 삐졌다. 쫓아내면 더 삐졌다. 하지만 그도 어쩔 수 없었다. 드래곤 슬레이어 소드는 마법 검. 마법 검에 있는 마력이 제작 중인 마법진에 어떤 영향을 끼칠지 모르기 때문이다.

수조 안의 호문쿨루스는 수조가 깨지거나 수조를 벗어나지 않는 한 외부 마력이나 충격에 내성이 있지만 혹 모르는 일이었다.

'다음에 와줄까……. 안 오면 어떡…… 하지…….'

피로가 겹쳐 사고까지 느려졌다. 한계였다. 샌시는 한계임을 인정했다.

"난…… 이제…… 잘…… 하암, 잘 거니까."

"네, 회장. 얼른 쉬세요."

"하늘이 무너져도…… 깨우지 마……."

안타깝게도 샌시는 자러 들어간 지 10분이 지난 뒤 다시 호출당했다.

샌시는 충혈된 눈으로 스텔라를 노려봤다. 자다 깬 샌시가 매력적인 이성을 보고 꺼낼 말이야 뻔했다.

"마녀의 사주? 아니면 나에게 반했어?"

"넌 내 취향 아니야. 너한테 관심 없어."

스텔라는 제리코에게 들었던 얘기를 참고해 마법 도구로 음성을 녹음한 후 10배속으로 100번 들려줬다. 잠에서 덜 깬 상태였지만 샌시는 적잖은 타격을 받았다. 샌시가 비틀거리든 말든 스텔라는 역할을 마친 마법 도구를 집어넣었다.

"이제 됐지? 널 찾아오고 싶진 않았지만 지금 아카데미에 있는 마법사 중에선 네가 제일 나으니 어쩔 수 없지. 당장 가자. 네 도움이 필요해. 학교의 정식 의뢰야."

"거절."

"학교에서 끝날 일이 아니야. 마탑에도 곧 정식으로 의뢰가 갈 거야."

"마탑에서 올 사람들 기다리면 되겠네. 거절."

"사람이 실종되었어! 생명이 위급한 상태야!"

"죽으라고 해."

잠이 모자란 상태의 샌시는 해선 안 될 말을 할 때가 가끔 있었다. 후안이 샌시의 옆구리를 후비자 샌시가 몸을 불판 위 오징어처럼 꼬았다가 정정했다.

"내가 지금 죽어가고 있어. 실수할 수 있으니까 다른 사람 찾아봐."

이 말엔 스텔라도 반박하지 못했다. 샌시는 다시 자러 들어가고 후안이 스텔라에게 자세한 사정을 물었다. 오전 중 아카데미 부지에서 벌어진 충격적인 사건은 목격자가 많았다. 순식간에 소문이 쫙 퍼졌는데 동아리실에서 나가지 않은 〈이만보〉 회원들만 몰랐다.

"미베어 소공작이 실종되었어."

충격적인 소식에 졸음을 쫓으려 사투하던 회원 모두가 경악했다. 후안은 잠이 확 깨서 되물었다.

"납치당한 거야?"

"실종되었다는 사실 하나만 확실해요. 목격자들 말로는 마법이었다는데 하필 목격자가 전부 검술학부생이라 설명이 이상해서 하나도 못 알아듣겠어요!"

"이동 마법? 마법사는?"

"마법사가 아니고 검에 부여된 마법 같다는데, 어쨌든 후안 선배라도 같이 가주세요. 학교가 발칵 뒤집혔어요."

스텔라의 부탁에 후안이 고개를 저었다.

"아냐, 내 실력 알잖아. 나만 가는 것보단 같이 가는 게 낫겠어. 키리케, 갈 수 있겠어? 머윈은?"

후안은 재능이 있는 편이었으나 〈이만보〉엔 그를 뛰어넘는 마법사가 많았다. 후안이 회원 몇에게 함께 가줄 것을 부탁했다. 이름을 불린 회원이 눈을 비비고 일어나 나갈 준비를 했다.

후안이 준비가 끝나기를 기다리는데 샌시가 성큼성큼 걸어서 다가왔다.

"아가씨가?"

"아가씨?"

"회장은 미베어 소공작을 아가씨라고 불러."

"그래. 미베어 소공작이 실종되었어. 이제 좀 나설 마음이 들어?"

말은 그렇게 했지만 스텔라는 샌시가 다시 자러 갈 것이라 예상했다. 실제로 샌시는 4층으로 내려가는 계단을 응시했다. 4층 구석엔 샌시의 잠자리가 있다. 담요와 작은 베개가 있는 좁고 불편한 잠자리에 불과했지만 지금의 샌시에겐 천상의 구름 위보다 더 안락할 것이다.

"……."

생존 본능과의 치열한 접전 끝에 이성이 승리했다. 샌시는 밀려오는 수마를 억누르고 스텔라에게 말했다.

"가자."

"진짜?"

스텔라가 진심으로 놀라 되물었다. 천하의 샌시가 마음을 바꾸다니? 하긴. 스텔라는 이내 납득했다. 샌시가 사람이 괴곽하고 불친절하며 자기중심적에 피곤할 때 막말을 해서 그렇지 악인은 아니었다. 스텔라가 흐뭇하게 웃으며 그를 보자 샌시는 중요한 한마디를 뱉었다.

"그렇다고 나한테 반하지는 마."

내 몸은 소중하니까요. 두 팔을 교차해 큰 X 자를 만든 모습에 스텔라는 활짝 웃으며 조금 전 썼던 마법 도구를 다시 꺼냈다.

사건 장소에 도착한 샌시는 졸린 눈으로 주위를 둘러봤다. 당시 사건을 목격한 목격자들은 실종자의 신분이 신분이니만큼 모두 제자리를 벗어나지 못하고 대기 중인 상태. 목격자 또한 갑자기 벌어진 사건에 깜짝 놀랐기 때문에 다들 일정이 엉망이 되었음에도 학교 측 조치에 순순히 따랐다. 눈앞에서 사람이 사라졌는데 그 사람이 에라프의 유일한 자식이다. 어떻게든 도움이 될 만한 증언을 해 미베어 소공작을 빨리 찾길 바라는 게 모두의 마음이었다.

샌시는 운동장에 남아 있는 마력의 찌꺼기를 확인하려 했으나 시간이 너무 지났는지 남은 찌꺼기가 없었다, 라고 해야 하나.

'지나치게 깔끔한데.'

다음으로 확인한 건 목격자 진술을 바탕으로 다시 그린 당시의 마법진이었다. 검술학부 학생이라 말로 설명은 못 했지만 빠른 속도로 나타났다 사라진 도형은 상당 부분 기억하고 있었다. 그런데 그 조합이 참 이상했다.

'잘 안 쓰이는 조합.'

비유하자면 이런 식이었다. 보통 사람들은 2를 열 번 더하라고 하면 그냥 2에 10을 곱한다. 그런데 이 마법진은 곧이곧대로 2를 열 번 더했다. 틀린 건 아니지만 사람들이 선호하지 않는 형식이었다. 유행에 뒤처졌다 말하기에도 묘했다. 샌시가 알기로, 이런 방식이 유행했던 시기는 수백 년 전으로 거슬러 올라가야 했다.

'정체를 숨기려 한 건가.'

마법진 조합엔 마법사의 습관이나 버릇이 첨가된다. 그걸 방지하기 위해서 일부러 이런 귀찮은 수를 썼다는 쪽이 그럴듯했다. 샌시는 미간을 찌푸렸다. 어딘가에서 비릿한 냄새가 났다. 그리 멀지 않은 가까운 곳. 샌시가 피 냄새의 출처를 찾아 움직이는데 샌시처럼 불러온 마법학부 교수가 그를 향해 손가락질했다.

"샌시!"

"왜?"

"자네 코피 나네!"

"아…….."

과로의 영향으로 샌시의 코에서 코피가 주룩 흘렀다. 샌시는 코를 틀어쥐었다가 뒤로 쓰러졌다. 어떻게든 정신을 붙잡고 있었지만 이 이상 버티는 건 불가능했다.

"졸…… 려…….."

"그, 그래 샌시! 와준 것만 해도 고맙네!"

수많은 목격자 앞에서 벌어진 미베어 소공작 실종 사건. 루나 아카데미에선 실종 사실을 확인하자마자 소공작의 후견인인 아리보 노공작에게 연락했다. 앞서 소식을 들은 아리보 소공작은 연로하신 아버지의 혈압과 심혈관 건강을 위해 정보를 차단하고 본인이 직접 나섰다. 학교에 있는 애가 오전 중에 사람들 앞에서 실종되었다? 그것도 학교 한가운데에서? 이럴 때 보호자가 총장을 찾아와 가장 먼저 던질 말은 하나밖에 없었다.

"학생 관리를 어떻게 하는 것이오!"

만사를 제쳐놓고 달려온 아리보 소공작이 분기탱천하여 외쳤다. 루나 아카데미의 총장은 뭐라 할 말이 없어 고개 숙이고 사죄했다.

"도대체 경호를 어떻게 한 것이오?"

"아버지, 흥분하지 마시고 일단 보고를 들으시죠."

아리보 소공작을 따라온 필로가 슬레이의 혈압을 걱정했다. 필로 입장에선 아리보 노공작이든 아리보 소공작이든 혈압과 심혈관 건강이 걱정되는 건 마찬가지였기 때문이다.

보기 드물게 흥분한 슬레이 대신 필로가 대화를 주도했다.

"위치 추적은 가능하오?"

"다행히 미베어 소공작은 이동 직전 드래곤 슬레이어 소드를 잡았습니다. 지금 탑의 마법사들이 추적 중이니 곧 장소를 밝혀낼 수 있을 겁니다. 그리고."

"그리고?"

"소공작께선 살아 계신 듯합니다. 위치가 계속 이동하고 있습니다."

듣던 중 반가운 소식이었다. 마탑의 마법사를 제외한 전원이 가슴을 쓸어내렸다. 필로는 재차 물었다.

"생존을 어떻게 장담하지?"

마법사는 대답 대신 지도를 가리켰다. 장소가 확정되지 않아 공백인 지도 위에 드래곤 슬레이어 소드를 표시한 붉은색 점이 미세하게 움직이고 있었다.

"꽤 느리지만 계속 움직이고 있습니다."

"이동 마법이라고 하지 않았소? 강 같은 곳에 떨어져 검만 휩쓸려 내려가고 있는 것은 아니오?"

"그러지 않길 바라야겠죠."

위치만 확정되면 바로 찾아갈 수 있다. 모두 제리코의 생존만을 간절히 기원했다.

슬레이는 언짢은 심기를 감추지 않고 보고를 듣다가 한 가지 중요한 사실을 떠올리고 질문했다.

"미베어 소공작의 가족에겐 연락했소?"

"하지 않았습니다."

"학생이 실종되었는데 가족이 아니라 후견인만 부르는 건 무슨 경우요? 솔라도 아닌 루나 아카데미에서!"

"외부로 소문이 퍼지지 않도록 일부러……."

"당장 연락하시오!"

이번 미베어 소공작 실종, 혹은 납치 사건의 범인과 범행 목적은 오리무중인 상태. 학생 및 직원을 향한 악질적인 장난이나 테러가 종종 있었기 때문에 제리코가 '장난'에 재수 없게 걸렸을 가능성도 배제할 수 없는 상황이다. 괜한 소문이나 억측을 막기 위해서 루나 아카데미는 사건 보고를 최소한의 사람에게만 하려고 했다. 다행히 목격자가 모두 학생이라 입을 막기도 쉬웠고 말이다.

아리보 소공작은 어떻게 학생의 가족에게 연락하지 않았냐고 치를 떨었다.

"……아버지도 같은 입장이면 연락 안 했을 거잖아요."

필로가 슬레이에게 귓속말로 불평했다. 슬레이가 쓸데없는 소리 하지 말란 눈짓을 보냈다.

"나중에 제리코가 알면 슬퍼하잖니."

"고모님이야 슬퍼하겠죠."

"한슨 씨에게도 무례한 일이고."

"네. 부모 입장에서 생각해 보니 절로 목 뒤가 뻐근해지네요."

필로 또한 제리코와 나이 차가 크지 않은 아들딸을 둔 아버지다. 만약 에밀리가 납치되었는데 주위에서 그에게만 알리지 않았다고 상상하니 절로 열이 뻗쳤다.

드래곤 슬레이어 소드의 위치를 추적하던 마법사가 갑자기 신음을 냈다. 모두가 깜짝 놀랐다.

"무슨 일인가!"

"혹시 움직임이 멈췄소?"

"장소가 파악되었는데…… 하프 산맥입니다. 드래곤 슬레이어 소드는 하프 산맥에 있습니다."

모두의 입이 쩍 벌어졌다. 거기가 어디라고 구하러 간단 말인가. 게다가 하프 산맥이라면 이동 마법으로 가지 못하는 지역이다. 산맥 직전까지 이동 마법으로 찾아간다 해도 산을 타려면…….

평범한 소녀가 위험천만한 산맥에서 며칠이나 버틸 수 있을까? 모두의 얼굴에 절망의 그림자가 드리워졌다. 오직 총장만이 희망의 끈을 놓지 않았다.

"분명 괜찮을 겁니다!"

"희망 사항이겠지."

슬레이가 빈정거렸다. 총장이 희망의 이유를 밝히려는데 누군가 문을 두드렸다. 슬레이는 존이 벌써 도착했나 싶어서 문 쪽을 바라보았다. 문이 열리고 단단한 근육을 자랑하는 목수가 아닌 훤칠한 키와 늘씬한 다리를 자랑하는 갈색 머리 여성이 들어왔다.

"안녕하세요, 아리보 소공작님, 필로 공자. 오랜만이에요. 피부가 많이 까칠해졌네요. 요즘 힘든 일 있나 봐요? 슬슬 건강 챙기셔야죠. 가끔 외출 좀 하고 그러세요. 어쩜 두 분 다 같은 제도 살면서 보기가 힘들어요. 총장님도 오랜만이에요! 잘 지내셨죠?"

플라티나 스타즈가 아리보 소공작을 시작으로 응접실의 모든 사람에게 인사를 건넸다. 마탑에서 급히 파견 온 마법사는 어떻게 자신의 이름을 아냐고 답하며 플라티나의 정보력에 깜짝 놀랐다.

"이야기가 많이 진행되었나요? 위치는요?"

"스타즈 남작, 어떻게 알고 온 것인지 모르겠소만 관계자가 아니면 나가주시오. 물론 도움을 주겠다면 고맙게 받겠소."

"어머? 저 관계자예요."

플라티나가 눈을 동그랗게 뜨고 입을 가렸다. 총장은 미베어 소공작 실종에 급급한 나머지 말하지 않았던 추가 실종자의 신원을 밝혔다.

"그게, 로젠 스타즈가 미베어 소공작이 사라질 때 함께 사라졌습니다. 목격한 학생 말로는 마법진 안쪽으로 뛰어들었다니 같이 이동되지 않았나 추정합니다만."

무장을 했다 한들 제대로 검을 배운 적 없는 무방비 상태의 소녀가 실종되었는데 총장이 침착했던 이유. 총장이 믿는 구석이 바로 로젠 스타즈였다. 소드 마스터의 경지를 눈앞에 둔 천재 검사가 같이 있다면 아무래도 좀 안심이 되니까.

플라티나는 갑자기 사라진 장남이 걱정되지 않는지 생긋 웃고 슬레이를 달랬다.

"우리 로즈가 소공작 옆에 있으면 알아서 잘 모실 거예요! 너무 걱정 마세요! 오호호!"

"떨어진 장소가 하프 산맥이오만."

슬레이가 떨떠름하게 말하자, 플라티나 스타즈의 자신만만한 미소에 처음으로 금이 갔다.

"뭐야! 뭔데? 왜 갑자기 사라져!"

제리코는 드슬이를 짤짤 흔들었다. 흔들려 봐야 전정기관이 없는 검은 어지럽지 않다. 제리코의 힘만 빠졌다.

–마물이 아니야!

"마물이 아니어도 센 놈이잖아! 곰이야? 곰이구나! 곰이지! 네가 세상을 책과 영웅담으로 배워서 뭘 모르나 본데 곰은 어린이의 친구가 아니란 말이야!"

부스럭.

제리코를 공포에 떨게 만든 원흉이 나뭇가지와 잎사귀 틈에서 모습을 드러냈다. 제리코는 보지 않고 냅다 비명을 질렀다.

"꺄아악!"

날카로운 비명은 적의 집중을 분산시키기 위한 책략이다! 제리코는 상대를 향해 냅다 검을 휘둘렀다. 상대가 놀라운 반사 신경으로 검을 막았다. 중간에 막아도 소용없는 검임을 깨닫고 흘려내길 시도했다. 하지만 제리코의 손에 들린 검이 보통 검인가. 어지간한 물건은 죄다 베어 버리는 무적의 절삭력을 자랑하는 용살검이 아닌가. 검을 막은 상대의 무기가 두 동강 났다.

상대가 다급하게 정체를 밝혔다.

"으아악, 제리! 나야! 로젠!"

"죽어라라라라라라!! 로젠?"

매혹적인 녹색 눈동자가 제리코를 응시했다. 밤이 되면 번쩍이고 사람을 보면 죽이려고 달려드는 마물의 눈이 아닌 인간의 눈이었다. 제리코의 눈가에 눈물이 핑 돌았다.

"진짜 로젠이야?"

"맙소사, 제리! 무사했구나! 정말 다행이다!"

눈가에 눈물이 핑 돈 건 로젠도 마찬가지였다. 청년은 안도의 눈물을 흘렸다.

"정말 다행이다!"

로젠이 제리코에게 손을 뻗어 그대로 품에 안았다. 덕분에 제리코의 숨이 멎었다.

'숨 막혀!'

숨을 쉬지 못했다. 하프 산맥에서 예상치 못한 사람을 만나 반갑고 감동적이긴 한데, 로젠이든 그녀든 거지꼴이라 악취가 심했다. 특히 로젠은 마물과 짐승의 피로 칠갑을 해 품에 안기니 썩은 내가 났다. 어지간해선 분위기 때문에 참겠는데 역겨워서 인내의 한계를 벗어났다.

─너 밭에 똥 뿌렸다면서. 참아봐.

'똥 냄새가 낫지…… 피 썩은 내는 진짜 역겹다.'

그래도 감동적인 순간이다. 제리코는 최대한 숨을 쉬지 않고 버틸 수 있는 데까지 버텼다. 제리코 자신이야 드래곤 슬레이어 소드가 있으니 외롭지 않고 무섭지 않았다. 하지만 로젠은? 로젠에겐 아무도 없었다. 전신에서 썩은 내를 풍길 때까지 마물을 쓰러뜨리면서 자신을 찾아다녔을 걸 생각하니 고마워서 또 눈물이 나왔다.

'어차피 내 몸에서도 썩는 냄새 날 건데 뭐!'

제리코는 팔을 뻗어 로젠을 마주 끌어안았다. 돼지를 들던 힘으로 있는 힘껏 강하게 안아 자신이 받은 감동을 표현했다. 둘은 1분 30초 동안 꽉 붙어 있었다. 제리코는 직전 자신이 세웠던 1분 28초의 기록을 갱신했다.

"로젠, 이제 놔줘."

"미안해. 놀랐지?"

"사흘 전에 너무 놀라서 앞으로는 놀랄 기운이 없네."

"농담할 기운이 있다니, 다행이다."

로젠이 제리코를 살폈다.

"어디 다친 데는 없어?"

"자잘한 생채기 빼면 괜찮아."

중요한 건 제리코의 부상이 아니라 로젠의 등장이다. 제리코는 로젠이 같이 하프 산맥에 떨어졌다는 사실에 깜짝 놀랐다.

"어떻게 된 거야? 로젠이 왜 여기에 있어?"

"뭔가 수상해서 달려와 널 잡았는데 옷 끄트머리를 잡았다가 중간에 놓쳤어. 멀리 있진 않을 거라 생각해서 계속 널 찾아다니다가 사람 흔적을 발견하고 추적했지."

"그럼 내가 들은 싸우는 소리는……."

"네 흔적을 쫓다 보니 계속 마물과 마주쳐서……. 피해 갈 수도 있지만 나보다 먼저 널 찾아 덮칠 수 있다는 생각에 일일이 처리했거든."

제리코가 내내 신경 쓰여 촉각을 곤두세웠던 기괴한 소리는 모두 로젠의 작품이었다.

제리코는 로젠의 등장에 놀랐던 마음을 가라앉히고 로젠의 상태를 확인했다. 제리코야 중간부터 드래곤 슬레이어 소드가 도와주면서 고생을 덜었지만 로젠은 달랐다. 혼자 헤매는 것도 힘든 하프 산맥을 제리코를 찾겠다는 일념으로 쉬지 않고 돌아다닌 그의 상태는 정말 심각했다. 그런 데다가 제리코는 로젠의 하나 있는 무기를 두 동강 내버렸으니.

"이거…… 비싼 거지?"

"아니야, 별로 안 비싸."

생기기야 별다른 장식이 없는 평범한 검이지만 스타즈 상회의 장남이 들고 다니던 검이 평범한 검이겠는가. 스타즈 상회의 장남이 아니더라도 소드 마스터가 될지 모른다고 점쳐지는 실력파 검사가 보통 검을 들고 다니겠는가? 당사자야 고수는 도구를 가리지 않는다는 고리타분한 옛

성현 말씀을 읊으며 검에 욕심부리지 않아도 주위에서 알아서 명검을 갖다 바칠 텐데.

제리코는 무릎 꿇고 잘못을 빌었다.

"정말 미안해!"

"어쩔 수 없지. 이거라도 쓰는 수밖에."

로젠이 연습용 검을 집어 들었다. 그도 신비로운 빛이 연습용 검에서 시작된 걸 기억하는지 검의 이모저모를 살폈다.

제리코는 싹싹 빌었다.

"어떻게, 바위에라도 문대서 날을 세워볼까?"

"괜찮아. 없으면 없는 대로 버텨야지."

로젠은 두 동강 난 검의 손잡이 쪽을 챙기고 아쉬운 대로 검날 부분도 챙겼다.

'이게 이렇게 쉽게 잘리다니. 용을 벨 수 있는 검답군.'

로젠은 잘린 검에 미련을 버리고 연습용 검을 찬찬히 살폈다. 그러다 고개를 저었다. 별다른 특징을 찾기 힘들었다.

"혹시 이 일에 대해 아는 건 없어?"

"전혀. 로젠은?"

"누가 장난친 게 안 좋게 작용한 게 아닌가 싶은데."

그건 좀 아니다. 제리코는 인상을 구겼다. 장난이라 치기엔 너무 질이 안 좋았다. 마법의 목적지가 지정되지 않았다는 건 살인이나 마찬가지다. 만약 제리코와 로젠이 사막이나 바다 한가운데 떨어졌다면? 제리코에게 드래곤 슬레이어 소드가 없었다면? 제리코는 옛날에 불귀의 객이되었을 것이다. 로젠도 그렇게 생각했는지 더 이상 얘기를 꺼내지 않았다. 중요한 건 무사 귀환이다. 사건의 전말을 파헤치는 건 여유를 찾은 뒤에 해도 늦지 않다.

"혹시나 해서 하는 말인데…… 여기가 어딘지는 알고 있니?"

"응. 하프 산맥이잖아."

"그렇구나. 놀라지 않네. 처음부터 알고 있었어?"

"나는 하프 산맥 근처 마을 출신이니까. 그리고 마을 어른들이 옛날에 저런 나무가 있는 곳엔 가지 말라고 했거든."

제리코가 구불텅하게 자란 나뭇가지를 가리키자 로젠이 웃으며 고개를 끄덕였다.

"응. 용의 영향을 받아 이상하게 자란 나무지."

용은 지상 최강의 생물. 근처의 식물들까지 압도적인 존재의 영향을 받아 다른 곳과 다른 모습으로 자라는 것이다. 로젠은 개중 비싸게 팔리는 나무도 있다고 말했다.

"연금술과 약재, 마법 재료로 쓰인다고 해."

소소한 지식 전달이 이루어진 후, 로젠이 제리코의 의향을 물었다.

"나는 계속 널 찾아다녔는데 이 방향이 서쪽 맞지? 산을 내려가고 있었구나?"

"응. 일단은 조금이라도 벗어나려고 계속 서쪽으로 움직였어."

"용케도 무사했구나. 네가 처리한 마물의 흔적도 보였는데…… 수업 때도 느꼈지만 제리코 넌 검술에 재능이 있어. 돌아가면 본격적으로 배워보는 건 어때?"

"무기가 좋은 덕분이지!"

제대로 된 준비도 없이 떨어진 산에서 사흘을 보낸 것치고 제리코는 건강했다. 로젠은 진심으로 안도해 바닥에 털썩 앉았다.

제리코는 드래곤 슬레이어 소드가 있어서 조금씩 휴식을 취하고 주위 경계를 할 필요가 없었다. 하지만 로젠은 정반대였다. 혼자 하프 산맥에 떨어져 근처에 있을지 모르는 제리코를 찾기 위해 소리를 지르며 돌아다녔다. 덕분에 목은 쉬고 마물은 마물대로 몰려와 사흘 내내 제대로 잔 시간을 한 손으로 꼽을 수 있었다. 몰려오는 마물을 상대하느라 누적된 피로는 또 어떤가.

쉬고 싶어도 어딘가에서 울고 있을 소녀를 생각하면 눈꺼풀이 감기다가도 번쩍 뜨였다. 로젠이 그리도 걱정했던 소녀는 로젠보다 상태가 좋았다. 로젠은 진심으로 다행이라 생각했다.

어쨌든 이러한 이유로 로젠에겐 휴식이 필요했고, 오늘은 쉬는 것으로 결정됐다.

"근처에 계곡이 있으니까 씻고 와. 내가 불 피워놓고 있을게."

"걱정되는데."

"무슨 일 있으면 바로 로젠 있는 데로 도망갈게."

"제리코, 식사는 했니? 배고프진 않아? 내가 뭐라도 사냥해 올까?"

제리코는 말없이 식재료가 가득한 가방을 가리켰다. 눈에 띄는 족족 식재료를 채집해 채워 넣어 치마가 찢어지기 일보 직전이었다. 로젠은 저 가방이 어디서 떨어진 가방인지 의아해하다 뒤늦게 제리코가 아래에 속바지만 걸치고 있다는 사실을 알아챘다. 제리코도 뒤늦게 아차 싶었으나 이미 본 것을 어찌하랴. 가방을 없앨 수도 없는 노릇이고.

'위기 상황이니까.'

ㅡ꺄악! 치한이야! 노출증 변태야!

'시끄러! 가방은 포기 못 해!'

제리코는 배시시 웃었다.

"위급 상황이니까. 이해하지?"

"그야 당연하지. 네가 굶고 다닌 것보단 나아. 그래도 이젠 나와 만났으니까……."

로젠이 뭐 없나 품을 뒤졌다. 얼떨결에 떨어진 건 그도 마찬가지라 빈 털터리인 사정은 동일했다. 로젠은 결국 자신의 겉옷을 벗었다. 소매를 묶어 이거라도 걸치고 다니란 의도인가 본데 제리코는 받지 않았다. 마음만 받기로 했다. 로젠은 얌전히 겉옷을 다시 챙겼다.

"씻으면서 빨아 올게."

로젠이 사라진 뒤 제리코가 그의 빠른 눈치에 감탄했다. 피에 얼룩지고 냄새나는 게 싫어서 안 받은 걸 어떻게 알았담? 역시 바람둥이가 되려면 눈치가 좋아야 한다.

"와, 로젠 눈치 좋다. 말하지도 않았는데 어떻게 알았지?"

–말할 필요가 있나. 네 얼굴이 대답했는데.

"헉."

진심이 표정에 드러났나 보다. 제리코는 볼을 어루만지며 표정 관리에 유의했다. 로젠과 동행하게 되었으니 둘만 있을 때처럼 행동하면 안 된다. 미베어 소공작에 걸맞은 적당한 내숭이 필요했다.

그런 생각을 잠시 했다가 마음을 바꿔먹었다. 이곳은 악명 높은 하프 산맥. 용이 거주하는 장소다. 미베어 소공작이랍시고 내숭을 떨면 로젠의 호구적인 성품을 보건대, 책임감이 강해져 제리코를 더 신경 써주게 될 것이다. 제리코 때문에 생고생하는데 고생을 더 얹어줘서 쓰나.

제리코는 로젠이 챙긴 물품들을 살폈다. 사흘간 하프 산맥에 머물면서 로젠도 이것저것 획득한 물품이 많았다.

"이건 뭔가의 짐승 뒷다리를 불에 훈제하려고 했나 본데, 할 줄 몰랐나 봐. 곰팡이가 피고 썩고 있어."

제리코는 어깨를 으쓱였다. 대륙 최고의 부잣집 도련님이 고기 말려 볼 일이 있었겠는가? 훈제해서 보존하려고 노력한 마음이 가상했다. 제리코는 가차 없이 고기를 버렸다.

"그리고 이건…… 버섯이잖아."

–먹을 수 있는 거야?

"다 독버섯이야."

이 또한 무자비하게 버렸다. 로젠이 식량이라고 챙긴 것들은 어째 다 상태가 불량했다. 제리코는 쯧쯧 혀를 찼다.

"이 오빠 나 안 만났으면 독버섯 먹고 죽었겠네."

아니면 굶어 죽었거나. 제리코는 동네 할머니에 빙의해 연신 혀를 차며 쓸모없는 독극물 및 썩어가는 동물 사체를 버렸다. 다음 꾸러미를 들었는데 이건 꽤 묵직했다.

"뭐지? 동물 뼈인가?"

열어보니 안에 든 건 돌덩이였다. 식량 챙기기도 부족한 가방 사정인데 어째서 돌을 챙겼을까. 의아해진 제리코는 돌 하나를 집어 들었다. 다시 봐도 그냥 돌이었다.

"귀족은 돌을 먹어?"

-말이 되는 소리를 해. 그보다 네가 주로 먹는 뿌리, 그거나 불에 익혀봐. 로젠 오면 그것부터 먹이자.

누가 로젠 좋아하는 걸 아니랄까 봐. 드래곤 슬레이어 소드가 로젠의 텅 빈 위장을 걱정했다. 제리코는 피식 웃고 로젠을 위해 식사를 준비했다. 준비라고 해봐야 그릇으로 쓸 만한 게 없어서 직화 구이가 전부였다. 근육이 건장한 청년에게 풀만 대접하려니 민망해진 제리코는 버렸던 고기 중 좀 멀쩡하다 싶은 부위를 잘라 불에 함께 구웠다.

"너로 자른 고기라고 하면 로젠이 좋아할 거야."

-아, 거참. 감격입니다.

그 시각 로젠은 열심히 옷에서 핏물을 뺐다. 팔뚝에 힘줄을 세워가며 열심히 옷을 두드렸으나 빠지라는 핏물은 안 빠지고 옷감만 해졌다. 로젠은 결국 빨래를 포기했다.

'속바지가 신경 쓰이는데……. 그래, 내가 너무 의식해서 그래. 속옷처럼 재질이 비치는 것도 아니고. 반바지라고 생각하자. 제리코는 더 창피할 테니 내가 무시해야겠지.'

후우. 로젠은 습관이 되어버린 무거운 한숨을 내쉬었다. 제리코가 수상한 빛과 마력에 휩싸일 때 덤벼들어 옷 끝을 잡은 건 좋았는데 이동하는 순간 놓쳐 버렸다. 그래도 거리가 멀지 않으리란 믿음을 갖고 주변을 수색하다가 하프 산맥임을 알고 얼마나 놀랐는지.

로젠은 경악했다. 자신을 보호할 수단이 하나도 없는 소녀가 하프 산맥 한가운데에 떨어진 것이다. 한시바삐 찾지 않는다면 소녀의 생명이 위태로웠다. 지체할 틈이 없었다. 로젠은 식음을 전폐하고 소녀의 흔적을 찾아 나섰다. 흙을 파헤친 흔적을 보았을 땐 산짐승의 짓이라고 생각했다. 하지만 균일하게 잘린 풀과 나뭇가지의 단면은 무기를 든 인간의 흔적을 암시했다. 이어, 전투가 벌어진 흔적과 마물의 사체를 발견했을 때 로젠은 제리코가 조금 더 버틸 수 있기를 간절히 기도했다.

이후의 수색은 난항을 겪었다. 행적을 보건대 제리코는 계곡을 통해 이동했다. 피 냄새를 따라온 마물을 따돌리기 위한 적절한 선택이었다. 마물과 더불어 로젠도 그녀를 추적하기 어려워져서 그렇지.

로젠은 실망하지 않았다. 아버지가 용사인 것을 제외하면 평범한 소녀인 제리코가 이렇게나 열심히 하프 산맥에서 버티고 있었다. 그녀의 아버지를 본받고 싶은 자신이 포기해서야 쓰겠는가?

그렇게 죽을 고생을 하여 찾은 소녀는 생각보다 더 건강한 모습이었다. 로젠은 계곡물을 두 손에 떠서 세수했다. 찬물을 끼얹자 제리코를 발견하고 보인 추태가 떠올라 부끄러웠다.

'큰 실수를 했어.'

로젠과 제리코가 남매 같은 사이를 자처한다 한들 갑자기 끌어안은 건 참 무례한 짓이었다. 제리코와 나이가 비슷한 틴더에게 그리했다간 뾰족한 구두 앞코로 종아리를 차였을 것이다. 하지만 제리코를 보는 순간 밀려오는 충동을 참을 수 없었다.

'친오빠도 아니면서 주제넘었지.'

인적 없는 산속에 둘만 남았으니 더욱 행동을 조심해야 한다. 로젠은 앞으로 비슷한 실수를 하지 말자고 다짐했다. 그런 한편, 로젠은 심장 위에 손을 올렸다. 이 넓은 가슴에 작은 새 한 마리가 둥지를 틀려고 날아온 적이 있다. 가만히 내버려 두면 떠날 것을 알아 막지 않았고 이후 떠난 줄 알았더니, 실은 둥지 재료를 가지러 잠시 떠났었던 모양이다.

로젠은 둥지의 기틀이 완성되는 것을 막아볼까 하여 비슷한 색조의 머리카락을 응시했다. 별 효과가 없었다. 실은 작은 새가 포르르 날아 부산스럽게 마음 안을 휘젓고 다니는 것이 그리 싫지 않아서 문제다.

'내가 지금 제정신인가.'

제정신이 박혔다면 하프 산맥에서 이런 고민이나 하고 있지 않겠지. 로젠은 다시 차가운 계곡물로 세수했다.

'그리고……'

사실 로젠은 제리코를 추적하면서 이상한 낌새를 눈치챘다.

제리코는 혼자인데 그녀가 남긴 흔적 중엔 혼자선 절대 남길 수 없는 것들이 있었다. 발자국이나 사람이 머문 흔적은 없었지만 사람이 한 명 더 있었다는 느낌이 쉽게 지워지지 않았다. 제리코와 만나기 전까지 로젠은 제리코가 이 사건의 범인과 같이 있을 것이라 추측했었는데 막상 제리코는 혼자였다. 범인이 도망간 것 같지도 않았다.

'도대체……'

혼자 생각해 봐야 나오는 답은 없다. 로젠은 속 시원하게 제리코에게 물어보기로 결정했다. 그는 빨래한 옷가지를 챙겨 제리코가 기다리는 장소로 돌아갔다.

제리코는 아랫도리만 걸치고 돌아온 물에 젖은 근육 미남을 향해 형식상의 비명을 질렀다.

"꺄악! 로젠 야해!"

"미안, 제리코. 어쩌다 보니 안 봐도 되는 몹쓸 꼴을 보여주네."

"로젠, 가슴에 손을 얹어봐."

이유는 모르지만 로젠은 하라는 대로 손을 얹었다. 제리코가 말했다.

"자기 몸매가 좋다고 생각하지?"

"……어쩌다 보니 눈요기를 시켜주게 되었네. 감사 인사라도 해줄래?"

"고맙습니다!"

둘은 동시에 피식 웃었다. 설마 이런 극한 상황에서 농담하게 될 줄은 몰랐다. 로젠은 새삼 제리코를 다시 보았다. 광룡을 단신으로 쓰러뜨린 용사의 딸이어서일까. 담력이 어지간한 성인 남성 이상이었다.

제리코는 로젠이 빨아 온 옷가지를 나뭇가지에 꿰어 모닥불 근처에 두었다. 미리 구워둔 뿌리와 나무줄기를 권했더니 로젠이 고맙게 받았다.

"걱정했던 것보다 잘 있었구나?"

"봄이라 먹을 게 별로 없는 게 불만이긴 해. 여름이었으면 과일도 좀 있었을 텐데. 그리고 여긴 확실히 사람들이 안 드나들어서 먹을 만한 게 영 없다. 야생 콩이라도 있을 법한데."

"그런데 제리코, 혹시 한 사람이 더 같이 다니지 않았니?"

"까르특? 아닌데?"

제리코는 꿇리는 게 없었다. 사람이 아니라 검이 같이 다녔기 때문이다.

'네 정체 숨기는 게 좋지?'

─알려서 뭐 해.

당사자인 검도 숨기라니 앞으로도 계속 숨기는 걸로! 제리코와 검은 그렇게 결론을 내렸다.

웃음으로 얼버무리는 게 아니라 당당하게 웃으니 로젠은 더 묻지 않았다.

'뭔가 사정이 있나? 아니면 내가 착각한 것인가? 제리코가 경계를 하는 듯한데 어째서 나를 경계하는 거지? 우리 말고 말리든 사람이 더 있거나 또 다른 피해자가…….'

정의롭고 진중한 성격의 청년은 깊은 상념에 빠져 있다가 준비된 구운 뿌리를 입에 넣는 순간 식사에만 몰두했다. 내내 잊고 있던 공복이 혀에 닿는 불 맛에 의해 폭발했기 때문이다. 로젠은 제리코가 준비한 식사를 순식간에 해치웠다.

"부족해 보이는데 좀 더 먹어."

"아니야. 식량은 아껴야지."

"찾으면 잔뜩 있으니까 더 먹어도 돼."

산에서 돌아다니려면 체력이 중요하다. 먹을 게 부족한 것도 아닌데 굶으면 슬펐다. 로젠은 사양하지 않고 뿌리를 몇 개 더 꺼내서 구웠다.

"정말 대단한걸. 난 아무리 찾아도 먹을 만한 식물을 구분하지 못하겠던데."

"나도 잘은 몰라. 확실한 것만 챙겼어."

로젠은 자신이 챙겼던 대부분의 식량이 먹지 못하는 잡풀이거나 독이 들었다는 이야기를 듣고 부끄러워했다. 그는 제리코를 추켜세웠다.

"정말 대단하구나, 제리코. 혼자서 무서웠을 텐데 올바른 방향을 잡아 움직이고, 식량을 확보하고, 불도 피울 줄 알고."

"후훗. 별거 아니야."

칭찬은 제리코의 약점이다. 칭찬 좋아하는 제리코는 올라가려는 입꼬리를 내리느라 애먹었다.

로젠은 제리코가 비운 덕분에 텅 빈 짐 꾸러미를 보고 한숨을 쉬더니 돌덩어리만 다시 챙겼다. 제리코는 돌의 정체를 물었다.

"무겁게 돌은 왜 갖고 다녀?"

"아아, 그거."

로젠이 자기가 생각해도 웃긴 듯 쓴웃음을 지었다.

"보석 원석이야. 보이면 일단 챙기는 게 습관이 되어서."

"세상에."

제리코는 손으로 입을 가리고 말을 잇지 못했다. 누구는 산을 헤매며 많이 먹으면 변비 걸리는 넝쿨 뿌리나 주워 담고 있었는데 로젠은 보석을 돌 줍듯 주웠다니.

"진짜 대단해!"

제리코가 눈을 빛내자 로젠은 그녀가 했던 말을 따라 했다.

"별거 아니야."

로젠에게 안겼을 때 뛰지 않던 심장이 돌의 정체를 알자 거칠게 뛰었다.

"대단해, 대단해!"

로젠은 기분이 썩 괜찮은 듯 어깨를 으쓱였다.

"내려가면 이걸 가공해서 기념품으로 만들까?"

"어쩜, 정말 반할 것 같아."

"크흠. 고마워."

누구는 식용 가능한 식물을 구분하는 눈을 부러워하고 누구는 손 닿는 곳에 보석이 있는 축복을 탐낸다. 둘 다 사흘간 먹은 게 부실해 배가 고프다는 공통점을 갖고 있었다.

둘은 서쪽을 향해 조금씩 이동했다. 이제까지는 제리코에게 위험이 닥칠까 봐 마물을 피하지 않고 일부러 상대해 왔던 로젠이지만 상황이 변했다. 둘은 마물과 마주치지 않도록 멀찍이서 피해 다녔다.

"아아, 그 늑대처럼 생긴 마물이 입은 상처는 로젠의 솜씨였구나."

"도망가는 걸 놓쳤는데 설마 널 습격했을 줄이야. 무사한 게 천만다행이다."

"모두 드래곤 슬레이어 소드 덕분이지!"

제리코가 자랑스러운 검을 들어 보였다. 로젠은 고개를 끄덕였다.

"네가 드래곤 슬레이어 소드 님의 주인이라 다행이야."

"난 주인 아닌데?"

현재는 피치 못할 사정으로 임시 주종 관계를 맺고 있지만 실제론 아니다. 로젠이 의아해했다.

"에라프 님에게 물려받지 않았어? 드래곤 슬레이어 소드는 본래 황실 소유지만 에라프 님에게 하사해서 미베어 공작가의 재산이 된 걸로 알아."

게다가 제리코는 항시 드래곤 슬레이어 소드를 장비하고 다니고 말이다. 제리코는 나흘이나 감지 못한 머리를 긁었다.

"주인 아닌데. 음…… 어떻게 설명해야 하지?"

제리코는 로젠이 갖고 있는 보석 원석을 예시로 들었다.

"그 보석의 주인은 로젠이지? 로젠이 알아보고 주웠으니까."

"응."

"로젠이 돈을 받고 보석을 다른 사람에게 팔면 그 사람이 주인이 되는 거잖아."

"그렇지."

"돈을 지불한 사람이 주인이 될 때도 있고, 물건을 만든 사람이 주인이 될 때도 있고, 물건은 의사가 없으니까 그런 식으로 인간이 주인을 자처할 수 있지만 말이야. 이 검은 자아가 있잖아."

제리코는 괘씸하다는 듯 드래곤 슬레이어 소드의 검집을 콩콩 때렸다. 하여간 건방지기 짝이 없는 검이었다.

"주인은 자기가 정하겠대. 나는 그냥 주인 후보인 거지."

―나는 인간이 만든 최강의 검 드래곤 슬레이어 소드다!

"얘는 로젠이 꽤 마음에 든다는데…… 어때?"

제리코가 드래곤 슬레이어 소드의 검집을 잡아 로젠에게 손잡이 쪽을 내밀었다. 로젠은 이전처럼 쓴웃음만 지을 뿐, 손을 갖다 대진 않았다.

"굉장히 혹하긴 했지만 널 지키는 게 먼저야."

"어머. 두근거렸어."

"듣기 좋은 이야기네. 나도 조금 전 네 얘기에 두근거렸거든."

딱히 보지 않으려 애쓰는 데도 제리코의 장점이 나날이 늘어난다. 이 또한 하프 산맥을 내려가 나눌 이야기다.

로젠이 쓴웃음을 짓다가 걸음을 멈췄다. 둘에게서 그리 멀지 않은 곳에서 빛을 목격했다. 로젠은 제리코의 앞을 가로막았다. 빛을 내는 마물이나 동식물일 가능성도 있으나 방금 전의 빛은 명백히 인위적이었다. 로젠은 빛이 있는 방향에서 강한 마력을 감지했다.

"마법이야."

"하프 산맥에 우리 말고 다른 사람이 있는 걸까?"

"제리코, 넌 여기서 기다리고 있어. 내가 가서 살펴보고 올게."

"아니야. 로젠이 가는 것보단 내가 얠 들고 가서 탐지시키는 게 나아. 그…… 말했듯이 대충 의사소통은 되거든. 적이냐 아군이냐 단답형 질문 같은 건 대답할 수 있어."

제리코의 거짓말 솜씨는 일취월장하고 있었다. 로젠이 난색을 보이다 결국 둘이 같이 움직였다.

제리코는 검이 감지할 수 있는 범위까지 접근했다.

'똑똑, 드래곤 슬레이어 소드 님~ 누구인가요?'

─아군이야.

'자세히 설명하지 못할까!'

─보면 알아.

"아군이래."

"아군? 적의가 느껴지지 않는 걸까? 마법사라면 이 일과 연관된 사람일지도 몰라. 위험하니까 내 뒤에서 떨어지지 마."

둘은 조심스럽게 빛에 접근했다. 위로 시원하게 뻗은 나무의 키보다 높았던 빛은 천천히 줄어들고 있었다. 줄어들고, 흩어지고, 사라지는 모양새가 마치 민들레 홀씨를 '후' 하고 분 것 같았다.

현란한 빛이 사라진 장소의 경치가 물감을 물에 녹인 것처럼 일그러지더니 눈 깜짝할 사이에 멀쩡해졌다. 빛도, 공간의 일그러짐도 사라진 장소에 로브를 입은 사람이 남았다. 펑퍼짐한 로브에, 얼굴을 가린 후드까지. 마법사의 신장을 제외한 모든 시각 정보가 불분명했다. 하지만 둘은 바로 상대의 소속 기관을 알 수 있었다. 탑의 인정을 받은 마법사만이 걸칠 수 있는 마탑의 로브였기 때문이다.

그렇다고 안심하긴 이르다. 마법사가 손을 들자 로브에 감춰져 있던 손이 드러났다. 뼈대가 가늘고 마디는 약간 굵으며 손가락은 길었는데 아주 고운 손이었다. 손이 고운 것은 마법사의 대표적인 특징. 그리고 둘이 알고 있는 손이었다.

제리코와 로젠은 동시에 안도의 한숨을 쉬었다.

빛과 함께 나타난 마법사, 샌시가 후드를 걷었다. 그의 옅은 연두색 머리와 조상의 피에서 기인하는 이질적인 외모는 산의 경치와 하나가 된 듯 녹아들었다. 인간이 만든 옷을 걸치고 있음에도 불구하고 샌시는 자연물의 하나로 느껴졌다.

'사기야…….'

주위에 식물이 있으면 더 아름다워진다니. 뭐 저런 사기가.

주위를 확인한 샌시가 눈을 가늘게 떴다. 나뭇잎 사이로 들어오는 빛에 눈이 부신 듯 그가 고양이처럼 얼굴을 찡그렸다. 정말이지, 반할 만큼 귀여웠다.

로젠과 제리코는 누가 먼저랄 것도 없이 샌시의 이름을 부르며 다가갔다.

"샌시!"

"샌시! 어떻게 온 거야?"

"빨간 인간 둘, 찾았다."

샌시는 시야가 흐릿한지 미간을 있는 힘껏 찡그리고선 둘을 응시했다. 그러곤 손을 뻗어 촉각으로 두 명의 존재를 재차 확인하고는 비틀거렸다. 제리코와 로젠이 합심해 그를 부축했다. 샌시는 유독 초점이 흐릿한 노란 눈으로 제리코를 바라보더니 희미하게 웃었다.

"아가씨…… 무사해서 다행이네."

"샌시, 누가 봐도 몇 밤 날 새운 걸로 보이는데 나 구하러 여기까지 온 거야?"

마법으로 불가능하다더니 찾아온 것을 보면 무리한 게 틀림없었다. 제리코는 즉시 샌시를 아는 오빠에서 좋은 아는 오빠로 승격시켰다.

제리코가 감격하여 울먹였고 로젠은 괜히 코끝을 만졌다.

샌시는 파리한 안색으로 수인을 맺었다.

"해도 되는 거야?"

"샌시, 상태가 안 좋아 보이는데 조금 진정하고서 하는 게……."

"보고…… 해야……."

조난자 둘은 만류했으나 생존 보고가 시급했다. 어차피 해야 할 보고, 샌시는 조금 무리하기로 했다. 샌시의 손가락이 지나간 자리에 작은 빛이 생기더니 소용돌이 모양으로 흐르기 시작했다. 샌시가 그 안에 대고 말했다.

"미베어 소공작, 로젠 스타즈 발견. 둘 다 무, 우욱."

샌시가 구역질을 하는 바람에 집중이 흩어져 마법이 종료되었다. 샌시는 허리를 숙이고 구토했다. 먹은 게 없어 신물과 침만 뱉다가 퀭한 안색으로 중얼거렸다.

"이상하다?"

"세상에, 샌시! 괜찮아?"

둘은 샌시를 바닥에 앉혔다. 안색이 새하얗다 못해 시퍼렇고 눈 밑은 퀭한 것이 이제까지 본 중에 가장 상태가 안 좋았다. 심지어 체온도 낮았다. 제리코는 샌시의 손을 잡아보고 경악했다. 시체처럼 체온이 낮았다. 온도 조절이 되는 옷을 입고 있지 않았다면 저체온증으로 쓰러졌을 것이다. 로젠은 모닥불을 피울 장작을 가져오겠다고 자리를 떴다. 제리코는 샌시의 손을 모아 열심히 비볐다. 마른 손을 비비는데 따뜻해질 기미가 없었다.

"샌시, 괜찮아? 나 구하러 왔다가 죽으면 어떡해!"

"이상…… 하다……. 이것보다 더 오래 안 잔 적도 있…… 었는데?"

평소의 샌시라면 남녀가 유별하다며 과한 접촉을 거부했을 터. 그는 자신의 상태가 이상하다고 판단했는지 제리코가 해주는 대로 얌전히 있었다. 동시에 의문을 표했다. 이보다 더 오래 자지도 먹지도 않고 연구에 몰두한 적이 있었고, 그런 후 마법을 쓴 일도 있었다. 하지만 이렇게 상태가 악화된 적은 없었다.

"조금만 기다려! 물 마실래?"

제리코가 마법 검으로 물을 만들려 하자 샌시는 손을 저었다. 물 만드는 마법은 아주 간단해서 수인을 맺지 않고도 할 수 있었다. 샌시가 내부의 마력을 움직이자 그의 안에서 뜨거운 것이 솟구쳤다.

"쿨럭, 우에엑."

"까아아악!"

샌시가 입에서 피를 토했다. 시뻘건 핏덩이가 구역질할 때마다 입에서 튀어나오더니 붉은 선혈이 입가에 묻었다. 제리코는 마물에게 공격 당했을 때보다 더 겁에 질려 기침하는 샌시를 부축했다.

"세상에 샌시! 죽지 마! 죽으면 안 돼! 아직 이상형도 못 만들었잖아!"

"우에엑, 만약, 만약에……."

"엉엉, 샌시."

"내가 죽으면 범인은……."

"범인은?"

"마녀……."

그것이 샌시의 한계였다. 샌시는 다 죽어가는 목소리로 유언 비슷한 말을 남기더니 눈을 감고 고개를 떨구었다.

제리코는 샌시를 붙잡고 비통히 외쳤다.

"샌시이이이이! 죽지 마! 이대로 죽으면 안 돼!"

하프 산맥의 모든 마물을 끌어모을 듯한 큰 소리였다.

다행히 샌시는 죽지 않았다. 장작 주우러 갔던 로젠이 모은 장작을 내팽 개치고 달려왔다가 샌시가 살아 있는 걸 보고 다시 장작을 주우러 갔다.

제리코는 눈물을 훌쩍이며 샌시의 입가에 묻은 피를 닦았다. 고인이 된 어머니가 병세가 악화되었을 무렵 피를 토하던 것이 떠올라 샌시에 게서 눈을 뗄 수 없었다.

"물이라도, 훌쩍, 흘려줘야 하나?"

─기절했으니까 그냥 둬. 기도가 막히지 않게 고개만 옆으로 돌려놔. 입안에 핏덩이 남은 건 없어?

"훌쩍."

제리코는 손을 씻은 후 샌시의 입안에 손가락을 넣고 휘저었다. 다행 히 샌시의 안색은 피를 토한 후 훨씬 나아졌다. 제리코는 조금씩 체온이 돌아오는 샌시의 손을 잡고 안심했다. 마냥 손만 잡고 훌쩍이느니 뭐라 도 해야 한다. 제리코는 샌시가 좀 더 편히 쉴 수 있도록 돌을 고르고 흙을 다져 평평하게 만든 장소로 옮겼다. 기도가 막히지 않도록 샌시의 고개를 좀 돌려놓은 다음, 모닥불 피울 자리를 다졌다.

"무슨 일이 있었던 걸까? 마법으로는 여기 못 온댔는데 샌시는 어떻 게 온 거지?"

─난들 아나. 샌시가 깨면 물어봐야지.

체온이 올랐고 안색도 처음보단 나아졌지만 숨소리가 조용하니 자꾸 걱정됐다. 마침 로젠이 장작을 안고 돌아왔다.

"샌시가 피를 토했어."

"심각한 건 아닐 거야. 마법을 실패하거나 무리하면 피를 보는 경우가 종종 있거든."

그제야 제리코는 안심하고 불 피우는 데 집중했다. 모닥불을 완성한 제리코는 샌시를 불 쪽으로 굴렸다.

"기절한 사람이 있는데 깨면 줄 게 찬물이랑 풀밖에 없어서 민망하네."

"그러게……."

허접한 냄비나 용기라도 있으면 물을 끓여서 줄 수 있을 텐데 말이다. 그 흔한 용기 하나가 아쉬웠다.

"샌시는 어떻게 온 걸까?"

"글쎄. 나도 마법은 잘 몰라. 깨어나면 물어봐야지."

로젠은 어깨를 으쓱이며 대답하고는 샌시 쪽으로 고개를 돌렸다.

"다른 사람도 아니고 설마 샌시가 올 줄은 몰랐어. 제리코 네가 걱정되어서 그런 걸까?"

"그건 아닌 것 같은데……. 아까 기절하기 전에 마탑주님 욕을 했거든."

"저런."

로젠이 진심으로 안타까워했다. 제리코도 고개를 끄덕였다. 범인이 마탑주라고 했으니 어떻게든 마탑주가 연관되어 있을 터. 둘은 환자가 한쪽 면만 불을 쬐지 않도록 가끔씩 자세를 바꿔가며 샌시가 깨어나기만을 기다렸다.

샌시는 기절하고 두어 시간이 지난 후 눈을 떴다. 제리코는 가장 먼저 그에게 물을 먹였다. 샌시는 수인을 맺으려다가 인상을 찌푸리고 포기했다. 그는 드래곤 슬레이어 소드에서 쫄쫄 나오는 물을 얌전히 받아 마셔 입안을 헹궜다.

"괜찮아?"

"어디 아픈 덴 없어?"

가뜩이나 기절했다 깨어나서 정신 사나운데 머리 색조가 동일한 사람 둘이 달라붙어 비슷한 말을 연발하니 눈이 아팠다. 샌시는 극심한 안구 통증을 호소했다. 둘은 호기심 해결보다 샌시의 건강을 더 중요시했기 때문에 샌시가 좀 안정되길 기다렸다.

"배고파……."

샌시가 꺼낸 첫마디였다. 제리코는 혹시 몰라 잡아서 구워둔 도마뱀 꼬치를 내밀었다.

"내장 다 발라냈어. 먹을 만할 거야."

"……이런 거 싫어."

"음, 이게 싫으면 이런 풀때기밖에 없는데."

툭하면 끼니를 거르고 물과 설탕, 소금만으로 연명하는 나쁜 식습관을 지닌 마법사지만 샌시는 제도에서 나고 자랐다. 자연에 가까운, 사람 손이 덜 간 식재료엔 거부 반응을 보였다. 샌시는 로브 주머니를 뒤져 설탕과 소금을 내놨다. 제리코는 울면서 그것을 받아 들었다.

"설탕이다! 꺄하하하!"

로브 주머니를 뒤지니 생각보다 먹을 게 많았다. 샌시는 한 입 먹고 주머니에 넣어 말라비틀어진 빵과 과자, 사탕 등을 꺼냈다. 제리코와 로젠은 샌시가 뭘 꺼내는 족족 환호하며 좋아했다.

샌시가 먹을 걸 주고 둘이 좋아하며 입으로 가져간다. 평소와 정반대의 상황이 벌어졌다. 역시 사람 일은 어떻게 될지 모르는 법이다. 이렇게 관계가 역전되는 날이 오기도 한다.

그렇게 주머니를 비워가던 샌시는 하프 산맥으로 이동하기 직전 받은 따끈따끈한 물건을 꺼냈다. 과자가 가득 든 단지였다.

"이건 마녀가 준 건데 난 안 먹으니까 너희나 먹어."

요정이 알려준 레시피대로 만든 꿀과자였다. 제리코는 이 또한 눈물을 흘리며 받아 들었다. 나흘간 풀과 말린 고기만 먹던 혀에 꿀과자가 들어가자 치아에 강렬한 통증이 밀려왔다. 제리코는 고통에 부들부들 떨면서도 꿀과자를 씹어 삼켰다.

"정말 맛있어. 이걸 먹기 위해 살았구나."

"샌시, 이건 네가 먹는 게 좋겠어. 속은 좀 괜찮아?"

"난 마녀가 주는 건 안 먹어."

설탕을 핥아 먹으면 먹었지 꿀과자는 먹지 않겠다. 샌시의 단호한 태도에 로젠이 한숨을 쉬었다. 벌집을 만난 곰처럼 정신 못 차리고 꿀과자를 집어 먹던 제리코는 로젠의 말에 이성을 되찾았다. 제리코는 과자 단지 안을 보고 침묵했다.

'내가 반이나 먹었어!'

-응. 너 눈 풀려서 퍼먹었어.

'내가! 내가 치사하게 혼자만 먹었어!'

크흡. 제리코는 코를 훌쩍이며 단지 뚜껑을 닫았다. 샌시는 환자에 로젠은 같이 산속을 헤맸는데 혼자 절반이나 먹어치우다니. 너무 창피하고 미안했다.

"미안해. 내가 절반이나 먹었어."

"너네 다 먹어."

"하하, 괜찮아. 단지는 유용하니까 과자는 덜어서 다른 데 옮겨두자."

웃으며 괜찮다고 말하는 로젠의 입안에 꿀과자를 집어넣자 그도 눈의 초점이 풀렸다. 로젠은 무의식적으로 과자 단지를 향해 손을 뻗다가 정신을 차렸다.

"살면서 이렇게 맛있는 과자는 처음이야. 역시 시장이 반찬이네."

"나머진 로젠이 다 먹어."

"아니야, 제리코 네가 먹어. 불 피우기, 식사 조달 모두 네가 하고 있잖아. 난 하는 게 없어서 민망하다……. 내가 널 지켜줘야 하는데."

"지켜주고 있잖아. 서로 잘하는 걸 분담하는 거지. 내가 절반 먹었으니까 나머진 로젠이 먹어."

"사실 난 단것 별로 안 좋아해."

속이 훤히 보이는 거짓말에 결국 남은 과자의 절반을 로젠이, 나머지는 제리코가 먹기로 결정했다. 샌시는 끝까지 꿀과자를 거부했다.

"이 단지 불 위에 올려도 되나……."

"괜찮을 거야."

제리코는 물을 담을 만한 용기가 생긴 것을 기뻐하며 단지에 마른 빵과 채집한 식재료, 소금, 설탕을 넣고 불 위에 올렸다. 로젠은 적당한 나뭇가지를 꺾어 즉석에서 숟가락을 만들었다. 샌시는 환자이니 불 옆에 앉아 불을 쬐었다.

정체불명의 스튜가 완성되었다. 셋은 로젠이 만든 나무 숟가락 세 개를 적당히 겉만 그슬려 입안을 찌르지 않게 한 다음 식사를 했다. 솔직히 맛은 없지만 로젠 말대로 시장이 반찬이었다. 샌시는 도마뱀 꼬치를 거절했던 주제에 스튜에 들어간 도마뱀 고기는 잘 먹었다. 요는 형태와 조리법의 문제였던 것이다.

식사를 마친 후 제리코는 빈 단지 안에 물을 넣고 다시 불 위에 올렸다. 환자가 있으니 따뜻한 물을 줘야 했다.

식사를 한 샌시의 안색이 한결 나아졌다. 피곤해 보이는 건 여전했지만.

"그래서, 무슨 일이 있었던 거야?"

"상황이 어때?"

"어떻게 온 거야? 여긴 이동 마법으로 못 온다고 들었는데. 그리고 왜 피 토했어? 지금은 괜찮아?"

"구조대는 오고 있어? 미베어 공작가와 아리보 공작가, 황실엔 보고가 되었어?"

본의 아니게 나흘이나 실종되었던 둘은 궁금한 게 참 많았다. 샌시는 쏟아지는 질문 세례를 묵묵히 듣고 있다가 그냥 자신이 처음부터 얘기해 주는 게 낫겠단 판단을 내렸다. 그가 손을 들자 제리코와 로젠이 입을 다물었다. 호기심으로 눈이 반짝거리는 남녀를 보자니 꼭 말 잘 듣는 강아지 남매 같았다. 외모는 그리 닮지 않았는데 머리 색이 비슷해서 느낌이 그랬다.

"황가, 미베어 공작가, 아리보 공작가, 스타즈 남작가, 한슨가 모두 보고가 끝났고 마탑에도 정식 의뢰가 들어왔어. 드래곤 슬레이어 소드로 너희가 있는 장소가 하프 산맥인 건 첫날 알아냈고. 문제는 이동 방식인데, 아가씨 말대로 하프 산맥은 이동 마법의 목적지로 설정할 수 없는 장소지. 다만 그건 인간의 마법일 경우야."

"인간의 마법?"

"숲 요정의 이동 마법을 사용하면 하프 산맥을 목적지로 설정할 수 있거든. 그래서 마녀가 날 지목했어."

샌시의 눈에 흉흉한 기색이 감돌기 시작했다. 샌시가 어금니를 빠득빠득 갈았다.

"그래서 12시간 동안 한 번도 안 쉬고 마법진을 그리고 마력을 주입했어."

"숲 요정의 이동 마법은 하프 산맥을 목적지로 지정할 수 있어."

"진짜입니까?"

"응. 나도 그렇게 넘어왔는걸. 대신 마법으로 산맥 자체를 넘을 순 없어, 산맥의 중앙은 반드시 도보로 지나가야 해. 그게 규칙이야."

아무도 누가 정한 규칙인지 묻지 않았다. 위대한 대자연, 또는 용, 또는 숲 요정의 규칙임이 분명했기 때문이다.

"그럼 마스터께서 직접 가시면 되겠군요!"

"아니면 저희에게 가르쳐 주십시오!"

"너희는 못 해. 이건 숲 요정의 피가 흐르지 않으면 못 써."

마탑주는 낮잠을 자다 깨어서 하품을 쩍쩍 하고는 구석에 앉아 졸고 있는 샌시를 지목했다.

"그러니까, 샌시. 네가 가라."

마법사들이 전원 반대 의사를 표명했다. 샌시가 과로하다 온 것은 자명하다. 저런 상태에서 처음 접하는 마법을 써서 하프 산맥까지 이동하는 건 신체적, 정신적 부담이 컸다. 만반의 준비를 갖춘 상태에서 이동해도 모자랄 판에 골골거리는 젊은이를 보내라니. 얘기를 꺼낸 마탑주가 몸소 움직이면 끝날 얘기였다.

숲 요정의 피야 아들인 샌시보다 짙겠다, 본인이 그렇게 동대륙에서 서대륙으로 건너왔다니 써본 적 있는 마법이겠다, 늘 자기 연구실에서 유유자적 연구하고 있으니 체력도 남아돌겠다.

마탑주의 실력엔 불만이 없지만 하는 일엔 불만이 많던 마법사들은 마탑주에게 직접 나서라 요청했다. 다른 사람이 아닌 미베어 소공작과 로젠 스타즈의 구출이니 탑의 주인이 몸소 나설 만한 사건 아닌가.

마탑주의 이상한 성격을 잘 알고 있는 탑의 마법사, 카모마가 마탑주를 꼬셨다.

"로젠을 구해주면 그 핑계로 스타즈 가문 전원의 피를 요구할 수 있을 겁니다. 늘 갖고 싶어 하셨잖아요."

"귀찮은데."

"사람 목숨이 달렸는데 그게 말이 됩니까!"

마탑주 한정으로 다혈질이 되는 카모마가 마탑주의 멱살을 잡으려다 동료 마법사에게 붙잡혔다. 카모마는 샌시를 가리켰다. 주변이 이렇게 시끄러운데도 의자에 앉아 꾸벅꾸벅 조는 모습이 죽을 날 받아놓은 병아리 같았다.

"이 상태로 가서 무슨 도움이 되겠습니까?"

"난 그렇게 약하게 안 키웠어."

마탑주가 당당하게 샌시는 할 수 있다고 말했다. 그 얘기에 주위의 모든 마법사가 괴로워했다. 마탑주의 말이 틀린 것은 아니다. 그녀는 샌시를 그렇게 안 키웠다.

아예 키우질 않았다.

숲 요정들은 공동육아라고 했던가. 육아는 공동체에서 도맡는다는 이유로 탑의 마법사들에게 간신히 젖을 뗄 때 이유식을 시작한 아기를 맡기고 도망간 장본인이었다. 마탑주 본인도 도를 넘어선 뻔뻔함을 인지했는지 말을 바꿨다.

"그렇게 약하게 안 가르쳤어!"

"그래! 내가 길렀다! 그러니까 안 돼!"

샌시의 양육을 도맡았던 마법사 몇이 대놓고 항의했다. 개중엔 카모마도 껴 있었다. 샌시는 자신의 어깨를 잡고 거칠게 흔드는 카모마 때문에 결국 눈을 떴다. 잠이 부족한 그의 심사는 비비 꼬인 상태였다.

'이 아저씨 왜 이래.'

카모마가 자신의 주 양육자였던 것은 샌시도 인정하는 바다. 샌시는 작은 한숨과 함께 상황을 정리했다.

"그냥 내가 갈게."

"샌시! 너 지금 네 몸 상태를 모르나 본데!"

"그냥 갈게. 다른 사람이면 몰라도 제리코잖아. 구하러 가야지."

처음부터 샌시는 자신이 할 수 있는 건 모두 해볼 생각이었다. 로젠이면 하프 산맥에서 죽든 말든 상관없지만 제리코가 실종되었으니까. 샌시는 제리코의 예쁜 붉은색 머리카락과 그에 어울리는 시원시원한 이목구비를 떠올렸다. 그 아가씨가 죽으면 세상은 별 하나를 잃은 만큼 어두워질 것이다. 그런 생각이 들 만큼 활기차고 밝은 소녀였다.

카모마가 내 인성 교육은 틀리지 않았다고 울든 말든, 샌시는 카모마를 밀치고 의자에서 일어났다. 마녀를 상대하는 건 짜증 났지만 마법진 설계도를 받아야 하니 어쩔 수 없이 대화해야 했다.

"지금 어지러워서 죽을 것 같으니 마법진만 대신 그려줘. 내가 갈게."

"싫은데."

"나한테 시켰잖아."

"응. 네가 가야지."

"마법진도 못 그려줘?"

마법진엔 일정한 규칙이 있다. 제도에서 하프 산맥까지 이동하려면 기본 마법진에 거리에 따른 추가 요소를 삽입해야 한다.

마법진은 본래 혼자서 완성하는 것이 아니다. 샌시만 해도 호문쿨루스를 생성하기 위해 〈이만보〉의 회원을 모두 동원했다. 하지만 숲 요정의 마법을 쓰기 위해선 숲 요정의 피가 섞인 마법사가 필요했다. 현재 마탑에 숲 요정 혼혈은 마탑주와 샌시. 이 둘이 전부였다.

"나 혼자 그리라고?"

"나라면 그렇게 투덜거리는 동안 그렸다."

마탑주가 내준 마법진 설계도를 본 마법사들이 동요했다. 제정신인 사람도 피를 토하며 며칠에 걸려 그릴 대규모 마법진이었다.

"마스터, 정말 저대로 그려야 합니까? 제도에서 하프 산맥까지 거리가 상당하긴 하지만 샌시 혼자서 하는 이동이니 좀 더 줄일 수 있지 않아요?"

"그게 수정한 거야. 샌시는 피가 옅어서 조금 더 보완했어."

그 말에 샌시는 설계도를 다시 보았다. 그린 지 얼마 안 된 듯 깔끔했다. 제아무리 마탑주가 천재라 한들 즉석에서 마법진을 수정, 보완할 수는 없으니 황실에서 의뢰가 들어온 직후 작업에 착수한 것이 틀림없었다. 그리고 그 말이 의미하는 바는 분명했다.

"처음부터 나 시킬 생각이었지?"

"샌시, 네가 쓸데없는 호문쿨루스에 집착하지 않고 내 밑에서 성실히 공부했으면 그 마법진이 좀 더 간단해졌을 거라는 생각은 안 드니?"

이런 얘기까지 들었는데 마법진 그리는 걸 도와달라고 말한다면 그건 자존심 없는 인형이다. 샌시는 모두 암기한 설계도면을 마탑주의 얼굴에 집어 던지고 꺼지라 외쳤다.

"마법진 완성한 다음엔 제대로 작동하는지 확인하려고 피를 뽑았어. 이만큼."

가뜩이나 피곤한데 피에 마력까지 쥐어짰으니 사람이 당해낼 재간이 있나. 샌시가 갑자기 피를 토한 것이 이해되었다. 제리코는 나오는 눈물을 참지 못하고 눈가를 문댔다.

로젠은 생각보다 심각한 가정사에 혀를 내둘렀다. 플라티나와 로젠 사이의 불화는 애교 수준이었다.

"마탑주님이 너무하셨네. 샌시, 정말 괜찮아?"

"그게 문제야."

샌시가 마저 설명했다.

"어차피 내가 너희를 찾아도 혼자서 구출할 수는 없어. 본래는 구조대가 올 때까지 너희를 지키는 게 내 역할이지."

"이동 마법은 못 써? 제도에선 가까운 거리 갈 때도 썼잖아."

"그건 제도 내라서 가능한 거야. 마탑에서 제도 주위에 결계를 쳐서 내부에서 마법을 시전하기 쉬워. 여기선 마력이 부족해서 나 혼자론 불가능해."

샌시는 잠에서 깬 직후 여러 차례 몸 상태를 확인했다. 뭔가 이상했다.

"뭔가 이상해……. 왜 마력이 폭주했지……?"

이보다 더 안 좋은 조건일 때도 마력이 폭주한 적이 없었다. 샌시가 의문을 표하자 제리코와 로젠은 느릿하게 고개를 저었다.

"평소에 몸을 소중히 안 해서 그래."

"예견된 결과였지."

제리코는 끓인 물에 찬물을 섞어 샌시에게 권했다.

"폭준지 뭔지는 몰라도 피 토하고 안 죽은 게 천만다행이네."

"그게 아니야. 이론상으론 이렇게 될 리가 없어."

"그러니까, 이론상으로 완벽해도 실전은 모르는 거지."

"도착지도 좀 더 너희와 가까웠어야 하는데 거리가 벌어졌어. 꼭 강제로 취소당한 것처럼……."

샌시는 혼자서 중얼거리기 시작하더니 이내 자기만의 세계에 몰입했다.

'몸도 안 좋으면서!'

제리코가 샌시에게 휴식을 강권하려 하자 검이 말렸다.

'왜!'

—마법사가 집중할 땐 건드리는 게 아니랬어.

그럼 어쩔 수 없지. 제리코는 내민 손을 주머니에 넣어 꿀과자를 하나 집어 먹었다. 달콤하고 바삭하고 끈덕진 꿀의 맛이 제리코의 혀를 사로잡았다.

"어차피 올 거면 먹을 거나 많이 들고 오지."

산에서 나흘이나 헤맨 사람들을 구조하러 오면서 주전부리만 주머니에 담아 오는 건 무슨 경우인지. 심지어 그 주전부리조차 챙겨준 사람은 마탑주가 유일했다. 샌시는 꿀과자에 대해 '마녀가 마법진 틀리지 않고 완성했다고 상이랍시고 준 거'라고 이를 갈았다. 그래도 용케 들고 왔다고 물으니 '제리코가 좋아했던 게 기억나서'라는 말로 제리코를 울렸다.

로젠이 그 얘길 듣고 피식 웃었다. 내심 자기도 동의한다는 눈치였다.

"샌시가 전언을 보내다가 중간에 그런 소리를 냈으니까, 구조대 쪽도 서두르고 있을 거야. 이제까지 해온 만큼만 버티면 돼."

"그렇지?"

같이 밤이슬 맞으며 노숙하는 사람이 하나 늘었을 뿐이라고 생각해선 안 된다. 상황은 확실히 나아졌다. 일단은 물을 끓일 단지를 하나 얻었고, 비상시 먹을 수 있는 과자와 설탕, 소금을 얻었으니까.

샌시는 지금 빌빌대고 있지만 마력 폭주가 가라앉으면 믿음직스러운 천재 마법사로 돌아갈 것이고, 아마 그 전에 구조대가 도착하지 않을까? 이러니저러니 해도 상황은 좋은 쪽으로 흘러가고 있었다. 제리코는 지친 와중에 미소를 잃지 않았다.

제리코와 로젠이 하프 산맥에 뚝 떨어진 지 닷새째 되는 날.

제리코는 새벽에 벌떡 일어났다. 해는 아직 뜨지 않았지만 동쪽 산 위는 새하얗게 날이 밝아오고 있었다. 제리코는 가장 먼저 불을 확인했다. 자는 중간에 드래곤 슬레이어 소드가 깨워 불을 지폈기 때문에 불꽃이 살아 있었다.

-잘 잤어, 제리?

"흐아암. 좋은 아침."

흙바닥에서 잤지만 사지가 멀쩡하고 목소리가 나오니 좋은 아침이지. 제리코는 조난당한 사람으로서 긍정적인 마음가짐을 품기로 거듭 다짐했다.

-제리.

"응."

-마탑주 수상하지 않아?

"흐음."

로젠과 샌시가 들을 수 있기 때문에 제리코는 기지개를 켜며 추임새를 넣었다.

제리코는 찌뿌둥한 몸 관절 구석구석을 굽히고 펴고 돌렸다. 천막도 없이 야숙한 게 닷새인데 스스로 생각해도 병에 안 걸린 게 용했다.

'이상한가? 근데 그분은 원래 이상한 사람이잖아.'

-군이 샌시에게 시킬 필요가 있었을까?

'마력 폭주를 예상하지 못한 거겠지.'

샌시는 당한 게 있어서 마탑주라면 치를 떤다. 하지만 마탑주는 샌시에게 애정이 있었다. 당하는 입장에서 사랑으로 느껴지지 않아 그렇지, 마탑주의 당당한 태도를 보건대 본인은 자식 사랑이라고 굳게 믿고 있는 듯했다. 그 추측을 뒷받침할 대표적인 예시가 꿀과자다. 마탑의 주인이라는 대마법사가 밥 안 먹는 아들을 위해 과자를 굽다니. 훈훈한 이야기였다.

'아들에게 밥 먹으라고 잔소리하는데 사랑하지 않으면 그게 더 무섭다.'

—너한텐 밥이 곧 사랑이냐.

'중요하지.'

생물에게 있어 그보다 중한 건 찾기 힘들 것이다.

어쨌든 마탑주는 자기 뜻대로 따르지 않는 아들에게 불만이 있을지 언정 아들을 죽이고 싶어 하진 않는다. 제리코는 그렇게 생각했다.

그런 마탑주가 피곤한 샌시를 콕 집어 이 임무를 맡겼다. 이로 인해 제리코가 추측한 가능성은 두 가지.

1. 마탑주는 이 일이 위험하지 않다고 생각했다.

2. 샌시에게 맡겨야 하는 이유가 있었다.

드래곤 슬레이어 소드는 즉시 2의 가능성을 부정했다.

—2는 아니다.

'그럼 1이겠지.'

—샌시가 피를 토했잖아.

'본인이 계산 밖이었다고 주장하니까.'

—넌 마탑주가 잘해준 것도 없는데 늘 호의적이더라?

'나쁜 사람 같진 않거든.'

검은 잠시 침묵한 끝에 에라프 얘기를 꺼냈다.

—주인이…….

'응.'

—네가 오기 전에 주인을 찾아온 가짜 아들딸이랑 아이들을 데려온 사기꾼 모두 나쁜 사람 같진 않다고 말했어. 항상.

사기꾼은 나쁜 사람이 확실하다. 아이들은 정말 나쁜 사람이었는지 아니었는지 검은 모른다. 다만 아이가 죽을 때마다 에라프는 슬퍼했고 검은 주인이 슬퍼하는 게 싫었다.

-어쨌든 마탑주는 수상해. 난 앞으로도 계속 의심할 거야.

'설마 마탑주님이 범인이라고 생각하는 거야? 그분이 범인이면 샌시를 보낼 리가 없잖아!'

-용의 선상에서 벗어나려고 그런 걸 수도 있지!

'그럼 애초에 숲 요정의 이동 마법 얘길 안 하면 되잖아! 아는 사람이 없는데 왜 굳이 얘기해서 샌시를 보내?'

-……그러네?

그녀는 드래곤 슬레이어 소드를 걱정했다. 뇌는 없지만 자신보다 지능이 높다 여겼는데 의심 암귀가 씌었는지 합리적 추리 대신 감으로 우기고 있었다.

'무생물 주제에 감이라니!'

정말 놀라운 검이 아닌가!

'설마 에고 소드의 지능이 주인에 맞춰지는 건 아니겠지? 그럼 나랑 주종 계약 맺어서 멍청해진 거잖아! 아니지? 아닐 거야.'

에고 소드의 지능이 주인 수준에 맞춰진다면 얼마나 슬픈 일인가.

-구박하려면 나에게 하지 왜 자학을 해.

아이가 없어진 검이 앞으로 마음에 안 든다는 이유로 우기지 않겠다고 약속한 후에야 제리코는 안도했다.

샌시는 해가 중천에 뜨기 전 일어났다. 잠에서 깬 샌시의 얼굴은 평상시와 비슷했다. 하지만 자신의 몸을 점검해 보더니 이내 불퉁한 표정으로 바뀌었다.

"왜 그래? 어디 아파?"

"아직 회복 중이야."

"피를 이만큼 토해놓고 하루 만에 낫길 바라다니. 욕심쟁이네."

제리코는 부러 과장되게 두 손으로 원을 그렸다. 오자마자 피까지 토해서 얼마나 놀랐는지 모른다. 샌시는 포기하지 않고 또 전언 마법을 사용하려다 아침부터 속이 뒤집혀 웩웩거렸다. 제리코는 나무를 붙잡고 토하는 샌시에게 설탕과 소금을 타 밍밍하게 만든 물을 권했다. 구조하러 와놓고선 역으로 간병받고 있으니 역시 인생이란 한 치 앞도 모르는 것.

샌시는 인상을 썼다. 마탑주 볼 때를 제외하면 여간해선 짓지 않는 표정이었다.

"일부러 싱겁게 탔어. 구역질 나도 일단 마셔."

"……해."

"응? 뭐라고? 안 들려."

"……심 상해……."

샌시는 작은 목소리로 웅얼거리다가 고개를 홱 돌렸다. 아무 도움도 못 줘 자존심이 상한 듯했다.

"찾아와 줘서 고마워, 샌시."

샌시는 대답하는 대신 소금설탕물을 급하게 들이켰다.

'물 마시다 체하면 약도 없는데…….'

제리코는 샌시를 말리려다 말았다. 헛구역질을 하면서도 물을 모두 마시는 그의 노력이 가상했기 때문이다.

샌시의 토기가 가라앉은 후, 셋은 앞으로의 일정에 대해 논의했다.

"마법으로 추적한 너희 둘의 행적을 보면 느리지만 꾸준하게 서쪽으로 이동 중이었어."

"그렇구나."

"여기가 정확히 하프 산맥의 어느 지점인지 알 수 있을까?"

로젠이 샌시에게 위치 정보를 물었다. 지도가 없고 하프 산맥은 거대하기 때문에 정확히 어디라 설명하기 힘들었다. 샌시는 바닥에 나뭇가지로 하프 산맥을 그렸다.

"대충 이쯤."

제리코와 로젠은 경악했다. 샌시가 나뭇가지로 가리킨 현재 위치는 거의 하프 산맥의 중앙부였다.

"도, 동쪽으로 갔으면 동대륙이네?"

"그렇지."

제리코는 정신이 아찔해져 가슴을 쓸어내렸다. 로젠은 신음을 흘렸다.

"구조대가 오려면 시간이 꽤 걸리겠군."

셋의 위치를 알고 있으니 여타의 구조보다 수월하겠으나 이곳은 여타의 산이 아닌 하프 산맥이다.

"구조대에 마법사가 있으니 생각만큼 오래 걸리진 않을 거야."

"그럼……."

로젠이 며칠 사이 까끌까끌하게 자라난 수염을 매만지며 생각에 잠겼다.

"이제 이동은 그만두고 구조대를 기다리는 게 낫겠다. 샌시, 제리코, 어떻게 생각해?"

"난 찬성."

"그러든가."

샌시는 얘기가 끝나기 무섭게 눈을 감고 명상에 돌입했다. 그가 폭주하는 마력을 진정시킨다면 구조대와 좀 더 빨리 접촉할 수 있을 것이다.

식량 사정은 괜찮았다. 느릿하게 이동하면서 욕심부린 보람이 있었다.

로젠은 혹시 모르니 주변을 돌아보겠다고 말한 뒤 나무 사이로 사라졌다. 제리코는 무엇이든 단칼에 베어버리는 검으로 나무를 베었다. 단지를 접하고 나니 다른 그릇에도 욕심이 생겼기 때문이다. 대충 근처의 나무 밑동을 잘라 쓰러뜨린 뒤 적당한 크기로 조각내고 드래곤 슬레이어 소드를 단검보다 작게 만든 후 속과 겉을 파고 다듬었다.

"진짜 이렇게 써도 되나?"

-써.

검은 무기고 도구다. 기왕 쓰인다면 적을 쓰러뜨리는 쪽이 좋지만 아예 안 쓰이는 것보단 이렇게라도 쓰이는 게 좋았다. 그냥 갖다 대기만 해도 스르륵 나무가 깎이다 보니 나무 그릇은 금방 완성되었다. 제리코는 완성한 나무 그릇을 노려봤다.

"이거 이대로 불 위엔 못 올리겠지?"

나무가 아니라 바위를 잘라 돌그릇을 만들어야 했을까? 제리코가 괜한 짓을 했다고 후회하는 동안에도 샌시는 한 번도 눈을 뜨지 않았다.

로젠은 해가 지기 전에 돌아왔다. 그는 제리코가 알려준 먹을 수 있는 풀, 뿌리 등을 채집해 왔다. 어떻게 잡았는지 쥐도 네 마리나 잡아 왔다.

"어떻게 잡았어?"

"굴이 있길래 열심히 파다 보니 잡히더라."

날쌘 야생 들쥐도 천재 검사의 신체 능력에서 벗어날 순 없었던 모양이다. 제리코는 드래곤 슬레이어 소드로 쥐의 배를 가르고 가죽을 벗겼다. 피와 내장을 검에서 나오는 물로 씻은 후 나무 꼬챙이에 꿰어 불에 대고 구웠다. 로젠은 그 모든 과정을 착잡한 표정으로 지켜보았다. 제일 연장자인 자신이 해야 할 일을 제리코에게 시키고 있다는 죄책감 때문인지, 용사의 검이 쥐를 손질하는 데 쓰이고 있어서인지, 둘 다인지 애매했다.

저녁 식사 시간엔 제리코가 로젠과 비슷한 표정을 지었다. 신비로운 분위기의 미남과 스타즈 상회의 장남이 쥐고기를 뜯고 있으니 이상하게도 제리코는 마음이 편치 못했다.

-네가 뜯는 건 괜찮고?

'원래 밀 수확이 끝난 후엔 쥐 잡는 게 일인걸?'

명상을 마친 샌시는 몸 상태를 보고했다.

"내일 오후면 완벽히 회복될 거야."

"다행이다."

"주위 돌아보고 왔지? 마물은?"

"다행히 마물이나 짐승의 기척은 없었어."

제리코가 안심하여 배시시 웃었다.

"계속 불을 피워놓고 있어서 몰려오면 어쩌나 걱정했는데, 다행이다."

다음 날, 샌시는 마력이 상당 부분 안정되었음을 깨닫고 간단한 마법을 시전했다. 혹시 모르기 때문에 바닥에 마법진을 그렸다. 제리코는 옆에 쪼그려 앉아 그걸 구경했다. 마법진은 거창했으나 결과는 허접했다. 작은 빛이 마법진 위에 둥둥 떠다니다 꺼졌다. 샌시는 고개를 갸웃거렸다.

"이상하다?"

"왜? 마법 쓸 수 있게 된 거 아니야?"

"회복이……."

샌시는 제리코에게 요청해 물로 손을 씻더니 로브 주머니를 뒤졌다. 놀랍게도 주머니에서 주사기가 튀어나왔다.

"이런 거 잘 깨지지 않아?"

"마탑의 로브 주머니엔 파손 방지 마법이 부여되어 있어."

"그렇구나. 그래서 과자 단지도 깨지지 않……."

로브의 유용함에 감탄하던 제리코는 무언가를 깨달았다. 샌시가 꺼낸 과자 단지는 명명백백 그의 주머니보다 크기가 컸다. 억지로 쑤셔 넣어도 주머니에 들어갈 수 있는 크기가 아니었던 것이다.

"샌시, 주머니에 단지는 어떻게 넣어서 가져온 거야?"

"마탑의 로브 주머니엔 부피 축소, 경량화 마법도 걸려 있거든."

"세상에! 그런 좋은 주머니를 갖고 있으면서 먹을 건 하나도 안 가져왔단 말이야?"

아이고 머리야. 제리코가 갑자기 몰려온 두통에 이마를 짚었다. 주사기로 피를 뽑던 샌시가 제리코를 걱정했다.

"많이 아파? 두통약 있는데 먹을래?"

"아냐…… 괜찮아."

말이 나온 김에 확인해 본 샌시의 주머니엔 실험 도구와 약품이 즐비했다. 제리코는 어떻게 밀가루 한 봉지 가져오지 않았냐며 넋두리하다 한숨을 쉬었다.

"말해 뭐 해."

"좀 심하긴 하네……. 탑의 마법사 중 아무도 식량 생각을 안 하다니."

로젠마저 어이가 없어 쓴웃음을 지었다. 어지간한 일은 다 자기 탓이라고 생각하는 청년 입에서 저런 말이 나올 정도로 둘은 크게 상심했다. 로젠이 죽을 날 받아놓은 100세 노인처럼 허허 웃고 제리코는 꿍얼거렸다.

"어쩜, 사람이 12시간 마법진을 그리는 동안 다른 사람들은 빵 하나 갖다 둘 생각을 안 했을까. 마법사들은 원래 다 그런가?"

"갑자기 터진 일이라 미처 생각을 못 한 거겠지. 구조대가 식량을 챙기니까 괜찮다고 생각한 걸 수도 있고, 샌시의 마력이 폭주할 거라고 예상하지 못한 걸 수도 있고."

샌시는 채혈한 피를 유리병에 담아 밀봉한 후 주머니에 넣었다. 투덜거리는 제리코의 얘기를 듣던 그는 마법진을 그리는 데 집중하는 동안 주위에서 시끄럽게 구는 사람들을 쫓아낸 것을 떠올렸다.

"문밖에 물품을 챙겨놨으니 가져가라고 말한 것 같은데 마법진을 완성하는 데 집착해서 잊고 있었어."

샌시가 주저하다 고개 숙여 사과했다.

"미안."

"아니야~ 산에 먹을 거 많잖아. 나는 그냥 심심해서 헛소리한 거야."

쉬지 않고 마법진을 그리는 동안 샌시는 각혈도 몇 번 했다고 들었다. 그 고생을 해가며 와준 사람에게 왜 먹을 걸 가져오지 않았냐고 따질 수도 없는 노릇. 제리코는 한숨을 쉬며 반성했다. 그녀는 샌시의 손을 잡았다. 샌시가 어깨를 떨며 깜짝 놀랐지만 잡힌 손을 빼지는 않았다.

'손이 따뜻해졌네.'

얼음장같이 차갑던 어제에 비해 샌시의 손은 정상 체온에 가까워져 있었다. 제리코는 적잖이 안심하여 손을 꼭 잡았다.

"와줘서 고마워."

"좋은 오빠인 거지?"

"엄청 좋은 오빠지. 친척 오빠 수준으로 승급시켜 줄게."

제리코는 농담이었는데 샌시는 진지하게 받아들였다. 그가 시험 성적을 묻는 학생처럼 심각한 어조로 질문했다.

"친척 오빠의 시작은 몇 촌이야?"

"4촌은 너무 가까우니까 6촌부터 하자."

샌시가 활짝 웃었다. 그가 용기를 내어 제리코의 손을 맞잡았다. 가슴 한구석이 간질간질하여 제리코도 활짝 웃었다.

"……"

그 모습을 지켜보던 로젠은 둘이 손을 맞잡고 있는 것이 어쩐지 불편해 고개를 돌렸다.

상황은 점점 좋아지고 있다. 세 조난자는 그리 생각했으나 그들을 비웃기라도 하듯 그날 밤 마물의 울음소리가 셋을 에워쌌다.

아우우우우우우~!

아우우우우우우우~!

한 놈이 울면 다른 놈이 화답한다. 그렇게 합창하듯 울부짖는 마물의 수가 스물에 가까웠다. 울지 않고 조용히 셋을 추적하고 있을 마물을 포함하면 수는 더욱 많았다.

"으아아앙."

제리코는 우는소리를 내며 검을 뽑았다. 그녀는 지금 사방에서 들려오는 저 울음소리를 똑똑히 기억했다. 한 마리가 도망갔지만 안심하고 있었는데.

"친구가 많았구나!"

어쩜, 친구가 많은 건 좋은 일이지만 이렇게 떼로 데려와 자랑할 일은 아닌 것 같은데.

"수가 너무 많아! 상대할 수 없어!"

마물에겐 유리하고 사람에겐 불리한 산의 밤. 제리코는 드래곤 슬레이어 소드로 빛을 만들었고 샌시도 마법으로 광구를 만들었다.

"도망가야 하는데……!"

로젠이 혀를 찼다. 하프 산맥을 터전으로 살아가는 마물들은 그가 알아채지 못할 정도로 먼 곳에서부터 포위망을 좁혀왔다. 샌시가 이상한 낌새를 눈치챘을 땐 이미 도주가 불가능했다.

"샌시! 마법을 쓸 수 있겠어?"

"시간을 줘."

몸 상태를 고려하면 마법진을 그려야 하지만 느긋하게 진을 그리고 있을 시간이 없다. 샌시가 수인을 맺기 시작했다. 평소라면 가벼운 손동작 몇 번으로 마물을 날릴 공격 마법을 완성할 수 있지만 지금은 그럴 수 없었다.

"쳇."

어릴 때부터 마탑에서 자라며 천재 마법사 소리를 듣던 그다.

"제리코, 검에 부여된 방어 마법 몇 번 쓸 수 있어?"

"응? 그, 그러니까."

-최대 다섯 번.

"다, 다섯 번!"

"알겠어."

샌시는 현 상황에 도움을 줄 수 없는 자신이 마음에 들지 않는지 사력을 다해 수인을 맺었다. 샌시의 얼굴이 하얗게 질리더니 식은땀이 송골송골 맺혔다.

"제리코 넌 내 뒤에서 샌시를 노리는 마물을 막아줘."

"로젠, 괜찮겠어?"

로젠은 대답 대신 반으로 잘린 검을 들었다.

우웅.

생전 처음 듣는 맑은 소리가 들렸다. 제리코는 금방 소리의 근원지를 파악했다. 로젠이 들고 있는 검이 울리고 있었다. 드래곤 슬레이어 소드는 때때로 검신을 떨어 자신의 의사를 표현한다. 그것은 단순한 진동일 뿐 이렇게 맑고 고운 소리를 내지는 못했다. 진동은 미약했으나 제리코는 직감적으로 검에 실린 힘이 미약하지 않다는 사실을 깨달았다.

-검명이다!

'검명?'

-검에 마력을 주입해 날이 떨리게 만드는 거야. 소드 마스터의 전 단계지.

일평생 검의 길에 매진해도 검이 우는 소리를 듣지 못하는 자가 허다하다. 스물이란 젊은 나이에 검을 울린 천재 검사가 제리코의 앞에 섰다. 그 등은 듬직하여 태산과 같았다. 제리코는 용기를 얻어 드래곤 슬레이어 소드를 고쳐 쥐었다.

혼자서 스무 마리가 넘는 마물을 상대할 수 있을까? 그런 의문을 품는 건 로젠에게 실례였다.

로젠이 선 정반대 방향에서 늑대형 마물이 제리코를 향해 쇄도했다. 마물은 제리코에게 닿기 전 목덜미에 검이 꽂혀 절명했다. 포위에 성공해 몰이 사냥을 할 생각에 흥분해 있던 마물들의 기세가 꺾였다.

마물은 눈치를 살피더니 로젠에게 절반이 달려들었다. 나머지 절반은 제리코와 샌시를 노렸지만 제리코는 미리 준비해 둔 방어 마법을 작동했다. 방어 마법은 마력으로 만든 무형의 막으로 공격을 막는 원리다.

샌시의 조언대로 미리 설치해 둔 방어막에 선두에 섰던 마물이 부딪쳐 넘어지거나 뒤로 튕겨 나갔다. 1회성 마법이라 방어막은 사라졌지만 제리코에게 필요한 건 마물들이 머뭇거리는 잠시의 틈이었다.

제리코는 로젠처럼 검을 울게 만들진 못하지만 그녀가 검을 울리기 위해 노력할 필요도 없었다. 제리코가 든 검은 드래곤 슬레이어 소드. 최초로 용을 죽인 인간이 용의 심장에 박아 넣은 전설의 검이다. 용을 벨 수 있는 검 앞에 마물의 튼튼한 가죽과 질긴 근육, 딱딱한 뼈는 치즈보다 쉽게 잘려 나갔다.

엉덩이나 꼬리, 등을 베면 절삭력이 지나치게 좋은 탓에 상처가 깊지 않다. 대신 다리, 얼굴, 목을 베면 반드시 치명상.

그와 반대로 로젠은 10마리에 가까운 마물을 상대하면서 조금씩 부상을 입고 있었다. 제리코를 노리던 마물은 선발대가 당한 걸 보더니 로젠으로 목표를 바꿨다.

제리코가 로젠을 도우려 하자 로젠이 외쳤다.

"오지 마!"

"그, 그렇지만."

"샌시 곁을 떠나지 마!"

로젠은 제리코보다 날카롭게 마물을 공격했으나 안타깝게도 검이 짧았다. 반으로 잘린 검은 로젠이 몸을 피할 거리를 내주지 못했고 그 결과 로젠의 몸엔 차곡차곡 상처가 쌓였다.

'네가 도와주면 안 돼? 네가 로젠 대신 공격받으면⋯⋯.'

─안 돼.

'왜, 너 로젠 좋아하잖아.'

─내가 검 외의 다른 모습으로 실체화할 수 있는 건 너와 주인 말곤 아무도 모르는 비밀이야. 네 안전을 위해선 숨기는 게 좋아.

어쩜 무생물이라 그런지 인정머리가 없었다. 제리코는 발을 동동 굴렀다.

"샌시, 아직 멀었어?"

마물에게 둘러싸인 로젠도 그렇지만 샌시의 상태도 심각했다. 샌시는 막 하프 산맥에 도착했을 때처럼 하얗게 질린 얼굴로 땀을 비 오듯 쏟았다. 그가 초점이 맞지 않아 흐릿해진 눈으로 정면을 응시했다.

"제리코……."

"응!"

"로젠에게 방어 마법."

방어 마법은 1회용이라 타이밍이 중요하다.

"걸었어!"

그 말이 나오길 기다렸다. 샌시는 정면으로 손을 뻗었다. 시야가 흐릿해 앞이 잘 보이지 않았지만 어차피 보이지 않아도 상관없는 마법이었다. 오히려 로젠의 멋진 모습이 보이지 않으니 다행이었다.

'멋있는 새끼.'

위대한 대자연은 불공평하시다. 누구에겐 잘난 얼굴, 잘난 재능, 잘난 붙임성, 잘난 사교성, 요정의 축복도 모자라 여동생과 남동생까지 줄줄이 몰아주고 샌시에겐 마녀만 선물했다. 억울하지만 어쩔 수 없었다. 모두 대자연의 뜻이니.

'그래도…….'

샌시는 정면으로 뻗은 손을 힘차게 가로로 그었다.

깨애애앵.

셋을 포위하고 있던 마물이 전부 비명을 질렀다. 제리코는 샌시가 무슨 마법을 쓴 건지 알지 못해 눈을 크게 떴다. 로젠에게 건 방어 마법이 깨진 걸 보면 뭔가로 공격하긴 했는데 아무 일도 벌어지지 않았기 때문이다. 마물이 비명을 지르고 움직임을 멈춘 걸 보면 뭔가 작용한 건 확실하다.

'뭐야?'

이내 제리코의 눈이 더욱 커졌다. 로젠을 제외한 모든 것이 가로로 절단

되어 쓰러졌다. 거대한 드래곤 슬레이어 소드로 휘두른 것 같은, 이전번 말의 다리를 절단한 금속 실 같은 것에 모두가 돌진한 것 같은 광경이었다.

제리코는 눈을 비비고 다시 보았다. 재확인해도 여전히 믿기 어려운 풍경이 펼쳐졌다.

"로, 로젠…… 괜찮아?"

샌시의 마법에 놀란 건 로젠도 마찬가지다. 로젠은 자신의 몸은 두동강 나지 않았는지 확인한 후 허허 웃었다. 너무 엄청난 것을 보니 웃음이 절로 나왔다.

"괜찮아."

"안 잘렸어?"

"안 잘렸어."

로젠은 깔끔하게 절단되어 바닥에 쓰러진 마물을 발로 걷어찼다. 깔끔한 절단면에 나름 대범하다 싶은 그도 소름이 돋았다.

절단된 것은 마물만이 아니었다. 나무와 바위까지 모조리 샌시가 그은 가로선을 기준으로 잘렸다.

"로젠 정말 괜찮아?"

눈으로 보고 있지만 믿기 힘들다. 제리코가 로젠에게 가려는데 샌시가 그녀의 옷깃을 잡았다.

'아, 맞아. 샌시.'

너무 대단한 마법을 보여주시는 바람에 샌시의 상태가 좋지 않다는 걸 깜빡했다. 제리코는 샌시에게 고개를 돌렸다가 바로 비명을 질렀다.

"꺄아악, 샌시! 죽지 마!"

샌시의 입에서 피가 줄줄 새어 나왔다. 그냥 새빨간 피가 아닌 새까만 피라 이전보다 더욱 심각했다.

샌시는 제리코의 옷깃을 잡은 손을 놓지 않고 입을 열었다. 검은 피거품이 일었다.

"나……."

"샌시 죽지 마! 죽으면 안 돼! 이걸 어떡해!"

"나랑……."

"응응!"

"나랑…… 더…… 친하지?"

"당연하지!"

이 상황에서 누구랑 더 친한지 확인하고 싶을까. 그보다, 이런 상황에서 그런 질문을 하면 아니라고 대답할 수 있는 사람이 몇이나 될까? 제리코는 당연히 로젠보다 샌시랑 더 친하다고 외쳤다. 대답을 들은 샌시는 만족하여 희미한 미소를 짓더니 그대로 혼절했다.

제리코가 쓰러지는 샌시를 붙들었다. 로젠은 기절한 샌시를 등에 업었다.

"어서 여길 뜨자."

이 난리를 쳤으니 귀가 있고 코가 있는 마물이라면 모두 주목하고 있을 터. 제리코는 열심히 만든 나무 그릇을 포기하고 최소한의 짐만 챙겨 이동했다.

샌시가 기절했기 때문에 빛은 드래곤 슬레이어 소드가 책임졌다. 제리코와 로젠은 새벽녘 아침 해가 밝아올 때까지 쉬지 않고 이동했다. 방향을 잡을 틈도 없었다. 무조건 멀어지는 게 그들의 목표였다.

땀으로 목욕한 둘이 멈춰서 숨을 돌린 건 동쪽이 완벽하게 밝아진 후였다. 그럭저럭 괜찮은 장소를 찾은 후 로젠은 샌시를 조심스럽게 바닥에 눕혔다. 산을 타느라 뜨겁게 달아오른 둘에 비해 샌시는 얼음장 같았다. 제리코는 급하게 장작을 모아 불을 피웠다. 그녀가 불을 피우는 사이 로젠은 샌시의 뺨을 때렸다.

"샌시, 샌시, 정신 차려."

"수, 숨은 쉬어?"

"쉬고 있어."

로젠은 검사고 제리코는 마법에 문외한이다. 드래곤 슬레이어 소드는 마법 검이지만 마법에 대해선 잘 몰랐다. 이런 상태의 마법사를 어떻게 대해야 하는지 아는 사람이 아무도 없었다. 둘이 해줄 수 있는 것은 샌시의 체온이 더 떨어지지 않도록 불을 피우고 쉬지 않고 전신을 주물러 주는 게 전부였다. 그나마도 잘못 건드리면 안 좋을까 봐 손발을 살살 주무르는 선에서 그쳤다.

둘의 노력을 알아준 것일까. 샌시가 눈을 떴다. 눈이 새빨갛게 충혈되어 흰자가 제대로 안 보일 정도였다.

"흐윽, 샌시."

"정신이 들어? 내가 누군지 알겠어?"

샌시가 인상을 찌푸렸다. 귓속에 왕파리가 들어간 듯 시끄럽고 머리가 울렸다. 샌시는 다시 잠들까 고민하다가 파리 날개 소리 속에서 제리코의 목소리를 듣고 입술을 움직였다.

"나……."

"샌시! 괜찮아?"

"잔다."

그 말을 끝으로 샌시가 눈을 감았다. 숨은 여전히 쉬고 있어 제리코와 로젠은 안도했다.

샌시가 무사한 걸 확인하고 나니 그제야 다른 데로 눈 돌릴 여유가 생겼다. 제리코는 물을 끓이다가 피로 뒤덮인 로젠을 발견하곤 그와 자신을 번갈아 보았다. 로젠과 샌시 모두 피투성이인데 제리코만 혼자 깨끗했다. 제리코는 그것이 죄스러워 눈물을 훌쩍이다 콧물을 크게 들이켜고 꾹 참았다.

'울어봤자 물만 아까워.'

다행히 샌시의 주머니엔 붕대와 약이 있었다. 제리코는 손을 깨끗이 씻은 다음 로젠의 상처를 살폈다. 로젠은 깊은 부상이 없다고 말했지만 제리코가 보기엔 전부 심각했다.

"나 때문이야, 내가 검을 잘라서."

"그렇지 않아. 내가 이런 유의 전투에 익숙하지 않아서 그래. 제리코야말로 무서웠을 텐데 침착하게 잘 싸웠어. 정말 대단해."

로젠은 그렇게 말했지만 제리코의 마음은 편치 않았다.

"둘 다 나 때문에……."

"그런 말은 마. 이게 왜 네 탓이라고 생각해?"

"그렇지만 나 때문이잖아."

"난 절대 그렇게 생각하지 않아. 자꾸 그런 식으로 네 탓이라 생각하면 화를 낼지도 모르겠네. 내 입으로 이런 말 하기 부끄럽지만 나 화나면 무서운 사람이야."

"그렇지만."

제리코는 고개를 푹 숙였다. 하프 산맥의 위험을 알아갈수록 제리코는 한 가지 생각에 사로잡혔다.

"날 노린 일에 말려든 거잖아."

로젠은 질 나쁜 장난이나 루나 아카데미 학생을 노린 테러라고 생각하는 모양이지만 글쎄. 제리코는 생각이 달랐다. 제리코는 이번 사건이 자신을 노린 범행임을 확신했다. 이동 마법의 목적지로 둘 수 없다는 하프 산맥도, 분명 사람들이 잘 모르는 방법을 동원해 목적지로 설정한 게 틀림없었다.

"널 노리다니?"

로젠의 눈이 휘둥그레졌다. 화나면 무섭다는 말답게 그에게서 무시무시한 기세가 뿜어져 나왔다.

"제리코 말이 맞아……. 미베어 소공작을 노린 계획범죄야……."

로젠이 내뿜는 기세에 기절했던 샌시가 깨어났다. 샌시는 상체를 일으키려다 힘이 빠져 바닥에 엎어졌다. 바닥에 박으려는 얼굴을 로젠이 간신히 받쳤다.

"계획범죄?"

"마탑에선 그렇게 말해?"

로젠이 불만스럽다는 듯 중얼거렸지만 제리코는 전문가인 마법사의 의견이 궁금했다.

샌시는 둘의 질문에 대답하는 대신 한 가지를 요구했다.

"꿀과자 줘."

"먹을 수 있겠어?"

제리코는 손수건에 싸서 간직해 둔 꿀과자를 꺼냈다. 샌시가 뭐라도 먹겠다니 다행인데 과자를 씹어 먹을 수는 있을까. 우려와 다르게 샌시는 꿀과자를 꿀꺽꿀꺽 잘도 삼켰다.

"피 토하고 그랬는데 막 먹어도 돼?"

"요정의 레시피로 만든 꿀과자는 마력 회복에 좋아."

그냥 맛있는 과잔 줄 알았는데 그런 효능이 있었다니! 제리코는 혼자서 절반을 먹어치운 자신을 용서할 수 없었다. 마력 쓸 일 없는 자신이 아니라 샌시에게 몰아줘야 했던 것이다!

"네가 힘이 들긴 했나 보다. 마탑주님이 만드신 과자를 다 먹고."

"……나만 있는 게 아니니까."

"히잉, 샌시."

말 잘하는 약이라도 먹었나. 하프 산맥에 온 후 샌시는 쉬지 않고 제리코를 감동시켰다.

꿀과자를 섭취한 샌시의 안색이 평온해졌다. 로젠은 궁금한 것을 물었다.

"계획범죄라니 무슨 얘기야?"

"이전에도 어떤 사건이 있었다며?"

마차 사건을 얘기하는 듯했다. 샌시는 제리코의 대답을 기다리지 않고 이어 말했다.

"짧은 기간에 이런 사고가 두 번이나 발생하는 게 이상하다고 계획범죄를 의심하고 있던데."

"짧은 기간? 두 번?"

로젠이 심각하게 묻자 샌시가 어깨를 으쓱였다.

"자세히는 몰라. 관심 없어서 안 들었거든. 들은 정보만 갖고 판단하자면 나도 계획범죄라고 생각해. 이유는 셋."

샌시가 손가락 세 개를 펼쳤다. 아직 힘든 모양인지 손가락 끝이 부들부들 떨렸다.

"첫 번째, 평범한 인간은 할 수 없다. 두 번째, 범인은 다수다. 세 번째, 모두 우연을 가장한 범행이며 다른 사람이 휘말리는 건 고려하지 않는다."

"이상하잖아."

로젠이 샌시의 주장에 반박했다.

"제리코와 내가 여기로 떨어진 건 연습용 검 때문인데, 이 검은 아무나 잡을 수 있어. 실제로 내가 먼저 이걸 손수레에 옮길 땐 아무 일도 벌어지지 않았고, 그리고."

"발동 조건이 있었어. 여러 갠데 확실히 확인된 건 하나뿐이야."

샌시는 그날 무슨 일이 있었는지 설명해 보라고 요구했다. 로젠은 불편한 심기를 드러내며 입을 다물고 제리코는 그날의 기억을 더듬었다.

"자세하게 얘기하라고 해봐…… 평소 본관 쪽으로 잘 오지 않는 로젠을 발견해서 무기 창고를 구경하러 갔어. 로젠이 젠 교수님 수업을 대신하고 있어서 실습에 쓸 연습용 검이 필요했거든. 손수레에 검 싣는 걸 도와준 다음 창고를 나갔더니 검술학부 애들이 로젠을 반강제로 끌고 갔어. 운동장에서 수련하는 걸 구경하다가 심심해져서 나도 연습하려고 검을 잡았는데 눈을 떠보니 여기였지."

"현재 밝혀진 유일한 발동 조건이 그거야. 검을 잡고 기본자세를 취하는 것."

"기본자세를 취하는 게 발동 조건이었다고? 마법은 그런 것도 할 수 있어?"

"미치도록 까다롭고 어려워서 그렇지 가능해. 진짜 문제는 그 조건이 하나가 아니라는 거야. 연습용 검을 만지는 사람 중 미베어 소공작이 휘말리도록 다른 조건도 설정되어 있는데……."

"어, 어떤 건데?"

제리코는 침을 꿀꺽 삼키고 샌시의 이야기에 집중했다. 샌시는 고개를 빠르게 저었다.

"나도 몰라. 마탑에 보고되지 않은 마법이 쓰였더라."

조사하는 사람을 엿 먹이려는 듯 비비 꼬인 마법 설계였다. 샌시는 혀를 찼다.

"범인 중에 상당한 경지에 오른 마법사가 있어. 그런 마법사가 고작 루나 아카데미 학생 테러를 하기 위해 끼진 않았겠지."

"미베어 소공작을 노리는 정도는 되어야 격이 맞는다는 건가?"

"그렇대."

토끼를 잡기 위해 곰덫을 설치하진 않는다. 범인 중 고위 마법사가 포함되었음이 밝혀지자 단순 테러보단 계획범죄 쪽에 무게가 실렸다.

로젠이 이것저것 더 물었으나 샌시는 이번 사건에 대해 아는 것이 적었다. 사건 발생 전과 직후까지 호문쿨루스 생성에 몰두하고 있었고 이후론 집중력을 긁어모아 마법진을 완성했기 때문이다. 로젠은 어금니를 꽉 깨물어 분노를 억눌렀다.

"어떻게 그런……!"

누가 자길 죽이려 한다는 소리를 들었어도 저보단 온순한 표정을 지었을 것이다.

"미베어 소공작을 노리는 사람이 있다고? 드래곤 슬레이어 소드를 강탈할 목적이 아니고 생명을?"

"세상엔 비비 꼬인 사람이 있잖아."

"비비 꼬이는 데도 정도가 있어! 인두겁을 쓰고 어떻게 그럴 수가 있지? 착각 아닐까?"

"로즈 씨, 본인이 선량하고 정의롭다고 해서 세상에 존재하는 악인을 완전 부정하지는 마. 악인을 처단해 본 적도 있으면서 왜 부정하고 그래."

샌시는 세상에 존재하는 부정적 감정들을 완전 부정하려 드는 로젠이 마음에 들지 않아 있는 힘껏 비꼬았다.

'무시무시하네.'

남자 이름을 장미로 지으면 웃기게 마련인데 지금의 로즈는 하나도 안 웃겼다. 결국 이름이 어떻든 중요한 건 사람의 능력과 됨됨이었다.

'에휴.'

세상에 자신을 죽이려는, 죽이고 싶어 하는 사람들이 존재한다. 질투, 시기, 단순한 악의, 이유 모를 분노. 제리코를 아끼는 사람들이 그녀에게 경고했고 주의했던 살의. 알고 있었지만 자신을 죽이려 드는 사람이 있음을 다른 사람 입으로 들으니 힘들었다. 숨 좀 돌리나 했더니 마물은 습격하지, 샌시는 기절하지, 로젠은 다치지, 이게 다 자기 때문인 것 같지. 제리코는 한숨을 푹푹 쉬었다.

로젠은 그 옆에서 이를 갈았다.

"무슨 수를 써서라도 범인을 잡아주겠어. 필요하다면 가문의 힘을 써서라도."

미베어 소공작을 노린 계획범죄든 루나 아카데미 학생과 직원을 노린 테러든 상관없다.

로젠 스타즈가 무자비를 선언하고 범인에 대한 증오를 불태웠다.

"네가 안 시켜도 이미 뒤지고 있겠지."

다른 사람도 아니고 무려 큰도련님이 실종되었으니 스타즈 가문도 발칵 뒤집어졌을 터. 천재 아들을 둬 여유 만만하던 플라티나 스타즈가 하프 산맥이란 소리에 평정을 잃었다는 소문이 마탑에까지 퍼졌다. 샌시의 개인적 의견으론 황가에서 꾸린 조사단보다 스타즈 쪽의 사적 보복이 더 믿음직했다.

'알고 지내면 도움되는 놈.'

솔직히 샌시는 로젠이 별로였다. 좋은 사람인 건 아는데 체질적으로 잘 맞지 않았다. 하지만 앞으로도 아는 체는 해야겠다고 굳게 다짐했다.

도대체 누가 날 죽이려 드는 것일까. 제리코는 분노를 불태우는 로젠 덕분에 위안을 얻고 조심스럽게 입을 열었다.

"샌시, 물어볼 게 있는데."

"응. 뭔데?"

제리코는 진지하게 범인에 대해 물었다.

"범인이 용일 가능성은 없을까?"

"용?"

"용이?"

"응."

제리코의 질문에 샌시와 로젠이 동시에 반응했다. 로젠은 볼을 긁고 샌시는 바로 고개를 저었다.

"불가능해."

"바로 부정하면 제리코가 곤란해하잖아. 제리코, 왜 그렇게 생각해?"

아닌 걸 아니라고 답했는데 뭐가 문제란 말인가. 샌시의 얼굴에 불만이 드리워졌다.

"실은 어떤 사람이 드래곤 슬레이어 소드 때문에 용이 자존심 상해할 거라고 말했는데 그럴듯해서. 그리고 하필 떨어진 장소가 하프 산맥이라……."

용에 대한 경고를 듣고 난 뒤 하필 떨어진 장소가 하프 산맥이다. 샌시와 로젠은 제리코가 어째서 이런 질문을 했는지 이해했다. 이해했지만 이 질문은 시작부터 잘못된 질문이었다. 용에 대해 아는 사람은 절대 품지 않을 의혹이었다. 샌시는 마법사라, 로젠은 에라프의 광팬이라 남들보다 용에 대해 지식이 많았다. 샌시가 또박또박 말했다.

"한마디로 불가능해."

"좀 길게 말해줘."

꿀과자를 먹고 상태가 안정되었지만 길게 말하고 싶진 않다. 샌시가 로젠을 보자 로젠이 고개를 슬쩍 저었다. 자신도 자세히는 모른다는 의미였다. 결국 설명은 샌시의 몫이었다. 아는 것이 죄라더니.

"용은 가장 강한 생명체야. 용이 움직이면 모두가 알게 돼."

"용이 몰래 움직이면?"

"태풍이 몰래 움직일 수 있어? 지진이 몰래 왔다 갔다 할 수 있어? 화산이 몰래 폭발하는 게 가능할까?"

"용이잖아. 태풍이랑은 다르니까 존재를 숨기고 그럴 수 있지 않을까?"

"불가능해. 왜냐면 용이거든."

용은 지상 최강의 생명체이며 그렇기 때문에 어느 생물도 용의 존재감을 무시할 수 없다. 만약 용이 자신의 존재감을 숨기려 해도 용보다 약하고 작은 생물은 용의 기척을 느낀다. 그것이 대자연의 법칙이다.

"하프 산맥 경계엔 대규모의 마법이 설치되어 있어. 용이 하프 산맥을 벗어나 서쪽으로 왔을 경우 바로 인간에게 경고하지. 광룡이 날뛰었을 때 설치한 마법이야."

"진짜?"

"내 이상형을 걸고."

로젠이 감탄하고 제리코도 감탄했다. 샌시가 이렇게까지 말한다면 용은 아니다. 제리코는 안도의 한숨을 내쉬었다.

나쁜 사람 백 명이 목숨을 노리는 것과 용이 목숨을 노리는 것. 후자가 압도적으로 무서웠다.

"용이 아니라 다행이다."

"그런데…… 이제까지 그런 생각은 안 해봤는데 네 얘기를 들으니 그 럴듯하단 생각이 들었어."

"으앙."

제리코가 울상을 짓자 로젠이 달랬다.

"너무 걱정하지 마, 제리코. 용이 게으른 건 모두가 아는 사실이잖아. 분명 귀찮아서 나서지 않을 거야."

"나태는 용이 대자연에게 허락받은 권리니까 네가 살아 있는 동안은 괜찮을 거야."

로젠에 샌시까지 제리코를 달랬으나 제리코는 여전히 울상을 지었다.

"내 자식들이 걱정이라."

샌시는 간단한 해법을 제시했다.

"검을 버려."

용이 제리코를 괘씸히 여기는 이유가 드래곤 슬레이어 소드니 원흉인 검을 버리라는 것이다. 로젠이 입을 쩍 벌렸다.

"샌시, 어떻게 그런 말을."

"우, 우리 드슬이를 버리라니! 어떻게 그런 잔인한 얘기를! 무생물이라 고 그런 말 막 하는 거 아니야. 우리 드슬이는 자아가 있단 말이야!"

제리코는 드래곤 슬레이어 소드를 인형처럼 꽉 끌어안았다. 그 모습 이 도둑을 만나 가방을 지킬 때의 형상과 흡사했다.

드래곤 슬레이어 소드도 항의하는 의미에서 검신을 부르르 떨었다. 제리코가 너무 심한 말이었다며 더 화내려고 하는데 느닷없이 검의 분 노가 푸시시 꺼졌다. 제리코는 당황해서 검을 고쳐 안았다.

'왜 그래? 무슨 일이야?'

─그래도 샌시가 낫다는 생각이 들어서.

'그게 무슨 소리야! 널 버리라는데!'

─다들 날 먼저 생각하지 네 걱정은 안 했잖아. 그런데 샌시는 나보다

널 더 중요하다고 생각한 거야.

용을 벨 수 있는 검 드래곤 슬레이어 소드. 그 검에 부여하는 가치는 사람마다 다르다.

제리코는 드래곤 슬레이어 소드와 의사소통이 된다. 검이 품은 감정과 꿈을 알고 있다. 그래서 드래곤 슬레이어 소드의 자아를 존중하고 인격을 가진 생명체로 대우했으나 다른 사람들은? 다른 사람들에게 드래곤 슬레이어 소드는 용을 벨 수 있는 검에 불과하다. 그런데도 제리코의 가치는 검의 가치에 짓눌리거나 일부로 평가되어 왔다.

─너의 버릴 수 없다와 타인의 버릴 수 없다는 내포된 의미가 달라. 로젠도 날 버리지 말라고 하는데 샌시는 날 버리라고 했잖아. 그렇게 생각하니까 화가 가라앉았어.

'그건 그렇지만.'

그래도 드래곤 슬레이어 소드는 꿈을 가진 검인데. 제리코는 검이 또다시 자학하는 것 같아 상심했다. 그래서 샌시에게라도 단단히 일러두었다.

"샌시가 그런 말 해서 우리 드슬이가 상심했잖아. 얘 예민하고 섬세한 아이란 말이야."

"음…… 미안."

샌시는 건성으로 사과했다. 로젠이 그것 보라며 샌시를 가볍게 놀렸다.

제리코는 검을 안았던 팔을 풀고 샌시가 검을 잘 볼 수 있도록 들었다. 그런 뒤 정중하게 검의 의사를 전했다.

"드래곤 슬레이어 소드가 자기보다 날 더 걱정해 줘서 고맙대."

충혈되어 생기가 빠져 있던 샌시의 눈이 반짝였다. 제리코가 하는 말을 모두 믿을 수는 없으나 만일 사실이라면 에고 소드가 꽤 고차원적인 사고를 한다는 사실이 밝혀졌기 때문이다.

따지고 보자면 드래곤 슬레이어 소드는 무생물이 자아를 깨우친 것. 인간이 만든 검이라는 걸 제외하면 요정과 생리가 비슷했다. 그리고 샌시의 주 연구 분야는 골렘과 호문쿨루스(인공 영혼)다.

"연구하고 싶은데 불가능해서 아쉽네."

"드래곤 슬레이어 소드 님이 제리코 널 정말 아끼는구나……."

로젠이 감탄하는 한편 씁쓸한 미소를 지었다. 용을 벨 수 있는 검이라도 결국엔 검. 사람의 안전보다 검을 중시한 자신의 생각에 바른 생활 청년은 깜짝 놀라고 말았다. 청년은 느끼고 반성한 그대로 제리코에게 사과했다.

"정말 미안해, 제리코."

"로젠이 왜 미안해. 로젠이 날 얼마나 생각해 주는지 내가 다 아는데. 정말 고마워."

오가는 인정에 제리코의 꺾였던 기가 살아났다.

"샌시도! 날 걱정해 줘서 고마워!"

"뭘."

"역시 샌시가 최고야! 로젠보다 나랑 더 친하지!"

제리코는 듣는 샌시 기분 좋으라고 그가 기절하기 직전 했던 얘기를 꺼냈다. 그러자 샌시의 귀가 새빨개졌다. 얼굴 전체가 달아오르지 않은 건 피가 부족해서인가 의심이 될 정도로 붉었다. 샌시는 내내 잘 보고 있던 제리코를 바로 보지 못하더니 결국 고개를 돌려 버렸다.

"다, 당연하지! 로젠은 남이지만 나, 나는 6촌처럼 가까운 아는 오빠잖아!"

'대박 귀여워.'

쭈뼛거리는 샌시는 참 귀여웠다. 제리코는 내친 김에 인심을 팍팍 썼다.

"아냐, 이건 6촌보다 가깝지. 4촌으로 올려줄게!"

아리보 소공작과 동급이라는 소리에 샌시가 제리코를 직시했다. 그의 입이 서서히 벌어졌다.

"정말?"

"그럼."

"4촌이면 꽤 가까운 거지?"

"엄청 가깝지. 나 4촌 오빠는 아리보 소공작님 한 분밖에 안 계셔."

"넌 친오빠가 없으니까 거의 친오빠에 가까운 거네?"

"그렇지."

엄밀히 말하면 다르지만 뭐 어떤가. 실제로 친오빠나 누나가 없는 경우 사촌이 대신하는 집안도 있으니까. 샌시는 활짝 웃었다. 그 웃음이 어찌나 순진무구한지, 제리코도 덩달아 활짝 웃었다.

"그럼 이상형에 네 얼굴 참고해도 돼?"

"응, 안 돼."

긍정 뒤에 부정이 오는 건 무슨 경우란 말인가. 샌시가 어깨를 축 늘어뜨렸으나 4촌 오빠 시켜준다고 한 것이 기쁜지 미소는 잃지 않았다.

로젠은 착잡한 심정으로 둘만의 세계를 형성하는 제리코와 샌시를 응시했다. 늘 샌시의 사교성을 걱정하던 자신이니 제리코와 사이가 좋은 건 기뻐해야 할 일인데 그다지 기쁘지 않았다.

까르륵.

제리코의 맑은 웃음소리가 로젠의 가슴속 작은 둥지의 완공 소식을 알렸다.

다음 날 아침, 자욱한 안개가 하프 산맥을 뒤덮었다. 누구의 방해도 받지 않고 자라나던 봄의 초목이 새하얀 안개에 묻혔다. 세 명의 조난자는 시야를 방해하는 안개를 보고 당황했다. 말 그대로 한 치 앞도 안 보일 만큼 짙은 안개였다.

"이렇게 짙은 안개가 낄 만한 날씨가 아니었는데!"

"산의 날씨는 변화무쌍하다지만 이건 심하군."

제리코와 로젠이 날씨 때문에 걱정하는 동안 샌시는 몸 상태를 점검했다. 먹기 싫은 마녀의 꿀과자를 먹었지만 무리했기 때문일까. 회복이 느렸다.

"나 마법 못 써."

샌시가 모든 짜증을 한 문장에 응축했다.

"그야 당연하지. 도대체 피를 얼마나 쏟은 거야."

"솔직히 샌시 네 상태가 제일 심각해."

"회복이 느려."

"그건 샌시가 평소에 건강관리를 안 해서 그래."

"몸을 소중히 여기지 않은 대가를 치르는 거지."

'내 말은 그 뜻이 아닌데.'

앞서 말한 '마법 못 써'는 불만과 짜증을 표현한 게 맞지만 후자의 '회복 느려'는 회복 속도가 이상해서 품은 의문이다.

그들이 있는 장소는 하프 산맥. 용이 거주하여 식물이 색다르게 성장할 정도로 마력이 응집된 곳이다. 또한 샌시에겐 적게나마 숲 요정의 피가 흘렀다. 생기가 넘치는 숲에, 마력이 응집된 장소다. 회복이 평소보다 빨라야 하는데 이상할 정도로 느렸다.

'어쩔 수 없나.'

익숙하지 않은 공격 마법을 무리하여 시전한 대가일 수도 있다. 샌시는 스스로가 짐덩이임을 인정했다. 내장이 뒤틀리는 것처럼 속이 쓰렸다.

해가 높이 뜨자 안개가 조금 걷혔다. 날씨가 어떻게 변할지 모르니 제리코와 로젠은 이 틈에 식량을 구하고자 했다.

"샌시는 여기서 쉬고 있어."

로젠이 샌시에게 환자의 본분을 잘 지키라 말하자 샌시는 싫다고 답했다.

"이동하자."

"뭐?"

"계속 이곳에 있으면 마물이 다가올 거라고 숲이 경고했어."

"난 아무것도 못 느끼겠는데?"

"날 의심하는 거야?"

"그런 게 아니야."

샌시는 숲 요정 혼혈. 숲 요정들은 식물이 많은 곳에서 이종족 중 가장 뛰어난 감지 능력을 발휘한다. 그가 느꼈다면 사실일 것이다.

"그러면……."

샌시의 몸 상태로 비탈길을 걷는 건 자살행위다. 로젠이 등을 내밀자 샌시가 다시 고개를 저었다.

"내가 걸을 거야."

"샌시, 고집부리지 말고. 남자 등에 업히는 게 싫으면 나한테 업힐래?"

"마력 회복이 느리지 신체 회복도 느린 건 아니야. 여긴 산이고 난 숲 요정의 피가 섞여서 이동 속도에 보정을 받아."

그게 무슨 소린가. 제리코와 로젠은 쉽게 믿지 않았다. 말하는 검의 주인에, 황금의 요정에게 축복을 받은 자가 이리도 믿음이 부족하다니. 샌시는 직접 겪어보면 알 것이라 말한 뒤 주머니에서 나침반을 꺼냈다. 로젠이 반색했다.

"나침반을 가져왔구나. 잘됐다. 역시 샌시야. 마법사답게 준비성이 좋아."

제리코는 한탄했다.

"나침반까지 챙겨 왔는데 먹을 게……. 으, 그래. 나침반은 엄청 유용하니까."

그 유용한 나침반은 무용했다. 침이 빙빙 돌았다. 북쪽에서 멈춰야 하는데 어디에서도 멈추지 않고 뱅뱅 돌았다. 샌시가 힘차게 나침반을 흔들자 침이 좌우로 흔들렸다. 샌시는 다시 나침반을 평평한 돌 위에 내려놓고 침의 움직임을 살폈다. 나침반의 침은 어딘가로 고정되지 않고 계속 좌우로 흔들리기만 했다.

"고장 났나?"

"나침반도 고장 나?"

샌시는 혀를 찼다. 나침반이 이 모양이라면 결국 주변 지형을 살펴 방향을 잡아야 한다. 여기에서 다시 의견이 충돌했다. 셋이 지목한 서쪽이 모두 달랐기 때문이다.

드래곤 슬레이어 소드가 없는 혀를 찼다.

-안개 때문에 방향 감각도 상실한 거야? 서쪽은 저쪽이잖아.

세 사람에 검 한 자루까지 모두 다른 방향을 서쪽이라 우기는 상황. 심지어 샌시와 로젠은 은근슬쩍 자존심 싸움까지 벌였다.

제리코는 고심 끝에 검을 세웠다.

"자아 자아, 두 분. 싸우지 마시고. 여기 비범한 검이 있어요. 이 검 자루가 떨어지는 방향으로 갑시다."

검이 기막혀했다.

-그런 애들 장난으로 쟤네가 그만 싸우겠냐?

"역시 제리코. 좋은 생각이야."

"지금 상황에선 차라리 그게 낫겠다."

-정신력 강한 사람만 셋이라 다행이라 해야 할지.

"두구두구."

제리코가 입으로 북소리를 흉내 내며 검을 놓았다.

-으랏차!

아무도 듣지 못했지만 제리코는 들었다. 드래곤 슬레이어 소드가 자신이 선택한 서쪽을 향해 쓰러지려고 외친 기합을.

'이 사기 검이!'

-너희는 눈이 있어서 안개 속에서 길을 헤매지만 나는 눈이 없으니까 내가 맞아! 이쪽이 서쪽이다!

'이건 취소야, 다시 해!'

제리코는 내심 자신이 가리킨 방향으로 쓰러지길 원했다. 제리코는 바닥에 쓰러진 검을 잡았다.

"나도 모르게 이쪽으로 힘이 들어간 거 같아. 다시 하자."

"흠. 아니야, 그냥 저쪽으로 가자. 아까 우리가 선택하지 않은 방향이 잖아."

"어디든 좋아. 얼른 이동하자."

제리코가 말릴 새도 없이 샌시가 검이 선택한 서쪽을 향해 걸었다. 멋대로 앞서가니 어쩔 수 없었다. 안개 속에서 헤어지지 않도록 서둘러 따라가는 수밖에.

그리고 10여 분 뒤. 제리코는 샌시가 말한 이동 속도 보정의 실체를 깨달았다.

"이런 불공평한!"

하프 산맥은 인간이 드나들지 않는 금지(禁地)다. 마물과 산짐승이 서식하고 있기 때문에 짐승 길은 있었지만 사람이 낸 길은 없었다. 그나마도 꾸준히 영역을 순찰하는 동물이 아니라면 식물의 성장을 이기지 못하고 길이 사라지게 마련. 길이 없으니 자연스럽게 이동에 차질이 생긴다. 힘은 힘대로 빼면서 걷는 속도는 지지부진한 게 산이었다. 그런데 샌시는 그 상식을 배반하고 있었다. 오래달리기를 하면 가장 먼저 나가떨어질 저질 체력이면서 샌시는 뒤처지지 않고 따라왔다. 가끔 앞서갈 때도 있었다.

"똑같이 걷는데 왜 더 빨라?"

"말했잖아. 이동 속도에 보정이 붙는다고."

"그러니까 그 보정이 뭔데? 왜 더 빨라?"

"로젠이 받은 축복보단 못하지만 비슷한 거라고 생각하면 돼."

로젠이 받은 축복도 불공평하긴 마찬가지다.

'왜 나는 저런 것도 없고.'

친부에게 용을 벨 수 있는 검을 물려받은 소녀는 힘든 와중에 입술을 삐죽였다. 그러다 마음을 고쳐먹었다.

'아니지, 아니야.'

힘들어죽겠는데 슬픈 생각을 하면? 더 슬퍼진다. 제리코는 세상에 감사하는 마음을 갖기로 했다.

일단 시작은.

"비가 안 와서 다행이야."

두 남자의 고개가 절로 끄덕여졌다. 비 대신 안개기에 망정이지 만약 비가 내렸다면? 조난자들의 상황은 지금보다 더 처참했을 터. 산행은 지옥의 행군으로 변모하고 모닥불을 피우지 못해 서로의 체온에 의지하며 덜덜 떨고 있었을 것이다.

-내가 긍정적으로 살라 말하긴 했지만 넌 참 긍정적이야.

'그럼. 이건 당연한 거야. 사실 난 비가 내려도 감사했을 거야.'

-왜?

'생리 중이 아니라서.'

이건 인정할 수밖에 없었다. 제리코는 위대한 대자연에 아까보다 더 감사한 마음을 담아 인사를 올렸다. 드슬이가 없는 눈에서 눈물을 내보겠다고 쥐어짜는 시늉을 해 제리코를 웃겼다.

까르륵.

슬쩍 걷혔던 것이 거짓인 듯 안개는 다시 짙어졌다. 성격 좋은 사람도 웃기 힘든 지금, 제리코는 진심으로 웃고 있었다. 진짜 안개는 걷지 못하지만 두 남자의 마음속 안개는 확실하게 걷어냈다. 로젠은 쓴웃음을 지었고 샌시는 저도 모르게 따라 웃었다.

세 명의 조난자는 무엇이 기다리고 있을지 모르는 안개 속으로 사라졌다.

15장
하프 산맥의 주인

　안개는 더욱 짙어졌다. 물가 근처에서나 볼 수 있을 법한 짙은 안개였다. 수분이 옷과 몸, 머리카락에 달라붙어 가만히 서 있음에도 전신이 묵직해지는 듯한 착각이 들었다. 자연스레 셋의 걸음이 느려졌다. 셋은 서로 떨어지지 않기 위해 붙잡을 만한 것을 찾기로 했다.

　제리코는 기다란 넝쿨을 찾아냈다. 조금 허술하기 때문에 꼬아서 보완하는 동안 로젠과 샌시는 돕지 못하는 처지를 비관하다 사담을 나눴다.

　"베오남항에서 동대륙과 교역을 성공했다는 소식은 들었어?"

　"스타즈 상회 장남의 귀에 들어갔으니 사실이겠군."

　"나야 자세한 건 모르지만 사실이라면 인어의 해역을 어떻게 통과했는지 궁금하지 않아? 그곳도 하프 산맥처럼 인간이 갈 수 없는 금지(禁地)잖아."

　"갈 거야?"

　"근처에 별장이 있으니까 여름방학 때 가볼 생각이야. 관심 있으면 너도 갈래?"

"난 바빠."

'크으.'

묵묵히 둘의 대화를 들으며 작업에 열중하던 제리코는 샌시의 새침한 대답에 속으로 웃었다. 속내를 고스란히 전달받는 검이 어이가 없어서 왜 네가 좋아하냐고 물을 정도였다.

-왜 그렇게 좋아해?

'아니, 그냥. 로젠이 일방적으로 샌시 신경 쓰는 게 불쌍하고 웃겨서.'

한쪽은 검의 천재, 한쪽은 마법의 천재. 비슷한 또래인데 각자의 분야에서 천재로 명성이 드높으니 어지간한 사람이라면 상대에게 관심을 갖고 신경을 쓰거나 교류를 하고 싶었을 터. 다만 샌시는 일반적인 사람과 거리가 먼 데다 로젠은 샌시가 가장 꺼리는 유형이었다. 로젠은 그것도 모르고 샌시와 본인이 꽤 친한 친구라고 생각했다. 제리코는 그 사실이 슬프면서 웃겼다.

"제리코 넌 어때?"

"나? 나야 당연히 가고 싶지. 나 바다 본 적 없어."

제리코는 기꺼이 로젠의 초대에 응했는데 이번에도 샌시가 부정했다.

"못 갈걸."

"왜?"

"이런 일이 있었는데 베오남까지의 여행을 허락할까?"

그 말이 정답이었다. 제리코는 입술을 댓 발 내밀고 작업에 열중했다.

밧줄이 완성되자 셋은 밧줄을 잡고 이동했다. 흩어질 염려는 사라졌으나 그들을 기다리는 위기는 안개 하나가 아니었다. 셋은 곧 방향감각을 상실했다. 같은 장소를 빙빙 도는 걸 막기 위해 지나가는 길목마다 표식을 해두거나 눈에 띄는 돌, 나무를 이정표로 표시해 두었지만 자꾸 비슷한 장소를 빙빙 돌았다. 표식은 없었으나 안개에 시달린 눈은 자꾸 주변을 왔던 길로 인식했다.

"길을 모르겠어……!"

"뒤에서 온다!"

설상가상 마물의 습격이 잦아졌다. 투시 능력이 없는 드래곤 슬레이어 소드는 이전처럼 마물을 원거리에서 감지해 내지 못했다. 또한 안개가 마물의 기척을 줄여주는지 마물이 지척까지 다가와 급습해도 로젠이나 샌시가 알아채지 못하는 상황이 발생했다. 그나마 다행인 것은 늑대형 마물처럼 떼로 몰려오는 대신 강한 마물이 소수로 등장했다는 점이다. 로젠은 날이 반밖에 없는 검으로 강력한 마물을 차례차례 쓰러뜨렸다. 가끔 제리코가 그를 보조할 때도 있었다.

새하얀 안개 속. 기묘하리만치 조용한 하프 산맥. 여느 파티라면 몰살당했을 것이다.

"우리 로젠이 없었으면 전멸했을 거야."

제리코가 기어이 미소를 잃었다. 로젠의 검이 지속되는 전투를 못 견디고 완전히 파괴되었다. 로젠은 연습용 검으로 바꿨지만 날이 없다 보니 마물을 상대하기 힘들었다.

제리코는 언제나 날이 바짝 선 검을 보고 한탄했다.

"로젠이 얘를 들 수 있으면 전투가 좀 더 쉬울 텐데."

"내 실력이 부족해서지. 내가 검기를 쓸 수 있었다면 애꿎은 무기 탓을 하진 않았을 테니까."

로젠은 검을 두 동강 낸 제리코를 끝까지 신경 썼다. 제리코는 그게 너무 고마워서 더 미안했다.

로젠은 제리코를 위해, 나아가 슬슬 힘들어지는 본인의 정신 건강을 위해 연습용 검을 들고 농담했다.

"증거품으로 제출해야 하는데 꼴이 이래서야, 하하하."

"아하하, 그러게. 이거 중요 증거품인데 큰일 났다."

로젠 말대로 연습용 검은 버리기 직전의 걸레짝 같은 몰골이었다. 이런 극한 상황에서도 웃을 수 있는 남녀로 인해 샌시가 느끼는 책임감이 커졌다.

"……미안."

"갑자기 웬 사과?"

"내가 마법만 쓸 수 있어도."

"샌시가 사과할 일이 아니잖아."

제리코와 로젠이 상냥한 미소를 지었다. 제리코는 아직 로젠보다 수양이 부족해 본심을 슬쩍 밝혔다.

"앞으론 주머니에 장기 보존식품 많이 넣어 갖고 다녀. 난 앞으로 어디 다닐 때 꼭 가방을 지참할 거야."

앞으론 가방 안에 장기 보존식품과 물통을 꼭 상비하리라. 제리코가 굳게 결심하자 검이 약속이라도 한 듯 잔소리를 퍼부었다.

-조난당했을 때의 대비를 세우지 말고 이런 일이 재발하지 않도록 조심하란 말이야.

"젠장."

로젠은 개미를 닮은 마물의 숨통을 끊었다. 흙 속에 숨어 있던 마물이 일행을 습격했다. 드래곤 슬레이어 소드라 하여도 흙 속에서 이동하는 마물을 감지할 순 없었다. 다수의 마물에게 기습을 당하는 바람에 상대가 몇인지 셀 시간조차 부족했다. 몇 마리째일까. 로젠은 마지막으로 남은 마물을 처리했다. 마물을 모두 해치웠으나 로젠은 다시 욕했다.

"젠장."

어지간해선 바른말만 쓰는 바른 생활 청년이 서슴없이 욕했다. 어쩔 수 없었다. 개미형 마물을 상대하면서 연습용 검의 날이 군데군데 부식

되었다. 체력적으로 한계에 도달하진 않았다. 다만 검이 엉망이 되니 정신적으로 힘들었다. 로젠은 아쉬운 마음에 혀를 찼다. 연습용 검이 앞으로 얼마나 버틸지 미지수였다. 무기가 완전히 파괴되기 전에 새 무기를 구하든 마물을 피하거나 상대할 방도를 찾아야 했다.

로젠은 천재 마법사에게 희망을 실어 눈빛을 쏘아 보냈다.

"샌시, 아직 마법은 못 써?"

샌시는 남자가 저런 눈빛을 보낼 경우 깔끔하게 무시했고, 여자가 저러면 반하지 말라고 정중하게 경고했다. 하지만 지금, 샌시는 로젠에게 긍정적인 대답을 할 수 있길 간절히 바랐다. 마물이 습격할 때마다 로젠과 제리코의 체력, 연습용 검의 날과 함께 샌시의 자존심도 깎여 나갔다. 간절히 바라면 위대한 대자연이 소원을 이루어준다는 말이 유행하나 본데, 샌시가 아는 한 현실은 늘 잔인했다.

"못 써."

"그것참."

로젠이 사람 좋게 웃었다.

"근래 들은 얘기 중에 가장 슬픈 소식이네."

그는 샌시가 자책하지 않도록 농담을 했다. 머릿속으론 연습용 검이 얼마나 버틸지를 계산했다.

'앞으로 두세 번은 어떻게든……. 하지만 다음에도 산이나 독을 가진 마물이 나오면 부러질지도…….'

생각하면 생각할수록 무장 상태가 아쉬웠다. 로젠이 평소 마물 퇴치 의뢰를 받았을 때의 무장이었다면 무기가 부족하지 않았을 것이다. 하지만 그는 가벼운 차림으로 후배들의 수련을 봐주다가 이동했다. 로젠은 언제 어디서든 만반의 준비를 갖춰야 한다는 사실을 똑똑히 배웠다.

'남은 건 단검 두 자루인가…….'

로젠의 손이 저도 모르게 자루만 남은 애검으로 향했다.

'이 검만 멀쩡했어도…….'

로젠은 아쉬운 마음에 검 자루를 만지작거렸다. 로젠의 검은 그와 집안의 명성에 걸맞은 명검이었다. 마물을 상대하는 동안에도 날이 빠지지 않는 내구성을 자랑했으나…… 인류 최강의 검 드래곤 슬레이어 소드를 막을 순 없었다.

로젠은 곧 아쉬운 마음을 달랬다. 항상 좋은 무기를 갖출 순 없었다. 그렇다면 상황이 허락하는 만큼, 할 수 있는 최선을 다하는 수밖에.

그나마 다행스러운 점은 제리코의 적응력이 뛰어나다는 것이다. 너무 놀라서 더는 놀랄 여유가 없는 것인지, 성격이 대담한 것인지, 제리코는 생명력을 활활 불태우고 있었다. 보고 있기 눈부실 정도였다. 일행을 습격한 개미형 마물 중에 제리코가 쓰러뜨린 마물이 제법 많았다.

"제리코! 전공으로 검술을 선택할 생각은 없어? 이런 상황이라서가 아니라 진짜 재능이 있어."

"검이 좋아서 그런 게 아닐까?"

"마물은 오랜 기간 수련한 전사들도 상대하기 힘들어하는데 너는 벌써 여러 마리를 해치웠잖아."

"그야 로젠이 마물을 상대하고 있을 때 내가 몰래 공격하니까 그렇지. 그리고 검이 워낙 잘 들어. 그냥 푹 하고 찌르면 푹 들어가고, 얍 하고 베면 스겅 하고 베여."

"공격을 피하는 몸놀림이 잽싸고."

"하하, 위급 상황에서 생존 본능이 빛나고 있나 봐."

사실은 드래곤 슬레이어 소드가 어디서 공격이 들어오는지 일일이 알려주고 있었다.

어쨌든 모르는 사람 입장에서 보자면 실전에서 활약하는 천재였다. 아버지가 아버지니만큼 로젠과 샌시는 그것이 제리코의 타고난 재능이라 여겼다.

"어쨌든 잘 생각해 봐, 제리코. 너라면."

로젠은 자기가 더 흥분해서 얘기하다가 입을 다물었다. 웃으며 얘기를 듣고 있던 제리코는 갑작스러운 침묵에 흥미를 갖고 눈을 깜빡였다. 그러다 로젠의 이름을 불렀다.

"로젠?"

"아니…… 너라면 소드 마스터의 경지에 오를지도 몰라. 그런 생각이 들어서."

"에이. 소드 마스터는 로젠이지! 이번에 실전 경험 쌓아서 갑자기 막 되어버리는 거 아니야?"

로젠의 고민을 알고 있는 제리코는 일부러 과장스럽게 반응했다. 로젠은 말없이 웃고 말았다.

-몇 년째 경지를 코앞에 둔 답보 상태이니 답답하겠지.

'보고 있자니 돕고 싶네.'

-주위에서 도울 수 있는 게 아니야. 스스로 타파해야 해.

'검술의 세계는 오묘하구나.'

-어디든 마찬가지야. 새로운 경지에 들어서기 위해선 노력과 운, 재능이 따라줘야지.

마물이 틈만 나면 습격해 오니 휴식을 취할 틈이 없었다. 세 명의 조난자는 쉬지 않고 이동했다. 불을 피우거나 앉아서 식사하는 일조차 사치가 되어버렸다. 안개는 여전히 무성했다. 제리코는 직선으로 이동하고 있는지 의심스러워 아예 나무를 베어가며 움직였다. 아름드리나무를 종잇장처럼 베는 검의 예기에 제리코를 포함해 모두가 놀랐다가 금방 적응했다.

"샌시, 숲이 길은 안 알려줘?"

"경고 외엔 침묵하고 있어."

샌시의 상태가 영 부실했다. 이동 속도에 보정을 받아 제리코와 로젠을 따라잡는 건 가능하지만 장거리 이동은 힘겨웠던 것이다.

"허억, 허억."

샌시의 호흡이 거칠었다. 제리코는 목에서 피 맛을 느낄 샌시를 위해 물을 만들었다.

"물 마시자."

미소녀가 물을 건넸는데 샌시는 황송해하진 못할망정 인상을 썼다. 그는 이런 간단한 마법조차 직접 쓰지 못해 짐덩이가 된 것이 굴욕적인 듯했다.

샌시가 이를 갈고 말했다.

"이 빚은 꼭 갚는다!"

"……말만 들으면 복수를 다짐하는 것 같은데?"

제리코는 재간둥이 검을 슬슬 쓰다듬은 다음 샌시를 걱정했다.

짙은 안개로 인해 호흡이 힘들었다. 어쩐지 콧속으로 공기 외에 다른 물질도 함께 들어오는 기분이 들었다. 기분 탓이지만 어쨌든 느낌이 좋지는 않았다.

"이 안개 완전 수상한데, 막 인체에 해로운 독성분이 섞여 있고 그런 건 아니겠지."

"그렇다면 주위 식물과 짐승들에게도 영향이 나타났을, 혁, 거야, 혁."

"샌시, 물 더 마실래?"

"괘, 괜찮아. 허억. 이상하군……. 하프 산맥의 고지대엔 구름이 걸리지만 여긴 그 정도로 높지가 않은데……."

"진짜 이상해. 마물이 습격도 잦아지고 갈수록 세지는 것 같아. 갑자기 방향이 이상해진 것도 이상하고. 다 이상해."

제리코는 팔짱을 끼고 이 모든 사태에 대해 투덜거렸다.

"누가 산맥을 넘어 동대륙 가려는 생각이라도 하나……. 나는 아닌데. 둘 중 하나 아니야?"

농담 삼아 한 얘기에 로젠과 샌시가 흥미를 보였다.

"처음 듣는 얘긴데 무슨 소리야?"

"미신이라도 있어?"

"어라? 둘 다 이 얘기 몰라? 우리 동네에만 내려오는 얘긴가?"

─하프 산맥 경계에서 목숨 걸고 버티던 화전민들끼리 공유하는 비밀이잖아. 모르는 게 당연하지.

제리코는 마을의 어르신들이 해줬던 얘기를 간략하게 둘에게 설명했다. 하프 산맥에선 절대 산맥을 넘고 싶다는 마음을 품으면 안 된다. 돌아가겠다, 내려가겠다, 저 약초만 캐고 내려가겠다, 이런 생각만 해야 한다.

"그렇게 하지 않으면 돌아올 수 없게 된다는 거지."

제리코는 한여름 밤 괴담처럼 으스스하게 얘기를 맺은 뒤 재차 투덜거렸다.

"갑자기 안개 끼고 방향 감각도 이상해지고, 마물이 계속 나오는 게 누가 산맥 넘으려는 마음이라도 품었나 해서 해본 말이었어. 그런데 둘 다 표정이 왜 그래? 뭐 찔리는 거 있는 사람처럼?"

처음엔 흥미진진하게 제리코가 해주는 얘기를 듣던 두 남자의 표정이 서서히 굳어갔다. 그러더니 이제는 아예 제리코의 얼굴이 아닌 바닥과 옆으로 고개를 돌리는 것이 아닌가. 제리코는 눈을 피하는 둘을 보고 설마 싶으면서도 캐물었다.

"설마 산맥을 넘고 싶다는 생각을 한 거야? 둘 다? 이런 상황에서?"

"아니, 나는 처음엔 널 데리고 산맥을 빨리 내려가야겠다고만 생각했는데, 샌시가 오고 나니 조금 안심이 되어서……. 여길 어떻게 잘 넘어가 보면 동대륙이구나……. 거긴 스타즈 상회도 없겠지, 이런 생각을 조금……."

"나는 억울해. 나는 마녀가 태어나서 자란 숲 요정이 사는 숲이 궁금했을 뿐이야. 나는 억울해."

─제리, 나는 무생물이니까 넘어가고 싶단 생각 해도 괜찮은 거 맞지?

그렇지?

믿었던 검까지. 결국 제리코를 제외한 모두가 딴생각을 품고 있었다. 제리코는 기가 막혀서 성을 냈다.

"이런 상황에서 그러고 싶었어? 윽, 그래. 아니지. 이건 그냥 할머니 할아버지에게 들은 옛날이야기에 불과하니까."

어디까지나 어르신들이 해주는 옛날이야기였을 뿐이다. 제리코가 그렇게 화를 삭이는데 샌시가 고개를 저었다.

"제리코 말이 맞는 것 같은데."

샌시는 자신이 딴마음 먹은 시기와 안개가 낀 시기를 비교했다. 얼추 맞아떨어졌다. 샌시는 로젠에게 딴마음 가진 시기가 언제인지 질문했다. 결과는 어르신들의 삶의 지혜가 옳았던 것으로.

새로이 알게 된 놀라운 사실에 샌시가 흥분했다.

"아무래도 우리의 욕망에 하프 산맥이 반응한 것 같아. 정말 신기하네. 도대체 어떻게 한 거지? 용의 마법인가?"

"지금 그런 일로 흥분할 때야? 그럼 우리가 길 잃어버리고 이 고생 하는 건 모두 너희가 딴마음 품어서란 거잖아!"

모험 정신이 투철하고 미지의 세계로 향하려는 열망을 가진 것이 죄겠는가. 하지만 열망도 때와 장소를 가려야지. 목숨이 왔다 갔다 하는 이 시점에서 그런 생각을 품으면 도대체 어쩌자는 건지!

"정말 미안해, 제리코. 네 안전을 등한시한 게 아니야. 다만 샌시가 온 걸 보고 곧 구조대도 올 거란 생각에 안심이 되어서……."

"구조대 하니 말인데."

흥분을 가라앉힌 샌시가 덤덤한 얼굴, 덤덤한 어조로 말했다.

"구조대 중에서 한 명이라도 산맥을 넘고 싶다는 생각을 했다면 그들도 우리처럼 헤매고 있을 거야."

덤덤하게 말하기엔 한없이 비극에 가까운 내용이었다. 제리코는 그

자리에서 털썩 주저앉았다. 설마 구조대 중에 그런 생각을 품은 사람이 있겠느냐만 혹시 모르는 일이었다. 인원이 고작 셋뿐인 이 조난자 집단에서도 둘이나 딴마음을 품고 있었으니까.

-날 빼먹지 마.

무능한 검 한 자루를 포함해서!

제리코는 이제껏 활기차게 웃던 것이 거짓인 양 얼굴을 가렸다.

"으앙, 다 끝났어. 난 여기서 죽을 거야. 구조대면 사람 많을 텐데 그 중에 한 명만 딴마음 품어도 우리 구하러 못 오잖아. 도대체가!"

샌시와 로젠이 제리코가 우는 줄 알고 달래기 위해 나서려는 찰나 제리코가 고개를 들었다. 그녀는 울지 않았다. 분노했다. 분노의 대상은 하프 산맥에 둥지를 튼 용이 아닌 눈앞의 두 남자였다.

"도대체! 나보다 똑똑한 사람들이 왜 그래요!"

"원래 사람은 하지 말라고 하면 더 하고 싶어지잖아."

샌시가 당당하게 대꾸했다. 앞서 분위기 파악하라는 눈짓을 보내려다 선수를 뺏긴 로젠이 샌시의 입 털기에 눈을 가렸다.

제리코는 뭐라 화내고 싶어서 입술만 움찔움찔하다가 결국 안으로 화를 욱여넣었다.

"이제 알았으니까 다들 집으로 돌아갈 것만 생각하기. 안 그럼 소녀 장사의 불 주먹맛을 보게 될 거야."

이건 결코 말뿐인 협박이 아님을 증명하기 위해 제리코가 주먹을 흔들었다. 제리코의 불 주먹맛을 모르는 두 남자에겐 그리 와닿지 않는 협박이었다. 대신 불 주먹보다 뜨겁게 둘을 괴롭히는 것이 있었으니. 빨개진 제리코의 코끝과 눈가에 고인 눈물이었다.

두 남자와 검 한 자루는 앞으로 절대 딴생각을 품지 않겠다는 맹세를 했다. 샌시는 마력, 로젠은 명예, 검은 주인의 이름을 걸었다. 이에 제리코는 만족하여 그들을 용서했다.

"이거?"

"응, 그 나무."

연습용 검은 한차례의 전투 끝에 너덜너덜한 걸레가 되었다. 단검 두 자루로 마물을 상대하라고 하는 것은 살인 행위기 때문에 셋은 자구책으로 목검을 만들기로 했다. 샌시가 튼튼한 나무를 고르고 제리코가 드래곤 슬레이어 소드로 가지를 베어 목검 형태를 잡았다. 목검의 품질 검증은 로젠이 맡았다.

"어때?"

"약간 균형이……."

제리코는 목검 표면을 손질했다. 로젠이 무게중심을 잡아보더니 고개를 끄덕였다.

"응, 이만하면 됐어."

제리코가 자축의 의미에서 박수를 치자 샌시와 로젠이 따라 했다. 로젠은 목검을 몇 차례 휘두르더니 정중하게 인사했다. 며칠 동안 산을 헤매 거지꼴임에도 불구하고 굉장히 멋있었다. 폼이며 각도가 예술에 가까웠다.

'저게 검술학부 예절 수업 시간에 배운다는 인사법이구나. 나중에 나도 수강해야지.'

-그러게. 멋있다. 아주 유용해.

"안개가 걷히는 것 같지 않아?"

목검을 휘두르면서 생긴 바람에 안개가 슬쩍 물러갔다 싶었는데 실제로 조금씩 안개가 옅어졌다. 목검을 만드는 동안 마물의 습격도 없었다. 모두가 딴마음을 먹지 않자 생긴 변화였다.

로젠이 활짝 웃었다.

"어르신들의 삶의 지혜는 대단하네."

"괜히 고생했잖아!"

제리코가 다시 억울해져서 울상을 지었다.

안개가 걷히니 셋은 조금씩 경계를 풀고 여유를 되찾았다. 주위를 돌아보던 제리코의 눈에 이상하게 생긴 나무가 잡혔다.

"신기하게 생겼네."

여러 수종이 우거진 혼합림에 단순림이 이웃해 있었다. 제리코는 저도 모르게 단순림 쪽으로 이동했다. 처음 보는 나무라 가까이에서 보고 싶었다. 표면이 거울이라도 되는 것처럼 반질반질하고 매끈한 나무에 잎사귀도 마찬가지로 매끈매끈했다. 제리코는 슬쩍 나무를 만졌다. 식물이 아니라 광물을 만지는 듯한 기분이 들었다.

"표면이 엄청 매끈매끈해. 샌시! 이건 무슨 나무야?"

"유리목."

"아하. 껍질이 유리처럼 매끈해서 유리목이구나."

부잣집에서 태어나 남들보다 희귀한 걸 많이 본 로젠도 처음 보는 나무였다. 로젠은 제리코처럼 신기한 마음에 나무를 쓰다듬었다.

"여긴 거의 풀이 없고 맨땅이네."

"이 나무가 영양분을 모두 독점하는 게 아닐까?"

"신기한 나무네."

로젠과 제리코가 틀린 정보를 주거니 받거니 하며 즐기는 동안 샌시 홀로 즐기지 못하고 둘을 불러 세웠다.

"안 좋아."

"응? 뭐가?"

"이 유리목은 하프 산맥 중앙에서만 서식해."

"우, 우리가 하프 산맥 중앙으로 이동하고 있었단 말이야?"

"그게 아니야. 내가 이동 마법을 쓰기 전 확인했던 위치에서 이곳까진 거리가 상당해. 우리의 이동 속도로는 도달할 수 없는 거리야."

또한 유리목은 표면이 매끈해서 유리목으로 명명된 것이 아니다. 샌시가 그걸 설명하기 위해 고개를 든 순간 훤칠하게 뻗은 유리목 가지에서 부정형의 물체가 낙하했다. 샌시는 급히 제리코를 감쌌다.

"젤리형 마물이다!"

"까아악!"

철퍼덕, 철퍼덕.

처음의 습격을 시작으로 젤리형 마물이 기다렸다는 듯 위에서 바닥으로 떨어졌다. 로젠은 젤리형 마물의 습격을 채 피하지 못하고 팔목에 화상을 입었다.

"젤리형 마물은 강한 부식액과 산성으로 표면을 무장하고 있어! 다른 덴 공격해도 무기만 상하니 핵을 노려!"

"나도…… 알아!"

처음 제리코를 급습한 젤리형 마물은 샌시에게 직격했다. 마탑의 로브가 아니었다면 전신에 심한 화상을 입었을지도 몰랐다.

마물은 샌시에게서 내려와 동료들이 있는 방향으로 이동했다. 제리코는 정신을 차리자마자 샌시를 붙잡고 바닥을 구른 뒤 그를 일으켜 세웠다.

"샌시! 괜찮아?"

"로브가 있잖아."

저놈의 로브! 아주 유용하다. 제리코는 산맥을 내려가면 부와 권력과 인맥을 동원해 비슷한 걸 하나 장만하기로 다짐했다.

로젠은 목검을 들고 젤리형 마물을 경계하며 도움을 요청했다.

"샌시! 마법은 쓸 수 없어?"

젤리형 마물은 핵을 찌르지 않는 이상 무기만 상하고 죽지 않는다. 마법에 약하기 때문에 강한 마물로 분류되지 않지만 마법사인 샌시가 마법을 쓸 수 없으니 지금의 일행에겐 상대하기 어려운 강적이었다.

샌시는 굴욕에 젖어 태울 것을 찾기 시작했다. 제리코도 함께 찾았다. 그런데 바닥에 마땅한 땔감이 없었다.

"미리 햇불이라도 만들어둘걸!"

제리코가 후회했으나 때는 늦었으니.

"여긴 왜 낙엽이나 풀이 없는 거야! 로젠이 위험한데!"

"젤리형 마물 때문에 모두 녹았겠지. 유리목은 유리처럼 산성과 부식액에 녹지 않아서 이름이 그렇게 붙은 거야."

"와! 진짜 유용한 정보네!"

이대로 가면 로젠이 위험하다. 제리코가 도우려 하자 샌시와 로젠이 동시에 말렸다.

"스치면 화상을 입을 거야! 너무 위험해!"

"그렇지만 로젠이!"

결국 목검이 부러졌다. 로젠은 단검을 빼 들었으나 거리가 줄어들면서 섣불리 마물을 공격할 수 없게 되었다.

"불! 불!"

제리코가 마법 검으로 불을 만들었다. 그러나 그녀가 쓴 마법은 공격 마법이 아니었기에 마물 위에 붙은 불은 금방 꺼졌다.

"쳇!"

로젠의 위기를 보다 못한 샌시가 수인을 맺고 간단한 공격 마법을 시전했다. 로젠을 둘러싸고 있던 젤리형 마물이 불에 모조리 녹아버렸다. 그러나 위에서 떨어진 마물은 아직 잔뜩 남아 있었다.

"우에에엑."

억지로 마법을 사용한 반동으로 샌시가 구역질을 했다. 제리코는 마물이 줄어든 틈을 타 샌시를 후방으로 대피시켰다.

"드슬아! 뭐 없어?"

-불을 키워볼게! 공격 마법이 아니라 마력 소모에 비해 효과는 별로

겠지만 안 하는 것보단 낫겠지!

"가능하면 얼른 써!"

이대로는 로젠이 녹아서 빨간 젤리가 될 판이다. 명절도 아닌데 빨간 젤리, 초록 젤리는 보고 싶지 않았다.

제리코는 재간둥이 만능 검을 치켜들고 로젠을 둘러싼 젤리형 마물을 가리켰다. 드래곤 슬레이어 소드의 검끝에서 작은 불꽃이 생성되더니 거대한 불줄기로 불어나 마물을 공격했다.

끼이이익!

마물이 정말 신기한 비명을 지르며 녹았다. 로젠이 녹아내린 점액질 속 핵을 부쉈다.

끼이이익!

제리코는 한계까지 마법을 사용했다. 검의 말대로 소모되는 마력에 비해 화력은 시원찮았다. 마력이 쭉쭉 빠져나갔다. 검이 실체화해 몇 번이고 모습을 바꿀 때보다 마력 소모가 심했다. 그래도 보람은 있었다. 마물이 도망가거나 로젠의 공격에 핵을 파괴당해 녹고 쪼그라들었다. 그 최후가 꼭 소금 공격을 받은 민달팽이 같았다.

전투가 끝나자 제리코가 바닥에 무릎 꿇었다. 직접적으로 싸운 로젠보다 제리코의 체력 소모가 컸다. 제리코는 양손으로 머리를 싸맸다.

'두통이! 머리가 깨질 것 같아!'

-어쩔 수 없잖아. 나도 이렇게 마법 써보는 건 처음이고 너도 익숙하지 않아서 소모가 더 심했을 거야.

'토, 토할 것 같아. 내장이! 내장이 녹는다!'

-그것도 어쩔 수 없어. 갑자기 마력을 한계까지 소비했으니 한동안 후유증에 시달리겠지. 진짜 죽는 건 아니니까 참아.

제리코의 눈에 눈물이 핑 돌았다. 샌시는 하프 산맥에 온 후 줄곧 이보다 더한 고통에 시달려 온 것이다.

"둘 다 괜찮아?"

로젠이 몸과 무기에 묻은 부식액을 털어낸 후 둘에게 달려왔다. 제리코와 샌시는 나란히 바닥을 뒹굴고 있었다. 누구에게 먼저 달려가야 할지 고민될 정도로 공평하게 괴로워 보였다. 샌시는 피를 토하고 제리코는 구역질을 하면서 머리를 부여잡고 끙끙거렸다. 로젠은 고심 끝에 제리코에게 먼저 달려갔다. 샌시였어도 제리코를 택했을 것을 알기 때문이다.

"제리코! 괜찮아?"

"나, 나는 괜찮으니까 샌시를……."

"쿨럭, 쿨럭. 나도 괜찮아……."

사실 갑자기 마력을 많이 써 두통과 현기증, 구토 증세를 호소하는 제리코보단 성치 않은 몸으로 마법을 쓴 샌시의 상태가 배는 더 심각했다. 하지만 그놈의 자존심이 뭔지. 입에선 절로 괜찮다는 말이 흘러나왔다. 샌시는 속에서 올라오는 핏덩이를 두세 번 더 토해낸 뒤 입을 닦았다.

"로젠이야말로, 괜찮아……? 쟤네 강산성이라며."

제리코는 자신의 상태를 살피는 로젠의 손을 보고 울상을 지었다. 굳은살이 박이긴 했으나 고왔던 검사의 손에 화상이 선연했다. 손만이 아니다. 손목과 팔, 마물과 스친 자리엔 모두 물집이 잡히거나 심한 화상 기운이 올라왔다.

"로젠 어떡해…… 엄청 아플 텐데."

산성에 의한 화상이니 깨끗한 물로 상처 부위를 닦는 게 우선이었다. 제리코는 검을 들어 물을 만들었다.

-제리!

'마력은 쓰면 는다며.'

검이 만류했으나 제리코는 강행했다. 로젠의 부상은 심각했다. 자신의 두통이야 조금 쉬면 마력이 회복되면서 자연스럽게 사라진다. 하지만 로젠의 상처는 지금 응급처치를 잘하지 않으면 흉측한 흉터로 남을 것이다.

쫄쫄쫄.

검끝에서 흐르는 물에 로젠이 상처를 갖다 대었다. 제리코는 피부가 타거나 오그라든 것을 보고 울상을 지었다.

"흉 질 거야. 이거 어떡해."

"괜찮아. 네가 다치지 않아서 다행인걸."

제리코는 울상을 하고 로젠의 몸 여기저기를 살폈다. 얼굴에 흉이 지지 않아 얼마나 다행인지. 천만다행히도 샌시가 가져온 약품 중에 화학 약품으로 인한 화상에 바르는 연고가 있었다.

"퉤."

샌시는 피 섞인 침을 뱉으며 로젠에게 연고를 건넸다. 로젠에게 집중하고 있던 제리코는 시선 끝에 잡힌 화상 흔적을 놓치지 않았다.

제리코는 그대로 샌시를 붙잡았다.

"목에 화상 입었잖아!"

샌시의 목덜미에 마물로 인한 화상이 있었다. 제리코를 감쌀 때 다친 게 분명했다.

"이렇게 다쳐놓고 왜 말 안 했어!"

"결혼 안 할 외간 여성에게 목덜미를 보이기 부끄러워서."

너무나 샌시다운 발언이었다. 덕분에 제리코는 두통으로 머리가 지끈거리는 와중에 소리 내어 웃었다. 정숙하기로는 샌시가 교내 제일이라더니. 이상형에게 몸과 마음을 바치겠다는 바람직한 가치관(?)의 사나이다웠다.

"어머나. 결혼 안 할 외간 여성을 덮친 건 괜찮고?"

마물의 공격을 막아주기 위해서인 걸 알지만 제리코는 일부러 농담 삼아 말했다. 그러자 샌시가 정색했다.

"네 완벽한 미모를 위해서라면 감당해야 할 일이었어."

"어머."

샌시가 자신의 외모를 높이 평가하는 건 알고 있으나 이런 상황에서 들으니 부끄러웠다. 제리코의 볼이 붉게 달아올랐다.

묵묵히 연고를 바르던 로젠은 들려오는 심상치 않은 대화에 묘한 눈으로 둘을 보았다. 언제나 샌시가 쭈뼛거렸는데 지금은 제리코가 쭈뼛거리고 있었다.

"아이 참, 샌시도. 내 미모가 마음에 들어도 반하면 안 돼."

"응. 그러니까 이상형에 참고하면 안 될까."

다행히 샌시는 샌시라 묘한 분위기는 오래가지 않았다. 제리코는 말 없이 샌시의 목덜미에 물을 흘려 보냈다. 쫄쫄쫄, 샌시는 목덜미를 타고 옷 안까지 흐르는 차가운 기운에 움찔 떨었다. 피부를 타고 흐르는 부드러운 물줄기가 꼭 제리코의 손길 같아서.

'내가 무슨 생각을.'

제리코와 샌시가 어떤 관계인가. 결코 반할 일 없는 사촌 같은 아는 오빠 동생 사이 아닌가. 샌시가 몸을 굳히자 제리코는 상처가 아파서 그런 것으로 착각해 한발 양보했다.

"어쩔 수 없지. 내 매력적인 머리 색은 참고해도 괜찮아."

제리코의 도발적인 붉은 머리는 샌시의 마음을 앗아 간 지 오래이나, 샌시는 솔직하게 말하는 게 부끄러워 거짓말했다.

"아, 그건 별로. 매력적이긴 한데 로젠이랑 비슷해서 마음에 안 들어. 난 스텔라 같은 감청색이 좋더라."

검에서 흘러나오는 물줄기가 강해졌다. 샌시는 홀딱 젖고 말았다.

유리목으로 이뤄진 단순림은 젤리형 마물의 주 서식지이다. 젤리형 마물 때문에 다른 마물들이 이곳은 피할 것이란 샌시의 고급 정보에 따라 셋은 그곳에서 휴식하기로 했다. 안개는 어느덧 완벽하게 걷혔다.

"여긴 하프 산맥 정중앙이야."

안개가 걷혔으나 셋이 조난 중이라는 사실은 여전했다. 오히려 상황은 악화되었다. 구조대가 안개에 휩싸여 마물을 상대하고 있을 가능성이 생겼기 때문이다.

"다들 딴마음만 안 먹으면."

"하프 산맥이잖아. 누구나 한 번쯤은 생각해 보겠지."

"이제 어떡하지?"

"이제껏 그래왔듯 서쪽으로 이동하는 게 좋지 않겠어?"

"미지의 힘이 작용했는지 모르겠지만 안개로 길을 잃은 동안 이동한 거리가 안개가 없을 때 이동한 거리보다 많아. 아무 장비 없이 여기에서 하프 산맥을 벗어나려면 몇 달은 걸릴 거야."

로젠과 샌시는 어두운 얼굴로 앞으로의 일정에 대해 논의했다.

제리코는 빠른 회복을 위해 샌시가 가르쳐 준 명상을 했다. 자꾸 딴 생각을 해서 효과는 없었다.

-제리, 제리.

'왜?'

-이 숲 너머로 가보면 안 될까?

'뭐?'

드래곤 슬레이어 소드가 가리키는 방향은 하필이면 동쪽이었다. 제리코가 쓱 하고 검을 구박했다.

'우리 개고생한 거 잊었어? 저기로 갔다가 또 안개 끼면 어쩔 거야.'

-넘는 게 아니라 저기까지만 가겠다, 그렇게 생각하고 이동하면 괜찮을 거야. 저기 가보자. 내가 확인할 게 있어서 그래.

그 말에 제리코가 눈을 떴다.

"차라리 이곳에 머무르면서 내가 회복되길 기다리는 게 낫겠어."

"네가 회복되어도 이동 마법으로 움직이는 건 불가능하잖아."

"여긴 용이 거주하는 땅이야. 마력이 고인 장소가 있을 거야. 그런 곳을 찾아서 마법진을 그리면 어떻게든……."

샌시가 어떻게든 비틀린 자존심을 회복하고자 노력하는데 제리코가 둘에게 다가왔다.

"둘 다 괜찮으면 저쪽으로 가보지 않을래? 드슬이가 저쪽에 아는 곳이 있다는데."

"아는 곳?"

제리코가 어깨를 으쓱였다. 표현이 맞는지 모르겠지만 검의 말을 종합해 보자면 한 단어로.

"고향이래."

검의 고향이었다. 에고 소드의 영혼이 태어난 곳, 드래곤 슬레이어 소드의 기억이 시작되는 장소. 그곳에서 성장하진 않았으나 고향이었다.

로젠과 샌시는 설마 하는 얼굴로 마주 보다가 경악에 차 되물었다.

"설마 에라프 님이 광룡을 쓰러뜨리신."

로젠은 너무 놀라서 말끝을 제대로 채우지 못했다.

"응. 여길 지나면 나온다는 것 같아. 확실하진 않지만 그런 것 같대."

제리코로선 궁금하면서 내키지 않는 제의였다. 왠지 엄청 위험할 것 같았기 때문이다. 에라프를 좀먹은 용의 피가 아직 남아 있다면 거기에 갔다가 독에 당할지 누가 아는가. 하지만 드래곤 슬레이어 소드가 가보길 원하는 눈치였고 로젠이 굉장히 좋아할 것 같았기 때문에 얘기는 꺼냈다.

예상대로 로젠은 엄청 좋아했다. 그는 너무 놀란 나머지 입을 벌렸다. 좋다 싫다의 의사 표현을 잊어버린 사람처럼 그냥 멍한 표정을 지었다. 제리코는 저렇게 잘생긴 미남도 멍청해 보일 수 있다는 사실에 깜짝 놀랐다. 역시 표정은 중요했다.

"정말…… 진짜로?"

로젠이 믿기지 않는 듯 재차 물었다. 제리코는 어깨를 으쓱였다. 검한 자루를 제외하면 모두가 이곳은 초행이었다.

"확실한 건 아닌데 그런 것 같대. 음…… 그리고 만약에 진짜라면 위험할 수 있어. 너희 모두 장례식에 헌화하러 와서 알고 있겠지만 에라프 님은 음…… 사망 원인이…….”

“알아! 알고 있어! 그렇지만 시간이 오래 지났고 멀리서 보기에 위험하면 가까이 가지 않으면 되니까!”

“이런 얘기를 듣고서 가보지 않으면 마법사라 할 수 없지.”

로젠은 제대로 흥분했고 관심사가 아니면 덤덤한 샌시도 미약한 흥분을 감추지 못했다.

“그럼 그렇게 정한 거다.”

결국 제리코도 들떠서 빠르게 말했다. 로젠은 잠이 달아난 얼굴로 에라프의 이름을 연발했다. 아주 행복해 보였다. 괜히 제리코까지 심장이 두근거리기 시작해서 진정시키려 애쓰는데 샌시가 묘한 표정으로 물었다.

“그런데 제리코, 드래곤 슬레이어 소드의 주인이 된 거야?”

“……아하하, 무슨 말인지 모르겠는데.”

“주인이 되었으니까 이렇게 검에 부여된 마법을 많이 쓸 수 있는 거잖아. 검 자체의 마력으론 모자랄 것 같은…… 읍.”

제리코는 샌시의 주둥이를 틀어막았다. 비밀로 하고 싶었는데 하여간 이 마법사는 눈치는 빠르면서 그 눈치를 사회생활에 써먹지 않아 문제였다.

“하하, 샌시. 숙녀, 아니지, 사람의 비밀은 함부로 얘기하는 게 아니야.”

“주인이 되었구나.”

“아이 참. 나는 이미 드래곤 슬레이어 소드를 물려받았는데 무슨 소릴 하는 거야.”

“주인 된 거 맞네.”

보통 물건을 소유하고 있을 경우 소유한 자가 주인이 된다. 모르는 사람이 보기에 제리코는 드래곤 슬레이어 소드의 주인이었고, 많이 아는 사람이 보기에 제리코는 드래곤 슬레이어 소드의 주인 후보였다.

로젠은 제리코와 나눴던 대화를 떠올리고 깜짝 놀랐다.

"드래곤 슬레이어 소드 님이 널 선택했구나! 대단해, 제리코!"

"으…… 들켜 버린 이상 어쩔 수 없지."

"에고 소드의 선택을 받다니! 돌아가서 이 사실을 얘기하면 모두가 기뻐할 거야!"

그렇게 되면 제리코의 소소한 나날도 끝난다. 제리코는 그 자리에 무릎 꿇고 고개 숙여 빌었다.

"부디 비밀로 해주세요!"

이 계약은 제 목숨을 붙여놓기 위한 임시 계약일 뿐입니다!

제리코는 둘에게 계약이 성립하게 된 경위를 밝혔다.

드래곤 슬레이어 소드는 자신을 주인감으로 생각한 것이 아니라 징검다리로 여긴다. 제리코가 죽으면 다음으로 건너갈 돌이 사라져 버리니 제리코의 생명 유지를 위한 일시적인 계약일 뿐이다.

제리코의 간절한 염원이 둘의 마음에 닿았을까. 로젠과 샌시는 제리코의 설명을 이해하고 앞으로 비밀로 할 것임을 약속했다.

로젠은 제리코와 재회했을 때 그녀의 심리가 안정적이었던 이유를 알았다.

"그래서 네가 안심하고 있었구나. 드래곤 슬레이어 소드 님이 같이 있어서."

"응. 드슬이가 날 지켜줬어."

"흠. 혹시 드래곤 슬레이어 소드 님이 네 주변에서 다른 사람의 기척을 감지한 적은 없어?"

"없어, 없어. 난 계속 드슬이랑 둘이서만 다녔는걸."

하나의 의문이 해결되고 하나의 의문은 계속 남았다. 로젠은 언젠가 모든 의문이 해명될 것을 믿고 주제를 바꿨다.

"그나저나 놀랐어. 드래곤 슬레이어 소드 님은 그렇게 미래를 걱정하는 생각도 하실 줄 아는구나."

"검으로서의 정체성만 갖춘 줄 알았는데 꽤 지능이 높네."

—당연하지.

면전에서 지능 얘기를 하니 검이 화를 냈다. 누굴 멍청한 검으로 아나. 드래곤 슬레이어 소드는 비록 뇌가 없을지언정 제리코보다 똑똑했다.

제리코는 머릿속이 아닌 밖으로 퍼지는 음성에 깜짝 놀랐다.

"와, 너 이런 것도 할 줄 알았어?"

—주인이 있을 때만. 애초에 말이야. 내가 주인의 자손에게만 주인 될 자격을 부여하겠다고 어떻게 알렸겠어? 직접 얘기했지.

갑자기 들린 소리에 놀란 로젠이 제자리에서 펄쩍 뛰었다. 샌시는 이보다 더 흥미로울 수 없다는 듯 반짝거리는 눈으로 드래곤 슬레이어 소드를 보았다.

"이렇게 고도의 자아를 확립한 영혼이었다니!"

—엣헴.

칭찬 좋아하는 드래곤 슬레이어 소드가 우쭐댔다. 로젠은 샌시보다 더 흥분했다. 말 그대로 일생 최고의 영웅을 만난 아이 같았다.

"드래곤 슬레이어 소드 님! 에라프 님과 함께 광룡을 쓰러뜨린 이야기를 해주시지 않겠습니까?"

"그러니까 왜 검에 존대를……."

—해주고 싶지만 내가 나라는 존재를 자각한 건 광룡이 쓰러진 이후야. 이후엔 쏟아지는 정보에 정신이 없어서 잠깐 정신을 잃었고.

"주종 계약을 맺지 않았을 때에도 의사소통이 이렇게 확실하게 이뤄졌어?"

로젠은 검과 대화하느라, 샌시는 제리코에게 질문하느라 정신이 없었다. 제리코는 정신이 사나워진 나머지 성질냈다.

"아휴, 시끄럽고 정신 사나워! 내일 해, 내일! 샌시 나을 때까지 기다리면 대화 나눌 시간 충분하니까! 몸도 성치 않은 환자들이 기운만 좋아선!"

제리코는 샌시와 로젠을 억지로 눕혔다. 샌시는 뜻밖의 힘에 반항하지 못하고 뒤로 넘어갔고 로젠은 반항하지 않고 순순히 누웠다. 눕는 그의 얼굴은 깜짝 선물을 받은 아이처럼 밝았다.

"최고의 날이야."

"로젠은 좋겠다. 난 역대급으로 힘든 날인데."

"나도 힘들었으니까 힘든 날로 칠게."

"고마워, 샌시."

제리코는 매끈매끈한 유리목에 기대 눈을 감았다. 정말 드래곤 슬레이어 소드의 말대로 저편에 용사와 광룡이 싸운 장소가 있을까?

연이은 전투에 강행군, 부실한 식사에 마력 소비까지. 빈말이 아니라 정말 역대급으로 힘든 날이었다.

제리코는 곧 잠이 들었다.

다음 날, 원래 새벽형 인간이라 해가 뜨는 시각에 함께 눈을 뜨던 로젠이 평소보다 더 일찍 일어났다. 그는 새하얗게 변해 일출을 암시하는 하늘을 보며 제리코와 샌시가 깨어나길 기다렸다. 드래곤 슬레이어 소드는 로젠에게 말을 걸어볼까 하다가 그만뒀다. 이어서 시골 출신 제리코가 기지개를 켜며 일어났고 샌시는 둘이 깨울 때까지 일어나지 않았다. 무리해서 마법을 썼기 때문에 둘은 샌시를 억지로 깨우지 않았다. 아침 식사를 모두 준비한 다음에야 샌시를 일으켰다.

제리코와 로젠은 대충 뿌리를 구워 먹고 샌시에겐 풀죽을 쒀 줬다. 샌시의 빠른 회복을 위해 둘은 꿀과자를 권했다. 샌시는 거절했다.

"저번보단 상태가 나아."

샌시가 떫은 얼굴로 풀죽을 떠먹었다. 제리코는 편식하는 샌시가 신기했다.

"마탑주님이 식사는 잘 챙겨줬구나?"

제리코는 어릴 때 배곯으며 자란 아이는 편식하지 않는다는 편견을 갖고 있었다. 그런 편견에 따라 샌시를 분석해 보자. 샌시는 편식을 한다. 어릴 때 먹을 게 풍부했다. 마탑주가 식사는 잘 챙겨주었다는 결론에 도달한 것이다.

샌시가 바로 코웃음 쳤다.

"엄마가?"

-오, 이번엔 마녀라고 안 했다. 굶어 죽지 않을 만큼은 줬나 보네.

"날 키워준 건 탑의 마법사들이야. 마녀가 육아는 공동체의 책임이라고 날 떠넘겼거든."

"숲 요정 용케 멸종 안 했네?"

아이를 그렇게 방치하는 문화라니. 무시무시한 종족이었다. 샌시는 숲 요정 중에서도 마녀가 조금 특이한 성향임을 밝히려다 기운 없고 귀찮아서 그만뒀다.

샌시가 힘겹게 풀죽이 든 단지를 비웠다. 로젠은 기다렸다는 듯 벌떡 일어났다.

얼른 가고 싶은 마음은 모두 같다. 일행은 빠른 속도로 이동했다.

유리목의 숲이 끝나는 곳. 저편에서 거대하고 반질거리는 나무둥치 사이로 탁 트인 공간이 등장했다. 로젠이 뛰어가려다 제 몸을 제어했다. 위험할지 모르니 바로 향하는 건 금물이었다.

드러난 장소는 넓은 분지였다. 나무가 빽빽하게 들어섰던 숲을 지나 나무 한 그루 없는 열린 공간으로 나오자 시원한 바람이 몸을 부드럽게 스치고 지나갔다. 바람을 타고 달콤하고 향기로운 꽃향기가 실려 왔다. 제리코는 크게 숨을 들이마셨다.

넓은 분지엔 작은 풀이 무성했다. 연두색과 녹색, 작은 풀 이파리가 바람을 타고 살랑살랑 흔들렸다. 날렵한 칼 모양의 잎사귀 사이사이 피어난 하얗고 작은 꽃은 종을 닮았다. 줄기 끝에 매달린 꽃이 방울처럼 흔들렸다. 바람이 꽃을 스칠 때마다 종소리 대신 달콤한 꽃향기를 바람에 태워 보냈다. 하늘은 변함없이 청량했고 분지는 넓었으며 평화로웠다. 제리코는 감탄했다. 모두가 감탄했다.

"정말 아름답다!"

"상상과 다른데."

"동감이야."

용사가 용과 싸운 장소라 하여 허허벌판이나 용의 피가 독처럼 흐르는 죽음의 땅을 상상했는데 정반대였다. 천국처럼 평화롭고 아름다운 꽃밭이 펼쳐져 있었다.

제리코는 여기로 오자 주장했던 검에게 물어봤다.

"여기가 맞아?"

―응. 많이 달라졌지만 여기야.

드래곤 슬레이어 소드가 격정에 휩쓸린 나머지 무덤덤하게 대답했다.

하기야. 광룡이 죽기 직전 태어났던 아이가 18세 소녀가 될 정도의 시간이 흘렀다. 광룡과 용사의 피가 흐르던 격전의 대지가 평화로운 꽃밭이 되기에 충분한 기간이었다.

드래곤 슬레이어 소드는 아무 얘기도 하지 않았다. 밀려오는 감정은 하나가 아니었다.

분노, 회한, 그리움, 슬픔, 반가움, 행복, 사랑.

이 장소는 드래곤 슬레이어 소드의 고향이고 에라프의 인생 가장 빛나던 곳이며, 동시에 무덤이었다.

검이 느끼는 감정은 소녀에게 고스란히 전달된다. 덩달아 제리코의 감정도 격해졌다. 제리코는 괜히 나오는 눈물을 참으려고 입술을 깨물었다. 그렇다. 이 아름다운 꽃밭이 영웅 에라프가 인류의 명운을 걸고 광룡과 대적한 그 장소인 것이다. 용사는 광룡을 쓰러뜨리는 데 성공했으나 그 결과 치명적인 부상을 입었다.

-이곳에서 주인이 광룡을 무찔렀다. 용의 심장에 내가 꽂혔고 붉은 피가 분수처럼 뿜어져 나와 대지를 적셨지. 주인은 용의 피를 뒤집어썼고 상처를 타고 들어간 피는 주인을 좀먹었어. 나는…… 나는 아무 도움도 주지 못했어. 용의 피를 마시고 갑자기 나란 존재를 자각해서…… 그 뒤에…… 정신을 차리고 보니 주인과 함께 아리보 공작가에 있었어.

드래곤 슬레이어 소드는 당시의 일을 잘 기억하지 못했다. 동물로 치면 태어난 직후의 일들이다. 기억이 혼란스러운 것이 당연했다.

-이 대지에 주인과 용의 피가 쏟아져 붉게 물들었는데…….

용의 피엔 독이 있다는 사실이 밝혀졌으니 용의 피가 쏟아진 대지엔 아무것도 자라지 않아 황량한 벌판이 되었으리라 생각했다. 그런데 아니었다. 작지만 예쁜 꽃이 한가득 피어 있었다.

"지금은 이렇게 예쁜 꽃이 가득 피었어."

제리코는 쭈그리고 앉아 작은 꽃을 구경했다. 자세를 낮췄더니 꽃향기가 더욱 짙어졌다.

언제 어디서나 지식을 물어볼 자세를 갖춘 지식의 구도자 제리코는 이번에도 적절한 대상을 찾아 질문했다.

"샌시, 이 꽃은 무슨 꽃이야?"

"나도 몰라. 처음 봐."

"진짜?"

샌시가 모르는 게 있다니! 샌시는 제리코와 마찬가지로 호기심을 갖고 꽃을 관찰하다가 입가로 손을 가져갔다. 몸 상태가 호전되지 않은 것이다. 제리코는 그가 또 피를 토할까 봐 걱정했는데 다행히 피를 토하진 않았다.

"피 냄새가 나……."

"정말? 또 코피 나는 건 아니지?"

"그런 건 아니야."

사람이 잘 때 안 자고 먹을 때 안 먹으니 쉽게 안 낫는 게 아닌가. 제리코는 돌아가면 샌시의 끼니를 감시해야겠다 결심하며 방울 모양의 꽃을 건드렸다. 하얗고 작고 귀엽고 앙증맞았다.

"먹을 수 있을까?"

"권하지 않아. 유약한 너희는 죽을 맹독을 품었거든."

-제리, 뒤에!

일행의 뒤에서 낯선 목소리가 들렸다. 목소리가 가까우나 아무도 눈치채지 못했다.

셋은 질겁해 뒤를 돌아봤다. 셋의 뒤엔 어딜 봐도 평범한 중년의 아낙이 서 있었다. 어떻게 이제껏 몰랐을까. 압도적인 존재감이 셋을 짓눌렀다. 외향은 평범한 산촌의 아낙이었으나 세 명의 인간과 검 한 자루는 보는 순간 상대의 정체를 알았다.

-용이다!

헤아릴 수 없이 많은 벌레와 산짐승, 위험한 마물이 하프 산맥에 서식한다. 대륙을 양분하는 거대한 산맥엔 각양각색의 동식물과 마물이 있었다. 하지만 사람들이 하프 산맥 하면 떠올리는 생물은 단 하나다.

용.

하프 산맥의 주인이 제리코와 일행 앞에 모습을 드러냈다.

제리코는 용이 움직이면 모를 수 없다던 샌시의 이야기를 체감했다. 장님이어도 용의 모습을 볼 수 있을 것 같았다. 귀머거리도 용의 목소리를 들을 수 있을 것 같았다. 용이란, 인간의 상식과 생명의 범주를 뛰어넘는 생물체였다.

제리코의 무릎이 저절로 굽혀 땅에 닿았다. 격이 다른 존재를 만나 몸이 저절로 반응한 것이다. 샌시나 로젠도 그녀와 다르지 않았다.

제리코는 겁에 질렸다. 용이 자신과 드래곤 슬레이어 소드를 노릴 것이라던 마그노 황자의 경고가 떠올랐다. 제리코는 드래곤 슬레이어 소드를 뒤로 숨겼으나 소 잃고 외양간 고치는 격이었다.

'용이 알까? 모를까?'

용은 용사의 후손과 검에 대해 얼마나 알고 있을까. 제리코의 전신에서 식은땀이 흘렀다. 그녀는 아직 죽고 싶지 않았다.

'죽기…… 싫어!'

용기를 내어 포기하지 않고 눈을 뜬 채 직시하면 헤쳐 나갈 수 있었던 위기와는 다르다. 차원이 달랐다. 상대는 용이다. 벗어날 수 없고, 도망칠 수 없고, 이길 수 없었다. 제리코는 에라프의 딸이지만 에라프가 아니었으니까.

제리코의 이런 고민과 공포를 모르는 샌시와 로젠은 사정이 그나마 나았다. 로젠이 간신히 입을 열었다.

"위…… 대하신…… 용이십니까?"

"위대한 것은 오직 대자연뿐. 위대한 대자연의 오만과 지배, 파괴를 담당하는 종족이라 묻는다면 그래. 맞네."

제리코는 도저히 믿을 수 없었다. 에라프는 이런 상대와 홀로 싸웠다. 눈앞에 서 있는 것만으로도 제리코의 생존 본능에 경종을 울리는 용을 두고! 평범한 사람이면 불가능했다. 에라프는 정말 용사이고 영웅이었다.

바닥에 엎드려 발발 떠는 제리코에게 용이 눈길을 주었다.

"나를 기억하지 못하는가?"

"저는 살면서! 용님을 뵌 적이! 없습니다! 살려주세요!"

귀족이 나았다. 귀족은 같은 인간이기라도 하지. 용은 종족이 다르고 상식과 이해를 초월한 존재가 아닌가. 아니지. 살아 있다고 해서 같은 생명체로 묶는 것조차 저어될 만큼 다른 존재였다. 마물이 나았다.

드래곤 슬레이어 소드는 이름이 괜히 그리 거창한 것이 아니라 용을 벨 수 있겠지만 제리코는 소드 마스터가 아니었다. 평범하고 평범한, 힘이 조금 좋아서 장사 소리를 듣던 일개 인간이었다.

"검에 깃든 혼에게 물은 것이다. 분명 이름이 드래곤 슬레이어 소드라고 했지?"

용이 작게 웃었다. 오만 방자한 이름에 제리코는 울면서 검을 때렸다. 그리고 쓸데없이 그런 거창한 이름을 붙인 선황제를 욕했다. 평소라면 속으로라도 황족의 욕을 안 할 제리코였으나 용에 대한 공포가 황족에 대한 공포를 압살했다.

"나와 내 동족을 벨 수 있게 된 검에 깃든 혼이여. 나를 기억하지 못하는가?"

-저는 주인이 쓰러뜨린 용 외의 다른 용을 알지 못합니다.

"하면 내 벗이 죽은 뒤 그 옆에서 함께 죽어가던 이를 치료하고 너와 함께 인간이 사는 곳으로 보내준 자가 있다는 건 알겠지."

-그, 그건!

용사가 광룡과 싸웠다. 승리했다. 광룡을 쓰러뜨렸다. 용사는 귀환했으나 광룡과 싸워 치명적인 상처를 입은 이가 어떻게 첩첩산중 하프 산맥에서 인간이 사는 마을까지 귀환했는지 아는 자가 없었다.

드래곤 슬레이어 소드는 당시의 일을 기억하지 못했다. 태어난 지 얼마 안 되어 쏟아지는 정보에 정신을 차릴 수 없었고 주인은 기절했기 때문이다.

광룡은 죽었고 용사는 살아 돌아왔으니 이동 마법이 부여된 스크롤을 썼겠거니 하고 다들 짐작이나 추측을 했을 뿐이다. 용이 도와줬으리라는 상상은 감히 아무도 하지 않았다. 그런데 하프 산맥에서 만난 용이 주장했다.

내가 용사와 검을 옮겼노라고.

"나는 지켜보는 걸 좋아해. '레'와 에라프의 싸움도 관전했지. 에라프가 '레'와의 싸움에서 승리하였으니 나는 승자에 대한 예우로써 그를 치료하고 돌려보냈다."

뜻밖의 이야기에 제리코는 용이 선사하는 공포와 중압감을 이겨내고 고개를 들었다. 샌시와 로젠도 눈을 크게 뜨고 용을 보았다. 샌시가 혼자 의문을 표했다.

"'레'?"

용은 샌시의 의문에 화내는 대신 설명했다. 하늘에 구름이 있고 물이 아래로 흐르듯 당연한 것이라 말했다.

"용사에게 이름이 있으니 용사가 물리친 광룡에게도 이름이 있지."

"도, 독은! 독은 치료할 수 없었던 건가요?"

제리코가 용기 내어 질문했다. 평생 쓸 용기를 끌어모아 간신히 한 질문이었다. 에라프의 상처를 치료해 줬으면서 어째서 내부를 좀먹은 독은 해독시켜 주지 않은 것인지, 혹시 동족을 살해한 것에 대한 복수는 아닌지 궁금했다.

용은 느릿하게 눈을 깜빡였다.

"위대한 대자연께서 우리에게 맡긴 임무는 파괴. 우리의 피엔 독이 있어. 동족에겐 해를 끼치지 않으나 너희같이 작은 자들에겐 치명적이지. 단순한 피였다면 해독할 수 있었겠지만 에라프가 중독된 독은 저주와 원망이었다. '레'는 우리의 예상보다 더 타락한 상태였어. 자신을 살해한 상대를 향한 분노와 복수만을 열망하며 죽었다. '레'가 아니면 아무도 풀 수 없는 저주였지."

광룡을 쓰러뜨린 이상 용사는 죽음을 피할 수 없는 운명이었던 것이다. 인간 셋과 검 한 자루는 영웅에게 닥친 비극적인 숙명에 말을 잃었다. 침묵이 영웅에게 보내는 헌사였다.

용도 함께 침묵했다. 용이 죽은 동족과 용맹하게 싸우다 저주에 걸려 비참한 최후를 맞이한 용사 중 누구를 위해 침묵했는지는 오직 용만 알 것이다.

묵념이 끝난 후 용은 분지를 향해 걸었다.

"인사가 늦었구나. 나는 '라'. 너희의 이름을 알려다오."

용께서 네 이름이 뭐냐 물으신다. 대답해 드리는 게 인지상정이었다. 로젠과 샌시가 차례대로 이름을 밝히고 제리코는 달달 떨다가 마지막으로 말했다. 제리코의 이름을 듣고도 용 '라'는 별다른 반응을 보이지 않았다.

'라'가 천천히 분지의 중앙 쪽을 향해 걸었기 때문에 셋은 주저하다가 결국 '라'를 따라 걸었다. 분지 안에 만발한 꽃 덕분에 꽃향기는 더욱 진해졌다. 제리코는 이 작고 귀여운 꽃이 사람을 죽일 맹독을 가졌다는 게 믿기지 않아 꽃에서 시선을 떼지 못했다.

"이곳엔 아름다운 산성 호수가 있었지. 무엇도 살지 못하는 죽음의 호수였지만 아주 아름다웠어. 하늘에서 내려다보면 일곱 빛깔의 무지개가 호수 안에서 춤을 췄고 물은 맑고 투명해 호수 바닥을 그대로 비쳤다. 나는 호수를 사랑했고 '레'도 호수를 사랑했어. '레'는 호수 바닥에 가라앉아 잠자는 걸 즐겼어. 하늘을 날면 무지개에 잠겨 눈을 감고 있는 '레'를 볼 수 있었지."

'라'의 말대로라면 과거엔 이 거대한 분지 전체가 호수였다. 감히 용께서 말씀하시는데 말을 끊을 이는 없기 때문에 일행은 묵묵히 '라'가 하는 얘기를 들었다.

"'레'가 죽으면서 호수도 사라졌어. 일곱 빛깔로 빛나던 아름다운 물 대신 '레'의 피가 이 안에 고여 찰랑였지. 피의 호수는 일주일이 지나 말라붙고 지금의 꽃밭이 되었다."

그런 얘기를 들으니 제리코 또한 진한 피비린내를 맡은 듯 기분이 좋지 않았다. 진한 꽃향기 대신 짙은 피비린내가 제리코의 후각을 마비시켰다. 착각인 걸 알지만 용이 하는 말은 효과가 너무 강했다.

호수에 대한 설명을 들으니 정말 일곱 빛깔로 빛나는 호수가 눈앞에 선연했고 하늘을 난다는 얘기를 들었을 땐 차가운 창공의 바람이 제리코의 볼을 스치는 듯했다.

용의 이야기를 듣자 눈앞에 떠오른 호수 아래 잠든 광룡의 모습은 얼마나 평화롭고 행복해 보였는지.

세상을 공포에 떨게 한 미친 용도 동족 입장에선 사랑스러운 벗이었다. 제리코는 다시 공포에 몸을 떨었다.

어느덧 '라'와 제리코 일행은 분지의 중앙에 도착했다. 환각을 겪은 게 제리코만은 아닌지 로젠과 샌시도 비틀거렸다. 이야기하는 와중 한 번도 뒤를 돌아보지 않던 '라'가 처음으로 뒤돌아서 인간을 보았다.

하프 산맥의 주인 '라'가 산맥을 오른 자에게 질문했다.

"로젠, 샌시, 제리코. 그대들은 이 산맥을 넘으려 하는가?"

"네?"

"우리는 몇몇 종족의 간청을 받아들여 인간이 특정한 목적을 갖고 산맥을 넘으려는 것을 금했다. 하나 피치 못할 사정으로 산맥을 넘어야 하는 자를 위해 예외를 두었다. 모든 시험을 통과하고 산맥을 넘으려는 자가 있다면 그자를 우리에게 인도하여 산맥을 넘고자 하는 이유를 묻는다. 내용이 타당하다면 산맥을 넘어 동대륙으로 가는 것을 허락하마. 그러니 묻는다. 시험을 통과한 자들이여. 그대들은 하프 산맥을 넘어 동대륙으로 가고 싶은가? 하면 그 이유는 무엇인가."

용의 이야기에 인간들은 다시금 입을 쩍 벌렸다. 저 말대로라면 하프 산맥은 완벽한 금지(禁地)가 아니었다. 정당한 의도와 목적을 갖고 시험을 통과한다면 인간은 다시 동대륙으로 갈 수 있었다.

용이 말한 시험은 상실된 방향 감각과 안개, 마물의 습격이었을 터. 일행이 중간부터 딴마음을 품어 그렇지 처음부터 딴마음을 먹었다면 전멸했을 것이다. 결코 쉽지 않은 시험이었다. 동시에 두 천재에겐 상황이 따라준다면 해볼 만한 시험이기도 했다.

로젠과 샌시의 표정이 진지해졌다. 제리코는 급하게 '라'의 오해를 풀었다.

"오, 오해입니다, '라' 님! 저희는 산맥을 넘으려는 게 아니에요!"

'라'가 무표정을 유지한 채 질문했다.

"산맥을 넘고자 하는 욕망을 품고 시험에 응하지 않았는가?"

"억울합니다! 저는 아니, 저는 아니거든요! 저는! 어쩌다 보니 여기에 뚝 떨어져서! 집으로 가고 싶습니다!"

"그렇다면 제리코 그대는 산맥을 넘을 생각이 없다는 것이구나. 알겠다. 그대들 둘은 어떠한가?"

딴마음을 먹는 바람에 시험에 응해 버린 두 청년은 동쪽과 산맥 너머 하늘을 응시하다가 제리코를 보았다. 용을 만난 두려움에 식은땀 범벅이 된 소녀를 두고 어딜 가겠는가.

"저희도 돌아가고 싶습니다."

"네. 돌아갈 겁니다."

로젠과 샌시가 쓴웃음을 지었다. 제리코 말대로 쓸데없는 딴마음을 품는 바람에 돌아가는 길만 더 어렵게 되었다. 용이 의도를 알았으니 다시 시험하는 일은 없겠지만 목적지까지의 거리가 시작 지점보다 더 멀어져 버렸다.

동시에 일행의 긴장이 풀렸다. 갑작스러운 용의 등장으로 모두가 놀랐으나 용은 자신이 할 일을 위해 일행을 기다렸을 뿐이다. 하프 산맥을 침범한 인간을 처벌한다거나 동족을 죽인 인간의 자손을 죽이기 위해 나타난 것이 아니었다.

'라'의 등장이 누구보다 무서웠던 제리코는 안도의 한숨을 내쉬었다. '라'는 산맥을 넘지 않는다면 일행에게 볼일이 없다는 듯 돌아섰다.

제리코는 망설였다. 살면서 이렇게 친절한 용을 만날 일이 몇 번이나 있을까? 후에 용을 다시 만난다면 그 용이 '라'처럼 친절할 가능성은 얼마나 될까? 평생이 뭐냐. 제리코는 환생해서 써먹을 용기까지 박박 긁어모았다. 그리고 용을 불렀다.

"굉장히 송구하오나 '라' 님!"

'라'는 제리코를 위해 걸음을 멈추고 돌아섰다. 제리코는 이에 용기를 얻었다. 샌시와 로젠은 용을 불러 세운 제리코의 용기에 탄복하여 돌이 되었다.

"혹여 위대하신 용들께서 제 친구인 드래곤 슬레이어 소드를 꺼림칙하게 여기시나요?"

"꺼린다."

고려할 가치도 없다는 듯 단호했다.

"히익!"

괜히 물어봤다. 제리코는 제자리에 납죽 엎드려 울며 애원했다.

"살려주세요! 이 검은 혼자선 아무것도 할 수 없어요! 그냥 날만 바짝 선 예쁜 검일 뿐이에요! 이름이 건방지다면 개명하겠습니다! 개명시킬게요! 이 검은 용에 원한이 없고 저도 없고 제 자식들도 없을 겁니다!"

'라'는 물끄러미 꽃밭에 숨은 제리코를 내려다보다가 무려! 직접 허리를 굽혀 제리코의 어깨 위에 손을 얹었다. 별다른 감정이 담기지 않은 태도였다.

"히익!"

"나는 지켜보는 걸 좋아한다. 우리처럼 강하고 무서운 자들이 사는 것을, 너희처럼 작고 약한 자들이 자기 나름의 방식으로 살아가는 것 또한, 아주 좋아해."

'라'는 고개를 든 제리코의 볼을 타고 흐르는 눈물을 훔쳤다. 역시나 별다른 감정이 담기지 않은 태도였으나 제리코 입장에선 다정한 손길이라 여겨졌다.

"안 그런 벗도 있지."

"서, 설득을 해주시면……."

"지나친 간섭이야."

"죄송합니다……."

"너무 염려하지 말거라, 제리코여. 현재 그대를 노리는 용은 없다."

그 말에 제리코는 안심했다. 눈물범벅이 되어 환하게 웃는 그녀를 보고 '라'가 따라 웃었다.

"과거 승자의 예우로 에라프를 돌려보냈으나 '레'가 건 저주를 풀지 못한 게 마음에 걸렸지. 오만 방자한 이름의 검을 지닌 너는 에라프의 직계 혈손이지?"

"네, 네. 그렇습니다."

"부모에게 갚지 못한 빚은 자식에게 갚는 법. 그대만 괜찮다면 인간의 사회로 돌려보내 주겠다."

듣던 중 반가운 소식이었다. 제리코는 완전히 눈물을 그치고 벌떡 일어났다. 그리고 넙죽 절했다.

"정말 감사합니다!"

용기 있는 자가 미인을 얻진 못해도 용의 포상을 받아내는 법! '라'가 셋에게 한군데 뭉쳐서 서 있으라고 말했다.

그러자 로젠이 제리코가 그러던 것처럼 무릎 꿇고 '라'에게 머리를 조아렸다. 제리코의 용기를 보고 깨달은 바가 있었던 것이다.

"송구하오나 위대한 분이시여. 제가 위대한 분이 주인으로 군림하시는 영토에서 사사로이 재물을 취했으니, 이 땅을 떠나기 전 마땅히 돌려드리고자 합니다."

로젠이 꾸러미를 내놓았다. 그가 하프 산맥을 헤매면서 발견하는 족족 주워 모은 보석 원석이었다. '라'는 보석 원석이 든 꾸러미를 보더니.

"나 주는 건가?"

정말 좋아했다. 내내 희미한 감정 표현만 보이던 '라'가 이를 드러내고 활짝 웃었다. 외형이 평범한 아낙네라 그런지 웃으니까 더 아낙네처럼 보였다. 이걸로 용이 보석과 금에 환장한다는 소문은 사실로 밝혀졌다.

"본디 위대한 분의 재물이었습니다."

"굳이 내놓지 않아도 탓할 마음은 없으나 부러 내놓은 것을 보니 청할 것이 있구나. 말해보거라."

"현재 하프 산맥엔 저희를 구조하러 온 무리가 있습니다. 만일 그들이 시험에 들었다면 저희에게 베풀어주시는 은혜를 그들에게도 같이 베풀어주시길 간청합니다."

'아, 맞아! 구조대!'

제리코가 까맣게 잊고 있던 구조대까지 챙겨주다니. 역시 로젠은 마음 씀씀이가 남달랐다. '라'는 로젠의 보석 뇌물에 기뻐하며 흔쾌히 승낙했다. 로젠은 그제야 안심하고 샌시와 제리코의 옆에 섰다.

제리코에 로젠까지. 차례로 용기 내어 용에게 말을 건 덕에 무언가를 얻어내니 샌시라고 빠질 수 없었다. 샌시는 로젠 덕에 용의 기분이 좋아진 틈을 타 질문했다.

"위대하고 지혜로운 분이여. 하나 질문이 있습니다. 마력의 흐름을 좇는 어리석은 자에게 가르침을 주시겠습니까?"

"허한다."

"'레'는 어째서 타락하여 광기의 노예가 되었습니까?"

–이런 미친 자식. 죽으려면 혼자 죽을 것이지.

아주 민감한 질문을 막 던지는 샌시 때문에 드래곤 슬레이어 소드가 욕했다. 제리코와 로젠은 샌시에게서 후다닥 떨어져 나왔다.

다행히 '라'는 분노하지 않았다. '라'는 오래 생각할 필요 없다는 듯 간단하게 대답했다.

"사랑 때문이지."

무지개가 찰랑이는 호수 아래 눈을 감고 잠든 용. 오랜 잠에서 깬 용이 신비로운 금빛 눈으로 처음 본 것은 아름다운 만큼 치명적인 호수에 발을 담그려 드는 작은 요정이었다. 고작 호수에 발을 담그고 싶다는 이유로 힘을 포기하고 실체를 얻은 작은 요정은 용의 콧김 한 번에 소멸할 만큼 약했다. 콧김이 닿지 않아도 보름이 지나면 사라질 운명이건만 용은 사랑에 빠졌다. 소중한 만큼 치명적인 사랑이었다.

용의 말엔 힘이 있다. 제리코는 보름달이 뜬 밤 무지갯빛으로 빛나는 수면 위에서 춤추는 요정과 금발에 금안을 가진 아름다운 남자를 지켜본 듯한 착각에 비틀거렸다.

사랑 때문에 대륙의 모든 생명체를 공포로 몰아넣다니. 위대한 대자연에게 오만을 허락받은 종족다웠다.

"호기심은 풀렸나?"

"네."

"그럼 발밑을 조심하거라."

'라'가 말을 마침과 동시에 발밑의 감각이 변했다. 제리코는 갑자기 바뀐 상황에 적응하지 못하고 눈을 깜빡였다. 분명 빛이 없었고 눈을 깜빡이지도 않았다. 그런데 푹신한 꽃밭을 밟고 있던 발바닥은 단단한 대리석을 밟게 되었고 탁 트인 분지는 꽉 막힌 건물 안으로 변했다.

눈을 깜빡이지 않았다. 그러나 변했다. 제리코는 이게 꿈인가 생시인가 싶어 볼을 꼬집었다. 아팠다. 하는 김에 로젠과 샌시의 볼도 꼬집었다. 로젠이 '아야야' 소리를 내고 샌시는 비죽이 입술을 내밀었다.

"돌아…… 왔네?"

"그런 것 같아."

"용의 마법이군."

"빛 같은 거 없고, 마법진도 없고."

"용이니까."

"뭔가 막 거창한 거 하나도 없이."

"용이니까."

"그런데 여긴 어디지? 제국이면 좋겠는데."

실내인 건 확실하다. 주위를 둘러보니 뭔가 전시하는 공간이었다. 제리코는 처음 와보는 공간이었지만 로젠이 곧 어딘지 깨달았다.

"아카데미다! 루나 아카데미로 돌아왔어!"

"아카데미에 이런 곳이 있었어?"

"졸업생 기념관이야!"

제리코의 입이 함지박만 하게 벌어졌다. 용께서 정말 파격 서비스를 해주신 것이다! 산맥 아래로만 보내주셔도 감지덕지인데 아예 루나 아카데미로 보내주다니! 제리코가 기쁨의 만세를 불렀다. 로젠은 싱글벙글 웃으며 같이 팔을 들어 올렸다. 샌시는 돌아온 게 기쁘지 않은 것처럼 심각한 표정을 짓고 있었다.

"샌시, 왜 그래? 또 토할 것 같아?"

"어디서 봤더라……?"

샌시는 기억이 나지 않는 듯 미간을 좁히다 할 말이 있는지 둘을 보았다. 동시에 샌시의 코에서 뜨거운 액체가 주르륵 흘렀다. 코피가 난 것이다.

"윽, 샌시 아까 피 냄새 난다고 하더니 코피 나잖아!"

"약부터 먹어야겠군……."

"꽃은 또 언제 챙겨 왔어?"

"대놓고 뽑아도 아무 소리 안 하던데."

샌시가 흐르는 코피를 대충 문대고는 고새 뽑은 작은 꽃 세 포기를 주머니에 넣었다. 처음 보는 식물이니 연구할 가치가 충분했다.

로젠은 코피를 쏟는 샌시가 걱정스러운지 혼자 움직였다.

"둘 다 여기서 기다리고 있어. 사람을 불러올게."

"샌시, 그거 맹독이랬으니까 조심해."

로젠이 문을 열기에 앞서 다른 사람이 문을 열었다. 로젠은 하마터면 문에 부딪힐 뻔했다. 문을 연 이는 제리코가 아는 사람이었다. 제리코는 반짝이는 금발을 보고 함박 미소를 머금었다.

"지금 폐관 시간인데 어떻게 들어…… 제리코? 로젠 스타즈 씨?"

낯익은 얼굴, 귀에 익은 목소리. 꿈이 아니었다. 정말 돌아온 것이다.

그 지긋지긋한 산맥에서 루나 아카데미로! 게다가 처음 본 사람이 마자리스라니!

"실종된 게 아니었습니까? 아, 아니지! 사람을 불러오겠습니다!"

마자리스가 뛰어가는 소리가 점점 멀어졌다. 제리코의 눈앞이 빙글빙글 돌았다. 돌아온 기쁨에 빙글빙글 도는 게 아니라 긴장의 끈을 놓아버린 덕분이다. 지난 며칠 동안 팽팽히 당겨져 있던 신경 줄이 딱 끊기면서 제리코의 의식도 흐려졌다. 제리코는 꺼져가는 의식을 다잡지 않았다. 제리코는 소설 속 주인공처럼 기절할 자격이 있었다.

-그래, 맞아. 고생했어, 제리.

제리코는 얼떨결에 자신을 받아 든 샌시와 눈이 마주쳤다. 제리코가 그를 보고 웃자 어쩐지 경직되어 있던 샌시의 눈가가 부드러운 호를 그리며 휘었다. 샐쭉이 접히는 노란 눈동자가 매력적이었다. 샌시가 손으로 제리코의 눈을 덮었다. 그것이 신호가 되어 제리코는 완벽하게 기절했다.

16장
중간 점검

영웅 에라프의 무남독녀 미베어 소공작 실종 사건.

서대륙 전체를 떠들썩하게 만들 뻔했던 대형 사건은 은폐, 축소되었다. 그 결과 세간엔 '아카데미의 학생 두 명이 며칠 실종되었던 것으로 알려졌다. 사건 목격자가 많아 은폐가 힘들 것으로 예상했으나 목격자 전원이 검술학부 학생인 것이 유효했다.

검술원에 모여 있어 타 전공보다 단합이 잘되는 목격자들은 피해자의 안전과 보안 때문임을 알리자 순순히 사건 은폐에 협조했다. 미베어 소공작의 실종이 자신들의 허술한 무기 관리 때문이라는 책임감 또한 목격자들의 입을 무겁게 만드는 중요한 추로 작용했다.

제리코는 근 일주일 동안 악명 높은 하프 산맥에서 서바이벌 체험을 하고 돌아왔다. 피해자 진술이 중요하지만 피해자의 휴식 또한 중요한 것. 피해자가 대륙에서 단 한 명뿐인 귀인이라면 더욱 그렇다. 덕분에 제리코가 담당 조사관과 대면하게 된 것은 귀환한 날로부터 이틀 뒤였다. 이 대면도 제리코가 까먹기 전에 얼른 말해야겠다고 아리보 소공작을 설득한 결과였다.

"황제 폐하께선 소공작께 벌어진 이 비극적 사태에 깊은 유감을 표하셨습니다. 소공작께서 원하신다면 언제든 공개수사로 전환할 것이니 마음이 바뀌시면 알려주십시오."

"괜찮아요. 저 몰래 하는 거 좋아해요."

높으신 분들은 비밀을 좋아한다. 이제 높으신 분이 된 제리코도 비밀을 좋아했다. 일을 키우기 싫은 건 제리코도 마찬가지였다. 제리코는 비밀 수사를 찬성했다. 공개수사를 하게 될 경우 평화로운 아카데미 생활은 영구 반납해야 함을 알기 때문이다.

용을 만난 일과 검과 제리코가 맺은 주종 계약에 대해선 비밀로 하자고 세 명의 조난자와 한 자루의 검은 귀환 직후 입을 맞췄다. 사실 제리코는 기절해서 후에 드래곤 슬레이어 소드가 귀띔했다. 범인이 용이 아닌데 용 얘기가 나오면 일이 복잡해질 수 있기 때문이다. 주종 계약은 하프 산맥을 벗어나면 해지할 것이니 괜히 얘기할 필요가 없고.

셋의 귀환은 마력 응집소를 발견한 샌시가 무리해서 마법을 쓴 것으로, 비슷한 시기에 갑자기 강제 귀환당한 구조대는 인간의 접근을 불허하는 하프 산맥의 신비한 힘이 작용한 것으로 마무리되었다. 중요한 것은 미베어 소공작과 로즈 스타즈(공문서라 호적상 이름을 사용해야 한다)의 무사 귀환 아니겠는가.

수사관은 제리코의 진술 내용을 기록한 문서를 가지런히 정리했다. 진술을 녹음한 마법 도구도 신중한 손길로 품에 넣었다. 저 진술 내역은 드래곤 슬레이어 소드의 자문을 받아 숨길 건 숨기고 논리적 빈틈이 없도록 노력한 결과임을 밝힌다.

"송구하오나 소공작, 정말 괜찮으시겠습니까? 잠시 휴학하시는 게 어떠실는지요?"

조사관은 아직 어린 소공작이 루나 아카데미에 재학하다 또다시 봉변을 당하는 게 아닌가 싶어 염려했다.

제리코는 단호하게 고개를 저었다. 아리보 소공작과 존 한슨도 비슷한 얘기를 했지만 그녀의 의지는 확고했다.

"아니에요. 전 괜찮습니다. 절 해하려는 사람이 있어도 제 학업을 향한 의지는 꺾을 수 없어요."

-갈수록 거짓말만 느는구나. 이젠 눈동자도 안 흔들리네.

"그리고 아카데미 측에서 제 신변 보호에 더 힘써주겠다고 했습니다. 저도 좀 더 조심스럽게 처신할 거예요."

"하오나 소공작님……."

예비 소집일에 벌어졌던 마차 사건은 아리보 공작가에서 개입해 황실에 숨겼었다. 이번 실종 사건으로 그 사건 또한 황가에 보고하면서 수사관은 두 개의 사건을 함께 조사하게 되었다. 수사관으로서의 직감이 두 사건 모두 미베어 소공작을 노린 계획범죄라고 했다. 수사관은 의자에 똑바로 앉은 제리코 미베어를 보았다. 이 호감 가는 소녀를 노리는 이가 있었고, 사건의 규모로 보건대 범인은 복수였으며, 무엇보다.

"소공작님, 마차 사건과 이번 사건은 계획범죄가 틀림없습니다. 이번 사건은 아직 증거가 적어 확신하지 못하지만 마차는 확실합니다."

제리코가 알기로 마차 사건 때에도 확실한 물증이 없었다. 그런데 수사관이 확신하니 후에 밝혀진 게 있나 궁금했다.

"새로이 밝혀진 게 있나요?"

"증거품인 금속 실이 증거 보관실에서 사라졌습니다."

범행의 증거품을 보관하는 증거 보관실 관리가 아카데미 무기 창고처럼 허술할 리 없는 노릇. 제리코의 표정이 굳었다. 그 금속 실은 쉽게 구하기 어려운 물건으로 범인을 쫓는 데 아주 중요한 단서였다.

"또한 마탑의 자문이 맞다면 범인 중에 고위 마법사가 있을 가능성이 높습니다."

일부러 고리타분한 방법을 사용해 이동 마법을 새로이 설계한 실력. 일반 마법사에겐 불가능하고 적어도 로브를 받은 탑의 마법사는 되어야 가능하다는 것이 마탑의 결론이었다. 이에 따라 수사관은 마탑의 마법사들까지 수사 대상으로 확장했다. 대부분의 마법사는 마탑에서 연구를 하고 있지만 다른 곳에 개인 연구실을 차렸거나 제국 밖을 여행하는 마법사도 있는 상황. 마탑에선 수사에 적극 협조할 의사를 밝힌 후 마법사들에게 연락이 닿는 즉시 보고하겠다고 말했다.

엄중한 경계에 일반인은 접근이 불가능한 증거 보관실에서 주요 증거품이 사라지고, 범행엔 고위 마법사가 동조했다.

그에 더불어.

"소공작께서도 아시겠지만 돌아가신 에라프 미베어 공작님은 인류의 영웅이자 대륙의 영웅이요, 우리 모두를 구해주신 은인이십니다. 아리보 공작가가 아니었다면 황실에서 소공작의 후견인을 자처했을 정도로 황가에서도 깊은 호의를 보이고 있습니다. 모든 사람이 알고 있는 사실을 무시하고 소공작을 노린 범죄입니다. 이는 반역에 준하는 역심입니다."

수사관이 진지한 어조로 말했다.

"생각보다 높은 신분이거나 고위 마법인 자. 황가와 아리보 공작가의 분노를 염려하지 않는 집단이 소공작님을 노리고 있을지도 모릅니다. 정말 괜찮으시겠습니까?"

제리코의 두 주먹에 힘이 들어갔다. 꽉 쥔 주먹은 피가 통하지 않아 하얗게 변했다. 이미 알고 있지만 누군가가 자신의 목숨을 노린다는 얘기를 듣는 건 괴로운 일이었다.

제리코는 잠시 눈을 감았다. 그리고 다시 떴다. 소녀의 맑은 눈은 의지로 빛났다.

"전 맞설 각오가 되어 있어요. 상대가 누구든 두렵지 않아요."

조사관은 어린 소녀의 기백에 감탄했다. 특히 의지가 담긴 눈동자는 아버지인 영웅 에라프를 쏙 빼닮은 수준. 호랑이는 개를 낳지 않는다. 용사의 피는 확실히 이어지고 있었다.

수사관이 미베어 소공작은 훌륭한 인물이라고, 그 아버지에 그 딸이라고 감탄했든 말든, 제리코는 대면이 끝난 뒤 기지개를 켰다. 하프 산맥에서 쌓인 피로가 완벽하게 풀리지 않아 계속 졸렸다.

"배고프고, 졸리고, 삭신이 쑤시고."

―제리, 정말 무섭지 않아? 네가 무서워하는 귀족이 널 노리고 있다잖아. 노오오옾으신 양반이.

"알 게 뭐야. 용만 아님 됐지."

상대가 인간이라면 제리코는 두렵지 않았다. 만약에 상대가 황제 폐하라도, 만약에 상대가 마탑주라도 그녀는 무섭지 않았다. 용이 아니면 괜찮았다.

"나는 하프 산맥에서 마물과 싸우고 용님도 만났다 이거야. 인간은 두렵지 않아!"

―격을 뛰어넘는 존재를 만나고 겁을 상실했구나.

초월적인 존재를 만난 후 공포의 기준점이 바뀌면 이렇게 이성이 흐려지기도 한다. 드래곤 슬레이어 소드는 하루빨리 제리코 내면의 기준점이 인간 사회 수준으로 복귀하길 희망했다. 하프 산맥 기준으로는 인간 사회에서 살기 힘들었다.

"하하하! 난 용님을 만나 뵙고 부탁도 드린 사람이다! 하하하!"

―당당하구면.

"으하하하하하!"

―그래. 건강해서 좋다.

소위 말하는 높으신 양반들이 제리코를 평가할 때 가장 높은 점수를 부여하는 항목이 건강이다.

그들은 제리코의 육체 건강만 평가하고 정신 건강은 평가하지 않았지만 제리코는 몸만 아니라 정신 건강도 매우 양호했다.

느닷없이 마물이 득시글거리는 위험지역으로 이동해 노숙하다가 용까지 만났는데 이틀 만에 고개를 뒤로 젖히고 웃을 수 있다니. 비록 그것이 허세일지라도 웃을 수 있다는 게 중요했다.

-하여간 볼 사람도 없는데 허세는.

드래곤 슬레이어 소드는 속으로 웃었다. 몸이 썩어가는 와중에도 검을 위해 허세 가득한 연애담을 들려주던 주인이 생각나는 건 왜일까.

제리코는 루나 아카데미의 허가를 받아 일주일을 더 쉬었다. 실종되었던 기간까지 합하면 출석 일수를 채우지 못해 모든 수업에서 낙제할 위기였으나 아카데미 측에서 제리코를 배려해 주기로 했다.

일주일이란 휴식 기간 동안 제리코는 하루 종일 자고, 케이크와 과자를 퍼먹고, 몸에 좋다는 보양식을 섭취했다. 주말마다 외출할 것이라 장담해 놓고 새로 사귄 친구들과 노느라 만나지 못했던 동생들과 시간을 보내기도 했다. 황금 같았던 일주일은 주말처럼 순식간에 지나갔다. 한여름 뙤약볕에 내놓은 아이스크림 녹는 속도와 맞먹었다.

그리고 대망의 마지막 날.

존이 걱정이 가득한 얼굴로 제리코를 배웅했다.

"안전을 위해서 학교는 그만두는 게 좋지 않겠어?"

"아뇨! 다닐 거예요!"

제리코는 의지를 불태웠다. 존은 수사관과 다르게 딸을 잘 알았다. 그는 자신의 딸이 혹시나 위험한 생각을 하는 건 아닐지 걱정되었다.

"제리, 혹시 네가 미끼가 되어 범인을 잡겠다거나 그런 생각은 절대 해선 안 된다."

"아빠도 참, 안 해요! 범인은 수사관님이 잡아주실 거예요! 전 그냥 학교를 가고 싶은 거라고요!"

"공부하고 싶어서는 아닐 테고……."

"까르륵!"

"우리 예쁜 딸이 학교에 보고 싶은 사람이라도 있나?"

−주인의 아들 찾기 때문이라면 무리해서 가지 않아도 돼, 제리.

"아잉, 몰라."

제리코는 필살의 애교를 선보였다. 효과는 굉장했다. 갑작스러운 실종으로 맏딸에 대한 근심 걱정이 끊이지 않던 존은 제리코의 사랑스러운 애교를 보고 흐뭇하게 웃었다.

"하하, 그래. 우리 딸, 좋은 남자 있으면 확 잡아버려라. 그래도 위험한 일엔 끼지 마라. 몸조심하고. 검은 꼭 들고 다녀라. 에라프 님의 검이 널 지켜주실 거야."

"너무 제 걱정 마시고요! 잘 지내세요! 무슨 일 있으면 꼭 연락하셔야 해요!"

"그래, 그래!"

가족과의 이별은 언제나 아쉽다. 다시 만날 걸 알아도 그렇다. 제리코는 크게 손을 흔들다가 마차에 올랐다. 드래곤 슬레이어 소드는 걱정스럽다는 듯 말했다.

−제리, 정말 괜찮아? 나 때문에 무리하는 거면 안 해도 돼. 그냥…… 뭐…….

한참을 망설이고 뜸을 들이더니 검이 이러는 게 아닌가.

−주인 아들이 아니어도 네 자식이면 뭐, 괜찮을 것 같은데.

제리코는 깜짝 놀랐다. 17년 동안 방구석에 콕 박힌 생활을 한 덕분에 얼른 새 주인을 만나고 싶어 안달이 나 있던 검이 이런 얘기를 하다니. 제리코가 결혼해서 아이를 낳고, 그 아이가 자라 여행을 떠나려면 최소 20년이란 기간이 필요하다. 아직 십 대인 제리코로선 엄두가 나지 않는 긴 시간이었다. 일단 제리코가 살아온 세월보다 길었다. 그건 드래곤 슬레이어 소드에게도 마찬가지일 텐데 검은 제리코를 염려해 긴 세월을 안내할 의사를 밝혔다.

제리코는 부드럽게 검 손잡이를 쓰다듬었다.

"에헤이. 이 검 꿈 소박해진 거 보게. 아름다운 황자님, 부자 천재 검사, 천재 마법사 숲 요정 혼혈이 후보로 떡하니 버티고 있는데 내 아이로 만족하겠다고? 정말?"

─아니, 뭐. 네가 공작 하는 거 나쁘지 않다고 말했었으니까. 나도 나쁘지 않다 이거지.

"내가 어영부영 현실에 안주하게 될 경우 너라도 꿈을 찾았으면 좋겠는데."

─윽.

"어쨌든 그런 거 아니야. 왜 다들 오해하는 걸까."

─그럼 마자리스 때문에 아카데미 가는 거야?

"그것도 있고."

제리코가 말끝을 흐렸다. 드래곤 슬레이어 소드는 설마설마하다가 버럭 외쳤다.

─너 진짜 미끼가 되어서 범인 끌어내려는 거였냐!

"그렇지만!"

제리코는 두 손으로 무릎을 팡팡 내려쳤다. 손은 범인을 생각하여 매서운데 맞는 곳이 무릎이니 결국 제 살 까먹기였다. 하지만 흥분한 그녀는 통증을 잊었다.

"괘씸하잖아! 나빴잖아! 나 때문에 다른 사람들이 위험에 처했는걸!"

앞으로 몇 년 더 일할 수 있는데 발이 잘려 죽은 말. 갑작스러운 사고로 말을 잃고 슬퍼한 마부. 제리코의 머리와 부딪쳐 갈비뼈가 부러졌던 마자리스. 이번 일에 휩쓸려 죽을 뻔한 로젠에 샌시까지. 그리고 제리코 대신 당할 뻔했던 검술학부 신입생과 〈교양 검술〉 수강생들.

─검엔 널 식별하는 조건이 붙어 있었잖아.

"그래도!"

놀랍게도 그날 제리코와 로젠이 운반한 연습용 검엔 모두 동일한 마법이 부여되어 있었다. 하나의 마법이 발동되면 나머지는 전부 마법이 파훼되었기 때문에 발동 조건을 알아내진 못했다. 샌시도 그렇고, 마탑에서도 학생 틈에서 제리코를 식별해 내는 조건이 설정되어 있었을 것이라 말했다. 하지만 그 조건이 무엇인지 아무도 모른다.

현재까지 밝혀진 정보에 따르면 그 조건이란 것이 딱 하나 더 설정되어 있었다고 한다. 식별 능력이 부족하다는 뜻이다. 만약 제리코 외에 그 조건에 맞는 학생이 우연히 연습용 검을 들고 기본자세를 취했다면?

제리코가 실종된 이후 이렇다 할 추가적인 움직임이 없었기 때문에 조사관은 이번 사건을 납치가 아닌 살인미수로 보고 있었다. 목적지가 정확히 설정되지 않은 이동 마법이어도 살인미수요, 알 수 없는 방법으로 목적지를 하프 산맥으로 설정했어도 이 또한 살인미수였다. 제리코 한 명을 노린 범죄에 말려든 피해자가 이렇게나 많았다.

"정말 나쁜 사람이야! 용서할 수 없어!"

흥분해서 무릎을 내려치던 제리코의 기세가 갑자기 꺾였다. 그녀는 연체동물처럼 흐느적흐느적 드래곤 슬레이어 소드를 껴안았다.

"……라는 건 진짜지만 학교에 가는 이유는 그게 아니야."

-아니었어?

제리코는 퉁명스럽게 대꾸했다.

"범인 잡는 건 수사관님 일이지 내 일이 아니잖아."

-그럼 왜 가려는 거야?

"기분 나쁘잖아."

제리코가 입술을 오리처럼 비죽이 내밀었다. 자신은 피해자고 범인은 가해자다. 그런데 범인 때문에 일상을 바꾸고 저택에 갇혀 살아야 한다는 게 마음에 들지 않았다. 이제 막 학교에 정을 붙이고 친구도 많이 사귀고 즐거움이 시작되었는데 나쁜 사람 때문에 끝내야 한다니.

제리코는 책임감이 뭔지 알고 뚝심 있는 소녀였다. 에라프의 아들 찾기를 여기서 그만두는 것도, 학교를 그만두는 것도 모두 싫었다. 정말 싫었다.

전해지는 감정으로 판단해 보니 진짜 이쪽이 진실이었다. 드래곤 슬레이어 소드가 기가 차서 중얼거렸다.

-똥고집이었냐.

"내가 또 한 고집 하지."

-네가 아카데미를 고집한 것 때문에 다른 학생들이 휩쓸릴 거란 생각은 안 들어?

"그래서 가능한 혼자 다니려고."

그럼 아카데미를 다니는 의미가 없지 않냐. 드래곤 슬레이어 소드는 그 말을 하려다가 하지 않았다. 루나 아카데미는 제리코에게 있어서 일종의 도피처이자 휴양지였다. 그런 곳에서 다시 도망쳐 버리면 어딜 가야 한단 말인가. 물론 안전한 장소는 있다. 미베어 공작가나 아리보 공작가에서 머물면 된다. 얌전하게 범인이 잡힐 때까지 은거하다가 어영부영 안전한 상대를 만나 결혼하겠지. 제리코는 거기까진 생각하지 않은 모양이지만.

"에라프 님 아들도 찾을 거야."

-난 괜찮다니까.

"기왕 찾기 시작한 거, 찾을 거야."

제리코가 입술을 굳게 다물었다. 에라프의 아들을 찾는 일은 그만둘 수 없었다. 제리코는 하프 산맥에서 죽음의 위기를 여러 번 넘나들며 결심했다. 지금 당장 결혼해서 아이를 잔뜩 낳을 게 아니라면 에라프의 아들은 반드시 찾아야 한다. 그러지 않으면 팔다리를 만들어도 혼자선 못 움직이는 이 무능 검이 영원히 혼자가 되어버리지 않는가.

드래곤 슬레이어 소드는 자아가 있다. 그런 검의 자아가 흩어질 때까지 홀로 두는 것은 산 채로 썩어가던 에라프의 최후처럼 비참하고 처참했다. 용사를 그렇게 보냈는데 용사의 검까지 그런 끔찍한 최후를 맞이하게 둘 수는 없었다. 그것이 용사의 은혜를 입고, 용사의 피를 이은 후계자로서의 도리다.

생각을 속이려 노력한 덕분에 제리코의 이런 생각은 검에게 전달되지 않았다. 굳은 집념만 전해졌을 뿐.

결국 드래곤 슬레이어 소드는 제리코의 의견을 존중하기로 마음먹었다. 무슨 생각인지는 모르지만 사람이 이렇게 결심을 했으면 그에 따라주는 게 무생물의 도리 아니겠는가. 또한 그녀의 법적 보호자인 아리보 공작과 존 한슨이 허락했는데 무생물인 자신에게 무슨 권리가 있겠는가.

검이 그런 생각을 하는데 제리코가 눈을 동그랗게 뜨고 검을 응시했다.

-왜 그래?

"방금 네 생각이 들렸어."

-뭐, 뭐?

"들린 것 같아! 너 날 걱정할 자격 없다고, 막 그런 생각했지? 그렇지?"

-아니거든! 죽어도 아니거든!

"네가 날 걱정할 자격이 없긴 왜 없어! 우린 친구잖아! 넌 내 참모에 조언자에 자문가에 보호자야! 심지어 에라프 님의 검이기까지 하지!"

제리코가 검을 꽉 끌어안고 놔주지 않은 채 깔깔 웃었다. 이번엔 허세가 아니었다. 진심을 담은 즐거운 웃음소리에 휘말리기 싫어서 드래곤 슬레이어 소드는 끝까지 부정했다. 말로만 그러고 진심은 그렇지 않은 것을 제리코는 다 알았다.

제리코가 하프 산맥에서 죽을 고생을 하든 말든 루나 아카데미는 멀쩡했다. 내부의 사람들은 멀쩡하지 못했지만 건물은 멀쩡했다. 제리코는 루나 아카데미에 들어서자마자 다시 만세 삼창을 했다.

"학교다!"

-학생 감금하는 감옥이라 할 땐 언제고.

"아~ 정말, 너무 그리웠어. 이 사람들, 인기척, 아카데미 특유의 냄새와 분위기."

하녀들은 제리코보다 먼저 백합관으로 가 주인이 없던 건물에 온기를 불어넣고 있을 것이다.

제리코는 수첩을 꺼내 시간표를 확인했다. 하프 산맥에서 생존에 힘쓰느라 고생해서 그런가. 고작 2주 전 일인데도 불구하고 아카데미에서 보낸 나날이 까마득할 정도로 멀게 느껴졌다.

"이게 비일상에 휘말렸다 일상으로 돌아온 기분?"

-시간표는 기억하고 다녀라. 몇 개 듣지도 않잖아.

강의실을 향해 이동하는 제리코를 발견한 학생들이 우르르 몰려왔다. 예상한 일이었다. 목격자를 제외한 학생들은 제리코가 루나 아카데미 학생을 노린 테러에 휘말려 인근 숲에서 조난당했던 것으로 알고 있었다. 어쨌든 조난은 조난이다. 제리코는 정말 힘들었다, 죽는 줄 알았다 등의 엄살을 떨며 학생들의 궁금증을 해결했다. 다행히 질문은 예상한 것보다 적었다. 아니, 많이 적었다.

'어째 이상하네?'

제리코는 결코 사람의 관심을 구걸하는 사람이 아니지만, 돌아가는 흐름이 뭔가 이상했다. 그녀의 예상과 달랐다. 루나 아카데미에서 가장 화제의 인물을 꼽으라면 단연 제리코 미베어다. 그런 인물이 또 다른 화제의 인물 로젠 스타즈와 함께 범죄에 휘말린 것이다.

실종되어 생사를 모르는 상황이 나흘 넘게 이어졌다. 관계자야 당일 제리코의 생사를 알았지만 학생들은 관계자가 아니니까 심각한 일이었다. 그런데 학생들의 반응이 영 미적지근했다. 제리코는 이유를 알 수 없는 배신감에 고개를 갸웃거렸다. 초코칩이 들어간 빵인 줄 알고 씹었는데 안에 건포도가 들었을 때의 배신감과 비슷했다.

-넌 둘 다 좋아하잖아. 그런데 왜 배신감을 느껴?

"그런 게 바로 인간이야."

-반대면? 건포도인 줄 알았는데 초코칩이어도 배신감 느껴?

"아니. 그러면 개이득."

입이 없는 드래곤 슬레이어 소드는 차이를 알 수 없어 혼란에 빠졌다.

어쨌든 학생들의 과도한 관심과 배려가 없는 건 좋은 일이다. 제리코는 좋게 생각하기로 했다. 괜히 이것저것 질문이 들어오면 머리 굴리며 대답하느라 힘들 텐데 알아서 멀리해 주니 편하고 좋았다.

강의실에 들어간 제리코는 다시 학생들에게 둘러싸였다. 길에서 만난 사람들과 다르게 이번엔 같이 수업을 들으면서 제리코와 친분이 생긴 이들이다. 제리코는 이번에야말로 질문 공세에 시달릴 걸 각오했다.

그런데 이게 웬걸. 학생들은 제리코의 안전과 무사 귀환을 확인하더니 심심한 위로의 말을 건네고 흩어졌다.

제리코가 들어온 강의실 하나만 그런 게 아니었다. 아카데미 전체가 기묘한 기운에 휩싸여 있었다. 제리코는 순간 자신의 실종 때문에 학생들이 전원 취조라도 당했는지 의심했다. 물론 그런 일은 벌어지지 않았다.

"이상해……."

기묘할 정도로 조용하면서 무거운 공기. 조금 들뜬 듯하면서 정신이 혼미해 보이는 학생들. 평소보다 목에 더 힘주고 걷는 조교와 학생들에게 더 친절해진 교수님.

뿐만이 아니다. 수업이 시작되자 학생들이 평소보다 더 열심히 집중했다. 전에는 간혹 피치 못해 졸거나, 딴짓하거나, 뒷문으로 몰래 도망가는 학생이 있었는데 오늘은 아니었다.

제리코는 자기가 없는 사이 학교에 무슨 일이 생겼는가 싶어 점점 불안해졌다.

'뭐야, 무슨 일이 생긴 거지?'

제리코는 가장 가까이에 있는 참모 드래곤 슬레이어 소드에게 질문했다.

사실 그녀는 검이 답을 알고 있으리라 생각하지 않았다. 이 똘똘한 검은 그녀와 함께 하프 산맥 관광을 다녀왔기 때문이다. 풀코스 관광 내내 제리코와 떨어진 적이 없는데 제리코가 모르는 걸 검이 어떻게 알겠는가. 그런데 드래곤 슬레이어 소드에게서 한심하단 감정이 흘러들어왔다. 제리코는 혹시 아카데미에 닥친 이 기묘한 환경 변화가 논리적으로 추론 가능한 변화인지 고심했다.

갑자기 조용하고 무거워진 분위기, 피곤해 보이는 학생들. 제리코는 혹시나 싶어 물어봤다.

'다들 나 찾으러 숲을 수색했나?'

드래곤 슬레이어 소드가 침묵했다. 어이가 없어서였다. 검에게 입이 있었다면 일부러 턱관절을 빼고 입을 쩍 벌려서 이 마음을 표현했을 텐데. 그럴 수 없어서 참 아쉬웠다.

―용을 만난 후유증이 심각하구나.

'빨리 알려줘. 뭔데?'

―너…… 중간고사가 뭔지는 알지?

당연히 몰랐다. 기초 학교에서 배우지 않았기에 제리코는 당당하게 대답했다.

'중간고사? 그게 뭐야?'

―아. 기초 학교는 중간고사가 없었어? 시험인데.

'시험은 방학 전에 한 번만 보는 거잖아. 왜 시험을 벌써 봐? 벌써 방학해?'

―제리…… 백합관에 돌아가면 학사 일정표를 읽어보도록 해.

'진짜 방학을 벌써 하는 거야?'

제리코는 신이 나서 웃었다. 어쩐지 학생을 외딴곳에 가둬놓고 공부만 시키더라니. 사람이 그렇게 잔인할 리가 없지. 가둬놓고 공부시키는 대신 방학이 네 번이었나 보다.

드래곤 슬레이어 소드는 제리코가 품은 착각을 정정해 주기 위해 그 날 수업을 건성으로 들었다.

　검의 설명을 들은 제리코는 고뇌했다. 그녀가 알기 어렵고, 이해하기 어려운 세계가 또 등장했다. 시험 전이니 공부하는 건 이해할 수 있는 범주였으나…….

　"왜 일주일이나 남았는데 저렇게 열심히 공부하지?"

　-일주일밖에 안 남은 거겠지.

　"세상에. 이렇게 공부만 하는 사람이 많았다니. 정말 놀라워."

　-난 가끔 네가 정말 놀라워.

　동생인 메이에게 '공부는 힘이 약해서 쟁기질도 못 하는 애들이 먹고 살 길 없어서 하는 것'이란 말을 할 때 알아봤지만 도가 지나쳤다.

　이대로 가면 전 과목 낙제 확정이다. 이번 학기야 실종 사건이 있었으니 변명할 거리가 있다 치자. 다음 학기는? 그다음 학기는? 로젠이나 샌시와 다른 의미로 졸업하지 않는 학생이 되어 아카데미의 전설로 남을 것인가? 주인의 이름을 달고?

　결국 드래곤 슬레이어 소드는 특단의 조치를 내렸다.

　-기숙사로 가자. 빨리.

　"응? 샌시도 보고 로젠 얼굴도 보고 마자리스도 보고 싶은데."

　-네가 지금 남자나 쫓아다닐 때냐!

　뜻에 따르지 않으면 진동으로 시끄럽게 괴롭히겠단 검의 기세에 제리코가 항복했다. 시험 기간에 접어든 학교의 분위기가 낯설기도 했으니 일찌감치 기숙사로 돌아가 쉬는 것도 나쁘지 않았다.

　-쉬는 게 아니라 공부해야지! 너 도대체 커서 뭐가 되려고 그래!

　"이대로 죽지 않고 어른이 되면 둘 중 하나겠지. 공작이 되거나, 날품 팔이를 겸업하는 약장사가 되거나."

-왜 극과 극인 건데.

권력의 피라미드에서 최정점과 최하층을 오가는 극단적 진로에 검은 몸을 떨며 괴로워했다. 제리코는 그런 검을 안심시켰다.

"걱정하지 마. 일이 잘되면 날품팔이 없이 평범한 약장사를 할 수도 있어. 아니면 잡화점이나."

-그래…… 잡화점……. 가게가 있으니까 좀 낫다. 그러니까, 제리. 그냥 평범해 보이는 잡화점도 사장이 되어 직접 꾸려 나가려면 배워야 해. 일단 시험공부부터 하자. 마약 같은 범죄가 아니면 뭐든 배워놓는 게 이득이야. 네가 〈교양 검술〉을 안 들었다고 생각해 봐. 하프 산맥에서 마물을 상대하는 게 더 어렵지 않았을까?

"그 얘길 들으니까…… 그런 것 같네."

제리코가 말발로 드래곤 슬레이어 소드를 어떻게 이기겠는가. 제리코는 백합관으로 걸어가면서 내심 안심했다. 하프 산맥에서 주종 계약을 맺은 이후 드래곤 슬레이어 소드가 조금 지능이 떨어진 듯하여 걱정했는데 아니었다. 제리코는 검이 주인과 지능을 맞추지 않아서 다행이라 생각했다.

-엄청나게 괘씸한 생각을 하는 것 같은데, 일부러 안 읽는다.

제리코가 이 주 만에 다시 찾은 백합관은 경비가 강화되어 있었다. 루나 아카데미 측은 공작가와 황실에서 보내는 경호 인력을 거절하는 대신 경비를 두 배로 늘렸다. 사건은 기숙사가 아닌 검술원에서 벌어졌기 때문에 이 경비에 무슨 의미가 있냐 싶기도 하지만 뭐 어떤가. 높으신 분들에게 직접 보여주기엔 가장 편한 대처법이었다.

제리코는 새로 늘어난 경비원과 인사하고 곧장 방으로 올라갔다. 하녀에겐 피곤하니 3층에 올라오지 말 것을 부탁했다.

"식사는 어떻게 준비할까요?"

"제가 시간 되면 내려와서 먹을게요. 식당에 준비만 해주세요."

"네. 그럼 6시에 드실 수 있도록 준비해 두겠습니다."

하녀는 계단을 밟고 올라가는 주인을 다시금 감격하여 올려다보았다. 제리코는 2층으로 올라가고 나서야 사라진 시선에 머쓱해져 볼을 긁었다.

하녀에게 3층에 올라오지 말라 한 건 다른 이유가 있는 게 아니다. 제리코는 3층 방문을 열었다. 그러자 잘생기고 키 큰 청년이 방 안으로 우아하게 들어갔다. 제리코는 깜짝 놀라 방문을 잠갔다.

"들키면 어쩌려고 그래! 게다가 어딜 다 큰 남정네가 다 큰 아가씨 방에 허락도 안 받고 들어가!"

제리코가 따지자 드래곤 슬레이어 소드가 전신 거울에 비친 자신의 모습을 점검했다. 잘생기고 훌륭한 인품이 한눈에 드러나는 우아한 청년. 눈 색과 머리 색을 제외하면 주인인 에라프와 똑같았다.

"주인 모습이니까 남에게만 안 들키면 괜찮지 않아?"

"그래도 내 기분이 묘해지잖아! 내 방에 이 잘생긴 청년과 단둘이! 뭔가 이상하다고!"

"주인 모습이잖아."

"에라프 님 젊은 시절 모습이지. 딸들 첫사랑이 아빠인 경우는 많지만 그건 기초 학교 입학 전에 졸업하는 거거든?"

나중에 커서 아빠랑 결혼할래! 이게 통용되는 시기는 7살까지다. 이후 딸들은 깨닫는다. 세상엔 아빠 외에도 남자가 많다는 사실을! 그리고 세상에 남자가 아빠 하나만 남아도 아빠랑 결혼해선 안 된다는 진실을!

"넌 내게 친아버지 얼굴을 보고 볼을 붉히는 흑역사를 남겨주고 싶니?"

"무슨 말인지 모르지만 알겠어."

드래곤 슬레이어 소드의 키가 줄어들었다. 손과 발이 작아지고 팔다리도 짧아졌다. 제리코는 미약한 두통에 이마를 짚었다. 마력 사용으로 인한 두통이었다.

"아, 현기증."

"너 오기 전에 청소 열심히 했나 봐. 2주를 비워놨는데 자리 비운 흔적이 안 느껴진다."

사람이 사는 공간은 며칠 자리를 비우면 티가 나게 마련이다. 매일 쓸고 닦아도 사람이 살지 않는 공간은 분위기가 달랐다. 그런데 제리코의 침실엔 그런 흔적이 없었다. 제리코는 깜짝 놀랐다. 이걸 위해 하녀들이 얼마나 정성껏 청소했을지.

"감동이야!"

하녀 언니들의 정성을 온몸으로 느끼기 위해 제리코가 침대 위로 뛰어들다가 드래곤 슬레이어 소드에게 붙잡혔다. 드래곤 슬레이어 소드는 제리코를 질질 끌어 책상 앞에 앉혔다.

검은 제리코가 수강하는 수업들의 수업 일정표를 재확인한 후 가장 시험이 가까운 과목의 지정 교재와 참고 도서를 책장에서 뽑았다. 교재인 교과서는 들고 다니고 펼친 기색이 있지만 참고 도서는 깨끗한 새 책이었다.

검은 혀를 찼다. 혀 차는 기분이 꽤 좋았다. 검은 책을 펼쳤다. 직접 책장을 한 장 한 장 넘기는 감촉이 색달랐다.

"오오! 내 손으로 책장을 넘기는 기쁨이여!"

제리코는 턱을 괴고 앉아 자신과 똑같이 생기고 머리 색과 눈동자 색만 다른 소녀가 독서하는 모습을 관찰했다. 단지 머리 색이 다를 뿐인데 저 소녀에게선 이지적이고 우아한 분위기가 흘러나온다고 느껴지는 건 그녀 혼자만의 착각일까?

제리코는 혹시나 싶어 책을 들고 거울을 보았다. 거울 속 소녀에게선 건강미가 느껴졌다.

'사람은 머리 색이 중요하구나.'

"그게 아닌 걸 알 텐데."

드래곤 슬레이어 소드가 책을 잔뜩 뽑아 책상 위로 옮겼다. 책은 들 수 있으면서 자신의 몸은 들 수 없는 대자연의 법칙이 신기하고 치사하게 느겨졌다. 제리코는 점점 높아지는 책 탑을 보다가 아예 책상에 엎드렸다.

"이상하다. 펼치지 않았는데 졸려."

"다 읽으란 소리 안 할 테니까 겁먹지 마."

제리코는 책상에 앉아 꼼짝도 하지 않았다. 3층에서 두 명의 인기척이 느껴지면 경비원들이 이상하게 여길까 봐서다.

제리코는 공부하라더니 자기가 전공 서적을 읽는 검을 보았다. 하프 산맥을 내려오고 일주일이 지났는데 둘의 계약은 계속 유지되고 있었다.

"우리 계약 해지 안 해도 돼?"

계약을 맺을 당시만 해도 하프 산맥을 내려오자마자 계약 해지하자고 조를 것처럼 굴더니 막상 하프 산맥을 벗어났는데 검은 아무 얘기가 없었다. 일주일의 휴식기 동안 제리코도 진술하랴, 가족들 만나서 어울리랴 정신이 없어 먼저 얘길 꺼내기 어려웠고 말이다.

드래곤 슬레이어 소드는 어깨를 으쓱였다. 사람 같았다.

"너 아카데미 계속 다닐 거라며."

"응."

"내가 원하면 언제든 해지해 줄 거고."

"당연하지. 난 언제든 네 의사를 존중할 거야."

"그럼 새 후보 찾기 전까지만 유지하자. 이게 너 지키기도 편해. 마력이 좀 들긴 하겠지만 마력은 쓰면 쓸수록 느니까 점점 편해질 거야."

"음……."

제리코가 고민했다.

"이제까지와 달라지는 것도 없을걸? 둘이 있을 땐 더 이상 신문과 잡지, 책을 넘겨주지 않아도 되는 게 가장 큰 차이겠지. 그리고 이 모습을 오래 유지할 경우 마력 부족으로 두통과 현기증, 마력 빈혈 증세가 오겠지만 내가 얼마나 이 모습으로 있겠어."

"으음……."

제리코의 고민이 길다 보니 드래곤 슬레이어 소드는 괜히 말이 많아졌다. 책상 앞에 앉아서 그런가, 평소엔 생각이 별로 없는 제리코가 오늘은 생각이 복잡해서 읽기 힘들었다. 드래곤 슬레이어 소드는 결국 풀이 죽어 얘기했다.

　"네가 안 내킨다면 해지할게."

　"아니, 그게 아니고. 지금 넌 내 모습을 그대로 따온 거잖아."

　"응."

　"내 목소리가 이랬구나."

　자신이 생각하는 목소리와 실제 목소리는 다르다는 얘기를 듣고 거짓말이라 생각했는데 사실이었을 줄이야. 제리코가 맑은 소리를 내며 웃었다. 드래곤 슬레이어 소드는 한숨을 쉬었다.

　"네가 그렇다면 난 네 의견에 따를게. 나도 위험한 건 싫으니까. 그런데……."

　제리코는 계약을 유지해도 상관없다 얘기한 후 작게 손짓했다. 드래곤 슬레이어 소드는 무슨 얘기를 하려나 싶어 기척을 줄이고 다가갔다.

　"좀 피곤한 것 빼면 상관없으니까 괜찮은데 인간 말고 다른 동물로는 못 변해? 나 혼자 사는 거 다 아는데 여러 사람 인기척이 느껴지면 경비원분들이 예민하게 반응할 것 같아서."

　"그러게, 네 말이 맞아."

　드래곤 슬레이어 소드는 제리코가 자주 하는 습관대로 머리를 긁었다. 제리코는 머리 색만 다른 쌍둥이 자매가 생긴 듯한 기분에 깔깔 웃었다. 검은 곤란한 듯 중얼거렸다.

　"주인이나 너로 변할 수 있는 건 오랜 기간 옆에서 지켜보았기 때문이야. 일단 인간은 안 되니까…… 이건 어때?"

　미야옹.

　드래곤 슬레이어 소드가 까만 털이 매력적인 검은 고양이로 변해 긴

꼬리를 살랑거렸다. 제리코는 와락 끌어안고 외쳤다.

"대찬성!"

"사람 말소리가 들리는 게 걱정이면 이것도 돼."

제리코의 품에 안겨 있던 고양이가 까마귀로 변했다. 드래곤 슬레이어 소드는 까마귀 울음소리를 흉내 내더니 부리로 깃털을 골랐다.

품에 있던 까만 고양이가 까마귀가 되자 제리코는 한 가지 사실을 깨달았다.

"너…… 무게가 없구나?"

"이건 본체가 아니니까. 마력으로 형상화한 모습에 불과해."

"에라프 님이랑 내 모습일 땐 무게감이 느껴졌는데."

"적당히 무게가 있어야 싸울 때 좋으니까 무게도 같이 구현한 거야. 동물은 그럴 필요가 없잖아."

까악. 드래곤 슬레이어 소드가 양 날개를 펼치고 소리 내어 울었다. 하는 짓이 제법 까마귀와 비슷했다.

"까마귀 하나가 근처에 둥지를 틀어서, 먹이 주고 말 가르친다고 하면 돼."

"그러고 보니 까마귀 책에 그런 내용이 적혀 있었지……. 까마귀는 사람 말을 따라 할 줄 안다고."

"응."

까마귀는 말소리를 해결할 수 있으니 최선의 선택이었다. 하지만 고양이는! 처음부터 까마귀였으면 모를까 이미 예쁜 고양이를 봐버렸는데 까마귀가 마음에 차겠는가! 제리코는 시무룩해져서 다시 한번 고양이 모습을 해달라 부탁했다.

"나 지금 네 마력 쓰고 있어. 마력 빠져나가는 게 느껴지지 않아?"

"그래도 고양이로 한 번 더 부탁해. 고양이가 더 귀엽단 말이야."

"마력 고갈은 체력 고갈로 이어진다고. 공부할 체력은 남겨놔야지."

"고양이 모습으로 있으면 공부 열심히 할게."

이렇게까지 말하니 어쩔 수 없었다. 드래곤 슬레이어 소드가 깍! 하고 소리 내더니 다시 고양이로 변했다. 제리코는 너무 좋아 공기 빠지는 소리 비슷한 비명을 지르고 고양이를 끌어안았다.

"무게도 구현해 주면 안 돼? 온기도."

"그래. 네 마력이지 내 마력이냐."

품에 안긴 고양이가 갑자기 묵직해졌다. 제리코는 따뜻하고 보들보들한 고양이에게 볼을 비비며 계속 부탁했다.

"말할 때 끝에 야옹도 붙여줘."

"앞으로 말끝에 검을 붙여줄검? 검은 좀 구리니까 칼은 어떤칼?"

"잘못했어."

의자에 앉아 고양이를 끌어안고 있으니 이곳이 바로 천국이었다. 제리코는 책 탑을 올려다볼 때와는 다르게 진짜 눈꺼풀이 무거워졌음을 깨달았다. 무지하게 졸렸다.

"나 엄청 졸려……. 이게 고양이의 마성……."

"마력 낭비해서 피곤해진 거잖아!"

결국 제리코는 기숙사에 일찍 들어와 한 것도 없이 침대에 누웠다. 드래곤 슬레이어 소드는 제리코의 품에서 빠져나갔다. 제리코가 두 팔로 막으려 했지만 훈련하지 않은 인간은 고양이의 날렵함을 막을 수 없었다.

"여기 와서 같이 자자."

"너나 자."

"고양이 발로는 책장 못 넘기잖아."

홍! 드래곤 슬레이어 소드는 귀엽게 콧방귀를 뀌더니 발톱을 세워 책장을 찍어 넘겼다. 제리코는 '저 책들 중고로 내다 팔긴 글렀네'라고 중얼거리더니 까무룩 잠들었다. 마력 고갈에 익숙하지 않은 신체가 극심한 피로를 호소했기 때문이다.

드래곤 슬레이어 소드는 짧은 혀를 찼다. 이 혀를 얼마나 차고 싶었는지 모른다.

"쯧쯧. 그러게 마력 많이 든다니까."

공부를 싫어하는 것치고 머리 굴리는 게 나쁘지 않으니 조금만 노력해도 대성할 텐데 본인은 그걸 모른다. 곁에서 지켜보고 있자니 답답했다. 하지만 본인이 싫다니 어쩔 수 없었다.

"낙제는 막아야지."

주인의 딸이란 이유로 시험을 보지 않고 특례 입학했다. 아카데미에서 온갖 혜택은 다 받고 있으면서 낙제한다면? 영원히 졸업하지 않는 전설의 학생 중 하나가 되어버린다면? 때 이른 괴담보다 무서운 상상에 고양이가 털을 바짝 세웠다.

언제 잠들었는지도 모르게 눈을 감았는데 일어나니 몇 시간이 지나 있었다. 제리코는 기지개를 켜서 굳은 근육을 풀고 침대에서 일어났다. 피로가 싹 풀린 기분이 들었다.

"얼른 내려가서 밥 먹고 와. 그런 다음 공부하자."

"네, 네, 네."

"대답은 한 번만 해."

"네, 네, 네."

작년에 돌아가신 어머니가 성격이 바뀌어 돌아오시면 이런 기분이 들까.

요나는 본인이 건강하지 못한 체질이라 그런지 아이들은 건강하고 착하면 된다는 육아관의 소유자였다. 제리코는 요나가 낳은 아이 중 그 육아관을 대표하는 아이로 자랐다. 누군가 공부하라고 들들 볶는 게 익숙하지 않아서 신기했다.

식사하고 돌아온 제리코를 기다리는 건 드래곤 슬레이어 소드가 만든 정리 요약본이었다. 드래곤 슬레이어 소드는 공책을 내밀고 내용물을 암기하라고 당부했다.

"빠진 기간이 길고 중간에 실종 사건도 있었으니 수업 들은 부분만 정리했어."

"와…… 그 발로 쓴 거야?"

"손만 변형해서 썼어."

드래곤 슬레이어 소드 왈, 고양이 발로는 아무리 노력해도 책장 넘기는 게 한계지 글자는 못 쓰겠다더라.

제리코는 약간 아쉬워하며 공책을 받아 들었다. 단정한 글씨로 빼곡하게 공백을 채운 귀족 문자를 보니 다시 졸음이 밀려왔다.

"나 졸려."

"안 졸린 거 알아."

고양이 꼬리가 책상 위를 탕탕 쳤다. 제리코는 홀린 듯 책상으로 다가갔다. 드래곤 슬레이어 소드가 폴짝 뛰어 책상 가운데 앉았다. 까만 고양이는 고양이 중에서도 가장 사람을 홀리는 마력이 강하다. 제리코는 어쩔 수 없이 의자에 앉았다.

"우쭈쭈. 공부하자, 제리야!"

"어흑흑. 지옥 같은 하프 산맥을 벗어났더니 이젠 공부 지옥이야."

"낙제만 면하자!"

제리코가 비통하게 우는 시늉을 하다 책을 펼쳤다. 귀여운 고양이 앞발이 책 옆에 공책을 펼쳐 밀어놓았다.

"공부가 밥 먹여주냐. 죽으면 공부도 다 끝인데. 흑흑."

"에휴."

하프 산맥에 떨어져 죽을 뻔했다가 간신히 살아 돌아왔는데 공부하라 강요하자니 미약하게 죄책감이 쌓였다. 드래곤 슬레이어 소드는 뭔가 해줄 수 있는 게 없나 궁리하다가 묘안을 짜냈다.

"공부하는 동안 쓰다듬고 있게 해줄게."

"그럼 무릎 위에 앉아서 골골거려 줘."

"그건 좀…… 안 졸 자신 있어?"

"졸면 물어도 돼."

이윽고 고양이 한 마리의 무게와 체온이 제리코의 허벅지 위에 자리했다. 제리코는 작은 두개골을 손가락으로 꾹꾹 지압한 다음 히죽 웃었다. 드래곤 슬레이어 소드가 제일 싫어하는 헤픈 미소였다.

"귀여워. 늘 해보고 싶었어."

"시골에 고양이 많잖아."

가축의 수가 사람보다 많은 외진 시골이었다. 제리코의 고향은 농사짓는 마을답게 고양이도 많아서 한가롭게 마을을 어슬렁거리는 걸 목격한 기억이 있다. 제리코는 고개를 저었다.

"우리 동네랑 인근 마을에서 고양이는 키우는 게 아니라…… 고양이가 살 곳을 정하는 거야. 밥 주는 곳, 자는 곳 다 고양이가 정하는 거지. 밥 주는 사람에게 저 고양이 키우는 거냐 물으면 아니라고 대답하고, 고양이가 자는 집에 저 고양이 키우는 거냐 물으면 아니라고 대답할걸? 제도에 와서 고양이를 집에 두고 기르는 거 알고 깜짝 놀랐잖아."

제리코는 연신 고양이 머리를 쓰다듬으며 계속 말했다.

"우리 집은 고양이들에게 인기가 없어서 영 안 오더라고. 가끔 길에서 만나면 쓰다듬고 그랬는데 이렇게 잔뜩 만질 수 있게 되다니. 가짜 고양이지만 최고야."

"……너희 집이 인기 없었던 이유 알 것 같아."

"왜?"

"온 힘을 다해 고양이를 꽉꽉 누르니 고양이들이 버틸 수 있었겠냐? 좀 살살 쓰다듬어!"

"그게 이유였구나!"

제리코는 깨달음을 얻었다. 양이나, 소, 큰 개에겐 인기 만점인데 작은 개와 고양이는 유독 따르지 않던 이유가 밝혀졌다. 제리코는 나중에 고양이를 만나거든 살살 쓰다듬어서 인기를 얻고 말겠다고 중얼거렸다.

펜이 종이 위를 스치는 소리, 간간이 들려오는 고양이의 골골거리는 소리, 종잇장이 넘어가는 소리, 듣고 있자면 한없이 졸음이 밀려오는 소리가 방 안을 조금씩 채웠다. 제리코는 용케 졸지 않고 요약본을 읽고 가끔은 외우기 위해 반복해서 적기도 했다. 모두 무릎에 앉아 고양이 흉내를 내주는 드슬이의 공이었다.

"있잖아."

공부하다 보면 자꾸 딴짓을 하고 싶고 잡생각이 든다. 가장 흔히 보이는 증상이 방 청소와 책상 정리인데 이 둘은 하녀들이 전부 해치웠으니 제리코가 건드릴 일이 없었다. 그래서 제리코는 공부 외의 잡생각을 선택했다.

드래곤 슬레이어 소드는 제리코의 손을 콱 깨물까 하다가 포기했다. 그래도 1시간 정도 집중해서 공부했으니 제리코 딴엔 꽤 노력한 걸 알기 때문이다. 하고 싶은 말을 참으면 병 된다. 드래곤 슬레이어 소드는 빨리 말해 버리고 끝내라는 의도를 품고 몸을 뒤집었다. 제리코는 고양이 뱃살을 마음껏 주물렀다.

"뭔데?"

"누가…… 그렇게 날 죽이고 싶어 할까?"

"글쎄……."

드래곤 슬레이어 소드는 뱃살을 어루만지는 제리코의 손을 툭툭 건드리며 고양이가 장난하는 모양을 흉내 냈다.

제리코는 마음이 조금 편안해져서 작게 웃었다. 공부하다가 웃어보긴 이번이 처음이었다.

"난 사람이 아닌데 그런 걸 어떻게 알겠어."

"넌 무기고 살육을 좋아하잖아. 무기의 견해가 궁금해."

"누가 들으면 내가 피와 살육에 미친 마검인 줄 알겠다."

"피는 좋아하잖아."

참으로 태평한 반응이었다. 드래곤 슬레이어 소드는 울컥하여 '마검이 되어 몸을 뺏어주랴'는 식의 협박을 했지만 통하지 않았다. 제리코는 흥흥 콧노래를 불렀다.

"그럼 나 대신 공부해 주는 거야? 네가 내 몸을 뺏어서 공부하면 그 지식은 내 머리에 남는 거 맞지?"

"……조금 궁금하긴 하다."

마검에 몸을 빼앗긴 사람의 최후는 보통 두 가지로 나뉜다. 마검에서 벗어나지만 육신을 빼앗긴 후유증으로 백치가 되거나, 육신이 죽음에 이를 때까지 벗어나지 못해 사망하거나.

역사 속에서, 자의로 마검에 몸을 빌려주고 마검이 자의로 몸을 돌려준 경우는 없었다. 만약 드래곤 슬레이어 소드가 지금 제리코의 몸 주도권을 가져가 공부해서 돌려준다면 최초의 사례가 될 것이다.

제리코가 기발한 발상이란 생각이 들었는지 손뼉을 쳤다.

"그래! 네가 시험을 보는 거야!"

"시험 보기 싫어서 마검에게 몸을 내준다니. 부모님이 만들어주신 몸을 소중히 하렴."

잠시 얘기가 옆길로 샜다. 이게 다 공부하기 싫은 제리코의 딴생각이 이뤄낸 쾌거였다. 드래곤 슬레이어 소드는 작게 헛기침을 했다. 다시 제리코의 입이 미소를 머금었다. 고양이 모습으론 뭘 하든 다 귀여웠다.

"어쨌든, 난 사람이 아니라 무기야. 어떤 사람이 어떤 마음으로 널 죽이고 싶어 할지 너보다 더 모르는걸."

고양이가 작은 혀로 앞발을 핥아 고양이 세수를 시작했다. 제리코는 지금까지 머릿속에 집어넣은 내용을 모두 잊고 흐뭇한 얼굴로 고양이를 감상했다.

"내가 확신할 수 있는 건 딱 하나야."

"뭔데?"

"살해 의도가 복수는 아닐 거라는 거지."

에라프는 서대륙과 동대륙을 통틀어 모든 인간과 아인종의 영웅이자 은인이다. 그런 에라프에게 복수하겠다고 나설 자격을 가진 이가 누굴까? 친구인 '레'를 잃은 용 '라' 정도가 아니면 다들 에라프에게 은혜를 갚으면 갚았지 원한을 품은 이는 없었다.

현재 공식적으로 알려진 에라프의 유일한 자손 제리코로 말하자면 평범하게 살던 시골 처녀였다. 평생을 고향 밖으로 벗어나지 않다가 이제 제도에 온 소녀가 원한을 사면 얼마나 샀고 그것이 살해로 이어질 일은 또 얼마나 있을까? 제리코가 가슴에 손을 얹고 맹세하건대, 제도에 올라와 원한을 산 이는 에밀리 한 명이 전부였다. 그리고 에밀리의 원한은 풀린 지 오래고.

그러니까 복수는 아니다. 타당한 주장이었다. 제리코는 동의하는 의미에서 연신 고개를 끄덕였다. 절대 공부하기 싫어서 오래 끄덕이는 게아니다. 그렇게 끄덕이면서 뇌가 자극을 받은 걸까. 검에게 몸을 맡기고 시험 예문이나 공부하기에 이어 또 다른 비상한 발상이 그녀의 머리를 스치고 지나갔다.

"에라프 님 원한인 거 아닐까?"

"주인에게? 왜?"

주인바라기인 검이 조금 날 선 목소리로 물었다. 제리코는 황급히 방금 떠올린 생각을 이야기했다.

"에라프 님에게 사랑하는 여자를 빼앗긴 남자가 복수하려는 건 아닐까? 원래 치정으로 인한 앙금이 제일 치졸하고 오래 남는다잖아."

고양이는 말문이 막혔다. 제리코 입에서 어떤 얘기가 나오든 바로 턱도 없는 소리라 물고 늘어질 생각이었는데 듣고 보니 그럴싸했다.

"부정 못 하는 현실이 슬프다……."

완벽한 영웅 에라프. 그에게도 한 가지 치명적인 단점이 있었으니, 꽤 자유분방한 연애를 즐기는 남자였다는 사실이다.

"설마 그게 범행 동기라면 세상에서 제일 치졸한 살인 동기가 되겠네."

동기가 치졸하면 어떻고, 권력욕 때문이면 어떻고, 질투 때문이면 어떻단 말인가. 피해자인 제리코 입장에선 모두 위험하고 나쁜 사람인 것을.

"하아."

제리코는 한숨과 함께 책을 덮었다. 범인에 대해 생각하니 머릿속이 복잡해 문장이 눈에 들어오지 않았다.

제리코는 자연스럽게 드래곤 슬레이어 소드를 들어 침대에 옮긴 뒤 그 옆에 누웠다. 제리코 딴에야 자연스러웠지만 검 눈엔 속셈이 훤히 보였다. 드래곤 슬레이어 소드는 잔소리를 하려다가 꼬리로 침대만 팡팡 두드렸다. 괜히 첫날부터 강행군했다가 제리코가 도망가면 저만 손해이니 오늘은 이쯤에서 만족하는 게 좋을지도 모른다.

제리코는 2주 동안 결석했다. 2주 사이에 나간 수업 진도는 어마어마했고 개중엔 과제를 낸 수업도 있었다. 다행히 과제는 면제받았고 수업 진도는 필기를 빌려주는 동기들이 있어 베끼는 걸로 해결했다.

교수가 사라지더니 대리 교사까지 실종되었던 〈교양 검술〉은 다행히 2주 동안 다른 교수가 수업을 대신했다. 연습용 검이 모조리 증거품이 되는 바람에 〈교양 검술〉 수강생은 모두 목검으로 수업을 받았다. 수강생 대부분이 검술엔 뜻이 없고, 체력 단련이나 몸풀기 목적으로 수업을 신청했기 때문에 반발은 없었다.

"제리코 양! 재능이 있어요! 2학년이 되면 이쪽으로 전공을 결정하죠!"

바뀐 교수는 젠 교수, 로젠과 동일한 평가를 내렸다. 제리코는 주먹을 쥐고 쾌재를 질렀다. 어쨌든 〈교양 검술〉 성적은 걱정하지 않아도 될 것 같다. 제리코는 로젠을 만나기 위해 개인 수련장으로 가려 했지만 사건이 검술원에서 발생했기 때문일까. 지켜보는 눈이 많았다.

"입학식 직후 같네."

—그러게.

"이래서야 내가 수련장으로 가면 로젠의 비밀이 들키겠지."

결국 제리코는 로젠을 포기했다. 드래곤 슬레이어 소드는 얼른 기숙사로 돌아가 공부하자고 속삭였다.

—공부. 공부를 하자, 제리코.

"그럼 샌시를 찾아가 볼까."

—시험 기간인데 샌시에게 방해되잖아.

"샌시는 수업 하나만 들으니까 괜찮아. 그리고 돌아오고 나선 둘 다 얼굴도 못 봤다고. 감사 인사는 해야지."

하프 산맥에서 제도로 돌아온 후, 제리코는 곧장 미베어 공작가에 가 머물렀기 때문에 로젠이나 샌시와 다시 만나지 못했다.

로젠은 어떤 일이 벌어질지 모르면서 제리코를 위해 마법진에 뛰어들었고 샌시는 몸 상태가 안 좋은 걸 알면서 제리코를 위해 하프 산맥을 찾아왔다. 둘 다 제리코에겐 생명의 은인이었다.

드래곤 슬레이어 소드가 둘 다는 아니지 않느냐고 걸고넘어졌다.

—샌시가 멀쩡했으면 그 고생은 안 해도 되었는데.

'너무 그러지 마. 제일 고생한 게 샌시인걸.'

—그러게.

시작부터 마력이 뒤틀린 샌시는 결국 귀환한 뒤에도 폭주를 진정시키느라 고생했다고 한다. 참 안쓰러운 일이었다. 그런 와중 제리코 대신 진술도 했다고 한다. 제리코가 샌시에게 받은 은혜는 열 배로 불려 갚아도 모자랐다.

'그래도 외모 참조는 못 하게 할 거지만.'

—그래, 하지 마. 만약에 성공해서 너랑 똑같이 생긴 애가 샌시랑 팔짱 끼고 돌아다닌다 생각해 봐. 기분 나쁘잖아.

드래곤 슬레이어 소드가 별생각 없이 한 말에 제리코는 상당히 욱했다. 농담인 걸 아는데 마음속에서 뭔가가 치고 올라왔다.

"이상하다. 방금 엄청 기분 나빴어."

먹고 자는 일을 등한시하여 약간은 수척한 인상의 샌시. 연두색 머리카락과 노란색 눈동자가 이질적인 그가 제리코를 닮은 미소녀와 팔짱을 끼고 거리를 활보한다. 인생의 숙원이었던 이상형을 완성한 그의 미소는 어느 때보다 눈부시고 행복해 보일 것이다. 제리코가 4촌 오빠로 승격시켜 줬을 때보다 더.

열 배는 더.

백 배는 더.

아주 많이.

지상에서 최고로 행복한 남자가 되어 웃을 것이다. 그런 생각을 하니 괜히 기분이 나빴다. 제리코는 자신이 이렇게 남의 행복에 배 아파하는 사람이었나 싶어서 당황했다.

드래곤 슬레이어 소드는 제리코의 감정을 분석하다가 포기했다. 본인도 혼란스러워하고 있어서 검까지 덩달아 혼란해졌다.

─혹시 샌시에게 호감이 있다거나.

"내가? 미쳤어?"

제리코는 제자리에서 펄쩍 뛰곤 헛소리를 한 검을 노려보았다. 그리고 곧, 기분이 나빴던 원인을 알아차렸다.

샌시는 언제나 무표정하고 피로에 찌들어 있어서 사람이 불행해 보인다. 그런 그가 행복해 보일 때 보기 좋아서 말을 건다면?

"행복해 보이네, 라고 말을 걸면 이렇게 말할 것 같아."

─어떻게?

"난 임자 있는 몸이니까 반하지 마. 여기서 기분 나쁜 포인트는 진짜 자기에게 반할 거라고 믿는 샌시의 자신감이야."

-과연.

그 요상한 자신감과 피해망상, 여성 공포증에 인생의 숙원 사업만 아니면 샌시도 꽤 인기 많은 남자일 텐데 말이다. 지금도 자신의 매력을 과신하고 있는 샌시가 이상형을 완성하면 얼마나 재수 없어질까?

제리코는 안타까운 나머지 고개를 젓고 혀를 찼다. 드래곤 슬레이어 소드는 사람이 번잡해 보이니 하나만 하라고 잔소리했다.

제리코는 샌시를 보러 〈이만보〉로 가기 전 매점에 들렀다. 샌시의 로브 주머니에 파손 방지, 부패 방지, 무게 경량, 부피 감소 마법이 부여되어 있음을 알았으니 장기 보존이 가능한 식량을 많이 사다 욱여넣을 생각이었다. 제리코가 절반 이상을 먹어치운 꿀과자의 답례를 해야 하기도 하고.

"꿀과자는 꽤 비싸 보였으니……. 나중에 외출할 때 정식으로 다시 답례해야겠지. 로젠한테도 내가 두 동강 낸 검을 보상해야 할 테고."

시험 기간이라 학생들은 각자가 선호하는 학습 장소를 찾았다. 매점은 의외로 인기 있는 장소였다. 적당한 소음이 집중력을 향상시킨다나 뭐라나.

'모범생은 무조건 도서관 열람실이나 기숙사 방에서 공부하고 있을 줄 알았는데.'

단순한 편견이었다. 제리코는 아카데미의 대표 모범생 스텔라를 발견해서 살짝 인사했다.

"아, 제리코. 마침 잘 만났다. 나 신입생 필수 교양 족보 있으니까 저녁 식사 시간 이후에 기숙사에 들를래?"

-간다 그래.

"네! 갈게요!"

기숙사장이 가진 족보라니. 족보가 있어도 공부할 건 아니지만 괜히 기대되게 마련이다. 제리코가 싱글벙글 웃으니 스텔라도 같이 싱글벙글 웃다가 '아!' 하는 감탄사와 함께 박수를 쳤다.

"저번에 네가 얘기해 준 그거 정말 효과 있더라! 고마워!"

"으응?"

제리코는 짐작되는 게 없어 말끝을 흐렸다. 제리코는 스텔라가 말한 '그거'가 무엇인지 정확히 물으려 했지만 스텔라는 마법 실습실 예약 시간이 되었다며 급하게 떠났다.

스텔라가 말한 '그거'의 정체는 〈이만보〉에 도착한 후 밝혀졌다.

〈이만보〉의 동아리실 앞엔 긴 줄이 늘어서 있었다. 제리코는 뜬금없는 인파에 놀라 아무나 붙잡고 물었다.

"이게 어떻게 된 일이래요?"

"헉, 미베어 소공작님! 무사히 돌아오셔서 다행입니다!"

"걱정해 주셨구나. 정말 고맙습니다. 그런데 왜 여기에 줄 서 있어요?"

"샌시는 아시죠?"

"물론이죠."

"샌시는 진짜 천재예요! 정말로요!"

알고 보니 줄 서 있는 이는 모두 마법학부 학생이었다. 그들은 〈이만보〉에서 해낸 위대한 업적을 견학하기 위해 줄을 서서 자기 순서를 기다렸다.

"그런데 왜 줄을?"

"호문쿨루스가 아주 민감한 상태라서 낯선 인파가 갑자기 들이닥치면 충격을 받아 죽을 수 있거든요. 한 명씩 들어가서 견학하고 나오는 거죠."

낯선 사람이 많으면 놀라서 죽는다니. 날아다니는 날파리만도 못한 생존력이었다. 호문쿨루스는 그것이 보통이라 하니, 제리코는 마법사들의 상식이란 참 기이하다 여기며 인파를 비집고 동아리실로 진입했다.

"잠시만요, 지나갈게요. 들어갑니다."

"여기 줄 선 거 안 보여요?"

"저는 그냥 지나가는 사람입니다. 지나갑니다."

불평하는 소리가 튀어나와서 목적이 호문쿨루스가 아님을 열심히 말하면서 이동했다. 간신히 진입에 성공해서 입구 가까이 다가가니 골렘이 위협적인 자세를 취하고 있었다. 제리코는 그게 웃겨서 골렘을 가리켰다.

"쟤 사람 많아서 화났나 봐."

―골렘은 영혼이 없으니까 감정도 없어.

"움직이잖아."

―골렘은 움직이지만 진짜 무생물이야. 골렘이 저렇게 위협적인 자세를 취하는 건 제작한 마법사가 그렇게 설정했기 때문이고.

〈이만보〉 동아리실 내부는 북적이는 바깥과 다르게 한산했다. 입구 쪽에 서서 들어오는 사람에게 입부 신청서를 나눠 주던 회원이 제리코에게 아는 체했다. 〈이만보〉의 본목적에 충실한 회원이 아닌 사리사욕을 채우려는 회원이라 인사성이 밝았다.

"소공작님, 무사하셔서 다행이에요!"

"스텔라 선배가 갑자기 실종이니 납치니 얘기를 꺼내 저희도 깜짝 놀랐습니다."

"하여간 검술학부는. 몸만 믿고 보안을 허술히 하니 그런 사고가 생기지. 우리 마법학부에선 그런 일이 생긴 적이 한 번도 없어. 기재 관리가 철저하거든!"

"과사무실엔 사람이 24시간 상주하고!"

"비품엔 모두 도난 방지 마법을 걸어놓았지!"

"다들 시험 기간인데 공부 안 해요?"

제리코는 이상형 만들겠다고 동아리실에 박혀 수업을 자체 휴강하는 회장파 회원이 아니라 부회장파 회원이 신청서를 배부하는 게 신기해서 의문을 표했다. 그러자 믿기 힘든 대답이 돌아왔다.

"공부는 매일 하는 거죠! 지금은 휴식 시간이라 동아리 활동을 하고 있어요!"

히익. 제리코는 기겁하고 뒤로 물러났다. 반갑게 인사도 하는 사이였는데 갑자기 딴사람으로 변한 것처럼 느껴졌다. 제리코는 무시무시한 회원을 피해 2층으로 내려갔다. 동아리실에 상주하는 폐인들이 여기저기에서 뭔가를 그리고 있었다.

"회장이 성공했는데 나라고 못 할 리가."

"회장은 천재지만 우리는 아니잖아. 열심히 회장의 연구를 보조해서 완성품이 나온 다음 시제품이 만들어진 후 이상형 제작을 시작해도 늦지 않아!"

"그럼 우리의 청춘은? 이대로 평생 연구만 하다 호호백발이 되어 이상형을 만들면 그게 무슨 소용이야!"

"어리석은 놈!"

말다툼하던 회원 중 한 명이 상대의 볼을 때리려다가 상대의 어리석음을 꾸짖는 일보다 제 손이 귀함을 깨닫고 발로 정강이를 찼다.

"이상형이 곁에 있는 그때가 바로 청춘의 시작이다! 우리의 청춘은 아직 시작하지도 않았어!"

말다툼을 끝낸 그들은 청춘을 구가하기 위해 다시 마법진 복제에 힘썼다.

계속 여기에 있으면 머리가 이상해질 것 같았기 때문에 제리코는 황급히 3층으로 이동했다.

"완성했다는 게 저거였구나."

제리코가 하프 산맥에 떨어지기 전날, 〈이만보〉에 방문했다가 목격한 푸른 수조가 3층 중앙에서 신비한 푸른빛을 뿌리고 있었다.

이전의 수조는 안에 아무런 생명체가 없음에도 불구하고 막대한 양의 마력으로 제리코의 시선을 빼앗았다. 그런데 지금의 수조는 평범했다. 마력이나 별다른 차이점이 느껴지지 않았다.

"성공했다는 건 저 안에 호문쿨루스가 있다는 거잖아."

제리코는 사람 열 명은 들어갈 수 있을 것 같은 거대한 수조를 응시했다. 원통형의 수조는 안이 훤히 비치는 유리 재질이었다. 그 제작비만 해도 어마어마할 것이다. 거대한 수조 안에서 신비로운 파란 물이 찰랑이고 은은한 빛을 뿌렸지만 생명체는 보이지 않았다.

"아무것도 없지 않아?"

"그런 실례되는 말씀을."

수조에서 5보 떨어진 바닥에 그려진 관람 선을 지키고 있던 견학생이 흥분해서 외쳤다. 제리코는 깜짝 놀라 어깨를 움찔했다.

"실례인 건가요?"

"보십시오! 저 아름다운 움직임과 밝은 미소를! 아아! 정말 반해 버릴 것 같아! 도대체 어떻게 제작한 걸까? 당장 올라가서 입부 신청서를 써야겠습니다!"

견학생은 그렇게 말하고는 허둥지둥 올라가 버렸다. 제리코는 이해할 수가 없어 다음 견학생에게 양해를 구한 후 수조 앞에 섰다. 여전히 그녀의 눈엔 아무것도 보이지 않았기 때문이다. 텅 빈 수조 안 어디에 아름답게 미소 짓는 존재가 있다는 것인지 정말 궁금했다.

"혹시 마법사만 볼 수 있는 건가?"

ㅡ그렇게 치면 제리 넌 타고난 마력이 괜찮은 수준이니 네 눈에도 보여야 해, 으윽……. 안 보이는 이유를 알 것 같다. 제리, 좀 더 자세히 봐봐.

"아무것도 없는데……."

드래곤 슬레이어 소드의 권유에 제리코는 다시 찬찬히 수조 안을 살펴보았다. 여전히 작은 물그림자 말고는 눈에 띄는 게 없었다.

제리코에게 순서를 양보한 견학생이 '잠시 실례'라 말하더니 제리코 옆에 섰다. 견학생이 관람 선 안으로 손을 뻗어 수조를 가리켰다.

"제 손끝을 따라가 보세요. 보이시나요?"

"안 보여요."

"좀 더 자세히, 혹시 시력 안 좋으세요?"

"시력 아주 좋은데요."

"그럼 보이실 거예요. 저기, 저기, 방금 왼쪽으로 움직였죠?"

견학생의 친절한 설명을 들으며 수조 안을 응시하니 뭔가 움직였다. 제리코의 눈은 한번 포착한 생명체의 움직임을 놓치지 않았다.

수조 안 호문쿨루스를 보는 데 성공한 제리코는 고개를 뒤로 젖혀 천장을 올려다보았다. 생각할 거리가 많았다.

"저 송사리가 호문쿨루스인가요?"

"네. 정말 대단하지 않습니까?"

견학생은 만면에 미소를 머금더니 3층 계단 옆에 배치된 연구 보고서를 읽으러 갔다.

제리코는 어이가 없어서 수조를 다시 보았다. 사람 열은 들어가 헤엄칠 수 있는 거대한 수조엔 신비로운 빛깔의 푸른 물이 찰랑였고, 제리코의 새끼손가락만 한 작은 송사리가 유유히 헤엄치고 있었다.

"고작 저 송사리를 위해 저 큰 수조를 준비한 거야?"

제리코는, 솔직히, 아주 솔직히 상반신은 사람이요, 하반신은 물고기인 인어 같은 생김새의 호문쿨루스를 기대했다. 현실은 새끼손가락 크기의 송사리였다.

제리코는 눈을 비비고 송사리를 다시 관찰했다. 송사리가 입을 뻐끔거렸다.

"으음……."

―곤충에서 송사리잖아. 대단한 발전이지.

"응. 이해는 하겠는데……."

사람 기대되게 수조는 뭐 이리 큰 걸 들여놓았는지. 동아리 회원 전원이 마력을 모으고 제리코를 쫓아내 가며 마법진을 그려 완성한 결과가 송사리라니. 제리코 입장에선 실망이 컸다.

그러다 제리코는 제 볼을 두드렸다. 곤충에서 송사리라니, 먹을 수 없는 놈에서 먹을 수 있는 놈으로 바뀌었다.

-넌 먹을 것으로만 생각하냐? 뼈가 없는 놈에서 뼈 있는 놈으로 바뀌었잖아.

'그것참, 대단한 발전이네. 뼈대 있는 발전이야.'

문외한인 제리코가 실망하고 말 것이 없었다. 전문가인 마법학부 학생들이 저렇게 줄을 서서 견학하려고 기다리고 있지 않은가.

-어차피 호문쿨루스는 영혼 형태라 못 먹어.

"말이 그렇다는 거지."

제리코는 순서를 양보해 준 견학생에게 과자를 건네 물질로 고마움을 표현하고 4층으로 내려갔다. 4층 문은 굳게 닫혀 있었다. 제리코는 초인종을 누른 뒤 문을 두드렸다.

"샌시! 나 제리코인데 들어가도 돼?"

대답이 없었다. 예상한 대로였다. 제리코는 초인종을 세 번 더 눌렀다. 여전히 대답이 없었다. 샌시의 연구실 문은 안에 주인이 있을 경우 어지간해선 열려 있었기 때문에 망설이지 않고 문손잡이를 돌렸다. 손잡이가 중간에서 걸려 완전히 돌지 않았다. 이건 예상 밖의 일이었다.

"샌시가 없나?"

"어서 오십시오, 소공작."

어디서 소식을 들었는지, 부회장 후안이 허겁지겁 계단으로 내려왔다. 깔끔하고 단정한 모습이지만 어딘지 피곤해 보였다.

"무사히 돌아오셔서 다행입니다."

후안이 제리코를 보자마자 무사해서 다행이란 인사를 전했다. 제리코는 자신보다 후안이 더 상태가 안 좋은 것 같다고 대답했다.

"시험공부를 열심히 하세요?"

"아, 전 동아리 때문에 졸업을 미루고 있어서 듣는 수업이 하나밖에 없습니다."

여기 또 졸업하지 않는 학생이 있었다. 제리코는 아카데미란 사실 고등교육기관이 아니라 사회로 나가기 싫은 젊은이들이 학비를 지불하고 버티는 여관 같은 게 아닐까 생각했다. 드래곤 슬레이어 소드는 예외만 봐놓고 그런 생각을 품는 건 실례라고 구박했다.

"그런데 상당히 피곤해 보여요."

"실은, 회장이 자리를 비우는 동안 수조 마력 공급에 문제가 발생했거든요. 그걸 해결하느라 애를 먹었더니."

"저런, 그럼 좀 쉬시지. 설마 제가 왔다는 얘길 듣고 오신 거예요?"

"하하, 소공작님 같은 귀빈이 오셨는데 제가 자리를 비울 순 없죠. 3층의 호문쿨루스는 보셨습니까?"

"네."

"정말 대단하죠?"

피곤한 기색이 역력한 가운데 후안이 활짝 웃었다. 그가 제리코에게 은밀한 눈빛을 보냈다. 명명백백 기대감을 품은 태도였다. 제리코는 그의 기대에 부응해 주기 위해 있는 힘껏 노력했다.

"아주! 귀여웠어요!"

"네! 정말 아름답죠!"

제리코는 아주 잠깐 마법사의 심미안이 타 직종군과 다른지 의심했다. 의심은 곧 풀렸다. 타 직종과 마법사의 심미안이 다르다면 샌시가 자신을 보고 미소녀라 말할 리 없기 때문이다. 드슬이가 그 뻔뻔한 속내에 감탄했다.

"그리고 아주…… 신비로웠어요!"

수조 안에 가득 차서 출렁이는 파란 액체가.

"네! 꼬리 놀림과 지느러미의 움직임이 예사롭지 않죠!"

"그리고 음…… 사는 곳이 참…… 크더라고요."

호문쿨루스가 완성되기 전 단계엔 놀랄 일도 신기한 것도 많아 할 말이 여러 가지였는데 정작 완성되고 나니 할 말이 별로 없었다. 제리코가 가장 인상 깊게 본 것은 거대한 수조였다. 완성 전엔 수조 내로 집결되는 마력 때문에 수조가 보이지 않았다면 이제는 수조 말고 보이는 게 없었다.

"엄청 거대하고 동그란 수조던데, 제작비가 상당했겠어요."

"네, 제작 기간도 상당히 오래 걸렸습니다. 다행히 실험 전에 수조를 먼저 주문한 덕에 수조가 도착하자마자 실험을 시작할 수 있었죠."

사교성과 눈치가 평균 이상이 되는 후안은 제리코가 호문쿨루스에 깊은 감명을 받지 않은 사실을 알아채고 말 돌리기에 동참해 주었다. 제리코는 그의 친절에 마음 깊숙이 감사하며 4층 문을 가리켰다.

"샌시는 외출했나요?"

"망할 회장은 마탑에 갔습니다. 마탑에서도 이번 실험 결과에 깊은 인상을 받은 것이겠죠. ……회장이 호문쿨루스 쪽으로 연구 방향을 아예 틀어버리면 곤란한데 말입니다. 골렘은 지금 당장 상품화가 가능한 단계지만 호문쿨루스는 아직 한참 멀었거든요."

하~ 안참. 후안이 다시 한번 강조했다.

"샌시가 없구나. 그럼 전 이만 가볼게요. 이건 다 같이 나눠 드세요."

"아니에요, 금방 올 겁니다. 아시잖아요."

후안이 웃으면서 기다리라고 말했다. 제리코는 그의 말에 수긍했다. 마탑주가 마탑에 거주하는 한 샌시가 마탑에 오래 머무를 일은 발생하지 않을 것이다. 차라리 혀 깨물고 죽을 이가 샌시였다.

제리코는 귀빈이기 때문에 특별히 좋은 장소에서 샌시를 기다리게 되었다. 거대한 수조 속 물이 일렁이고 물그림자가 제리코 위에 드리워졌다. 제리코는 들어 있는 물고기라고는 송사리 하나뿐인 수조 옆에 앉아 차를 홀짝였다.

"음……. 그래도 수조가 대단해서 구경할 맛은 나나."

정해진 시간이 되자 〈이만보〉는 호문쿨루스가 피곤해한다는 이유로 줄 서서 기다리던 학생들을 쫓아냈다. 기다린 이들의 시간을 배려하지 않는 야멸찬 태도였다.

제리코는 그렇게 쫓겨난 견학생들이 이를 갈며 부러워할 좋은 자리를 독차지했지만 그다지 기쁘지 않았다.

"이 송사리가 뭐라고."

제리코가 수조에 얼굴을 가까이 들이대자 송사리가 꼬리와 지느러미를 살랑거리며 다가왔다. 제리코는 장난삼아 입을 크게 벌렸다.

"한 입 거리도 안 되겠네."

"거리."

곱고 가녀린 목소리가 들렸다. 제리코는 놀라서 주위를 두리번거렸다. 3층에 사람은 제리코 한 명밖에 없었다. 같이 차를 마시던 후안이 볼일 때문에 지하 1층으로 올라간 게 3분 전이었다.

"누, 누가 있나?"

"있나."

목소리는 제리코의 지척에서 들려왔다. 제리코는 드래곤 슬레이어 소드를 보았다. 검은 진동 두 번으로 자신이 한 일이 아님을 알렸다. 그렇다면 범인은 하나. 제리코는 수조 벽에 달라붙어 유영하는 송사리를 보았다. 송사리가 입을 뻐끔거렸다.

"네가 말한 거야?"

"거야."

"우와!"

말하는 송사리라니! 이건 정말 대단했다. 제리코는 후안이 돌아올 때까지 계속 송사리에게 말을 걸었다. 그 결과 제리코는 송사리가 말을 따라 하는 재주만 가졌지 그것이 언어임을 인지하지는 못한다는 결론을 얻었다.

돌아온 후안은 뒤늦게나마 제리코가 호문쿨루스의 대단함을 알아준 게 기쁜지 활짝 웃었다. 제리코가 지금 당장 투자하겠다고 말하면 저와 비슷한 미소를 다시 볼 수 있을까?

"이대로 죽지 않고 성장하면 스스로 사고하여 말을 할 수도 있을 겁니다. 어디까지나 이론상으로요."

"참 신기하네요. 그럼 점점 커지나요?"

"그건 아닙니다. 영혼의 크기와 지능은 정비례하지 않거든요. 그리고 이 동아리의 목적을 생각해 보면 혼의 크기를 키우진 않을 거예요."

후안이 설명했다. 샌시의 연구는 이상형의 외모를 갖춘 생체 골렘을 만들어 이상형의 성격과 지능을 지닌 호문쿨루스를 빙의시키는 것이 최종 목적이다. 하지만 수조 밖으로 나오면 수명이 급속도로 깎이는 호문쿨루스의 특성상 다른 대안도 연구 중이다.

"생체 골렘의 두개골 안에 작은 수조를 만들어 그 안에 호문쿨루스를 넣는 거죠. 그럼 빙의시키지 않아도 골렘이 움직이고 호문쿨루스가 수조 안에 있으니 수명 문제도 해결됩니다."

"음…… 잘은 모르지만 아주 어려울 것 같네요."

"네. 회장이 평생을 연구해도 불가능할 겁니다."

후안이 마탑주와 똑같은 말을 했다. 그는 쓴웃음을 지었다.

"사실 그렇기 때문에 전 회장이 골렘 연구에 주력하길 바라고 있습니다. 생체 골렘 완성만으로도 충분한 업적이에요. 그런데 회장은 망할 이상형을 포기하지 않으니……. 회장이 과한 목표를 잡았다고 생각했는데 이렇게 결과를 내놓아 버렸으니……."

후안은 쓴웃음을 지우지 않은 채 수조로 고개를 돌렸다. 수조에 굴곡진 그의 얼굴이 비쳤다. 어차피 후안은 자신의 얼굴이 아니라 수조 안 호문쿨루스를 보고 있었기 때문에 신경 쓰지 않았다.

"조금 부럽습니다. 제 약혼자만은 못하지만 아주 사랑스럽네요."

뻐끔. 수조 안 송사리가 태어난 이후 가장 자주 본 상대를 향해 입을 뻐끔거려 애정을 표현했다. 후안은 사랑이 듬뿍 담긴 눈을 하고 손가락으로 수조를 살짝 두드려 애정에 보답했다.

"이번에 벌어진 불미스러운 사건 말입니다만, 회장이 의뢰를 거절했다가 실종자가 소공작님이신 걸 알고 바로 응했다는 얘기는 들으셨습니까?"

"샌시가 과로하다가 왔다는 얘기는 들었어요."

"미베어 소공작께선 아주 사랑스럽고 매력적인 분이시죠. 제가 봤을 때 회장은 소공작께 마음이 있습니다. 마음을 받아주지 않으셔도 좋으니 가급적 회장을 자극해 주시길 부탁드립니다."

"어…… 음……."

후안은 여전히 샌시가 제리코에게 마음이 있다고 오해하고 있었다. 샌시가 일말의 망설임도 없이 자신을 구하러 온 것은 제리코도 상당히 감동한 부분이었기에 딱히 부정할 생각은 들지 않았다.

제리코는 조금 망설이다가 고개를 작게 끄덕였다.

"네."

"감사합니다."

후안이 호언장담한 대로 샌시는 금방 돌아왔다. 그가 돌아오자마자 가장 먼저 한 일은.

"망할 마녀!"

어머니인 마탑주를 욕하며 호주머니에 꽉꽉 들어찬 먹거리를 버리는 것이었다. 제리코는 바닥으로 떨어지는 과자를 공중에서 낚아챘다. 그녀는 타고난 신체 능력으로 대부분의 꿀과자를 사수하는 데 성공했다. 특유의 맛에 중독된 그녀가 찾아본 바로, 꿀과자는 시중 어디에서도 구할 수 없는 마탑주의 수제품이었다. 마녀에겐 죄가 있어도 마녀가 굽는 과자엔 죄가 없었다!

"어이쿠, 이 귀한 걸."

"제리코? 몸은 좀 어때, 괜찮아?"

"아주 말짱해. 샌시야말로 몸은 좀 어때? 또 피를 토하거나 코피 쏟진 않았어? 마력 폭주는 다 나았어?"

후안은 서로의 안부를 묻는 청춘 남녀를 흐뭇한 미소로 지켜보다가 은근슬쩍 둘과 거리를 벌렸다. 아예 자리를 비키지 않는 건 망할 회장의 사회성과 사교성, 눈치를 믿지 못하기 때문이다.

샌시는 이를 갈았다.

"망할 마녀⋯⋯."

마탑주 욕을 한바탕 늘어놓을 기세던 샌시가 갑자기 입을 다물었다. 그는 제리코를 흘깃 보더니 욕을 삼켰다. 마탑주 욕에 한해선 때와 장소를 가리지 않던 샌시가 갑자기 내외하는 모습에 제리코는 크게 놀랐다.

'세상에, 얼마나 심한 일을 당했으면.'

-묻지 말자. 불쌍하다.

꿀꺽 삼켜 봉인한 얘기 외에도 샌시가 억울함을 호소할 것은 아주 많았다. 샌시는 하소연을 하려다가 멈칫했다. 만나자마자 자기 하소연만 하면 제리코가 싫어하지 않을까? 그런 의문을 품은 것이다.

"사촌 오빠는 동생에게 하소연해도 되나?"

"물론이지."

마탑에서 어떤 일이 있었는지 모르겠지만 지금의 샌시는 아주 화가 나 있고 서러워 보였다. 샌시는 제리코의 허락이 떨어지기 무섭게 억울함을 가득 담아 외쳤다.

"마녀가 또 뭔가 수작을 벌인 게 틀림없어! 여자들이 이상해! 제리코 넌 이상하지 않아서 정말 다행이다!"

정말 다행이야! 샌시는 부들부들 떨며 거듭 중얼거렸다. 후안이 샌시를 말리려고 다가오자 제리코는 눈짓으로 말렸다. 피를 토하면서 자신을 구하러 하프 산맥에 찾아오고 마물에게서 감싸줬는데 하소연쯤이야.

샌시는 비 맞은 병아리처럼 몸을 떨었다. 마탑의 로브를 입고 있으니 추워서 떠는 건 아니었다. 제리코는 샌시를 진정시키기 위해 손을 잡고 토닥였다. 떠는 증세가 완화되지 않아 조금씩 접촉을 늘리다 보니 어느새 손은 샌시의 어깨 위로 올라가 버렸다.

-너무 오냐오냐하는 거 아니야?

'불쌍하잖아.'

샌시가 조금 이상하긴 해도 악인은 아니다. 이런 이상한 어른이 된 데엔 마탑주의 공이 지대했다. 그의 과거사를 들은 제리코는 샌시가 항상 안쓰러웠다.

'아무리 그래도 저 안에 네 아빠 있다는 심했잖아.'

-그건 그래.

규칙적으로 토닥이는 작은 손길이 얼마나 위안이 될지 의문이나 다행히 샌시의 떨림이 멈췄다. 제리코는 손길을 멈추지 않았다.

"이제 좀 진정됐어?"

"그래…… 고마워. 이거 좀 괜찮다. 기분이 나아져."

"도대체 무슨 일이 있었던 거야?"

제리코의 질문에 샌시의 몸이 다시 떨렸다. 다행히 이번엔 금방 진정되었다. 샌시는 상처받지 않기 위해 가능한 과거에 벌어진 일과 현재의 자신을 유리했다.

"만나는 여성마다 나한테 관심 없다는 얘기를 100번 반복했어. 일일이 세지 않았으니 100번에서 부족하거나 더 많을 가능성도 있지."

"……."

그게 도대체 무슨 소리냐 물으려던 제리코의 파란색 눈동자가 샌시의 반대 방향으로 이동했다. 샌시를 토닥이던 느릿한 손길이 조금 조급해졌다. 후안은 슬슬 끼어들어도 된다고 판단했는지 대화에 참여했다.

"저번에 스텔라도 비슷하게 굴지 않았어요? 마법 도구 가져와서 같은 말 반복해서 들려주던데."

"응. 그거. 마법진 관련 조언을 듣고 싶다고 접근하더니 갑자기 마법

도구를 꺼내서 내게 들이미는 거야."

그리고 시작되는 '나는 너에게 관심 없다' × 100번 공격. 이성에게 특히 연약한 샌시의 정신 방벽은 처참히 무너졌다.

샌시는 내면에 깊은 상처를 입었다. 과거에 벌어진 일이니 가능한 현재와 거리를 두려 애썼지만 기억을 되돌리니 상처를 다시 헤집은 꼴이었다. 샌시는 어깨를 부들부들 떨다 고개를 푹 숙였다.

"내, 내가 싫어도 그, 그렇게 심하게 할, 그런 심한 일을 벌일 것까진 없, 없잖아. 나는, 나는…… 흐윽!"

"그러게 회장, 여자가 관심 없다고 말하면 그걸 믿어줬어야죠. 괜히 마탑주님의 수작이라느니 나에게 반하지 말라느니 쓸데없는 말을 덧붙이니까 미움을 샀잖아요."

후안은 먼저 샌시의 행실을 지적하고 위로의 말을 덧붙였다.

"아무리 그래도 그렇지. 다들 너무했네요. 회장이 말을 얄밉게 하지만 남에게 큰 피해를 준 적은 없는데."

"만, 만나는 사람마다…… 마법사라면 모두……."

"한 명도 아니고 여러 사람이 그랬다고요? 정말 누군가 회장을 그렇게 상대하자고 제안이라도 한 걸까요?"

"그, 그렇게 심한 짓을 해놓고, 밝게 인사하면서, 자기 용건을 얘기하는 거야! 어떻게 그럴 수가!"

"정말 잔인하네! 조직적인 괴롭힘 아닙니까!"

이쯤 되면 샌시의 행실을 탓할 수 없게 되었다. 후안이 도대체 그 잔인한 사람들이 누구냐며 샌시에게 대답을 종용했다. 샌시는 이성의 이름과 얼굴은 일부러 외우지 않기 때문에 모르는 사람들이었다고 대답했다. 샌시의 어깨를 두드리는 제리코의 손길이 벌새의 날갯짓처럼 다급해졌다.

왜 공부는 머리에 들어가자마자 술렁술렁 빠져나가면서 이런 쓸데없는 기억은 잊히지 않는 것일까. 제리코는 샌시와 친해진 비결을 묻는 여학생들에게 자신이 대충 둘러댔던 말을 똑똑히 기억하고 있었다.

그러니까 샌시에게 닥친 이 비극은, 제리코가 원인이었다.

-제리, 빨리 오냐오냐 부둥부둥해 줘. 이건 네 책임이다.

'사실대로 말할까?'

-지금은 이실직고보다 달래줄 때야!

"누가 우리 샌시를 괴롭혔을까아!"

샌시는 우는 아이가 아니었지만 애든 어른이든 우는 사람을 위로할 땐 이런 원초적 접근이 잘 먹혔다.

제리코는 동생들 달래던 솜씨를 십분 발휘하여 샌시를 달랬다. 샌시는 마음의 상처를 받았지만 그걸 외부에 드러내지 않으려 애썼기에 흘린 눈물은 몇 방울이 다였다. 그리고 샌시가 흘린 고작 몇 방울의 눈물은 진한 산성액처럼 제리코의 양심을 새까맣게 태웠다.

따끔. 따끔. 따끔.

이 양심의 가책은 어깨를 토닥이는 정도로 만회할 수준이 아니었다. 제리코는 두 팔을 뻗어 샌시를 끌어안았다. 다 큰 남자에게 이런 말 하기 우습지만 샌시는 목덜미를 붙잡힌 새끼 고양이처럼 얌전해졌다.

"으앙, 샌시. 샌시 잘못이 아니야."

서글픈 일, 서러운 일이 있을 때 상대가 누구든 이렇게 끌어안아 주면 앙금이 조금씩 녹아버린다. 어머니 요나가 제리코에게 가르쳐 준 인생의 진리였다. 제리코는 너무 말라서 뼈가 느껴지는 샌시의 등을 토닥였다.

자세가 구부정해서 몰랐는데 샌시는 생각보다 키가 컸다. 키 자체는 로젠보다 약간 작은 정도? 샌시를 달래기 위해 말하니 어깨에 묻혀 웅얼거리기에 제리코는 약간 발을 들어 턱을 샌시의 어깨에 걸쳤다. 높이가 딱 맞았다.

"샌시 잘못이 아니야."

누군가에겐 타인을 위로하고 공감하기 위한 인생의 진리, 혹자에겐 생명의 위기.

─야, 샌시 숨 안 쉰다.

이성과의 접촉에 면역이 없는 샌시에게 다정한 포옹은 생명의 위협이었다. 제리코가 후다닥 떨어져 나오자 샌시가 참았던 숨을 몰아쉬었다. 내내 숨을 참고 있었는지 얼굴은 물론이고 귀와 목덜미까지 새빨갰다. 솔직히 말하자면 하도 평소 안색이 안 좋아서인지 조금 붉어진 지금 얼굴이 훨씬 보기 좋았다.

"숨을 안 쉬면 어떡해! 많이 놀랐어?"

"외, 외간 남자를 덥석덥석 안고 그러는 거 아니야."

이후에 샌시가 할 말이라면 뻔했다. 제리코는 선수 쳤다.

"나한테 반한 건 아니지?"

"……아니야."

할 말을 뺏긴 샌시는 부끄러워하는 기색이 완연한 얼굴을 옆으로 돌렸다.

"이런 접촉은 곤란해. 난 내 이상형에게 모두 바칠 거니까."

"응. 장래의 배우자에게 충실하겠다는 건 좋은 마음가짐이지. 앞으로도 계속 간직하도록 해. 그렇지만 샌시, 고작 포옹 정도로 그런 반응을 보이면 곤란해. 다른 마음이 없는 순수한 포옹이었잖아. 이 정도는 사촌 남매 같은 사이에선 할 수 있는 접촉이라고."

샌시의 여성 공포증과 피해망상 증상엔 이성과의 접촉을 과도하게 꺼리고 확대해석하는 일도 포함되어 있다. 제리코는 후안에게 어떻게 생각하느냐는 듯 고갯짓을 했다. 후안은 제리코의 의도를 알고 동의했다.

"맞아요, 회장. 저도 사촌 누이와 포옹 정도는 합니다. 너무 큰 의미를 두지 마세요."

물론 옳고 그름과 정도를 알고 있는 성인 남성 후안은 약혼을 한 이

후 사촌 누이와 포옹하지 않았지만 말이다.

샌시가 눈에 띄게 당황했다.

"나랑 의남매 하고 싶다며. 설마 진짜 내게 반한 건 아니겠지?"

"아니야. 놀라서 그래. 너야말로 내가 몇 번 구해준 것 때문에 내게 흑심을 품었다면……."

"회장."

후안이 샌시의 말을 끊었다. 그가 상냥하게 웃었다.

"말끝마다 그따위 말을 덧붙이니 여성분들에게 미움을 산 거예요."

'아냐, 그거 아닌데.'

원인은 모두 제리코의 입방정이었으니! 제리코가 좌불안석이 되어 진실을 밝히느냐 마느냐로 고민하는데 샌시가 어깨를 축 늘어뜨리고 앞으로 입방정 떨지 않겠노라 약속했다.

피곤한 기색을 감추지 못하던 후안은 긴 하품을 반복한 끝에 동아리실을 나갔다. 원래는 제리코도 같이 나갈 생각이었지만 진실을 밝히고 사죄하기 위해 샌시를 따라 4층으로 내려갔다.

4층은 이 주 전과 큰 차이가 없었다. 굳이 달라진 부분을 찾으라면 샌시가 하프 산맥에서 뽑아 온 작고 하얀 꽃이 화분에 심어져 있고 초상화가 늘었다는 것 정도일까.

제리코는 장소가 바뀌었는데도 시들지 않고 곱게 핀 꽃을 보고 살짝 웃었다.

'내가 지금 웃을 때가 아니지.'

사과하러 따라와 놓고 다른 그림 찾기를 하고 있었다니. 제리코는 미적미적 차를 타고 있는 샌시에게 허리를 숙였다.

"샌시, 미안해! 네가 요즘 우울했던 거 전부 나 때문이야!"

샌시가 말없이 눈빛으로 의문을 표했다. 제리코는 뒤풀이 때 마법학부 여학생들에게 자신이 거짓말했었음을 알렸다.

"내가 그때 대충 둘러대느라 생각 없이 말한 걸 다들 진짜 실천할 줄 몰랐어! 내가 해명하고 다닐게! 진짜 정말 죽도록 미안!"

범인은 언제나 가까이 있다더니. 샌시는 마탑주 외에 다른 원흉을 생각해 본 적이 없어서 일단 놀랐다. 놀랐고, 다음엔 바로.

"응, 알겠어. 해명은 안 해도 돼."

용서했다. 지은 죄에 비해 용서가 빨랐다. 제리코는 좌불안석이 되어 다시 사과했다.

"정말 미안해!"

"괜찮아. 별로 상처받지 않았고."

─울어놓고.

'엣, 샌시는 자존심이 세단 말이야.'

포도를 먹기 위해 폴짝폴짝 뛰어오른 여우는 결국 포도를 먹지 못하자 그 포도는 신 포도였을 거라 욕했고, 감을 먹기 위해 감나무 밑에 드러누운 자는 감이 떨어지지 않자 그 감은 떫은 감이었을 거라 외쳤다. 여자에게 참 약한 샌시는 상처받지 않았다고 허세를 부렸다. 제리코 입장에선 그게 더 마음 아팠다.

"으앙, 샌시. 정말 미안해."

"우, 울지 마! 진짜 괜찮아. 내심 호감 가던 여성이 실은 마녀의 사주를 받아 접근했을 때보단 나아!"

그 일이야말로 샌시가 동료 여자 마법사들에게까지 철벽을 치게 된 결정적 원인이었다. 이렇게 또다시 제리코는 몰랐으면 좋을 샌시의 불행한 과거사를 하나 더 알았다.

제리코는 손수건을 꺼내 코를 풀었다. 아픈 과거사를 얘기한 샌시도 눈물이 그렁그렁 맺혔기에 다른 손수건을 건넸다. 샌시는 시원하게 코를 풀었다. 제리코는 이번에도 샌시가 돌려주는 손수건을 거절했다. 샌시는 손수건을 곱게 접어 챙겼다.

"대가가 있어야 네 마음이 편하다면 이걸로 용서해 줄게."

샌시가 손수건을 가리켰다. 제리코는 손수건의 깨끗한 면으로 눈물을 콕콕 찍었다.

"아주 호탕해. 멋있다. 반할 거 같아."

"반하지는 마."

역시 이 대사는 샌시 전용이었다. 제리코가 고마운 와중에 웃겨서 바람 빠지는 소리를 냈더니 샌시도 키들키들 웃었다. 스물이 넘은 청년이 보이는 웃음치곤 상당히 방정맞았다. 로젠이나 마그노, 마자리스면 안 어울릴 텐데 샌시한텐 어울렸다.

'첫인상이 괴팍하지만 착한 사람으로 찍혀서 그런가.'

샌시는 어떤 행동을 하든 어울렸다. 갑자기 사람에게 친한 척하거나 사교성이 좋아지는 것만 제외하고.

'시험 끝나면 할 일이 늘었네.'

일을 저질렀으면 책임을 져야 한다. 마법학부 여학생을 찾아가 일일이 해명할 것을 생각하니 머리가 펑 터져 버릴 듯했다. 하지만 어쩌랴. 뒷일을 생각하지 않고 입방정 떤 자신의 잘못인 것을.

"자신감을 가져, 샌시. 넌 아주 멋있고 호탕한 남자잖아. 다들 네게 그런 일까지 해서 접근한 이유가 뭐겠어! 너와 친해지고 싶어서잖아!"

샌시와 친분, 혹은 정상적인 교류를 하고 싶어서 그녀들이 한 선택은 '댁한테 관심 없어요'를 녹음하여 100번 들려주기였다. 모순도 그런 모순이 없었다. 샌시는 그걸 깨달았는지 깨닫지 못했는지 음침하게 키득거렸다.

"웃겨서 우울한 게 좀 가셨어."

"정말 미안."

"괜찮아, 괜찮아."

샌시는 잠시 머뭇거리다가 용기를 내 손을 뻗어 제리코의 손등을 살짝 두드렸다. 그리고 슬쩍 미련을 비쳤다.

"여전히 마음이 괴로우면 네 미모를."

"이제 끝난 거지? 해명은 내가 할게."

하여간 그놈의 집착. 제리코는 본인의 외모에 자신이 있지만 계속 같은 부탁을 들으니 기분이 이상했다. 만에 하나 샌시가 생명을 구해준 대가로 외모를 참조하게 해달라 부탁해도 절대 허락하고 싶지 않았다. 그냥 싫었다.

"새로 목격한 미인은 없어?"

"마녀가 가끔 선보라고 초상화를 보내. 저기 있어."

샌시가 가리킨 방향엔 채색까지 완료되어 액자에 걸려도 될 듯한 완성품 초상화가 몇 장 놓여 있었다. 마탑주가 주는 물건은 그게 무엇이든 버리는 샌시가 어쩐 일로 초상화는 곱게 보관 중일까. 제리코는 다가가 초상화를 보았다. 다들 평균 이상의 미인이었다.

"마음에 드는 사람이 있는 거야?"

"아니."

"그런데 왜 초상화를 버리지 않았어?"

"마녀가 내민 달콤한 과자에 꼬인 사람이라면 무단으로 외모를 참조해도 괜찮을 것 같아서."

제리코는 주머니에 챙긴 꿀과자를 집어 입에 가져가다가 기분이 이상해져서 꿀과자를 응시했다. 달콤한 꿀과자가 외쳤다.

'날 먹어! 넌 이미 내가 무슨 맛인지 알잖아!'

제리코는 유혹에 넘어갔다. 다시 말하지만 마녀에겐 죄가 있어도 과자엔 죄가 없었다. 제리코는 꿀과자를 입안에 넣고 행복에 전율했다. 행복은 불행과 마찬가지로 언제나 우리 곁에 있었다.

초상화 얘기가 나온 김에 제리코는 샌시의 신작을 확인했다. 연필이나 펜으로 그린 단순한 스케치는 선이 세밀해서 인물의 특징을 잘 살려냈다.

'샌시는 그림을 그렸으면 더 행복하지 않았을까.'

천재 마법사보단 천재 화가 쪽이 더 여자에게 인기가 좋으니까 말이다. 제리코는 옛날 그림을 정리하다가 최신 그림을 발견했다. 어째 죄다 마자리스였다.

"……샌시."

제리코는 슬쩍 의심이 들어 샌시를 떠보았다.

"마자리스 씨가 잘생기긴 했는데 너무 같은 사람만 그리는 거 아니야?"

"마자리스?"

샌시가 갑자기 무슨 소리냐는 반응을 보였다. 제리코는 장난치지 말라고 웃었다.

"열 장은 넘게 그려놓고 이름 까먹었다는 소린 아니지?"

제리코는 마자리스의 초상화를 장난스럽게 흔들었다. 샌시는 멍한 시선으로 초상화를 응시하다가 다시 물었다.

"마자리스?"

"웅. 이거 마자리스 씨잖아. 마자리스 씨 알잖아. 뒤풀이 날 마주쳤고 우리 귀환한 날 기념관에서 마주친."

"내가 코피 난 날."

"그래! 네가 피 냄새 난다 그래놓고서 코피 났던 날!"

샌시는 오래된 초상화를 보관하는 서랍을 뒤져 예전에 그린 마자리스 초상화를 꺼냈다. 옛날에 그린 초상화와 최근 며칠 사이에 그린 초상화. 제리코는 마자리스의 변함없는 미모를 찬양했다.

"어쩜 이렇게 잘생겼을까. 가슴이 두근거려~!"

"어쩐지 선을 그릴 때 익숙하더라니…….."

"세상에. 누군지도 모르면서 그냥 잘생긴 사람이 떠올라 그렸다는 거야?"

제리코는 진짜 마자리스에게 반한 게 아니냐며 성희롱 비슷한 농담을 던졌다. 샌시는 부정도 긍정도 하지 않고 아무렇게나 쌓여 있는 초상화를 시기별로 정리해 서랍에 수납했다.

"제리코, 아카데미를 그만두지 않은 건 네 의사라고 들었어."

"어? 으응."

"마자리스 때문이야?"

"응?"

제리코는 화들짝 놀랐다. 제리코가 마자리스에게 호감이 있음을 숨기진 않았지만 이렇게 대놓고 들으니 부끄러웠다. 제리코는 반사적으로 대답했다.

"아니야, 그런 거."

"그럼 제리코, 마자리스는 후보야?"

마자리스가 후보라니. 이번엔 정말 의지를 갖고 단호하게 대답할 수 있었다.

"아니야! 절대 아니야! 후보면 큰일 나지!"

후보인 걸 알면서 대놓고 관심을 표하다니. 그런 건 인류를 저버린 짓이었다. 제리코는 그런 위험한 취향이 어림 반 푼어치도 없었다. 제리코는 손으로 팔을 비볐다. 너무 무서운 얘기를 듣는 바람에 손목에서부터 오소소 닭살이 올라왔다.

"너무하네, 샌시! 난 혈기 왕성한 십 대라고! 후보가 아니어도 남자에게 관심과 호감을 갖는 건 자연스러운 일이란 말이야! 난 결혼해선 상대에게 충실할 거지만 연애는 서로의 의리를 지키는 한에서 자유롭게 할 거야!"

연애란 청춘 남녀가 누릴 수 있는 최고의 오락이자 유흥이었다. 잘생겨서 심장이 두근거리는 남자를 보며 꺄악꺄악 즐기는 것 또한 소녀가 마음껏 누릴 수 있는 사치 중 하나였다. 제리코는 샌시에게 신신당부했다.

"네가 이성을 피한다고 해서 남들도 별다른 이유 없이 이성에게 접근하지 않을 거라 생각하면 곤란해. 아주 곤란해! 마자리스가 에라프 님 아들 후보면 내가 세상에서 제일 곤란해져!"

"미안."

샌시가 태평한 얼굴로 사과했다. 전혀 미안해하지 않는 태도였지만 제리코는 관대하게 용서했다.

"나는 네가 아카데미를 그만둘 줄 알았어. 그도 그럴 게…… 죽을 뻔했잖아?"

"다들 말리긴 했지. 하지만 두렵지 않아."

"난 수사단이 아니라 범인에 대해 잘 모르지만 꽤 강력한 마법사이며 널 향한 살의가 진실인 건 알아. 그래도 두렵지 않아?"

"용도 만났는데 사람이 대수겠어?"

제리코는 어깨를 으쓱였다. 팅팅 부은 간덩이는 아직 원래 크기로 돌아가지 못한 상태였다.

샌시는 작게 한숨을 쉬더니 갑자기 로브를 벗었다. 그러곤 벗은 로브를 제리코의 몸 위에 둘렀다. 엄마 품에 안긴 듯한 포근함이 제리코를 감쌌다.

"샌시?"

"용이 너를 노리지 않는다고 해서 방심하지 마. 로브는 범인이 잡힐 때까지 빌려줄게. 드래곤 슬레이어 소드와 주종 계약은 유지 중이지?"

-어떻게 알았지?

드래곤 슬레이어 소드가 경계하든 말든 샌시는 친절히 로브를 여몄다. 샌시가 신체 부위 중에서 유일하게 아끼는 아름다운 손가락이 제리코의 코앞에서 움직였다.

"범인이 잡히기 전까진 드래곤 슬레이어 소드를 양도하지 마. 넌 이미 지나치게 유명해졌어, 제리코. 에라프 님의 새 자식이 밝혀진다 한들 네 유명세를 뛰어넘지는 못할 거야. 검을 넘기지 않는 편이 네 신변에 도움이 되겠지."

"로브 빌려주지 않아도 돼. 네 말대로 검이 있으니까 여차할 땐 방어 마법이."

"네 마력을 보건대 방어 마법의 한도는 4번. 로브를 입으면 한 번 더 늘어서 5번. 고위 암살자들은 항상 단체로 움직여. 일격 필살은 소설에서나 나오는 얘기지."

꾸물꾸물 움직이던 손가락이 예쁜 꽃 모양 리본을 완성했다. 샌시가 입꼬리를 올려 웃었다. 그는 뒤로 물러나 로브의 길이를 재보고는 뭐라 중얼거렸다. 그러자 조금 컸던 로브가 제리코의 체형에 맞게 줄어들었다.

"나보다 툭하면 쓰러지는 샌시에게 더 필요한 거 아니야?"

샌시의 객사를 막기 위해서라도 마탑의 로브는 필수품이었다. 제리코가 이렇게 과한 건 받을 수 없다 말하며 꽃 모양으로 묶인 끈을 풀려 하자 샌시가 고개를 저었다.

"미안하지만 제리코, 네가 내 친동생이 아닌 이상 이 정도가 나의 한계야."

"무슨 말인지 모르겠어."

"수사단에 참가하지 않았으니 더는 간섭이 불가능해. 그래도 걱정되니까 네가 입어. 도움이 필요하면 언제든 말해. 4촌 할인으로 깎아줄게. 시간을 좀 뺏기긴 하겠지만……."

노란색 눈동자가 온기를 품고 제리코를 담았다.

"네 걱정 하느라 불안해하는 것보단 나아."

어째서일까. 샌시는 별다른 흑심을 품고 한 말이 아니다. 샌시는 그저, 간신히 친해진 이성이 죽거나 다치는 게 싫어 제 나름대로 노력하고 신경을 쓰고 있었다. 샌시는 정과 애정에 굶주렸으며 '여동생'이란 가능성을 알려준 제리코와 친남매에 필적하는 관계가 되고 싶어 했다.

'아는데. 그걸 다 아는데.'

제리코의 목덜미가 후끈 달아올랐다. 제리코는 시험공부를 해야겠다는 거짓 가득한 변명을 던지고 4층 계단을 단번에 뛰어올랐다.

과팍하고 이상한 성미의 남자가 그럴 의도로 한 말이 아닌 걸 알고 있음에도 불구하고, 제리코의 심장이 쿵쿵 뛰었다.

"웬일이니, 웬일이니, 이게 정말 웬일이니."

인적이 드문 건물 뒤편. 제리코는 건물 그림자에 몸을 숨기고 발을 동동 굴렀다. 달아오른 볼이 쉽게 진정되지 않았다. 쿵쿵거리는 심장도 마찬가지였다.

"이게 도대체 웬일이니! 나 설마 샌시한테 두근거렸니? 심장이 쿵쿵했니?"

-제리, 진정해. 볼로 피가 쏠리고 심장이 거세게 뛰는 건 모두 자연스러운 현상이야. 넌 한창 이성에 관심이 많은 십 대잖아.

"웬일이니, 진짜! 내가 마자리스도 아니고 샌시한테! 진짜 웬일이니!"

드래곤 슬레이어 소드는 흥분한 제리코를 진정시키기 위해 노력했다. 있는 말 없는 말, 맞는 말 틀린 말 모두 동원했지만 무생물의 한계일까. 아니면 제리코가 지나치게 흥분한 탓일까. 제리코는 사지를 퍼덕이며 왕성한 기운을 발산했다.

"으아악! 웬일이니!"

-제리! 도대체 왜 그래! 너 평소에도 자주 두근거렸잖아!

"이번 건 좀 달랐단 말이야! 거의 마자리스 봤을 때랑 비슷했다고!"

-샌시가 주인의 아들 후보라서 걱정되는 거라면 너무 자책하지 마. 심증뿐이지만 샌시가 제일 가능성이 낮잖아.

"그런 문제가 아니야."

제리코는 머리를 헤집었다. 아침에 하녀가 공들여 빗어 단정하게 만든 머리가 산발이 되었다. 머리 색이 강렬해서 그런지 산발이 더욱 눈에 들어왔다. 있는 힘껏 팔다리를 휘저으며 기운을 발산한 덕분에 제리코의 흥분이 조금씩 가라앉았다. 제리코는 숨을 헐떡이다가 벽에 등을 기댔다. 걸리적거리는 드래곤 슬레이어 소드는 잠시 바닥에 내려놓았다. 제리코는 그 상태에서 뒤통수를 벽에 박았다. 두개골 안에 있는 뇌에 적당한 자극이 주어지도록 힘을 배분했다.

"으으, 부끄러워."

–상대가 샌시라?

"그걸 모르겠어. 그런 건 아닌데. 아휴, 복잡해라."

제리코가 앞뒤로 까딱이던 머리를 좌우로 흔들었다. 돌리는 힘이 어찌나 강한지 몸에 묻은 물을 터는 짐승처럼 보였다. 굳이 동물을 갖다 대자면 색이 붉은 개? 붉은 털을 가진 개는 없으니 여우? 좌우로 정신없이 머리를 털던 제리코가 갑자기 눈을 희번덕였다.

"너 방금 저렇게 힘센 여우가 어딨어. 저건 곰이다. 이런 생각 했지."

–조금씩 읽을 수 있게 되었구나. 읽지만 말고 읽히지 않도록 노력해 봐.

아무리 그래도 그렇지 여자한테 곰이 뭐냐. 제리코는 그렇게 생각했다가 곧 눈을 정상적으로 떴다. 생각해 보니 곰도 나쁘지 않았다. 강하고 현명하고 새끼도 잘 돌보니까. 제일 중요한 점은 곰이 아주 귀여운 동물이라는 거지!

"하아, 이렇게 귀여운 내가 샌시를 보고 두근거리다니."

–너무 신경 쓰지 마. 네가 샌시에게 한 말마따나 남자에게 관심 보이는 게 이상한 일은 아니잖아.

제리코의 얼굴이 다시 붉게 달아올랐다. 제리코는 수줍은 소녀처럼 손으로 양 볼을 감쌌다.

"저번에 구해준 것 때문인가?"

–구해준 남자가 좀 멋있어 보일 수도 있는 거지. 샌시를 돌봐주고 보살펴 줘야 하는 사람으로 생각했다가 도움받는 바람에 내부에서 평가가 올라간 거 아니야?

샌시가 하프 산맥에서 벌인 활약이라 해봐야 피 토해서 로젠과 제리코를 식겁하게 만들고, 놀라운 마법으로 마물을 죽인 다음 또 피를 토하고, 숲을 빠르게 걸어 혈통의 불공평함을 각인시키고, 젤리형 마물에게서 제리코를 구해준 것밖에 없다.

제리코는 마지막 부분에서 주억주억 고개를 끄덕였다. 역시 젤리형 마물 건이 가장 컸다. 대활약이었다.

"하지만 따지고 보면 로젠은 마물을 상대했는데……. 로젠이 더 멋있어 보여야 하는 거 아닌가?"

─구해준다고 무조건 반하면 소방대와 경비대는 구애자가 줄을 서겠지.

제리코는 이와 비슷한 대화를 로젠과 나눈 적이 있었다. 당시 대화의 결론은 구해준 행위 자체보단 구해주는 사람이 중요하다는 것이었다. 그리고 로젠은 누구든 호감을 보일 만한 멋진 청년이었다.

'아주 멋있었어.'

로젠의 실력은 굉장했다. 날이 없는 연습용 검으로 마물을 갈랐다. 만약 처음부터 그 검을 들고 있었다면 제리코는 그게 무딘 검이라고 절대 믿지 못했을 것이다. 마물을 상대하는 중간중간 보석 원석을 줍는 모습은 또 얼마나 멋졌는가. 옆에서 보고 있지만 믿기지 않아 가슴이 두근두근 콩닥콩닥 뛰었다.

'어라?'

제리코는 가슴 위에 손을 올려 심장박동을 확인했다. 로젠과 같이 있으면 가끔 심장이 뛰었다. 초기엔 격하게 반응하던 심장은 제리코의 정신 수양이 빛을 발하여 점점 무덤덤해졌다. 그리고 최근엔 로젠을 보아도 평범하게 멋있다는 생각만 들지 내 남자로 만들고 싶다는 욕심은 생기지 않았다.

제리코는 혹시나 해서 로젠과 눈을 감고 입 맞추는 상상을 했다. 직후 그녀는 떫은 감을 씹은 표정을 지었다.

─로젠 좋아하지 않았어?

"좋아하는 거랑 이성적 호감은 별개잖아. 으음…… 안 되겠다. 로젠이 이성으로 느껴지지 않아."

-그럼?

"오빠."

샌시가 그렇게 되고 싶어 하는 오누이 같은 사이. 쉬운 남자 로젠은 이 또한 쉽게 해냈다. 샌시가 알면 질투로 이를 갈 것이다.

제리코는 가볍게 웃었다. 로젠과 만날 때마다 가슴이 하도 두근거리기에 머릿속으로 세뇌했더니 진짜 세뇌가 되어버렸다. 스스로 생각해도 웃기고 어이가 없었다.

-이상의 오빠가 있다더니 로젠은 괜찮아?

"집에 잘 안 들어오고 엄마랑 사이 안 좋은 거 빼면 최고의 오빠지."

말해놓고 보니 어째 로젠도 조건이 그렇게 좋지는 않았다. 제리코는 구석에서 발광하는 바람에 구겨진 옷을 펴고 머리를 정돈했다. 검의 말대로 진지하게 고민하거나 생각하지 않아도 될 문제였다.

"내가 그렇게 두근거린 게 샌시가 처음은 아니고 말이지."

-그래, 그래.

"샌시는 좀 그러니까 마자리스 씨에게 집중해야겠다."

말은 그렇게 하지만 제리코의 얼굴엔 불만이 가득했다. 제리코는 발로 벽을 걷어찼다. 아주 버르장머리 없는 행동이었다.

"왜 내가 관심 있는 남자는 나한테 관심이 없지?"

마자리스는 그렇게 대놓고 호감을 표현했는데 관계를 진전시키려는 의도가 안 보이고 샌시는 관계를 진전시키고 싶어 하는데 그 관계가 가족 관계다.

제리코는 재차 머리를 털어 잡생각을 날려 버렸다. 털기가 과해 머리를 다시 빗어야 했지만 쓸데없는 생각이 날아가 속이 시원했다.

"아이고~ 의미 없다. 그냥 좀 두근거린 걸 갖고."

사람이 살다 보면 갑자기 저 사람이 멋있어 보이고, 늘 가던 장소가 낯설게 느껴지고 그러는 법이지.

제리코는 먼지와 함께 모두 훌훌 털어버렸다. 주위에 잘생긴 남자가 많은데 연애를 안 하니 몸이 애가 달아서 헛짓거리하나 싶다.

제리코는 자신의 머리를 직접 쓰다듬었다. 머리가 아주 단단했다.

"조금만 참으렴. 아주 잘생긴 외국인을 한 명 물든, 일이 끝나면 수작을 걸든 할 테니까."

그렇게 말하고 백합관으로 돌아가려는데 미세하게 남은 흥분이 걸리적거렸다. 다행히 제리코는 지나치게 높아진 기분이나 흥분을 단번에 가라앉히는 비법을 알고 있었다.

-오, 그게 뭐야?

"도서관 가자."

-도서관이 비법이었냐!

정확하겐 도서관에 정기적으로 출현하는 사람이 비법이다. 제리코는 혹시나 싶어 수첩에 적은 시간표를 확인했다. 다행히 시간이 맞았다. 출현 시간 말이다. 드래곤 슬레이어 소드는 제리코의 의도를 뒤늦게 알아차리고 걱정했다.

-마그노 황자를 보려고? 아서라. 시험 기간이라 도서관에 학생 많을 텐데 대놓고 면박 들으면 어쩌려고.

"그럼 내 마음도 차갑게 가라앉겠지."

-사람을 진정제로 써먹어서 쓰나.

드슬이는 제리코를 걱정하지만 말리지는 않는다. 제리코는 거울을 들여다보고 머리를 빗었다. 황자를 만나려면 복장을 단정히 해야 했다. 일주일을 하프 산맥에서 헤매느라 피부가 좀 상했지만 쉬면서 회복해 생기가 흘러넘쳤다.

"좋아, 완벽해."

도대체 누가 이 사랑스러운 소녀를 거부할 수 있단 말인가! 마음에 빙벽을 쌓은 황자님만 가능한 어려운 일이다! 제리코는 자화자찬을 하여 마그노 황자에게 무시당해 상처받을 자존심에 기름칠을 했다. 이러면 좀 덜 아플 것이다.

대도서관엔 평소보다 사람이 많았다. 그리고 평소보다 조용했다. 제리코는 사람이 더 늘어났는데 평소보다 조용해진 것 때문에 소름이 돋아 팔을 긁었다. 대도서관 3층은 고정석을 차지한 마그노 황자 때문에 가장 사람이 적은 장소다. 하지만 시험 기간이라 학생들이 도서관으로 몰려와서일까. 3층 열람실은 평소보다 북적였다.

마그노 황자와 거리가 멀수록 인구밀도가 높았고 황자가 가까워질수록 인구밀도가 낮았다. 제리코는 인구밀도가 가장 낮은 마그노 황자의 책상, 그곳으로 이동했다. 이번엔 책장에서 책을 뽑지 않았다. 가방에 시험공부할 게 있으니 그걸 보면 되었다.

─까마귀 책 빌려 가자. 기왕 하는 거면 공부해서 제대로 흉내 내고 싶어.

'알겠어, 이따 나갈 때 빌릴게.'

마그노 황자와의 거리가 점점 가까워졌다. 샌시나 로젠은 하프 산맥에서 같이 극한 생존 체험을 했으나 황자는 하프 산맥에 떨어지기 전날 본 것이 마지막이었다. 2주 만의 재회였다.

제리코는 침을 꿀꺽 삼켰다. 마그노 황자는 변함없이 무표정으로 두껍고 글씨 작은 책을 읽고 있었다.

"안녕하세요, 황자 저하. 오랜만이에요."

평소라면 좀 큰 목소리로 인사했을 테지만 오늘은 시험공부를 하는 다른 학생도 있는 상황. 제리코는 마그노 황자에게만 닿을 만한 소리로 인사했다. 무시당할 것을 각오하고 책상 위에 공부할 거리를 꺼내는데 마그노 황자가 대답했다.

"안녕하세요, 미베어 소공작. 무사히 돌아와 다행입니다."

순간 제리코는 귀를 의심했다. 마그노 황자가 인사를 받아줄 리 없는데? 제리코는 환청을 들었나 싶어 멍하니 있다가 진동으로 환청이 아님을 알려주는 검 덕분에 말을 받았다.

"하하, 걱정해 주셔서 감사해요."

제리코의 입이 자기도 모르게 길게 찢어졌다. 제리코는 책으로 입가를 가리고 히죽히죽 웃었다. 고작 인사를 받아줬을 뿐인데 뭔가 해낸 듯 뿌듯했다. 이 고양감, 성취감은 수퇘지를 번쩍 들었을 때에 필적했다.

"황자 저하를 다시 뵈러 올 수 있어서 너무 좋아요."

이건 진심이었다. 살아서 하프 산맥을 빠져나와 아카데미로 돌아오다니. 그야말로 인간 승리에 운이 합쳐진 결과였다. 제리코는 소설의 주인공이 아니지만 이만하면 소설 속 주인공이나 받을 법한 행운이었다. 특히나 막판에 발생한 용과의 만남은 기가 막혔다. 제리코 인생에서 두 번째로 놀라운 만남으로 평생 자리매김할 것이다.

-첫 번째는?

'에라프 님.'

-인정.

"나도 소공작을 다시 볼 수 있어 다행이라 생각합니다."

제리코의 입가에서 미소가 사라졌다. 설마 이것도 받아줄 것이라 예상하지 못했기 때문이다.

마그노 황자의 무시는 보통 무시가 아니었다. 개무시였다. 그런 황자가 오늘은 유독 친절하니 즐겁지 않고 도리어 무서웠다.

'보는 눈이 많아서 그런가?'

-이전에도 사서나 다른 학생 있었잖아.

'그럼 뭐지? 무슨 생각이지?'

제리코는 상대가 친절하면 의중을 알려 노력하지 않고 친절 그 자체를 감사히 받아들이는 성격이다. 마그노 황자에게 보이는 의심은 평소의 그녀에게선 상상하기 어려운 태도였다. 하지만 제리코는 마그노 황자를 의심하는 자신을 관대하게 받아들였다. 그만큼 마그노 황자의 냉대가 대단했다. 그랬던 사람이 갑자기 대화를 이어가는 친절을 베푼다? 무슨 변덕인가 싶어 경계하는 게 정상이다. 그러니까 제리코의 의심은 정당하고 죄가 없었다. 제리코는 목소리를 낮춰 소곤소곤 말했다.

"정말 걱정해 주셨군요? 감사합니다."

"……."

마그노 황자가 불쾌하단 시선으로 제리코를 응시했다. 싸늘하기가 지하에서 막 퍼 올린 암반수 못지않았다. 제리코는 너무 나댔음을 인정하고 책으로 얼굴을 가렸다.

'괜히 의심했다. 본전도 못 찾았네.'

―상식적으로 생각해 보면 사람이 갑자기 실종되었다는 얘기를 들으면 걱정해 주지. 게다가 황자는 황족이니 누군가 널 노린다는 것도 알고 있을 테고.

'그러게. 싫은 사람이라도 죽을 뻔했다 돌아오면 다행이라고 생각하는데 내가 황자님을 너무 냉혈한으로 생각했나 봐.'

―메렐 교수가 말했잖아. 정이 많다고. 다정한 마그노 황자가 널 엄청 걱정했을 거야!

'그건 아니다. 시끄럽고 빨간 애가 맨날 어슬렁거리다 없어지니 좀 허전했던 거겠지.'

제리코는 턱을 괴었다. 이러니저러니 해도 마그노 황자 앞에서 어슬렁거린 근성은 인정받은 듯했다. 사람이 든 자리는 몰라도 난 자리는 안다더니, 제리코의 노력은 쓸모없는 시간 낭비가 아니었다.

드래곤 슬레이어 소드가 그녀를 칭찬했다. 칭찬에 약한 제리코는 헤헤 웃었다. 검이 칭찬을 이어갔다.

-이제 쓸데없이 말 걸지 말고 집중해서 공부하는 모습을 보여주면 마그노 황자가 널 더 좋게 볼 거야! 공부하자!

'헤헤, 목적을 달성했으니 이제 돌아가 보실까.'

제리코는 잊지 않고 까마귀 생태에 관한 책을 대여했다. 빌리는 김에 고양이 생태 책도 같이 대여했다. 속이 훤하다 못해 1급수 물처럼 투명하여 검은 성실히 공부하면 고양이 모습으로 있어줄 것을 약속했다.

다음 날. 제리코는 어제보다 좀 더 크고 활기찬 목소리로 마그노 황자에게 인사했다. 마그노 황자는 제리코에게 눈길조차 주지 않고 단정한 목소리로 말했다.

"시험 기간입니다. 정숙해 주십시오."

그날 마그노 황자는 제리코가 어떤 말을 하든 같은 말만 반복했다.

그다음 날. 제리코의 인사에 마그노 황자는 어제와 동일한 대답을 들려주었다. 어쩜 그렇게 목소리 높낮이와 어조가 똑같은지, 제리코는 그가 입만 벙긋거리고 품에 마법 도구를 감춰놓은 줄 알았다.

제리코는 인정했다. 이건 또 다른 무시 방법이었다. 목이 쉬면 쉬었지, 다른 대답을 할 의지가 없다는 점에서 침묵보다 더 질이 나빴다.

"안 되겠다. 시험이 끝나기 전엔 황자님과 대화할 수 없겠어."

시험이 끝나면 어떤 문장을 무한 반복하려나 절로 궁금해졌다. '도서관입니다, 정숙하십시오'로 바뀔까? 제리코는 결국 백기를 들고 아카데미의 필수 이벤트 중간고사에 참가했다.

듬성듬성한 시간표에 맞춰 듬성듬성 떨어진 시험. 제리코는 같이 수업 듣는 동기들이 교수님이 무슨 얘기를 할 때마다 열심히 받아 적던 이유를 깨달았다. 주어진 종이는 세 장이고 필요하면 언제든 갖다 쓰라는 듯 강의실 앞엔 빈 종이가 산더미처럼 쌓여 있다. 하지만 문제는 하나.

단 하나였다.

'왜 보기가 없어?'

시험지엔 객관식 문제가 하나도 없었다. 제리코는 당황했다.

-낙제만 면하자. 너도 공부했잖아! 아는 것만 적어!

공부도 하던 가락이 있는 사람이나 잘하지, 일평생 공부란 것을 해본 적 없는 제리코는 드래곤 슬레이어 소드가 수업 요약집을 주고 선배들이 시험 족보를 주어도 제대로 써먹지 못했다.

첫 번째 시험에서 제리코는 눈부시게 새하얀 답지를 제출했다. 덩달아 정신도 새하얗게 탈색했다.

믿었던 〈교양 검술〉에서도 제리코는 새하얀 백지를 제출했다. 무기를 다루는 사람의 마음가짐, 뭐 이런 게 시험 문제로 나올 줄 알았는데 왜 갑자기 검의 종류와 무게, 길이를 묻는지. 칼과 도의 차이를 물으시면 답을 할 수 없고요?

제리코는 드래곤 슬레이어 소드에게 협박과 애교를 섞어 컨닝을 부탁했으나 검은 들어주지 않았다.

시험 마지막 날. 제리코는 이제까지의 시험 중에서 가장 많이 채운 답지를 제출하고 터덜터덜 기숙사로 돌아갔다.

어디에도 가고 싶지 않았다. 시험은 승자와 패자가 갈리지 않는데 이상하게 패배한 기분이 들었다. 제리코는 쟁기질할 힘없는 놈들이나 공부하는 것이라 말한 지난날의 자신을 반성했다. 공부는 힘없으면 못 했다.

그래도 시험이 끝났다. 그건 참 기쁜 일이다. 제리코는 세상을 다 가진 듯 기뻐했다. 하늘을 보고 호탕하게 웃는 그녀에게 드래곤 슬레이어 소드는 기말고사가 있음을 알리려다 그만두었다.

17장
손님

학생은 배려의 대상이다. 학생의 본업은 공부. 그리고 시험은 학생이 본업에 얼마나 충실히 임했는지 객관적 지표를 제공하는 평가의 장이다. 그렇기에 학생은 시험 기간에 평소보다 더욱 배려의 대상이 된다.

제리코도 그랬다. 중간고사가 끝나기 무섭게 수사관의 협조 요청서가 백합관에 날아왔다. 제리코는 수사에 적극 협조하자는 입장이었기 때문에 바로 답장을 보냈다.

다음 날, 처음 보는 마법사가 수사관과 함께 백합관을 방문했다.

"첫 외부 손님 겸 남자 손님이네요."

제리코가 친해진 여학생 몇을 백합관에 초대한 적이 있지만 남성이 백합관 문턱을 넘는 건 이번이 처음이었다. 기념비적인 첫 남자 손님이 한 명은 유부남이고 한 명은 아버지뻘 아저씨이니 재미가 없다고 하녀가 농담했다.

"내가 다음엔 꼭 잘생기고 건강하고 착한 남자 낚아 올게요."

하녀가 자지러지게 웃었다. 제리코도 함께 웃었다. 까르륵, 호호호, 깔깔깔. 하여간 이 하녀 언니들은 제리코와 웃음 코드가 비슷했다. 제리코는 신나게 웃은 뒤 미베어 소공작의 체통을 지키기 위해 표정 관리에 힘썼다.

수사관과 함께 온 마법사는 마탑의 로브를 걸친 중년 남성이었다. 처음 보았을 땐 머리가 희끗희끗하여 새치가 심하다고 생각했는데 원래 머리가 회색이었다.

"덕분에 어릴 때부터 별명이 영감이나 노인, 할배였습니다."

중년 마법사의 이름은 카모마 일마. 탑의 인증을 받은 실력파 마법사로 주된 연구 분야는 마법 물품 제작 및 부여 마법이다. 이미 한차례 조사가 끝난 백합관이지만 이 분야의 전문가인 카모마가 한 번 더 조사하고 경비를 보완하기 위해 직접 방문한 것이다.

카모마의 조사와 경비 보완은 제리코의 입회하에 이뤄졌다. 고귀한 신분의 여성이 머무는 개인실이니 낯선 남성이 손대는 걸 꺼릴 수 있다는 이유였다. 제리코는 멀뚱히 서서 카모마가 하는 일을 구경했다.

"별다른 이상은 없군요. 보안만 강화하겠습니다."

카모마는 창문에 외부인이 출입하면 알람이 울리도록 마법을 걸었다. 제리코는 아차 싶어 까마귀나 고양이는 드나들 수 있게 해달라고 부탁했다. 쉬운 일이었기 때문에 카모마는 수락했다.

"그럼 설정을 인간으로 제한하겠습니다."

"네네."

"까마귀나 고양이가 드나드나 보죠?"

"하하, 요즘 까마귀랑 고양이에게 밥을 주고 있어요."

이렇게 말해두면 나중에 까마귀나 고양이 모습으로 있는 드래곤 슬레이어 소드를 들켜도 변명할 거리가 생긴다.

카모마는 창문에 마법을 건 후 옷걸이에 걸려 있는 로브에 흥미를 보였다.

"이건······."

"샌시가 빌려줬어요!"

샌시는 혹시 다른 마법사가 로브에 대해 뭐라 하거들랑 무조건 자기 이름을 대며 잡아떼라고 말했다. 제리코는 그렇게 했다.

카모마는 눈을 크게 뜨고 제리코를 보았다. 중년 남성은 굉장히 복잡한 표정을 짓더니 눈살을 찌푸렸다. 그는 뭔가를 곰곰이 생각하다가 의심을 가득 담아 질문했다.

"샌시가 소공작님과 친하다고 했는데 정말이었습니까?"

"그럼요, 우리 친해요."

"그…… 사촌 오누이처럼 돈독하다는 말이 사실…… 이라고요?"

제리코는 즉시 대답하지 못하고 망설였다. 사촌 오누이처럼 돈독하다니. 그렇게 말하니까 둘 사이가 정말 가까운 관계처럼 느껴졌다. 정작 사촌 오빠 얘길 먼저 꺼낸 건 제리코 본인임에도 말이다.

'남이 얘기하는 건 느낌이 다르구나. 이건 뭐라고 대답해야 하나.'

제리코는 잠시 망설인 끝에 고개를 끄덕였다. 실제 사촌 오빠인 아리보 소공작보다 샌시를 더 친근하게 느끼고 있고, 사촌 오빠로 승급시켜 줬으니 책임을 져야지. 카모마는 놀라다 못해 뒤집어졌다.

"놀랄 노 자로군요. 아시겠지만 샌시는 여성분을 좀…… 어려워해서."

"여자에게 관심은 엄청 많으면서 무서워하고 피해 다니죠. 네, 알아요."

"그 애가 오랜만에 마탑에 와서는 소공작님과 돈독한 사이라고 말하고 다니길래 거짓말하면 못쓴다고 혼냈는데 사실이었군요……. 돌아가는 길에 찾아가 사과해야겠습니다."

'그 애?'

같은 마탑의 마법사라 그럴까. 카모마가 샌시를 칭하는 모양새가 묘하게 친근했다. 이번엔 제리코가 물어볼 차례였다.

"샌시랑 많이 친하신가 봐요?"

"……."

카모마는 일하다 말고 아련하게 허공을 응시했다. 제리코는 과거를 회상하는 아저씨를 방해하지 않았다. 회상을 끝낸 카모마가 회상하기 전보다 더욱 아련한 표정을 지었다.

"숲 요정은 공동체에서 공동육아를 한다고 하더군요."

-떠맡았구먼.

카모마는 샌시의 주 양육자 중 한 명이었다. 하는 얘길 들어보면 거의 그가 전담하다시피 한 것 같았다. 생각하면 생각할수록 서러운지 카모마가 연신 혀를 찼다. 평생 마법에 매진하여 여자 손 한 번 잡아본 적 없던 총각이 갑자기 애를 떠맡았으니 얼마나 힘들었을까. 주위에 도와주는 사람도 없고 말이다. 육아는 아주 힘들고 어렵고 체력적, 정신적으로 고된 일이다. 아이가 한 번 웃을 때마다 태양보다 빛나는 그 얼굴에 근심 걱정이 사르르 녹긴 하지만 그래도 힘들다는 사실은 변하지 않았다.

동생이 넷이나 있는 제리코는 동감이 되어 고개를 쉬지 않고 까딱였다. 그러다 질문했다.

"유모나 보모를 고용해도 되었을 텐데, 그러지 못하는 이유가 있었나요?"

"외부인은 무리가 아니니 믿을 수 없다고 해서……."

'애 보기 싫어서 막 던진 말이 아니었구나.'

내심 마탑주가 육아하기 싫어 부하들에게 일임했나 했더니 나름의 선이 있었던 모양이다. 마탑주에게 있어 자신의 가족(?)은 마탑의 마법사들이라는 것이겠지.

카모마는 샌시를 직접 업어 키워서 그런지 애정도 남달랐다. 은근슬쩍 자랑도 했다.

"아마 제가 샌시와 가장 친할 겁니다! 샌시도 절 아버지처럼 따르죠! 아하하하!"

-아닌 것 같은데.

'어허, 그런 얘기 하는 거 아니야.'

남들이 보기엔 아니지만 본인이 행복하다면 그 착각을 구태여 깰 필요 있겠는가. 제리코는 활짝 웃으며 둘의 친분에 박수를 보냈다.

제리코는 업무를 마친 카모마와 수사관에게 차를 대접했다. 공식적으로 방문한 첫 남자 손님인데 물 한 잔 안 주고 보내서야 쓰나. 그랬다간 미베어 공작가의 이름에 흠이 간다. 사건 관련 얘기는 앞서 들었기 때문에 티 테이블 위에선 사교적인 얘기가 오갔다.

'좋은 기회데?'

제리코는 손님 구성에 만족했다. 그녀는 하프 산맥에서 로젠의 검을 두 동강 내었다. 본의가 아니긴 했지만 자신이 저지른 일이니 보상을 해야 했다. 그리고 여기, 검을 쓸 것 같은 수사관과 마법 도구 제작이 전문이라는 마법사가 한자리에 있었다. 후에 듣기로 로젠의 검도 마법 검이라 했으니 보상으로 적당한 검을 물어보기 좋은 인선이었다.

"저어, 수사관님. 실은 하프 산맥에서 로젠 씨가 검을 잃으셨어요."

"네, 알고 있습니다."

"검의 분실엔 제 책임도 있으니 제가 보상해 드리고 싶은데 적당히 가게나 대장간을 추천해 주실 수 있을까요?"

"글쎄요…… 검사에게 검이란……."

수사관이 깊은 고민에 빠져 선뜻 대답하지 못했다. 오랜 고민 끝에 수사관이 입을 열었다.

"검은 생명입니다."

그의 말대로 검사에게 검이란 또 하나의 손이자 생명과도 같은 것. 수사관은 로젠이 어떤 검을 쓰는지 모르는 상태에서 갑자기 이런 질문을 받아도 대답하기 곤란하다고 곤혹스러워했다.

"제가 도움을 드릴 수 있겠군요."

다행히 카모마는 로젠이 쓰던 검이 어떤 유형인지 알고 있었다. 그가 로젠의 검에 마법을 부여했기 때문이다.

로젠은 사치하는 성품이 아니나 그가 누구인가. 인간 중 최고 부자 플라티나 스타즈의 장남이자 스타즈 가문의 잠정적 후계자이다. 그에겐 금을 녹여 검으로 만들어 쓰는 것도 사치가 아니었다.

그리고 로젠 스타즈는 검에 있어선 돈을 아끼지 않았다.

제리코는 자신이 두 동강 낸 검의 예상가를 듣고 돌이 되었다.

-1초도 안 되는 짧은 시간에 철광산 하나를 날려먹다니.

제리코는 철광산이 돈이 얼마나 되는지, 연 매출이 얼마인지 잘 모르지만 어쨌든 평생 가도 만져볼 수 없는 큰돈임을 깨달았다.

"으아악!"

미베어 소공작이 체통을 잃고 비명을 질렀다.

그 평범해 보이는 검이 그렇게 비쌀 줄 누가 알았겠는가. 제리코는 1초만에 엄청난 사치를 저지른 자신을 믿을 수 없어 부들부들 떨었다. 그리고 드래곤 슬레이어 소드를 공격했다.

콩콩콩콩콩.

우아하게 차를 마시다가 갑자기 벽에 걸어둔 검으로 다가가 검을 때리는 소녀를 수사관과 카모마는 못 본 척했다. 어쩌다 그 비싼 검이 파손되었나 했더니 용사의 검이 관여한 듯했다.

제리코는 제 분에 못 이겨 씩씩거리다 종종 걸어서 의자로 돌아왔다. 그녀는 손수건을 꺼내 조신하게 눈물을 콕콕 찍었다.

"너무 상심하지 마십시오. 소공작님은 이제 그 정도 금액은 여유롭게 배상할 수 있는 능력을 지니셨습니다."

"네, 그렇고말고요. 그리고 샌시와 친분이 깊으시니 저도 가족 할인을 해드리겠습니다."

그나마 다행인 얘기였지만 부여 마법의 의뢰 가격을 모르는 제리코에

겐 큰 위안이 되지 못했다. 제리코는 붉어진 눈가로 드래곤 슬레이어 소
드를 노려봤다. 검은 당당했다.

-난 무생물이니까 돈 얘긴 몰라도 돼!

'못된 검! 나쁜 검!'

팔다리 없는 검을 욕해서 뭐 할까. 결국 그 검을 들고 비싼 검을 두
동강 낸 건 자신인 것을.

제리코는 풀이 죽어 카모마에게 자세한 견적을 물었다. 카모마가 로
젠의 검에 마법 부여 의뢰를 맡은 것은 몇 년 전의 일이다. 다행히 카모
마는 로젠이 사용한 금속과 합금의 배합, 검 제작을 맡은 대장장이, 의
뢰한 마법 종류를 또렷이 기억하고 있었다.

잊으려야 잊을 수 없었다. 검의 외양을 제외하면 드래곤 슬레이어 소
드와 동일했기 때문이다.

"드래곤 슬레이어 소드와 거의 동일한 검이라 보시면 됩니다."

"어…… 그런데 그렇게 차이가 나나요?"

로젠의 검은 손쓸 수도 없이 순식간에 두 동강 났다. 비슷하게 만들
었는데 그렇게 큰 차이가 난다는 것이 믿기지 않았다.

"그땐 마스터가 총책임자였습니다. 전국에서 이름난 장인을 불러 모
았고 사용한 재료 중엔 다시는 구할 수 없는 재료도 있습니다. 똑같은
레시피로 케이크를 만들어도 파티시에가 누구냐에 따라 맛이 달라지
죠. 같은 이치입니다."

카모마는 마탑의 로브를 간신히 주워 입고 드래곤 슬레이어 소드 제
작진 명단 끄트머리에 이름을 올려도 될까 말까 했던 풋내기 시절을 떠
올렸다. 탑의 인정을 받은 마법사가 되어 들떴다가 검을 제작하기 위해
몰려든 실력자들을 보고 기가 죽어 잔심부름하다 끝났다. 그때의 경험
이 피가 되고 살이 되어 지금은 부여 마법의 권위자가 되었지만, 가끔
마음이 들뜨고 행실이 가벼워진다 싶을 때, 연구가 막힌다고 생각될 때

엔 광룡의 그림자가 드리워진 절박했던 과거를 떠올렸다.

"그렇구나……."

"동일한 재료와 장인, 마법사로 같은 검을 만들어도 지금의 드래곤 슬레이어 소드보다 뛰어난 검을 제작하는 건 불가능합니다. 드래곤 슬레이어 소드는 광룡을 베면서 '용을 벨 수 있는 검'이 되었기 때문이죠. 대상이 무엇이든 용보다 약하다면 무엇이든 벨 수 있게 된 겁니다."

카모마의 얼굴에 마법사로서의 호기심이 가득했다.

'에라프만 그렇게 되지 않았더라도 잔뜩 연구할 수 있었을 텐데.'

카모마는 영웅의 딸 앞에서 그런 생각을 한 것이 너무 이기적이라 스스로를 환멸해 버렸다. 너무 순식간에 지나간 생각이라 제리코는 알지 못했다. 좀 오래 한 생각이더라도 제리코는 알아채지 못했을 것이다. 그녀는 지금 돈 때문에 심각했다.

"음…… 알겠어요. 어쨌든 대장간과 장인분도 소개해 주시면 감사하겠어요."

"이렇게 된 것도 인연이니 제가 다리를 놔드리겠습니다."

카모마 혼자 죄책감에 수고를 더하겠노라 선언했다. 제리코는 그래주면 고맙겠다고 다시 말한 후 한숨을 쉬었다.

"에휴."

'어째 평범한 검을 들고 다니더라 했어.'

에라프의 열렬한 추종자인 로젠이 어째서 드래곤 슬레이어 소드 레플리카를 사용하지 않나 했더니, 외형만 평범하지 실은 가장 본체와 비슷한 레플리카를 보유하고 있었다. 가격대도 가장 비슷하지 않을까? 제리코는 검에 대해 잘은 모르지만 검집에 금이나 보석을 박아 넣은 레플리카보다 로젠의 검이 더 비쌀 것이란 생각이 들었다.

─정답이야.

'그래, 다 내 탓이려니.'

다시 말하지만 손발이 없는 검에게 무슨 죄가 있겠는가. 다 검을 잘못 놀린 인간 잘못이지.

뜻밖의 주제로 티타임이 길어지자 수사관이 점점 시계를 보는 횟수가 잦아졌다. 카모마에게 자세한 견적 얘기를 듣던 제리코는 먼저 가도 된다고 얘기했다.

"그럼 먼저 실례하겠습니다."

"안녕히 가세요."

수사관이 떠나고 얼마 지나지 않아 견적 얘기가 끝났다. 제리코는 돈 얘기가 나올 때마다 불안해했다. 카모마는 너무 액수에 연연하지 말라고 말했다.

"검을 받을 이가 로즈…… 크흠. 로젠 스타즈 아닙니까. 스타즈 가문의 장남에 검의 천재, 황금의 요정에게 축복을 받은 검사에게 공개적으로 검을 선물할 수 있는 좋은 기회라고 생각해 보세요. 미베어 공작가에도 이득이 되는 일입니다."

―카모마 말이 맞아. 로젠 성격에 네가 검을 선물하면 그걸 들고 다닐 거야. 스타즈 가문은 남작 가문이지만 스타즈 상회를 갖고 있어서 실질적 영향력은 공작에 버금가. 가문에도 이득이야. 넌 실수를 해서 엄청난 배상금을 갚는 게 아니라 미래를 위해 투자하는 거라고.

한 사람과 검 한 자루가 그렇게까지 말해주니 제리코의 표정이 조금씩 풀렸다.

"외형은 어떻게…… 대장장이와 상담해 봐야겠지만 원하시는 게 있으십니까? 이전과 동일하게 제작할까요?"

"아니요. 누가 봐도 비싼 검인 걸 알게 만들어주세요."

그냥 봐서 비싼 검이었으면 제리코가 나중에 알고 미안해서 전전긍긍하지 않았을 것 아닌가. 천하의 로젠이 어디서 또 검을 두 동강 낼 일은 없겠지만 제리코는 혹시 모를 피해자 양산을 막기 위해 자신이 희생하기로 결심했다.

"아주, 아주 비싸 보이게 만들어주세요."

"조금 화려하지 않을지……."

"로젠 본인도 화려하잖아요. 묻히지 않으니까 괜찮아요."

광룡을 물리친 용사를 동경하는 용사 지망생 아닌가. 은빛으로 반짝이는 갑주에 바람에 나풀거리는 망토를 걸치고, 화려한 검을 차고 긴 갈기를 흩날리는 백마를 타야 마땅했다.

드래곤 슬레이어 소드는 잠시 그런 차림을 한 로젠을 상상해 보고서 제리코의 미의식을 인정했다.

─엄청 잘 어울린다. 그런데 로젠이 나보다 예쁜 검을 차는 건 마음에 안 드는데…….

제리코는 질투심 많은 검의 의견을 받아들였다.

"단, 드래곤 슬레이어 소드보다 예쁘면 안 돼요."

"그것참, 어려운 주문이시군요……. 단가가 더 오를지도 모르겠습니다……."

"죄송해요. 이건 제 의견이 아니라 뺄 수가 없어요."

"차라리 드래곤 슬레이어 소드의 레플리카는 어떠십니까? 주문이 많아 다들 숙련되어 제작 시일을 단축시킬 수 있습니다."

─기각. 로젠이 주인 아들 아닌데 나랑 똑같이 생긴 검이 옆구리를 꿰차고 있으면 난 없는 배가 아파서 죽을 거야.

사촌이 땅을 사면 배가 아프고, 자신을 복제한 검이 로젠 손에 들리면 검신이 떨린다.

'성격 참.'

드래곤 슬레이어 소드는 용사의 검치고 아량이 좁았다. 그러다 제리코는 검의 좁은 속을 이해하기로 마음먹었다. 드래곤 슬레이어 소드는 자아를 자각한 후 죽어가는 주인과 함께 방 안에서 대부분의 시간을 보냈다.

주인은 전설의 용사라 검에게도 재밌는 얘기를 들려주기 위해 실화에 자극적인 조미료를 팍팍 치는 호인이었다. 나쁜 사람 몇이 그런 주인에게 은혜를 갚기는커녕 사기를 치러 들었으니 얼마나 마음이 아팠겠는가.

"드래곤 슬레이어 소드와 다르게 생겼고 덜 예쁘지만 비싸 보이게 만들어주세요."

주문 참 까다로웠다. 카모마가 '덜 예쁘다' 부분에 밑줄을 두 번 그었다. 제리코는 '비싸 보이게'에 동그라미를 쳐달라 요구했다.

"부여하는 마법은 어떻게 하시겠습니까?"

"그건 이전과 동일하게 해주세요."

"그게 말입니다……. 가격은 동일하게 해드릴 테니 다른 마법은 안 되겠습니까?"

"똑같이 하기 많이 어려운가요?"

"그게 아닙니다."

카모마는 지난 세월 동안 내내 의아하게 여겼던 이야기를 꺼냈다.

"마법 검을 제작할 때 마법을 가능한 많이 부여할 수 있다면 좋겠지만 검이 버틸 수 있는 한계가 정해져 있어 그러지는 못합니다. 그리고 드래곤 슬레이어 소드는 부여할 수 있는 마법이 아주 많습니다."

"네, 다양하더라고요. 공격 마법이랑, 빛 마법이랑, 물 마법이랑."

"그런 단순한 마법이 아닌 좀 더 많은 마법을 부여할 수 있습니다. 그런데 드래곤 슬레이어 소드는 재료에 비해 부여된 마법이 적습니다."

카모마가 주머니를 예시로 설명했다. 밀가루 10kg이 들어갈 수 있는 주머니에 1kg도 안 넣은 구조란다. 밀가루를 넣는 입장에선 왜 꽉 채우지 않는지 의아하지 않겠는가? 그 말을 들은 제리코도 함께 의아해했다.

"듣고 보니 이상하네요. 왜 그랬을까요?"

"아마 용에겐 마법이 통하지 않아 그런 것일 겁니다. 그런 데에 공을 들이느니 검 자체의 내구에 신경을 썼겠죠."

"아하."

"그래서 말인데, 소공작께서 괜찮으시다면 새로 만드는 검은 한계까지 마법을 채우고 싶습니다."

"으음……."

제리코는 팔짱을 끼고 진지하게 고민했다. 어차피 외형도 바뀌는 마당에 마법 좀 더 넣는다고 문제 될 게 있겠냐만, 받는 로젠이 마음에 들어 할까가 문제였다.

–싫어할 것 같아. 나 정도만 부여하라고 그래.

'너보다 잘난 검이 완성될까 무섭구나?'

–아니거든! 내가 세상에서 제일 잘났거든!

"혹시 나중에 마법을 추가할 수 있나요?"

"있긴 있지만 제작 단계에서 부여하는 것보다 마법이 적게 들어갑니다."

"그럼 일단은 얘랑 똑같게 해주세요."

그렇게 주문서가 완성되었다.

카모마는 주문서를 품에 넣더니 잠시 망설였다. 그는 무언가를 결심한 듯 침을 꿀꺽 삼켰다.

"실례이오나 소공작님, 정말 샌시와 친하십니까?"

샌시는 제리코와 같은 미소녀와 오빠 동생 하는 사이가 된 것을 무척 자랑스럽게 여겼다. 그래서 마탑에서 만나는 마법사마다 붙잡고 자랑했다. 혹자는 샌시가 드디어 망상병에 걸렸다며 안쓰럽게 여겼고 혹자는 망상병이 아니라 착각병에 걸렸다고 울먹였다. 카모마는 샌시가 착각병에 이미 걸린 상태이기 때문에 병세가 깊어졌다고 주장하는 쪽이었다.

"네, 사실이에요. 사촌 오누이 정도의 친분이죠."

'얼마나 친구가 없었으면 자꾸 진짜냐고 물어봐.'

샌시, 알면 알수록 딱하고 안쓰러운 자여. 제리코가 속으로 혀를 끌끌 차는데 카모마가 질문했다.

"조사 보고서엔 적지 않았지만 샌시가 하프 산맥으로 이동한 후 피를 토했다고 들었습니다."

"네, 마력이 폭주해서 그런 거라고 말했어요."

"샌시가 많이 괴로워했습니까?"

"음…… 자존심 때문에 티는 안 냈지만 꽤 고통스러워 보였어요."

제리코는 마력 빈혈로 속이 뒤집어졌을 때 죽는 줄 알았다. 마력 빈혈보다 폭주가 고통스럽다 하니 샌시는 죽다 살아난 수준이었다. 하프 산맥에서 벌어진 일을 숨기느라 샌시의 고생이 축소된 게 안타까울 정도였다.

카모마의 표정이 심각해졌다. 그는 두 손을 모아 꽉 쥐었다. 손가락 끝이 닿은 피부가 하얗게 변했다. 중년 아저씨지만 직업이 마법사라 그런지 손만 보면 이십 대 청년 같았다.

'마법사들은 다 손이 예뻐.'

그만큼 소중히 아끼고 관리한다는 의미일 터. 카모마의 가느다랗고 관절 부분이 굵은 손가락을 보고 있자니 절로 샌시가 떠올랐다. 제리코는 고개를 저어 샌시를 머릿속에서 밀어냈다.

'아니, 왜 하필 샌시야?'

하고 많은 남정네 중에 왜 하필 샌시란 말인가! 왜?

"샌시가 걱정되어서 그러시나요?"

제리코는 샌시 생각도 떨쳐낼 겸 카모마의 말을 재촉했다. 카모마와 나누는 대화의 화제 또한 샌시니 뭐가 다르냐 싶지만 샌시 생각과 샌시 걱정은 마음속에서 영역이 달랐다.

"혹시 방금의 이야기를 법정에서도 증언해 주실 수 있으시겠습니까?"

"네? 법정요?"

제리코는 지은 죄가 없는 결백한 소녀이지만 경비대가 다가오면 괜히 무섭고 법이라고 하면 무조건 멀리하고 싶은 소시민이다. 법정은 일평생 문턱을 밟지 않을 건물로만 여겼다. 그런데 법정에 구경 가는 것도 아니고 증언을 부탁한다니. 제리코는 황급히 자세한 사정을 물었다.

"샌시와 그렇게 친하다니 아시겠지만 샌시는 마스터, 마가렛에게 학대 당하고 있습니다."

"잠시만요. 마가렛이 누구죠?"

대충 짐작이 가지만 제리코는 확신을 얻기 위해 일부러 질문했다. 카모마가 즉시 대답했다.

"마가렛 데이지 공작. 마법사의 탑 마스터를 190여 년간 맡고 있습니다."

드래곤 슬레이어 소드가 노래를 불렀다.

-마, 마, 마 자로 시작하는 말~ 마탑주, 마스터, 마녀, 마가렛~

이름도 마로 시작하면 웃기겠다던 제리코의 잡생각이 현실이 된 순간 이었다.

제리코가 진지한 얘기 중인데 웃음이 터져 나와 어쩔 줄 몰라 하는 동안 카모마는 이야기를 계속했다.

"숲 요정은 인간보다 장수하는 종족입니다. 대략 100년에 걸쳐 서서 히 성장하고 성년으로 인정받는 시기 또한 100년으로 정하는 게 일반적 입니다. 샌시는 일평생 마스터에게 휘둘려 살았는데 이유는 두 가지입 니다. 숲 요정의 기준에서 샌시는 독립이 한참 먼 아동의 나이라는 것. 그리고 마스터가 샌시의 마법 스승이라는 점입니다."

영유아기의 방치는 공동육아라고 주장하니 그렇다 치자. 자기만 쏙 빠지는 육아의 어디가 공동육아인지 모르겠지만 어쨌든 그렇다 치자 이거다. 하지만 멀쩡히 친구 잘 사귀고 있는 애의 인간관계를 망치는 건 어느 나라, 어느 종족의 법도냐 이 말이다.

샌시의 과거는 제리코만 눈물지을 일이 아니었다. 샌시를 업어 키운 마탑의 마법사들도 기함했다. 카모마가 주축이 되어 마탑주에게서 샌시 의 양육권을 박탈하려는 노력이 진작 있었다. 하지만 이게 웬걸? 법원 은 다른 종족의 문화를 존중하자며 마탑주의 손을 들어주었다.

카모마가 주먹을 불끈 쥐고 이를 빠드득 갈았다.

"숲 요정은 다 그런가? 문화 차이인가? 그렇게 생각하고 고문서를 뒤져봤더니 아니었다 이겁니다!"

샌시는 스무 살이 넘어 성인이지만 법적으론 여전히 미성년자 취급받았다. 마탑주가 숲 요정은 100살이 성년이 되는 기준이라고 박박 우긴 결과였다. 샌시가 아카데미로 도망친 건 결과적으로 마탑주 때문이었다. 솔라와 루나 아카데미는 제국에게 인정받은 우수한 교육기관으로서 보호자의 동의가 없어도 입학이 가능했던 것이다.

"그동안은 여자를 소개시켜 주는 게 어째서 학대냐는 얘기가 있어 학대를 주장할 수 없었지만 이번 일은 다릅니다. 샌시의 상태가 좋지 않은 걸 알고 있으면서 일부러 샌시를 하프 산맥에 가라 지목한 것! 이건 명백한 학대고 횡포입니다!"

어머니라는 이유로, 마법 스승이라는 이유로 마탑주가 샌시에게 부리는 횡포는 눈 뜨고 보기 힘든 수준이었다. 오랜 기간 옆에서 지켜본 결과 나름의 애정이 존재함은 알고 있지만 세상엔 독이 되는 애정도 있는 법. 카모마는 지금이라도 샌시를 마탑주와 떼어놓고 싶었다.

"이참에 친권과 양육권을 빼앗고 접근 금지 신청도 받아낼 생각입니다."

–와, 작정했네.

제리코는 드래곤 슬레이어 소드와 함께 혀를 내둘렀다. 그녀는 질문하기 전 가엾은 어린 샌시를 위해 눈물 세 방울을 떨어뜨렸다.

"그런데…… 육아에 참여하셨지만 친척이 아니라 힘들지 않을까요?"

공작이란 신분에 백 년 넘는 긴 세월 동안 탑의 마스터로 있으면서 얻은 부와 권력, 인간관계까지. 카모마도 탑의 로브를 입은 마법사이고 자신이 맡은 분야의 권위자이나 마탑주를 상대하기 힘들 것 같았다. 심지어 피 섞인 친척이 아니고 타인 아닌가. '생판 남이 왜 저래?'라는 얘기나 듣지 않으면 다행이었다.

다행히 카모마는 믿는 구석이 있었다.

"그건 괜찮습니다. 제가 샌시의 친부거든요."

"아, 그럼 가능성이…… 뭐라고요?"

-제리, 나 뭔가 잘못 들은 것 같은데 검집에서 뺐다가 넣어줄래?

제리코는 그렇게 했다. 그녀는 의자를 뒤로 밀고 성큼성큼 걸어 드래곤 슬레이어 소드를 뽑았다가 검집에 다시 넣었다. 뒤돌아선 제리코의 얼굴은 로젠의 검 가격을 들었을 때보다 더 극적이었다.

"뭐라고요?"

"제가 샌시의 친부입니다."

"뭐라고요?"

"그…… 마스터는, 크흠. 숲 요정 혼혈이라, 크크흠, 문화 차이, 개방적인 연애를, 크흠. 저는 크흠, 어쩌다 보니, 크흠."

딸뻘인 소녀에게 해줄 만한 얘기가 아니라 카모마는 연신 헛기침을 해 말을 돌렸다. 백합관의 경비를 보완하는 중에도 흘리지 않았던 식은땀이 삐질삐질 흘렀다. 하지만 그건 아저씨 사정이고, 제리코가 봐줄 의무는 없었다. 제리코는 두 손으로 티 테이블을 쳤다.

"뭐라고요?"

"어이쿠, 깜짝이야. 제가 샌시의 친부입니다. 시기적으로……."

"마탑주님께 듣기로 그때 열심히 일하는 근육이 멋진 남성들과 좋은 시간을 보내셨다고……."

카모마는 중후하고 지적인 맛이 있는 미중년이었으나 구릿빛 피부의 근육질과는 거리가 멀었다. 굳이 분류하자면 아리보 소공작 과였다. 사람을 의심하긴 싫지만 따질 건 따져야 했다.

카모마는 흠칫 놀라 제리코를 보았다. 제리코가 너무 많은 걸 알고 있다는 표정이었다.

"근육질 남정네들이 돌아간 뒤 좋은 시간을 보냈습니다. 아니, 저라고 막연하게 시기만 따져서 확신한 게 아닙니다. 친자 감별 마법으로 확인했습니다. 샌시는 제 아들입니다."

콰앙!

제리코가 주먹으로 티 테이블을 내려쳤다. 찻잔과 접시가 지진을 맞이한 듯 덜그럭거렸다.

카모마는 흠칫 놀라서 어깨를 움츠렸다. 현재 카모마는 참 억울할 것이다. 증언 좀 해달라 부탁했더니 생판 남이 놀라서 같은 얘기 반복하게 만들고 해명까지 시키고 있으니까.

어쩔 수 없었다. 제리코에겐 정말 중요한 일이었다. 카모마가 거짓말을 하느냐 아니냐에 따라 샌시가 후보에서 빠져나갈지 말지가 결정되었다. 그리고 제리코가 샌시에게 마음 놓고 두근거릴 수 있는지도.

'아냐, 이건 아니지.'

제리코는 거세게 고개를 저어 그 생각을 부정했다. 어쨌든 중요한 건 진위 파악이었다. 제리코는 소리를 듣고 놀라 달려온 하녀와 경비원을 웃는 얼굴로 내보낸 후 같이 나가려는 카모마를 붙잡아 다시 앉혔다. 가엾은 마법사는 소녀의 손길에서 벗어나려 애썼으나 반항하는 힘은 새끼 돼지보다 미약했다.

"진짜예요?"

"제가 왜 이런 일로 거짓말을 하겠습니까."

"언제 검사하셨는데요?"

"샌시가 어릴 때 몰래 해봤습니다. 사실…… 마스터에게 정액을 갈취당했거나 좋은 시간을 보낸 마법사라면 대부분 해봤을 겁니다."

제리코는 샌시가 탑의 마법사들에게 피를 갈취당한 것이 실험 때문이 아니라 친자 감별을 위해서일지도 모른다는 생각을 했다. 굉장히 무시무시한 생각이었다.

제리코는 아빠 후보에게 피를 갈취당했을 어린 샌시를 위해 또 눈물

방울을 쏟았다. 이제부턴 몇 방울인지 세지 않기로 했다. 늘어난 눈물 방울 개수는 샌시의 불행과 정비례하니까. 불행 지수 재는 것도 아니고, 그런 걸 수치화해서 무엇 하겠는가.

"그럼 왜 샌시에게 알리지 않으셨죠?"

"샌시가 부모는 적을수록 좋다고 말해서……. 대신 가능한 아버지 노릇을 하려고 애썼습니다! 마스터를 말리고 샌시에게 좋은 조언자가 되려고 노력했어요!"

"으앙."

가족은 갖고 싶지만 부모는 늘리기 싫은 샌시. 가엾은 샌시. 결국 제리코는 눈물을 펑펑 흘렸다.

"끄흡, 제가 흑! 꼭 증언할게요! 흑흑!"

"가, 감사합니다, 소공작님. 그런데 어째서 우시는지……."

"샌시가 너무 불쌍해서요."

카모마는 제리코가 갑자기 쏟는 눈물에 제리코가 주먹으로 티 테이블을 쾅쾅 칠 때보다 더 당황했다. 어설프게 제리코가 우는 걸 달래던 카모마는 제리코가 간신히 눈물을 그치자 쏜살같이 도망갔다. 그는 도망가면서 하녀와 경비원에게 자신이 울린 게 아니라는 구차한 변명을 해야 했다. 제리코는 눈물 없인 들을 수 없는 얘기를 들었다며 카모마를 두둔했다.

제리코는 도망치는 카모마의 뒤를 바싹 쫓아 백합관 현관까지 따라갔다.

"마법 결과 확실한 거예요? 틀린 거 아니죠?"

"화, 확실합니다! 세 번이나 다시 했습니다!"

"그래요? 그렇군요. 제가 꼭 증언할게요, 필요하면 불러주세요! 꼭이요!"

카모마는 당황하면서도 엉겁결에 고맙다는 인사를 남기고 떠났다. 제리코는 다시 흐르기 시작한 눈물을 콕콕 찍어가며 응접실로 돌아갔다. 벽에 걸어둔 드래곤 슬레이어 소드를 회수해야 했다.

제리코가 응접실 문을 열고 들어서자 드래곤 슬레이어 소드는 조용했다. 들고 나가지 않아 화낼 줄 알았는데 의외였다.

"흐윽, 화 안 내네?"

-네 얼굴 보고 분노가 가라앉았어.

"훌쩍, 내 우는 모습이 그렇게 예뻐? 분노가 한순간에 가라앉을 정도야?"

-거울을 봐. 너 왜 울면서 웃어? 무서워.

제리코는 응접실에 비치된 거울 쪽으로 다가갔다. 거기엔 얼굴의 위와 아래의 감정이 상반된 소녀가 있었다. 눈에선 샌시가 불쌍하다고 눈물을 줄줄 흘리는데 입은 뭐가 그리 좋은지 위로 치솟았다.

"이건 웃는 거 아니야. 근육이 삐뚤어진 거야."

제리코는 손가락으로 입꼬리를 내렸다. 그러자 상하 균형이 맞아 비로소 조화를 되찾았다. 벽에 걸린 드래곤 슬레이어 소드가 몸을 떨어 항의했다.

-넌 눈이 있으면서 왜 네 눈으로 본 걸 부정해?

"안 웃었는데……."

제리코는 볼살을 죽죽 잡아 늘였다. 얼굴 피부는 탱탱하고 근육도 떨림 없이 말짱했다. 거울을 들여다보고 그 짓을 하고 있으니 눈물은 금방 멎었다. 제리코는 검을 침실로 옮겨놓은 후 세수를 했다.

"내가 웃었단 말이지……."

-문 열고 들어오는데 깜짝 놀랐지.

"그래도 카모마 씨 얘기보단 덜 놀라웠지?"

-비교할 걸 비교해라.

제리코는 눈을 감고 고개를 끄덕였다. 세상에 비교할 게 따로 있지 어떻게 그런 걸 비교하겠는가? 카모마가 해준 얘기는 아주 놀라웠다. 제리코가 차를 마시고 있었다면 100퍼센트 그의 얼굴에 뿜었을 것이다.

'그럼 내가 부자 얼굴에 모두 차를 뿌린 게 되나.'

그건 또 대단한 인연이다 싶어지는 일이었다. 물론 카모마를 생각하면 뿌리지 않은 게 다행이었다.

제리코는 침대 위에 벌러덩 누웠다. 머릿속이 복잡하여 하늘을 보고 싶은데 보이는 건 예쁘게 채색된 천장이었다. 제리코는 천장에 그려진 백합 문양을 눈으로 따라 그리다가 몸을 돌렸다.

"샌시의 친아버지가 등장할 줄이야."

-그러게.

"너무 놀랐어."

-나도 놀랐어.

범인은 언제나 근처에 있다더니. 샌시의 아버지는 멀리 떨어지지 않고 바로 곁에 있었다. 제리코는 잠시 입을 다물고 있다가 다시 입을 뗐다.

"음…… 뭐라고 해야 하나."

-말해봐.

"내심 샌시는 가능성이 낮다고 생각해서 그런가, 에라프 님 아들이 아닌 게 놀랍다기보다 샌시 아버지가 등장한 게 더 놀랍다고 해야 하나."

-괜찮아, 제리. 나도 그렇거든.

제리코는 수첩을 꺼냈다. 수첩에 적힌 샌시의 이름 위에 선을 북북 그으려다 그냥 옆에 적었다.

탈락.

그리 써놓고 보니 여전히 기분이 이상했다. 제리코는 머리를 쥐어짜다가 이상하다고 생각한 원인을 알아냈다.

"이게 뭐 좋은 거라고 내가 탈락을 시키고 있냐……."

단어 선정의 문제였다. 제리코는 탈락 위에 선을 긋고 크게 가위표를 그렸다. 가위표만 있으면 안 좋아 보이니까 추가로 이렇게 적었다.

아니었음.

이제 남은 후보는 둘. 제리코는 로젠과 마그노 황자의 이름을 물끄러미 바라보았다. 뭔가 생산적인 생각을 하고 싶은데 샌시의 일이 충격적이라 머릿속이 텅 빈 기분이다. 제리코는 뇌가 없지만 자신보다 생각이 알찬 드슬이에게 구원의 눈길을 보냈다.

-왜 이래. 나도 충격받았어.

"으으, 카모마 씨. 왜 생판 남인 나에게 알려주신 거지⋯⋯? 샌시는 모르잖아!"

-네가 먼저 폭력을 써서 협박했잖아.

자신이 샌시의 친부라 주장하는 카모마의 발언에 놀라서 티 테이블을 탕탕 치던 건 새까맣게 잊었나 보다. 드래곤 슬레이어 소드는 마을의 소녀 장사가 테이블을 치는 것과 미베어 소공작이 테이블을 치는 건 받아들이는 입장에서 무게가 다름을 밝혔다. 제리코는 좀 지나쳤던 자신을 반성했다. 하지만 너무 놀라서 이것저것 따질 계제가 아니었다.

제리코는 다시 벌러덩 누워 천장을 보았다. 천장의 복잡한 백합 문양처럼 제리코의 머릿속도 복잡하게 꼬여갔다.

후보는 줄었는데 왜 머리는 복잡해지는가. 알 수 없는 일이다. 후보는 줄었는데 왜 로젠이 갖고 있던 가능성은 늘지 않는가. 이 또한 알 수 없는 일이다. 세상엔 제리코가 모르는 일이 가득했다.

'요즘 힘들었어.'

평생 안 하던 공부를 한 머리는 과부하 상태였다. 시험이 끝났지만 뇌는 채 쉬지 못했다. 제리코는 복잡한 생각일랑 모두 치워 버리고 눈을 감았다. 눈꺼풀이 안구를 덮자 세상이 어두워졌다. 이건 참 알기 쉬운 일이었다.

"또또 이불 안 덮고 자지."

드래곤 슬레이어 소드는 제리코를 닮은 소녀가 되어 제리코에게 이불을 덮어주었다.

계절은 어느덧 완연한 봄이 되었다. 해는 길어지고 날은 조금씩 더워지다 찬란한 여름을 맞이할 것이다. 여름이 지나면 가을이 되고 에라프의 1주기도 돌아올 것이다.

드래곤 슬레이어 소드는 조금 감상에 잠겼다가 생각을 고쳐먹었다. 에라프의 1주기에 앞서 제리코의 어머니 요나의 1주기가 돌아올 것이다. 비록 임시라고 하나 제리코는 현재 검의 주인이었으니 너무 에라프 생각만 하는 건 편애였다.

'임시 주인과 주인을 차별하는 건 당연하지만.'

도대체 어디까지가 임시 주인과 주인의 적절한 구분일까? 주인이 여럿이었으면 경험으로 대충 선을 그을 텐데 드래곤 슬레이어 소드에겐 에라프가 처음이자 마지막 주인이었고 제리코가 최초의 임시 주인이었다.

전혀 다른 이유로 검 또한 생각이 복잡하여 임시 주인 얼굴을 물끄러미 구경하고 있자니 제리코가 잠든 와중 헤실 웃었다. 검이 제일 싫어하는 헤픈 웃음이었다. 드래곤 슬레이어 소드는 인상을 팍 쓰고 제리코가 지은 표정을 따라 했다. 도대체 근육에 힘이 얼마나 풀려야 그렇게 웃을 수 있는지 궁금했다. 몇 번 시도해 본 후 검은 어이가 없어서 웃었다.

"일부러 하려고 해도 어렵잖아."

헤실헤실 웃던 제리코가 잠꼬대로 남자 몇의 이름을 불렀다. 평소 잘생기고 생김새와 근육이 훈훈하다며 관심을 두었던 남정네들이었다. 드래곤 슬레이어 소드는 이전 잠꼬대와 변경점이 있나 들어봤다.

과거 잠꼬대에서 로젠은 초반에 압도적 1위를 석권했었다. 오빠일 가능성이 높아져서 그런지 언제부턴가 자취를 감췄지만. 대신 1위를 차지한 사람이 다크호스 마자리스다. 마그노 황자는 행복한 꿈에선 등장하지 않고 대부분이 악몽이었다. 샌시는 거의 등장하지 않았는데 오늘 있었던 일 때문일까. 샌시가 마자리스에 뒤이어 바로 튀어나왔다.

'난 마자리스가 더 좋은데.'

똑같이 약골이라면 겁이 없는 가슴도 뛰게 만드는 미남자가 더 좋지 아니한가. 무엇보다 샌시는 모친이 마음에 들지 않아 별로였다.

'광룡과 싸울 때 주인을 돕지 않고, 제리코가 위험한데 구하러 오지도 않았어. 이건…….'

권력을 가진 강한 마법사. 드래곤 슬레이어 소드는 마탑주를 가장 먼저 떠올렸다. 다른 사람들은 마탑주를 의심하지 않는 듯하나 검은 그녀가 가장 의심스러웠다. 동기는 짐작되지 않는다. 하지만 친아들을 학대하는 마녀가 용사의 딸을 노리는 데 이유가 필요할까?

드래곤 슬레이어 소드는 검이다. 무기로 태어났다. 무기는 살육을 하기 위한 도구이다. 생명을 앗아 가기 위해, 특히나 광룡을 죽이겠다는 확고한 목적을 갖고 제작되었기 때문에 죽음을 보는 시선이 남들과 달랐다.

'죽여 버릴 거야.'

에라프를 손도 못 쓰고 떠나보낸 후 간신히 얻은 임시 주인이다. 검의 희망이나 마찬가지였다. 그런 제리코를 건드리는 놈이 있다면 상대가 누구든 반드시 죗값을 받게 할 것이다.

살의를 불태우던 검은 동시에 좌절했다. 검은 결국 검이기에 주인이 없으면 아무것도 할 수 없었다. 드래곤 슬레이어 소드는 진심으로 궁금했다. 언제까지 아무것도 할 수 없는 자신의 처지를 비관하며 살아야 하는 것일까? 자신은 과연 살아 있긴 한 것일까?

검은 본체로 돌아갔다. 불면의 밤, 내내 청승 떠느니 허세를 부리는 게 좋았다. 그리하여 검은 오늘도 외쳤다. 나는 드래곤 슬레이어 소드. 내 주인은 광룡을 잡았고 나는 용을 벨 수 있다고, 세상에 둘도 없는 위대한 검이라고.

다음 날은 토요일이었다. 제리코는 가족에게 보낼 편지를 쓰느라 오전을 소비했다. 저번에 보낸 편지 답장도 아직 받지 못했지만 카모마를 봤더니 괜히 동생과 아버지 생각이 났기 때문이다. 쓰는 김에 아리보 공작과 소공작, 실비아와 프레이한테도 편지를 쓰는 바람에 예상보다 시간이 오래 걸렸다.

  -이렇게 뻔뻔할 수가. 편지지 장식하느라 시간 다 보내놓고.

  "뭘 모르는구나. 예쁜 편지지는 보낸 이의 얼굴이야."

  어영부영 오전 시간을 날려 버리고 점심 식사를 마친 제리코에게 손님이 방문했다. 연이은 방문에 제리코는 손님의 신원부터 파악했다.

  "누구예요?"

  "샌시 데이지 소공작이십니다."

  손님의 정체를 들은 제리코가 바람과 같이 움직였다. 제리코는 눈썹이 휘날릴 정도로 빠르게 1층 현관을 향해 달리다가 두고 온 물건 생각에 문짝을 잡고 멈췄다.

  -날 데려가야지!

  마음이 급해서 분실물이 생겼지 뭔가. 제리코는 책상 위에 둔 드래곤 슬레이어 소드를 집어 들고 1층 현관으로 달려갔다. 현관에서 손님을 맞이하고 있던 경비원과 하녀는 계단에서 울려 퍼지는 소리에 깜짝 놀랐다.

  "소공작님! 계단에선 뛰지 마세요! 위험합니다!"

  "알겠어요!"

  제리코는 건성으로 외치고는 하녀와 경비원 뒤에 가린 사람을 확인했다. 키가 크지만 자세가 구부정해서 얼굴이 잘 보이지 않았다. 대신 틈새로 연한 연두색 머리카락이 눈에 들어왔다.

  "샌시! 정말 샌시네?"

  "안녕, 제리코."

  제리코가 활짝 웃으며 반가워한 것과 대조적으로 샌시는 별 감흥 없는 얼굴로 인사했다. 제리코는 실망하지 않았다. 샌시가 여기까지 찾아온 일에 놀랐기 때문이다.

"어서 들어와. 밥은 먹었어?"

"응. 실례하겠습니다."

샌시는 현관에 발을 들이기 이전 제리코와 경비원에게 눈을 맞춰 인사했다. 하녀 둘에겐 눈을 맞추지 않고 들어올 때도 가능한 멀찍이 돌아서 들어오는 게 정말 그다운 짓이라 제리코는 피식 웃었다.

식사 여부부터 물었다. 말로는 밥을 먹었다는데 신뢰도가 낮았다. 제리코는 차와 함께 끼니를 대신할 수 있는 샌드위치를 부탁했다. 남으면 싸 갈 수 있도록 많이 만들어달라 부탁하니 하녀의 눈이 접혔다.

"어쩜, 말씀하신 지 하루 만에 데려오셨네요?"

전날 제리코가 했던 농담의 연장선이었다. 제리코는 내가 이렇게 능력 있는 여자라고 허세를 부리려다 갈등에 빠졌다.

샌시. 그는 잘생긴 남자다. 착한 건 잘 모르겠지만 어쨌든 본성은 나쁘지 않다. 카모마 말대로 주위 마법사들이 열심히 상식을 가르쳐서 최소한의 예의는 갖추는 느낌이고. 앞의 두 개는 그럭저럭 합격이라 치겠는데, 가장 중요한 건강 부분이 마음에 걸렸다.

'에라 모르겠다.'

"이제 시작이죠!"

-젠장. 허세 부리는 게 주인을 쏙 닮았어.

기세등등하게 외치는 모습이 발 닿는 마을마다 최고의 미녀와 염문을 뿌렸다는 주인과 일치했다. 드래곤 슬레이어 소드는 눈물을 머금고 에라프의 허세를 인정했다. 피는 물보다 진했다. 적용되지 않을 때도 있지만 적어도 이 부녀에 한해선 옳은 말이었다.

응접실에서 얌전히 기다릴 줄 알았던 샌시는 여기저기 돌아다녀서 경비원의 눈총을 받고 있었다. 제리코는 그를 불러 응접실로 데려갔다.

"구경하고 싶어서 그래? 구경시켜 줄까?"

"카모마가 왔다 갔다고 들었어. 어떻게 해뒀는지 궁금해서 봤는데 잘했네."

샌시는 고개를 끄덕였다.

"역시 이쪽 계통은 카모마가 최고야……."

샌시가 카모마의 실력을 인정하는 건 둘째 치고, 제리코는 그가 카모마에게 반말하는 게 신경 쓰였다. 제리코도 존과 요나에게 종종 반말을 했으니 말투는 넘어가지만 이름을 부르는 건 심했다.

제리코는 이마를 긁적였다. 카모마를 대하는 태도를 보건대 샌시는 카모마가 자신의 친부라는 사실을 모르고 있었다.

'말…… 해야 하나?'

─남의 가정사엔 끼는 게 아니래.

'가정 폭력 같은 게 벌어지면 참견해야 하잖아.'

─마녀 일엔 끼는 게 맞는데 카모마 씨 쪽은 내버려 두자. 직접 말해야 의미가 있잖아.

'그렇지?'

드래곤 슬레이어 소드의 말대로 이 부분은 제리코가 참견할 일이 아니었다. 하지만 알아버렸으니 신경 쓰이는 건 어쩔 수 없는 일. 제리코는 자신이 더 긴장하다가 샌시를 슬쩍 떠보았다.

"카모마 씨 좋은 분 같던데. 친해?"

카모마는 샌시에게 정체를 밝히진 못했지만 아버지의 빈자리를 채워 주기 위해 노력했다고 말했다. 거짓말 같지는 않았다. 샌시가 카모마를 인정하는 듯했으니 꽤 친한 것은 아닐까. 그런 희망을 품었지만.

"아니."

샌시는 단호하게 부정했다. 제리코는 공연히 부아가 나 따졌다.

"왜에?"

"괜히 따라다니면서 이거 하지 마라, 저거 하지 마라 사람 귀찮게 하잖아. 장가를 안 가서 심심하면 취미로 풀어야지, 나한테 잔소리하는 게 지 취미야 뭐야."

"아, 아무리 그래도 그렇지 떼끼야! 걱정해 주시는 분을 그렇게 생각하면 못써!"

샌시가 인상을 찡그렸다. 제리코가 자신보다 카모마 편을 드는 게 싫었기 때문이다.

'카모마랑 어제 하루 봤으면서. 나는 사촌처럼 깊은 사인데.'

"카모마한테 반했어?"

"아니거든!"

제리코가 진심으로 짜증을 내며 부정하자 샌시는 고개를 끄덕였다. 샌시 입장에서는 카모마를 귀찮아할 이유가 분명히 존재했다.

"잔소리만 하면 다행이지. 때려."

"진짜?"

믿기 힘든 얘기에 제리코는 손으로 입을 가렸다. 엄마는 피 뽑아가면서 정서 학대해, 친부는 정체를 숨겨 곁에 머물며 폭행을 한다니. 미베어 공작가와 용사의 딸이라는 권력을 남용해서라도 법적 미성년자 샌시를 구해야 한다는 생각이 들었다. 드래곤 슬레이어 소드도 동조했다.

-그런 건 남용이 아니야! 권력의 올바른 행사야!

"세, 세상에. 때린단 말이야?"

"응. 손찌검이 일상이지. 마탑을 나온 이후 마주칠 일이 없어서 요즘은 안 맞지만…… 아, 맞아."

기억을 더듬어가던 샌시가 마지막으로 맞은 날을 떠올렸다. 샌시는 즉각 카모마의 폭력 행위를 일러바쳤다. 만약 제리코가 카모마에게 마음이 있다면 하루빨리 때려치우길 비는 마음이었다.

"에라프 님 헌화식 날도 날 때렸어. 제리코 너도 그때 봤잖아. 카모마가 내 머리를 짝!"

아버지 돌아가셔서 상주를 하는 소녀에게 '피차 부모 때문에 고생이 많네!'라고 외쳤던 그날의 일 말인가.

제리코는 카모마가 했던 행위를 재현하기 위해 손목을 풀다가 그만두 었다. 카모마는 거짓말하지 않았다. 그는 샌시 곁을 어슬렁거리며 아버 지 노릇을 하기 위해 노력하고 있었다.

–결과가 형편없구먼.

'카모마 씨 잘못이겠어. 샌시 탓이지.'

어제는 샌시 때문에 눈물을 쏟았다면 오늘은 가엾은 카모마 씨를 위 해 눈물 몇 방울을 쏟아야 할 성싶다. 제리코는 손수건으로 눈가를 콕 콕 찍었다. 그걸 또 샌시는 멋대로 실연의 상처로 오해하고 침묵했다.

'뭐라고 위로하지? 넌 미소녀니까 좋은 남자를 찾을 수 있을 거야? 카 모마는 늙었으니까 어차피 이루어질 수 없는 사랑이었어? 네가 사람 보 는 눈이 없는 게 아니라 카모마가 위장을 잘한 거야?'

고뇌하는 이의 머리는 무거워진다. 샌시의 고개가 점점 아래로 내려갔 다. 오늘날까지 샌시의 인생은 위로와 거리가 멀었다. 그나마 자신 있는 위로는 실험에 실패한 마법사들에게 해주는 위로였는데 그 또한 위로한 대상의 대부분이 화를 내거나 엉엉 울었으니 잘못된 위로였을 것이다.

타인을 배려하지 않는 말투가 자신의 삶에 방해되지 않고 불편하지 않으니 고칠 생각이 없었지만 이젠 아니었다. 샌시에겐 잘 울고 잘 웃는 사촌 누이(처럼 가까운 사이)가 생겼다.

샌시에게 제리코는 진리를 찾아 헤매는 구도의 사막에서 마주친 유일 한 오아시스였다.

오랜 고민 끝에 샌시가 할 말을 정해 입을 열려는데 타이밍 좋게 하녀 가 응접실 문을 두드렸다. 차와 제리코가 부탁한 샌드위치가 놓였다.

제리코는 친근하게 샌시의 어깨를 두드렸다.

"언니 솜씨가 좋아서 샌드위치도 맛있어. 매점에서 파는 거랑 내용물도 다르니까 많이 먹어. 많이 만들어달라고 부탁했으니까 남은 건 싸 줄게."

샌시는 차보다 샌드위치에 먼저 손을 뻗었다. 제리코는 샌시가 샌드위치를 우물거리며 먹는 걸 흐뭇한 얼굴로 감상했다.

마지막으로 만났을 때 심장이 대책 없이 쿵쾅거려서 또 그러면 어쩌나 했는데 심장은 고요했다. 카모마가 큰 돌덩이를 던지는 바람에 제리코의 마음속 호수는 샌시에서 시작된 일렁임보다 새로이 시작된 파문에 집중했다. 이 파문이 멎으면 그땐 알게 되겠지. 여전히 일렁이는지, 한순간의 착각이었는지. 제리코는 편하게 생각하기로 마음먹었다.

-음식을 베푸는 행위는 생물이 다른 생물에게 보이는 가장 기본적이면서 궁극적인 호감 표현 방식인 건 알지?

'뜬금없이 무슨 소리람?'

-그냥. 네가 샌시를 볼 때마다 뭘 먹이고 있다고.

이에 대해선 정당한 변명거리가 존재했다. 샌시가 마주칠 때마다 굶고 있었다. 이 한 문장으로 끝난다.

"먹었다더니 밥도 굶고. 연구실에선 왜 나온 거야? 학생 식당이 갑자기 쉬어?"

"마탑에 볼일이 있어서 나갈 준비 하는데 후안이."

"후안이?"

"며칠 전에 네가 안 오니까 이상하다고 말했지 않냐면서 쫓아냈어."

"시험 기간이었잖아."

"응. 나도 그렇게 말했는데 인간관계는 주고받기라면서 쫓아냈어."

제리코는 후안의 유능함에 감탄했다. 볼일이 없으면 연구실에서 굶어 죽을 때까지 나가지 않는 샌시를 쫓아내다니. 비법이 궁금했다. 샌시는 중얼중얼 후안의 욕을 늘어놓았다.

"그녀를 인질로 잡는 바람에……."

"그녀?"

"호문쿨루스."

"아, 그 송사리. 암컷이야?"

호문쿨루스의 성별은 무성이다. 성별은 육신에 따를 뿐 실체가 없는 인공 영혼엔 성별이 없다. 다만 〈이만보〉의 목적은 꿈의 이상형을 제작하는 것. 샌시가 회장이니 〈이만보〉에서 제작한 호문쿨루스는 암묵적으로 모두 '그녀'로 불렸다.

호문쿨루스의 창조 후 일주일은 아주 중요한 기간이다. 인간으로 치면 애착 형성기에 해당했다. 샌시는 제리코를 구하러 가느라 일주일을 놓쳤다. 돌아온 후엔 마력 폭주가 낫지 않아 호문쿨루스를 돌보기보다 제 몸 돌보기 바빴다. 그 결과 호문쿨루스는 자신의 주 창조자인 샌시를 새까맣게 잊어버렸다.

샌시는 그게 분했다. 그는 주먹을 꽉 쥐었다. 손이 부들부들 떨렸다. 샌시의 '그녀'는 나날이 지능이 상승하여 따라 할 수 있는 말의 가짓수가 늘었다. 그런데 유독 샌시의 말은 따라 해주지 않았다. 후안이 있을 때만 수조 벽으로 다가오고 샌시가 다가가면 도망갔다. 후안은 '그녀'와 친분을 쌓게 도와주는 걸 조건으로 샌시를 백합관에 오게 만들었다.

"폐를 끼쳤습니다. 죄송합니다."

사정을 들은 제리코는 고개 숙여 사과했다. 범인이 잡히면 범인 탓을 할 수 있지만 범인이 잡히지 않은 이상 자신이 원인이었다. 샌시는 가볍게 고개를 저었다. 그는 자신의 선택을 후회하지 않았다.

"그…… 샌시, 혹시 수조 제작할 돈이 필요하면 말해. 내 책임이니까 어떻게든 해볼게."

"괜찮아."

"너도 알다시피 내가 하프 산맥에서 로젠의 검을 두 동강 냈거든. 그래서 로젠에게 비슷한 검을 맞춰주려고. 너도 원하는 거 있으면 알려줘. 돈 쓰는 김에 팍팍 쓰지 뭐."

샌시는 자기가 이득 보는 일이면 거절하지 않는 사나이였다. 심지어 계산속은 로젠보다 빨랐다. 제리코는 샌시가 냉큼 '수조 맞춰줘'라 말할 줄 알았으나 샌시는 재차 거절했다.

"정말 괜찮아. 네가 무사하니까."

"연구보다 나 같은 미소녀가 무사한 게 더 중요한 거야?"

제리코는 농담으로 한 말인데 샌시는 한없이 진지한 얼굴로 고개를 끄덕였다. 제리코는 괜히 부끄러워져서 얼굴을 가렸다.

"그것도 있고, 우린 가족 같은 사이잖아. 가족끼린 그러는 거 아니야."

얼굴을 가리고 '꺄아, 미소녀라니 사실이지만 부끄러워' 따위를 중얼거리던 제리코는 퍼뜩 고개를 들었다. 가족 같은 사이라니. 금시초문이었다.

"샌시? 우리 사이는 그러니까……."

"사촌처럼 돈독한 사이지. 사촌도 가족이잖아."

샌시가 뿌듯한 표정을 짓더니 활짝 웃었다. 보기 드물게 밝은 미소였기에 제리코는 부정하지 못했다.

'사촌은 가족이 아니라 친척인데.'

그 말을 하면 샌시가 크게 상심할 게 눈에 훤하다. 제멋대로 진도를 뺀 것이 괘씸하지만 사촌임을 강조했으니 아주 틀린 주장도 아니었고. 에휴. 제리코는 속으로 작은 한숨을 내쉬었다. 사촌 얘길 먼저 꺼낸 건 자신이었으니 이것이라도 책임져야지 어쩌겠나.

"샌시, 아버지 찾기는 어때? 잘돼가?"

이러니저러니 해도 샌시는 연구와 실험으로 바쁜 몸. 밥 먹을 시간과 자는 시간을 바쳐 연구에 매진하는 성실한 마법사이자 꿈을 이루기 위해 노력하는 청년이다. 바쁜 와중 친자 감별 마법을 얼마나 시도해 보았나 묻는 게 미안하긴 하지만 어쩔 수 없었다. 혹시 자신이 에라프의 아들일 가능성이 높다고 생각해 가족 운운하는 건 아닐지 걱정되었기 때문이다.

샌시는 태연한 얼굴로 대답했다.

"검사는 다 마쳤어."

"정말? 이렇게 빨리?"

"돈이 좀 들어서 그렇지 마법 자체는 간단해. 저번에 마탑에 갔을 때 해치웠어."

"그런데? 아버지를 찾았어?"

"아니."

샌시는 고개를 저었다. 사정을 아는 제리코는 당연하다고 생각했다. 샌시가 마법에 사용한 피는 근육 빵빵한 대장장이의 피일 테니까. 진짜 친부는 근육 빵빵과 거리가 먼 카모마였다. 카모마는 마탑주의 컬렉션에서 '부하' 항목 비슷한 쪽에 분류되어 있을 것이다.

"모두 불일치로 나왔어. 그렇다고 에라프 님이 내 생물학적 아버지라 확신하진 않아. 마녀가 하는 말은 신뢰도가 낮거든. 그리고 마법사의 감이라고 해야 하나……. 내 감이 에라프 님은 내 아버지가 아니라고 주장하고 있어."

그 감 참 정확했다. 제리코는 놀라고 샌시는 비 맞은 강아지처럼 끙끙거렸다.

"제리코…… 예전에 약속했잖아. 내가 에라프 님 아들이 아니어도 오빠 시켜주겠다고."

"그랬지."

꿈꿔온 이상의 오빠와 거리가 멀어서 아는 오빠를 시켜줬지만 말이다. 샌시는 열심히 노력(?)한 끝에 사촌 오빠까지 승급했다. 샌시는 그 이상을 원했고 제리코도 그 이상의 가능성을 엿보았다.

"그럼 앞으로도 계속……."

"친하게 지내자. 더 친해지면 더 좋고."

제리코의 즉답에 샌시가 기뻐했다. 둘 다 관계의 진전을 원하는 마음은 동일했으나 방향은 약간 달랐다.

'발전하면 좋고 아님 말고.'

세상에 미남이 샌시 하나만 남았으면 모를까. 제리코는 성급해할 이유가 없었다. 심지어 제리코는 여전히 마자리스와 샌시 사이에서 갈등 중이었다. 항상 잘생긴 마자리스냐 가끔 멋있어 보이는 샌시냐. 결정하기 참 힘들었다. 결정을 더 어렵게 만드는 건 얼마든지 새로운 남자가 추가될 수 있다는 가능성이다.

'후후, 나는 나쁜 여자. 여러 남자를 울고 웃게 만들지.'

세상에 자기가 너무 좋아서 엉엉 우는 남자 하나쯤 만들어두는 것. 나쁘지 않은 인생이었다. 제리코에 의해 일희일비하는 첫 번째 남자(?) 샌시는 행복에 젖어 활짝 웃었다.

"근데 샌시, 마탑엔 또 왜 갔던 거야? 저번에 그렇게 싫어해 놓고."

"마녀한테 물어볼 게 있어서."

시험 기간 중 마탑을 방문한 샌시는 마탑주 마가렛에게 질문했다.

"제도에 용이 있는가?"

대답은 '아니오'였다.

첫 번째 질문의 답을 구한 후 만족해서 아카데미로 돌아온 샌시에겐 새로운 의혹이 생겼다. 그것 때문에 도저히 연구에 집중할 수 없었다.

오늘 마탑을 방문한 샌시는 마탑주 마가렛에게 질문했다.

"제도에 마물이 있는가?"

대답은 '아니오'였다.

실은 두 번의 질문 모두 샌시와는 큰 연관이 없다. 샌시가 아닌 제리코의 안위와 관련된 질문이었다. 그러나 동시에 샌시 자신을 위한 질문이기도 했다. 이제 제리코 걱정을 덜고 연구에 집중할 수 있게 되었으니까. 두 번의 질문을 하고 답을 얻는 동안 불쾌한 일이 산재했으나 결과적으로 만족스러웠다. 범인이 인간이면 제리코는 안전했다.

제리코가 알면 감동의 눈물을 흘릴 이야기였으나 제리코는 몰랐고 샌시는 구구절절 얘기할 성격이 아니었다. 결국 제리코는 샌시가 마탑주에게 할 만한 질문을 직접 생각했다.

"호문쿨루스 연구 때문에?"

"호문쿨루스는 마녀보다 내가 더 잘 알아."

"와! 대단하다!"

대부분의 마법 지식은 마탑주의 지식이 샌시보다 월등하나 호문쿨루스 연구만큼은 샌시가 그녀를 앞섰다. 진도가 지지부진해서 그렇지.

박수를 치며 좋아하는 제리코를 보니 그녀가 웃는 모습을 더 보고 싶어서 샌시는 가능한 십 대 소녀가 좋아할 만한 화젯거리를 구상했다.

'후안이 마법 얘긴 안 된댔어. 재밌는데…….'

마침 떠오르는 것이 마녀가 질문에 답을 해주진 않고 쓸데없는 잔소리를 퍼붓다가 해준 이야기였다.

샌시는 제리코에게 하얗고 작은 꽃을 기억하느냐 물었다.

"샌시가 뽑아 온 그 꽃? 독이 있는 그거?"

"응. 마녀가 그러는데 숲 요정은 그 꽃을 은방울꽃이라고 부른대."

"와, 하얗고 방울을 닮았으니까 딱이다."

인간에게 금지된 하프 산맥에만 피어 있던 꽃이라 서대륙의 식물 사전에선 찾아볼 수 없었지만 동대륙엔 문헌이 남아 있었다.

"독이 있는 것도 진짜야. 꽤 맹독이었어. 숲 요정들은 그 꽃을 식물형 마물로 분류해야 하냐 마냐로 아직도 논쟁 중이래."

"마물?"

"은방울꽃은 용의 피가 흐른 대지에서만 피거든. 마녀가 하는 얘기는 신뢰도가 낮지만 이런 쪽 지식으로 거짓말하진 않으니까 사실이겠지."

샌시가 해주는 얘기를 흥미진진하게 듣고 있던 제리코가 처음으로 고개를 갸우뚱 움직였다.

"왜 그래?"

"용의 피가 흐르는 대지에서 피는 거랑 마물이랑 무슨 상관이야?"

"아, 모르는구나."

마물은 용의 명령에 따른다. 이것은 상식인데 그 이유는 상식이 아니다. 사실 용이 갑자기 미치지 않았더라면 대부분의 사람은 앞의 상식도 모르고 살았을 것이다.

"마물은 용의 피에서 태어나."

제리코는 드래곤 슬레이어 소드 쪽으로 고개를 돌렸다. 그녀는 슬쩍 의자를 움직여 검과 거리를 벌렸다.

"어째 속이 좁고 질투가 심하더라니 마물이었구나!"

-무슨 헛소리야!

샌시가 그게 아니라는 의미로 손을 저었다. 수인 맺는 일이 일상화된 마법사여서 그런지 느릿하게 손을 젓는 행위가 아주 우아했다.

"용은 위대한 대자연에게서 파괴와 지배, 오만을 허락받았어. 그리고 보기에 안 좋아서 그렇지 사실은 허락받은 게 더 있어. 나태야."

용의 게으름은 대자연에게 허락받은 항목이었다. 나태하고 오만한 용은 지배를 허락받았으나 굳이 지배하려 들지 않았다. 용이 직접 나서지 않아도 알아서 굴종하기 때문이다.

오만하고 나태한 용은 파괴 또한 지배처럼 날로 먹고 싶어 했다. 그래서 용은 피를 뿌렸다. 용의 피가 비처럼 내린 대지에서 이제껏 대자연에 존재한 적 없던 새로운 생물이 꿈틀거렸다. 그것이 태초의 마물이다. 기원이 용의 피이기에 마물은 용에게 복종한다. 하지만 탄생은 용의 의도였으되 삶과 죽음은 대자연의 영역이었기에 대를 거듭하면서 지성과 이성을 획득한 마물족도 생겨났다. 그들은 자연이 허락한 이성으로 파괴 본능을 억누르며 살았다.

용의 피에선 마물이 태어난다. 그렇다면 용의 피에서 피어난 꽃은 무엇일까? 식물일까, 아니면 식물형 마물일까? 동대륙의 학자들은 두 파로 갈려 논쟁 중이라 한다. 마탑주가 하프 산맥을 넘기 전의 일이니 지금쯤은 논쟁이 끝나고 한쪽으로 결론이 났을지도 모르는 일이다.

그리고 지금 샌시의 앞에 앉은 소녀는 용의 피를 머금어 자아를 자각한 에고 소드가 마물인가 에고 소드인가 사이에서 치열하게 갈등하고 있었다.

"샌시! 그럼 우리 드슬이도 마물이야?"

-누가 마물이야!

"글쎄…… 드래곤 슬레이어 소드는 연구 자료가 없어서……."

-난 용을 벨 수 있어! 내가 마물일 리 없잖아!

"우리 드슬이가 피와 살을 좋아하는 것도 검이라서가 아니라 마물이기 때문일까?"

"그럴 가능성도 없지는……."

-마물 아니야!

하녀가 들을까 봐 제리코에게만 항의의 목소리를 높이던 검이 결국 다른 사람에게도 들리도록 항의했다. 인간이 만든 최강의 무기로서 자존심에 아주 심한 상처를 입어 충격이 말도 못 했다. 드래곤 슬레이어 소드는 자신의 위대함을 찬양하기 시작했다.

-나를 만들기 위해서 서대륙의 이름난 대장장이가 모두 모였고 황제는 황실의 보물전을 개방해 재료를 아끼지 않을 걸 당부했어. ……중간 생략…… 내 이름은 드래곤 슬레이어 소드! 모두가 알고 있는 인류 최강의 검이자 세상에서 유일하게 용을 벨 수 있는 검이다! 나의 주인은 광룡을 쓰러뜨린 용사 에라프이며 난 용의 심장에 박혔던 검이야!

이야기를 모두 듣고 난 후 샌시가 긍정했다.

"본인…… 본인? 본검?"

-아무렇게나 불러.

"본검이 부정하는 걸 보면 마물이 아닌가 봐."

"그럼 얘는 뭘까?"

말하는 검이니 자아가 있는 검이니, 어디선가 들어본 듯하지만 실체가 명확하지 않은 설화나 전설 속 이야기였다. 드래곤 슬레이어 소드야 제작 시기와 자아를 획득하게 된 원인이 분명하니 깊이 생각해 본 적 없는데 실상 이 검은 모든 게 미스터리했다. 샌시가 미간을 좁혔다.

"글쎄…… 마물이 아니라면……. 알려진 사실이 너무 적어서. 이렇게 의사 표현이 분명하다는 것도 얼마 전에 알게 되었고, 다들 이전에 존재했던 마검 수준의 지능을 예상했는데 그보다 지능과 인지능력이 월등히 높아."

마물에 가까우나 스스로 마물임을 부정한다면 남은 가능성은 하나. 샌시는 한 가지 가설을 세웠다.

"검의 요정?"

"요오정?"

제리코가 두 손을 퍼덕였다. 작은 몸집에 등에는 다양한 날개가 달린 요정의 모습을 떠올렸기 때문이다. 드래곤 슬레이어 소드의 형태는 여러모로 요정과 거리가 있었으나 샌시는 검이 요정에 가깝다고 생각했다.

"또는 호문쿨루스?"

"송사리?"

제리코가 입을 뻐끔거리며 자신이 근래에 본 호문쿨루스를 흉내 냈다. 요정이든 호문쿨루스든 위풍당당한 드래곤 슬레이어 소드와는 거리가 멀었다.

"요정보단 호문쿨루스에 가깝겠어. 본체가 인간이 만든 검이니까."

인간이 만든 검이 용의 피를 머금어 혼이 깃들었다. 인간이 만든 수조에 마법진으로 마력을 주입해 혼이 창조되었다. 방법이 많이 다르지만 드래곤 슬레이어 소드의 탄생 과정은 호문쿨루스의 창조 방법과 유사했다.

"제대로 된 방식이 아닌데도 이렇게 높은 지능과 자아를 갖게 되다니……. 역시 마력의 문제인가……."

드래곤 슬레이어 소드는 마법사라면 누구나 연구해 보고 싶은 연구 대상이다. 에고 소드가 자신의 꿈과 별개라고 생각해 별다른 욕심을 내지 않던 샌시의 눈이 욕심으로 물들었다.

"혹시 이 검을 빌려줄…… 아니, 아니지. 범인이 잡히기 전까진 들고 다니는 게 좋지."

연구 욕심에 눈이 멀어 드래곤 슬레이어 소드를 빌려달라는 얘길 꺼낸 샌시가 간신히 이성을 수습했다.

"음…… 잘은 모르겠지만 마물은 아니고 송사리라 이거지."

제리코는 드래곤 슬레이어 소드와 떨어뜨렸던 의자를 원래 자리로 돌려놓고 편히 앉았다.

검은 진동과 마력을 퍼뜨려 불편한 심기를 드러냈다. 생각해 본 적 없는 정체성 얘기에 검은 모든 게 의심스럽고 불안했다.

─나는 자연적으로 생성되었는데 왜 호문쿨루스에 가깝다는 거지?

"인공물에 깃들었으니까."

─나는 드래곤 슬레이어 소드! 호문쿨루스 따위가 아니다!

"그럼 반은 요정, 반은 호문쿨루스라고 해."

샌시는 심드렁하게 대꾸했다. 말할 수 있고 자아를 가진 검이 신기하긴 하나 어차피 못 먹는 감이었다. 심지어 찌르면 찌른 사람이 터지니 아예 보지 않는 게 속 편했다.

제리코는 검이 전하는 감정을 느끼다가 덥석 검을 잡고 꽈악 끌어안았다. 포옹은 검을 위로할 때도 효과가 좋았다.

"요정이든 호문쿨루스든 무슨 상관이야. 마물만 아니면 됐지."

드래곤 슬레이어 소드도 동감하는 바이다. 다만 이제껏 한 번도 정체성 문제로 고민한 적 없었는데 인간 둘이서 자신의 정체성 여부로 왈가왈부하니 혼란스럽고 화가 났다. 특히 검은 임시 주인에게 분노했다.

–어떻게 나를 마물로 의심할 수 있어!

"미안, 미안. 네가 하도 용의 피를 마셨다고 자랑하니까……."

마물이 용의 피에서 태어났다는 얘길 들었는데 의심을 안 하는 게 이상한 거다. 제리코는 새로 취득한 지식 정보를 적절하게 써먹을 줄 아는 합리적 인간이었다.

–제리…… 많이 컸구나.

"키워줘서 고마워."

제리코는 감사의 마음을 담아 검을 다시 한번 꽈악 끌어안았다. 드래곤 슬레이어 소드는 집어치우라고 외치며 검신을 부르르 떨었다.

조사와 실험은 못 해도 질문은 할 수 있다. 샌시가 제리코와 드래곤 슬레이어 소드의 양해를 얻어 태어날 당시의 기분과 기억을 질문했다. 드래곤 슬레이어 소드는 적당히 허세를 섞어 대답했다. 허세를 부리기 싫어도 보고 자란 게 그것뿐이라 자연스럽게 허세가 섞였다.

똑똑.

누군가 응접실 문을 두드렸다. 제리코가 응답했다.

"네, 무슨 일인가요?"

"소공작님, 손님이 오셨습니다."

"손님이?"

제리코는 눈을 동그랗게 떴다.

'오늘이랑 어제 무슨 날인가? 갑자기 왜 이렇게 손님이 오지?'

시험 기간인 제리코를 배려해 사람들이 볼일이 있어도 찾아오지 않은 걸 공부하기 싫어하는 그녀가 알 리 없었다. 제리코는 문 쪽으로 걸어가 손님이 누군지 들었다.

"로젠 스타즈 님이 방문했습니다."

"로젠이요?"

"돌아가시라 전할까요?"

"아뇨, 아뇨!"

제리코는 급하게 손사래를 쳤다. 샌시는 중간중간 얼굴이라도 보았지. 로젠은 하프 산맥에서 귀환한 이후 이름자나 실컷 듣고 얼굴 보기가 힘들었다. 제리코와 함께 실종되었던 피해자이니 증언을 해야 해서 여기저기 찾는 사람이 많았기 때문이다. 제리코야말로 진짜 피해자니까 제리코가 바빠야 하는데 로젠이 연장자란 이유로 제리코 대신 얼굴을 내밀어야 했다.

제리코는 루나 아카데미로 돌아온 후 슬쩍 로젠의 행적을 캐묻고 다녔지만 아는 사람이 없었다. 그래서 시험이 끝나고 경비와 감시가 느슨해지면 개인 수련장에 찾아가려고 마음먹었는데 제 발로 와주다니. 고마운 일이었다.

로젠이 왔다는 얘기에 샌시가 의자에서 벌떡 일어났다. 어지간해선 보이지 않는 민첩한 몸놀림이었다.

"그럼 난 이만 가볼게."

"바쁘지 않으면 같이 있자! 셋이 모이는 건 귀환 이후 처음이잖아."

"내가 걔랑 할 얘기가 얼마나……."

로젠이 주는 호의는 환영하지만 로젠 자체는 체질적으로 환영하지 않는 샌시가 돌아갈 의사를 내비치다 갑자기 의자에 앉았다. 그러곤 종이를 꺼내 뭔가를 끄적이기 시작했다.

'연구 영감이라도 떠올랐나?'

제리코는 이 틈에 현관으로 달려갔다. 하녀와 경비원은 계단에서 사람이 뛰는 소리를 듣고 깜짝 놀라 외쳤다.

"소공작님! 계단에선 뛰지 마세요! 위험합니다!"

"다음부턴 진짜 안 뛸게요!"

이 말은 다음에 또 뛰겠다는 예고나 다름없다. 활짝 웃는 얼굴로 손님을 응대 중이던 하녀가 엄한 표정을 지었다. 제리코는 다음부턴 정말 걸어서 내려오겠다고 다짐했다.

"아휴, 뛰어서 올라가시는 것도 위험해요."

"다음부턴 정말 안 그럴게요! 어? 이게 웬 꽃향기지?"

2층을 지나 1층에 접어들면서 꽃향기가 계속 나더니 1층에 내려오자 향기가 확 퍼졌다. 제리코는 진한 꽃향기에 눈을 감았다. 은방울꽃 꽃밭에 서 있을 때도 향기에 뒤덮였지만 이번엔 꽃 종류가 달라서 그런지 더 진하고 더 달콤했다. 야생에서, 정원에서, 비가 많이 오든 적게 오든, 땅이 거칠든 비옥하든 가리지 않고 잘 피는 꽃. 동시에 색이 선명하고 꽃송이가 크며 향기 또한 일품이라 꽃의 대명사로 불리는 꽃의 여왕. 제리코는 금방 향기의 정체를 추리해 냈다.

"장미네?"

"손님께서……."

하녀가 현관문을 가리켰다. 제리코는 여태껏 현관에 로젠을 세워뒀음을 깨닫고 후다닥 달려갔다. 로젠은 거대한 장미 꽃다발을 안고 있었다. 꽃송이 하나하나가 크고 화려하며 꽃잎이 모두 생생한 붉은 장미였다.

"안녕, 제리코. 오랜만이야."

로젠 스타즈가 거대한 장미 꽃다발을 제리코에게 건넸다.

장미가 장미를 들고 왔다!

제리코는 기쁨에 가득 차 꽃다발을 받았다. 정원에 핀 꽃, 들에 핀 꽃. 다양한 꽃을 선물받았지만 이렇게 크고 아름다운 장미는 처음이었다.

"세상에나! 이렇게 예쁜 꽃은 처음 봐!"

"스타즈 장미 농장을 대표하는 품종이야. 품종명은 영웅. 첫 출하품이 나왔는데 네 머리와 같은 색인 게 생각나서 가져왔어."

일반적으로 꽃은 여성에 비유된다. 하지만 로젠이 선물한 장미는 줄기가 굵고 꽃송이가 크고 화려한 것이 남자와 비교해도 이상하지 않았다. 특히나 선명한 붉은빛은 제리코와 로젠, 그리고 에라프의 머리칼과 흡사했다.

꽃다발에서 올라오는 향기가 정신이 아찔해질 정도로 강렬했다. 제리코는 진한 꽃향기에 비틀거렸다.

"세상에. 꽃 무게 좀 봐! 내가 아니면 못 들었을 거야!"

꽃송이가 크고 꽃잎이 빼곡하게 차 있어 무게가 장난이 아니었다. 뜻밖의 선물을 받은 제리코는 깔깔 소리 높여 웃었다. 화려한 장미 꽃다발에 묻히지 않는 활기찬 미소였다.

"어서 들어와. 마침 잘됐다, 샌시도 와 있거든."

"샌시가?"

주인의 허락을 받고 마침내 백합관에 들어선 로젠이 깜짝 놀랐다.

제리코는 이 아름다운 꽃다발을 샌시에게 자랑하기 위해 계단을 성큼성큼 올라갔다. 로젠은 황급히 제리코 앞을 막았다.

"내가 들어줄게."

"아니야, 내가 들어서 가져갈래. 꽃 선물 종종 받았지만 이렇게 크고 아름다운 꽃은 처음이야! 정말 고마워, 로젠!"

꽃이 무겁다 한들 돼지보다 무거울까. 돼지를 선물받아도 번쩍 들어 자랑할 판에 이렇게 아름다운 꽃다발을 받았으니 응당 직접 들고 감이 마땅했다.

로젠은 제리코가 꽃다발에 앞이 보이지 않아 넘어지지 않는지 지켜보다가 손을 쓸 수 없는 그녀 대신 응접실 문을 열었다. 그리고 놀랐다.

"정말 샌시가 있네?"

"웅! 놀랐지?"

"웅, 놀랐어."

샌시의 인간관계를 걱정하는 로젠이라면 활짝 웃으며 반길 줄 알았는데 어째 로젠의 반응이 시시했다. 로젠보다 더 놀란 건 샌시였다. 샌시는 새로운 사실을 알았다는 듯 고개를 주억거렸다.

"제리코는 머리 색이 강렬해서 붉은색이랑 같이 있으면 색이 중첩되어 안 어울릴 줄 알았는데 아니었구나. 미의 세계는 심오해."

붉은 머리 미소녀와 붉은 장미 다발. 꿈에서나 볼 법한 황금 조합이었다. 샌시는 미의식이 충족되는 걸 느끼며 심히 만족했다.

"샌시! 이 아름다운 꽃다발을 보고 나오는 감상이 고작 그거야?"

"스타즈 장미 농장에서 특허 낸 영웅이잖아. 한 송이 가격이."

"샌시, 오랜만이네. 몸은 좀 괜찮아?"

로젠이 샌시에게 반갑게 인사했다. 샌시는 순간 영 내키지 않는 표정을 지었지만 평이하게 답례 인사를 했다.

"다 나았어. 너는 어쩐 일인데?"

남자 둘이서 서로를 마주 보며 네가 여기 웬일이냐 묻는 상황. 자세한 사정을 모르는 제삼자가 보았다면 샌시와 로젠이 제리코를 사이에 두고 서로를 견제한다고 오해할 법한 장면이었다. 제리코는 행복한 기운이 넘쳐흘러 깔깔 웃은 다음 꽃다발을 빈 책상 위에 고이 올려놓았다.

'한 송이 가격이 얼마일까? 나중에 다른 사람에게 물어봐야지.'

제리코는 행동하는 지식의 구도자. 궁금한 건 참지 않는다. 지금 당장 샌시에게 물어보지 않는 건 의도적으로 샌시의 말을 끊은 로젠을 배려하기 위해서다.

"샌시는 마탑에 들렀다가 경비 마법이 잘 설치되었는지 궁금해서 보러 왔대. 어제 마탑에서 카모마 일마 씨가 오셔서 마법을 걸어주셨거든."

"아…… 그렇구나."

"로젠은? 아카데미에서 얼굴 보기 힘들던데 그동안 어디서 뭐 하고 있었어?"

"난 잠시 집에 다녀왔어."

"그래서 찾아도 안 보였구나!"

제리코는 자신의 생각이 짧았음을 인정했다. 로젠 또한 범죄의 피해자다. 자신은 미베어 공작가에서 일주일 쉬어놓고 로젠은 아카데미에 있을 것이라 생각했다니. 수업이 여러 개인 제리코와 다르게 로젠은 듣는 강의도 하나였다. 언제든 졸업할 수 있는 그가 굳이 아카데미에 붙박이처럼 박혀 있는 건 플라티나와의 반목 때문이었다. 진로 문제로 갈등하는 모자 사이라도 아들이 실종되었으면 만나고 싶은 게 당연지사. 로젠은 잠시 시험을 보러 아카데미에 온 날을 제외하면 계속 스타즈 남작저에 머물렀다고 밝혔다.

"다들 좋아했겠다."

"집에 안 들어오고 가출이나 하니 그런 사고를 당하는 거라고 잔소리를 1시간씩 들었지."

로젠은 장남이고 플라티나 스타즈는 슬하에 4남 3녀를 두었다. 동생 한 명이 1시간씩 잔소리를 했다면 합이 6시간이었다. 설마 정말 6시간 잔소리를 들었나 했는데 로젠의 표정을 보니 진짜인 듯싶었다.

"티오도 그랬어?"

제리코는 로젠의 동생 중에서 유일하게 안면이 있는 막내의 이름을 말했다. 어린아이가 자라는 속도는 눈부실 정도로 빠르고 처음이자 마지막으로 본 게 작년이니 많이 컸을 것이다.

"형, 누나들 하는 걸 보더니 마지막에 와서 따라 하더라. 쪼그만 게."

로젠의 입꼬리가 올라갔다. 다시 생각해도 막냇동생이 형, 누나들을 따라 하는 게 귀여웠던 모양이다. 제리코는 보지 못했는데도 괜히 로젠 옆에서 같이 잔소리 들은 것처럼 기분이 좋아졌다.

"꺄아, 귀여워."

로젠은 동생들에게 소홀했음을 깨닫고 한동안 집에 머물렀다고 말했다. 그래 봐야 나이가 찬 동생들은 로젠을 본체만체했다.

"저기……."

로젠이 가족과 집 얘기를 꺼냈으니 제리코는 절로 로젠의 어머니인 플라티나 스타즈를 떠올렸다. 위험하게 사건에 끼어든 맏아들을 어머니는 어떻게 대했을까?

제리코야 범인의 표적이었다 치지만 로젠은 정말 불우하게 끼어든 것이 아닌가. 돌아와서 듣기로 '그' 플라티나 스타즈가 놀라는 진귀한 모습을 보았다고 했다.

제리코는 일단 돌아가신 어머니 요나가 어떤 반응을 보일지 상상해 봤다. 요나는 구슬프게 눈물을 쏟아냈을 것이다. 그러다가 기절했겠지.

'기절해서 깨어난 다음엔 쥐어박았겠지.'

편견이지만 플라티나는 울다가 기절할 위인으론 보이지 않았다.

─엄청 혼내지 않았을까?

'그랬으려나?'

제리코는 우물쭈물 플라티나의 이름을 꺼내 로젠의 안색을 살폈다.

"저어, 플라티나 님은……?"

"어머니는 죽고 싶으면 그 좋아하는 에라프처럼. 아, 미안."

로젠이 진지하게 사과했다.

"에라프 님처럼 용과 동귀어진이라도 하라고 하셨지. 그게 다야."

─엄청 화냈네. 무섭다.

'그러게. 엉엉 우는 것보다 무섭다.'

화를 내든 구슬피 울든 모두 자식을 걱정하는 부모님의 마음 아니겠는가. 제리코는 사죄의 말을 꺼냈다.

"정말 고맙고 죄송합니다."

"사과하지 마. 난 널 놓치지 않아서 다행이라고 생각하니까."

"로젠을 사랑하는 사람들에게 죄송합니다."

제리코는 예의 바르게 고개를 숙였다. 사실 그녀가 고개를 숙일 사람은 따로 있었다.

"플라티나 님께 정말 죄송하다고 사과드려야 하는데 편지는 싫어하실까? 몸이 열 개라도 모자란 분이라고 들었는데 직접 찾아뵈어도 괜찮아?"

"어머니 말인데…… 나중에 널 정식으로 초대하고 싶다고 말씀하셨어. 한동안은 바빠서 힘들겠지만 후에 초대장이 가면 허락해 줄래?"

"물론이지!"

플라티나 스타즈의 초대. 황제 폐하의 초대와 비교했을 때 결코 꿇리지 않을 상대였으나 제리코는 황제 폐하보다 플라티나 스타즈가 좋았다. 미인에, 세련되고, 다분히 계산적이면서 천성에 가까운 사교성을 갖춘데다 직설적인 말투에 시원시원한 태도는 제리코가 되고 싶고 닮고 싶은 성인 여성상이었기 때문이다.

로젠은 에라프를 동경하고 제리코는 플라티나를 동경하니 부모 자식 간에 균형이 절묘했다.

플라티나 사죄 건은 후로 미루고 제리코는 다른 용건을 꺼냈다.

"그리고 있잖아."

"응? 뭔데?"

"내가 잘라먹은 그 검…… 가격을 들었는데…….."

"아아, 그거."

로젠은 웃으면서 고개를 저었다. 제리코가 고의로 한 일이 아니니 로젠은 아예 마음에 담아두지 않았다. 그런데 제리코는 그 일로 전전긍긍 속을 끓이니, 이래서 맞은 사람이 속 편하다는 얘기가 있는가 보다고 로젠은 그렇게 생각했다.

"정말 신경 쓰지 않아도 돼. 고의로 그런 게 아니잖아. 나는 막았는데 검이 좋아서 그랬던 거고."

"신경 쓰기 싫은데 신경 쓰지 말아야 할 금액의 범주를 넘어섰더라고. 그리고 내가 잘못했잖아! 책임져야지!"

군이 따지자면 드래곤 슬레이어 소드의 잘못이었지만 어쩌겠는가. 무생물에겐 법적 책임이 없는 것을. 골렘이 사람을 죽이면 골렘의 주인이 책임을 진다. 드래곤 슬레이어 소드는 팔다리를 만들 수 있지만 검을 들수 없으니 휘두른 제리코 책임이었다.

마을의 소녀 장사 제리코! 의리가 뭔지 아는 바른 생활 소녀 제리코! 마을 사람들 형편을 알아 빌린 돈을 빨리 갚기 위해 친부를 찾은 그녀였다.

제리코가 주먹을 꼭 쥐고 입을 야무지게 열었다.

"마침 어제 마탑에서 마법사가 왔었거든! 로젠의 검을 제작했던 분이라고 해서서 주문서 작성했어! 일단 저번과 동일한 사양으로 했는데 필요한 거 있으면 추가할 수 있거든"

제리코는 얼마든지 말하라는 듯 눈을 빛냈다.

로젠은 난처해서 그냥 웃었다. 사실 그 검은 성년식 선물로 플라티나가 준 것이었다.

'성년식 선물로 받은 검이라고 얘기했다간 큰일 나겠군.'

선물로 받은 물건이면 다 의미 있고 뜻깊게 마련이나 성년식 선물로 어머니에게 받은 검이라고 하면 뭔가 특별해 보이는 게 사실이다. 플라티나야 선물로 뭘 줄까 고민하기 싫어 검을 선택했지만 제리코가 그런 사정을 알 리 없다. 알아보아야 성년식 선물이라는 점에 주목해 죄책감을 키우겠다 싶어 로젠은 이에 대해 침묵하기로 다짐했다.

"정말 괜찮아. 난 네가 빠르게 대응해서 좋았는걸. 내 기적을 알아채고 먼저 공격하다니, 정말 재능이 있어!"

동경하는 용사의 딸이 가능하면 검술학부를 선택해 재능을 꽃피우길 바라며 로젠은 검에서 화제를 돌렸다. 학생이라면 모두가 관심 갖는 화제.

"시험은 잘 봤니?"

시험으로.

다채로운 감정이 드러나는 제리코의 얼굴에 처음으로 무표정이라는 것이 등장했다. 주인의 성격과 잘 맞지 않아서일까. 오래가진 못했다. 무표정은 순식간에 자취를 감추고 제리코는 진땀을 흘리며 시선을 피했다.

"아하하."

"제리코? 시선은 왜 돌리는 거야? 제리코?"

"평범! 평범하게 봤어요!"

"제리코! 왜 갑자기 존댓말을……."

"평범하게 봤어요, 선생님!"

선생님 얘기에 로젠은 깊은 한숨을 쉬었다. 다른 사람들이 불편해할까 봐 젠 교수의 대리 강사 제안을 받아들였는데 일이 터져서 폐만 더 끼치게 되었다.

"다들 시험은 잘 보았을까? 그래도 이론 수업은 젠 교수님이 가르쳤고 시험 문제도 작년 거 그대로 써서 작년보단 평균점이 높을 것 같긴 한데……."

"그래, 그거! 로젠! 왜 〈교양 검술〉인데 시험은 필기야?"

제리코는 강의명에 속았다. 어째서 〈교양 검술〉인데 시험은 필기이며 문제는 그렇게 쪼잔했는가. 사람의 기억력을 시험하는 것도 아니고! 드래곤 슬레이어 소드가 시험의 기본 전제는 이해와 암기임을 알렸으나 제리코에겐 너무나 부당하게 느껴졌다.

"시험이 그렇게 어려웠어? 작년 시험 문제가 어떤지 모르지만 다 비슷했을 텐데."

로젠은 제리코를 위로했다. 교수가 두 번이나 바뀌는 바람에 다른 학생도 정신없었을 것이다, 기말고사는 실기 시험이니 잘 보면 된다 등등.

말없이 종이에 뭔가를 끄적이던 샌시도 제리코를 위로했다.

"평범하게 봤으면 됐지."

"그렇지?"

그제야 제리코는 힘이 나서 배시시 웃었다. 로젠과 샌시가 수석을 놓치지 않는 수재이고 그들의 평범과 제리코의 평범이 다르다는 걸 둘 다

몰랐다.

유일하게 두 평범 사이의 간극을 알아챈 드래곤 슬레이어 소드만 미약한 진동으로 실소를 대신했다.

"시험이 끝났는데 뭐 할 생각이야?"

"무계획이 계획이야. 로젠은?"

"내내 집 안에만 있었으니 외출을 할까 해서. 내일 가까운 공원에라도 나갈 생각인데 제리코도 같이 갈래?"

"음…… 외출하려면 경호를 부탁해야 해. 나 혼자 다니면 안 되거든……."

"나랑 같이 다니면 괜찮을 거야. 이번처럼 이동 마법이 걱정된다면 정중한 에스코트를 해드릴 생각인데, 어때?"

계속 손을 잡거나 팔짱을 끼고 다니면 이동 마법에 당해도 둘이서 같은 장소로 이전된다. 하프 산맥에서 돌아온 후 휴식 때문에 일주일, 시험 때문에 보름 정도를 실내에서만 보낸 제리코가 혹했다.

"그런가? 손 꼭 잡고 다니면 괜찮을까?"

로젠이 말없이 웃으면서 손을 내밀었다. 제리코는 로젠의 큰 손 위에 자신의 손을 올렸다. 맞닿은 손바닥에 박인 굳은살은 아버지 존과 다른 위치에 있고 어떤 건 더 단단했다.

제리코가 로젠의 손을 잡고 좋아서 까르르 웃는데 로젠은 반대로 제리코의 손을 보고 미간을 좁혔다.

"손톱이 깨졌네……."

"뿌리를 캐고 그러면서 좀 깨졌어. 괜찮아, 손톱은 금방 자라."

"종아리 잔상처는 어떻게 되었어? 흉 없이 깔끔해졌어?"

"응. 거의 다 낫고 딱지 앉았던 것도 모두 깔끔하게 떨어졌어."

제리코는 로젠의 큰 손을 잡은 게 좋아서 작게 비명을 질렀다. 샌시처럼 곱고 예쁜 손도 좋지만 거친 손도 좋았다. 취향으로 치자면 이쪽이 백배 더 좋았으나…….

'오빠의 손.'

흑역사 생성 방지를 위해 로젠을 마음속에서 오빠로 여긴 지 오래다. 이전엔 로젠을 볼 때마다 설레던 가슴이 더는 술렁이지 않았다. 로젠에 대한 호감은 더욱 커졌지만 그건 친애에 가까웠다.

'으흐흐.'

제리코는 속으로 음흉하게 웃었다. 미베어 소공작의 위엄 때문이 아니라 소녀의 체면을 생각해서라도 내보낼 수 없는 웃음이었다. 로젠이야말로 제리코가 꿈꾸던 이상의 오빠에 부합했다. 다른 사람 더 찾아볼 것 없이 완벽했다.

'로젠 오빠.'

-로젠이면 좋겠다는 게 아니고 로젠이 가능성이 높다는 거야. 그렇지?

'물론이지.'

아직 확정된 것도 아닌데 드래곤 슬레이어 소드와 제리코는 헛물컸다. 만약에 아니라면 어떤가. 이렇게 얻은 친분으로 아는 오빠 동생 하면 되는 거지.

샌시는 이상적 오빠와 거리가 멀어 아는 오빠에서 시작해 4촌이 되었으나 로젠은 이상적 오빠에 부합하니 시작이 친오빠 같은 아는 오빠였다.

로젠과 제리코가 대화하든 말든 종이에 코를 박고 손을 움직이던 샌시가 고개를 들었다. 제리코와 로젠이 손을 맞잡고 즐거이 대화하고 있었다. 로젠을 보는 제리코의 시선은 한없이 따뜻했으며 제리코를 보는 로젠의 시선은.

'…….'

샌시는 로젠의 눈에 담긴 감정을 해석해 볼까 하다가 그만두었다. 남자에게 관심을 쏟는 건 시간 낭비였다.

"로젠, 이걸 봐라."

대신 샌시는 둘 사이에 껴들어 내내 붙잡고 뭔가를 끄적이던 종이를 내밀었다. 이것 때문에 나가지 않고 계속 버티고 있었던 것이다. 로젠은 얼굴을 가리는 종이를 붙잡았다. 연필로 그린 초상화였다.

"누구로 보여?"

"마자리스 씨다!"

로젠 대신 제리코가 외쳤다. 현실에서든 그림에서든 제리코를 웃게 만드는 그대의 이름은 마자리스. 로젠은 마자리스의 이름을 기억 못 하는지 되물었다.

"마자리스?"

"우리가 하프 산맥에서 돌아왔을 때 사람 불러와 준 사람! 아, 내일은 마자리스 씨나 만나러 가볼까……."

마자리스를 보러 가면 꼭 뭔가 일이 생기고 길이 엇갈려서 말만 해놓길 몇 달째인지. 제리코는 이번에야말로 마자리스를 만나러 가겠다고 다짐했으나 로젠이 말렸다.

"기념관은 일요일에 휴관하니까 경비원 빼고는 없을 거야."

"윽. 직원 기숙사로 찾아가면……."

"실례지."

"그럼 나중으로 미뤄야겠네."

로젠은 샌시에게 초상화를 넘겼다.

"그땐 경황이 없어서 얼굴을 제대로 못 봤는데 그림을 보니까 맞는 것 같아. 그때 그 직원분이네."

마자리스가 셋에게 큰 도움을 준 건 아니지만 지친 셋 대신 사람을 불러와 준 것은 사실이다. 로젠은 시간을 내어 마자리스에게 인사를 하러 가야겠다고 말했다. 제리코는 같이 가자고 손을 번쩍 들었다.

"그럼 월요일에……."

"응응, 그때 나 시간 괜찮아."

"나도 같이 가."

"샌시?"

로젠이 경악하여 그 말이 진짜냐 물었다. 샌시의 부족한 사교성으로 보건대 남자에게 인사하러 간다는 건 있을 수 없는 일이었다. 샌시는 대답 대신 벌떡 일어났다. 목적을 완수했으니 이제 가볼 차례였다.

"난 이제 간다. 나오지 마."

샌시는 제리코가 반응할 틈도 없이 문을 열고 나가 버렸다.

"아! 샌드위치!"

제리코는 샌시 주려고 잔뜩 만들어달라 부탁한 샌드위치 생각에 테이블 위를 보았다. 언제 챙겼는지 남은 샌드위치가 하나도 없었다. 제리코는 안심했다. 주방에 남겨둔 샌드위치는 하녀들이 챙겨줄 것이다.

"샌시가 먼저 남자를 찾아가자고 하다니."

여자라고 찾아갈까. 이유가 없으면 타인을 방문하지 않는 샌시가 고작 감사 인사를 하기 위해 마자리스를 찾아간다고 하니 로젠이 놀라 자빠졌다. 제리코는 로젠에게 자신이 알고 있는 사실을 알려주었다.

"실은 샌시가 마자리스 씨 얼굴에 꽂혔거든. 이상형에 참고할 수 있게 해달라고 부탁하려는 것 같아."

"아아…… 그런 이유가 있구나. 확실히 대단한 미남이네."

샌시가 두고 간 초상화를 로젠은 착잡한 눈빛으로 응시했다. 제리코가 마자리스 얘기를 하면서 지나치게 들떴기 때문이다. 로젠은 은근슬쩍 씁쓸해진 입맛에 초상화를 노려보다 눈살을 찌푸렸다.

마자리스가 눈에 익어서였다.

'내가 이 사람을 이전에도 본 적이 있던가?'

이만한 미남이면 스치듯 지나가는 길에 보아도 기억에 남았을 터. 로젠이 기억을 더듬는데 제리코가 호들갑을 떨었다.

"그렇지?"

제리코는 두 손으로 볼을 감쌌다. 마자리스를 생각할 때면 제리코의 심장이 이상할 정도로 거칠게 뛰었다. 샌시와는 달랐다, 샌시와는.

"정말 잘생겼어! 꼭 잘생겨서가 아니라 마자리스 씨는 그냥 좋아! 호감이 마구마구 생긴다니까!"

"나는?"

"로젠도 잘생겼지!"

마자리스를 보기 전까진 로젠이 부동의 1위였다. 실은 지금도 3위에서 2위를 왔다 갔다 하지만 이제 그는 오빠가 되어 순위표에 들 수 없는 몸이 되었으니. 그걸 모르는 로젠은 자신의 어깨를 치는 제리코의 스스럼없는 손길에 미약하게 얼굴을 붉혔다.

18장
졸업생 기념관

　일요일에 제리코는 장미잼을 만들었다. 로젠이 선물한 장미 꽃다발에서 몇 송이는 곱게 말리고 한 송이는 꽃잎을 뜯어 목욕물에 띄우는 호사를 누렸다. 몇 송이는 침대맡에 놓아두고 나머지는 꽃잎을 몽땅 뜯었다.

　"장미잼 좋아좋아."

　송이가 크고 화려한 꽃은 경우에 따라 과일보다 비싸다. 안타깝게도 제리코는 꽃의 가격을 몰랐다. 제리코가 사는 마을 근처엔 정원을 가꾸는 사람이 적어서 눈에 띄는 꽃은 대부분이 야생화였다. 야생화는 대개 귀족가 정원에서 정원사가 심혈을 기울여 가꾸는 꽃보다 꽃송이가 작았다. 딱히 야생화가 모자라다는 얘기는 아니다. 정원사와 학자들이 정원에서 보고 즐기기 좋게끔 더 크게, 더 화려하게, 더 색이 선명하고 진하게 종자를 개량한 결과였다.

　장미는 특히나 새로운 종을 만들기 쉬워서 정원마다 장미 크기와 모양, 색이 천차만별이었다. 그리고 제리코가 선물받은 장미 '영웅'은 붉은 장미의 표상이라 불리는 품종이었다. 스타즈 가문의 장미 농장에서만 재배되고 종자의 반출을 엄격하게 막아 출하 시기가 되면 불티나게 팔렸다.

"이 꽃을 잼으로 만들다니……."

두 하녀는 한 장 한 장이 아기 손바닥만큼 큼직하고 보드라운 꽃잎을 뜯으며 연신 안타까워했다.

"꽃이 시들면 잼 못 만드니까 빨리 만들어야죠."

"관리를 잘하면 한 달은 더 곱게 피어 있을 거예요."

"그래서 몇 송이 꽃병에 꽂아뒀잖아요."

제리코의 침실만이 아니다. 두 하녀의 침실에도 꽃병을 채웠는데도 꽃이 남았다. 꽃송이가 워낙 크고 화려해 두세 송이만으로도 풍족한 느낌을 주었기 때문에 그 이상은 과했다.

제리코는 말로만 듣던 장미잼을 만들게 되어 신이 났기 때문에 두 하녀의 만류는 통하지 않았다. 옛날에 잡지에서 꽃으로 만든 잼을 본 이후 장미잼은 제리코가 품은 낭만 중 하나였다. 제도에 온 후 온갖 일이 생겨서 까맣게 잊고 있었는데 마침 장미가 가득 들어오니 꿈에 푸득푸득 끓어오르는 잼 냄비가 나왔다.

그런 연유로 일요일 아침, 제리코는 장미를 뜯어 차가운 물에 씻어 장미잼을 만들었다. 냄비를 불 위에 올릴 땐 샌시가 빌려준 마탑의 로브가 톡톡히 제 역할을 해냈다. 비지땀을 흘리며 잼을 휘저어야 할 줄 알았는데 로브를 걸치고 잼을 저으니까 아주 시원했다.

다음 날, 제리코는 약속 장소에 나가기 전 차림새를 정돈했다. 교복을 예쁘게 차려입은 후 옷이 구겨지지 않도록 조심스럽게 드래곤 슬레이어 소드를 장비했다. 그런 다음 샌시가 빌려준 마탑의 로브를 입었다.

"색이 거무튀튀해서 좀 아니다 싶었는데 꽤 괜찮네. 역시 얼굴이 받쳐 주니까."

호호호. 거울 앞에 선 제리코가 자화자찬을 늘어놓았다. 드래곤 슬레이어 소드는 말리지 않고 뭐 했냐면.

–마법사 복장이어도 이렇게 잘 어울리다니. 난 정말 완벽한 검이야.

뭘 걸쳐도 어울리는 자신의 모습에 흠뻑 취해 똑같이 놀았다.

제리코는 작은 손가방에 일요일을 바쳐 만든 장미잼을 넣었다. 로젠에게 한 병, 샌시에게 한 병, 마자리스에게 한 병 선물할 생각이었다. 로젠이 선물한 장미로 만든 잼이니까 로젠 것은 특별히 큰 병에 담았다.

–로젠은 자기 집에 가면 실컷 먹지 않겠어?

"마음과 마음, 노동과 노동이 중요한 거랍니다."

손가방에 챙길 걸 모두 챙겼으니 이젠 로브 주머니 차례였다. 제리코는 가장 먼저 암염과 설탕을 넣었다. 그런 다음 반합, 물병을 챙기고 수건과 손수건, 건빵을 넣었다. 신호탄을 넣을까 말까 망설이는 그녀를 보고 검이 한숨 쉬었다.

–조난당할 준비해?

"늘 들고 다니면 좋지 않을까 싶어서. 아, 맞아! 약도 챙겨야지."

그렇게 약까지 챙겼는데 로브 주머니는 여전히 넉넉했다. 제리코는 제자리에서 깡총 뛰었다. 무게가 그리 느껴지지 않았다. 제리코는 이마를 짚고 한탄했다.

"이 좋은 걸 입고서 밀가루 한 봉지 가져오지 않았다니……. 나는 절대 그러지 말아야지."

–고작 그런 이유로 밀가루를 상비하겠다고?

"고작이라니! 자기는 입 없고 위장 없다고 아주 말이 가벼워!"

의식주에서 가장 중한 것이 무어냐. 바로 '식'이다. 식이 해결되지 않으면 의고 주고 모두 쓸모없었다.

분노한 제리코가 드래곤 슬레이어 소드를 뽑아 허공에 흔든 후 검집에 꽂아 넣었다.

"휴우, 마자리스 씨를 만나러 갈 건데 이런 하찮은 일로 검을 뽑을 순 없지."

하는 말만 들으면 천하제일의 검객이 여기 있었다. 제리코는 마지막까지 거울 앞에서 잔머리를 정돈한 후 약속 장소로 이동했다.

약속 장소엔 로젠이 먼저 도착해 기다리고 있었다. 기다리는 동안 로젠은 외롭거나 심심하지 않았을 것이다. 지나가는 사람마다 로젠에게 인사를 하고 몇은 같이 어울리자 권했으니까. 시간이 비는지 아예 로젠 옆에 서서 대화를 청하는 이도 있었다. 그런 사람은 로젠이 금방 떠날 것이라며 정중하게 떠나보냈다.

"로젠! 오래 기다렸어?"

"나도 이제 막 도착했어."

로젠이 약속 시간 최소 30분 전에 도착한 사람만이 할 수 있는 발언을 했다. 약속 시간까지 10분가량 남았고 샌시는 아직 도착하지 않은 상황. 둘은 나란히 서서 샌시를 기다렸다.

"날이 좋아서 그런가, 로젠 얼굴도 좋아 보이네? 일요일에 좋은 일이라도 있었어?"

"아니, 학교 안에서 이렇게 누굴 기다리고 있으니까 꼭 기초 학교 다닐 때 소풍 가던 기분이라."

그 기분 제리코도 잘 알았다. 제리코는 안타까워 땅을 걸어찼다.

"하필 소풍 장소가 졸업생 기념관이야. 어디 산이나 호수, 공원이면 좋은데."

"졸업생 기념관엔 가본 적 없어?"

"안 가봤어."

"거기에 에라프 님 전시물도 있는데."

"응, 알아. 졸업 못 하고 자퇴한 학생은 기념관에 전시 못 하는데 에라프 님만 특별히 기념하는 거잖아."

에라프를 동경하는 로젠이 따라 하지 않는 한 가지가 있었으니, 바로 아카데미 자퇴였다.

선대 아리보 공작의 늦둥이로 태어나 친부모는 물론이요, 할아버지 같은 형과 아버지 같은 조카의 사랑을 듬뿍 받으며 자란 에라프는 바른 생활 소년이었다고 전해진다. 하지만 무슨 연유인지 알 수 없으나 선대 아리보 공작과 대판 싸우고 루나 아카데미를 자퇴한 후 가출했다.

드래곤 슬레이어 소드도 자세한 이유는 알지 못했다. 제리코는 에라프의 열렬한 팬인 로젠이라면 알까 싶어서 은근슬쩍 질문했다.

"선대 공작님이랑 대판 싸웠다는데 로젠은 혹시 이유를 알아?"

"나도 그렇게만 전해 들었어. 루나 아카데미 입학 문제로 싸웠다가 릴리에 공주님이 입학하신 후 화해, 이후 다시 싸운 후 자퇴하셨지."

'입학 문제로도 싸웠구나.'

아리보 노공작에게 선대 공작이 루나 아카데미 입학을 허락했다는 얘기만 들어 조용히 입학한 줄 알았더니 그 전에 좀 싸웠었나 보다.

'그럼 그렇지.'

제리코는 내심 납득했다. 아리보 노공작과 소공작이 루나보단 솔라를 가라고 했지 않은가. 죽은 선대 공작도 비슷한 반응을 보이는 게 당연했다. 아마 반대하다가 자식 이기는 부모 없어 허락해 줬을 가능성이 높았다.

'그렇게 입학해 놓고 자퇴하다니.'

에라프가 가출해 용병 일을 하던 시기는 광룡이 미쳐 날뛰고 마물이 기승을 부리던 때였다. 그런 시기에 용병이라니. 공작가 도련님치곤 가출 후 대단한 행보였다.

동시에 제리코는 에라프와 다르게 로젠의 가출이 성공하지 못하는 이유를 깨달았다. 보통 귀족가에선 자식이 가출하면 사람을 풀어 잡아 온다. 하지만 에라프가 가출한 당시엔 그게 불가능했다. 마물을 상대할 병력도 모자랐기 때문이다. 어디 있는지 모르는 도련님 한 명을 찾기 위해 사람을 푸느니, 그 인력을 마물을 상대하거나 부서진 건축물을 복구하는 데 놀리는 게 나았다.

용사의 희생으로 평화로운 시대가 돌아왔다. 가출한 도련님을 찾을 인력이 넘쳐흘렀다.

-영웅이야말로 혼세의 상징 아니겠어.

삶이 힘겹지 않으면 영웅이 등장할 만한 일도 없다. 제리코는 주억주억 고개를 끄덕였다.

샌시는 약속 시간에 딱 맞춰 도착했다. 수국관 지하에서 약속 장소까지 이동 시간을 고려한 정시 도착이었다.

제리코는 실눈을 뜨고 샌시를 보았다. 마탑의 로브를 입지 않은 샌시는 매우 낯설었다.

"샌시, 너무 낯설다. 다른 사람 같아."

샌시는 로브 없이 마주하게 된 오전의 태양을 낯선 표정으로 응시하다가 고개를 끄덕였다. 날씨가 애매해 일반 로브를 걸치지 않았더니 볕이 강했다. 흡혈귀처럼 창백한 샌시의 낯에 태양을 피하고 싶다는 갈망이 떠올랐다.

제리코가 로브 자락을 퍼덕였다.

"원래 샌시 거니까 잠시 대여 중단할까?"

"그냥 입고 있어……."

제리코와 로젠은 이동 속도에 보정을 받지 않은 샌시의 본래 걸음걸이에 맞춰 느릿하게 기념관으로 이동했다.

졸업생 기념관은 말 그대로 학교를 빛낸 졸업생들을 기념하는 공간이다. 졸업하지 않고 자퇴하거나 퇴학당한 학생은 기념관 앞 석비에 이름을 올릴 수 없었지만 에라프는 예외였다. 제리코는 석비에 새겨진 에라프의 이름을 어루만졌다. 사람들이 얼마나 만졌는지 에라프의 이름만 조금 닳아 있었다.

사실 아카데미에서 소장하고 있는 졸업생 관련 물품이 얼마나 되겠는가. 기껏해야 강의에 제출한 과제, 교수에게 쓴 편지, 일기, 기숙사에서 사용한 의자나 책상 등등이 전부였다. 중간에 자퇴하고 아카데미를 뛰쳐나간 에라프는 더욱 심했다. 그래서 에라프 전시실엔 옛 물건보단 새 물건이 더 많았다. 에라프 동상, 드래곤 슬레이어 소드 레플리카, 에라프의 연혁 등등.

전시물에 흥미를 보이는 사람은 로젠이 유일했다. 제리코는 드래곤 슬레이어 소드 레플리카를 보고서 깔깔거리다 입을 막았고, 샌시는 하품만 연발했다.

"사람이 별로 없네."

"학기 초나 졸업 직전에 붐비는 곳이지."

로젠은 여유롭게 전시실 내부를 둘러보았다. 에라프의 팬인 그는 입학 후 자주 왔기 때문에 모든 게 익숙했다.

제리코는 에라프가 제출한 과제를 읽어보며 말을 잃었다.

-왜 그래?

'에라프 님 문무를 겸비했다는 거 과장이라고 생각했어.'

과장이 아니었다. 제리코는 에라프의 지능은 자신에게 내려오지 않고 어디로 날아가 증발했는지 진지하게 고민했다.

'아들에게 갔나? 그런 건가?'

-그냥 네가 공부를 안 하는 거잖아.

예의상 에라프 전시실을 관람한 셋은 기념관을 방문한 목적인 마자리스를 만나기 위해 직원실로 향했다. 유일하게 기념관에 드나들어 직원실 위치를 알고 있는 로젠이 둘을 이끌었다.

"샌시나 로젠도 졸업하면 여기에 전시되지 않을까?"

"샌시는 지금도 가능할 거야. 그렇지, 샌시?"

"몰라."

샌시는 변함없이 자기 관심사 외엔 흥미를 보이지 않았다. 또한 변함없이 남자에겐 불친절했다.

"송사리는 잘 커?"

"상태가 조금 안 좋아."

"저런. 안 돌봐도 괜찮아?"

"확인할 게 있어서……"

직원실에 도착한 셋 중 로젠이 대표로 문을 두드렸다. 응답이 들려오자 셋은 직원실 안으로 들어갔다.

로젠 스타즈가 들어올 땐 미소 짓고 있던 직원들이 따라 들어오는 제리코를 보고 깜짝 놀랐다. 샌시는 안중에도 없었다.

"오랜만에 오시네요, 로젠 씨. 그리고…… 미베어 소공작님 여긴 어쩐일이십니까."

직원들이 의자에서 엉덩이를 떼는 소동이 벌어진 후 제리코는 간략하게 마자리스에게 볼일이 있음을 밝혔다.

가는 날이 장날이라고 마자리스는 직원실에 없었다. 그는 보관실에서 교체할 전시 물품 명단 확인 작업 중이었다.

"데리고 오겠습니다."

"감사 인사를 하는데 우리가 가야죠. 혹시 창고에 외부인 출입이 불가능하다면 휴식 시간까지 기다리겠습니다."

"일단 직원 외엔 출입 금지긴 한데 중요한 물품은 따로 보관하고 있으니 가서도 괜찮습니다. 안내해 드리겠습니다."

"아니에요, 창고라면 거기죠? 제가 길을 압니다."

미베어 소공작, 스타즈 가문의 장남, 마탑주의 아들. 다들 신원이 확실하다. 거기에 입학 직후 기념관을 자주 드나들었던 로젠이 쌓은 친분도 합세해 직원은 셋의 창고행을 막지 않았다.

창고는 말 그대로 창고였다. 전시 물품을 보관하는 창고답게 분류는 잘되어 있었다. 전시를 위해 미리 빼둔 전시물 목록을 서류와 대조하는 마자리스는 한 폭의 그림처럼 아름다웠다. 제리코는 침이 흐를까 두려워 입술을 굳게 닫았다. 멀리서 보고 있을 뿐인데도 심장이 난리를 쳤다.

언젠가 길을 걷다 우연히 마주친 날, 하늘의 달과 별이 마자리스를 위해 빛나는 듯했다면, 오늘은 창고의 먼지가 마자리스를 위해 부유했다.

전시물의 보관을 위해 어두운 창고 내부에 빛이라곤 마자리스가 들고 있는 랜턴 하나뿐. 그의 주위를 떠도는 먼지는 냇가에서 마주한 반딧불처럼 우아하게 움직였다.

지금 이 순간 세상의 중심은 마자리스였다. 제리코 눈에만 그렇게 보인 게 아니다. 그 자리에 있는 모두가 마자리스를 향한 강렬한 호감을 품었다.

"안녕하세요, 마자리스 씨!"

제리코는 힘차게 인사했다. 생기 넘치는 인사에 마자리스가 서류에 고정하고 있던 고개를 들어 올렸다. 먼지 냄새가 가득한 창고에서 일순 시들기 직전의 꽃처럼 달콤한 냄새가 났다.

그의 아름다운 푸른 눈동자가 제리코를 발견하고 상냥하게 접혔다.

"앗, 제리코 씨. 안녕하세요. 그리고 다른 두 분은 로즈 스타즈 씨와 샌시 데이지 씨…… 였던가요?"

로젠은 나이가 비슷한 또래 청년의 입에서 본명이 튀어나오자 멋쩍은 미소를 지으며 오른손을 내밀었다. 마자리스는 공손히 로젠의 오른손을 잡았다. 악수를 청한 로젠과 달리 샌시는 고개만 까딱이는 걸로 인사를 끝냈다.

"세 분께서 어인 일로……. 제게 볼일이 있으신가요?"

"감사 인사를 하기 위해 찾아왔습니다. 저희가 귀환했을 때 사람을 불러와 주셨잖아요."

"마땅히 해야 할 일인걸요. 인사를 받을 만한 일도 아니었어요."

"그래도 마자리스 씨가 와보지 않으셨다면 저흰 지친 몸으로 사람을 찾아야 했을 겁니다."

계속 서서 이야기하기 뭣했기 때문에 마자리스가 창고를 나왔다. 그는 셋에게서 멀찍이 떨어져 몸에 묻은 먼지를 털었다. 비상하는 먼지가 민들레 홀씨처럼 보이는 기적이 연출되었다. 기함할 만한 콩깍지에 드래곤 슬레이어 소드가 물어봤다.

-샌시보단 마자리스구나?

'응. 내가 잠시 착각했나 봐. 마자리스 씨가 최고야.'

지금 당장 결혼할 남자를 고르라면 단연 마자리스였다. 제리코의 현재 심정은 그러했다. 모든 신경이 그에게 쏠려 다른 남자가 눈에 들어오지 않았다. 마자리스가 눈앞에 있으면 제리코는 세상에 그 하나만 남은 듯한 착각에 빠졌다.

-그리고 마자리스는 너에게 관심이 없지.

'크윽.'

제리코는 심장을 부여잡고 괴로워하는 흉내를 내다가 다른 사람의 시선이 자기에게 향하자 잽싸게 차렷 자세를 취했다. 모든 광경을 지켜본 샌시는 별다른 언질을 하지 않았고 드래곤 슬레이어 소드만 채신머리없다고 구박했다.

귀하신 분을 세워둘 수 없기 때문에 마자리스는 세 명을 기념관 내 휴게실로 안내했다. 직원 한 명이 다과를 가져왔다. 제리코와 두 남자는 정식으로 감사 인사를 전했다. 마자리스는 난처한 듯 웃었다.

"귀한 분들께서 이러시니 제가 몸 둘 바를 모르겠습니다."

"맨날 들르겠다고 해놓고 이렇게 늦게 와서 미안해요, 마자리스 씨."

"잊지 않으신 것만으로도 고마운 일인걸요, 하하하."

"눈이 있는데 마자리스 씨를 어떻게 잊겠어요, 호호호."

이 말엔 로젠도 동의했다. 제리코는 줄줄 말을 쏟았다. 이상하게 마자리스를 만나면 말이 마구마구 샘솟았다.

"이상하게 마자리스 씨를 만나야지! 하고 결심하면 꼭 뭔가 일이 생기더라고요."

"미베어 소공작님께선 분주한 몸이니까요."

"에이, 편하게 제리코라고 불러주세요. 어차피 제국 분도 아니시잖아요."

제리코는 마자리스와 즐거이 대화하고 싶어서 입이 근질근질한데 마자리스는 아니었나 보다.

"유학생이시라고요?"

"스타즈 공자님도 말씀 편히 해주세요."

"학문 앞에선 모두가 평등하지 않습니까. 아카데미 내에선 편히 대해주십시오. 고학생이라 들었는데 제가 도와드릴 일이 있다면 도움을 드리고 싶습니다."

"말씀만으로도 감사합니다. 다행히 제겐 후원자님이 계십니다."

상냥하고 정중하게 제리코가 하는 말에 응대해 주던 마자리스는 로젠이 말을 걸자 둘이서만 대화를 이어나갔다. 제리코보단 로젠을 상대하는 게 편한 눈치여서 제리코는 풀이 죽었다.

─역시…… 너에게 이성적 호감이 전무하다.

'내가 소공작이라 부담되나?'

─그럴 가능성도 있지.

후원을 받아 유학 온 타국. 괜히 고위 귀족과 엮어 염문설이 나면 피해를 보는 건 전적으로 마자리스다. 일반적으로 염문설에서 피해를 입는 건 여성 측인 경우가 많지만 제리코와 마자리스는 신분 차이가 극심했다. 이렇게 차이가 심할 경우엔 신분이 낮은 측이 불리했다.

타인의 돈으로 공부하러 사랑하는 모국을 떠난 상황에서 연애를 미루는 건 흔한 일이었다. 심지어 마자리스는 외모가 외모이니 그러한 유혹과 접근도 잦을 터. 마자리스가 아예 여성 전원에게 철벽을 치는 것도 있을 법했다.

'흠. 마자리스 같은 인물이 아카데미에서 근무하는데 소문이 안 퍼진 걸 보면 그럴듯한데?'

루나 아카데미의 학생들은 공부하느라 바쁜 한편 심심했다. 전교생이 기숙사생에 학교 밖으로 나갈 일도 없다 보니 교내에서 벌어진 일은 소문이 퍼지는 속도가 빨랐다. 직접 보지 않으면 믿지 않겠다는 연구자 근성으로 인해 소문이 와전되는 일은 적으나 신속, 정확했다.

그런데 마자리스의 외모가 소문나지 않았다? 이건 마자리스가 전적으로 자신을 숨기고 있다는 증거다. 눈에 띄는 외모이니 유학 생활에 방해되지 않도록 처신을 신중히 하고 있다는 증거이기도 했다. 처신이 올바르고 정숙한 남자. 딱 제리코 취향이었다.

-언제부터?

'지금부터.'

제리코가 호시탐탐 로젠과 마자리스의 대화에 껴들 타이밍만 재고 있을 때, 샌시는 대뜸 돌직구를 날렸다.

"몇 살이에요?"

"올해 스물둘입니다."

제리코가 박수를 쳤다. 네 살이라니. 차이가 딱 좋았다.

"부모님은요?"

"돌아가셨습니다."

제리코와 로젠은 반사적으로 애도의 말을 전했다. 마자리스는 괜찮다고 고개를 저었다.

"아주 어릴 적에 돌아가셔서 별다른 추억도 없습니다. 지금 절 후원해 주시는 분께서 부모님이나 마찬가지죠."

"어쩜……. 전 작년에 어머니와 아버지를 잃어서 그런가 남 일 같지 않아요."

제리코는 눈물을 글썽이며 손을 내밀어 마자리스의 손을 붙잡았다. 마자리스는 정중히 고개를 숙여 고맙다는 말을 한 뒤 슬쩍 손을 뺐냈다. 드래곤 슬레이어 소드는 자기가 더 민망해져 부르르 떨었다.

-제발 그러지 마. 진짜 아저씨 아줌마 같단 말이야! 제리 네 나이를 생각해!

'시끄럿. 미인을 얻기 위해선 이 정도 추태쯤이야.'

마자리스가 보통 미인인가. 로젠, 샌시, 마그노 황자에 아리보 공작가에서 그녀를 위해 준비했던 미청년, 미소년으로 눈이 높아진 제리코에게 새로운 지평을 열어준 세기의 미인이었다. 평생에 저런 미인과 손이라도 닿아봤다면 두고두고 추억 삼을 그런 미인이었다.

"고향은?"

샌시는 당당하게 질문을 이었다. 제리코는 마자리스의 손을 잡아서 좋았던 기분이 요상해져 샌시를 보았다. 그의 얼굴은 일주일 동안 아무도 건드리지 않은 우물처럼 평온했으나 마자리스에 대한 질문은 우물의 깊이처럼 집요했다.

"저어, 샌시."

"고향은?"

샌시가 대답을 재촉했다. 제리코는 샌시를 가볍게 흔들었다.

"샌시, 왜 그래."

"하하, 괜찮아요."

마자리스는 웃으며 샌시의 질문에 대답했다. 샌시는 마자리스의 고향을 알아내자 또 새로운 질문을 던졌다. 제리코는 그렇게 알아낸 정보를 머릿속에 차곡차곡 수납하는 한편 샌시를 말렸다.

"샌시 정말 왜 그래."

"그러게. 샌시, 마자리스 씨에게 관심 있어? 마자리스 씨, 마법은……."

"모릅니다."

"모르는데 어째서……. 혹시 마자리스 씨에게 마법적 재능이 있는 거야?"

샌시는 바로 고개를 저었다.

"평범해."

"그런데 왜 계속……."

감사 인사를 하러 왔는데 샌시 혼자 취조를 하고 있지 않은가. 로젠도 합세해 샌시를 만류하는데 샌시는 아랑곳하지 않았다. 되레 한술 더 떴다.

"피 좀 주시죠."

취조 끝에 피. 이게 도대체 뭐 하자는 건지 세 사람과 검 한 자루가 의문을 표하는 와중 샌시는 침착하게 주사기를 꺼냈다.

제리코는 헌화식장에서 샌시의 뒤통수를 후려갈겼던 카모마의 심정을 절절히 이해했다. 그냥 확 한 대 후려치고 싶었다.

'주먹이 운다.'

"샌시, 갑자기 왜 그래. 예의 없게."

"주기 싫습니까?"

"아하하, 아, 아니요, 그러니까 마법사들은 연구에 피가 필요하고 그렇다는 얘기를 들었습니다."

마자리스는 사람 좋게 소매를 걷어 팔목을 드러냈다. 로젠과 제리코는 그럴 필요 없다고 얘기한 뒤 샌시에게 화냈다.

"샌시, 오늘 우리는 감사 인사를 하러 온 거야. 그런데 이게 무슨 무례야. 친구인 나야 괜찮지만 마자리스 씨는 네 친구도 아니잖아."

"하하하, 아니요. 괜찮습니다. 제 피가 마법사님 연구에 도움이 되면 좋겠네요."

평민 마자리스는 눈앞에서 금수저 둘이 싸우는 걸 보느니 얼른 피 뽑고 도망치는 걸 택했다.

샌시는 거침없이 마자리스의 혈관을 찾아내더니 주삿바늘을 찔러 넣었다. 제리코는 실시간으로 빠져나가는 마자리스의 피를 보고 빵과 장미잼을 꺼냈다.

"마자리스 씨, 제가 만든 잼이에요. 그늘에 보관하시면 두 달 정돈 버틸 거예요."

"정말 감사합니다."

"로젠이랑 샌시도."

제리코는 주는 김에 나머지 두 남자에게도 장미잼을 하사했다. 로젠이 활짝 웃었다.

"정말 네가 만든 거야?"

"응. 로젠이 준 장미로 어제 만들었어."

제리코는 로젠이 섭섭하게 여기지 않도록 얼른 말을 이었다.

"몇 송이는 남겨서 말렸고 몇 송이는 내 방이랑 응접실에 장식해 뒀어. 꽃이 크고 향이 진해서 그런가 잼도 정말 향이 좋더라. 한 스푼만 떠먹어도 내가 꽃이 된 기분이 든다니까. 황홀해지는 맛이야."

"좋으면 몇 송이 더 보내줄까?"

"아니야, 괜찮아. 지금도 충분한걸."

로젠이 준 장미로 잼을 만들었단 얘기에 샌시의 눈동자가 미세하게 흔들렸다. 샌시는 살면서 금보다 비싼 잼을 먹어볼 일이 몇 번이나 될까 고뇌했다.

"향이 마음에 들었으면 말해. 농장에서 장미로 향유와 장미수, 향수도 만들거든."

"에이, 그런 상품은 돈 주고 사야지."

작은 유리병 속 장미잼이 녹아내린 루비처럼 영롱한 빛깔을 자랑하는 가운데 샌시는 채혈을 마쳤다. 마자리스의 팔에서 뽑힌 피는 장미보다 선명한 붉은빛을 뿜냈다. 마자리스는 소독약이 묻은 솜으로 주삿바늘 자국이 남은 피부를 꾸욱 눌렀다.

샌시는 채혈한 피와 잼을 챙기더니 벌떡 일어났다. 목적을 달성한 숲 요정 혼혈은 자기 일만 중하다는 듯 뒤돌아섰다.

"그럼 이만."

"샌시! 진짜 이러기야?"

"아, 맞다."

샌시는 돌아섰던 속도와 비슷하게 몸을 돌렸다. 제리코와 로젠은 그가 사과할 줄 알고 웃는 얼굴로 기다렸다. 하지만 샌시는 둘의 기대를 와장창 깨부쉈다.

"내 이상형 제작에 마자리스 씨 얼굴을 참조해도 됩니까?"

"그으…… 안 됩니다."

샌시의 무례는 하늘을 찌르고 기어이 선량한 마자리스의 입에서 안 된다는 말이 나오게 만들었다. 샌시는 또 휙 돌아서려다 마자리스의 용모를 칭찬했다.

"금발이 멋집니다."

"칭찬 감사합니다. 부모님께 물려받은 색입니다."

샌시의 무례에도 불구하고 마자리스는 끝까지 온화한 미소를 유지했다. 샌시는 그렇게 제리코와 로젠에게 민망함만 안겨주고 떠나 버렸다.

마자리스는 미소를 잃지 않았지만 그게 지체 높으신 둘에게 마음 상한 걸 드러낼 수 없어 짓는 미소라는 건 누구나 알 수 있었다.

덕분에 민망해진 건 제리코와 로젠이었다. 둘은 민망함을 면하기 위해 노력했다. 제리코는 샌시와 별로 친하지 않다고 목소리를 높였고 로젠은 스타즈 장학 재단은 언제나 열린 문임을 역설했다. 마자리스는 사람 좋게 웃기만 했다.

"정말 죄송해요. 괜히 피만 뽑히고."

"아닙니다, 괜찮습니다."

마자리스는 기념관 앞까지 둘을 배웅했다. 괜히 일하는 사람 찾아와 몸과 마음만 상하게 한 것 같아 제리코는 열심히 후회했다. 이럴 바엔 돈을 주는 게 더 나았지. 귀족과 얼굴을 마주하지 않고 아랫사람이 보내주는 돈을 받는 게 최고라 외치는 게 평민의 마음가짐이거늘. 제리코는 어느덧 미베어 소공작에 익숙해진 자신이 낯설게 느껴졌다.

"이제 뭐 할 거야? 계획 있어?"

제리코를 백합관까지 바래다주기 위해 같이 움직이던 로젠이 지나가는 말투로 던졌다.

"오늘 일정은 끝났어."

공식적으로 루나 아카데미에서 가장 한가한 두 사람이었다. 제리코는 약간 가라앉았던 기운을 북돋우기 위해 양팔을 힘차게 앞뒤로 흔들었다. 반동으로 인해 걸음이 빨라져서 어영부영 옆에서 함께 걷던 로젠을 추월했다. 제리코는 샌시가 그랬던 것처럼 냉큼 돌아서서 뒤로 걸었다.

"로젠은 이제 훈련?"

"일정이 없다면 미베어 소공작님을 수행하는 명예를 누리고 싶은데."

'바쁜 사람 붙잡기 미안하네.'

공식적으로 루나 아카데미에서 가장 한가한 두 사람이라지만 진짜 한가한 사람은 제리코 한 명밖에 없었다. 로젠은 소드 마스터의 경지에 오르느냐 마느냐로 치열한 혈투를 벌이고 있었으니까.

사람 좋아하는 로젠이 연애도 멀리하고 검에 집중하겠다는데 괜히 자신 때문에 시간을 빼앗는 것 같아 제리코는 미안하단 생각이 들었다. 로젠이 워낙 사람이 좋아 제리코를 오냐오냐 받아주지 다른 사람이었으면 짜증을 꽉꽉 냈을 것이다.

짜증 하니 바로 뇌리에 떠오르는 사람이 있었다. 순결한 흰색이 과해 세상과 유리된 듯 고고한 황자님이었다.

제리코는 손가방에 손을 쑥 집어넣고 뒤적였다. 실은 장미잼이 남았다. 지나가다가 만나는 사람이 있으면 쥐여 주려고 몇 병 더 챙긴 덕이다.

'이렇게 된 이상.'

제리코는 잼 병을 만지작거렸다. 단단한 잼 병과 안에 담긴 맛있고 향긋한 장미잼이 그녀에게 용기를 선사했다.

"나 도서관에 가려고."

도서관에 갈 건데 어째서 출전하는 장수처럼 비장한 표정을 짓는 걸까. 로젠은 의문을 품었다. 그리고 곧 의문을 접어버렸다. 대신 그녀가 가려는 전장에 동참 의사를 밝혔다.

"같이 가자."

동지를 얻은 제리코가 결연한 눈빛으로 환영 인사를 대체했다. 제리코는 눈에 힘 빡 준 채 멀리 보이는 대도서관을 노려보았다. 시험이 끝났다. 마그노 황자가 어떤 말로 자신을 무시할지 실로 궁금해 미칠 것 같았다.

19장
도서관의 황자님, 재도전

시험이 끝난 후의 대도서관은 평소보다 이용자가 적었다. 공부가 일상인 학생이라 할지라도 시험이 끝난 직후 도서관에 가고 싶어 하진 않는 것이다. 쉬지 않고 매일매일 돌아간 톱니바퀴는 이가 닳아 고장 나기 일 쑤다. 종종 기름칠을 해주고 톱니 사이에 낀 찌꺼기를 털어야 톱니바퀴를 오래 쓸 수 있었다. 사람의 정신과 육체도 그와 별반 다르지 않았다.

제리코는 3층으로 통하는 계단을 오르기 앞서 크게 심호흡했다. 숨을 고르는 그녀 옆에서 로젠이 소리를 죽이고 웃었다. 옆에서 보고 있자니 귀여웠기 때문이다.

제리코는 도서관에 가자는 말만 하고 별다른 설명을 하지 않았지만 로젠은 그녀의 도서관 방문 목적을 알고 있었다. 성실히 공부하는 모범생도 도서관에 얼굴을 비치지 않는 이 기간에 공부 싫어하는 제리코가 도서관엘 드나들 일이 무엇이겠는가. 학기 초부터 그녀를 괴롭힌 마그노 황자의 일이 분명했다.

마그노 황자가 마음에 걸리는 건 로젠도 마찬가지다. 하지만 연이어 다른 남자를 만나기 위해 돌아다니는 제리코를 보는 마음은 조금 불편했다.

'수양이 모자란 탓이지.'

로젠은 마음에 무형의 검을 세우고 곧은 검신을 따라 정신을 가다듬었다. 단순한 호감에 불과한데 마음이 기우뚱기우뚱 움직이는 것이 싫었다.

하얀 황자는 변함없이 자리를 지키고 있었다. 태양 빛에 예민한 피부와 눈 때문에 그늘에 앉았는데도 황자는 희어도 너무 희어서 눈이 부셨다.

제리코는 근처 서가의 책을 뽑았다.

로젠은 아무 책이나 뽑을 수 없다는 듯 서가를 노려봤다. 제리코는 그를 내버려 두고 먼저 마그노 황자에게 접근했다.

"안녕하세요, 황자 저하. 오늘은 날이 참 좋아요."

웃는 낯이지만 속마음은 그리 편치 않았다. 제리코는 마그노 황자가 과연 어떤 변명으로 자신을 무시할까 기대하며 황자의 맞은편에 앉았다. 마그노 황자는 여전히 두꺼운 책을 읽고 있었다. 책 제목은 〈계획적 조수 포획에 따른 영지 생태계 변화〉였다. 제목만 보아도 눈을 가리고 싶어지니 이상한 내용일 게 분명했다.

깨알처럼 작은 활자에 박혀 있던 마그노 황자의 시선이 책 너머로 향했다. 마그노 황자가 약간 내려앉은 안경을 고쳐 썼다. 안경알 너머로 비치는 붉은 눈동자는 색유리보다 맑고 투명했다.

"안녕하십니까, 미베어 소공작."

제리코의 입이 합죽이가 되었다. 마그노 황자가 인사를 받아줄 거라고 미처 생각하지 못했기 때문이다. 먼저 말을 걸었으니 화제를 꺼내야 하는데 떠오르는 것이 없었다. 결국 제리코는 지난 2주, 자신을 가장 괴롭혔던 주제를 꺼냈다.

"시험은 잘 보셨나요?"

"평범하게 보았습니다. 소공작께선 잘 보셨습니까?"

"저어는……."

양심상 잘 보았다는 말은 할 수 없었다. 드래곤 슬레이어 소드가 양심은 무시해도 된다고 부추겼다.

-문제는 잘 봤잖아. 시험지도 뚫어져라 쳐다보고. 잘 본 거 맞네.

'이게 확.'

이놈의 검은 좋은 화제를 찾아서 일러주진 못할망정 꼭 쓸데없는 소리를 해서 제리코를 정신 사납게 만들었다.

"저도 그냥 평범하게……."

-양심을 무시하랬지, 거짓말하라고는 안 했는데.

제리코는 쓸데없이 초를 치는 검을 무시했다. 대화를 이끌어갈 수만 있다면야 처참한 시험 성적을 이야기하는 것도 나쁘지 않았다. 적어도 마그노 황자가 읽는 책과 같은 책을 골라 대단한 우연이라고 억지웃음을 짓던 것보단 나았다. 제리코는 시험 관련 주제를 열심히 생각해 낸 끝에 적당한 화제를 새로 찾았다.

"저하께선 조기 졸업을 목표로 하시죠? 조기 졸업을 하려면 성적이 좋아야 한다던데 이번에도 잘 보셨나 봐요!"

"네, 일정 학점을 넘겨야 합니다."

마그노 황자는 순순히 대답하더니 조기 졸업에 필요한 평균 성적까지 알려줬다. 제리코는 갑자기 변한 황자의 태도에 적응이 되지 않아 책을 들어 얼굴을 가렸다. 그러고는 검에게 속삭였다.

'갑자기 왜 이러시지?'

-옛날 수준으로 회복되었네?

'그러니까.'

시험이 끝나면 무슨 핑계로 제리코를 무시할까 궁금했던 게 무색했다. 마그노 황자는 제리코에게 친절했다. 다른 사람이 마그노 황자처럼 행동하면 불친절이나 마그노 황자이기에 친절로 여겨지는 그만의 친절. 두 분 폐하께서 마그노 황자에게 친절하라 권유하였으니 제리코가 금기를 범하지만 않았어도 계속 누리며 이게 왜 친절이냐 투덜거렸을 그 친절. 바로 그 친절이 돌아왔다.

제리코는 갑자기 친절하고 상냥해진 마그노 황자에 당황했다. 그러다 대화를 끊느니 뭐라도 던져 이어가는 게 낫다는 생각을 했다. 제리코는 손가방에서 잼 병을 꺼냈다. 일단 선물부터 들이밀고 보기로 했다.

"이건 제가 어제 만든 장미잼이에요. 향이 아주 진하고 좋으니까 드셔 보세요."

제리코는 손가방에서 잼을 꺼내 마그노 황자 쪽으로 밀었다. 잼 병은 미끄러지듯 책상 위를 움직였다. 마그노 황자는 자신과 가까워지는 잼 병을 받지 않았다. 시선이 이동했으나 다만 그뿐이었다.

"이상한 건 일절 안 넣었고요. 설탕을 좀 많이 넣어서 달긴 한데 향이 진하고 으깨지 않은 꽃잎도 같이 넣어서 쌉쌀하고 괜찮아요."

"미안합니다, 소공작. 받을 수 없습니다."

마그노 황자가 잼 병을 가볍게 밀었다. 잼 병이 마그노 황자와 제리코의 가운데에 놓였다. 제리코는 약간 풀이 죽어 말했다.

"뇌물 아닌데요."

─뇌물 맞잖아.

잘 봐달라는 의미에선 뇌물이 맞지만 제리코가 마그노 황자에게 잘 보여 무엇을 누리겠는가. 제리코가 황자에게 바라는 건 부귀영화라 황가와 잇는 연줄이 아니라 상냥함과 용서였다. 상냥함이 돌아왔으니 이제 용서를 바라는 건 과욕일까.

"받을 수 없습니다. 그렇게 배웠습니다."

─약 탔나 의심하나 보다.

황족이란 언제나 독살의 위험에 시달리는 존재. 자신이 수시로 무시했던 사람이 갑자기 먹을 걸 선물로 준다면 경계할 만했다. 제리코는 즉시 장미잼의 무해함을 선전했다.

"제가 어제 하녀 언니들이랑 같이 만든 거예요. 제가 고급스러운 잼 만드는 법을 몰라서 들어간 재료는 단순하고요, 황자 저하 말고 다른 사람에게도 선물했어요. 오늘 아침에도 빵에 발라 먹었어요."

"양해 바랍니다, 소공작. 소공작을 의심하는 게 아니라 내가 조심하는 것입니다."

"귀한 분이시니 조심하셔야죠! 그런데 이건 정말 제가 어제 금방 만든, 따끈따끈한!"

그렇게 조심한다는 양반이 다른 학생과 함께 식당에서 식사는 어떻게 한담? 뒤풀이엔 어떻게 끼고?

결국 마그노 황자는 이전의 친절을 보이되 제리코를 용서하지는 않은 것이다. 제리코 본인이야 황자의 금기를 두 번이나 어겼으니 어쩔 수 없다 치자. 하지만 이 장미잼엔 죄가 없었다. 마그노 황자의 눈부시게 새하얀 머리와 피부처럼 결백했다.

"두 분 무슨 얘기를 그리 재미나게 하고 계십니까?"

적극적으로 장미잼의 결백을 주장하는 제리코의 말이 난입해 온 목소리에 끊겼다. 놀라운 사람은 아니고, 로젠이었다.

"안녕하십니까, 황자 저하. 미베어 소공작도 오전에 만났는데 여기서 다시 보네요."

제리코와 3층 계단까지 같이 올라왔으면서 우연히 마주친 적 인사하는 연기가 자연스러웠다. 마그노 황자는 고개를 까딱이는 것으로 인사를 대신했다. 본래는 이 정도가 황자가 도서관에서 자신을 귀찮게 하는 사람을 향해 보이는 최대한의 호의였다. 직접 인사를 들은 제리코는 사실 대단한 일을 해낸 것이다.

"이거 실례합니다. 도서관에선 누구에게도 곁을 허락하지 않으시는 황자 저하께서 미베어 소공작을 허하신 것이 신기하여 무례를 알지만 인사 올리기 위해 왔습니다."

로젠은 태연하게 인사를 하더니 제리코와 한 칸 떨어진 의자를 당겨 앉았다. 마그노 황자가 고정석을 차지한 이후 그 책상에 앉는 이는 많아야 두 명이 한계였다. 로젠이 제리코를 돕기 위해 나서면서 마그노 황자가 독점하고 있던 책상에 무려 세 명이 함께 앉았다. 역대 가장 높은 인구밀도였다.

멋대로 의자에 앉는 로젠을 보는 마그노 황자의 시선이 한없이 싸늘했다. 저 눈만 있으면 잼을 식히기 위해 하룻밤 기다릴 필요가 없을 것이다. 노려보면 잼이 알아서 얼어붙을 테니까!

"이건 미베어 소공작이 손수 만든 장미잼이군요. 저도 받았는데 아주 맛있었습니다."

"받을 수 없습니다. 가져가십시오, 소공작."

"저하, 그러지 마시고 한번 맛보시는 건 어떠십니까. 소공작이 '영웅'으로 만든 잼을 맛보는 진귀한 경험이 되실 겁니다."

마그노 황자의 싸늘한 붉은 눈에 이채가 감돌았다. 그는 자신의 눈처럼 투명하진 않지만 선명한 채도를 자랑하는 붉은색 잼에 눈을 돌렸다.

"'영웅'으로 잼을?"

"네. 마침 출하 시기이고 색과 품종명이 미베어 공작님을 연상케 하여 몇 송이 전하였더니 그걸로 이렇게 잼을 만들었습니다."

로젠의 말에 흥미가 인 듯 마그노 황자가 책상 위에 방치해 뒀던 잼 병을 집어 들었다. 그는 잼 병을 이리저리 돌려가며 관찰했다. 병이야 색다를 게 있겠는가. 비싼 유리병이지. 그리고 내용물은 더 비쌌다.

"가문마다 재력을 과시하기 위해 여러 수단을 쓰지만 이런 건 색다르군요. 과연. '영웅'으로 만든 잼이라니. 미베어 공작가의 재력을 과시하기 위한 좋은 수단입니다. '영웅'의 향과 색은 나도 충분히 알고 있으니 잼으로 변한 꽃의 향기와 맛이 궁금해지는군요. 잘 먹겠습니다, 미베어 소공작."

로젠이 무슨 조화를 부린 것인지 마그노 황자가 잼 병을 챙겼다. 심지어 제리코에게 감사의 뜻을 전했다.

로젠이 한 일이라곤 갑자기 끼어들어 잼을 만든 장미의 품종을 얘기한 것밖에 없었다. 제리코는 샌시의 말을 끊던 로젠을 떠올리고 조심스럽게 물었다.

"저어, 로젠."

"응?"

"장미 한 송이에…… 얼마?"

로젠이 웃으며 대답을 망설였다.

"얼마 안 해."

"'영웅' 품종의 장미 한 송이 가격이 금으로 세공한 금장미 한 송이에 필적합니다."

제리코의 동공이 흔들리고 콧구멍 평수가 넓어지자 마그노 황자는 직감했다. 몰랐구나.

시골 소녀 제리코에게 꽃은 돈 주고 사는 물건이 아니었다. 봄, 여름, 가을엔 지천으로 널린 게 야생화이고 정원에 핀 꽃이었다. 봄에는 주로 풀꽃이, 여름과 가을엔 나무가지 끝에 꽃이 피었다. 겨울엔 보드라운 꽃잎을 가진 꽃 대신 아름답지만 차갑고 날카로운 눈꽃과 얼음꽃이 자랐다.

시골에서 꽃에 가격을 매긴다면 그건 꽃이 아닌 약초로 기능할 때다. 물론 제리코도 어딘가의 농장에선 꽃만 전문으로 키우고 도시에 꽃집이 있다는 것도 안다. 꽃다발은 언제나 인기 있는 선물이었다. 하지만 그래 봐야 꽃. 시간이 지나면 시드는 꽃. 비싸봐야 얼마나 비싸겠는가. 그렇게 얕잡아 보는 시선도 은근히 깔려 있었다.

그런데 금으로 세공한 장미와 비슷한 가격? 그건 결국 금값이란 소리 아닌가. 심지어 장미로 금을 세공하려면 장인의 손길과 시간이 필요하니까 세공비가 추가되었다. 금보다 비싸단 얘기였다.

제리코는 신나서 장미꽃을 잡아 뜯은 자신의 머리채를 쥐어뜯고 싶었다. 색도 비슷하니 차라리 머리카락을 뽑을 걸 그랬지. 결과물은 비슷했을 텐데.

-진정해, 제리. 머리카락으론 잼을 못 만들어.

'끄으응.'

제리코는 아직 잔뜩 남아 있는 잼을 떠올렸다. 가방 안에서 뒹구는 잼병도 다시 보았다. 신이 나서 묵직한 손가방을 휘두를 땐 언제고, 이제는 금덩이라도 든 양 품에 안았다.

제리코의 머릿속에서 그녀가 잼을 만들기 위해 학대한 장미가 엉엉 울며 항의했다.

"잠시 유행을 타 가격이 오르긴 했지만 그렇게 비싸진 않습니다. 그래 봐야 꽃인걸요. 작년에 에라프 님이 돌아가셔서 몇 년간은 그 가격대를 유지하겠지만 점차 하락할 것으로 예상합니다."

로젠은 책상을 두드려 제리코의 이목을 돌렸다.

"그래 봐야 꽃이야. 진정하세요, 미베어 소공작."

"선배님다운 발언이시군요. 선배에게 금은 길가에 핀 꽃보다 무가치한 물질이겠죠."

제리코는 굳은 얼굴을 하고 입꼬리를 올렸다. 올리는 데 힘을 얼마나 들였는지 근육이 파들파들 떨리는 게 훤히 보였다. 입을 여는데 목소리가 거의 울먹이다시피 했다.

"저하…… 맛있게…… 맛있게 드세요."

그대, 눈물 젖은 잼을 먹어본 적 있는가. 앞으로 제리코가 장미잼을 빵에 바를 때마다 먹게 될 예정이다.

제리코는 살면서 돈지랄을 해본 적이 없다. 돈 귀한 걸 잘 아는 그녀가 최근 행한 최대의 과소비는 로젠의 검을 보상하는 일이었다. 앞으로 돈을 아껴 써야지 다짐했는데 무지가 또 다른 참사를 불러왔다. 어떤 의미에선 로젠의 검보다 심했다. 로젠의 검은 로젠이 길이길이 아껴 써주겠지만 장미잼은 소화되어 피가 되고 살이 될 것이니.

－좋게 생각해 봐. 피가 되고 살이 되면 좋은 일이잖아.

제리코의 불안정한 감정이 여과 없이 드슬이에게 전해졌다. 검은 열심히 제리코를 위로했으나 돈 쓸 일 없는 무생물의 위로는 효과가 없었다.

"꽃잎을 뜯는데 꽃잎이 이따시만 한 거예요."

공황 상태에 빠진 제리코는 그냥 머리에서 떠오르는 말을 거침없이 뱉었다. 뭐라도 하지 않으면 하루 종일 우울할 것 같았다. 제리코는 비싸신 고급 장미의 꽃잎을 거침없이 쥐어뜯은 경험을 술회하며 로젠의 주먹을 예시로 들었다. 실제로 '영웅'의 꽃잎은 한 장 한 장의 크기가 성인 남성의 주먹만 했다.

"꽃잎이 얼마나 보들보들한지, 어머, 로젠 손은 거치네. 그래도 손등은 손바닥보다 부드럽다. 꽃잎을 뜯을 때마다 진한 냄새가 올라오는데 코가 익숙해지는가 싶으면 다시 새로운 향기가 치고 올라와서 그야말로 꽃으로 된 낙원에 있는 기분이었어요. 그렇게 뜯은 꽃잎을 찬물에 담가 장미수를 만들고 설탕을 넣고 끓이는데, 잼 젓는 것도 큰일이거든요. 쉬지 않고 계속 젓지 않으면 잼이 바닥에 눌어붙으니까. 그래서 하녀 언니들이랑 교대로 열심히 저었죠. 다 만들고 미리 준비해 둔 잼 병에 담는데 얼마나 뿌듯하던지."

공황은 쉽게 끝나지 않았다. 보다 못한 마그노 황자가 위로의 말을 건넬 정도였다.

"너무 당황하지 마십시오, 미베어 소공작. 미베어 공작가의 재력으로 그 정도는 사치가 아닙니다."

"에헤헤, 금으로 만든 잼~"

"황자 저하의 말씀이 맞습니다, 소공작. 저기, 장미는 얼마든지 더 선물해 드릴 테니 기운 차리세요."

"안 줘도 돼요!"

로젠의 말에 제리코는 공황 상태에서 벗어났다. 제리코는 앉은 자리에서 펄쩍 뛰었다. 로젠이 장미 꽃다발을 선물해 줘서 정말 기뻤지만 또 받는 건 사양하고 싶었다.

"난 정말 괜찮아!"

그렇게 말하는 제리코의 두 눈엔 눈물이 그렁그렁 맺혔다. 로젠은 제리코를 달래기 위해 자신의 집에서도 장미 농장에서 출하하고 남은 장미로 잼을 만든다고 말했다. 마그노 황자는 참다못해 말했다.

"지금 미베어 가문에 제국이 한 포상이 부족했음을 돌려 말하는 겁니까?"

"아니요."

"그렇다면 지난 일에 너무 연연하지 마십시오. 미베어 공작가의 재력에서 이 정도 일은 사치도 아니니."

다시 말하지만 귀족 가문에선 가문의 부와 영향력을 자랑하기 위해 귀물을 전시하고 선전한다. 역으로 제리코가 만든 이 영웅 장미잼이 하나의 유행이 될 가능성도 충분했다. 없어서 못 구하는 귀한 품종을 잼을 만들 정도로 잔뜩 구하는 것으로 스타즈 가문과의 친분을 과시할 수 있고, 보기에 좋고 향도 최상이니 잼 자체로도 훌륭했다.

마그노 황자는 잼 뚜껑을 열었다. 책과 먼지, 약간의 곰팡냄새가 가득했던 도서관에 삽시간에 장미 향기가 그윽하게 퍼졌다. 기이하게도 제리코를 눈물짓게 만든 잼이 그녀의 눈물을 말렸다. 제리코는 진하고 향기로운 꽃 냄새에 눈물을 뚝 그쳤다.

마그노 황자는 눈썹을 슬쩍 올리더니 바로 잼 뚜껑을 닫았다. 생각했던 것보다 향이 진해 놀란 눈치였다.

"향이 대단하군요."

"맛도 좋아요. 입에 한 입 머금으면 장미가 된 기분이 들어요."

이미 잼으로 만들어 버린 것을 어쩔 것이냐. 얼른 먹지 않으면 상해 버리니 처음 계획대로 사람들에게 선물로 주어 향기나 함께 누리면 되는 것을. 제리코는 해탈했다. 인간은 물질에 연연할 수 있다. 하지만 돌이킬 수 없는 일을 계속 붙잡아두면 안 된다. 비싼 장미는 잼이 되었으니 잼으로 즐기자.

뇌물의 효과일까, 제리코가 다채로운 표정 변화를 보여준 덕분일까. 그도 아니면 죽을 뻔했다가 살아 돌아와 기특해서일까. 마그노 황자는 살짝 눈살을 찌푸리다가 제리코와 로젠에게 말했다.

"미베어 소공작과 로젠 선배, 두 분 모두 시간이 있으십니까?"

"저는 언제나 남는 게 시간이에요."

"전 오늘 별다른 일정이 없습니다."

"그럼 함께 차를 즐겨주겠습니까? 혼자 누리기엔 아까우니 말입니다."

제리코는 아직 물기에 젖어 촉촉한 파란 눈동자를 동그랗게 떴다. 그녀는 로젠과 눈빛을 교환하다가 드래곤 슬레이어 소드에게 시선을 던졌다. 드래곤 슬레이어 소드는 없는 눈으로 힘겹게 제리코와 눈빛을 교환하는 흉내를 냈다.

-이게 무슨 일이람. 내일은 해가 서쪽에서 뜰까?

'뇌물이 최고!'

-어허, 그거 아니야.

난공불락의 황자님. 그런 황자님이 다시 친절해졌을뿐더러 티타임에 초대까지 해주셨다! 제리코는 열심히 고개를 끄덕였다. 로젠은 초대에 감사를 표했다.

"그럼 가죠."

"잠시만요, 저 책 갖다 놓고 올게요."

"저도 잠시만 책을 대여하겠습니다."

제리코는 벌떡 일어나 위장용 책을 서가에 꽂았다. 아무 서가에나 꽂으면 사서 선생님과 근로 학생이 싫어할 것이기에 제자리에 바르게 꽂았다.

로젠은 한참을 서가에서 서성이더니 정말 보고 싶은 책을 골랐던 모양으로, 사서에게 다가가 책을 대출했다.

마그노 황자는 장식용 인형처럼 서서 부산하게 움직이는 소녀와 절도 있게 움직이는 청년을 관조했다.

제리코는 여러모로 신세 진 3층 사서에게도 잼을 건넸다. 잼의 정체를 알고 있는 사서가 당황하며 잼을 받았다.

"이거 아까워서 먹을 수나 있을까요?"

"상하기 전에 드세요. 썩으면 더 아깝잖아요."

"그렇긴 하죠."

사서 옆에 선 근로 학생이 간식을 발견한 강아지처럼 애절한 표정을 지었다. 안타깝게도 오늘 챙긴 잼은 사서에게 준 것이 마지막이었다.

'내일 또 와야겠어.'

특별한 잼이니 가능한 많은 사람과 기쁨을 공유할 수 있다면 좋은 일일 것이다. 제리코는 그렇게 생각하며 다시 흐르려는 눈물을 막았다.

"로젠, 무슨 책 빌려?"

제리코는 로젠이 빌리는 책 제목이 궁금해져 표지를 살폈다. 까마귀에 관한 책이었다. 로젠이 어깨를 으쓱였다.

"실은 저번에 말한 까마귀 둥지에서 알이 부화한 것 같아서."

"우와. 까마귀 새끼는 본 적 없는데 어떻게 생겼으려나."

"새 중엔 둥지 근처 환경이 좋지 않으면 새끼나 알을 버리고 가는 종류도 있거든. 까마귀도 그러면 수련장을 바꾸거나 수련을 할 때 주의하려고."

까마귀 하니 제리코도 할 얘기가 떠올랐다.

드래곤 슬레이어 소드가 고양이나 까마귀로 현신하게 되면서 제리코는 침실 창가에 새 모이를 뿌리기 시작했다. 까마귀만 오는 게 아니라 근처 숲의 여러 새가 찾아와 아침이 되면 새 지저귀는 소리에 아침잠이 많은 사람도 벌떡 깰 정도다.

"백합관 근처에 서성이는 고양이랑 까마귀가 있어서 먹이를 주고 있
거든. 새 모이를 뿌려서 그런지 새들이 아침마다 우르르 몰려와."

"고양이?"

"응. 나중에 로젠한테도 보여줄게. 새까만 털이 예쁜 귀여운 고양이야."

진짜 고양이도 아닌 것을. 제리코는 애완 고양이 얘기하듯 뻐겼다. 제
리코가 들어 올리거나 무릎에 앉히기 참으로 적절한 고양이의 무게와
체온에 대해 한창 자랑하는데 어디선가 시선이 느껴졌다. 마그노 황자
가 둘을 빤히 쳐다보고 있었다.

'너무 우리끼리만 얘기했나?'

-쟤한테도 말 좀 걸어.

"황자 저하께선 키우는 애완동물이 있으신가요?"

"없습니다."

"키우고 싶은 동물은 없으시고요?"

"없습니다."

"키울 계획도……."

"없습니다."

"그으…… 동물을 싫어하시나요?"

"아닙니다. 좋아합니다, 동물."

전혀 좋아하는 표정이 아니었다. 제리코는 기가 죽어 슬쩍 마그노 황
자와 거리를 벌렸다. 마그노 황자는 개의치 않고 대도서관 1층으로 내
려갔다. 그는 도서관 1층의 개인 열람실 중 한 곳의 문을 두드렸다. 문
에는 〈이용 중, 방해 마시오〉라는 팻말이 걸려 있었지만 마그노 황자
는 전혀 개의치 않았다.

"누가 시끄럽…… 마그노? 네가 이 시간에 웬일이냐?"

개인 열람실을 사용하고 있던 사람은 오딜론이었다. 시험이 끝났는데
모범생의 대표 주자 기숙사장답게 성실히 공부하고 있었던 것이다. 제

리코는 평생 가도 이해하지 못할 생활 습관이었다. 마그노 황자는 말없이 잼 병을 들어 보였다.

"차나 마시자. 시간 되는 사람 다 불러."

"시험 끝나서 우리야 시간 많아. 네가 없지. 오, 안녕하세요, 선배!"

오딜론은 마그노 황자의 뒤에서 기다리는 로젠을 보고 반갑게 인사했다. 로젠 또한 후배의 인사를 미소로 받아들였다. 그는 뒤풀이 이후 몇 번 보지 못한 제리코에게도 어제 만난 사람처럼 가볍게 인사했다. 여러모로 사교성이 좋았다. 이 정도 사교성이 있어야 마그노 황자의 절친 소리를 들을 수 있다고 과시하는 것 같았다.

귀한 게 들어왔으니 여럿이서 즐기자는 마그노 황자의 의도 덕분에 오딜론이 움직였다. 사람 모집을 오딜론에게 떠맡긴 마그노 황자가 제리코와 로젠을 데리고 기숙사장 사무실로 이동했다. 얼마 지나지 않아 사람들이 모였다.

"뭐야, 뭐야? 로젠 선배가 또 쏘는 거야?"

"시험 끝났으니까 뒤풀이?"

"선배 오랜만이에요! 숲에서 노숙은 어땠어요?"

로젠은 이전에 기숙사장을 역임했으니 괜찮은데 제리코 혼자 붕 뜬 부유물 신세였다. 물론 기숙사장들은 뒤풀이 때처럼 제리코도 살뜰히 챙겼다. 시간이 비어 찾아온 기숙사장 중 스텔라도 껴 있었기 때문에 제리코는 신이 나서 인사했다.

"안녕, 스텔라!"

"제리코, 안녕! 시험은 잘 봤어?"

"하하. 하하하하하하."

제리코는 말없이 웃기만 했다. 모범생 집단은 제리코의 웃음을 긍정적으로 해석했다.

"하긴. 족보를 넘겨줬으니 만점은 따놓은 당상이구나."

"으하하하하."

"제리코는 수강하는 강의가 적어서 모두 만점 받아도 수석은 못 하지?"

"응, 반드시 몇 강의 이상 들어야 인정되니까. 그래서 샌시랑 로젠 선배도 예외잖아."

"아깝네."

당연하지만 기숙사장에 입후보하기 위해선 상위권 성적이 필요하다. 로젠, 샌시 콤비에 이어 또 다른 모범생 집단이 자신들의 평범을 외치며 장밋빛 성적을 예상했다. 제리코는 빛의 세계에 사는 이들은 상상할 수 없는 어둠의, 암흑 그 자체인 세계를 알려줄까 하다 관뒀다. 그냥 웃었다.

"으하하하하."

학습에 열중하느라 잠시 소원했던 친구와의 근황 보고가 끝난 후 오딜론이 본론을 꺼냈다.

"그래서 마그노 황자 저하? 우리를 소집하신 이유인 그 귀한 물건이 무엇이옵니까?"

"미베어 소공작이 귀한 걸 주었기에 같이 즐기자고 불렀어."

마그노는 그렇게 말한 후 잼 병을 테이블 위에 올렸다. 자그마한 잼 병에 모두의 시선이 집중되었다.

"이게 왜?"

성미 급한 사람이 마그노 황자에게 허락을 구한 후 잼 뚜껑을 열었다. 그러자 도서관에서처럼 진한 꽃향기가 사무실을 감쌌다.

"우와, 우중충한 사무실이 이렇게 향기로워지다니."

"이렇게 달콤하고 진하면서 우아하고 기품 있는 향기는 처음이야."

"내가 저번에 남자 친구에게 생일 선물로 받은 향수보다 향이 좋다. 무슨 잼이지?"

고작 잼일 뿐인데 뿜어 나오는 향기가 어지간한 향수와 향유를 압도했다. 해탈한 제리코가 잼의 주재료를 밝혔다.

"하하하, 다들 놀라지 마세요."

-제리, 표정, 표정!

해탈하긴 했는데 경지가 부족해 표정에 영혼이 실려 있지 않은 모양이다. 제리코는 볼을 찰싹 때려 기합을 넣고 다시 말했다.

"하하하, 다들 놀라지 마세요. '영웅' 품종 장미로 만든 장미잼이랍니다!"

잠시 적막이 흘렀다. 오딜론이 처음으로 적막을 깼다.

"스타즈 장미 농장 전매특허의 그 '영웅'?"

"네, 그렇습니다!"

"한 송이 구하기도 하늘의 별을 따는 것만큼 힘들어서 스타즈 상회의 VIP가 되어도 구하기 힘들다는 그?"

"네, 그렇습니다!"

"한 송이 가격이 금으로 만든 금장미에 필적하고 올해는 더 비쌀 거라는⋯⋯."

"그 귀한 장미를 제게 선물해 주신 로젠 스타즈 씨에게 박수갈채를 부탁드려요!"

제리코가 애써 웃어가며 농담을 던졌다. 분위기를 띄우기 위해 로젠을 끌어들였는데 어째 사람들 반응이 이상했다.

"로젠 선배! 제리코에게 장미꽃 줬어요? 와, 좀."

"선배 이제 당분간 연애 안 할 거라고 했잖아요!"

분위기가 달아오르긴 달아올랐다. 주로 로젠을 놀리는 쪽이라 그렇지. 일반적인 사람은 여기에서 발을 빼거나, 당황하거나, 아무 사이 아니라고 화를 낼지도 모른다. 하지만 로젠은 달랐다. 로젠은 우수에 찬 시선으로 모두를 돌아보았다. 너무 오빠일 가능성이 높아 제리코는 잠시 잊고 있었으나 로젠은 미남이었다.

"음⋯⋯ 실은 좀 그런 마음이 없잖아 있긴 했지."

"역시."

"올해 장미 수확 소식을 듣자마자 제리코가 생각났거든. 그래서 깊이 생각하지 않고 선물했어. 나 혼자 그런 거니까 제리코는 너무 놀리지 마."

"우리도 다 알아요. 품종명이 '영웅'이라 제리코에게 선물한 거."

"머리 색도 비슷하고."

"선배가 미베어 공작가에게 '영웅'이란 이름이 붙은 품종의 장미를 선물했다는 건 미베어 공작가와 스타즈 남작가의 친분을 공공연하게 하기 위한 포석이라 봐도 될까요?"

"넌 너무 나갔어."

로젠은 능숙하게 자신에게 쏟아지는 야유와 의혹에서 벗어났다. 드래곤 슬레이어 소드가 미약한 진동을 울렸다.

-제리, 잘 봤어?

'응.'

-저게 역전을 헤쳐온 용사의 모습이야.

'응.'

과연. 오래 사귄 애인이 삼 개월이라던 남자답게 이런 분야의 놀림에 면역이 되어 있었다. 제리코였다면 아예 화젯거리 삼아서 분위기 띄우는 데 써먹거나 부끄러워하며 주위 사람을 폭행했을 것이다.

로젠의 당당함은 본인의 매력을 잘 알고 있다는 점에서 기인했다. 이 부분은 모친인 플라티나의 자신만만한 태도와 일맥상통했다. 스스로의 장점과 매력을 알고 그 부분에 의심이 없다면 사람은 언제 어디서든 당당한 태도를 유지할 수 있었다.

제리코는 자신의 매력을 갈고닦기로 결심했다. 드래곤 슬레이어 소드가 바람직한 자세라고 응원했다.

-그 자세야, 제리. 중간과 다르게 기말 땐 좋은 성적을 거두고 검술도 열심히 연습하자.

'앞으로 좀 더 많은 사람과 친해져야지.'

제리코는 앞으로도 지나가면서 마주치는 사람들에게 더 적극적으로 인사할 것을 다짐했다. 나쁜 얘기는 아니었기에 드슬이도 잔소리를 퍼붓지 않았다. 대신 공부와 검술 연습에도 공들여 달라는 부탁을 금붕어 똥처럼 남겼다.

"이걸 어떻게 나눠 먹어야 하나……?"

잼 병은 하나요, 사람은 여럿이니. 잼의 향을 극대화하기 위한 방안으로 차를 끓이는 게 어떠냐는 얘기가 나왔다. 자기들이 쓰는 사무실이기 때문에 비품이 어디에 있는지 알고 있는 기숙사장들이 신속하게 움직였다. 마그노 황자도 그렇게 움직이는 일원 중 하나였다.

로젠은 이젠 기숙사장 일에서 손을 뗐다는 이유로, 제리코는 잼 제공자이자 손님이라는 이유로 자리를 지켰다. 할 일이 없으니 사람 구경 말고 할 게 없었다. 제리코는 멍한 눈으로 마그노 황자가 움직이는 방향에 따라 눈동자를 굴렸다. 같은 교복을 입고 각양각색의 머리 색, 피부색을 자랑하는 사람들 틈바구니에서 마그노 황자는 유독 튀었다.

그는 간간이 웃고 떠들었다. 제리코는 물 위에 둥둥 뜬 기름 같은 위화감을 느끼다가 자신의 착각이려니 하고 넘겼다. 아무렴, 다들 저렇게 사이가 좋은데 색이 달라서 눈에 잘 들어온다고 그런 생각을 하는 건 무례한 짓이었다.

뜨거운 물에 잼이 녹자 함께 넣었던 꽃잎이 퍼졌다. 다들 눈을 감고 자기 안에 펼쳐진 장미꽃밭을 즐겼다. 제리코가 설탕을 아낌없이 때려넣은 덕분에 차는 꽤 달았다.

"달아서 더 꽃향기가 진해."

"좋다."

"다들 즐겨주시니 기분이 정말 좋아요. 어제 하루 종일 잼 만든 보람이 있네요."

"헉, 제리코 네가 직접 만든 거야?"

"하녀 언니들이랑 같이 만들었어."

"원재료는 '영웅'에 만든 사람이 미베어 소공작이라니. 세상에서 제일 귀한 차가 여기 있었네."

원재료 자체가 귀한데 만든 이가 소공작이란다. 다들 아껴 마시겠다고 말한 뒤 웃었다. 실제로 홀짝이는 사람도 있었다. 마그노 황자도 그런 사람이었는데 차가 귀해 홀짝이는 건 아닌 듯했다. 본의 아니게 마그노 황자와 차를 마신 적 있는 제리코는 그 이유를 알았다.

제리코는 거의 텅 비다시피 한 잼 병에서 꽃잎만 건져 차를 우렸다.

"여기요, 저하. 꽃잎은 나중에 넣어서 꽃잎만 넣으면 좀 덜 달 거예요."

"신경 써주어 고맙습니다."

차를 아주 조금씩 홀짝이던 황자는 바뀐 차를 조금 더 자주 홀짝였다. 그 뒤 둘은 별다른 대화를 나누지 않았지만 제리코는 동일한 향을 공유하며 사이가 이전보다 조금 가까워진 것 같다는 생각을 했다.

잼 병은 금방 비었다. 시중에 풀리지 않을(풀리면 그게 더 놀라울) 귀한 잼을 맛보고 기숙사장끼리 노닥거리는 시간도 좋지만 모두 각자의 일정이 있었다. 텅 빈 병은 그들을 더 이상 잡아두지 못했고 하나둘씩 기숙사장 사무실을 나가기 시작했다.

제리코는 자리를 뜨려는 스텔라에게 몰래 다가가 나중에 한 병 줄 테니 몰래 먹으라고 말했다. 스텔라가 굉장히 좋아했다.

"그리고 저기."

"응? 무슨 일이야?"

"내가 예전에 샌시에게 했던 말 그거."

"아아, 그거? 응! 효과 엄청 좋더라! 마법학부 여학생끼린 모두 공유했어!"

"그것은 사실이 아닙니다. 샌시가 굉장히 괴로워하고 있습니다. 그만 둬 주세요. 부탁드립니다."

지은 죄가 있어서 말투는 저자세였다. 그런데 스텔라는 엉뚱한 의혹을 품었다.

"샌시한테 협박이라도 당했어?"

"협박은요. 제가 잘못한 건데요. 샌시가 괴로워하고 있어요. 제발 소문이 더 퍼지지 않도록……."

제리코는 앞으로 만나는 사람마다 해명할 것이니 스텔라에게도 더 이상의 확산을 그만둬 달라 부탁했다.

"응. 걔가 여자 보고 도망가면 갔지 협박할 애가 아니긴 한데."

스텔라는 조금 의아해하는 듯했지만 이내 수긍했다.

바쁜 사람이 모두 떠나자 제리코와 로젠만 남았다. 기숙사장도 아니면서 기숙사장 사무실에 남을 수도 없는 노릇. 제리코는 이번엔 진짜 백합관으로 돌아가기로 했고 로젠은 그녀를 바래다주기로 했다.

"안 바래다줘도 되는데."

"내가 좋아서 하는 건데 뭐."

"꺅, 로젠도 참."

유력한 오빠 후보만 아니었다면 열 번은 반했을 것이다. 로젠이 잘해줄 때마다 가슴이 콩닥거려 진정이 되지 않았겠지. 다행히 제리코의 심장은 더 이상 로젠 때문에 흔들리지 않았다.

'듬직한 오빠가 있으니까 좋다.'

제리코가 웃자 로젠도 미소로 화답했다.

"있잖아, 마그노 황자 저하랑 좀 친해진 것 같아!"

"그러게."

"이제 용서해 주신 걸까?"

"분명 그럴 거야. 너그러운 분이니까."

"응. 나 같으면 그렇게 비싼 잼 함께 먹자고 못 할 텐데. 역시 황족이라 그런지 배포가 크시네."

제리코는 팔짱을 끼고 고개를 끄덕이며 마그노 황자의 거대한 배포를 칭송했다. 로젠이 피식 웃었다. 잼 병에 든 게 얼마 없다 보니 차로 마셨어도 약간 모자라고 아쉽단 기분이 드는 티 파티였다.

'로젠이 잼을 안 내놓은 게 의외네.'

제리코가 아는 로젠은 파티에 음식이 부족하다면 자신이 가진 걸 아낌없이 내놓는 성격이다. 그런 로젠이 조금 전의 티타임에선 갖고 있는 잼 병을 내놓지 않았다. 제리코가 그 생각을 하며 로젠을 올려다보자 로젠이 금방 제리코가 무슨 생각을 하는지 맞췄다.

"내가 잼을 내놓지 않아서 의외라고 생각해?"

"응! 눈치가 귀신이네!"

"네가 만들어 준 건데 다 같이 먹으면 아깝다고 생각했어."

바른 생활 청년 로젠이 말해서 그런가. 꽤 달콤한 말인데 듣는 제리코 입장에선 그다지 달지 않았다. 하지만 뇌는 착실하게 이 말이 달달한 말이니 그에 맞는 반응을 보여주라고 명령했다. 제리코는 두 볼을 감쌌다.

"어머나, 로젠. 나한테 관심 있어? 그러지 마."

"푸훗."

"너무 과하게 웃는 거 아니야?"

로젠의 과격한 반응에 소녀의 마음이 팍 상해 버렸다. 로젠은 배를 잡고 큭큭거리다 사죄했다.

"미안해. 샌시가 입학했을 때 아카데미의 거의 모든 여학생이 그 말을 달고 살았거든."

천재 마법사의 입학은 놀라운 사건이었고 마법사의 성격은 더욱 놀라웠다. 한때 샌시의 말버릇은 아카데미에서 대유행했다. 지금은 그랬던 사람들이 모두 졸업했다. 기억하는 자는 로젠처럼 졸업하지 않고 버티거나 조교가 된 학생뿐.

로젠은 혼자 웃다가 혼자 침울해졌고 제리코는 슬퍼하는 청년을 위로했다. 스물셋에 백수인 게 뭐 어떻단 말인가. 집이 부자이고 본인이 황금을 불러오는 것을. 하지만 본인 마음은 그것이 아니려니. 제 매력을 알고, 장점을 알고, 꿈이 크고 그걸 이룰 수 있는 힘이 있기에 로젠의 우울은 나날이 커져간다.

제리코는 혀를 찼다. 샌시, 로젠, 마그노 황자. 셋 다 복잡한 남자였다.

로젠은 제리코를 백합관까지 정중하게 에스코트한 후 떠나갔다. 제리코는 씻은 후 침대에 벌러덩 누웠다. 금보다 비싼 장미를 제물로 마그노 황자와 친분을 나눴으니 남는 장사라고 거듭 자신을 세뇌했다.

"남는 장사였어. 그치?"

−진짜 장사치도 아니면서 그만 말해줄래?

"후훗. 역시 선물은 먹는 게 최고야."

음식을 선물하는 건 생물이 다른 생물에게 보이는 최소이자 최대의 호의. 제리코는 앞으로 친해질 일만 남은 마그노 황자와의 관계를 생각하며 헤벌쭉 웃었다. 검이 제일 싫어하는 헤픈 미소였다.

−잔소리하기도 지쳤다. 네 마음대로 웃어라.

"말 안 해도 그럴 생각이야."

제리코는 많은 일이 있었던 오늘을 기념하기 위해 수첩에 적은 마그노 황자 항목에 '친분이 깊어짐'이라고 적었다. 아주 약간 양심이 따끔했지만 금방 더 친해질 거니까 괜찮다고 타협했다.

본래 제리코의 일정과 아들 후보 이름만 적은 수첩이지만 제리코는 마자리스의 이름도 추가했다.

"샌시가 마자리스에게 왜 그랬을까?"

−걔 이상한 게 하루 이틀이야?

"아닌 척해도 은근슬쩍 마탑주님 닮아가는 거 아니야?"

마주치는 사람마다 혈액 제공을 요구하는 마녀의 아들이 보고 배운

대로 행한다면 참 무서운 일이다. 제리코는 샌시 흉내를 내어 마자리스의 얼굴을 그려보았다. 평소 그림을 그리지 않아서인지 괴물이 탄생했다. 본래 모델에게 참 죄스러운 일이었다.

-너 어디 가서 그림 그리지 마라.

"그럴 생각이야. 으으, 마자리스 씨. 죄송해요. 당신의 미모를 제가 망쳤어요."

제리코의 훌륭하고 탐스러운 적발이 에라프의 유산이라면 마자리스의 반짝이는 금발은 그의 부모가 남겨준 유산이다. 샌시의 신비로운 연두색 머리는 마탑주와 숲 요정의 피가 작용했고 로젠은 보나 마나 부친쪽 유전일 터.

"스텔라의 아름다운 감청색 머리는 어디 유전일까?"

-나중에 만나면 물어봐.

"스텔라는 그게 콤플렉스라 물어보기가 쉽지 않아."

드래곤 슬레이어 소드가 인간 형태일 때의 머리 색은 검은색이다. 이것은 광룡의 피를 흡수한 영향이었다. 피의 영향이라고 하니 왠지 부모에게 물려받은 것과 비슷한 느낌이 들어서 제리코는 키득키득 웃었다.

그녀는 옆으로 돌아누워 수첩에 그린 마자리스를 보며 달콤한 한숨을 내쉬었다.

"우리 마자리스 씨는 검은 머리도 잘 어울릴 거야."

-그 얼굴에 뭔들.

"용사의 검도 인정한 미모임을 널리 알려야 하는데……. 본인이 싫다니 어쩔 수 없지."

마그노 황자라는 큰 짐을 덜어 장애물이 사라진 제리코의 머릿속에서 장밋빛 공상이 펼쳐졌다. '영웅'이 무어냐. 어린아이 얼굴만 한 크기의 장미꽃잎이 바람을 타고 흩날리는 벌판에서 제리코는 마자리스와…….

"꺄아아."

제리코가 좋아서 사지를 퍼덕였다. 얼결에 제리코의 머릿속 영상을 공유한 드래곤 슬레이어 소드는 경악했다. 제리코가 생각하는 마자리스는 얼굴에서 빛이 났다. 그 광채가 광룡의 피에 물들기 이전 드래곤 슬레이어 소드 못지않았다.

-마자리스가 그렇게 좋아? 진지하게?

"진지하진 않지만 상대가 진지해지고 싶다면 나도 얼마든지 진지해질 수 있는 정도?"

도대체 그게 무슨 말인가. 제리코는 이해하지 못하는 무생물에게 친절하게 설명했다.

"백마 탄 왕자나 공주는 모두의 꿈이잖아. 그런데 난 황자님이 백마보다 희고 까칠하다는 걸 알아버렸어."

-로젠은 어때?

"로젠은 오빠지."

그리하여 제리코 머릿속 긴 갈기를 늘어뜨린 백마 위엔 마자리스가 올라탔다는 이야기 되시겠다.

-근데 마자리스는 너한테 관심 없잖아.

제리코는 알고 있는 얘기를 부러 꺼내 정서적 폭행을 일삼는 나쁜 검을 창가로 옮겼다. 그런 후 드래곤 슬레이어 소드의 검신 위로 새 모이를 가득 뿌렸다.

-야, 야, 뭐 하는 거야!

"후후후, 내일 아침 해가 뜨면 새들이 몰려와 너를 쫄 것이다!"

몸뚱이가 금속이니 아프진 않아도 새에게 쪼였다는 수치는 남을 것이다. 드래곤 슬레이어 소드는 30분가량 제리코에게 애원한 끝에 침실로 돌아갔다. 그나마도 아침 해를 반사하는 검을 까마귀가 노릴 경우 까마귀가 불쌍해짐을 들먹인 끝에 이뤄낸 결과였다.

다음 날 제리코는 지지배배, 깍깍, 짹짹, 찌이익찌이익, 꿰에엑 등등 다채로운 새소리를 들으며 잠에서 깼다. 숲으로 둘러싸여 그런지 루나 아카데미엔 출몰하는 새의 종류가 다양했다. 다양한 새의 식성을 모두 맞춰주기 어렵기 때문에 제리코가 제공하는 새 먹이는 곡물류가 전부였지만 세상엔 새를 먹는 새도 있다.

끼아아악.

인간의 가청 능력을 시험하는 듯한 날카로운 고음이 퍼지더니 모이를 쪼아 먹고 있던 새들이 깃털을 남기고 도망갔다. 제리코는 힘차게 비상하는 매를 보며 활짝 웃었다.

"오늘도 운수가 좋을 것 같네."

제리코는 콧노래를 흥얼거리며 도서관으로 향했다. 과연 마그노 황자는 그녀를 어제처럼 대우할 것인가?

마그노 황자는 고정석에서 한 치의 흐트러짐도 용납하지 않는 자세로 독서 중이었다. 제리코는 일단 근로 학생에게 장미잼을 넘겼다. 근로 학생이 활짝 웃었다. 아침부터 누군가에게 행복을 선사할 수 있어서 제리코도 행복했다.

"안녕하세요, 마그노 황자 저하."

"안녕하십니까, 미베어 소공작."

마그노 황자는 제리코를 무시하지 않았다. 그는 어제와 마찬가지로 인사를 받아주었다. 그냥 말로만 인사한 것이 아니다. 무려 책에 고정되어 있던 고개를 제리코가 있는 방향으로 틀었다. 안경 너머의 붉은 눈동자가 제리코에게 닿았다.

마그노 황자는 책상을 정리하더니 자리에서 일어났다.

"날이 좋은데 실내에만 있기 그렇군요. 같이 나가시겠습니까?"

"네? 네! 좋아요!"

이전처럼 쌩하니 찬바람만 남기고 갈 줄 알았는데 마그노 황자가 제리코에게 외출을 권했다. 제리코는 좋아라 웃으며 책을 서가에 돌려놓았다. 사서와 근로 학생은 믿지 못할 걸 보았다는 듯 나가는 둘을 전송했다.

제리코는 마그노 황자와 함께 도서관 주위를 거닐었다. 황자는 양산을 쓰지 않고 지팡이처럼 들고 다녔다.

"양산을 쓰지 않아도 괜찮으신가요?"

"가끔은 볕을 쬐야 합니다. 여름보단 봄이 낫습니다."

일광욕을 조금 한 뒤엔 양산을 펼칠 것이라고 마그노 황자가 첨언했다. 빨갛고 하얀 두 사람의 조합은 주위의 시선을 끌었으나 크게 의아해하는 사람은 없었다. 신분으로 봐도 어울렸고 황가에서 미베어 공작가에 보이는 호의가 노골적이었다. 사랑이든 우정이든 정치 속이든 나쁘지 않은 조합이었다.

"그래서요, 놀랍게도 로젠이 다시 대리 강사가 되었다는 사실!"

"놀라운 일이군요."

"네. 수업 듣는 학생들이 이번 일은 사고였고 스타즈 가문 장남과 친분을 쌓을 수 있는 기회를 뺏지 말라고 항의했다나 어쨌다나. 그런 일이 있었대요."

"항의할 만합니다."

다른 사람도 아닌 로젠 스타즈를 선생이라 부르며 아는 척할 수 있는 좋은 기회였다. 로젠에게 금전적 이득을 바라지 않더라도 로젠 스타즈는 알고 지내는 것만으로도 언젠가 이득이 될지 모르는 인물이다. 그와 친분을 쌓지 못해도 후에 그가 소드 마스터가 된다면? 내가 저 사람이 가르치는 수업을 들은 적 있다고 자랑할 거리가 생겼다.

"로젠 선배는 학기 초마다 고생했죠."

"네, 저도 들었어요. 저하께서도 학기 초마다 고생하신다고 들었는데…… 힘드셨나요?"

"고생이랄 것까진 없습니다. 짧으면 하루, 길면 보름 정도면 제풀에 떨어져 나가니까요. 물론 그래도 미베어 소공작처럼 끈기와 인내를 겸비한 걸출한 인물도 나오게 마련이죠."

마그노 황자는 말을 잇지 않고 미소 지었다. 침묵과 함께한 미소는 황자의 흐뭇한 기분을 전달했다. 제리코는 지레 용기를 얻었다.

"그, 그런 분들과 친분을 쌓으셨군요!"

'그게 바로 나야.'

끈기와 인내를 겸비한 걸출한 인물. 그게 바로 제리코 자신 아니겠는가. 마을의 소녀 장사는 죽지 않았다. 아카데미의 소녀 장사로 다시 태어났다.

마그노 황자는 말없이 상냥하게 미소 짓기만 했다. 내내 비소와 무관심, 무시만 접하던 제리코에게 상냥한 미소는 눈을 녹이는 봄볕처럼 따스했다.

30분 정도 걸었을까. 마그노 황자는 기숙사장의 업무가 있다며 작별인사를 했다. 제리코는 활짝 웃고 그를 떠나보냈다.

황자가 떠나자마자 제리코는 인적이 드문 구석으로 이동했다. 그녀는 검에게 자랑했다.

"우리 꽤 친해지지 않았어? 같이 산책도 했다?"

-그, 그러게. 갑자기 왜 저러지?

"역시 선물은 먹을 게 최고야!"

-아냐, 제리. 내 생각엔 너한테 다시는 보지 말자고 했다가 다음 날네가 실종되어서 약간의 죄책감을 느끼고 잘해주는 것 같아. 저 인간이라면 가능해.

제리코는 검의 말이 이상해서 고개를 갸웃거렸다.

"내가 실종된 거에 황자 저하가 무슨 상관이람?"

-말이 씨가 된다는 말이 있잖아.

"귀환한 직후에도 인사를 받아주긴 했지만 지금처럼 상냥하시진 않았는걸."

-그땐.

드래곤 슬레이어 소드가 진리를 말했다.

-시험 기간이었지.

"윽."

지금은 시험 기간이라 공부해야 하니 나중에 상대해 주겠다던 황자의 태도가 무시가 아닌 진실이었던 것이다. 공부하지 않는 제리코는 그것을 핑계라 생각했으니, 이렇게 사람 가치관이라는 것이 무서웠다.

"내가, 내가 진상이었다니! 황자 저하의 깊으신 뜻을 몰라보고!"

-괜찮아. 그 전엔 마그노 황자가 진상이었어.

다음 날. 제리코는 자신의 끈기와 인내력을 보여 걸출한 인물임을 증명하기 위해 부지런히 도서관으로 향했다. 도서관 3층 마그노 황자의 지정석엔 웬일로 다른 사람이 서 있었다. 황자의 벗이자 기숙사장인 오딜론이었다. 오딜론과 마그노 황자는 허리에 검을 차고 있었다. 오딜론이 제리코에게 반갑게 인사했다.

"안녕하세요, 미베어 소공작."

"그냥 편하게 제리코라고 불러주셔도 돼요."

"안녕, 제리코."

오딜론은 냉큼 말을 놓은 뒤 마그노 황자를 가리켰다.

"우리 검술원 쪽 가서 대련할 생각인데 같이 갈래?"

"정말요? 공부 안 하시고요?"

"가끔은 몸을 풀어줘야지. 요즘 이 황자 저하께서 혼자만 몰래 검술원으로 가 몸을 풀고 계시더라고. 그래서 같이 가자고 졸랐지."

하하하. 오딜론이 허리에 손을 얹고 쾌활하게 웃었다. 웃음소리가 명랑한 것은 좋으나 장소를 잊은 게 문제다. 마그노 황자가 검집 끝으로 오딜론의 옆구리를 찔렀다.

"시끄러워."

"으앗! 아프잖아!"

"도서관에선 정숙이다. 기본도 모르는 자를 친구로 둘 생각은 없어."

"들었지? 대련을 핑계로 날 구타할 작정이라 중간에서 말려줄 관전자가 필요해."

신나게 계단을 올라왔다가 다시 내려가는 게 약간 민망했다. 제리코는 반갑게 인사했던 사서와 근로 학생에게 다시 인사했다.

본관과 가까운 대도서관에서 검술원까지의 거리는 어제 산책한 거리보다 길었다. 빠르게 걷거나 뛰면 대련 전에 몸풀기로 적당했다.

"제리코는 〈교양 검술〉 수업을 듣지?"

"네. 그래서 주에 한 번은 검술원 쪽에 가요. 그런데 검술학부 학생이 아니어도 수련장을 쓸 수 있어요?"

"응. 사전에 신청하면 가능해."

귀족가의 경우 사내아이와 검에 관심이 있는 여자아이는 집안에서 기초적인 검술을 배운다. 검의 길을 걷지 않더라도 어릴 때 운동 삼아 배운 기초를 취미로 이어가는 경우가 많았다. 유사시에 자신의 몸을 지킬 수 있을뿐더러 몸의 균형감각과 중심 근육을 단련시켜 건강에 이롭기 때문이다.

그래서 학생을 배려해 검술원의 수련장은 신청자에겐 모두 열려 있었다. 다만 타 학부생들은.

"머니까 안 가지. 정원 공터나 옥상 같은 곳에서 운동하는데 웬일로 마그노가 검술원에 발 도장을 찍더라."

주로 제리코와 대화하던 오딜론이 묵묵히 걷는 마그노 황자에게 말을 걸었다.

"꿀이라도 숨겨놨어? 꾸준히 가던데."

"체력이 떨어진 것 같아 산책 겸 가는 것뿐이야."

"꿀 숨겨둔 게 확실하구먼!"

마그노 황자가 살짝 눈살을 찌푸렸다. 오딜론은 그걸 보고서도 멋대로 확정하고는 고개를 끄덕였다.

검술원의 개인 수련장에 도달한 셋은 신청 서류에 이름을 적었다. 제리코는 적을 필요가 없어서 뒤에서 개인 수련장을 구경했다.

개인이라는 단어가 붙은 수련장답게, 각각의 수련장 사이에 얄팍한 나무벽을 세워 칸을 나누었다. 비가 오는 날이나 눈이 내리는 날에도 수련할 수 있도록 실내도 구비된 모양인데 마그노 황자가 찾은 곳은 바깥에 있는 수련장이었다.

"황자 저하, 밖인데 괜찮으시겠어요?"

"얼굴을 잠깐 드러내는 건 괜찮습니다."

"하하하, 황자 저하. 오늘도 왕림해 주셔서 황공무지로소이다."

접수를 담당하는 근로 학생의 말투가 이상했다. 오딜론이 배를 잡고 웃었다. 제리코는 꽁꽁 얼어붙어 작동을 멈춘 근로 학생의 뇌에 조의를 표했다. 근로 학생이 기계적으로 질문했다.

"오늘은 어디를 사용하시겠습니까?"

"오늘은 저기로 하겠습니다."

"네, 접수되었습니다."

마그노 황자가 서류에 예상 사용 시간을 적었다. 배를 잡고 웃던 오딜론이 제리코와 마찬가지로 수련장을 둘러보다 질문했다.

"어디 정해놓고 가는 거 아니었어? 너 고정석 좋아하잖아."

"내 마음이야."

"그늘이 많은 곳 찾는 거면 차라리 실내로 가."

"바람이 쐬고 싶은 거야."

"그렇다면야."

오딜론이 입맛을 다시고 수긍했다. 달리기 경주를 할 수 있을 만큼 넓은 실내라 하여도 실내와 실외는 기분이 달랐다. 황자 저하께서 원하신다는데 어쩌겠는가. 제리코는 두 남정네의 뒤를 쫄래쫄래 따라갔다.

개인용 수련장 내부는 꽤 넓었다. 실상 개인용의 개인이 1명이 아니라 개인적인 목적의 개인이기 때문이다. 소규모 인원이 모여 함께 수련하기 위해 구비된 장소인 것이다. 물론 오딜론은 더 좋은 이용법이 있다고 말했다.

"장기 자랑 준비나 몰래 춤 연습하기 딱 좋아."

"듣고 보니 그러네요."

오딜론이 교복 재킷을 벗더니 소매 단추를 풀고 소매를 걷었다.

"으, 더워. 얼른 하복 입었으면 좋겠네."

마그노 황자는 하라는 준비는 하지 않고 수련장 주위를 응시했다.

"마그노! 뭐 해? 나무에 뭐 있어?"

"아무것도 아니야."

하도 주위 나무를 유심히 보기에 진짜 꿀을 숨겨둔 벌집이라도 있나 싶었지만 여러 사람이 드나드는 수련장 주위에 그런 게 있을 리가 있나. 새집이면 몰라도 벌집은 위험하니 생기는 족족 철거했다.

마그노 황자는 직접적으로 와 닿는 햇살이 눈부신지 미간을 좁혔다. 제리코는 태양 아래에서 녹지 않는 눈의 요정을 멍한 눈으로 지켜보았다. 마그노 황자가 그의 긴 백발을 한데 그러모아 단정하게 묶었다.

"난 준비 다 됐어."

오딜론이 검을 뽑아 몇 차례 휘둘렀다. 각자 자신의 검을 갖고 올 때부터 눈치챘지만, 둘 다 진검이었다. 제리코는 진검으로 하는 대련이 정말 대련인 것일까 의문을 품었다.

'괜찮으려나?'

─둘이 꽤 자주 대련한 눈친데? 괜찮지 않겠어?

"그나저나 너 진짜 괜찮겠어? 밖인데 눈 안 부셔?"

"가볍게 몸이나 풀지."

"그럼 그렇지."

오딜론이 마그노 황자에게서 어느 정도 멀어져 적정 거리를 유지했다.

"재미없진 않을 거야! 황자 저하가 티를 안 내서 그렇지 숨은 고수거든. 그리고 나는 하수!"

"시끄러워."

"왜 이래. 칭찬한 건데."

마그노 황자와 오딜론이 서로에게 고개를 숙여 묵례했다. 먼저 검을 뽑아 든 오딜론과 다르게 마그노 황자가 뒤늦게 검을 뽑았다. 검집에서 검을 뽑는 단순한 자세임에도 불구하고 눈을 뗄 수 없을 만큼 유려했다. 드래곤 슬레이어 소드의 기세가 바뀌었다.

-제리!

'네, 마님.'

제리코는 검의 원활한 관람을 위해 검을 바닥에 내려놓았다. 드래곤 슬레이어 소드가 미약하게 검신을 떨었다.

-기대 안 했는데…….

'왜 그래?'

-오딜론 말이 맞아. 마그노 황자, 검술을 제대로 배웠어.

'마그노 황자님이?'

제리코는 새로 얻은 정보를 토대로 마그노 황자를 관찰했다. 운동과 거리가 멀어 보이는 깔끔하다 못해 결벽적인 인상의 황자님이 검술에 조예가 깊다니. 교복에 감춰진 그의 육체는 스스로가 하수라 주장하는 오딜론과 큰 차이가 없어 보였다. 다만 체형으로 단정 짓긴 일렀다. 마그노 황자가 늘씬한 체형과 별개로 근력이 꽤 좋다는 사실을 알기 때문이다.

가볍게 몸을 풀자는 마그노 황자의 말대로 둘의 대련은 판에 박힌 듯 정석적이었다. 오딜론이 검을 뻗으면 마그노 황자가 막고, 마그노 황자가 공격하면 오딜론이 피했다. 합이 딱딱 맞다 보니 솔직히 구경할 맛은 안 났다.

'대결이 아니라 대련이니까.'

심심한 제리코와 반대로 드래곤 슬레이어 소드는 둘의 대련에 집중하고 있었다. 얼마나 집중해서 지켜보는지 제리코에게 말도 걸어오지 않았다. 제리코는 그런 검을 슬쩍 건드려 보았으나 검은 귀찮다는 감정만 보냈다.

제리코는 결국 혼자 즐길 거리를 발굴하기 시작했다. 일단은 외모 관람.

'오딜론 선배도 외모가 꽤……. 제도엔 괜찮은 남자가 많단 말이야.'

오딜론은 굳이 따지자면 학자 타입이라 제리코의 취향과 거리가 멀다. 그렇지만 취향과는 멀어도 오딜론의 외모는 제법 괜찮았다. 물론 마그노 황자의 초절정 미모에 빗댈 건 못 되었다. 자연광 아래에서 더욱 눈부신 저 미모를 보라!

'하…… 내가 뭐라고 남의 외모를 비교한담? 나는 참 나쁜 사람이구나.'

외모 관람은 재미있으나 양심이 콕콕 찔러서 별로였다. 제리코는 결국 드래곤 슬레이어 소드처럼 성실하게 대련을 관람했다. 대련의 목적이 무언가. 대련 관람의 목적이 무엇인가. 재미가 없으면 얻는 것이라도 있어야지.

계속 지켜보고 있자니 제리코는 절로 마그노 황자의 자리에 자신을 대입하게 되었다. 오딜론이 말한 대로 그는 하수가 맞는 듯싶었다. 제리코가 저 자리에 황자 대신 서도 공격의 대부분을 막거나 피할 자신이 있었다. 딱히 뇌 내에서 벌어진 정신 승리가 아니라 신체적 조건을 고려해서 정말로.

하지만 마그노 황자를 상대론 이길 자신이 없었다. 제리코는 오딜론 자리에 선 자신을 상상하자마자 고양이 앞에 선 쥐처럼 얼어붙었다.

마그노 황자와 오딜론의 공방이 딱딱 맞아떨어져서 멍하니 볼 땐 몰랐는데 마그노 황자는 오딜론의 말대로 고수였다. 둘의 합이 맞는 건 전적으로 마그노 황자의 실력이 오딜론을 월등히 능가하기에 벌어지는 일이었다.

마그노 황자는 오딜론의 어설픈 공격을 쉽사리 피할 수 있을 텐데 굳이 검을 갖다 대어 막고 그가 새로 공격할 수 있도록 일부러 빈틈을 내주고 있었다.

오딜론이 열심히 대련 중이라면 마그노 황자는 성실히 지도 대련을 해주고 있었다. 대련이 재미없게 느껴진 것은 마그노 황자가 지도 대련을 위해 오딜론과 비슷한 수준으로 움직이고 있었기 때문이다. 그가 본 실력을 발휘했다면 오딜론은 마그노 황자와 검 한 번 맞부딪치지 못하고 열심히 공격만 하다 대련이 끝났겠지.

'와, 어쩜 사람 몸놀림이 저래? 로젠이랑 비슷한 수준인가?'

제리코는 저도 모르게 자신이 아는 초고수 로젠을 떠올렸다. 하프 산맥에서 대활약한 로젠의 몸놀림을 회상하고 있는데 드래곤 슬레이어 소드가 말했다.

-그렇진 않아.

'이런 편애 검.'

직접 건드릴 때도 무시하다가 로젠 생각에 대답하다니. 드래곤 슬레이어 소드의 편애가 하늘을 찔렀다.

-재능과 노력 모두 로젠이 앞서. 그런데 마그노 황자도 꽤 재능이 있다. 괜찮아.

용사님의 검이 말했습니다. 칭찬 후 드래곤 슬레이어 소드는 아쉬운 점을 밝혔다.

-몸 때문에 운동에 신경 쓰지 않은 느낌인데. 로젠처럼 연습했으면 비슷한 수준으로 대성했을지도…….

'진짜?'

-나는 몸 없는 검인데 어떻게 알겠어. 그냥 잘한다는 거지.

황실은 소드 마스터의 가능성을 지닌 황자를 안타깝게 놓쳤는지도 모른다. 드래곤 슬레이어 소드는 자신이 한 말의 여파를 깨닫고 바로 말을 돌렸다. 제리코는 미심쩍다는 듯 검을 흘겨보다 다시 대련 중인 두 남자에게 눈을 돌렸다. 얼마 안 있어 둘은 대련을 끝냈다.

"수고하셨습니다."

"수고하셨습니다."

"으아, 덥다. 올해는 또 얼마나 찌려고 이러나."

오딜론이 대련 후 마시려고 챙겨 온 물통으로 손을 뻗었다. 제리코는 그런 둘을 보다가 로브 주머니에서 물통을 꺼냈다.

"기왕 마실 거면 시원한 물 마셔요."

"정말 시원하네?"

시원한 물을 담은 물통을 로브 주머니에 넣으면 상태가 변하지 않고 유지된다. 상태가 변하지 않는 부분에 온도가 포함된다는 사실을 알고서 제리코는 정말 깜짝 놀랐었다. 제리코는 땀을 흘리는 마그노 황자를 위해 수건을 꺼냈다. 오딜론이 웃었다.

"주머니에서 별것이 다 나오네?"

"저번에 그런 일이 있어서 필요하다 싶은 건 다 넣어놨죠."

제리코가 자랑스럽게 으스대자 오딜론이 준비가 철저하다고 칭찬했다. 기분이 좋아진 제리코가 활짝 웃는데 마그노 황자가 심각한 표정으로 고개를 저었다.

"가능한 그런 사실도 알리지 마십시오."

"네?"

"마탑의 로브가 방한, 방열, 방수, 방어 기능이 있는 건 대다수가 알고 있는 사실이나 주머니에 그런 기능이 있는 건 소수만 알고 있습니다. 널리 알리는 것보단 숨기는 게 미베어 공작의 안전에 좋을 겁니다. 그렇지 않습니까?"

"넌 정말 걱정을 사서 하는구나."

오딜론이 말하고는 꿀꺽꿀꺽 물을 마셨다. 마그노 황자는 땀을 닦은 수건을 곱게 접어 제리코에게 돌려주었다.

"최악의 상황을 염두에 두고 사는 건 나쁘지 않아."

"삶이 팍팍하지 않냐?"

"그렇지도 않아. 낙관과 기대로 가득 차 실망의 연속인 삶보단 행복하지."

마그노 황자의 붉은 눈이 잠시 제리코에게 머문 것 같았다. 혹시 제리코 들으라고 일부러 한 소리였을까? 돌려 욕하면서 안부를 걱정해 주다니. 사람 참 염세적이면서 복잡했다.

"머리가 엉켰네."

"저 빗 갖고 왔어요."

"고맙습니다."

마그노 황자는 대련하면서 엉킨 머리카락을 빗으로 정돈했다. 빗을 건네면서 잘 썼다고 말하는 태도가 꽤 상냥했기 때문에 제리코는 기분 탓이었을 거라 자위했다.

다음 날. 제리코는 다시 도서관을 찾았다. 마그노 황자는 이번에도 인사를 무시하지 않고 받아주었다. 그는 제리코에게 시간이 있냐 물었다. 제리코는 있다고 대답했다. 마그노 황자는 기숙사장의 업무로 바쁜데 도와줄 수 있냐 물었다. 제리코는 도와줄 수 있다고 대답했다.

마그노 황자를 따라 기숙사장 사무실로 이동하니 과연, 황자의 말대로 일이 바빴다. 제리코는 착실하게 일을 도왔다. 마그노 황자만이 아니라 다른 사람에게도 도움을 준 것 같아 기분이 좋았다. 참 보람찬 하루였다.

다음 날. 비가 왔다. 제리코는 우산을 쓰고 도서관에 갔다. 마그노 황자가 비 오는 날 마시기 좋은 차가 있다고 해서 또 기숙사장 사무실로 이동했다. 거기에서 마주친 다른 사람들과 함께 차를 마시며 즐거운 시간을 보냈다.

다음 날. 〈교양 검술〉 수업을 듣기 위해 검술원으로 갔다. 대리 강사를 계속하게 된 로젠과 만날 수 있었다. 수업이 끝난 후 로젠이 까마귀 새끼를 구경하지 않겠냐는 제안을 했지만 제리코는 거절했다. 인내와 근성으로 자신이 걸출한 인물임을 증명해야 하기 때문이다.

그렇게 간 도서관엔 마그노 황자가 없었다.

"이 시간엔 있는 날인데?"

-그런 날도 있는 법이지.

제리코는 잠시 지정석에 앉아 책을 읽으며 황자를 기다렸다. 한 시간 정도 기다려도 마그노 황자는 도서관에 오지 않았다. 제리코는 아쉬워했다.

"아쉽네. 이럴 줄 알았으면 까마귀 새끼나 보러 갈걸."

-다음에 보자.

"주에 한 번이라 엇차 하면 순식간에 다 자라서 독립할지도 몰라."

제리코는 마자리스와 샌시 사이에서 진지하게 고민하다 샌시를 찾아가기로 마음먹었다. 〈이만보〉 회원에게도 비싼 잼 맛을 보여줘야 하지 않겠는가. 일부러 백합관에 들러 사람 수만큼 잼을 챙겨 방문한 〈이만보〉인데 제리코는 2층에서 가로막혔다.

"어째서?"

2층의 문지기 후안이 답했다.

"호문쿨루스를 위한 추가 마법진을 그리는 중이라 드래곤 슬레이어 소드는 방문 사절입니다. 검을 내려놓고 와주시겠어요?"

일반적인 마법검이라면 영향을 주지 않겠지만 모든 것이 미지인 에고 소드다 보니 이런 식의 방문 사절이 발생했다. 제리코는 결국 2층에서 장미잼을 넘겨야 했다.

"어떤 마법진이에요?"

"실은 요 며칠 상태가 좀 안 좋아요. 슬슬 수명이 다해가는 거죠."

후안이 쓴웃음을 지으며 호문쿨루스의 평균적인 수명에 대한 지식을 늘어놓기 시작했다. 제리코는 정신이 아찔해졌지만 일단 듣기는 열심히 들었다. 3줄로 요약하자면 이러했다.

보통 사람들은 호문쿨루스가 수조 안에서 영생한다고 믿지만 실은 그렇지 않다.

특히나 송사리처럼 고도의 지능(?)을 가진 호문쿨루스의 수명은 더욱 짧다.

송사리는 꽤 오래 버텼다.

"회장은 설계대로라면 1년을 버틸 거라고 자부했지만 그럴 리가 있나요. 이만하면 오래 버텼죠. 어쨌든 그녀의 수명을 늘리기 위한 보강 작업이에요."

"샌시가 상심이 크겠네."

"네. 거기에 또 뭘 하는지 실험실에 틀어박혀서 나오질 않네요. 2, 3층엔 얼굴 좀 비췄는데 요즘은 아예 4층에 틀어박혀 있으니."

제리코는 혀를 쯧쯧 차다가 가방째 장미잼을 넘겼다. 회원 모두에게 줄 분량이 안 되니까 몇 병을 나눠 먹으란 의미였다. 가방을 받아 든 후안이 곧장 가방을 바닥에 턱 내려놓았다. 제리코는 세모눈을 떴다.

"그 정도로 무겁진 않거든요?"

"아니, 손목에 무리가 갈 것 같으면 무조건 놓는 게 습관이 되어서요."

후안은 가방 안을 살펴 장미잼을 확인하고 웃었다.

"이게 소문이 자자한 미베어 공작가의 영웅의 잼이군요."

"영웅의 잼?"

"용사의 잼이라고도 불립니다."

"하하……."

원재료의 높은 가격에 미베어 소공작이 직접 만들어 아는 사람에게 준다는 특이성이 합쳐져 이상하게 소문이 난 모양이었다.

'어쩐지 지나가는 사람들 눈이 초롱초롱하더라니.'

제리코는 오늘따라 자신이 예뻐 보이는 줄 알고 콧대를 높였더랬다.

후안이 사업용 미소를 지었다.

"연구실에 투자하는 것도 가문의 재력을 자랑하기 위한 좋은 수단입니다."

"안 해요, 안 사요."

"하하하, 알고 있습니다. 그냥 알아두시라고요."

후안이 이렇게 얘기하는데 샌시가 2층까지 올라올 리 만무하다. 제리코는 결국 다음을 기약했다.

-보통 이럴 땐 마자리스 외치더니 안 가?

'하나가 안 될 땐 다른 것도 공치는 법. 오늘 마자리스를 찾아가면 100퍼센트 뭔가 꼬인다! 내 육감이 그렇게 외치고 있어!'

-그래, 너 잘났다.

결국 그날은 얌전히 백합관으로 돌아갔다.

그리고 그다음 날. 주말이라 교내는 조용했다. 이른 오전 중엔 외출과 외박을 신청한 학생, 그들이 부른 역마차로 학교 앞이 북적거렸으나 이후론 한산했다. 시험이 끝났기 때문에 외출을 신청한 사람이 많았다.

제리코는 거울 앞에 서서 차림새를 정돈했다. 오늘 그녀는 도서관에 가지 않는다. 물론 볼일이 끝나면 들르긴 할 것이다. 하지만 도서관에 가기 앞서 들를 곳이 있었다.

제리코가 가능한 얌전하게 머리를 빗어 문을 두드린 곳은 메렐 교수의 연구실이었다. 이번엔 저번처럼 약속 시간보다 지나치게 일찍 방문하는 실례를 범하지 않았다. 메렐 교수가 노크 소리를 듣고 친히 문을 열었다.

"어서 와요."

"안녕하세요, 메렐 교수님!"

제리코는 메렐 교수에게 약속을 잡은 목적인 장미잼을 건넸다. 메렐 교수는 살짝 웃으며 잼 병을 받았다.

"어머나, 내 차례는 언제 오려나 기대하고 있었죠."

"아이참, 교수님도."

"농담이 아니라 정말이에요. 마그노 그 아이가 향이 좋았다고 칭찬을 했거든요."

메렐 교수가 양해를 구한 후 잼 뚜껑을 열었다. 제리코에겐 꽤 익숙해졌지만 여전히 진하고 아름다운 장미 향기가 연구실을 감쌌다. 메렐 교수가 눈을 감고 장미 향기를 음미했다.

"장미라고 해서 마냥 달달할 줄 알았는데 이름대로 위풍당당한 매력이 있어요."

"교수님이 맘껏 즐겨주시면 제가 행복할 거예요."

장미잼을 건네는 것으로 방문 목적을 완료했으나 바로 자리를 뜨면 흥이 없다. 제리코는 메렐 교수에게 근황을 보고했다. 귀환하고 아카데미에 복귀해 잠시 독대한 이후 처음으로 한 독대였기에 메렐 교수는 흥미를 보이며 대화에 집중했다.

제리코의 근황 보고가 끝나니 메렐 교수가 입을 열 차례였다. 메렐 교수는 제리코가 제출한 답안지에 대해 운을 뗐고.

"교수님 제발."

제리코의 애원에 입을 다물었다.

"다른 교수님들께 듣기로 성적이 조금 위험하다고 해요."

"네……."

"그런 사건이 있었으니 공부에 집중이 안 되는 건 이해할 수 있는 일이죠. 하지만 주위의 만류에도 불구하고 학교로 돌아온 건 제리코 양의 선택이에요. 제리코 양이 어떤 이유로 아카데미 입학을 결정했는지 알고 있지만 그래도 본인이 한 말엔 책임을 져야겠죠? 기말엔 좀 더 노력해 보아요."

"네, 알겠습니다."

좋은 마음으로 교수님을 찾아왔건만 결론은 공부 얘기였다. 제리코가 밥 먹다 혼난 강아지처럼 풀이 죽자 메렐 교수가 화제를 전환했다.

"듣자 하니 기숙사장 자리를 노리고 있다면서요?"

"네?"

제리코는 깜짝 놀라 되물었다. 금시초문이었다. 누가 기숙사장을 해? 내가? 왜? 메렐 교수는 진도 4의 강도로 흔들리는 제리코의 눈동자를 보지 못하고 계속 말했다.

"훌륭한 생각이에요. 다만 기숙사장이 되기 위해선 필요한 평점과 학점이……."

"아, 아니요! 안 할 건데요!"

"그래요? 하지만 들리는 소문이 기숙사장 사무실에 자주 드나들고 일을 돕는다 하여……."

"아, 그것 때문에 착각하셨구나. 그건 어쩌다 보니 일을 돕게 되어서……."

"다들 그렇게 시작하죠."

"정말 아니에요! 제가 어떻게 기숙사장을 하겠어요."

"어머, 아쉬워라."

메렐 교수는 아쉬운 마음을 비치며 제리코의 말에 수긍했다. 들려오는 소문이 많아 봐야 본인에게 직접 듣는 한마디보다 가치가 없다. 그것이 메렐 교수가 소문을 대하는 태도였다.

이후 둘은 제리코의 청춘사업에 대한 얘기를 나누다 헤어졌다. 제리코가 로젠, 샌시와 '아는 오빠' 수준의 친분을 유지한다고 하니 메렐 교수는 '아는 오빠'에 마그노 황자가 포함되길 바랐다.

죽어도 사양이었다.

'마그노 황자님이 아는 오빠라니.'

친오빠일 가능성이 있는 그이지만 아는 오빠로선 빵점이다. 마그노 황자가 지금 같은 친절과 상냥함을 1년 정도 유지한다면 아는 오빠를 시켜줄 의향이 있었다.

-만약에 마그노 황자가 주인 아들이면 어떻게 할 거야?

'그럴 리 없어. 로젠일 거야.'

제리코는 즉각 드래곤 슬레이어 소드의 말을 부정했다. 그럼에도 부득불 도서관으로 발길을 옮기는 것은 가능성이 0이 아니라는 슬픈 사실 때문이다. 다행히 마그노 황자는 도서관 3층 지정석에 앉아 있었다. 제리코는 평소보다 기운 없이 그에게 인사했다.

"안녕하세요, 마그노 황자 저하."

"잠깐 시간 되십니까?"

마그노 황자가 제리코의 답변은 듣지도 않고 읽고 있던 책에 책갈피를 꽂았다. 이제까지처럼 도서관 밖으로 나가는 게 아니라 다시 돌아오겠단 의미였다. 제리코는 늘 그렇듯 남는 게 시간이었기에 고개를 끄덕였다.

마그노 황자는 제리코를 도서관 뒤뜰로 안내했다. 마그노 황자가 볕을 피하기 위해 양산을 펼쳤다. 검은 양산 아래에 동그란 그림자가 지고 하얀 황자는 그늘에 몸을 숨겼다.

"주말인데 외출은 하지 않으십니까?"

"얼마 전에 그런 일이 있었잖아요. 그래서 외출은 자제하는 게 좋겠단 생각이 들어서 한 달 정도? 참으려고요."

"그러시군요."

마그노 황자가 바로 수긍했다. 로젠 같은 능력자가 알아서 호위를 해 준다고 하면 모를까, 제리코가 혼자 외출 신청서를 썼다간 사촌 오빠와 아버지의 불같은 호령을 들을 것이다. 호되게 당한 루나 아카데미 측에서도 특별한 사유 없인 외출을 허락하지 않을 것이고.

늘 그렇듯 마그노 황자와 있을 때 입을 열심히 움직이는 건 제리코였다. 제리코는 메렐 교수를 방문했던 이야기를 꺼냈다. 마그노 황자가 주의 깊게 경청했다. 제리코는 다음으로 어제 얘기를 꺼냈다.

"도서관에 왔더니 저하께서 안 계시더라고요. 깜짝 놀랐어요."

"본래는 있어야 하는데 없어서?"

"네!"

제리코는 활짝 웃으며 고개를 끄덕였다. 마그노 황자는 양산을 고쳐 잡았다.

"아시겠지만 나는 꽤 바쁩니다."

그야 당연하다. 조기 졸업을 하기 위해서 남들보다 많은 수업을 수강하고 우수한 성적을 거두기 위해 공부도 열심히 해야 한다. 그런 와중 시간을 내 기숙사장의 업무를 보고 그 시간을 또 짜내 메렐 교수를 방문했다. 남들은 하루가 24시간인데 혼자 36시간은 되는 듯한 행보였다.

마그노 황자가 바쁜 건 모두가 안다. 그런데 왜 갑자기 이 이야기를 꺼낸 것일까. 제리코는 슬쩍 마그노 황자의 눈치를 살폈다. 그는 입꼬리를 살짝 올려 작게 미소 지었다.

"내가 답지 않게 미베어 소공작에 대해 기대를 품었고, 이로 인해 나와 소공작 둘 다 서로에게 실례를 범했죠."

"네, 그렇…… 죠."

"미베어 소공작께서 나와의 교류를 포기하지 않고 노력해 주신 덕분에 최근엔 괜찮은 선후배 사이로 발전했습니다."

"넵."

감히 황자의 심기를 거스른 대역죄인에서 괜찮은 선후배 사이까지. 대단한 위업이었다. 제리코는 속으로 열심히 자화자찬했다. 나는 대단해, 나는 성실해, 나는 근면 성실해, 나는 걸출한 인물이야.

"아시는지 모르겠으나 도서관에서 홀로 독서하는 시간은 제게 머리를 식히고 한숨 돌리며 스스로를 정비할 수 있는 소중한 시간입니다."

조금 올라가 있던 마그노 황자의 입꼬리가 완벽하게 위로 치솟았다. 인형이 웃는 것처럼 완벽했다.

"그간 행한 교류로 판단하건대 미베어 소공작은 타인의 휴식을 방해할 분이 아니라고 생각합니다. 내게도 예의를 지켜주시겠지요?"

마그노 황자가 제리코 앞에서 지었던 미소 중에 가장 진심 어린 미소였다. 마그노 황자는 제리코에게 살짝 고개를 숙였다.

"그럼 이만."

이만하면 충분히 예의를 차렸다는 듯이 그가 떠났다. 제리코는 입을 쩍 벌리고 멀어지는 황자와 동그란 그림자를 지켜보았다.

-입 다물어. 파리 들어갈라.

"와, 진짜."

제리코는 소매를 걷어 손목을 확인했다. 전신에 소름이 돋고 솜털이 삐죽 솟았다. 제리코는 혹시 혈압이 올랐나 싶어 목뒤를 어루만졌다. 말랑말랑하고 탄탄했다.

"와, 진짜."

어휘력이 부족해 할 말이 '와, 진짜'밖에 없었다. 어휘력이 풍부하더라도 이 상황에선 별다른 말이 생각나지 않았을 것이다. 제리코는 잠시 두 손을 모아 쥐고 대자연에 기도를 올려 마음을 가라앉혔다.

"이건 그러니까."

-완벽하게 당한 거지. 통수를 맞았네.

마그노 황자는 제리코와 사이가 괜찮은 선후배 관계를 유지할 의사를 밝혔다. 동시에 도서관에서 휴식을 취하는 자신을 방해하지 말라 경고했다. 만약 제리코가 눈치 없이 도서관에 있는 마그노 황자에게 인사한다면? 제리코는 바쁜 선배의 휴식 시간을 방해하는 예의 없는 후배가 되어 버린다. 선배가 친절히 부탁한 것을 무시하는 싸가지 탑재는 기본이다.

"위대한 대자연이시여, 제게 평정심을! 이 모든 화를 다스릴 수 있는 인내를!"

제리코는 간절히 기도했다. 존은 출장 갔는데 어머니 요나가 아프고 캐리의 다리가 부러졌으며, 몸통 박치기로 누나의 다리를 부러뜨린 장본인인 에릭이 집을 개관으로 만들었던 이후 처음 하는 기도였다.

간절한 기도 끝에 제리코는 답을 얻었다. 위대한 대자연께서 그녀에게 인간이 만든 법칙 하나를 일러주신 것이다.

"소거법!"

제리코는 두 팔을 번쩍 들고 외쳤다. 그러자 폭발하기 직전의 화산처럼 위태로웠던 속이 뻥 뚫렸다. 제리코는 재차 외쳤다.

"소거법!"

샌시는 완벽하게 제거되었다. 로젠과는 순조롭게 친분을 쌓고 있고 플라타나의 초대를 받았으니 물어볼 기회가 넘쳐 난다. 마그노 황자 꺼지라 이거야. 제리코는 황자의 도움 없이도 아버지의 아들을 얼마든지 찾을 수 있었다.

제리코는 두 차례에 걸친 도서관의 황자님 공략에 실패했으나 이것은 패배가 아니다. 승리하지 못한다고 무조건 패배하는가. 그런 승리 만능주의 사상 버려야 한다. 세상은 이기고 지는 것으로 양분할 수 없는 게 넘쳐 났다. 제리코는 그런 세상을 사랑했다.

-정신 승리 끝내준다.

"소거법!"

제리코가 따라 하라는 듯 외쳤기에 드래곤 슬레이어 소드도 외쳐줬다. 검이 외쳐봐야 자기 머리만 아플 텐데 그걸 모르는 임시 주인을 안타까워하는 건 덤이었다.

-소거법!

"소거법!"

마그노는 2층 계단에 서서 창문으로 뒤뜰을 내려다보았다. 미베어 소공작이 뒤뜰에 머무르며 두 팔을 번쩍번쩍 들고 있었다. 무어라 외치고 있는데 도서관은 방음이 잘되어 그의 귀엔 들리지 않았다.

'내 욕이라도 하나 보지?'

마그노는 그 이상 관심을 두지 않고 계단을 올라 3층으로 돌아갔다.

그는 책을 펼쳐 책갈피를 꽂아놓은 페이지를 확인했다.

미베어 소공작에게 거짓말을 한 것은 아니다. 도서관 3층에서 보내는 이 시간은 마그노가 머릿속을 텅 비우고 책에만 열중할 수 있는 소중한 한때였다. 그는 몸에 흐르는 고귀한 피와 누페이란 성을 걸고 소중한 시간을 방해하는 이를 허락하지 않았다. 미베어 소공작은 그런 마그노에게 대든 인물 중에서도 유난히 끈질겼다. 그녀가 마그노의 청혼을 거절하지 않았더라면 이성적인 관심이 있다고 착각할 정도였다.

'인내와 근성은 인정하지.'

열 번 넘어지면 열 번 모두 일어날 대단한 근성이었다. 마그노는 미베어 소공작의 인내는 죽은 용사를 닮았을 것이라 생각했다.

마그노의 흰 손가락이 책장을 넘겼다. 팔락 소리를 내며 넘어가는 책장에서 희미하게 달콤한 향기가 퍼졌다. 곰팡이가 피기 시작한 책이 내는 신호였다. 가죽과 종이, 곰팡이, 잉크가 어우러진 시간의 기적이 마그노에게 며칠 전 맡았던 붉은색 잼을 떠올리게 만들었다.

잼을 떠올리니 미베어 소공작이 떠오른 건 당연지사다. 한번 보면 잊을 수 없는 진한 붉은 머리가 마그노의 시야를 스치고 지나갔다. 마그노는 저도 모르게 고개를 들어 정면을 보고 싶어졌다. 미베어 소공작이 뒤뜰에서 살금살금 계단을 올라 의자 앞에 앉아 있지는 않을까?

그럴 리 없고 그렇지 않은 걸 알고 있음에도 마그노는 아무 책이나 가져와 얼굴을 감추고 붉은 머리를 갸웃거리는 소녀의 모습을 떠올렸다. 그림을 그리듯 선명했다.

마그노는 살짝 고개를 들어 정면을 보았다. 그의 앞자리는 텅 비어 있었다. 황자는 작게 조소한 후 책에 집중했다.

20장
초대 (1)

제리코는 마그노 황자 공략을 포기했다. 혹자는 용사의 딸씩이나 되어 그리 쉽게 포기하느냐 실망할지도 모른다. 이에 제리코는 당당히 변론하고자 한다. 그럼 제리코가 마그노 황자에게 집착할 이유는 무엇이냐고. 기실 제리코는 마그노 황자의 여동생 후보일 뿐, 실제로는 아무것도 아닌 사이다. 완벽한 남에 가깝다. 사욕을 품고 조금 친해지고자 하였으나 황자의 방어는 굳건했으니. 이제 제리코가 나가떨어져 건너건너 인사나 하는 사이가 되겠다는데 누가 참견할 수 있을까.

오늘도 변함없이 세상은 아름답다. 살맛 난다. 제리코는 살아 있다는 행복을 만끽했다. 갑자기 세상이 아름다워진 건 아니다. 그냥 무거운 임무 하나를 포기했더니 몸은 물론이고 마음까지 홀가분해졌다. 변화는 극적이었다.

"진작 이럴걸."

그간의 노력은 무엇이었나. 제리코는 괜한 고생을 했다 싶어 투덜거렸다. 그녀는 용사의 딸로서 용기와 근성을 물려받아 누구도 성공하지 못한 빙벽 정복에 도전했다가 완벽하게 패배했다.

친아버지에게 물려받은 용기와 근성이 모자라진 않았다. 빙벽이 좀 강했다. 지나치게 단단하고 시리고 뾰족했다. 심지어 빙벽의 내부는 배 배 꼬인 미로. 빙벽은 어찌어찌 해결한다 해도 근성과 용기만으로 미로 정복은 불가능했다. 미로를 벗어나기 위해선 지혜가 필요했으니까.

'지혜는……'

제리코는 드래곤 슬레이어 소드를 물끄러미 바라보았다. 용사 에라프의 정신적 자식이라 할 수 있는 검은 용사에게서 지혜를 물려받았다.

'어쩔까…… 지혜를 구하며 다시 도전해 봐?'

그러나 검은 황자 공략에 앞서 '소거법'이란 지혜를 전수하지 않았는가. 결국 제리코는 햄스터 꼬리만큼 남아 있던 미련을 버렸다. 그러자 없힌 것도 없는데 속이 편해졌다.

검은 그 마음이 정말 확고한지 질문했다.

-정말 마그노 황자는 포기하는 거야?

"응."

-재시도도 안 하고?

뭐든 한다면 삼세번이라는데 제리코가 마그노 황자에게 도전한 횟수(?)는 아직 세 번을 못 채웠다. 하지만 세상에 '소거법'이 존재하는데 마그노 황자에게 왜 도전한단 말인가!

"네가 먼저 포기하래 놓고 왜 말이 바뀌어? 마그노 황자님이 검 휘두르는 걸 보니까 에라프 님이 생각나고 그래?"

-그런 건 아닌데……. 그래, 생각보다 검을 잘 다뤄서 마음이 좀 흔들렸어.

발뺌하려 했지만 마그노 황자가 자신을 휘둘러 줄 걸 상상했더니 흥분되고 신이 났다. 검의 흥분이 제리코에게 고스란히 전해졌다. 거기에 더해 드래곤 슬레이어 소드가 검신을 부르르 떨었다.

-상상하니까 좀 행복하다.

"뭐야. 나한테 맨날 지조가 없다느니 바람둥이라느니 욕하더니 너도 비슷하잖아. 로젠 일편단심인 것 같더니 아니었어."

-넌 미남을 좋아하잖아!

"생물의 본능이야!"

-검이 무인 밝히는 것도 본능이야!

'검에 본능이 어딨어.'

무생물 주제 자꾸 없는 걸 있다고 주장하는 행태가 괘씸했다. 제리코는 의심의 눈초리로 용사의 검을 관찰했다. 절개를 지키는 검이라고 생각했는데 사실은 그게 아니었던 모양이다. 실력 있는 검사면 흥분하고 좋아하는 것이, 제리코가 미남 보고 심장 콩닥거리는 것만큼 가벼웠다.

"사기당했어."

제리코가 용사님의 검에게 품고 있던 동경을 곱게 접어 휴지통에 버릴 때, 검 또한 자신이 사기당했음을 밝혔다.

-나도 사기당한 기분이야. 마그노 황자가 그렇게 실력파일 줄은……. 너 자고 있을 때 계속 황자 생각이 나더라. 바로 알아채지 못해서 약간 분하기도 하고.

무생물은 자신의 부족한 눈썰미를 인정하지 않고 비겁한 핑계를 댔다.

-이게 다 로젠 때문이야.

"로젠은 왜?"

-로젠이 맨날 명상만 해서 내가 눈요기를 못 하는 바람에 마그노 황자 생각이 자꾸 나잖아.

사실 로젠은 하프 산맥에서 제 실력을 십분 발휘했다. 다만 안타깝게도 당시엔 드래곤 슬레이어 소드가 제리코를 지키느라 바빠 활약을 제대로 감상하지 못했다. 그러니 기초 검술을 정석대로 구사하던 마그노 황자의 몸이 자꾸 생각나는 것 아닌가.

-마그노 황자 옆모습 라인이 장난 아니더라.

"……침 떨어지겠수."

용사님의 검이니, 주인에게 의리를 지키느니 해도 결국엔 피와 살육을 갈구하는 무기였다. 자신을 잘 휘둘러 줄 것 같은 사람이 매력적으로 느껴지는 건 어쩔 수 없다. 제리코는 드래곤 슬레이어 소드가 욕구불만인 것 같아서 허공에 대고 몇 번 휘둘렀다. 드래곤 슬레이어 소드는 바람을 가르며 검신을 부르르 떨었다.

-속도가 부족해! 힘이 부족해! 기교가 부족해! 무엇보다 피가 부족해!

"에라이."

광룡의 피를 머금어 에고 소드가 된 덕분에 은근슬쩍 피와 살육을 갈구하니 이것을 어떻게 용사의 검이라 할 수 있겠는가. 제리코가 이 흡혈 검의 실체를 밝히면 세상이 발칵 뒤집힐 것이나 에라프의 명예와 광룡 토벌에 나름의 공을 세운 검의 체면을 보아 앞으로도 비밀을 지키기로 다짐했다.

"내가 다음 학기에도 검술 수업 들어서 꼭 널 제대로 휘둘러 줄게."

아니면 그 전에 에라프의 친아들을 찾든지.

이런 식으로 검이 약간의 말썽을 피우는 걸 제외하면 제리코는 행복했다. 소녀는 속이 뻥 뚫린 사람만 지을 수 있는 만족스러운 미소를 지었다. 그러나 불행하게도 소녀의 행복 지수 100퍼센트짜리 미소는 오래 가지 못했다.

은쟁반 위에 곱게 놓인 고급스러운 편지 봉투가 제리코의 앞에 대령되었다. 이리 보나 저리 보나 초대장이 분명했는데 초대장을 보낸 곳이 문제였다.

"이런……."

붉게 찍힌 황가의 인장을 보라. 은쟁반이 아니고 금쟁반에 모셔놔도 모자란다. 제리코는 황실에서 날아온 초대장을 보고 울먹였다.

"어, 어째서?"

이놈의 황가는 왜 자신을 내버려 두지 않는단 말인가. 가족의 편지를 기다리던 제리코는 마른하늘에 집에 날벼락이 떨어져 무너진 사람처럼 울먹였다. 드래곤 슬레이어 소드가 한숨을 쉬었다.

-얼른 열어봐. 왜 불렀는지 알아봐야지.

"네가 열어봐."

제리코가 손대기 싫다는 의사를 밝히자 드래곤 슬레이어 소드가 소녀의 모습으로 실체화했다. 검은 비관에 물든 임시 주인 대신 봉투를 뜯고 초대장을 읽었다. 이번 주말, 제리코를 황궁에 초대하고 싶다는 내용이 적혀 있었다.

드래곤 슬레이어 소드는 살짝 놀랐다. 내용은 별거 없는데 초대장을 쓴 사람이 생각보다 거물이었다. 제리코에게 날아온 초대장은 황제의 친필이었던 것이다.

방구석에 갇혀 있던 검이 어떻게 황제의 필적을 알아보는 게 가능하냐면, 황제가 드래곤 슬레이어 소드의 보증서에 서명했다. 그렇다. 드래곤 슬레이어 소드는 무려 보증서를 갖고 있는 족보 있는 검인 것이다. 그 것도 황제가 인정한 진품 명품.

검은 제 잘난 맛에 취해 어깨를 흔들다가 아직도 비관에 잠긴 임시 주인을 위해 초대장을 읽었다.

"미베어 소공작의 무사 귀환을 기뻐한다는데? 확실히…… 네가 실종된 걸 황실에서도 알았을 텐데 조용한 게 이상하다 했어. 시험이 끝나길 기다렸구나. 배려심이 있는걸?"

제리코의 실종 소식은 황가에도 즉시 전해졌다. 황가에서 내내 그녀에게 보인 관심과 호의를 고려했을 때, 귀환한 후 황실이 조용했던 게 이상한 일이었다.

학생은 배려의 대상이다. 시험 기간을 앞둔 학생은 더욱 그렇다. 관대하고 자비심 넘치는 황제 폐하께선 제리코의 시험이 끝나기만을 내내 기다렸던 모양이다.

제리코가 베개에 얼굴을 박았다.

"무관심이 배려인 걸 왜 몰라주시는 걸까!"

제리코가 높으신 분들의 배려심 부족을 꼬집어 비난했다. 드래곤 슬레이어 소드는 한 귀로 듣고 한 귀로 흘렸다. 물론 배려심 넘치는 검답게 제리코의 정신 건강을 위해 황제의 친필임은 숨겼다.

"어떻게 할 거야? 실종에 시험공부에, 스트레스가 쌓여 몸살 났다고 하면서 계속 미루면 방학 때까지 질질 끌 수 있어."

"그리고 방학 시작하면 끌려가는구나."

"그렇지."

임시 주인이 정답을 말했다. 검은 활짝 웃으며 고개를 끄덕였다. 임시 주인이 슬슬 귀족과 황족, 소위 말하는 높으신 분들의 생리를 알아가는 것 같아 기분이 좋았다.

제리코는 검이 건네는 초대장을 받아 들었다. 약간 올록볼록하게 표면에 문양이 들어간 고급지 위엔 조금 날아가는 글씨가 쓰여 있었다. 내용은 검이 말해준 대로였다.

그녀의 머릿속으로 오만 가지 생각이 지나갔다. 제리코는 부들부들 떨리는 손에 힘을 주었다. 그러자 떨림이 멎었다.

그녀는 결연히 고개를 들었다.

"갈 거야."

"오."

뜻밖의 반응에 드래곤 슬레이어 소드가 감탄하여 휘파람을 불었다. 제리코는 두 주먹을 꽉 쥐고 마음을 굳힌 이유를 밝혔다. 정확하겐 스스로를 설득하기 시작했다.

"나는! 용도 만났어!"

드래곤 슬레이어 소드는 냉정하게 평가했다.

'간이 아직도 부어 있구나.'

그놈의 용. 지상 최강의 생물답게 만난 후유증이 오래갔다. 어쨌든 결과만 놓고 보자면 좋은 일이었기 때문에 검은 제리코를 말리지 않았다.

"두 분 폐하께선 좋은 분…… 인 건 확신할 수 없지만 그래도 이상하거나 나쁜 분이 아니셨고 다른 황자 저하도 마찬가지였어. 내가 그분들이 황족이라는 이유로 무서워하고 만나길 꺼리는 건 예의가 아니라는 생각이 들어."

그뿐만이 아니다. 제리코는 천천히 머리를 굴리며 자신이 초대를 받아들여야 하는 이유를 더 생각했다. 생각하면 할수록 가야 하는 이유가 튀어나왔다.

"그리고 미베어 소공작으로 사는 게 나쁘지 않다는 생각을 한 이상, 그에 대한 책임을 져야 한다고 생각해. 언제까지 아리보 소공작님과 삼촌 신세를 질 수는 없잖아."

무엇보다 제리코가 초대에 응하겠다고 결심한 결정적인 이유.

"미베어 소공작이란 이유로 그렇게 큰돈을 써놓고 무섭다는 이유로 도망칠 수는 없어. 내가 벌인 일이니까, 책임을 져야지."

제리코의 사전에 공돈이란 단어는 없었다. 그런 그녀가 질러 버린 금액이 상상을 초월했다. 평민의 경제 감각을 훌쩍 뛰어넘는 과소비는 제리코에게 깊은 책임감을 안겨줬다. 이 금액만큼 일해서 갚아야 한다는 사명감이다.

본래 그녀의 돈이니 뭐라고 할 사람이 없건만, 제리코는 여전히 미베어 공작가와 자신을 분리해서 보고 있었다. 로젠의 검 제작비와 무지로 인해 달콤해진 장미꽃까지. 제리코는 사치의 대가를 치러야 한다고 굳게 믿고 있었다.

사실 이미 대가는 지불했다. 제리코는 살아 숨 쉬는 것으로 충분했으니까. 그러나 그거 어차피 다 네 돈이라고 검이 옆에서 쫑알거려 봐야 소용없었다. 드래곤 슬레이어 소드는 포기했다. 책임감을 갖는 건 나쁘지 않고 사치를 멀리하는 태도는 바람직하니까.

"무섭다고 일을 미루면 안 돼. 에라프 님 아들 찾는다고 갑자기 마법처럼 벗어날 수 있는 것도 아니야. 그러니까, 내가 해야 해."

분명 제리코는 장사 밑천을 노리고 친부를 찾았다. 장사 밑천이 엄청나게 불어나 귀족 작위가 따라붙었지만 언제까지 나는 이런 건 바라지 않았다고 징징거릴 수는 없는 노릇이다. 제리코가 친부를 찾지 않았다면 벌어지지 않았을 일이니, 결국 제리코가 책임져야 했다.

제리코의 푸른 눈동자가 의지로 반짝였다. 임시 주인이 보이는 결연한 의지에 드래곤 슬레이어 소드는 깊은 감명을 받았다. 검은 인간이 으레 하는 것처럼 손가락으로 눈가를 훔쳤다. 눈물은 나오지 않았지만 의도는 충분히 전해졌다.

"왜 울어?"

"침대를 내려치며 엉엉 울던 애가 이렇게 크다니……. 이 검은 기쁘다."

오죽 답답했으면 자신이 말을 걸었을까. 한심하고 멍청했던 제리코가 이렇게 컸다. 에라프가 살아 있었다면 검 옆에서 같이 눈시울을 적시고 있었을 것이다.

하프 산맥에서 죽을 뻔한 일이 제리코에게 성장의 계기가 되었다. 드래곤 슬레이어 소드는 제리코의 머리를 다정하게 쓰다듬었다. 사람은 죽을 고생을 하면 성장한다더니 그 말이 진짜였다.

제리코는 눈을 치켜떴다. 머리 색과 눈 색만 다르고 자신과 똑같이 생긴 소녀가 머리를 쓰다듬으니 기분이 묘했다. 제리코의 기분이 오묘해지든 말든 드래곤 슬레이어 소드는 제 감정에 취해 손을 멈추지 않았다.

"주인이 죽으면서 나도 끝났다고 생각했어. 너든, 네 자손이든 주인으로 받아들이지 않고 그냥 천천히 흩어질 생각이었는데…… 네가 하도 답답하게 구니까 화가 나서 말을 걸었지."

"갑자기 검이 말을 걸어서 얼마나 놀랐는지 알아?"

제리코의 인생은 어머니의 죽음으로 한 번, 황실에서 검이 말을 걸어 두 번 전환되었다고 해도 과언이 아니다.

제리코는 벌떡 일어나 드래곤 슬레이어 소드의 검은색 머리를 쓰다듬었다.

"말 걸어줘서 고마워. 네가 아니었다면 난 정말…… 잘생기고 성격 좋고 혈통 좋은 남자와 약혼했을지도 몰라."

제리코는 자신이 말하고도 웃겼는지 소리 내어 웃었다. 조금 과장 보태 굴러가는 방울처럼 맑고 낭랑한 웃음소리였다. 까르륵, 기분 좋게 웃는 모습이 보기 좋아 드래곤 슬레이어 소드의 입가가 저절로 벌어졌다. 소녀의 미소를 누구보다 가장 가까이서 보기 때문일까. 검이 웃는 모양새가 주인과 똑같았다. 이내 낭랑한 두 소녀의 웃음소리가 제리코의 침실에 가득 찼다.

가기로 결정했으니 이제 준비를 해야 한다. 다행히 앞선 초대처럼 허둥대며 급히 의복과 장신구를 사는 일은 벌어지지 않았다. 제리코가 교복을 입고 갈 것이라 결정했기 때문이다. 교복은 학생의 정복이자 예복. 황제를 알현하는 데 교복을 입는 게 예의에 어긋난다 말하는 사람이 있다면 루나 아카데미 총장이 멱살을 잡으러 달려갈 것이다.

제리코가 고민하는 건 다른 부분이었다.

"마탑의 로브를 입느냐, 마느냐. 그것이 문제로다."

거무튀튀한 로브는 마탑의 마법사들에겐 예복이다. 황족 앞에 입고 나가도 예의에 어긋나지 않는다. 다만 제리코는 마법사도, 마탑 소속도 아니었다. 제리코가 마탑의 로브를 입고 황궁에 가는 건 학생 아닌 사람이 교복을 입고 공식 석상에 나가는 것처럼 이상한 일이었다.

"입으셔야죠. 폐하께서도 너그러이 이해해 주실 거예요."

세상 무엇보다 주인의 안전이 최우선인 하녀는 제리코에게 거무튀튀한 로브를 입으라 권했다. 제리코는 고심 끝에 로브를 걸쳤다. 그렇게 완성된 차림은 제리코가 평상시 교정을 거닐 때와 대동소이했다.

하녀가 잠시 자리를 비우자 제리코는 거울에 비춘 제 모습을 점검하고 씨익 웃었다.

"마탑의 로브에 용사의 검. 마법과 검 둘 다 천재처럼 보이지 않아?"

제리코는 내친김에 검을 뽑아 거울 앞에서 자세를 취했다. 운동장에서 수업 들을 땐 몰랐는데 이렇게 놓고 보니 꽤 멋있었다.

"보여? 내 팔목 각도? 각 잡혀서 멋있지?"

―나로 이런 장난을 치다니. 전 세계에서 너만 누릴 수 있는 호사다.

이왕 하는 거 로젠에게 전수받은 망토 멋있게 휘날리는 법도 시도했는데 로브라 그런지 생각만큼 잘 펄럭이지 않았다. 대신 제리코는 방향을 바꿨다. 제리코는 머리카락을 정돈해 목 뒤로 넘기고 후드를 깊게 눌러썼다.

"까마귀로 변해봐."

―왜?

"빨리."

까악.

예비 주인의 부탁이니 심심한 검은 순순히 따랐다. 제리코가 까마귀로 현신한 드래곤 슬레이어 소드를 붙잡아 자신의 어깨 위에 올렸다. 모든 준비가 끝났다. 제리코는 거울 앞에 서서 음산한 목소리를 내었다.

"으ㅎㅎㅎㅎㅎ"

검은 로브, 검은 검, 어깨 위에 있는 검은 까마귀. 누가 보아도 훌륭한 악의 축이었다. 검을 잡느라 드러난 두 손과 후드로 끝까지 숨기지 못한 입가가 옥의 티였고.

"이것은!"

드래곤 슬레이어 소드는 제리코의 의도를 알아채고 부리를 쩍 벌려 험상궂은 자세를 취했다. 제리코는 더욱 목소리를 낮게 깔고 음산하게 웃었다. 그러다 목에 사레가 걸려 기침했다.

"오랜만에 하니까 재밌네."

정의의 용사 놀이를 할 때 악당을 자처하는 아이는 드물다. 그러나 제리코는 맏이라는 이유로 집안에서 악당 역할을 도맡아 했다. 악당에게 붙잡힌 아가씨는 대체로 캐리가 맡았고 에릭은 정의의 용사보단 악당의 수하 역할을 더 좋아했다. 그래서 메이가 정의의 용사를 하다가 오리온이 태어난 이후 정의의 용사는 막내 오리온이 맡았다. 아기 용사님은 세상에서 제일 강했기 때문에 악당을 한 방에 날려 버리고 두 아가씨를 구출했다. 정의의 용사 사전에 패배는 없었다.

"동네 아이들과 할 땐 용사였어, 악당이었어?"

"훗."

예상했던 질문이다. 제리코는 자신만만하게 외쳤다.

"용사의 스승!"

"어째서?"

"너무 강해서 용사와 악당이 당해낼 수 없기 때문이지!"

과연 마을의 소녀 장사. 용사가 악당에게 당해 위기에 처했을 때 갑자기 등장해 악당을 한 방에 날려 버리거나 용사를 각성시키는 것이 제리코의 주된 역할이었다. 물론 역할상 그렇다는 것이고, 사실은 서로 용사를 하겠다고 티격태격 싸우는 아이들의 머리를 공평하게 쥐어박아 사이좋게 돌아가면서 할 수 있도록 감시했다.

거울 앞에서 신명 나게 놀던 기쁨의 순간도 잠시, 하녀가 방문을 두드렸다. 그리고 방문객의 도착을 고했다.

"소공작님, 마그노 황자 저하께서 도착하셨습니다."

그렇다. 루나 아카데미에 있는 제리코를 초대하면서 마그노 황자를 빼먹을 리 없는 노릇. 황제는 마그노 황자에게 제리코의 에스코트를 맡겼다. 이전처럼 제리코와 황자 둘만 마차에 태울 수 없기 때문에 메렐 교수도 같이 초대되었다.

제리코는 마그노 황자만 생각하면 배 속에 뭐라도 얹힌 듯 속이 불편해졌다. 더군다나 제리코와 황자의 마지막 만남을 떠올려 보면 더욱 그러했다.

"흐읍!"

제리코는 숨을 크게 쉬어 스스로에게 기합을 불어넣었다. 마그노 황자가 친한 선후배 관계를 주장했고 메렐 교수의 눈이 있으니 그 관계를 유지하려 할 터. 황자가 내숭을 떤다면 제리코도 떨면 된다. 어려운 일이 아니었다.

그리하여 제리코는 백합관 모두에게 약속한 대로 손잡이를 잡고 사뿐사뿐 계단을 내려왔다. 마그노 황자가 1층 로비에서 제리코를 기다렸다. 황자는 교복을 벗고 검은색으로 일관된 정장을 입고 있었다. 양손에 피부처럼 흰 하얀 장갑을 끼고 챙이 넓은 검은 모자를 쓴 황자를 본 드래곤 슬레이어 소드가 이렇게 평했다.

-분위기만 보면 저쪽이 더 악당 같다.

'그러게.'

마그노 황자에겐 제리코에게서 찾아볼 수 없었던 날카롭고 냉정한 분위기가 흘렀다.

마그노 황자는 제리코의 차림새를 보고 한쪽 눈썹을 치켜올렸다. 다만 별다른 언급은 없었다. 제리코가 어떤 범죄에 휘말려 실종되었던 건 사실이고, 생명이 위험했던 것도 사실이기 때문이다. 황실의 초대를 받앉으면서 만반의 준비를 갖춘 걸 괘씸하다 여길 수도 있지만 생명을 소중히 하는 건 잘못된 일이 아니고, 그 사람이 용사의 유일한 자손이라면 더욱 옳은 일이었다.

마그노 황자는 제리코가 자신의 충고를 받아들였다고 생각하는 눈치였다. 실제로 제리코는 마그노 황자를 포기했기 때문에 어떤 의미에선 정답이었다.

둘의 눈이 마주쳤다. 제리코는 잠시 고민하다 마그노 황자가 원하는 반응을 보였다.

"안녕하세요, 마그노 황자 저하. 오늘 멋있으세요."

"무탈하십니까, 미베어 소공작."

인사야 크게 달라지는 게 없다. 중요한 건 표정이다. 제리코가 생긋 웃으며 인사하자 마그노 황자가 은은한 미소를 짓고 인사를 받았다. 이만하면 다른 사람 눈엔 친근한 선후배 사이로 보이겠지.

제리코는 마그노 황자의 손을 잡고 마차에 탑승했다. 마부가 말을 몰았다. 마차 안은 조용했다.

마그노 황자는 마차에 타자마자 눈을 감고 대화의 단절을 선언했다. 메렐 교수가 마차에 오르면 친근한 선후배 사이를 연기해야 하니 그 전까지 쉬고 싶은 모양이다.

제리코는 입술을 삐죽이며 황자를 새침하게 보았다.

'연기할 거면 내 협조도 필요하니까 나한테 잘해줘야 하는 거 아니야?'

-잘해주지 않아도 넌 헤헤 웃으면서 친한 척하니까? 쉬운 여자다!

'욱.'

제리코는 쉬운 여자가 아니라 인품이 훌륭한 것이라고 따졌다. 그렇게 검과 마음속으로 티격태격하는 사이 마차가 멈췄다. 내내 눈을 감고 명상을 하던 마그노 황자가 마차에서 내렸다. 메렐 교수를 에스코트하기 위해서다. 메렐 교수를 에스코트하기 위해 움직이는 황자의 몸놀림은 한 마리 호랑이처럼 날쌨다. 그는 매우 정중하게 메렐 교수를 마차까지 인도했다. 제리코는 마차에서 내려 메렐 교수에게 인사하며 생각했다.

'나쁜 사람은 아닌데.'

어쩌다 저렇게 비비 꼬였을까. 무엇이 문제일까. 약간 씁쓸해지던 입맛은 메렐 교수에게 인사하면서 싹 날아갔다. 제리코는 메렐 교수가 좋았다.

"안녕하세요, 메렐 교수님!"

생기 넘치는 인사는 듣는 이를 웃게 만든다. 메렐 교수는 절로 미소 지으며 제리코의 인사에 화답했다.

메렐 교수가 마차에 탑승하니 마그노 황자가 눈을 떴다. 그는 사교성 있게 굴지는 않았지만 대신 메렐 교수와 제리코의 대화에 간간이 끼어들었다. 심지어 제리코에게 먼저 말을 걸기도 했다. 자세한 사정을 모르는 제삼자 입장에선 소문대로 사이좋은 선후배 관계로 보일 것이다. 메렐 교수는 흐뭇하게 웃으며 고개를 끄덕였다.

"요즘 둘이 사이가 좋아졌다더니 정말이었나 봐요."

마그노 황자의 계획대로 돌아가는 게 탐탁지는 않다. 하지만 존경하는 교수님의 마음을 불편하게 해드리는 것도 싫다. 제리코는 방긋 웃었다.

"제가 친해지고 싶어서 열심히 쫓아다녔거든요! 노력의 대가죠!"

"예. 미베어 소공작의 말대로입니다. 부족한 저와 우정을 나누고 싶다며 꾸준히 청해주었습니다."

마그노 황자는 예상보다 더 착실하게 연기하는 제리코가 의외였는지 한쪽 눈썹을 꿈틀거렸다. 하지만 좋은 게 좋은 것이라 여겼는지 의아해하진 않았다. 제리코는 회심의 미소를 지었다.

"아이참, 마그노 선배도. 편하게 부르라니까 계속 그런다. 저번엔 잘 불러놓고 왜 그래요."

마그노 황자의 계획은 다 좋은데 단점이 하나 있었다. 보는 눈이 있다면 제리코의 친한 척을 전부 받아줘야 한다는 것. 제리코가 이때다 싶어 들이대자 마그노 황자의 붉은 눈에 한기가 깃들었다. 그는 제리코를 무시하려 했으나 메렐 교수를 상기하고 눈에서 냉기를 지웠다.

-봤냐? 쟤 놀랐다?

'날 물로 봤다면 오산입니다, 황자님.'

제리코는 하프 산맥 관광을 다녀오면서 간덩이가 부었다. 마그노 황자가 이전처럼 무섭지 않은 것이다. 후에 간이 원래 크기를 회복하면 후회하게 될지언정 지금은 부은 간의 특혜를 누렸다.

"친한 사이니 더욱 예의를 지켜야 하지 않겠습니까, 미베어 소공작."

"어쩜, 선배 생각이 저랑 정반대네요. 교수님은 어떻게 생각하세요?"

제리코가 능청스럽게 메렐 교수를 끌어들였다. 마그노 황자가 당황하는 모습을 보려고 했는데 황자의 얼굴은 얼음으로 조각한 듯 꿈쩍도 하지 않았다. 오히려 메렐 교수가 본인이 원하는 답을 해줄 것이라는 듯 당당하게 메렐 교수를 보았다.

"후후."

메렐 교수는 새파랗게 젊은 청년들의 기 싸움을 보고 웃었다. 둘 다 표정 연기가 능숙해 어지간한 어른도 속여 넘기기 충분했다. 다만 메렐 교수는 오랫동안 교단에 섰고, 둘보다 표정 연기가 뛰어난 사람을 알고 있었다.

'누구 편을 들어줄까.'

길게 고민할 필요가 없었다. 둘 다 맞는 말이었으니까.

"둘 다 맞는 말이에요. 친하기 때문에 더욱 예의를 지켜야 하죠. 하지만 지나친 예의가 겉치레로 느껴져 친분을 해할 수 있는 것도 사실이에요. 이건 다른 사람이 참견할 일이 아니에요. 서로 상의하여 결정할 문제죠."

사람이라면 누구나 벽을 가진다. 그 벽을 영영 아무에게도 허락하지 않는 이가 있는가 하면 얼굴만 아는 사이라도 허락하는 이가 있고, 소수의 사람에게만 열어주는 이도 있었다. 이것을 조율하는 건 전적으로 당사자들의 몫이었다.

"둘이 사이가 정말 좋은 것 같아 기분이 좋아요."

메렐 교수가 환히 웃었다. 마그노 황자는 머쓱한 듯 작게 헛기침을 한 뒤 제리코에게 살짝 고개를 까닥였다. 또 그러면 인생이 재미없어질 것이란 의사 표현이었다. 제리코는 미소를 뿌리며 황자의 경고를 무시했다. 두고 보자는 사람 하나도 안 무서웠다.

황궁에 도착한 셋을 시종이 오찬실로 안내했다. 오찬실에선 황제와 황후, 두 황자와 릴리에 공주가 셋을 기다리고 있었다.

제리코는 배운 대로 황족에게 인사했다. 가족끼리만 하는 식사 자리에 그녀 혼자 덜렁 끼었던 만찬이 재현되었다. 그나마 다행인 것은 황족이 전처럼 무섭지 않고 메렐 교수가 추가되었다는 점이다.

메렐 교수는 황제, 황후, 황자 둘과 반갑게 인사한 후 릴리에 공주를 끌어안았다.

"오랜만이구나, 릴리."

"오랜만이에요, 고모님."

황후가 마그노 황자의 손을 잡고 어루만졌다.

"애야, 요즘 식사는 잘하고 있니? 안색이 전보다 수척하구나."

"영양을 고려해 시간을 놓치지 않고 규칙적으로 먹고 있습니다. 걱정 마세요, 어머니."

아아. 가족의 식사 시간에 초대받은 뻘쭘함이여. 공포가 사라지니 민망함이 공포의 자리를 차지했다. 천만다행으로 가족끼리 인사를 나눈 후엔 모두의 관심이 제리코에게 집중되었다.

'다행인 거 맞나?'

제리코가 의문을 표하든 말든, 의자의 주인이 모두 도착했기에 오찬이 시작되었다. 제리코는 찬찬히 식탁 위를 살폈다. 음식이 입으로 들어가는지 코로 들어가는지 몰랐던 만찬 때와 다르게 여유가 있었다. 식사 전에 도수 낮은 과실주가 나왔다. 황제가 잔을 들었다.

"누페이의 벗, 미베어 소공작의 무사 귀환을 기뻐하며! 두 가문의 우정을 위하여!"

"위하여!"

제리코는 황족이랑 친구 먹은 기억이 없는데 언제부터 벗이었던 것일까. 혹시 에라프가 황제와 우정을 나누었던 것일까?

'에라프 님이랑 황제 폐하랑 친구였어?'

ー아니.

'저런.'

안타깝게도 황제 혼자 에라프를 친구라고 생각했던 모양이다. 어쨌든 누페이의 벗 운운에 가족 식사 자리에 초대받은 것까지. 황가는 여전히 제리코를 한 가족으로 포섭하고 싶은 마음이 가득했다. 그 증거로 제리코의 양옆에 황자가 앉았다. 신분상으로나 연령상으로나 제리코가 황자들과 같이 앉는 건 맞지만 굳이 황자들 틈새에 제리코를 끼워 앉힐 필요는 없다. 그러니까 이건 황제의 노림수가 맞았다.

다행히 황제는 제리코에게 내 아들들이 어떻냐는 질문을 하지 않았다. 오찬의 이유가 제리코의 무사 귀환이니만큼 그 부분에 집중했다.

"용케도 하프 산맥에서 무사히 돌아왔구나."

"함께 사고를 당한 스타즈 소남작 덕입니다."

"스타즈 소남작에게 소공작 또한 용맹하게 마물을 상대했다고 들었다. 피는 못 속이는구나."

"검을 배운 지 얼마 안 되는 부족한 실력입니다. 무기가 좋았기 때문이죠."

"하기는. 드래곤 슬레이어 소드에 닿은 마물은 모두 불이 붙었을 테니."

'그게 아니랍니다.'

아니, 글쎄 검을 가져갈 생각이 없으면 불이 안 붙지 뭡니까. 그렇지만 제리코는 진실을 목구멍으로 꿀떡 삼켰다. 제리코의 안전을 위해서, 미래를 위해서 이런 정보는 숨기는 게 나았다.

"나의 이름을 걸고 범인을 꼭 잡아주겠네."

"정말 감사합니다."

감히 미베어 소공작을 노린 범인에게 황제가 보이는 분노는 대단했다. 제리코가 아주 조금 남겨놓은 불안감까지 날려 버릴 정도였다. 황실에, 아리보 공작가, 스타즈 남작가의 분노를 샀으니 그 범인 금방 잡힐 것이다.

"좋은 자리에서 너무 화내지 마세요."

황후의 만류로 범인에 대한 이야기가 쏙 들어갔다. 확실히 식사 자리에서 할 만한 이야기는 아니었다. 황제는 아직 지지부진한 수사에도 열분을 토하려다 냉수를 마시고 화제를 넘겼다.

"스타즈 남작 영식과 함께 떨어졌다고는 하나 미베어 소공작이 홀로 버틴 시간도 있다고 들었는데. 대단하구나."

"과찬이십니다. 도망 다니기 급급했습니다."

"어떤 일이 있었는지 궁금한데 직접 겪은 일을 얘기해 주지 않겠습니까?"

샤를 황자가 제리코에게 하프 산맥에서 벌어진 일을 얘기해 달라 청했다. 제리코는 식탁 위 분위기를 살폈다. 릴리에 공주 관심 없음, 마그노 황자 흥미 없음. 둘을 제외한 모두가 제리코를 관심 있게 지켜보고 있었다.

'하기야.'

장소는 하프 산맥, 주연은 미베어 소공작, 조연은 용을 벨 수 있는 검과 천재 검사에 천재 마법사. 어지간히 말주변 없는 사람이 말해도 재밌을 조합이었다.

'어디서부터 말해야 하나.'

제리코는 사전에 로젠, 샌시와 말을 맞췄던 부분과 모순이 발생하지 않도록 주의하기 위해 일단 자신이 처음 하프 산맥에 떨어졌던 당시의 심경을 묘사했다.

"정말이지, 하늘이 무너지는 줄 알았어요. 하프 산맥인 걸 몰랐다면 더 마음이 편했을 것 같은데 하필 장소는 하프 산맥이고 사방에선 기괴한 소리가 들려오고…… 드래곤 슬레이어 소드가 없었더라면 전 그 자리에서 한 발짝도 움직이지 못했을 거예요."

어휘력이 부족하면 어떠랴. 그 자리의 현장감을 재현하는 데 단어는 중요하지 않았다.

네 명의 동생에게 동화책을 읽어준 실력은 어디 가지 않았다. 제리코는 하프 산맥에서 들었던 온갖 기괴한 소리를 다 흉내 내가며 분위기를 잡았다. 정체를 알 수 없는 마물의 울음소리와 점점 가까워지는 기적은 산에 혼자 떨어진 소녀가 느끼는 공포를 전달하기에 효과적이었다.

'이제 어쩐다.'

사실 제리코와 로젠, 샌시의 하프 산맥 여행기는 신나고 즐거운 모험보다 극한 체험 생존기에 가깝다. 하지만 청자들이 바라는 건 멀찍이서 마물을 피해 가고 빵 먹고 싶다고 우는 얘기가 아닐 터. 제리코는 고민하며 진실과 재미의 비율을 조절했다.

보고서에 진술한 내용과 오류가 없어야 하기 때문에 드래곤 슬레이어 소드가 활약한 건 모두 로젠의 공으로 돌렸다. 그 외에도 숨길 게 많았다. 용을 만난 일, 하프 산맥에서 길을 잃게 되는 원리, 에고 소드의 임시 주인이 된 일 등등. 입을 쉬지 않고 놀리는데 머리도 쉬지 않고 돌아갔다. 아마 시험공부를 할 때보다 더 열심히 머리를 굴린 것 같았다.

"늑대형 마물이 동료를 부르는 소리가 들렸어요. 아우~! 아우아우~! 저는 놀라서 자리를 뜨려고 했지만 늑대형 마물의 추적을 벗어나긴 역부족이었죠. 아, 죽는구나. 이렇게 죽는구나 생각하는 그때! 로젠이 등장한 거예요! 로젠이 단칼에 마물의 목을 베고."

제리코와 드래곤 슬레이어 소드의 활약은 모두 로젠이 한 것으로 얘기가 끝난 상황. 실제로 하프 산맥에서 로젠의 활약은 대단했기 때문에 제리코는 신이 나서 떠벌렸다. 황제, 황후, 두 황자, 코리달 공주가 흥미진진한 표정으로 경청했다. 예외가 있다면 릴리에 공주와 마그노 황자였는데, 이 둘이 흥미진진한 표정을 지으면 그게 더 무서운 일이라 제리코는 가급적 그쪽으로 눈길을 돌리지 않았다.

"과연 소드 마스터의 경지에 오를 거라 예상되는 천재 검사! 불의의 사고로 마법 검을 잃고서 로젠은 우릴 하프 산맥으로 가게 한 무딘 연습용 검을 들었죠! 고수는 도구를 가리지 않는 법! 날 없는 검이 마물의 살을 갈랐어요!"

듣는 사람이 재밌어하면 말하는 사람도 흥이 나는 법이다. 제리코는 황족들이 재밌어하는 게 신이 나 기대에 부흥하기 위해 입에 침이 마르도록 떠들었다.

드래곤 슬레이어 소드는 조금 기가 죽었다. 청자가 재밌어하면 신이 나서 이야기를 부풀리는 모습. 과거, 주인이 모험담을 얘기해 줄 때와 똑같았다. 그 말인즉, 에라프가 했던 무용담 중엔 과장도 상당수 껴 있다는 것. 특히 여자 관계라든가 연애담이라든가. 에라프가 유독 신이 났던 걸 생각하면 과장이 상당했던 모양이다. 입술에 침도 바르지 않고 신나게 거짓 모험담을 얘기하는 제리코를 지켜보니 확실히 알 수 있었다.

드래곤 슬레이어 소드는 그 사실이 슬퍼 견딜 수 없었다. 검은 주인이 죽어 다시는 등장하지 못할 완벽한 영웅의 박제가 되었다고 믿었는데, 제리코가 등장하면서 해가 뜨며 그림자가 걷히듯 생각지 못했던 에라프의 새로운 면모가 드러났다. 주인에 대해 아는 부분이 늘어가는 건 기분 좋은 일이나 계속 어둠에 묻히길 바랐던 부분이 드러나는 건 슬펐다.

"샌시가 마력이 응집된 장소를 찾았어요. 그가 말했죠, '이곳에 마법진을 그리면 하프 산맥을 벗어날 수 있어'라고요. 그렇게 저희는 간신히 하프 산맥을 벗어난 거예요."

일주일에 가까운 하프 산맥 모험담이 끝났다. 제리코는 숨이 차서 물을 마셨다. 열정적으로 떠들다 보니 얼굴이 홧홧하게 달아올랐다. 제리코는 시종이 건네는 물수건을 볼에 갖다 대어 식혔다.

짝짝짝.

화자가 이토록 열정적이려면 청자들의 성실한 경청이 필요하다. 제리코의 이야기를 처음부터 끝까지 재밌게 들은 사람들이 박수를 쳤다. 누가 먼저랄 것 없이 모두가 박수를 쳤다. 제리코는 기분이 좋아서 이를 드러내고 웃었다.

-아주 있는 말 없는 말 다 지어냈구나.

'사실에 근거하거든.'

-나중에 말 맞추기 힘들어지잖아!

'내가 잘못 기억하고 있더라, 그러면 되지.'

말하는 제리코가 신났고 듣는 사람들이 재밌었는데 검이 괜히 꼬투리를 잡았다. 제리코는 오찬실 구석에 놓아둔 드래곤 슬레이어 소드를 노려보다 다른 사람의 시선을 의식해 활짝 웃었다.

'다들 재밌어하잖아. 그럼 됐지.'

드슬이는 한숨만 팍팍 쉬었다. 간덩이 부은 효과가 너무 좋았다. 아니지. 단순히 간만 부어선 황족을 모아놓고 저잣거리 음유시인이나 재담꾼처럼 저리 신나게 떠들지 못한다. 심장이 받쳐줘야 했다. 아주 강한 심장이.

-그래. 너 약장사 했어도 잘 팔았을 거야.

'그치이?'

칭찬에 약한 소녀가 바로 백만 골드짜리 미소를 선보였다. 달달 떨리는 손으로 초대장을 받았던 주제에 저리 웃을 수 있는 것도 재주라면 재주였다.

"스타즈 남작 영식이 대단한 활약을 했구나."

"네, 그가 없었으면 저흰 무사하지 못했을 거예요."

"모르는 마법진에 뛰어들기 쉽지 않았을 텐데, 그의 용기가 대단해."

황후가 로젠의 용기를 칭찬하며 건배를 제안했다. 제리코는 기꺼이 잔을 들었다. 실컷 떠들고, 머리를 굴렸더니 배가 고팠다. 제리코는 이 야기에 심취하는 바람에 잊고 있던 음식을 씹어 삼켰다. 쥐꼬리보다 적 게 먹으며 음식이 입으로 들어가는지 코로 들어가는지 몰랐던 만찬 때 와 다르게 여유가 흘러넘쳤다.

메인 코스가 끝나고 디저트가 나왔다. 황궁에서 내놓는 디저트는 여 전히 눈에 담는 것도 아까울 정도로 아름다운 예술품 그 자체였다.

모험담을 이야기하느라 붉게 달아오른 제리코를 고려해 황후가 아이 스크림을 따로 내놓도록 지시했다. 덕분에 제리코 앞에만 아이스크림이 놓였다. 제리코는 아이스크림을 떠먹었다. 입안에서 살살 녹는 달콤한 맛이 무언가를 떠올리게 했다.

"데이지 소공작이 꿀과자를 가지고 왔는데, 그걸 먹고 울 뻔했어요. 어찌나 맛있던지. 살면서 그렇게 맛있는 과자는 다시 못 먹을 거예요."

산을 헤매며 넝쿨 뿌리와 나무 속껍질, 쥐, 도마뱀이나 구워 먹다가 꿀과자를 먹었으니 그 맛이 가히 천하일미였다. 시장이 반찬이라는 얘 기가 있다. 꿀과자가 디저트계의 최정점은 아니지만 제리코 인생엔 가 장 맛있는 과자로 기억될 것이다.

"데이지 공작이 채혈을 권할 때 같이 주는 그 과자 말입니까? 그거 맛 있죠."

샤를 황자가 아는 체했다. 네롤 황자가 이어받았다.

"비슷하게 레시피를 재현해 파는 과자점도 있다고 들었는데 그 맛이 아니라고 들었습니다."

-대단하다, 그 마녀. 황족 피도 뽑았구나.

특별한 혈통이 아닌 이상 마탑주는 피를 한 번만 뽑는다. 연구보단 취 미 삼은 수집의 일환이기 때문에 평범한 사람이 꿀과자를 다시 맛볼 일은 요원했다. 그 맛을 잊지 못해 레시피 개발에 투자하는 사람도 있다고 한다. 제리코는 내심 납득했다. 중독성이 강한 맛이었다.

-약 탄 거 아냐?

'설마.'

샌시의 말을 보건대 음식에 장난을 많이 쳤던 모양이지만 다른 사람에게 주는 음식까지 그러지는 않았으리라 믿는다. 믿고 싶었다.

"꿀과자는 없으나 다른 디저트는 모두 있다. 머무는 동안 먹고 싶은 것이 있거든 얼마든지 말하도록."

"네, 알겠습니다."

황후는 하프 산맥에서 고생한 제리코가 안타까웠는지 계속 새로운 디저트를 내놓게 주문했다. 덕분에 제리코는 디저트 부자가 되었다. 제리코는 저번에 즐기지 못했던 디저트를 마음껏 즐길 생각에 속으로 환호성을 질렀다.

"스타즈 남작 영식과 데이지 소공작과 좋은 교우 관계를 유지하나 보구나."

"네, 운이 좋게 연이 닿아 좋은 우정을 나누고 있습니다."

"둘 다 훌륭한 청년이지. 특히 스타즈 남작 영식은 평판이 좋아. 본받을 부분이 많을 것이다."

"네, 스타즈 남작 영식이 제가 수강하는 수업의 대리 교사가 되어 이것저것 많이 배우고 있습니다."

"오호."

황후가 관심을 보이자 메렐 교수가 설명했다. 젠 교수의 부재로 로젠이 대리 교사를 맡게 된 이야기가 전지적 교수 시점에서 펼쳐졌다. 학생이나 직원의 인식과는 색다른 부분이 있었다. 메렐 교수는 한창 이야기를 하다 제리코를 보고 호호 웃었다.

"언제는 청년들을 내 품에서 울게 해주겠다더니 미베어 소공작이 스타즈 영식 때문에 엉엉 울게 되려나요?"

"그럴 일은 없을 거예요!"

제리코가 저도 모르게 반사적으로 외쳤다. 신나서 모험담을 주절거 릴 때와는 다르게 모두의 이목이 집중되었다. 심지어 이번엔 릴리에 공 주와 마그노 황자의 시선이 추가되었다. 제리코는 비지땀을 흘리다가 이 실직고했다.

"오, 오빠 같은 느낌이라……."

로젠은 모두가 인정하는 상위 1퍼센트의 남자. 그런 남자가 오빠 같 아서 남자로 느껴지지 않는다는 제리코의 얘기에 다들 부끄러워서 그러 려니 하고 넘겼다.

"그럼 데이지 소공작은 어떤가?"

샌시는 직접 겪어보지 않는 한 로젠과 마찬가지로 상위 1퍼센트의 남 자다. 하프 산맥 투어 동지이기도 하니 황제가 샌시 얘기를 꺼내는 건 지당한 말씀이었다. 그런데 제리코의 얼굴이 화르륵 타올랐다. 제리코 는 쓸데없이 타오르는 저의 볼에 대고 변명하듯 외쳤다.

"사촌 오빠 같아요!"

오빠에 이은 사촌 오빠라니. 얘기를 꺼낸 황제가 가볍게 웃었다.

"소공작은 아직 이성에 관심이 없는가?"

'엄청 많은데.'

관심이야 엄청 많지만 여기에서 관심 있다고 말할 수는 없었다.

"말이 나온 김에 짐의 아들들은 어떻게 생각하는가?"

"그…… 어…… 저……."

제리코의 눈이 갈 곳을 찾지 못해 디저트 사이를 종횡무진 누볐다. 1황 자 네롤 누페이와 2황자 샤를 누페이가 남의 집 귀한 딸을 놀리는 아버지 를 말렸다.

"아버지, 그만하십시오. 저는 약혼자가 있고 샤를도 진지하게 교제하 는 영애가 있습니다."

"너희 둘이야 그렇지만 마그노는 혼자잖느냐. 어떠한가, 소공작. 내

자랑 같지만 우리 막내도 두 청년 못지않다고 자부하네."

황제가 그리 말하자 황후가 뿌듯한 미소를 지었다. 제리코는 황제의 호언장담을 들으며 생각했다.

그래. 마그노 황자도 1퍼센트의 남자다. 외모는 상위 0.01퍼센트요, 성격은 하위 1퍼센트.

사실 마자리스와 마그노 황자의 미모는 우열을 가리기 힘들다. 그런데 제리코가 유독 마자리스만 칭송하고 찬양하는 이유가 무엇이겠나. 마자리스는 상냥한데 마그노 황자는 무섭기 때문이다!

'반응 좀 보자.'

마그노 황자는 제리코의 바로 왼편에 앉아 있었다. 제리코는 고개를 돌리지 않고 곁눈질로 마그노 황자의 안색을 살폈다. 마그노 황자는 변함없이 무표정이었다. 속으로 제리코 같은 여자가 싫네 마네 욕을 해도 황제가 원한다면 웃으며 따를 것이다. 제리코는 드래곤 슬레이어 소드를 걸고 장담할 수 있었다.

-판돈으로 왜 나를 걸어!

'그만큼 확신한다는 거지.'

최선의 방법은 마그노 황자도 앞선 두 청년처럼 가족같이 친근하게 느껴진다고 말하는 것이다. 그럼 황제도 좋고 황후도 좋고 마그노 황자 빼고 모두가 좋아하겠지. 하지만 거짓말에도 정도가 있는 법. 그런 엄청난 거짓말을 하려니 윗입술과 아랫입술이 딱 붙어서 떨어지질 않았다.

결국 제리코는 그냥 웃었다.

"아하하하."

"인물은 우리 막내가 또래 중에 최고지."

"아하하하하."

그냥 웃는 걸로는 황제 폐하의 입을 막을 수 없었다. 이상도 하여라. 모험담을 떠벌릴 땐 그렇게나 술술 튀어나오던 거짓말이 진짜 거짓말이 필요할 땐 잘 나오지 않았다. 이게 다 양심 때문이다. 제리코는 지나치게 선량한 스스로의 양심을 탓했다.

-양심에 털 났네.

'어허.'

도와주지는 못할망정 딴죽을 걸어 생각을 방해하다니. 비록 임시지만 주인인 사람에게 할 짓이 아니었다.

"아버지, 그만하십시오."

"이러다 소공작이 다시는 오지 않겠다고 하겠습니다."

보다 못한 두 황자가 다시 황제를 말렸다. 결혼 적령기의 아들을 둔 황제는 미베어 소공작이란 신붓감을 놓치기 싫은지 계속 미련을 비췄다.

"꼭 마그노와 결혼하라는 것은 아니고, 객관적으로 보아 마그노만 한 인물이 없다는 얘기다. 둘이 같이 있으니 잘 어울리는 한 쌍 아니냐."

미남과 미소녀는 원래 잘 어울린다. 제리코가 조금 전보다 더 영혼이 빠져나간 자세로 웃으려는데 뜻밖의 아군이 참전했다.

"그만하세요."

릴리에 공주였다. 황제가 자랑하는 또래 중 가장 빛나는 마그노 황자의 인물은 어머니에게 물려받은 유산이다. 마그노 황자의 친모인 릴리에 공주가 냉정하게 황제의 입을 막았다.

"미베어 소공작은 아직 학생입니다. 미성년인데 결혼 이야기는 이르죠."

"귀족가에선 대부분 약혼이라도……."

"약혼이 급한 것도 아니죠. 급하더라도 미베어 소공작과 가족이 정할 일. 폐하가 참견할 일이 아니에요. 자중하세요."

-릴리에 공주가 결혼 얘기로 많이 시달렸다더니, 남 일 같지 않은가 보다.

릴리에 공주는 학창 시절 독신을 선언했고 선황은 딸의 선택을 받아들였다. 공식적인 이야기야 그렇지만 지금과 같은 사석에서도 그랬을지는 의문이 남는다. 제리코는 릴리에 공주가 지원해 주는 김에 확실하게 의사를 밝혔다.

"네! 저는 그러니까…… 졸업하기 전까지 누굴 사귄다거나 그런 일 없이 학업에 전념하고 싶습니다!"

-입술에 침도 안 바르고 그런 거짓말을!

입술에 침을 바르면 거짓말인 게 들통나잖아! 황제는 제리코의 말을 곧이곧대로 믿었는지 작게 한숨을 쉬었다.

"미베어 소공작이 릴리 너와 똑같은 말을 하는구나. 그래놓고 졸업한 후에도 결혼을……."

"그만하세요."

"그래, 알았다."

황제는 여동생의 단호한 말에 입을 다물었다. 메렐 교수가 그걸 보고 빙그레 웃었다.

"폐하는 여전히 여동생 말이라면 꼼짝을 못 하시는군요."

"오빠의 마음이 다 그렇지 않습니까, 고모님."

맏이인 제리코는 황제의 말에 공감해 고개를 끄덕였다. 제리코만이 아니라 1황자인 네롤도 같이 고개를 주억거리고 있었다.

"한동안 결혼 적령기가 앞당겨졌지만 요즘은 그럴 필요가 없어요. 다시 슬슬 늦춰지는 추세죠. 옛날처럼 만혼이 성행할지도 몰라요."

"하기야."

"고모님 말씀이 옳네요."

"미베어 소공작도, 그런 힘든 일을 겪었는데도 학업을 지속하겠다는 성실한 학생이에요. 연애가 나쁜 건 아니지만 주위 어른이 부추기면 못 씁니다."

메렐 교수가 지긋이 제리코를 응시했다. 노부인의 부드러운 눈빛 속엔 제리코가 열심히 공부할 것을 믿는다는 부담스러운 신뢰가 자리했다.

만찬 때도 느꼈지만 황가는 사이가 좋았다. 황족이라는 것만 제외하면 어디에서나 흔히 볼 수 있는 행복한 가정이었다. 어느 가정에나 비밀이 하나씩 있듯, 막내가 사실은 입양아였다는 비밀도 하나 있고 말이다.

다만 이 가정은 행복하고 사랑이 넘쳐서 입양아인 막내를 박대하지 않는다. 얌전히 식사를 하며 필요할 때를 제외하면 입을 열지 않는 마그노 황자를 보고 있자면, 황자가 가족들을 박대하고 있다는 기분이 들었다.

무엇이 문제일까?

이런저런 생각과 추측들이 제리코의 머릿속을 부유했다. 그러나 제리코는 곧 복잡해진 머릿속을 그녀 앞에 놓인 아이스크림 접시처럼 깔끔하게 비웠다. 제 코가 석 자라 귀하신 황자 저하의 사정까지 신경 쓸 여유가 부족했다.

제리코가 착실하게 비워내는 디저트 접시를 흐뭇하게 지켜보던 황후가 청천벽력 같은 말을 했다.

"이전엔 미베어 소공작의 몸이 좋지 않아 궁을 돌아보지도 못했지. 오늘내일 느긋하게 돌아보게. 어디 보자……. 그래, 여자 친구도, 약혼자도 없는 마그노, 네가 소공작을 안내해 주렴."

"알겠습니다, 어머니."

제리코는 모두가 행복해질 수 있도록 사이좋은 선후배를 연기했다.

"와, 마그노 선배가 안내해 준다니. 너무 기뻐요!"

드래곤 슬레이어 소드가 냉정한 평가를 내렸다. 제 점수는요.

-약간 어색했어. 7점. 그래도 이전보단 연기력 많이 늘었다. 너 연기에 소질이 있는데?

'우후후.'

단순한 연기라면 힘들었을 것이다. 하지만 이렇게 연기를 하면 마그노 황자가 괴로워한다. 제리코는 선량하고 고운 마음씨의 소녀로서 타인을 괴롭히고 좋아하는 성미는 없다. 하지만 마그노 황자는 예외였다. 제리코가 괴로워한 만큼은 아니어도 마그노 황자도 조금은 괴로워야 했다.

마그노 황자는 제리코가 연기하는 모양을 냉담한 표정으로 주시하다가 곧 공손히 고개를 숙여 황후의 명을 받들었다.

황제와 황후는 오랜만에 황궁에 방문한 메렐 교수와 담소를 나누겠다며 오찬실을 떠났다. 릴리에 공주는 셋이 오찬실을 나간 후에야 의자에서 일어났다. 만찬 땐 디저트가 나오기 전에 뜨더니 이번엔 어쩐 일인지 마지막까지 자리를 지키고 대화에도 참여했다.

'메렐 교수님 때문인가?'

메렐 교수는 릴리에 공주의 고모이자 은사다. 메렐 교수가 릴리에 공주를 대하는 모양새를 보면 둘의 사이는 평범한 고모와 조카보다 돈독한 듯했다.

─아니면 저번엔 정말 재무부 일이 바빴을 수도 있어. 릴리에 공주도 자주 야근한다는 신문 기사를 읽은 적 있거든.

'히익.'

제국의 공주도 피할 수 없는 야근이라니. 제국의 재무부는 나쁜 직장임이 분명했다.

"살펴 가세요, 고모님."

"자주 뵈어요."

네롤 황자와 샤를 황자가 릴리에 공주에게 다가가 인사했다. 릴리에 공주는 가볍게 고개를 까딱여 조카들의 인사를 받았다. 말 한마디 없이 우미한 고갯짓으로 인사를 대신하는 그녀는 설탕을 녹여 만든 설탕 인형이나 유리 인형 같았다.

'볼 때마다 느끼는 거지만 스무 살 아들을 둔 어머니로 안 보여.'

제리코의 곁에 있던 마그노 황자도 릴리에 공주에게 인사하기 위해 다가갔다. 릴리에 공주의 미모는 어느 시간대에 고정된 듯 움직이지 않았기 때문에 모자는 흡사 남매처럼 보였다. 제리코는 헌화식 때 그랬듯 아름다운 모자의 모습에 넋을 놓았다.

"미베어 소공작을 잘 안내해 드리세요, 마그노 황자."

"알겠습니다, 릴리에 공주님."

모자의 대화는 앞서 이뤄진 조카와 고모의 대화보다 무정했다. 제리코는 저도 모르게 검의 손잡이를 쥔 손에 힘을 주었다.

'마그노 황자님…… 릴리에 공주님을 어머니라고 부르지 않는구나.'

황후를 서슴없이 어머니로 부른 것과 대조적이었다. 어찌 된 일일까. 남의 가정사이고 실제로 어떤 일이 있어 호칭이 저렇게 확립된 것인지는 모른다. 그러나 제삼자임에도 불구하고 제리코는 대단히 안타깝단 생각을 했다.

자세한 사정을 모르고 멋대로 하는 동정은 기만이고 오만이다. 그걸 알지만 불쑥 그런 생각이 드는 걸 어쩌랴. 얼굴에 티 내지 않고 그냥 지켜보는 게 고작이었다.

친구와 웃으면서 대화하는 마그노, 시답잖은 잡담을 나누는 마그노, 사람 속에 섞인 마그노 황자를 볼 때마다 제리코가 느끼던 위화감이 그녀의 발치에서 불쑥 고개를 내밀었다. 제리코는 당황해 그것이 가라앉길 기다릴까, 짓밟을까 고심했다.

그러던 중 제리코의 코끝에 진한 꽃향기가 스쳤다. 향 속에 가라앉으면 영영 눈을 뜨지 못하겠다는 생각이 들 정도로 고혹적이었다. 향기의 주인은 릴리에 공주였다. 언제 다가왔는지, 세기의 미녀가 제리코와 거리를 좁혔다. 공주의 얼음처럼 차가운 눈동자가 닿았다. 제리코는 어깨를 움츠렸다. 로브를 입어 체온은 동일한데 등줄기가 오싹했다.

"무사해서 다행이에요."

"그…… 네…… 감사합니다."

그대로 흘려 버릴 것 같아 제리코는 숨을 멈추고 침을 꿀꺽 삼켰다. 릴리에 공주의 시선이 오래도록 제리코에게 머물렀다. 이번엔 기분 탓이 아니었다.

1, 2, 3, 4……

제리코가 숨 오래 참기 신기록 달성을 7초 앞둔 때에 릴리에 공주가 몸을 돌렸다. 간단한 움직임인 데도 경력 20년 차 연극배우가 단 위에 섰을 때처럼 사람의 시선을 잡아 끌었다. 그건 따라 할 수 없고 배울 수도 없는 타고난 존재감이었다.

릴리에 공주가 떠난 후 제리코는 참았던 숨을 몰아쉬었다. 아직도 제리코 주변엔 공주가 남긴 잔향이 둥둥 떠다녔다. 숨을 쉴 때마다 잔향이 폐를 찔렀다.

제리코의 심장이 술렁였다. 릴리에 공주는 아주 무서운 미인이었다. 그녀가 웃지 않고 냉정한 표정을 유지하는 게 세계 평화를 위해서라 느껴졌다. 왜냐하면 릴리에 공주의 미소를 보기 위해서라면 용의 목이라도 따 올 수 있겠다는 호승심이 일었기 때문이다.

미녀의 눈물과 미소는 세상을 뒤엎을 만한 가치를 지닌다. 제리코는 방금 그걸 실감했다.

-릴리에 공주 미모는 나도 인정하는데 용 머리는 심했다.

무생물이 공주의 미모를 인정했다. 이것으로 끝난 얘기 아닌가.

친어머니를 떠나보낸 마그노 황자가 두 형에게 물었다.

"형님들은 바쁘지 않으십니까?"

"바쁘지."

"바쁜데 네가 소공작을 어디로 모실지 궁금해서."

"우매한 아우라 짐이지만 자세히 모릅니다. 고견이 있으시면 두 형님의 뜻에 따르겠습니다."

두 황자를 대하는 마그노 황자의 태도는 충직 그 자체였다. 주인밖에 모르는 충견 같았다. 막내가 형들에게 보일 태도는 아니었다. 실제로 두 황자는 아우의 복종이 그다지 기쁘지 않은 듯 나란히 쓴웃음을 지었다.

제리코는 형제 틈에 끼어들었다. 이대로 두면 마그노 황자는 두 형님이 정해주신 바람직한 관광 루트로 제리코를 끌고 다닐 것이다. 그걸 고스란히 따라가느니 마그노 황자가 대충 선정한 곳을 둘러본 후 일찍 헤어지는 게 위장 건강에 좋았다.

"전 선배가 좋아하는 장소를 보고 싶어요!"

"손님께서 둘러보고 싶은 곳이 있다면 그에 따르는 게 주인의 도리지."

"마그노 네가 좋아하는 장소를 보여 드리면 되겠다."

바쁘다는 말은 사실이었는지, 두 황자는 제리코에게 정중한 사과 인사(같이 안내해 주지 못해서 미안하다)를 남긴 후 오찬실을 떠났다.

이제 오찬실엔 제리코와 마그노 황자 둘만 남았다. 사실은 드래곤 슬레이어 소드도 있고 시종도 있지만 무생물과 고용인은 사람 수로 세지 않는 것이 황궁의 법도란다.

"그럼 잘 부탁드립니다."

제리코는 치마를 붙잡고 무릎을 굽혀 마그노 황자에게 인사했다. 마그노 황자는 무덤덤한 눈으로 제리코를 응시하다가 손을 내밀었다. 제리코는 마그노 황자의 장갑 낀 손 위에 자신의 손을 얹었다.

마그노 황자는 어디로 안내하겠다는 말도 없이 무작정 걸었다. 시종이 둘을 위해 오찬실 문을 열었다.

제리코는 묵묵히 황자를 따라가다가 불쑥 입을 열었다. 황족들 앞에서 당당하게 모험담을 떠벌릴 때부터 알아보았겠지만 그녀는 수다쟁이였다.

"황자 저하께서 어디를 가장 좋아하시는지 참 궁금하네요. 저는요, 집에서, 제도에 있는 집 말고 고향에 있는 집에서요. 뒤뜰을 제일 좋아했어요. 아버지가 목수라 우리를 위해 놀이 기구를 잔뜩 만들어주셨거든요. 마을 아이들이 거기에서 놀려면 제 허락을 받아야 했죠."

우후후. 제리코는 흥겹게 웃었다.

"그중에서 특히 그네를 좋아했어요. 그네 힘차게 차서 한 바퀴 도는 거 해보셨어요? 진짜 재밌거든요. 너무 세게 땅을 차는 바람에 앞으로 처박히거나 날아가는 아이도 가끔 있었지만 저는 한 번도 그런 적이 없었어요. 대신 그넷줄이 완전히 감기는 바람에 줄에 엉켜서 아버지가 구해줄 때까지 못 빠져나온 후론 그네를 졸업했죠.”

얼굴 알고, 이름 알고, 집안 아는 소녀가 이렇게 붙임성 있게 굴면 건성으로라도 아는 척을 해줄 텐데 마그노 황자에겐 그게 없었다. 마그노 황자는 무덤덤한 얼굴로 제리코가 하는 모든 말을 무시했다. 아득바득 씹어 드셨다. 제리코는 지치지 않고 계속 말했다. 마침내 황자가 감탄했다.

“늘 생각하지만 소공작의 인내력은 대단하군요.”

“황자 저하의 인내력도요.”

“제 인내가 소공작만 못하니 말하지 않았겠습니까.”

그렇게 신경전을 벌이며 도착한 곳이 오색 장미가 만발한 장미 정원이었다.

“…….”

제리코는 장미를 좋아한다. 하지만 근래에 조금 슬픈 사건이 있어 한동안 장미를 멀리하고 싶었다.

“이곳이 황자 저하가 황궁에서 좋아하는 장소인가요?”

“아니요, 소공작이 장미를 좋아하는 것 같기에 와봤습니다.”

“…….”

죄가 있다면 무지하고 선물로 받은 장미를 쥐어뜯어 잼으로 만든 자신에게 있지 예쁘게 핀 꽃에는 죄가 없다.

제리코는 기왕 온 것, 장미 정원으로 폴짝 뛰어갔다. 마그노 황자는 양산을 가져오지 않았기에 회랑에 서서 제리코를 기다렸다.

3권에서 계속…